陳恭尹集

陳恭尹 著

郭培忠 點校

人民文學出版社

圖書在版編目（CIP）數據

陳恭尹集/（清）陳恭尹著；郭培忠點校. —北京：人民文學出版社，2018
（明清別集叢刊）
ISBN 978-7-02-014316-0

Ⅰ. ①陳… Ⅱ. ①陳… ②郭… Ⅲ. ①中國文學—古典文學—作品綜合集—清代
Ⅳ. ①I214.92

中國版本圖書館 CIP 數據核字（2018）第 117670 號

責任編輯　葛雲波
裝幀設計　黃雲香　翁　涌
責任印製　任　禕

出版發行　人民文學出版社
社　　址　北京市朝内大街 166 號
郵政編碼　100705
網　　址　http://www.rw-cn.com

印　　刷　三河市西華印務有限公司
經　　銷　全國新華書店等

字　　數　630 千字
開　　本　880 毫米×1230 毫米　1/32
印　　張　27.75　插頁 1
印　　數　1—3000
版　　次　2018 年 11 月北京第 1 版
印　　次　2018 年 11 月第 1 次印刷

書　　號　978-7-02-014316-0
定　　價　98.00 圓

前言

陳恭尹是明末清初廣東著名的詩人。他與屈大均、梁佩蘭并稱爲『嶺南三大家』。三家詩各有擅長，而恭尹則以精渾沈摯稱名于時。

一

陳恭尹（一六三一——一七〇〇），字元孝，初號半峰，晚號獨漉子，又號羅浮布衣，廣東順德縣龍山鄉人。其先世是安徽銅陵縣人，宋末隨端宗南下入粤。陳恭尹『性聰敏端重，幼承父訓，習聞忠孝大節』（《清史列傳》），十二歲喪母，十五歲補諸生。他的青少年時代，正是階級矛盾和民族矛盾十分激烈的年代：一方面，明朝的封建統治者極爲腐敗，統治階級内部黨爭激烈；土地高度集中，農民紛紛破産，淪爲佃戶，貧富急劇分化。崇禎年間，天災流行，遍及全國，特别是陝西、河南、山東受災最爲嚴重。統治者卻不顧人民的死活，横征暴斂，民不聊生，終于爆發了大規模的農民起義。李自成領導的農民起義軍，經過多年浴血奮戰，于一六四四年攻進北京城，推翻了明王朝的黑暗統治，建立起『大順』政權。另一方面，在東北積蓄力量達半個世紀的滿族貴族，已建立了一個新的地主階級政權——清王朝。他們早有入主中原的打算，得知農民軍占領北京、明朝滅亡的消息以後，便揮師南下，與吴三桂爲首的明朝殘餘勢力互相勾結，共同攻打李自成領導的農民起義軍，進據北京，竊取了農民軍的勝利果實。

清廷入關後，曾采取一些措施，如籠絡漢族官僚地主，宣布減免賦税等，對于穩定局勢有過一定的作用。但是，它也制訂了一些錯誤政策，如『薙髮』、『圈地』等，激發了階級矛盾和民族矛盾，引起了人民的反抗鬥爭。

明朝滅亡後，朱明宗室南下逃難，福王、唐王、桂王先後在南京、福建和廣東肇慶建立了三個政權（即『南明』三政權）。在清軍的進逼下，福王、唐王建立的兩個政權接連崩潰。一六四七年一月，清軍攻陷廣州。次年春，陳恭尹的父親陳邦彦起兵高明，積極抗清。就在他謀劃奪取廣州時，清軍拘捕他的家屬。這時陳恭尹化裝逃至增城新塘鄉，父友湛粹將他匿藏複壁之中，幾爲清軍所捕，賴湛氏極力營救，才得脱險，時年十七歲。不久，陳邦彦兵敗被執，全家遇害，僅恭尹一人幸免于難。國破家亡，使青年時代的陳恭尹，心靈受到巨大的創傷。此後，他決心抗清報國。

一六四八年五月，清將李成棟在廣州反正，歸順南明。不久，永曆帝（即桂王朱由榔）還都肇慶，陳恭尹詣肇慶上表陳述其父爲國殉難情狀，獲追贈兵部尚書，并賜以誥命。其中寫道：『三千死士，沖突于東西南北之間；一片孤忠，照耀于山川日月之表。……山林感奮，義勇願忠。兩攻廣州，五復郡邑。一妾屠戮，三子喪亡，指揮依然，鬚眉益厲。熱腸火烈，壯氣雲高。卻虜西侵，牽之東顧。勢有同于破竹，食未免于含沙。慷慨僞庭，强一屈之不可。從容俎上，甘萬死之如飴……』可見其英勇作戰，壯烈犧牲的情形。恭尹深受其父抗清精神影響，他決定繼承父志，抗清復明。不久，恭尹得授錦衣衛指揮僉事，給假回家治喪。一六五〇年，清兵再陷廣州，永曆帝逃到南寧，恭尹避難西樵山中。從此，與永曆王朝失去了聯繫。

陳恭尹避難西樵期間，無家可歸，每每想到國難家仇，輒痛哭失聲，欲以身報國。他在一首詩裏寫道：『牂牁滾滾向東流，綠浦黄龍識御舟。初日平沙群躍馬，一年杯酒獨登樓。星連牛斗曾傳檄，寒報湘沅盡賜裘。孤棹一辭天萬里，幾回風雨吼吳鉤。』這表現了他渴望參加抗清斗爭的心情。一六五一年秋，陳恭尹間關入閩。次年春，又由閩而贛、而浙，至金陵。時魯王敗走舟山，鄭成功屯兵閩海，恭尹往來其間者三年，企圖與這兩支抗清義師取得聯繫，報效國家，但始終未能如願。因父死未葬，于一六五四年回廣東，這年夏天，到增城與湛粹之女成婚。翌年返回順德，寄居羊額何絳家，與何絳、蔡藎讀書切磋，關注時局。一六五八年，恭尹又與何絳出庢門，渡銅鼓洋。其秋，逾大庾嶺，北行至贛。此時，永曆帝在昆明，恭尹欲往從之，『取道宜春，度歲于湘潭』（《中游集》序），適值清軍三路進兵雲南，道路阻絶，欲往不能。乃登南岳，泛洞庭，順流江漢之間，寓蕪湖。時鄭成功圍攻南京，張煌言進取徽寧，聲勢大振。恭尹或曾參與謀劃。後來，成功敗走，煌言間道出海，恭尹乃濟江入汴，北渡黄河，徘徊太行山下，沿途留心觀察地形關隘，繪成《九邊圖》，置之行篋，蓋有所待也。一六六二年，吳三桂在昆明城内絞殺永曆帝和太子，永曆王朝覆亡。陳恭尹時在增城新塘，聞此消息，無比悲痛。他哀慟之餘，無意遠遊，攜眷移居羊額，與陶窳、梁槤就何衡、何絳家抑志讀書，相互砥礪，世稱『北田五子』。『及吳三桂迫于情勢和私人目的反清，尚之信、耿精忠繼起，屈大均從吳軍于桂，恭尹亦爲之信所延攬。』（黄海章《明末廣東抗清詩人評傳》）一六七六年，耿精忠戰敗投降。翌年，尚之信也投降。一六七八年秋，恭尹被清兵逮捕，下獄二百日始得解脱。經此變故，加以大勢已定，事無可爲，乃寓居廣州城南，韜光和俗，以詩文自娱，常與達官貴人酬唱。有人懷疑他前後易轍，甚至譏諷他『可憐一代夷齊志，錯認侯門是首陽』。這看來未爲公允。當時滿清統治日益鞏固，匡復形勢已不復存在。在文網高張的政治重壓底下，明遺民詩人中，已有不少與達官貴人交遊，何況陳恭尹全家罹難，爲保存先人一脈而隱忍全生，是有不得已之懷的。他雖與達官貴人交遊，但祇是文字之交，不涉干求，且始終不仕新朝，自稱『羅浮布衣』。抗清報國之志，始終没有泯滅。他年青時，曾繪《聽劍圖》，在他五十歲時，寫了一首像贊：『五十年前，非不可追。五十年後，事未可知。以昔之圖，較于今兹：其中懷之耿耿者猶是，而兩鬢之蒼蒼者漸非。』這『其中懷之耿耿者猶是』，不正説明作者晚年仍未忘初衷麼！他六十多歲時，曾這樣寫道：『此生如葉任風吹，高下隨之不自私。積雪峰巒迎日早，後凋松柏應春遲。人間罔極恩難報，天道無言怨豈知。生我昂藏虚七尺，年年寒食一增悲。』（《春感十二首次王礎塵》之四）他感慨自己坎坷的一生，爲不能報效國家而悲痛難言。朱彝尊在《明詩綜》中，把他列入明遺民之中，杭世駿稱他『南村晉處士，汐社宋遺民』，還是持平之論。

二

翻天覆地的時代變化，水深火熱的民族巨痛，家破人亡的慘重打擊，不能不在陳恭尹的思想上乃至文學創作上有著深刻的影響和反映。

首先，陳恭尹詩歌最具特色、最有價值的部分，是他那舉目時艱，感懷身世，矢志抗清事業的作品。如《擬古》之三：『射虎射石頭，始知箭鋒利。居世逢亂離，始辨英雄士。我生良不辰，京洛風塵起。生死白刃間，壯心未云已。猛士不帶劍，威武豈得申？丈夫不報國，終爲愚賤人！』這表現了作者抗清報國的熾熱的思想感情。《王將軍輓歌》，全詩八百字，一百六十句，對王興的生平志業，英勇的抗清鬥爭，寫得淋漓盡致，令人讀之，肅然起敬。其它如《秋日西郊宴集同張穆之陳喬生王説作高望公龐祖如梁藥亭梁顒若屈秦士屈翁山時翁山歸自塞上》、《送屈翁山之金陵》、《雨後江閣述懷同王大化高望公屈翁山賦》等詩篇，慨嘆抗清志士們匡復無成，飄泊異鄉，悲痛之情，溢于言表。恭尹不特大筆疾書死難的抗清志、士，而且希望他們的反抗精神載入史册，千古流傳。如《贈樊崑來太史》：『董狐之後無良史，千古是非成彼此。諸葛曾蒙入寇名，涑水猶然況餘子？緬憶當年天柱成，龍蛇起陸坤維裂。一二孤臣川嶺間，泣盡穹蒼還繼血。只期不負方寸心，寧知姓氏千秋列？與君先世有同符，異地殊功元一轍。凌烟舊畫已荒蕪，返日雕戈更誰說？君持史筆入蘭臺，自有鴻文紀前哲。所嗟江左及閩滇，十六年中統三絕。身膏草野幾何人？毅魄貞魂總英傑。非無蹈海葬波濤，亦有高棲守巖穴。稗官野乘世有之，益部黔南事多缺。嗚呼！天地之立爲三綱，斯人之死而不忘。表往所以勸方將，大書特書吾所望，其副寄我山中藏。』他希望樊氏能秉筆表彰死難的志士，保存民族正氣以激勵來者，愛國之心，和盤托出。

其次，陳恭尹生長在農村，後來爲參加抗清復明的鬥爭而北上。他沿途看到了勞動人民的悲慘生活，寫了不少反映人民疾苦、揭露統治者罪惡的作品。如《耕田歌》描寫農民的勞動果實被封建統治者及其軍隊奪走，最後落得『西鄰典衣東賣犢』的結果。《乞食翁》則通過一老翁的自述，反映了自耕農破產的辛酸，表現了『下民日憔悴，上天安可測』的憤慨之情。對于清朝統治者的貪得無厭，極盡巧取豪奪的能事，作者義憤填膺地寫道：『小蟲之大小指如，君子之軀七尺餘。鑊烹小蟲胡爲乎？將以爲衣榮君軀？君軀長，君軀短，小蟲之小絲有限，中心抽盡君未暖。』（《繅絲歌》）

清廷爲斷絶沿海人民對鄭成功的援助，下令沿海人民内遷三四十里，所有沿海船隻全部燒毁，不許出海，造成土地荒蕪，人民流離失所，苦不堪言。作者目睹這種慘象，義憤地寫道：『海濱何遥遥，遥遥三千里。一里一千家，家家生荆杞。空房乳狐兔，荒沼游蛇虺。居人去何之？散作他鄉鬼。新鬼無人葬，舊鬼無人祀。相逢盡一哭，萬事盡如此。國家啟封疆，尺地千弧矢；人民古所貴，棄之若泥滓。大風斷松根，小風落松子。松根尚不惜，松子亦何有？』（《感懷》之八）這正是勞動人民在統治者的逼迫下，無家可歸、尸横溝壑的悲慘情景的縮影。陳恭尹的詩還揭露了統治者驕奢淫逸的生活，如他在《所見》里抨擊了清貴族的糜爛生活：『一飯中人產，千金匹馬裝。』此外還鞭撻了八旗軍士兵掠奪百姓財物吃喝玩樂的行爲：『不知營一醉，鄉曲幾家貧。』作者的《望燕》、《太息》、《增城村居即事》、《行路難》、《旱夜》、《崇禎皇帝御琴歌》等詩作，都較爲深刻地反映了勞動人民的疾苦，揭露了統治者的罪惡。

再次，陳恭尹的詩描寫了嶺南的風物。這些作品藝術水平高，并具有濃鬱的地方色彩，讀來清新有味。如《木棉花歌》：『粤江二月三月來，千樹萬樹朱華開。有如堯時十日出滄海，又似魏宫萬炬環高臺。』木棉樹是嶺南特有的，有『英雄樹』之稱，每當春天到來，花紅似火，萬炬照天，作者筆下，頗能描繪出這雄偉的景象。又如《雨後登樓遲梁器圃不至》：『新虹映日收殘雨，積水浮天出斷山。目極故人居可見，布帆無恙夕空還。』讀此詩，猶如身在嶺南水鄉，一股清新的空氣撲面而來。再如《宿靈洲山寺》、《宿羅浮飛雲峰頂候日出》等，都是描寫嶺南風物的好詩。作者對嶺南風物的描繪，形象鮮明，具有高度的藝術概括力。

陳恭尹的詩沈雄鬱勃，詩風接近杜甫，這與他所處的歷史時代、自身的經歷和藝術修養等分不開。然而，陳恭尹并不拘泥于宗唐宗宋的偏見，而兼采衆長，直抒胸臆。他能寫各類體裁的詩歌，如五古《王將軍輓歌》、《懷何不偕》，七古《木棉花歌》、《崇禎皇帝御琴歌》，五律《次鳳陽逢中秋》、《人日新晴即事》，七律《九日登鎮海樓》、《虎丘題壁》，等等，寫來都得心應手，揮灑自如。汪端評論陳恭尹的詩云：『元孝詩意在筆前，力透紙背。五古出入漢魏。七古不屑摹仿杜、韓，而縱横變化，實兼擅其勝。五律氣格高古。七律奇警蒼涼。』（《明三十家詩選初集》）在他所寫的各類詩歌中，以七律的成就爲最高。正如沈德潛所説：『諸體兼善，七律尤矯矯不群。』（《清詩别裁集》）他的詠史詩《懷古》十題，融寫景、議論、抒情于一爐，抒發了對明代興亡的感慨之情，曾經『傾動一時，名大起』（《清先正事略》）。其中《鄴中》一首這樣寫道：『山河百戰鼎終分，嘆息漳南日暮雲。亂世奸雄空復爾，一家辭賦最憐君。』作者通過憑吊古城，追懷東漢末年曹操情事。後兩句，曾傳頌一時。張維屏對此詩給予高度的評價：『通篇議論，出以含蓄，溶鑄歸于自然，七律至此地步，所謂代無數人，人無數篇也。』（《國朝詩人徵略》）他的《九日登鎮海樓》被汪端譽爲『有拔山扛鼎之力』（《明三十家詩選初集》）。《厓門謁三忠祠》被人稱之爲『大氣磅礴，大筆搖深，卓絕千古』（《粵東詩話》）。

除了詩歌，陳恭尹還寫了相當數量的賦、序、記、設論、行狀、祭文之類的作品。他的賦，行文曉暢，形象生動。如描寫嶺南風物的《登鎮海樓賦》、《荔枝賦》；模擬枚乘《七發》，抒發自己情懷的《七別》等。他的議論文章，如《劉項論》、《代侯公説項王》等，立論明確，善用比喻，深入淺出，説理透徹。他的遊記也寫得很好，如《羅浮絶頂觀日記》一文，生動地描繪了日出時的雄偉、奇麗的景象；《西樵泉石記》記述西樵山的泉石，簡潔凝煉，井井有條。此外，他還通過爲一些遺民所作的傳記、墓志銘、行狀等，表彰他們的忠義行爲。在清廷嚴密的文網之下，陳恭尹能記述遺民們的生平事跡，使之得以傳世，是十分寶貴的。

陳恭尹對文學創作的見解是進步的。他認爲，文學創作要隨時代的發展而發展，反對盲目仿效古人。他在《次韻答徐紫凝》一詩中寫道：『文章大道以爲公，今昔何能强使同？只寫性情流紙上，莫將唐宋滯胸中。』他在《答梁藥亭論詩書》一文中更明確地提出：『性情欲流，流而不俚；規格欲別，別而不離；詞句欲化，化而不佻。』作者主張跳出古人的意藴、辭藻和體式，但又不能背道而馳。作者又提出『當求新于性情，不必求新于字句；求妙于立言，不必專期于解脱』。這種詩歌要創新、直抒胸臆、自樹風格的主張，是非常正確的。并且他以自己的創作來實踐自己的主張。

必須指出，由于思想和階級的局限，在陳恭尹的作品中，也有一些缺點和糟粕。他四十八歲那年，因受牽連入獄，心存危懼，鋭氣逐漸消磨，自此以後，空泛的酬唱之作增多，在《獨漉堂集》中占了一定的份量，這是不值得稱道的。尤其是他站在地主階級的立場上，敵視明末農民大起義，必須加以批判和揚棄。

此外，陳恭尹工于書法，他的隸書筆力遒勁，頗爲時人所稱道。

這次校點，主要采用三種版本：廣東中山圖書館所藏康熙十三年刻本《獨漉堂稿》（簡稱十三年本)，國家圖書館所藏康熙五十七年陳氏晚成堂刊本《獨漉堂集》(簡稱陳本)，中山大學所藏宣統廣東刻本《獨漉堂集》(簡稱宣統本)。十三年本和陳本都是善本，前者刻于作者生前，是最好的本子，惜其不全，祇有詩、賦共七卷。後者是作者身後不久，由後人收集整理而成的，所收作品比較完整(僅缺續編)。第三種爲清末所刻，是最完整的本子，書中還附有溫肅編的《陳獨漉先生年譜》。我以陳本爲底本，以十三年本對校，另據宣統本增補續篇。續編中的《前錦衣衛指揮僉事私謚貞謚先生獨漉陳公行狀》和《明世襲錦衣僉事懷遠將軍陳元孝先生傳》，以及溫肅編的《陳獨漉先生年譜》列入附録；外補《廣東通志》載的《陳元孝先生傳》作爲附録。《陳獨漉先生年譜》中所發現的個別錯誤，則徑行改正，不出校記。

底本頁十行，行十九字。陳恭尹詩集、文集書名，在目録、版心上署『獨漉堂詩集』、『獨漉堂文集』，但在正文各卷首均題『獨漉堂集』，今整理時，各卷首題書名改同目録、版心，以便眉目清楚。各卷下原署『羅浮陳恭尹字元孝』，今皆省去。《獨漉堂詩集》原目録列第十六卷《壽宴集》，小字注『凡五卷俟刻』，今亦省去。

我還根據《獨漉堂稿》、《嶺南三大家詩選》、《明三十家詩選初集》、《藝文叢談》、《陳獨漉先生年譜》、《陳巖野先生文集》、《選選樓集》等輯補若干篇詩文，附于原書之後。

本人在整理出版《獨漉堂集》簡體點校本(中山大學出版社一九八八年版)之後，應人民文學出版社的邀請，重新整理繁體增訂版，陸續有所輯佚。

近年亦注意到數位學者輯録的陳恭尹佚文發表，與本人所新輯有重複，亦有本人未見者。茲列舉之，以不沒其功，并致敬意：

陸勇强《陳恭尹佚文〈觀海集序〉》（《文獻》一九九九年第一期）一篇；

史洪權《陳恭尹佚文掇拾》輯得《秀攬亭詩序》、《憶雪樓詩集序》、《石谿詩序》三篇（《文獻》二〇〇三年第四期）；

鄭志良輯錄《萬君紅友香膽詞序》（《〈萬氏宗譜〉與萬樹的家世》，載《清代文學研究集刊》第二輯，人民文學出版社二〇〇九年版）；

王宣標《陳恭尹佚文五篇》錄入《萬君紅友香膽詞序》一篇外，輯得《六道集敘》、《蓼懷堂琴譜敘》、《荔香堂詩集序》、《振雅堂稾詩序》四篇（《蘭臺世界》二〇一五年第二十六期）。

在得到這些新的線索後，我也按圖索驥，找到原本加以校核，訂正文字，並重新標點，以求其真其確。佚文部分，亦按文集的分類編排，一類之下又按創作時間先後排序，庶乎清晰可讀。

本次整理，于《獨漉堂集》外，『補遺』部分共補入佚詩二十七題二十八首，佚文十九篇。

在查閱古籍版本過程中，曾得到國家圖書館、廣東中山圖書館、中山大學圖書館的大力支持。又承蒙黄國聲、陳永正兩位教授的熱情指導，黄國聲老教授在百忙中還抽空審閲文集，責任編輯葛雲波先生認真、細致翻閲全稿，提出很多寶貴意見，特此謹表衷心的謝意。

由于校點者水平不足，錯誤之處，在所難免，敬請讀者批評指正。

郭培忠

目錄

詩集

獨漉堂詩集卷之一

初游集

增江前集

中游集

獨漉堂詩集卷之二

增江後集

獨漉堂詩集卷之三

增江後集

獨漉堂詩集卷之四

江村集

獨漉堂詩集卷之五

小禺初集

獨漉堂詩集卷之六

小禺二集

獨漉堂詩集卷之七

小禺三集

獨漉堂詩集卷之八

小禺後集

獨漉堂詩集卷之九

唱和集卷之一

獨漉堂詩集卷之十

唱和集卷之二

獨漉堂詩集卷之十一

唱和集卷之三

獨漉堂詩集卷之十二

唱和集卷之四

獨漉堂詩集卷之十三

唱和集卷之五

獨漉堂詩集卷之十四

詠物集

獨漉堂詩集卷之十五

詩餘

文　集

獨漉堂文集卷之一

賦　七别

獨漉堂文集卷之二

文序

獨漉堂文集卷之三

詩序

獨漉堂文集卷之四

壽序

獨漉堂文集卷之五

記

獨漉堂文集卷之六

上書　書牘

獨漉堂文集卷之七

設論　條議

獨漉堂文集卷之十三

祭文

獨漉堂文集卷之十四

紀事　雜録

獨漉堂文集卷之十五

題跋　字説　贊

續　編

獨漉堂集續編

奏疏

咨文

跋

壽序

書

文序

詩序

詞序

壽序

序

南昌友兄彭士望躬庵撰

詩者，性情之物，世徒以色澤聲調爲之，此僞體日侵淫乎天下，而其真者，累千百人不一遇也。能真矣，才不足以達之，褊澀雕鐫，時復側出，罕寬裕自得之意，其光不能四應。才矣，不有法以御之，其于衝突排奡，刺取闔闢變化，無古人貫穿出沒其中，師心之智，用之有涯。李將軍野戰遇匈奴，未免敗北，騰兒馬始得歸。蓋嚴則有暇[一]，暇則不窮，其法勝也。吾易堂魏和公從南海歸，亟稱陳元孝之人與其友，推重其詩，予同堂咸信之。雖未一識元孝，間寓書輒齒兄弟。乙卯扶衰冒艱險數千里入粵，始得見元孝，與之語，落落穆穆，不能口給，久而意味出焉。心知元孝沉痛患難，學與年深，馴猛鷙之氣漸就和易，如張孺子既見石公。讀其書，精悍之色不復見于顔面，是其杜德機也。又久，始出尊公《巖野先生集》暨其《獨漉堂詩稿》示予。予莊誦先生諸書，使見用于南渡，尚可支半壁。執政聽之，不失爲南越大長老臣，有言不信，卒以劍許。邵子曰：『百姓無福，伯淳亦無福。』先生之謂矣。隨繙《獨漉堂詩》，諸體兼擅，手觸肩倚，莫不中音，意格渾成，發人神悟。今之人作忠孝節烈詩，用長句，定從《焦仲卿妻》摹出。元孝作《王將軍輓歌》，氣體偪真漢人，求之字句間，絕無一肖。其託旨之遙，紀事之細，千載之下，猶見其人。即令司馬子長傳之，殆不能過。嘗誦李白《古詩五十九首》、陳子昂《感遇詩》，吾特少陳之奧琢，而太白動輒言仙，誕而無味。元孝《感懷》十六首，即性情爲風雅典則，平淡中出之，悱惻哀傷，沉而不肆，高世用世兼有之，何論陳李已，不知漢人《十九首》是何章句。《自勵詩》脱屣詁辭，痛定針砭，爰感懦夫，此斂華落實之候，學之善用其才者也。古人詩之集大成者，必推杜陵，其大者無間然矣，而集中丐求得失，喜而奉諛，怒而譏調，如是者，時亦有之。後代山人詞客之盲貪者，每竊摭爲口實，使杜陵見之，必悔以爲俑不可作。今人詩吾甚閔吴梅村。梅村撫今傷昔，俯仰留連，其憂慚悼悔之意，時時逗露，欲覽者知其由來，而華美太盡，終不及杜。元孝有大氣鼓橐其中，鬱不得逞，遠覽放遊，束縛歸里，非其所好，磨礲圭角，低頭就之，隨物肖形，以其類應，渾渾莫窺其際；間有刑天舞戚、銜木填海之思，躍冶迸出，隨即遮埽，滅去爪跡，始以我法用古人，久之並不見法，惟有真意盤旋楮上。予故謂元孝，今之杜甫也。予時病髀間瘡，繙詩卒卒一過，亟跛行市中覓元孝，面論始覺快。即席不寐〔二〕，從枕上序之，相與真氣感激，世之知罪，不敢辭也。

【校記】

〔一〕『則』，底本作『乃』，據十三年本改。

〔二〕『席』，十三年本作『夕』。

序

青州友弟趙執信秋谷撰

余聞嶺南陳先生元孝詩名二十年于兹，世之論詩者皆莫能爲之品目，余亦無因得而讀焉。若世之所論則固嘗聞之，其于修飾聲貌者，則目之曰學唐者也；于穿鑿章句者，則目之曰學宋者也。其實不過沿明季之末流，承時賢之繆習耳。然未有不强以名其似，獨于先生無譏焉，余疑其必有異。今者過嶺晤先生于羊城，坐語始定，余輒以詩爲請。先生曰：『吾不工詩也，吾有意而不自達焉，則以韻語達之。其始也格格焉，繼也亹亹焉，後遂出于吾意之外而不能自止。人之見之，以爲似某代某某也。吾故不自知也。』余俯而笑曰：『是矣，固疑之。顧先生之言詩，何其適合于余之言也。余言之而爲世所怪且忌，相與詬辱排斥之不遺餘力。先生獨以與世隔遠，僅不入于品目而已乎？』既而受詩而讀之，一如其所自言，無少歉。蓋余頗嘗觀宋人嚴羽之論詩也，其言貌爲精微，明人徐禎卿、王世貞從而附和之，惑亂人聰三百餘年。而其徒之論其詩也，則曰皆不能如所自言。固知言與爲之之不易副也。今先生獨能自副如此，則其言必能獨契于古，不逐逐于世俗，足以昭明乎來兹者。然其詩之可尊尚而傳〔一〕，又豈徒以其名乎哉！余晚得讀先生之詩，既大快其積願，又自以言爲世忌，不能改悔，失意薄遊于萬里之外，而得持論之同于先生，兼以堅其所自信，而幸其不孤也。乃從而爲之目，曰：『先生之詩，古體泛濫于元祐以還，近體侵尋乎大曆以上，謂先生以爲何如？』先生曰：『子之必名余于似也，其自待視二十年來之世之論者若何也？　請子自書之，以爲吾序。』

【校記】

〔一〕『傳』，底本作『傅』，據十三年本改。

序

古閩晉江潘鼎珪子登撰

五嶺陳獨漉先生既沒之九年，戊子季冬，其友人晉江潘鼎珪有事于此，將賦歸，告別于先生冢公端木世兄，丐先生遺集以歸。夜拂几挑燈讀，凡得詩文若干卷，有先生手筆錄者，有他人旁抄付梓而未畢者，蓋幾委于斷簡殘篇，而朽腐餂剝于蠹魚之口者，爲黯然久之。既而曰：『是雖吉光片羽，抑亦豐狐文豹之一斑也。意必有光怪陸離之筆，低昂慘淡之音，以發其患難死生、抑鬱沉痛、欲鳴不敢鳴之隱。』于是乃凝氣卒讀，其曰《始遊集》、《小禺初二集》，則囊所受讀于先生，間多朋遊唱和之什，雖微抒其性情，猶多隱忍諱忌之苦也。其曰《七別》、《詠古》諸篇，則又先生患難之秋，抒其夙抱，猶有少年勃鬱之鋒，未盡木雞邃養之候，志士猶或免也。其所往來酬答四方人士，論詩、論文諸書與序，雖克自樹藩籬，鳴一時風人之盛，三代以下，瑰異挾奇之英，往往優之，未足爲先生獨也。唯最後得其所題先傳後與諸先友壙志祭文，乃少小得其尚志鬚眉一二，銜痛悲憤苦臆爲一，惻然而猶以爲未得其平日所謂全副精誠，一腔熱血以出也。于是復終始披閱，又最後始得其哭同室湛太君之文，反復熟誦，則忽不覺其且誦且泣，淚淫淫下，不能卒篇也。于是乃廢書而嘆曰：嗟乎！世無程嬰、公孫杵臼久矣！今非是老，孤何以活。如斯作固雖先生發其報德未能之私，抑實先生率臆寫其當日枕戈寢塊遺怨也。世人不知，謂爲先生蒙難之後，教子成名，今且漸即貴顯。又其平日多浮沉玩弄于詩酒酬應之場，冠蓋赫奕之所，似不能副其初志者，不知此皆皮貌之觀，非真能論定先生肺腑者也。令先生當日而不教子成名，則將卒翦家學，而使一經之遺，至先生一人而斬，不忍也。若夫名之成否，則聽之後昆，潛見之各有時，非父兄所能逆睹也。不特此也，又令先生而不優遊于朋友冠蓋之交，陶情適趣于吟詠文酒之場，則又必將屏世絕俗，逃入空谷，不幾自外于光天化日，生今反古，爲一狂悖謬戾之子乎？且曩戊午大獄之興，驚徨未定，又勢有所不可也。嘗竊譬之，世俗匹夫匹婦之倫，間有可歌可哭之事，欲以寄其歌哭未能者，一處暗室，屋漏空天，寂寞之下，必一破口失聲。外則否。無他，不言之傷，非他人之可堪聞見也。然則先生平日之哭，凡其可見于詩與文，以與世人共賞者，必悉非其暗室屋漏之時，空天寂寞之頃可知也。夫脫其覆巢破卵之生，死之又死，乃卒以全。浸假而少讀父書，又浸假而少闡父烈，又浸假而斂驚魂于垂定。追平昔之過庭，乃以盛大昌明其文章，激昂發揮其忠孝，此非有天焉相之不能，與終始百摧折自鍛練之不可。是則先生斯文，寧易悉舉爲世人讀，與讀先生斯文，寧能漫易苟且作爲評誌之語哉！其必千載而下，庶幾有一二尚論君子發而明之。余斯文不過粗以平昔之所聞于先生，與今獲誦諸所遺集，而私發其臆見如此，姑以筆之于尾，而敬俟焉。

初刻自敘

余自志學以往，皆爲患難之日，東西南北不能多挾書自隨，而意有所感，復不能已于言，故于文辭，取之胸臆者爲多，而稽古之力不及，于昔人矩度，蓋闕如也。每以自愧，不敢示人。而亦妄自謂丈夫當有以自見，何至作此冷淡生活？今四十無聞，老矣。念方將請教于大人長者，吾之善不善，當與天下共見之，何有區區詩文之末哉！因命兒曹滙爲一編，偶一省覽，輒掩卷太息，自傷失學而已。甲寅九日獨漉子陳恭尹書。

詩集

獨漉堂詩集卷之一

初游集

小序

余以崇禎辛未生于錦巖之東隅。十二而先慈捐背。免喪，補諸生。十七而先府君殉節。明年戊子奉恤典于端州，游于是爲始。前此非無游也，從先君車轍，猶之家也。非無詩也，未成聲也。己丑之秋，執金吾于禁闥，其冬假歸。庚寅避亂于西樵。辛卯春築幾樓于寒瀑洞。其秋之閩。壬辰春，自閩而之匡廬。及秋，泛彭蠡而下，止于杭之西湖。癸巳訪舊于姑蘇，因歷金陵、宛陵，道陽羨，還杭州。其冬，買舟南歸。甲午春，還抵西樵。七年之中，倏而冠蓋，倏而瓢笠，倏而漁舟，倏而樵斧，不無乘輿之行，亦有不得已之别。其間歸錦巖者前後百日有餘，然而煢獨一身，蕭條四壁，猶之客也，故皆謂之游。其詩雖未成聲，而哀傷之所自始也。自己丑迄甲午之春，存其稍可觀者，爲《初游集》。

拜恩感賦

御史封章更表忠，詔書前後出行宮。家門已積淪胥痛，國典猶追式遏功。唐祀睢陽存兩廟，漢崇司馬列三公。孤兒拜舞威顔下，血淚憑添汗簡中。

春感

石羊城下越王宮，天盡東南浪拍空。萬頃可鄰春飲馬，重關不見士彎弓。威儀有日過三輔，草木何年借八公。寒食古臺新雨後，斷笳零亂起悲風。

龐祖如見訪

重巖行樂處，回首但雲陰。別我歲華改，逢君秋色深。出門遍衰草，托足惟空林。欲謝人間世，論文與素心。

哭外舅湛公 公卒以六月，干戈阻絕，冬末始聞

碩德堪千載，高名重一時。黄槐隨鳳詔，彩筆對彤墀。下座人皆仰，微言世所思。遊輕駟馬貴，歸盡綵衣嬉。問訟中途反，評才滿月移。不安林下席，將飽路傍饑。當食推盤粟，妨民拔露葵。郭生難得友，鍾子信堪師。以德應能壽，論年不及衰。壞梁歌已矣，朝菌忽先之。罷市鄉人哭，憐芳楚老悲。酸風朝颯沓，寒雨夏淒其。吊客來飛鶴，閑窗怨子規。自嗟逢世難，飲恨向天涯。望海情何極，尋鄉夢每疑。烟塵銷未得，書札到何遲。昔者趨庭訓，因之拜羽儀。稍能酬客語，才解誦親詩。不以東床傲，殊深戶牖知。國憂期共奮，家難忽相隨。廡下依臯伯，舟中學范蠡。提攜無異父，期許欲過兒。離別奄逾歲，風流渺莫追。長歌淚如霰，何待峴山碑。

西樵旅懷 五首

二十之齡，客途強半。六年度歲，各在一方。感日苦多，浮生如寄。西山冬盡，風雨昏昏。追昔傷茲，悽然有作。

羅浮風暖鷓鴣啼，山下梅花客未迷。十里嬌歌傳玉笛，一竿殘月泊沙堤。生存華屋人何處，營壘清秋馬獨嘶。扶醉西州他日路，潘郎懷舊豈堪題。

牂牁滾滾向東流，綠浦黄龍識御舟。初日平沙群躍馬，二年杯酒獨登樓。星連牛斗曾傳檄，寒報湘沅盡賜裘。孤棹一辭天萬里，幾回風雨吼吳鈎。

高樓斜月倒銀河，長路朝天響玉珂。雉堞影連飛旆密，馬蹄香踏落花多。風中短笛翔鵷鷺，樹底輕塵散綺羅。只有數峰名石室，著書留待史臣過。

江城北面是山家，細雨西橋石路斜。九日歸來澆綠酒，幾年人去落黄花。牙籤舊架唯餘蠹，玉樹空庭但噪鴉。猶有鄰翁思手澤，壁書珍重與籠紗。

涕泣經年自一身，南天回首又風塵。低徊不死緣無子，潦倒何顔復向人。犬馬豈能忘舊主，夢魂猶恐負先臣。西山有屋臨溪水，新種桃花欲避秦。

答何友大

昨夜月明夢君廬，今夜月明得君書。書中歷歷何所有，半幅蠻箋詩一首。上言所苦在有家，羡君山中看桃花。桃花如錦覆山春，此時山中望故人。別時有約今中止，把札自疑猶夢裏。山樓初築西山西，山池三月草應齊。池頭濯足清溪水，何日山中與吾子。

送莫休倩英卓今

手持青竹杖，相送白雲端。山裏逢人少，君來作别難。亂泉侵宿夢，疏柳隔垂竿。舍此空歸去，重期能不歎。

寄蔡艮若

朝起望山路，雜花虧蔽之。日莫有來人，而非心所思。子行亦不遠，曰歸何乃遲。清溪日澣濯，猶恐衣裳緇。

寄家賫予

小池之南摘蓮子，記得搖舟弄江水。龍津渡頭秋風起，布帆一别三百里。飛烏西飛何其急，歌者何人悵然立。深樹涼蟬曉鳴澀，疏簾細雨當窗入。桐葉如啼柳如烟，昨日夢君今日眠。

送王說作

相送已惆悵，清溪更亂鳴。未窮生死理，難了別離情。細草秋無路，長林曉有聲。不須今夜月，還似昨宵明。

送饒侍御石帆

玉驄踏盡天南路，更掛征帆向何處。林木還留海燕巢，歸人卻背秋鴻去。飛雲飛葉滿前山，和月和霜度庾關。庾關北下鄉園邇，五老香爐相對起。荷鋤且作種瓜人，鐵面人知真御史。一疏曾令死者生，又令生者心爲死。西風寒，山酒旨。捧離觴，酌君子。靈蛇有珠蛟有淚，願借豐城三尺水，報恩報仇報知己。

梅子潭紀夢

浮雲離離，颯其風雨。扁舟獨寐，夢我嚴父。曰嗟曰嗟，汝行良苦。悠悠道路，矧茲鼙鼓。自汝之先，未絕如縷。有子其傳，于今爲五。無曰予薄，諸靈所怙。敬汝慎汝，無忘先祖。再拜以跽，小子稽首。

暫別我父，日月以久。鬱鬱予心，如結予口。牽衣欲言，捧親之手。其衣燁然，其手載溫。乃欣乃奔，乃蹶于門。起而傍徨，尚聞其言。疾呼我父，其人曷存。維舟搖搖，維雨彭彭。風回一壑，萬竹之聲。牛衣轉側，如臥春冰。行漸老大，實慚所生。激激潭水，舟乎濟之。浩浩親恩，心乎繫之。烈已前人，烏乎繼之。我歌我謠，庶幾勵之。

發閩中向匡廬寄蔡艮若

勞生同逆旅，何處是他鄉。漸聽人聲改，才知客路長。買舟彭蠡月，回首洛橋霜。指卻飛花笑，閑身爾亦忙。

建昌河上 二首

十月辭西山，蒼茫日東走。遲遲閩越路，東風變楊柳。扁舟亂河曲，旅泊成搔首。無衣知春寒，獨宿知夜久。煢煢遠行子，才知慕父母。

莫折棠梨花，花枝刺君手。莫戀春風時，春風白人首。春風低野草，遙見原與阜。昨日少年人，長松生左肘。

雜詩

駿馬黑貂弓，悲歌燕市東。少年尚意氣，不數古英雄。俠骨窮逾壯，冰心老漸空。浮雲無定所，舒卷任秋風。

夜中歎

秋風蕭蕭吹黃榆，黃榆上有雙啼烏。寒霜滿枝棲不得，夜久無人時相呼。西樵有客匡山裏，一聞此聲夜中起。十年含歎爲誰來，嘯倚芙蓉匣中水。

過金陵不泊

故都殘照在，一望尚崢嶸。山擁吳雲峻，天連楚水平。到秋禾黍意，爲客古今情。高寢長松外，遺臣怯近城。

西湖

山中麕鹿若爲群，嶺外雙魚杳不聞。貧甚獨存馮客劍，雪深持上岳王墳。西湖歌舞春無價，南宋樓臺暮有雲。休恨議和奸相國，大江猶得百年分。

送人

不辭行數里，相送及河橋。北路邯鄲遠，東風赭白驕。歸身征戰後，洗耳聖明朝。未有重期日〔一〕，題書莫憚遙。

【校記】

〔一〕『期』，十三年本作『逢』。

憶昔

憶昔十五六，形容一何好。高談溢四座，賓客驚絕倒。日月易以邁，春華豈長保。我行如昨日，兩度見青草。天涯勞苦遠，異路風霜早。相逢少年子，自顧已枯槁。何待兩鬢白，然後始謂老。

西湖雜興 四首

隔江山萬疊，相對不知名。野寺宜孤夢，春風懶獨行。澗陰雲乍上，林暗葉初生。自住西湖後，何曾暫到城。

岳王猶有廟，宋帝更無宫。水夾層城麗，山盤萬戶雄。園陵深夜雨，松檟冷春風。無淚揮前代，吴燕在眼中。

明月有相憶，天涯只自親。江山不可語，意氣向何人。鶯踏落花暮，燕銜孤屋春。年年别離盡，無淚與羅巾。

别來無信息，歸雁入殘霞。故國應芳草，連宵夢落花。吹篪吴市月，垂釣越溪槎。見説佗封地，依然屬漢家。

京口舟中

小小舟，長數尺。濛濛雨，移水驛。西風起，淫淫黑。羈孤臣，年年客。釜中著水當自乾，腹中著愁當自寬。男兒眼大天地小，麒麟閣，蟣虱肝。

虎丘題壁

虎迹蒼茫霸業沈，古時山色尚陰陰。半樓月影千家笛，萬里天涯一夜砧。南國干戈征士淚，西風刀剪美人心。市中亦有吹篪客，乞食吳門秋又深。

歸自吳越與家皖翁龐藝長賚予弟握手龍津醉後成詩

松溪殘雨濕征衣，小泊村橋叩竹扉。萬里共驚吾尚在，三年偏訝信何稀。棘林雪盡銅駝冷，苜蓿春生鐵馬肥。醉死君家都莫惜，天涯多有未能歸。

與蔡艮若楊無見夜話

中夜不成寐，憶君前可知。乍從燈下到，猶似夢歸時。屈指論年月，開襟對酒卮。誰能更碌碌，辛苦話天涯。

過何知澮新築

主人既不俗，能使林園清。未雨小池淺，將昏初月明。結廬七八尺，啼鳥兩三聲。種得忘憂草，如今花又生。

舟經故里不泊

東林日未出，一望但蒼蒼。舊宅諸峰下，寒江繞郭長。十年春涕淚，二月雨帆檣。不爲營先塚，何因對故鄉。

葉世潁蔡艮若同登金紫峰作

空林採藥倦，寂寞憩禪扉。買得山村酒，遥從風雨歸。雲生層嶂合，春盡落花希。向晚平疇上，閑閑一鶴飛。

旱夜

饑歲蘇猶未，農時旱可憐。無田春望雨，不寐夜觀天。朱鳥垂簷沒，銀蟾入戶圓。鄰家桔槔叟，潮上獨撐船。

增江前集

小序

甲午春，予歸自吳越，首夏僦居新塘，始有室焉。新塘，增江入海之口也，虎門在其南，黄灣在其西，外舅如珩湛君之家在焉。予往者複室逃生之所也。明年乙未，與蔡子艮若就何子不偕之鄉，結茆荷池之上，讀書稽古，倦則放舟仰卧荷香中，致足樂也。丙申病于梁子器圃寒塘者二月。秋與蔡、何二子爲陽春之行。丁酉首春，奉先公大司馬、彭夫人柩，合葬于增城九龍之山。其秋與何子爲澳門之遊。明年春，偕出厓門，渡銅鼓洋，訪故人于海外。秋半，復同爲楚南之行。自楚行之前，僦居新塘之後，五年之詩，錄爲《增江前集》。

僦居新塘送葉世潁蔡艮若何友大不偕歸里

虎門送君晚，白日落蒹葭。故里不同去，他鄉獨作家。多離愁覺減，入世懶逾加。已有西來約，還山待菊花。

乞食翁

冥冥青楓林，戢戢歸飛翼。飛鳥亦有巢，老翁行乞食。問翁何方人，揮涕答不得。良久前自言：『家在東山側。薄田五十畝，父子藝黍稷。宿昔天地平，黽勉努筋力。中婦提壺漿，小婦當機織。老妻低白頭，扶孫共匍匐。冬日農事歇，斗酒呼親識。雞豚稻粱飯，壯我衰顏色。寧知屬戎馬，秋毫見取索。一歲耕且鋤，不足供賦役。芸田倦未起，肢體被鞭策。貧家力已竭，公家求日益。有田以自養，反以速窮厄。欲賣與豪家，鄉鄰少人跡。當時富貴者，荒草生空宅。歸來語孫子〔一〕：「流離任所適。重恐官吏至，豈能受逼迫。黄泉亦相見，何必人間客。」欲呼一飯別，盎無半升麥。出門各分手，痛哭辭阡陌。哀哉竟至今，兩不聞消息。老身一葛衣，朽爛委荆棘。餓死污人鄉，不死長悽惻。新朝澤萬物，我獨罹斯極。』下民日憔悴，上天安可測。

【校記】

〔一〕『歸來』，底本作『回頭』，據十三年本改。

臥病

海門送人地，人去見波濤。東路離居久，西風病骨高。背牆施枕簟，當暑著綈袍。頗悟無生理，蟬聲在遠臯。

新別

戶外猶殘月，江邊已曉春。輕裝來去易，孤獨別離新。角枕迴憐汝，牛衣莫笑人。請看原上骨，豈得在生貧。

送梁器圃歸邑〔一〕

汀洲初雁飛，送客釣魚磯。故里我曾夢，深秋君獨歸。荻花迎棹起，楓葉到城稀。爲問先人宅，門前柳幾圍。

【校記】

〔一〕『邑』，十三年本作『順德』。

閒居

閒居冬已盡，獨坐念將衰。霜葉不親樹，寒花多苦枝。單衣勤向日，薄命拙逢時。莫作將來計，人生未可知。

又

羚羊千丈峽，鐵馬一秋塵。巾幗遺諸將，干戈戰市人。析骸猶可爨，三版未成湮。祇恐東南畝，明年不用春。

新塘早春懷蔡艮若何不偕

春雲漠漠虎頭東，幾日移居杏再紅。三徑草生殘雨後，數家門掩落花中。鄉山久別吟兼夢，水驛多情浪與風。有約扁舟未能去，幽期空負釣魚翁。

宿梁器圃寒塘

衰柳亭邊酒數杯，扁舟昨日虎頭回。結成茅屋竟何事，開到黃花人又來。小郭乍寒山有雨，平池經旱水兼苔。舊家正在江城外，深夜無人莫上臺。

四時白紵歌 五首

春白紵

新林生葉花交飛，珠簾初日流素暉。洞房夜燭光力微，起舞君前歌露晞。宛如游龍翩如鴻，骨柔態變不可終，高舉長袖雲迴風。鳳文雙履金縷衣，長跪爲君擎玉卮，芳年逝者已若斯。

夏白紵

草螢本質昔已枯，化身今比明月珠。飛君華堂綴交疏，何況賤妾不肖軀。能歌巧笑工步趨，長眉的皪承清罏。不敢自許衆道殊，幸離下土升階除。雲房別館如天居，奉君顔色今夕初。秣君駟馬豆以芻，醉君吏士人石醹。願因微風達區區，晝長夜促樂斯須。

秋白紵

素衣輕舉襳袿紅，朱脣不動音微通。如驕似怨不自容，翩若芙蕖秋被風。輕絃細語傳纖手，寄心贈君君不有。白雲東下雁南飛，令顔一去不復歸。

冬白紵

氍毹匝地朱復殷，鳴環顧步何姍姍。文犀約臂辟重寒，含聲未吐氣若蘭。左顧右盼生光瀾，堂上清歌林外囀。積雪遥光凝玉面，雙心一意俱迴旋。百媚邀君流一眄，千秋萬歲非所羡。

夜白紵

天階璧月霜始凝，玉繩西倚銀漢横。杯疲客醉不自勝，佳人含笑燭下興。垂輝振彩四座驚，軒軒忽若朝霞升。人生快意不在他，高賢嘉會酒且多。秦簫激越齊瑟和，日月逝矣如流波。永夜如年君弗歌，百年如夜將奈何。

鉅鹿公主歌辭

官家出游乘駟鐵，毳殿連房象宫闕。其一

殿前女子持絳節，手彈琵琶顏照雪。其二

中宮西宮同羽獵，何以知之雙鬟結。其三

琅琊王歌辭 八首

新買五尺刀，爛熳芙蓉焰。曉夕時一開，取照幽人膽。

人言琅琊賢，我獨未曾說。長揖交戟中，左右驚吐舌。

飛花亦有蒂，浮梗故有根。四體如輕埃，因風集誰門。

長安八水背，清渭流最急。一夜西北風，怒濤寒自立。

琅琊大道王，更唱琅琊曲。側有如花人，許以英雄目。

劍室雙金龍，夜夜鳴中篋。不能青天飛，枉用張鱗鬣。

天不借日月，日月終經天。虎不借深山，藜藿生路邊。

寶馬鳴春風，馬上人如龍。下馬道姓名，言是廣平公。

雀勞利歌

蒼鷹飛飛雀勞利，高者逢之下得計。

折楊柳歌 五首

白羽照邊月〔一〕，麗服明春風。朝來試馬蹄，躑躅垂楊東。

家居楊柳下，直路西北馳。望郎不可見，折盡門前枝。

放馬在南澗，馬嘶時向北。龍出渥洼中，萬人皆辟易。

河北望河南，楊柳鬱森森。蕃漢雖二域，春風無兩心。

左手櫜健弓，右手結柔轡。抽出腰下刀，深勒燕山字。

【校記】

〔一〕『邊』，十三年本作『秋』。

企喻歌〔一〕 四首

男兒欲作健，不用持弓矟。獅子一顧笑，百獸毛自落。

放馬在大野，草淺馬騰躍。鐵作身上衣，明朝爲君著。

前營看後營，萬馬肅無聲。前軍看後軍，大旆蔽平原。

男兒墮地日，會有冲天時。泰山與鴻毛，各是人所爲。

【校記】

〔一〕『喻』，底本作『踰』，據横吹曲名改。

捉搦歌 四首

好月在天常患缺，硬弓在橐常患折。男兒窮居苦無骨，老女不嫁忌嫁畢。

兩株銀杏江邊老，花者是公實者母。天生神物必有偶，獨坐空房今白首。

路傍古井人所食，清淺分明辨沙礫。可鄰照影多行客，不見鬒眉見巾幗。

江東蔗竿長丈二，中間可啖兩頭棄。少年往矣老不濟，四十五十無多歲。

隴頭流水歌辭 三首

隴頭流水，流離四注。念我勞人，終身霜露。一解

弱水可途，堅冰在鬢。時無英雄，咄哉丈夫。二解

上阪下阪，秦川在眼。左手把鞭，足不能前。三解

月節折楊柳歌 十三首

正月歌

野雪猶未開，水邊與林上，次第送青來。折楊柳，不知思已深，只訝春何久。

二月歌

紅碧兩參差，芳香滿林薄，望歡殊未來。折楊柳，我有千里心，願寄雙飛鳥。

三月歌

采薇薇已柔，東西復南北，念子何時休。折楊柳，持爲七寶鞭，追逐驊騮後。

四月歌

寒消時未暑，梅子欲成黃，摽落當誰取。折楊柳，青春不可追，長條已堪掃。

五月歌

家帶辟兵符，螳螂誠有斧，不足禦隆車。折楊柳，刻作孟嘗君，才堪役雞狗。

六月歌

大鳥怒而飛，海水方飄揚，浩泙將焉歸。折楊柳，天作颶母風，四面來吹子。

七月歌

揚州牛女紀，孟月渡河秋，人間復何似。折楊柳，蟢子識窗前，誇道天孫巧。

八月歌

雲氣方四除，明月有正色，依依照吾廬。折楊柳，斫盡礙門枝，不患秋光少。

九月歌

零露已爲霜，穠華不堪玩，晚菊餘芬芳。折楊柳，疏密葺藩籬，不負重陽酒。

十月歌

天淨北風高，鷹隼盤空中，意氣真雄豪。折楊柳，鏃取董澤蒲，一試穿楊手。

十一月歌

大野極群陰，萬物方嗷嗷，一復見天心。折楊柳，立表測土中，短長占日晷。

十二月歌

水澤腹已堅，坎險化爲夷，走馬渡長川。折楊柳，楊柳不成陰，濯濯青松老。

閏月歌

曆象有前期，天王在門中，百辟盛威儀。折楊柳，四序相周流，盈虛信天道。

日重光

日重光，奈何雞方鳴。日重光，昨日之日固當舍我而行。日重光，懔乎若淵上之春冰。日重光，過中則昃西傾。日重光，年在壯盛難恒。日重光，譬如大將背水陣兵。日重光，照是下土下氓。日重光，追擅逐臭如蠅。日重光，唯有達者成名。

月重輪

月重輪，照天下。使天若無明月，萬古當爲長夜。何夜無月，月有虛盈。誰爲匪民，達者成名。

秋行 四首

亂竹微開一角，莫雲遠帶孤村。人到綠楊下馬，屋迎秋水開門。

萬峰谷裏村路，獨木橋西酒家。對客山翁白髮，當壚老婦黄花。

舊宮荒草何處，莫日蘆花繫船。漁子數燈歸盡，江潭一雨蕭然。

酒醒已離孤店，燈殘莫寫鄉書。曉月啼猿未已，秋山匹馬歸歟。

何友大問余病于寒塘

十里雕胡渚，勞君艇子來。棹移花下雨，人上水邊臺。少別經三月，深情盡一杯。病餘存舌在，今夜話能陪。

厓門謁三忠祠

山木蕭蕭風又吹，兩厓波浪至今悲。一聲望帝啼荒殿，十載愁人拜古祠。海水有門分上下，江山無地限華夷。停舟我亦艱難日，畏向蒼苔讀舊碑。

醉夜

黄雲峰外雨，雨後别山公。客醉溪橋滑，人歸夜火紅。旅魂思北首，病骨入西風。長歎厓門上，明朝路又東。

七月八日早行

行子及清晨，鷄鳴在四鄰〔一〕。星沈牛女夜，燭照别離人。樹勢迷前侣，江濤怯病身。遥遥蕩舟子，招手荻花津。

【校記】

〔一〕『雞鳴』，十三年本作『鳴鷄』。

病柳

黄落亦復好，青青將若何。受人憐不久，當路折偏多。艷節成虚往，嚴霜幸未過。金城舊栽處，流涕怨蹉跎。

擬古 三首

橘子始可食，往往辭其枝。孝子方欲養，父母長別離。墓上椎牛羊，不如生蒸梨。高爵耀閭里，無親持慰誰。魂夢中夜來，九原知不知。

寄生在高樹，樹枯枝不繁。托身共生死，所惜非同根。昔我三小弟，俊邁難具論。國難一時盡，反令愚者存。豈無友朋好，終念骨肉恩。不見蒲葦中，鴻雁相飛翻。雙雁飛上天，孤雁無與言。

射虎射石頭，始知箭鋒利。居世逢亂離，始辨英雄士。我生良不辰，京洛風塵起。生死白刃間，壯心未云已。猛士不帶劍，威武豈得申。丈夫不報國，終爲愚賤人。中夜召僕夫，將適趙與秦。方建金石名，安念血肉身。抗手謝儔侶，明日西問津。

夜發甘竹灘

灘頭潮落樹昏昏，夜半移舟出水村。一渚暗雲迷大雁，片帆春雨下江門。愁來每失芳菲節，老去多慚父母恩。明日岡州花下醉，此心持與故人言。

代閨人新月

夫壻遠邀勳，金鞍西入秦。空閨見新月，終夜惜青春。似鏡難全掩，如眉不解顰。爲銜將落影，持照未歸人。

中游集

小序

予之初游也，志不期歸。念二人之窀穸未卜，五世之宗祏無託，乃黽勉畢婚，雖家寄增江而心未嘗不在萬里外也。丁酉春，既襄葬事。戊戌仲秋，復逾大庾嶺，取道宜春，度歲于昭潭。而滇黔路絶。明年乃登南岳，泛洞庭，順流江漢之間。其秋憩蕪關，遇海舶之亂，輕舟濟江，歷中都，治寒衣于汴梁。北度黄河，徘徊太行之下。冬中南還，自鄭州、信陽至雲夢登舟，度歲于漢口。庚子春初，溯衡郴，下韓瀧，三月抵家。是游也，志在西南，而行乃東北，故所至若遺跡焉。始予十二，丁母夫人艱于錦巖，苫次夜夢，有大象十餘頭，乘舟過吾門者，象上有人羊裘而操琵琶，宿昔所未覩也。旦以白先公，先公曰：『異夢也，其必有徵。』是行也，于鄭州道中，遇象十三自南而北，雨雪初晴，其人皆披裘，坐象背而絃歌。十八年前夢中所見也。詢其自來，乃滇池所獲。予之飄泊于此，命也夫。蓋自是無復遠游之志矣。彙是游之詩爲《中游集》，有數義焉：中年之游也，中州之游也。有初必有終，有初終必有中，予其能終于不游乎？謂之中游，若將有待也云爾。

宿董無休五羊寓舍留别

雨歇空堂秋氣生，酒杯無惜坐深更。扁舟此去復爲客，一宿緣君暫到城。夜月幾時還共照，楚山應恨不同行。西風萬里傳書處，待汝題詩贈屈平。

别楊無見因柬岡州同人

結束遠行邁，未行先送君。秋江下白露，今夜向黄雲。此别渺難定，臨岐何易分。還將努力意，傳語故人聞。

發舟寄湛用喈天石鍾裴仙

扶胥古渡水淒淒，雨後移舟望轉迷。數口寄居秋草外，一身爲客楚雲西。家無兄弟依良友，地夾河山畏鼓鼙。知己片言應不負，亂離妻子藉提攜。

留别諸同人

霏微殘月曉風寒，生死交情話别難。入楚客無燕匕首，送行人有白衣冠。舟辭香浦鴻初到，馬踏梅關雪漸看。後會不須期故國，中原天地本來寬。

度大庾嶺

向風長歎草蕭蕭，山壓重門石氣驕。千古霸圖俱寂寞，再來行迹尚漁樵。寄書黄木灣何處，走馬紅梅驛漸遥。欲掃蒼厓記名姓，少年時已薄題橋。

江上别盧非玉

重逢又是異鄉行，一月孤帆共北征。江上路分彭蠡澤，雪中人向岳陽城。停舟此地丹楓色，買醉當壚玉笛聲。别後想君歌舞夜，姑蘇南望倍含情。

送滌公

滌公到城久，忽憶丘中琴。積雪移孤棹，寒湘共此心。獨歸紅樹外，相待白雲深。語我茅庵路，衡山在隔林。

自勵詩

聞道豈必早，立德苦不固。嗟余困蒙弱，老大猶未樹。五十不稱夭，蹉跎已中路。逝者誠已矣，來茲可無懼。先民詔遺矩，乃在行其素。外物焉足希，澄心任所遇。每戒出位思，恒存周身慮。毋曰獨居暗，幾微漸成著。毋曰戲謔小，君子有常度。穴防終以決，往水不返溯。庶幾日三復，反躬永無惡。

湘潭除夕

束髮志萬里，歲盡猶在茲。茅堂閉積雪，高臥湘川湄。鄰家節序意，寒笛參差吹。佳人急刀剪，中夜聞聲辭。留滯感未弭，景物情難持。褰衾蓋蓬首，托寐通所思。故鄉有餘夢，所思渺無期。寤歎擊牀蓐，反側傷肝脾。人言有彼此，道遠不可知。吁嗟壯士懷，歲盡增遙悲。

贈郭幼隗

陶公羲皇人，濟世心復苦。違時棄經綸，養節薄簪組。微言寄簡策，容色尚可睹〔一〕。昔人云已邈，之子蹈前矩。林園發新詠，往往見肺腑。以置彭澤中，識者昧去取。匪直英華美，秉心亦猶古。

又

駑馬出大宛，縶之在漢闉。長鳴眷西極，萬里走空闊。物老德不稱，筋衰力先奪。繁陰盛淫雨，修途濘不達。側首見驊騮，塵中問饑渴。言戀父母國，已恐貳師拔。踟躕立長坂，淚雜溝中沫。苜蓿未可希，生芻欲歸秣。

【校記】

〔一〕『尚』，十三年本作『若』。

湘上寄梁器圃

湘皐氣候暖，風物猶近粵。雪在野際青，春遲柳間蘖。出郊踐芳草，怨與王孫別。河橋一分手〔一〕，六滿汀洲月。靡月不相思，矧伊艷陽節。想見山阿人，行歌散玄髮。衡陽有歸雁，遡矣嵇生札。

【校記】

〔一〕『分』，十三年本作『揮』。

送雪公歸耕蒼梧歌

蒼鷹六翮不上天，化爲春鳩啄人田。壯士有力不搏虎，兩角肥牛耕瘠土。毛摧羽落君莫歎，龍屈蛇伸自終古。送君耕，耕何所，上有蒼梧之深山，下有牂牁之長浦。浦下山田田上墅，荷鍤來歸日當午。曲枕右肱樹左股，萬事不理望膏雨。

湘上讀書柬郭幼隗

高天何寥廓，茅屋十餘尺。上有飛晨風，下有不歸客。重衣垢以敝，散帙黯無色。仰首慚壯夫，垂心事雕刻。

答别郭幼隗

天涯何意返征驂，慘淡離懷酒不酣。匝地柳條青漢上，斷腸春草綠湘南。難歸故國生多恨，有約乘桴去亦堪。滄海茫茫一回首，美人遲暮在江潭。

發舟中湘將登南岳

芳草綠未已，孤舟發南湘。還當上巳日，遠適衡山陽。石積水光碎，竹多風響長。客途春有酒，波蕩感浮觴。

宿羅克生

衡山三十里，樵子識君家。一路杉松雨，開門桃李花。乍逢如宿昔，未老亦烟霞。歎息青燈夜，春衣冷欲加。

謁南岳廟

秩禮咸百王，茲山奠南服。如何奕奕廟，樸樕今有屋。鏞鐘仰東序，高瓦墜平陸。谷風飄崇基，枯草下更緑。上帝當板板，百神亦傾覆。周簷盼層阿，出涕立空谷。

石浪庵訪破門上人

櫻桃花落正黄昏，谷鳥驚飛客在門。想得老僧春未出，竹根深雪屐無痕。

贈大化上人

草屋蒼涼老此身，重巖花木不知春。故鄉南岳三千里，君在山中見幾人。

南岳道中從石浪庵上至高臺寺

晨飯氣始晴，初日在山缺。紆迴出林莽，揖與老僧别。摳衣陟天路，百里上積雪。適來歷崔嵬，反視若丘垤。清泠墜冰響，淅瀝霜枝折。中峰方眇然，將登且當歇。

登祝融峰

祝融高不測，雲雨及其半。濛濛在太古，乾坤猶未判。九州有餘覽，旭日夜中旦。臨睨懷百憂，因高發南歎。

宿高臺寺

山南勢盤鬱，開豁獨斯宇。中天置茅屋，上與祝融伍。階下俯衆峰，窗間括南土。夜冥江火近，日出寒簷雨。托宿此最高，終身未更數。

下祝融峰向白門寺道中作

披離中林雪，厭浥下山路。緣高凜若墜，身外不敢顧。藤藟援我行，飛鳥爭我度。我下群木鳴，我上寒雲沍。迹從逝溪遠，心與幽賞住。萬里方自今，重期豈能預。遲遲聞遠鐘，懍懍日將暮。

白門别諸諸和尚

南岳千峰一衲棲，小橋流水入招提。山端遠影湘江盡，竹外閑窗楚岫低。十日淹留春色暮，中宵談笑月華西。岐途不用悲遊子，芳草天涯路未迷。

過洞庭湖

灌注合梁荆，蒼茫四望平。江山俱不到，天水自相生。失路行湘浦，期舟渡郢城。風波此瞻眺，真信地維傾。

赤壁舟中歌

曹家老瞞狡而武，百萬戈矛下荆土。贅閹小醜夷群雄，當時意氣無江東。江東少年劍斫案，驅風走火烏林岸。北船烟燼西蜀都，吳王宫殿飛赤烏。誰爲此謀葛與周，兩郎年幾二十頭。雄圖已矣勿誰道，赤壁舟中人已老。

將發漢口毛子霞在武昌不得更别舟中夜坐作詩寄之

滄波芳草暮生烟，東望離心倍黯然。短棹擬過黄鵠渡，輕裝催上白門船。遥從江漢分流地，坐到星河欲曉天。明日五更應已遠，故人殘月正高眠。

過昭關

蕭條半生事，驅馬行中原。人影亂馬蹄，跐跋沙塵昏。馬饑走銜草，人饑那得飧。西徂峴陽阪，佇立昭關門。古人伍子胥，聊可與之言。

次鳳陽逢中秋

未到問沽酒，早投城北闉。莫令亡國月，得照渡江人。世薄功名士，秋銷戰伐塵。餘生付樽杓，留醉上車輪。

舟泊長淮關懷去年別者

長淮今夜月，此是故人心。萬里送行者，徘徊楓樹林〔一〕。維舟悵前別，把酒戀同斟。自我不相見，知君愁至今。

【校記】

〔一〕『樹』，十三年本作『木』。

吹臺

風吹吹臺樹，樹葉高下飛。嗟哉兩游子，遠適不念歸。馬蹇負橐行，鞭斷持竹枝。彷徨吹臺下，據地擢素髭。借問客游子，飄颻欲何之。乃云適西北，又不入帝畿。聞有燕趙士，尚義如渴饑。雖則如渴饑，昔是而今非。高岡多蒺藜，下室多伊威。黄河問清水，升斗不可希。風吹吹臺樹，樹葉落不遠。嗟爾兩游子，遠行莫如返。

夷山謠 夷山，侯嬴所居

古夷山，今平地。車馬東西馳，屠兒倚刀醉。梁園枯草鷹嘯風，公子翩翩持角弓。

博浪謠

前椎晉鄙，後椎秦始。地并大梁。不信海西馳，久飲東京水。

黄河謠 二首

口哆聲嗔，招舟孟津。馬飲濁浪，人立濁塵。

貴輿賤騎，飛軀逐利。老反山阿，白頭入地。

山陽送趙客入燕

漳河東是帝京塵，匹馬看君發孟津。欲寄悲歌向燕市，荆卿行後更無人。

山陽逢亡友蔡艮若生日感賦

夭壽各歸盡，三年悲亦衰。胡然既死後，轉憶始生時。寡過我何賴，多才人未知。山陽今有作，不爲笛聲吹。

兒贛晬日旅山陽作

游雲極八表，出山如有戀。我孤望兒子，及産不相見。我行馬蹄西，兒子初生啼。我行馬蹄北，兒生已匍匐。此日一歲成，此時鄰嫗盈。空堂雜百物，嗜欲開其情。昏來各出户，拍手嗤其父。阿婦入閨房，抱兒心望郎。

賣驢

歸鞍太行下，南及漢川湄。遠歷風霜苦，難爲蹇劣姿。在予常惜力，于汝亦忘疲。去落他人手，筋骸愁自茲。

歲暮登黃鶴樓

郊原草樹正凋零，歷歷高樓見杳冥。鄂渚地形浮浪動，漢陽山色渡江青。昔人去路空雲水，粵客歸心向洞庭。莫怨鶴飛終不返，世間無處託仙翎。

庚子元旦毛子霞招同何不偕登黃鶴樓

君子羈心積此晨，鶴樓斟酌歲華新。城頭江漢一千里，座上羅浮兩個人。細草暗催行處緑，落梅飛盡隔年春。誰堪天下無窮路，來伴微生易老身。

歸舟 四首

積雨江漢緑，歸心楊柳初。芳菲空復爾，少壯已全虚。白髮何難得，青山不易居。從今向田里，所懼世情疏。

舟路翠微上，了然知寂機。溪聲虚自答，山色静相暉。飲鹿妨人去，棲禽擇木飛。物情從所好，吾亦薄言歸。

楚縣逾山盡，章流向粵初。映花溪路閉，含水石根虚。淹泊時仍沓，羈愁日以疏。殊方歸亦爾，吾自笑懷居。

水氣動群木，虚樓飛葉聲。風燈無定照，峽月不終明。託宿維舟夜，臨瀧未濟情。寸心平自若，應任險中行。

雜詩 九首

潎潎東逝水，愴愴南征子。水逝水所歸，蒼天曷爲此。銜悲歷君庭，宵風動茅葦。東井嘒方中，天弧曜其矢。聞君旅其下，長跪願有啓。梁土多黑波，馬渴君安恃。

雁度葭菼黄，月懸江漢秋。離人喟清夜，挾瑟臨高樓。西瞻赤壁涯，東思滄海流。朱絃感英聲，磊砢不可收。下階重太息，古調今誰酬。哀彼促織蟲，有生亦何求。衣裳非所溫，唧唧懷殷憂。

杖策有所適，乃至南山阿。飛雪曜峻塗，高冰積嵯峨。仰見雙羽人，被服揚輕霞。揖我升丹梯，飛步游天河。下窺失五岳，累塊存中華。群星與日月，熠若流螢過。命我一丸藥，天隕子不磨。長揖謝羽人，蓄志不慕多。茲生有餘責，區區計其他。回車復吾路，路有張鳥羅。鳳鳥易高飛，羅雀如之何。

霜至草木寒，關河淒以風。扁舟越湘水，遲暮予何心。美人彩雲端，欲往聞遺音。雲端不可即，離別銷顔色。三朝掩明鏡，對面不相識。

商風自何來，白雲起秋色。梧柯下一葉，百卉萋未息。天地方疾威，美者先受抑。捐生故有人，困餒焉足惜。豈此百年軀，只爲螻蟻德。

蕭蕭君馬鳴，夜夜聞歌聲。馬悲慕儔侶，獨歌誰和汝。結束下空階，仰瞻霜與露。缺月銜東隅，旄頭沒何處。思爲伺晨鳥，舉舌催天曙。

家臨青山側，前望白楊道。遥遥孤墳下，有士懷其寶。存思澤萬物，一身乃先槁。駕言采杜衡，涉野多秋草。同心復幾人，相看日趨老。

金節天地肅，白日遄西飛。繁星不照物，流螢有餘輝。灼灼宵征子，車馬輕且肥。明燈集倡樓，四角揚清絲。佳人映瑶席，仿佛凝幽姿。回眸粲一顧，百萬焉足揮。錦衾既以陳，鴛鴦罥重幃。歡樂永今夕，此生不願餘。佳人含笑言，生死齊所歸。

旭日臨高城，城中何浩浩。樓臺動絲管，金碧相照耀。在野方爲魚，太康無乃早。浩歌感疇昔，瞻望淇園道。下有流湯湯，上有竹窈窈。河流日以溢，竹生日以老。

獨漉堂詩集卷之二

增江後集

小序

庚子春，余歸自楚南，其夏與何、梁、陶諸子掩關于新塘者二年。辛丑之冬，始爲羅浮之游。自壬寅至戊申，則掩關羊額爲多，蓋二何子之家在焉，而梁、陶則所居近也。其時室有糟糠之妻，膝唯孩提之子，家累蕭然，可以經年不出，亦可終年不歸。戊申之夏，先室奄逝，繼以婚葬，而兒曹漸長，生事日繁，不復能閉户矣。又六七年，而有滇、閩之亂，所居當東路之衝。丙辰春，乃挈家而西。計自甲午僦居增江至是二十三年，中爲江、淮、河、漢之游者三年。今自游之前者爲《增江前集》，游之後至西還爲《增江後集》。百歲人之大閑，而居增江者四之一焉。余之不忘夫增江者，非一二端矣。

古有乘車戴笠之謠其相逢必有歌蓋逸之也

戴笠者歌曰

南園道，蕭蘭不同芳，共是三春草。

答歌

墓門道，高下不同塋，一種生春草。

送董無休歸會稽歌　二首

奈何別，感予悲，思昔與君初相知。我之北，君在南，解君之策策兩驂。我之南，君將北，我馬玄黃不如昔。五羊城東百尺浪，欲送歸人行不得。行不得，爲君歌。風乎谷中，雲乎山阿。雷入于地，雨伏于河。風雲雷雨颯然合，下天上地爲滂沱。雲搖雨散西風好，願君且向山陰道。南北分飛自偶然，丈夫不受炎洲老。

江水秋以洚，關河上，西而風。翼翼之篷，我友于東。東何歸，歸會稽。稽山陽，稻與粱。稽山背，蒿與艾。何以贈君贈自愛。獨女不嫁鄰兒大，欲往從之愼其對。

子夜歌 二首

新妝尚未成，覽鏡自太息。折取丹若花，榴子何能得。
待歡不下簾，春風滅寒燭。雲中見一星，今夜成單宿。

感懷 十七首

纖纖西林月，待日生輝光。幸假羽翼資，與君同頡頏。左提而右挈，萬夫莫能當。況我爲仁義，相輔唯文章。斲桐爲兩琴，異形同宫商。中心一相知，異身同肺腸。智慧如丹華，華盛無再揚。勖哉二三子，久要期勿忘。

密雲自西郊，良苗望膏澤。長虹久不散，小雨滋蟊賊。日月煎本根，青黄變生色。結髮爲老農，終年不一穫。高門縱杯酒，大笑糟糠客。感念愚公言，子孫世其力。努力飾鎡基，春明候南陌。

往者不可追，來者不可期。俯首爲今人，舉體無一宜。有目厭兵革，有耳聞號啼。有腹飽糠覈，有足履禍樞。赤舌有如火，更以焚其軀。

高臺臨廣池，梧桐百餘尺。上有一尊酒，可以永今夕。明月生東隅，浩蕩無拘迫。君子多暇豫，小人聊燕息。人生有如影，終始爲形役。拔箭射虚空，箭盡弓亦折。步出城北門，壘壘山上石。下有忘憂人，千秋託松柏。

荷絲織爲衣，禦寒終不温。章句小儒生，安識經與綸。高冠帶金玉，端坐如鬼神。輕車從肥馬，游宴無冬春。志士沈下僚，能智豈獲伸。大盜從西來，擊鐘召群臣。空復見異類，何以張吾軍。大者爲雞狗，鳴吠從他人。小者如蛹蠶，只自營其身。

九月悲風始，邊士何慘慄。積雪齊高城，驚沙蔽寒日。斧冰持飲馬，鑿地求鼠實。月盛角弓强，三軍夜恒出。合戰陰山下，矢盡歸途失。手斬郅支頭，獻俘鳳凰闕。闕庭侍從士，臥起佳人側。日晏下朝歸，酌酒彈鳴瑟〔一〕。十年爲漢將，甲胄行蟣虱。一語不相能，投身對刀筆。

事君如四時，成功者爲客。君子慎其言，只以求忠益。小人躁於名，噭噭沽其直。疾疢卒不除，上下成乖隔。爲臣固當戒，爲君獨宜擇。曲突弗先圖，頭額爲焦灼。忠言有如鴉，佞言有如鵲。鵲鳴人所喜，鴉鳴人所唶。

海濱何遥遥，遥遥三千里。一里一千家，家家生荆杞。空房乳狐兔，荒沼游蛇虺。居人去何之，散作他鄉鬼。新鬼無人葬，舊鬼無人祀。相逢盡一哭，萬事今如此。國家啓封疆，尺地千弧矢。人民古所貴，棄之若泥滓。大風斷松根，小風落松子。松根尚不惜，松子亦何有。

番禺古都會，佳哉鬱嵯峨。三江交洪流，海水揚清波。劉項爭帝業，閉關自秦佗。黄屋與左纛，老夫聊自娱。山川足霸氣，往往開雄圖。中原鼎沸日，肝腦塗干戈。光岳氣雖分，生齒存亦多。海國誠富强，金鐵兼鹽鹺。百貨走天下，五兵雄諸華。盛朝爲外府，亂政求金車。使者道相望，下民方薦瘥。北臨漢臺上，悵望傷如何。

野犬吠行人，深巷聞荒雞。蕩子今何之，有司在門閭。朝出伏草間，夜起匍匐歸。有親誰當養，有田莫耘耔。豈敢負公家，有罪誠當治。甘瓜生井傍，百尺蔓其枝。禍來常無根，免身爲令謀。

夢登首陽山，鬱哉何巍巍。上有二子墳，下有三春薇〔二〕。寧從白鶴巢，不從鳳鳥飛。白鶴來有常，鳳鳥來無時。子胥耕吴野，少伯困會稽。一旦先埃塵，千秋有餘悲。

太息復太息，百年同木石。富貴比春華，一落誰相識。不如求令名，高譽流丹青。丹青雖可慕，人命如朝露。一身尚不存，令名亦何附。不如齊死生，無我亦無名。誠恐朽落時，亦與木石并。百足既憐夔，奔蛇復憐風〔三〕。是非百年内，展轉何能窮。

覽鏡在中夜，莫辨影與形。人苦不自知，所賴友與朋。圭璧貴攻瑕，龍阿期發硎。如何末世士，懷利忘友生。責望疑似間，讒間忽然興。陳張交里門，白刃生侯王。富貴尚相負，貧賤寧相能。結交始以義，全交終以明。安得兼黄金，以鑄鮑子靈。

著我遠遊冠，插我忘歸羽。命駕將何之，三星在南戶。夕鳥下高林，翩翩赴其侶。人生各有志，榮辱何常主。浩歌擊白石，與此聊終古。誰能共碌碌，身沒名不舉。蒿里足黄塵，徒增一棺土。

豫章下山時，顧與山靈語。不爲棟與楹，慎勿爲木偶。木偶盛容姿，曳裾復拱手。大匠持斧斤，視之若無有。叔孫名大儒，綿蕞何草草。蕭何刀筆吏，無功獨居首。

人飲濁河水，不食古井泉。古井非不清，濁河誠有源。大人略細故，瑣瑣安足論。鸚鵡立樊籠，焉用能人言。蒼鷹無羽儀，一日翔九天。

秋氣不成寐，出戶月皎皎。我生多憂虞，及壯已衰老。如彼霜下葉，未落忽先槁。當前一尊酒，舉觴問蒼昊。畢昴出東方，天階靜如掃。玉衡無右移，白日不西曉。如何六合內，有此顛與倒。

【校記】

〔一〕『鳴』，底本作『瑤』，據十三年本改。

〔二〕『三春薇』，十三年本作『蕨與薇』。

〔三〕『奔』，十三年本作『蝮』。

葉世穎重之中湘茅屋別後有寄

楚國木葉下，故人行有霜。離憂在湘水，古色滿衡陽。幾日歇蘭棹，此時開草堂。山川教兒子，指點洞庭傍。

夏夜同梁藥亭朱竹庵

百感在深夜，夜涼開小扉。梧桐下階影，蝙蝠上堂飛。初月清光少，中年舊友稀。春來戀攜手，空谷未成歸。

喜陶苦子還自鹿步

無言終夕坐，一雨散微涼。自有碧天月，隨君歸草堂。荒池餘溜上，高柳小星藏。世難兼多事，爲歡苦不常。

月夜懷王東村

王子知名早，而今似老夫。詩教流俗怪，癡愛美人扶。隔歲書歸嶺，他鄉月在湖。滕王高閣上，今夜捋虬鬚。

夏日寄鐵機上人

自得傳心印，年來出院稀。苦吟詩體瘦，蔬食病身肥。地静風吹竹，池涼水濺衣。空江相憶處，白鳥夕東飛。

宿羅浮飛雲峰候日出

仙山終古少行蹤，絕頂良宵不易逢。暗積落花歸上界，倒懸明月照西峰。江潮應瀑聲千里，海氣成霞色萬重。一綫日輪天已曉，遠雞才報下方鐘。

宿沖虚觀

碧削群峰列四垣，仙宫高坐不知寒。春前螢火明丹竈，夜靜流星落斗壇。幾穴雕梁巢白蟻，一家衰草住黄冠。山尊對語梅花下，福地而今路亦難。

過薛劍公不值

竹窗虚掩讀書堂，遠近游蹤日已黄。舍瑟定偕童子去，采芝還入老人行。苔侵舊綠緣金井，花散高紅點石床。一度不留君未惜，年年歸路屬春陽。

雨後登樓遲梁器圃不至

江樓頻約落花間，亂世幽期豈待閑。幾度鶯聲逢舊國，二年春色各柴關。新虹映日收殘雨，積水浮天出斷山。目極故人居可見，布帆無恙夕空還。

贈別屈翁山 二首

落日臨大河，游子有歎聲。與君結交初，十五侍親庭。中間一杯酒，各有萬里行。飄颻沅湘水，迢遞遼陽城。歸來何所得，白髮三四莖。雲中有哀鳥，遺我一尺繒。上言所相思，乘龍冉遐征。嗚呼永決絕，況當別良朋。踟躕欲有言，淚下先承纓。丈夫射桑弧，豈曰期一身。大恥且不雪，獨善有何稱。

畫布作鴻鵠，天下齊張弓。哀哉晚世士，不幸有其心。有心尚可容，有口能興戎。願君爲堅金，不願爲貞松。松高風颼颼，衆草難爲秋。

屈翁山見過 二首

潛魚脱于淵，濡沫猶相依。何況雙鵷雛，羽翼當未飛。別子未經旬，中心恒苦饑。析我園中薪，言烹菽與葵。小子從外來，有客緇其衣。披衣急出戶，果諧心所思。相攜歷堂階，歡極無文儀。素琴爲君絃，濁酒爲君開。

酒濁不可飲，絃悲難重陳。平生廢蓼莪，念子有老親。雖無爵與祿，色養逾八珍。回風自西來〔一〕，四海同其塵。梟獍言大孝，烏哺爲不仁。勉哉反古道，獨立如披榛。葵花雖不實，猶能安其根。君子垂令名，所以揚二人。

【校記】

〔一〕『回』，十三年本作『胡』。

海中吟

海中何所有，有樹名三珠。上有同巢鳥，分飛從鵷雛。西飛黑水頭，北飛越黃河。遠者啄玉門，戛戛鳴天都。路長羽翼短，力盡歸其居。上天天有弧，入地地無塗。口饑不謀食，終日銜枯蘆。人情有獨嗜，此鳥寧謂愚。解紛不以拳，吊死不以烏。鳳凰其不來，吾衰已矣夫。

王將軍輓歌

南方有義士，姓王名曰興。十三學殺人，十五手搏狼。三十建義旗，姓名驚一方。天子錫虎符，作鎮鼉江陽。翠華日以遠，地絕軍彌張。百戰環岡州，九死披殘疆。海濱富斥鹵，重林與連岡。高者掩雲日，遠者浮滄茫。煮波致財貨，鑄冶成刀槍。宮室何所居，天家侯與王。藁粟何所饋，從駕子與孃。心膽何所贈，海内豪與英。獻客合浦珠，薰客珠厓香。客處未覺寒，襖褥先盈箱。客寢始覺單，妻妾忽侍旁〔一〕。敵兵四面來，衆士各逞强。將軍躍上馬，命客持一觴。獨出揮長戈，兩目流電光。直取首來將，生挾歸戎行。顧飲所持酒，昔熱猶未涼。相持及三月，敵騎皆奔亡。來時三萬人，半還仍重傷。奏功自間道，涉瘴徂昆明。黄金三千鎰，玉帛各有筐。天駟方驅馳，下臣效芻漿。臣興昧死上，帝曰興卿良。賚爵列五等，高獸盤銀章。其名曰虎賁，將軍蕩南荒。敵人聞之懼，選士盈千騎。來者左右賢，其軍督責之。不得此彈丸，若輩何生爲。上天仍助虐，其年兼薦饑。將軍察天命，命匠搜良材。斲以爲巨棺，綵雲懸葳蕤。約日出合戰，敵怯不敢來。堅壁十里外，迤邐興長圍。溝壘内外防，突援無所施。始從戊戌夏，兩及中秋期。戰士飯草土，抱骨還登陴。所憂負將軍，吾儕死猶歸。將軍曰嗚呼，共盡終何裨。我乃報深恩，汝當全宗支〔二〕。乃命幼子九，先出卑其辭。卜吉結歡會，敵將不致疑。是夜一更終，將軍訣所知。皎月當中天，千秋同此時。語已還閉門，沐浴更裳衣。夫人翠鳳冠，有母頭如絲。侍妾十五人，左右皆肩隨。肅肅何雍雍，俱集園東陲。上有古梅樹，樛結垂高枝。白石爲几席，月露明蒼苔。將軍命夫人，拜別而慈闈。拜畢與將軍，四拜中間居。十五妾羅拜，窈窕無參差。夫人命斗酒，有脯形如圭。深藏待今夕，各當行一卮。卮盡且先起，母與君稍須。將軍及母入，燭影何迷離。夫人十五妾，自掛臨中闈。阿母大驚呼，將軍言勿悲。著我錦繡袍，麒麟當心開。戴我七梁冠，簪纓鬱崔嵬。玉帶與璽書，次第皆抱懷。置敕中堂上，花燭榮且輝。望闕遥謝恩，臣死有餘辜。下階十二拜，天地及四隅。徘徊望西堂，有虎顧其兒。平生愛此圖，拜汝今同灰。卷圖附敕下，釋服趨房間。房中何穹隆，火藥堆如山。將軍踏小几，自解夫人繯。次及妾十五，列置火藥端。出戶著朝衣，捧敕仍來還。一聲母急出，火烈焰貫天。雞鳴部曲入，白骨空巑岏。舉哀建素旒，合斂歸巨棺。敵人亦流涕，況在同肺肝。卜葬三山陽，隱約題墓門。陳子作輓歌，播之永不刊。

【校記】

〔一〕『妻妾』，底本作『妖麗』，據十三年本改。

〔二〕『全』，底本作『存』，據十三年本改。

珠厓歌送魏和公

交難古矣，鄉里老死往來，不悠悠行路者幾人。而魏和公自寧都過余，再信宿，爲深知，余不自知然也。今涉海有珠厓之行，滄波溟茫，余既不能爲謀，安得止之。于其去，飲之酒，爲珠厓之歌，歌曰：

海之四壁天，珠厓浮其間。夫子客于斯，則願祝安，而往速而還。已而已而，使夫子客于斯，後來者可以知其時也。

崇禎皇帝御琴歌

甲申春，烈皇帝宴坐便殿，鼓翔鳳之琴，中曲而七絃俱絶，龍顔不怡良久。未逾月而有煤山之變，其琴流落人間，濟南李家購藏之。屈翁山具述見聞，中座罷酒，各請爲歌。夫物猶如此，哀哉！

孤桐何生生嶧陽，天家巧斵含宫商。乾坤四序在胸臆，七寶交盤雙鳳皇。烈皇宵衣坐璇殿，欲奏南薰和赤縣。朱絲七軫軫七絃，一時迸絶君王前。君王三月騎龍去，神物潛行越河泗。羅浮道士搜遺弓，五拜親瞻翔鳳字。來歸泣語臨秋浦，白日晶晶倏飛雨。況乃風高水波立，海隅咫尺非吾土。豹之斑，下人間。鱷之横，出深阻。掩君淚，爲君吟。彼琴者木木有心，四海男兒何至今。

春夜城西對酒歌

蒼天胡爲使我老，百年飲酒苦不早。學書學劍將何求，富貴何如一春草。西城北郭狐狸穴，一墳未興一墳滅。英雄事業滿丹青，欲向何丘問枯骨。且當把燭對朋儕，千卮酬酢開中懷〔一〕。身後那能有知己，有如月墜西江水，萬丈光芒終已矣。

【校記】

〔一〕『千卮酬酢開中懷』，十三年本作『舒心寫意終良宵』。

秋日西郊宴集同岑梵則張穆之家中洲王説作高望公龐祖如梁藥亭梁顒若屈泰士屈翁山時翁山歸自塞上

黍苗無際雁高飛，對酒心知此日稀。珠海寺邊游子合，玉門關外故人歸。半生歲月看流水，百戰山河見落暉。欲灑新亭數行淚，南朝風景已全非。

寄答方楚卿

羚羊峽裏憶同船，江水盈盈十五年。漢業不安分鼎地，楚臣誰定勝人天。思尊酒客歸鄉井，攀柏孤兒守墓田。三十無成慚父友，報書惟有一潸然。

耕田歌

耕田樂，耕田苦。樂哉樂有年，苦哉不可言。春未至，先扶犁，霜華重，土氣肥。春已至，農事始，雞未鳴，耕者起。泥汩汩，水光光。二月稻芽，三月打秧，五月收花，六月垂垂黄，再熟之田始有望。三月打秧，六月疇草。一熟之田，九月始得穫稻。近路畏馬，馬食猶寡。近水畏兵，兵刈何名。上官不問熟不熟〔一〕，昨日取錢今取穀。西鄰典衣東賣犢，黄犢用力且勿苦，屠家明日懸爾股。

【校記】

〔一〕『問』，十三年本作『待』。

日本刀歌

白日所出金鐵流，鐵之性剛金性柔。鑄爲寶刀能屈伸，屈以防身伸殺人。星流電激光離合，日華四射曈曈濕。陰風夜半刮面來，百萬愁魂鞘中泣〔一〕。中原歲歲飛白羽，世人見刀皆不顧。爲恩爲怨知是誰，寶刀何罪逢君怒。爲君畫盛威與儀，爲君夜伏魍與魎。水中有蛟貫其頤，山中有虎抉其皮。以殺止殺天下仁，寶刀所願從聖人。

【校記】

〔一〕『愁』，十三年本作『啼』。

繅絲歌

小蟲之大小指如，君子之軀七尺餘。鑊烹小蟲胡爲乎，將以爲衣榮君軀。君軀長，君軀短。小蟲之小絲有限，中心抽盡君未暖。

祭幽歌

天低野黑鐘磬冷，高臺火炬紅無影。招魂竹竿垂至地，萬衆無聲大師睡。林根水際光窅冥，欲動不動如有形。陰風吹沙利如箭，蚱蜢横飛撲人面。鬼王丈六鬚髮丹，金鈴召鬼爭盤餐。黄香插筵月皛皛，瓦簋不盈紙衣小。倏如聞笑忽而啼，笑何丈夫啼女兒。殘骸敗血生荒草〔一〕，有棺無棺安可保。骨肉當前喚不聞，半夜依人思一飽。綠楊絲繞白楊樹，魂來作風歸作雨。西頭落日東頭來，後人仍爲今人哀。

【校記】

〔一〕『骸』，十三年本作『形』。

猿聲歌

十八灘頭波突兀，孤舟十夕不得發。蒹葭敗葉鳴括括，江天霜滿墜小月，烏猿一聲一白髮。

寄曾省之

分居嶺北南，異地幸同心。匪石能攻玉，如蘭即斷金。君從卜肆隱，予臥海門深。春別不曾送〔一〕，秋風勞夜吟。

【校記】

〔一〕『曾』，底本作『相』，據十三年本改。

雨夜懷屈翁山

風雨懷人坐，無燈亦到明。流螢分夜色，疏竹聚秋聲。別酒尚餘醉，春花今不榮。終知吾與子，白髮路傍生。

送馬仲融之粤西

天際萬重灘，灘邊萬仞山。山風吹落葉，只在客船間。多難晦冥日，少年離別顔。倚閭方白髮，莫不看刀環。

秋夕梁素子載酒過宿

悠悠成老大，處處閉柴關。秋水鷺鷥外，江村禾黍間。何期良夜月，得照故人顔。把酒因成笑，勞生不易閑。

得梁藥亭燕臺書因懷石埭之行

國門三獻玉，岐路已沾衣。復綴雙鸞翮，居然後雁歸。乘風潮蕩漾，臨水葉翻飛。牛渚高吟夜，相思方掩扉。

江上

青山此川上，終古見如新。可歎浮生者，蹉跎即老人。暮雲高不動，白鳥立無鄰。獨往秋光裏，雙橈與病身。

送雁

數聲嘹嚦起汀沙，亂點晴空暮影斜。六翮欲衝遼海雪，一行先別嶺南花。但令處處無飛繳，莫恨年年不到家。荇葉蘆芽春漸遍，無窮烟水在天涯。

望燕

封侯重頷黑衣袿，錦臆如花剪尾齊。歲歲自來蓬戸裏，雙雙飛出柳塘西。清秋別我知何去，舊壘歸心想未迷。郭外沃田抛棄盡，不憂無處覓春泥。

易宣人過訪

衰草閑園鳥不飛，海樓高坐每斜暉。是誰肯問幽棲地，有客身披隱士衣。獨往肝腸憐汝小，後來風雅見人希。深談三日還三夜，未放江門一棹歸。

同何不偕梁器圃魏和公梁藥亭陶苦子宿靈洲山寺柬王說作王大雁

靈洲秋色淨無烟，水匝山隅浪匝天。落日客尋江上寺，出林僧放月中船。漁依別港燈侵閣，鶴宿高巢影在泉。欲與故人同夢到，夜來吟詠不曾眠。

寄易宣人

碧雲芳草遍河洲，心逐歸潮到海樓。謝氏門中多翰墨，衛郎年少最風流。入群野鶴能驚衆，出土新松即傲秋。近得孟光爲伴侶，知君從此不低頭。

太息

高臺爲陸沼爲塵，一半揚州是海濱。白鳥自飛烟水上，青山不似亂離春。松楸永隔興哀地，陌路多逢太息人。共道君恩憐物命，不教魚鱉近居民。

丙午歲日漫題

鵲噪鶯鳴在四鄰，鬢毛羞與歲爭新。山妻漉酒相娱老，稚子牽衣出拜人。道不偶時聊自放，詩非繇命莫教貧。可能更得閑無事，三十六回春草春。

送何左王客游

平生林下共幽期，至德如君是我師。一日未曾離奉養，十年不擬到城池。貧當亂世娛心少，老畏名山入眼遲。暫脱綵衣行萬里，春江楊柳綠絲絲。

同諸子再泛甘溪

停舟昨日蔭楓林，不道江天便有陰。落木寒臯前路在，斷橋流水此時深。逢山每作終身計，見雁重驚萬里心。暫抱衾裯就漁父，月明同聽枻歌音。

懷古十首

燕臺

燕南燕北戰爭餘，白草漫漫雪色初。河渡堅冰通下博，關門沙路走居胥。死求馬骨言終驗，生捿秦胸計已疏。猶有興亡數行淚，夜來彈與樂君書。

姑蘇

澹烟疏雨闔閭城〔一〕，潮水千年恨未平。寶劍賜來吴命短，美人恩重父仇輕。宫梧葉落隨流出，臺鹿春歸引子行。何處扁舟人去後，鑄金猶得似平生。

【校記】

〔一〕『澹』，十三年本作『細』。

楚中

衡雲巫雨暗江津，江上孤吟過一春。二女廟邊逢淚竹，大王風急到青蘋。虚無玉駟朝天闕，慘澹雲旗降楚神。終古靈均詞賦在，湘南山水倍關人。

咸陽

關門一夜柳條春，今古芒芒草色新。龍虎片雲終王漢〔一〕，詩書餘火竟燒秦。瑶池西望猶通鳥，渭水東流不待人。最是五陵游俠客，年年磨劍候風塵。

【校記】

〔一〕『片』，底本作『有』，據十三年本改。

沛中

漢王生長難忘處〔一〕，尺土猶書故宅名。四海自飛鴻鵠羽，中宵人哭白蛇聲。輕沙淺草堪調馬，習俗群兒敢說兵。千載英雄同一轍，徐州南是鳳陽城。

【校記】

〔一〕『王』，十三年本作『皇』。

洛陽

敝車駑馬雒城邊，盛事空憑故老傳。嵩室有聲君萬歲，土圭無影日中天。禮亡已驗伊川髪，涕下徒傷賈傅年。莫問漢家圖畫處，丹青磨滅化苔錢。

蜀中

子規啼罷客天涯，蜀道如天古所嗟。諸葛威靈存八陣，漢朝終始在三巴。通牛峽路連雲棧，如馬瞿塘走浪花。擬酹昔賢魚水地，海棠開遍酒人家。

鄴中

山河百戰鼎終分，歎息漳南日暮雲。亂世奸雄空復爾，一家詞賦最憐君。銅臺未散吹笙伎，石馬先傳出水文。七十二墳秋草遍，更無人表漢將軍。

金陵

山飛樓閣水飛霞，冷落春城宿乳鴉。天闕雙峰銛似戟，海門高浪白如花。空勞御輦銷王氣，曾畫長江作帝家。五馬渡邊龍化後，南方文物掩中華。

隋宮

穀洛通淮日夜流，渚荷宮樹不曾秋。十年士女河邊骨，一笑君王鏡裏頭。月下虹蜺生水殿，天中絲管在迷樓。繁華往事邗溝外，風起楊花無那愁。

讀秦紀

謗聲易弭怨難除，秦法雖嚴亦甚疏。夜半橋邊呼孺子，人間猶有未燒書。

送屈翁山

萬里還家著綵衣，三春惆悵別慈闈。期君得似銜蘆雁，半歲南飛半北飛。

二子廟

清風千載又誰加，古廟荒壇落槿花。欲薦春薇無處采，西山元已屬周家。

游獵詞

白鳳襜褕白玉驄，銀鞍煜爚坐春風。彎弓偶失青門兔，心在天山雪色中。

增城村居即事〔一〕 五首

渚西佳麗舊層層，綵薄朱欄畫未能。卻好夜來徵檄過，黄茅初見一家燈。

青楓成血立河旁，新築河橋百尺長。猶是君侯留愛地，縣人不肯種甘棠。

絲絲寒雨濕飛塵，草緑平田不是春。伏犢山中雖有虎，農夫爭避帶刀人。

死生由吏不由天，酖毒隨身始出門。卻怪比鄰新病者，七星壇上更招魂。

才生文字即風波，鬼哭雖然吏亦歌。三尺龍泉方寸印，不知誰較殺人多。

【校記】

〔一〕底本題作『村居即事』，據十三年本增。

秋晚雜興　八首

悵望百年内，寂寥天地間。遥山宛然緑，秋水澹何閑。風細鶴聲去，月高漁火還。貧居無不可，但惜酒卮慳。

酒醒山衣薄，蕭條林館秋。夜蟲爭客語，螢火共星流。老態悲黄葉，新髭報白頭。深慚北窗下，終日見羅浮。

月在日還上，追飛遄向西。西風昨夜夢，知是武陵溪。被服尚前古，賢愚同一畦。因悲少年意，高氣吐虹蜺。

冷榻眠無次，閑階立不歸。池花向影落，河雁帶聲飛。水畔爲漁父，城東即布衣。平生隨分得，未覺此心非。

繞屋落寒葉，日高聞雁時。紙窗明野馬，齋鼎熟蹲鴟。少事門開晚，多吟卧起遲。百年行已矣，辛苦立名爲。

已矣復何道，悠悠斯世間。日唯催貌老，天不與人閑。水定風頻起，松高春未還。薄田仍惡歲，欹枕對秋山。

莫上荒臺望，無端是旅情。雲光過沼慢，山影出林輕。宇宙何其曠，蜉蝣似此生。舊時歌舞地，花落美人塋。

枯草郭門西，泉聲不辨溪。虎林人讓路，魚沼鶴爭泥。託宿亂離後，當時桃李蹊。赦書寬酷吏，嘖嘖在蒸黎。

宿西臺精舍

無意成投宿，心知此地稀。樓臺銜石壁，燈火聚漁磯。疊浪千峰出，當門百谷歸。一宵吟詠冷，多謝老僧衣。

南海神祠下作 前有浴日亭

望遠孤亭盡，憑高古殿尊。碑留千歲字，神降百王言。滙水成天塹，排山作海門。登臨何限意，稽首候朝暾。

答家中洲

鳩鳥出草飛，毛羽何翛翛。昔爲韝上鷹，今者居無巢。豈若綵鳳皇，高舉乘迴飆。小音合笙管，大音中咸韶。攬德一來下，至今空寂寥。肅肅虞人羅，千仞安可招。倚伏本無門，變化誰能料。何時戾天翰，從君鳴九霄。

早發新塘浦向廣州東山舟中作

寡出春已生，多愁老先及。窮簷思良友，涷浦命朝檝。依依海日上，稍稍寒霏入。物象交晦明，峰雲屢開闔。火田赤尚燒，水岸青猶濕。秀色興遠林，芳華冒平隰。去目方屢延，歸流一何急。前禽如退飛，昔嶼乍遺粒〔一〕。菱蔓或浮沒，石竅有呼吸。傷哉逝川歎，慟矣岐途泣。百年曾幾何，三十未能立。

【校記】

〔一〕『乍』，十三年本作『若』。

羅浮蝴蝶歌送屈翁山

羅浮大蝴蝶，言是小鳳皇。六足盤胸間，四翅交文章。修眉若楊葉，繡腹如垂囊。仙人愛文采，挾之游帝傍。雲霞爲友朋，沆瀣爲酒漿。倦息珠闕上，饑采若木英。四海安足飛，來下君子堂。堂中有行者〔一〕，比德共翺翔。

【校記】

〔一〕『者』，十三年本作『子』。

懷何不偕 三首

地平如板輿，天廣如穹廬。與君百年間，託足曾無途。右臂七寶鞭，左肩五岳圖。跨鞍一俯仰，去如流電趨。朝飲易水頭，夕秣越與吳。道傍皆拊手，太息此名駒。

南客見毳毛，安知可爲旃。英雄在史冊，寧無行路間。夫子久飛遁，徒步來南山。長歌宮闕下，北首望燕然。龍德而蛇行，誰能測其全。夕醉王侯宅，朝游俠少年。

昨日異今日，今吾猶故吾。春風此何時，白髮不我謀。平生兩干邪，動止必相須。子抱荊山珍，我握靈蛇珠。良價不一值，千駟猶泥塗。埋骨置土中，焉辨賢與愚。修名懼不立，歸哉南山隅。

寄方蒙章

古道日以寡，新知寧不歡。與子別城隅，惻惻還山間。高窗落寒木，白雁飛河干。涼風改秋序，永夜衣裳單。十夢九見君，不自知其端。白璧照路衢，過者皆盤桓。諒無千尺繩，繫我心與肝。

入高峽懷梁藥亭

兩厓氣爭高，千仞皆竦峙。上窺摩蒼穹，下視裂地紀。叢峰互奔輳，亂石相觸抵。棱棱樹牙角，躍躍列虎兕。有如兩敵國，各自堅壁壘。汪洋牂牁江，到茲伏不起。我來霜雪後，木落見山髓。篙痕在半壁，石路或傾圮。緬想漲未消，崩騰復何以〔一〕。維天有設險，今則胡須此。江海無波瀾，雄圖悵已矣。揚舲玩蒼翠，吹笛娱心耳。寧憂峽路長，所恨風潮駛。人生何以樂，佳游對知己。知己各西來，一帆念東指。思同山上石，獨立望君子。峽上有似人石。

【校記】

〔一〕『以』，十三年本作『似』。

游七星巖

立馬眺平蕪，蕭蕭見蒼壁。不知何處雲，飛作茲山石。嵯峨各異勢，紛詭非一色。旁通類戶牖，中虛成室宅。藤根上鬱盤，石乳下涓滴。時聞鐘磬鳴，宛若仙源隔。靈峰互虧蔽，微徑緣空隙。頗疑混沌初，有此機巧迹。遨遊茲已屢，歲月真如擲。川原無古今，世事空疇昔。徘徊倚層巔，北風感行客。

登羅浮

八桂秘南經，雙山雄粵望。偉哉昔所聞，于今覩其狀。彌天列青靄，絕地聯層嶂。掩苒草木平，陂陀溪谷壯。誰言盛積阻，極目何超曠。雲巒時絕續，泉聲日奔放。飛樓候朝暾，倒影排溟漲。相傳蓬島來，敻矣陶唐尚。事往誠莫稽，迹湮理無妄。搗禽應臼杵，暗虎懷仁讓。蟲書篆符竹，蝶化遺衣桁。繫維羽人宅，信此餘風暢。陰崖饒異產，神藥滋蓋藏。名遺炎帝書，類絕嵇含訪。伊昔休明會，位與王侯抗。時勤玉璽封，未昧高山嚮。望秩禮久虛，旱魃人猶仰。我來仲夏月，溽暑陽方亢。臥聞夜來雨，飛出龍池上。何因霈九州，蒼生企靈貺。

宿寶積寺

躋險力未疲，白日停西峰。將酌石上泉，迤邐投雲松。幽寺肅古苔，絶壁懸高窗。列席就清陰，開襟面涼風。石牀倚林標，遠眺千里江。原野漸微沒，井邑方空濛。今古一朝暮，宇宙何終窮。茫茫大夢内，往哲留其蹤。聊爲命觴壺，冥寄開心胸。

游黄龍洞

春草夏更長，洞門藹餘緑。晨興理孤策〔一〕，衣露時沾渥。緬邈睇衆峰，逶紆赴長谷。粼粼涉溪影，蕭蕭翳巖竹。風磴炫雜花，雲潭亂雙瀑。沫雨晴驟飛，游鱗清可掬。荒宫久榛莽，石岸多隈曲。方齊昔人蹤，茲焉遂幽築。

【校記】

〔一〕『晨興』，十三年本作『興晨』。

沖虛觀

浮生無百年，脆質今二毛。言尋仙人居，焉憚登陟勞。褰衣遵澗曲，輟棹逾平皐。輕風澹餘雲，仰見巖岫高。真宮敞峻宇，飛陛臨層霄。群峰列垣墉，衆壑潨溪橋。石池曜紅蕖，乳竇凝金膏。猿鳥分夜鳴，林泉聲相遭。緬懷著書人，丹砂樂南交。幽洞俯日月，天路流雲璈。慮釋神必凝，理得形自超。安知後來者，澹蕩非吾曹。

贈別朱子蓉

石鼓響枯桐，琥珀拾纖芥。聲氣各有期，類聚焉足怪。夫子本世胄，弱冠懷慷慨。著書東溪陽，四海方横潰。抗志師古人，屈身慚後代。昨來匡廬頂，更躡羅浮背。中夜見朝曦，陵高閱九派。清曠愜奇懷，浩汗資揮灑。長揖王侯前，矩步炎州外。雖抱柳下和，無傷首陽隘。蹇予卧丘園，貞疾恒不瘥。握手涉旬時，方舟更逾邁。高曲雖和稀，宿心爲一快。如何萬里別，復此三秋届。草木變以衰，溪山明可畫。去燕戀匹儔，歸雁投蒲稗。離居易永久，觸物多歎喟。何時御輕風，相尋越江介。

夏初郊行 同程周量、梁藥亭

僕本草澤人，信宿滯城闕。出郊見蒼翠，超然百憂失。連峰上不窮，衆芳渺如一。凝雲遠樹雜，冒水新苗出。升高望海郡，千里何飄忽。極浦映日明，滄流際天畢。曠心既以怡，素交復投漆。揮杯酹流光，百年偶茲日。

答別余生生

升高望千里，我心傷如何。何況千里外，送子歸巖阿。巖穴匪君鄉，甲第在京華。莽莽戎馬時，伏處亦已多。霖雨不澤物，積之猶爲波。至人不爲龍，無乃將爲蛇。及時念先人，匪獨爲君歌。

進帆石門懷古

春至景漸暄，舟行日堪玩。矧抱昔人心，而懷斯世歎。平陂互倚伏，今古如宵旦。石門雖夙游，風物亦殊觀。積峽啓奔流，平沙衍高岸。帆迴斷飆急，棹去餘萍散。融融出渚雲，役役將歸雁。卷舒寧自期，寒暑爲誰換。浮生貴不朽，金石有銷爛。仰羡樓船人，英聲烜西漢。

贈別陳岱清司李〔一〕

旌旗集枉渚，舟楫辭河湄。玄冬首北路，白日方南馳。霜江無濁流，落葉縱橫飛。揚越非殊鄉，山川中間之。離别忽千里，浩歌臨路岐。

【校記】

〔一〕底本題無『司李』，據十三年本增。

乙巳清明日擬杜七歌

我祖之塚蘿山陽，昔者沃土今遐荒。十里燃烽五里堠，白日黯黯旗飛揚。手栽三松何松長，誰其守者豺與狼。嗚呼一歌兮歌聲促，海隅是日家家哭。

又

有墓有墓江一隅，我之祖妣從其姑。連山百里鬱相望，雕虎白晝乘黄狐。牂牁水長墜飛烏，篙師較計錢有無。嗚呼二歌兮歌不得，蒼天貧我曷有極。

又

父兮母兮曾城側，饑烏巢我墓上柏。清明重九始一來，人壽幾何天罔極。瘞中龍劍躍且鳴，有子雖長不得力。嗚呼三歌兮淚未歇，餘名豈足榮枯骨。

又

丹水之山白玉英，我昔三弟皆才良。三歲讀書驚座客，六歲通經言有章。鳳凰巢覆卵亦毀，舉杯酹汝來何方。孤飛之鳥落後行，一矢可折十矢强。嗚呼四歌兮傷懷抱，汝兄雖存今已老。

又

青青者簑下見足，小民命此以爲屋。朝餐薇蕪暮黄獨，舊隴有苗不得熟。父兄母子各一方，空山白骨無人哭。嗚呼五歌兮歌思悲，我生猶及承平時。

又

平原紙飛掛長棘，幼子孤墳在西北。桄榔生風溪水黑，青坭汙汝好顏色。去年四歲解學書，今日聞歌莫應識。嗚呼六歌兮歌且疑，天道反覆難得知。

又

生不能彎弓騎大馬，含毫伸紙徒然者。千鈞之重懸以絲，低頭澳涊聊復爲。下有管樂上伯夷，高人嗤我今何之。嗚呼七歌兮歌聲闋，男兒蓋棺是非決。

廣州客舍夜雪歌

季冬二十日始暝，玄雲四塞天氣凝。小雨初從屋角來，漸覺蕭蕭駭群聽。開軒出立白照眼，把燭低看雪填徑。紛披相屬聲更希，委積爭高色逾瑩。童子盛歸錦袖中，主人爲續清尊興。千巵酬酢未顏酡，百巧雕鏤隨手應。入饌猶疑虎作鹽，迎春不數銀爲勝。夜深氣象慘更急，臥久衾裯寒不暝。俱言黍稷兆維豐，滿把瓊瑶曉相贈。從來見少怪者多，亦似西人驚海波。歲維丙午日亦丙，支寅時戌還相加。南州炎德濟以水，此物或匪干天和。將無治世氣自北，卻恐侵人鬢先白。俟河之清尚有時，如粵之雪難再得。如粵之雪難再得，爲君作歌興殊極，彼蒼此意誰能測。

麥叔夏齋中留別

結侶即諸昆，深居不鑿門。小梯行木末，虛牖納山根。念別來初夏，心傷是故園。辭君返寥寂，形影自相存。

扶胥觀日出歌

天外千峰沈不起，銅龍漏斷銀蟾死，天雞大叫驚海水。海水蒸變生火雲，赤輪微轉天地分。

張穆之畫鷹馬歌

張公捉筆初無意，亂點離離墨光漬。袖手方迴慘澹思，滿堂忽作飛騰勢。尤工畫鷹與畫馬，豈有鬼神立其臂。是何意態奇且傑，歷落高深見胸次。蓋聞夫子俠者流，少年唾手燕然地。縱橫青史一千年，顛倒文韜三萬字。破膽親持與衆嘗，許身不惜爲人碎。老來伏櫪有餘悲，紙上鷹揚猶負氣。叩心自昔飛炎霜，白虹乃爲荆軻至。況君精誠委筆墨，僧繇破壁將無是。我有填胸萬古愁，百神不語群仙醉。請君放筆作雙鸞，夜半騎之問天帝。

柏舟行爲區母陳太君賦

太君愧莪，陳大夫之女也。許適見五區大夫之子寶宸文學。文學早卒，太君當未笄之年，矢靡他之節，于今五十矣。同人嘉其志有成，繪圖爲祝。予既爲之序，復作此歌。

柏舟兩髦猶可儀，陶嬰黄鵠曾雙飛。夫人爲婦已頭白，眼中未識君容輝。自言生長大夫女，經史胸襟炳如炬。父母有命兒有心，縱不言承已心許。心期頡頏同一林，天教殊絶成辰參。人生意氣貴一諾，妾寧負天不負心。妾父有男妾有姊，君家大夫祇一子〔一〕。有妻于俗得立孤，無妻爲殤終已矣。素車白馬入君門，繇來爲義非爲恩。身安分命甘若薺，半生衣枕無啼痕。當年十五今五十，嗣子成立皆有孫。嗚呼，男兒陷胸絶脰死容易，就義從容人所畏。青閨冉冉盛年徂，誰能獨宿終不渝。千金之劍贈墓樹，至今談者猶區區，何況贈以千金軀。乃知未仕報韓者，古今所以爲丈夫。

【校記】

〔一〕『祇』，底本作『君』，據十三年本改。

王華姜哀詞

大風覆鳥巢，有雛東南飛。妾生始三朝，將軍陷重圍。臣忠子孝死，父兄同日糜。城中數萬人，斬掠無一遺。男爲刀下肉，女爲爨下泥。阿母任夫人，毁貌爲僮奚。納妾于中懷，祝天兒勿啼。誠禱理或應，凶禍中脱離。奔走依諸姑，不幸先而摧。丈人爲侯公，孤子未及期。抱兒揖阿母，願得相提攜。阿母左乳兒，右手與妾乳。中間綴兩淚，不絶隕如雨。六歲教妾書，八歲教針縷。十四女工成，餘巧及絃柱。生世本將家，上馬殊跛扈。秋千及圍棋，事事過儔伍。阿母雖暫歡，亦約之規矩。時時垂訓言，言言稱阿父。十七母捐背，妾念不欲生。阿母與父兄，節烈當誰明。食則忘酸鹹，衣則忘炎涼。忍死待須臾，豈復有他望。侯公後夫人，有弟曰趙公。結客滿天下，好義爲士雄。建牙古雁門，白馬如游龍。侯公家固原，音問時交通。聞有代州騎，懽躍趨堂中。玉帛雜沓陳，簫鼓何逢逢。姊妹私相語，此事來何從。侯公發書喜，顧妾言從容。阿舅爲汝媒，嘉禮今來降。云有屈氏郎，才妙時無雙。聞命掩耳走，面頰爲之紅。良吉既有期，妾豈得自專。兼云盛文藻，私心亦慼焉。先君與母兄，庶幾藉言傳。固原至代州，長途彌三千。後車載帳幕，導騎明旌旃。和鈴鳴我側，悲笳紛我前。與君爲兄弟，恩義相纏綿。方君讀經史，爲君緝韋編。方君弄柔翰，爲君拂華箋。君歌妾按節，君琴妾操縵。君行妾接迹，君立妾比肩。當坐共茵縟，當酒共杯棬。當鏡共形影，當食共芳鮮。當燭共更漏，當月共櫺軒。于夢共所適，于心同所憐。君母在嶺南，妾得不同旋〔一〕。北風縮馬毛，驅之出雁門。産女未彌月，懷中嘗苦寒。憶我初生時，念母涕漣漣。

北首出雲州，東路從幽燕。柁舟下直沽，天凍澤腹堅。水工日椎鑿，冰利舟爲穿。揮鞭歷齊魯，南渡逾長川。時登秦淮上，悵望東南天。烹我榆肉羹，開我蒲桃尊。爲君慰勞倦，中夜鳴清絃。東南誠水國，舟路多洄沿。舉首輒觸篷，引足即抵舷。妾本鞍馬人，動止頗非便。炎洲況蒸濕，恒慮不自全。既至見君姑，霜鬢無一玄。子婦堂下拜，姑喜倍萬千。雞鳴天欲晨，妾起拭衣巾。上堂問安否，下堂膳羞珍。承志于未形，纖細敢不勤。小姑與叔姒，愛我逾所親。君家朋好多，一一皆令聞。切磋及文筆，相與期千春。從容論前烈，及我先將軍。每從壁後聽，慰幸竊自安。苟活二十年，微願今獲伸。昔我母夫人，同穴情所敦。豈不以妾故，忍死爲後殉。男生圖嗣續，女生亦何云。但令父母兄，大義炳無泯。妾敢戀今樂，而忘昔苦辛。賦命固有涯，皇天良不仁。既孕不終育，凶疾嬰其身。上負七十姑，供養誰朝昏。下顧所憐女，肝心毒如焚。鬼伯一相催，欲留終無因。願君垂令名，妾下報二人。

【校記】

〔一〕『同』，十三年本作『言』。

獨漉堂詩集卷之三

增江後集

贈別

彩鳳初育羽，高梧方引枝。贈君如白玉，追琢在今時。極浦對遥夜，新知還遠離。平生頗自惜，衰荼已如斯。

尋家中洲于雁水庵先寄以詩

十載無雙鯉，三秋在五羊。客居聞傍柳，詩夢每臨塘。舉世推能手，終身泣雁行。不知違侍從，玄鬢幾經霜。

麥叔夏齋中作

小園深巷裏，一歲一來過。花木自春色，其如長歎何。命知休百念，老識保元和。復有閑身累，留連苦不多。

何文止經蔚園有作兼辱寄篇依韻奉答〔一〕

先公遺構此溪濱，歎息年年在比鄰。帳罷管絃曾幾日，史書名姓即千春。畫圖舊壁真生草，如鏡方塘漸起塵。多謝瑤篇遠相問，疏慵不稱負薪人。

【校記】

〔一〕十三年本題作『何文止經蔚園長句兼辱寄篇依韻奉答』。

甘竹灘上留別何皇圖即送之羅浮

一棹横灘拍拍輕，兩崖相揖隔灘聲。已傷此地蒼茫別，卻羨名山自在行。碧落斂雲峰影滿，秋溪彫葉瀑流明。他時念汝仙壇上，夜半歌成日已生。

初春送林叔吾入都

一鞭絲雨百花生，花信隨君北到京。欲借寇君還百姓，暫囊姜被別諸兄。春江雪水開茶色，夜店佳人漉酒聲。好熟黄金臺下路，馬蹄終要自家行。

送何不偕

離杯悵惜粤天春，遠色青青稻葉新。江海漸無高卧地，鶯花如笑未行人。多年攻玉同山石，萬里辭根學水蘋。南北路岐難定計，許身須念白頭親。

握山唁予新塘率爾寫懷因寄止齋寒塘兩兄

頻年兄弟得相依，散誕江鄉共掩扉。薄酒上顔開卷後，竹竿持艇探泉歸。眠貪笑語横揩枕，出忘形骸亂著衣。今日對君唯有歎，鶺鴒隻翼不成飛。

歲暮有作

死前生後事無涯，只繫皇天不繫才。得酒直須千日臥，攤書空過十年來。身同海燕家長寄，目與河魚夜並開。深掩柴門對童稚，一冬飛盡故園梅。

寄李相如

南方歸客盡能傳，玉貌虬鬚各宛然。馬上詩成臨戰處，幕中籌算未形先。天懸山驛三千里，醉別江船十八年。莫訝雙魚頻不到，昆池流水入西偏。

客亭逢屈泰士

山閣依依楊柳新，別君同惜少年身。追尋許事如前日，已覺相逢是老人。仗劍幾時回鳥道，攀髯無復望龍鱗。秋江酒醒還分手，各掩柴門到好春。

下華首臺留别旋庵海發上人

木棉花發似春風，不信登臨是歲終。百粵晴江山色外，六時行徑水聲中。自來下士爲游子，肯料東林别遠公。他夜相思何處望，白雲天半佛燈紅〔一〕。

【校記】

〔一〕『半』，十三年本作『上』。

木綿花歌

粵江二月三月來，千樹萬樹朱華開。有如堯時十日出滄海，又似魏宫萬炬環高臺。覆之如鈴仰如爵，赤瓣熊熊星有角。濃鬚大面好英雄，壯氣高冠何落落。後出棠榴枉有名，同時桃杏慚輕薄。祝融炎帝司南土，此花無乃群芳主。巢鳥須生丹鳳雛，落英擬化珊瑚樹。歲歲年年五嶺間，北人無路望朱顔。願爲飛絮衣天下，不道邊風朔雪寒。

南海神祠古木綿花歌

祝融帝子天人傑，凡材不敢宫前列。挺生奇樹號木棉，特立南州持絳節。拔地孤根自攫拏，排空直幹無旋折。生氣長資渤澥寬，老鱗不受冰霜裂。青春二月當艷陽，觀者千人皆歎絕。繁英貫日下無陰，麗色燒天炙能熱。堂堂正正勢莫當，密密疏疏隨所設。落瓣全鋪細草青，飛鬚欲滿游絲纈。似聞昨日銅鼓鳴，海神黼黻朝天闕。玉女三千笑口開，電光一夜枝頭掣。受命扶桑捧日車，旌旗片片裁虹蜺。六龍戰勝各歸來，髭髯盡化玄黄血，不爾花紅何太烈。君不見四照之枝不可尋，赤松渺矣火井深，爲君歲歲呈丹心。

增閣歌寄薛劍公

吾友薛夫子，好飲還好仙。酒鐺丹鼎雜一室〔一〕，幽竹白石羅堂前。更向堂西架新閣，蒼翠紛紛坐前落。七十二峰流水東，青天秀出芙蓉萼。主人高坐烏皮几，短髮蕭騷垂兩耳。胸中萬卷心豁然，筆下餘霞散爲綺。才高步闊駭世俗，文舉楊修盡兒子。朝見羅浮之鶴飛晴烟，夜見酒旗之星明上天。舉觴招鶴鶴來下，放身八極同周旋。我聞此閣未得上，疑是華陽洞裏三層軒。會須更作通明客，還就元龍地上眠。

【校記】

〔一〕『鐺』，底本作『鏜』，據詩意改。

寄題魏和公吾廬

今之人材可屈指，魏季寧都隱君子。放舟溟海六月風，繭足幽州八千里。巨魚吞舟人食人，白浪黄沙入睚眦。危途曾不廢嘯歌，壯心已覺齊生死。往時爲我言翠微，諸峰秀出旁無依。丹崖劖削下絕地，石竇委曲中開扉。蚍行猿引步且伏，徑盡高原見茆屋。分星牛斗即比鄰，福地金精若奴僕。良朋或近或遠方，伯兄仲兄齊雁行。干戈之際獨無事，花下往往聞宫商。盈階況復美子弟，講德餘暇兼文章。有時雄辨相奔射，偏師角立還堅壁。有時急難相周旋，首尾皆至如率然。嗟哉古道久已喪，老矣餘生復誰望。聞君近者結吾廬，亦擬吾廬結其上。

送屈翁山之金陵

地何必生山川，天何必有日月。一升一沉使我老，南北東西令人别。洪河之水孤蓬根，不知似我還似君。神州蕭條寰宇黑，英雄失路歸何門。文章亦是千秋事，興則爲雲降爲雨。雄劍高飛雌劍留，夜上金陵望牛女。

贈余鴻客

蜀犬不識日，群吠聲狺狺。越人賤章甫，不以易文身。中原龍戰二十載，萬事反覆如朝昏。我行驚懼伏草莽，舉國大笑爲愚人。何來年少金陵子，肯道相思滿人耳。三年覓我二樵間，一夕逢君五羊市。傾山倒海見胸臆，白日照耀肝腸裏。羈貧無酒留君歡，對坐江樓饑不起。是時積雨江上晴，丹楓亂落寒蟬鳴。長風駕浪作丘壑，蜃樓海市相崢嶸。趙佗朽骨爲黄土，陸賈詩書亦何補。朝臺空有漢家名，浩歎今人不如古。今人古人間容髮，舉足之分邈燕越。眼前得喪等烟雲，身後是非懸日月。怪君茂齡懷抱奇，嚴君風義兼能詩。曾窺一二每心折，安得天馬無龍駒。荒城氣黑落日短，强爲吾子停斯須。如君意氣復何道，所願故心終不渝〔一〕。

【校記】

〔一〕『渝』，十三年本作『移』。

春夜同王説作王東邨程周量宿六瑩堂懷主人梁藥亭

南州秋色初流火，西方月向梧桐墮。當時歡會草堂前，一月詞人滿高座。主人命倒玉缸春，小奴跪進雕盤果。飛觥授簡恣所爲，畫地書天無不可。今夜草堂集吾輩〔二〕，主人安在在驢背。梧桐未葉月不明，銀燈吐焰空相對。簷頭急雨如揚沙，飛向君前作雪花。雪中旅店關山路，欲夢何門覓君處。黄金臺畔士如雲，幾許風期似得君〔二〕。明朝便奮南溟翼，老夫不勒北山文。

【校記】

〔一〕『吾』，十三年本作『朋』。

〔二〕『似得』，十三年本作『得似』。

送譚天水入閩

藍關秋高草色黄，清溪楓落兼微霜。去棹蕭蕭荻花下，念君可是徒然者。周郎千騎三山東，畫堂邀客飛銀驄。折鐺故鼎尚有耳，老夫豈不聞高風。風塵意氣望相識，何況與君心莫逆。心莫逆，吹笙竽。見故人，樂何如。

石湖觀梅花分得動字柬羅仲恭羅顯哉兼懷湖主人羅澹峰

溪西千樹當時種，數尺枝條柔可弄。不踏湖堤向一年，已覺繁花密無縫。經過昨日此忽忽，兩夕懷思不堪誦〔一〕。栽花主人隔千里，花下扁舟與誰共。虬髯逸興迥不群，公子翩翩復殊衆。折簡相招到石牀，新醅不惜開銀甕。遠方英俊兼秦越，滿座雄談雜嘲諷。是時霜後積水清，湖西滉瀁波光動。四山開朗有佳色，孤嶼蕭疏欲含凍。共誇密雪賦梁園，復訝行雲入荆夢。幽光漠漠去岸高，素色鱗鱗壓枝重。拂衣屢愛輕瓣飛，行杯更遣濃香送。逆風十里氣尚滿，沿流百步溪猶壅。高天可厭白日墜，廚人未報清尊空。老夫短棹欲早歸，上客班騅亦停鞚。開箋意思已潦倒，下筆詞章乃狂縱。寄謝梅花勿笑人，繇來韻險難爲用。

【校記】

〔一〕『懷思』，十三年本作『幽懷』。

送張南士歸山陰

八月從象郡來，九月歸稽山下。天生落落穆穆人，姿形不類風塵者。廣州城西東籬花，酒杯偶共良朋家。匆匆含意未及道，相視顛毛俱有華。著書何處期之子，謝公精舍清暉裏。雲中黄鵠安可留，目送飛鴻日千里。

過楊伊水西郊草堂因送之游吴越

君家草堂在西郭，不遠人間似巖壑。浮丘一點下平蕪，鬱水千峰映籬落。觸熱相過五月中，凉飆不道炎蒸惡。開軒氣象已爽塏，入座清言復玄著。愛君識鑒精莫倫，過目雄雌辨飛鵲。愛君墨妙不可當，下筆崢嶸走龍蠖。千年論事直指掌，八法從心絕纏縛。閑來爲我言素懷，便欲從茲理芒屩。尚平多累粗已畢，吳越清秋有前約。錢塘怒濤若車馬，九華峰巒如劍鍔。攬將明秀入毫端，直取幽奇恣揮霍。快哉壯志我所同，恨不俱飛比黃鶴。胸中約結開何時，夢裏江山已成昨。倚欄惆悵見千里，落日迴風散城鐸。虞翻故苑空青蠅，趙尉餘基尚丹雘。遠天暮色方掩靄，近寺疏鐘滿寥廓。出門一揖因送君，白頭好縱青山樂。

端州閲江樓

牂牁之江千里來，羚羊峽口一線開。長波鼓蕩氣不泄，沙邊吼怒成風雷。五月六月西潦至，端州古城晝常閉。即今水落洲渚高，急流尚作奔揚勢。誰飛傑構臨江隈，下有孤石名崧臺。崇基崢嶸山岳立，古榕詰屈蛟螭迴。百道文窗浮木末，四樓角立何軒豁。曲閣周流複道長，高廊四注空階闊。猶憶登樓髮尚髫，樓前親見海龍朝。萬乘旌旂屯北郭，千官車馬聚寒潮。二十年來重繫舸，淚滴闌干獨愁我。白雲飛盡蒼梧深，滿目寒山日西墮。

贈別陳季長

白玉有美不自言，陳生雖訥何溫溫。天球大貝在高閣，見之使我慚輕薄。問君何來東海濱，蓬萊宮闕浮金銀。峨冠仙人挾龍杖，高步綽約行青雲。觴傾松花大笑起，揮手三招魯連子。丈夫濟世有苦心，安用辛勤求不死。迴車萬里趨南極，神州九點秋烟黑。離家有子正孩提，髮白身長不相識。夜夢三山芳草春，掛帆辭我別愁新。重來肯料相見否，尹也東西南北人。

送程周量起復入都

英英江上雲，浩浩江中水。水流日下雲日高，與君離隔情如此。無錢沽酒贈君別，就君醉飲清歌發。庭前乍響金風初，碧樹離離照新月。新月西飛向滄海，海中老蚌含光怪。珊瑚枝長犀有紋，南州之寶無君對。先君門下三千人，就中程子嘗冠軍。即今賢達每不乏，野人于汝偏情親。二十年間如電掃，舊時游處今荒草。屈子能爭日月光，王裒分守松楸老。人生出處各有宜，看君高步何崔嵬。神龍吐氣首萬物，大鵬整翮盤天池。往年被命頒新詔，千騎東方年最少。磨厓手勒泰山碑，把筆醉題尼父廟。昨者麻衣反南野，江上聚觀群擁馬。盛名往往動時人，及見恂恂一儒者。滄海終爲百谷王，如君氣度誰能量。從此一抔封已畢，報恩身健日偏長。

壽姚香山熙止

英雄之才久不作，汗簡丹青殊寂寞。君侯飛蓋自北來〔一〕，玉面虬鬚照南國。香山孤城在海島，高舶如山浪如岳。揮鞭一指招曰來，群盜如麻皆面縛。虎飽則伏鷹飽飛，千鈞弩爲鼷發機。發蹤指示略未畢，劇賊已落千重圍。孤城許許吹霜角，君侯左佩蓮花鍔。馬前親繫叛人頭，秋日俘歸五羊郭。能擒能縱古所難，況君生長從儒門。大兄雄武冠宇內，介弟補袞居言官。天生材氣應無匹，射策長安君第一。谿來豪俊本爲民，一令天涯未言屈。士元不展稱鳳雛，縫裾虞詡徒區區。看君不動聲與色，萬骨欲朽今重膚。我爲此歌進玉斝，祝君之壽壽天下〔二〕。太史在朝稗在野，山人不是諛人者。

【校記】

〔一〕『君侯』，十三年本作『使君』，本詩下同。

〔二〕『祝君之壽』，底本作『匪爲君壽』，據十三年本改。

送沈甸華歸杭州

邊沙作霾噎衢陌，行子居人總成客。五羊城裏三見君，匆匆不得論心迹。君驅高轂日涉野，我倚長竿釣山下。毛錐不及帶刀人，牧馬童兒笑儒者。夜夢西湖春興生，歸艎正月送君行。大小嶺頭雪未盡，南北峰高花始明。花光雪色遥相接，花殘雪盡應停楫。六橋清淺見泥沙，潛虬何處藏鱗鬣。倒盡今時别酒樽，余亦著書終閉門。命駕相思何可易，因風書札倘能存。

晚飲湛用喈雙峰閣即送之北上因寄程周量

秋月已向盡，籬花黄幾枝。北風昨夜吹木葉，一一飛度樓南池。登樓曠望見千里，廓落天圍淨無滓。海色爲霞樹外明，雙峰如黛空中起。龍鱗相比萬室開，中有甲第排雲雷。君家尚書明絕學，自堰長江築釣臺。聞孫復得任公子，手探驪珠來赤水。再獻君門雖未售，南琛何患無知己。塞鴻搖曳向南聲，行子迢遙更北征〔一〕。居人次第起相餞，青衣十五調鳴箏。飲君酒，送君行。中路秦淮雪正霽，到日長安花始明。長安雖樂未西笑，因憶程生最同調。風雅曾深海上期，聲華早擅中原妙。别來五載音問稀，芙蓉闕下振朝衣。憑君爲寄長相念，便理雲翰追逐飛。

【校記】

〔一〕『迢遙』，十三年本作『迢迢』。

贈郭清霞

丈夫名不千年朽，此身須後千年老。秦皇漢武爾何人，神仙不在蓬萊島。郭侯少小明陰符，胸中熱血爲洪爐。鑄成寶劍無所用，卻羨丹砂來海隅。盡日著書言易體，竹裏柴門長不啓。十年客邸絕經營，百口何曾少薪米。誰云大道貴同塵，猶自徘徊戀舊恩。彭澤但題新甲子，灞陵寧識故將軍。雌雄龍吼門前水，文武火凝烟氣紫。白髮無憂上鬢生，壯心只惜同灰死。雖然不死亦奚爲，我心未説君應知。待予手弄扁舟日，乞爾山中五色芝。

查將軍懷孔招同梁藥亭屈翁山淩天杓林叔吾尹喬岳讌集東湖作

湖亭日午聞吹角，秋堤柳色開蓮幕。將軍飛蓋出城來，白駒躞蹀黄金絡。臨階下馬肅衆賓，先酌金杯揖野人。紫羅之巾羃新果，翡翠之盤行百珍。湖中坎坎暮擊鼓，玉面童兒自歌舞。水影掩翻金鏤衣，風聲促撥銀箏柱。如鈎新月掛林低，片片明霞飛向西。潛魚躍浪白鷗起，乾坤軒豁呈端倪。帳前武士環趨走，利劍在腰弓在手。何物儒生老且狂，葛衣高坐顔胡厚。將軍好士匪自今，脱略禮數披胸襟。終筵敬愛不知倦，使我入夜無歸心。我聞衛青有揖客，信陵每下侯生色。意氣相傾古不無，文章感召何繇得。將軍善將兼善詩，四郊無事時復爲。風流高會便千古，安侯辛勤峴首碑。

贈别董蒼水

鳳凰之美不在毛，山間有鳥名寒號。區區文采欲自見，使我太息傷吾曹。丈夫身當能騎臂能射，姓名直冠麒麟畫。不然探取金匱石室書，褒貶千秋壯心魄。誰能冪冪兀兀作孺生，朝朝暮暮咿唔聲。我之蹭蹬不足道，看君健筆何縱横。盛時一第易反掌，况君昆弟人皆仰。何當鼓棹恣閑游，七澤三湘迷所往。

峰頭榻得岣嶁碑，蒼梧雲影飛參差。與予相見五羊郭，袖中千首南行詩。爭奇競秀安可極，滄江白石生漣漪。曳履侯門心不屑，懷刺江城字將滅。强開笑口學周旋，舌本猶生面顔熱。寓樓正月多寒風，狂潮打岸聲洶洶。癡吟對客自搖首，得句出戶猶書空。咄嗟乎，眼前富貴既無取，身後空名亦徒苦。天涯此別一潸然，異日期君定何許。驪龍頷下徑寸珠，因風莫惜沉香浦。

送淩天杓歸金陵

前年相識花正飛，今年花下送君歸。珊瑚洲北一揮手，落花如淚霑人衣。看君長身美如玉，上馬顧盼何光輝。酒間意氣橫海岳，筆下錯落生珠璣。舊京虎踞龍盤地，往事蒼茫足長欷。秦皇枉用厭陵金，劉生早識興王氣。前輩風流安可期，羨君歸去臥茅茨。停梭竇婦機初下，奉母潘郎鬢未絲。東山行樂無時節，南海追游暫應闊。寄余浩蕩千載心，掛向秦淮滿船月。

贈別王礎臣

天生豪傑將何益，王郎四十爲閑客。無意初從嶺外行，因人更有黔中役。高牙大旆照江滸，欲駐征帆那可得。客中沽酒贈別離，可惜荔枝猶未赤。王郎眼大少所推，長身廣顙好髯髭。數著欲了天下事，千載不受英雄欺。走筆文章盈百紙，廿史六經如瀉水。魏武才堪捉佩刀，楊修未足稱兒子。去冬相識三城南，一日不見思不堪。如何棄我復遠道，五溪蠻洞多烟嵐。舊諳風土應無疵，萬里爲親備甘旨。醉別天涯日暮心，丈夫未必終如此。

方邵村以詩序見貽賦此謝之且以送別

大暑已過風初秋，金陵歸客停扁舟。滿城冠蓋爭飲餞，一日三醉尉佗樓。醉來翰墨無所惜，巨筆如龍飛肘腋。盈箱絹素積未開，一篇及我山中客。鴻文鐵畫光陸離，義心苦調君所知。枯樹王哀今老矣，白頭玄晏非公誰。方公方公何瀟灑，十年不復乘驄馬。地生名勝咨幽人，天與閑身作游者。燕支之北昆明西，羅浮日出聞天雞。檳榔荔枝日大嚼，丹砂石髓如紅泥。爲君歌，送君歸。不能黄鵠比翼事四海，雙犍相伴還扶犂。

贈別毛行九兼寄其從父子霞

僕不與時爲俯仰，雖在人間少還往。逢君一揖酒未消，當時不及論宗黨。昨來再見通姓名，世交于汝爲弟兄。我父之師君從祖，鳳毛麟角相崢嶸。少年何處求高價，足迹依稀遍天下。笑談滿座自生風，咳唾爲珠皆照夜。黄鶴高樓十載前，襄陽逋客曾周旋。君家名輩信傑出，後先卓犖皆英賢〔一〕。聞將翰墨動天子，三召比來皆稱旨。老翁七十復何求，出處千秋在青史。如君健足乃絕塵，燕臺可以空群倫。

貧來贈別無杯酒，爲報襄陽舊隱人。

【校記】

〔一〕『皆』，十三年本作『多』。

題鮑子韶獨醉圖

古之飲酒人，陶公與阮公，一觴一詠安足道，高天萬里嗟冥鴻。方其未醉時，五岳橫心胸，酒杯瀉作大海水，白日倒落滄溟東。鮑生能飲不數斗，醺然顏色如花紅，開口慷慨天下事，走馬來自燕昭宫。與予論交有世好，披圖使我題其中。吁嗟乎，天地變化閉塞將復開，如君磊落跅弛真奇才。把酒獨醉胡爲哉，急理健翮排九垓。燕頷書生空願酒泉郡，青蓮居士但築糟丘臺。君不見沛公王業基四百，壯士鴻門酒一杯。

贈別查韜荒

去年梅花開，君逾梅嶺來。今年菊花節，君歸理蘭枻。天涯客久願君歸，卻惜君歸即成別。南山有鳥北張羅，人生知己安能多。況皆窮賤伏草莽，吳烟越水勞經過。比者追歡時快意，左把杯盤右文字。白日未盡紅燭催，不肯相逢不沈醉。南溟波浪生長風，散作高言滿篋中。珠璣錯落映四座，星月倒影橫霜空。朝漢高臺雉堞古，伏波故道牂牁通。逢時自見各有以，芟彝割裂皆人雄。霸圖不足迴清睞，麟閣千秋亦誰在。已甘藿食謝當時，共許著書傳後輩。平生未識已相關，與子年華未老間。前路尚寬相見日，西風莫損別離顔。

送郭皋旭歸當湖

白日欲盡東方高，寒雲黯黯天風號。故人束裝已逾月，欲發不發心勞勞。北登大庾阻舟楫，西瞻鬱水多旌旄。同人餞送每不及，各自掩户依蓬蒿。孤帆明發掛珠海，賦詩我獨含霜毫。往時有句用不得，昨日事勢非前朝。夫子文章擅時譽，千金揮灑真人豪。盡披肝膽與時輩，每思羽翼乘烟濤，曷不歸飛向林皋。岸花三月湖水闊，爲君把釣連巨鼇，請君酌酒傾葡萄。青天會得開老眼，緑鬢應須減二毛。

寄李相如

李公十六生虬鬚，虎頭豹眼長身軀。諸生籍中弄文筆，姓名已自聞江湖。五花大馬黄金絡，終日邀人講兵略。平原不算是賢豪，季生未許矜然諾。上書自獻城南田，賣作軍門犒士錢。寶刀屢試濡縷血，烏府連分節鉞權。獨當一隊江南北，入對君王每前席。邊頭老將避鋒芒，白面儒官論資格。與君失志復淹留，對臥飛雲百尺樓。狂歌大叫取一醉，鳳觀虎視輕王侯。堂前俠客千人食，盎底屢空曾不識。千金初製鸘鷞裘，脱手贈人無吝色。我時弱冠君及壯，置身自許雲臺上。而今絲髮生滿頭，地北天南一相望。燕山作客近何如，落拓柴門未寄書〔一〕。聞道長齋習禪寂，那能不飲送居諸。

【校記】

〔一〕『未寄』，十三年本作『久闕』。

程周量出守桂林作此寄之〔一〕

鳳凰昨夜銜天語，天遣郎星向荆土。北闕新辭粉署雲，南行且作芃苗雨。雙旌曉出都門高，八桂遥開秦郡古。一時送者皆太息，千載延之今再睹。紛紜飲餞日不暇，錯落詩篇讀旁午。共驚才子守一麾，豈識仁人利須溥。天生賢俊以爲民，坐保清華獨何取。始安嶺外多阻深，戈甲雖銷猶疾苦。生事唯應職荷鋤，人家大抵稀環堵。更加雜處有兵卒，況乃流徙多浮窳。兼資寬猛昔所聞，丕變詩書亦其矩。虎符龍節既在操，秋殺春生能自主。惟君昨在司馬日，眼利機明孰能伍。筆前進退萬將帥，階下驅馳半熊虎。稱旨嘗聞西使秦，宣恩往者東臨魯。囊中餘智辦有餘，斗大數州寧足數。下國聊開歷塊蹄，天池會理搏風羽。炎州故人日相憶，十年不見心如許。方候歸艎到海涯，寧知取道從湘浦。白竹湖頭秋月高，爲君一把西江橹。

【校記】

〔一〕底本『寄之』上無『作此』二字，據十三年本補。

放歌行答何皇圖

君不聞汗血駒，墜地即能走千里。日食不能滿一石，低首鹽車鳴不起。又不聞丹穴雛，覽德徘徊天路衢。積粟如山不一顧，食必竹實棲高梧。古來志士不草草，易得是饑難得飽。陶公獨爲子春歌，此聲千載君知道。池亭細語暮春天，出處之義何皎然。相門才子有公等，亞夫德裕安能賢。四詩贈我殊霶霈，三舍猶應避旌旝。丈夫相得在中心，字句形骸乃其外。靈洲之氣久不開，驕馬蹴踏朝漢臺。世風披靡不可道，豈無豪俊多英才。陳梁丘海四人傑，後生不識爲何來。愛君意氣獨健舉，欲驅短翮乘風雷，披衷置腹無矜猜。嗚呼，即今誰能爲此語，君家昔盛君尚孩，安得還君舊府當三台。

送離患上人住靜惠州兼懷葉許山

衆水各得月，月光元在天。道人無去住，臨別莫悽然。暑氣當船小，峰形入閣圓。因依賢地主，一定出何年。

贈洪藥倩虞部

各有千秋志，俱行萬里迴。論交爲後輩，相見慰從來。話向杯前滿，心當燭下灰。十年滄海變，老盡濟川才。

臥病五羊聞故人蔡艮若之子約行授室情不自已伏枕上得二詩〔一〕二首

汝早孤能立，艱虞亦有今。雖安爲圃計，未負帶經心。讀易知餘慶，稱詩在鼓琴。先公期望意，正不必華簪。

十載亡吾友，中宵有淚痕。何曾離夢裏，容易閉泉門。鶴髮親猶健，鵷雛翼漸騫。一抔仍未卜，慚負不堪言。

【校記】

〔一〕『得二詩』，十三年本作『得二律感嘆遂多勿作尋常詩讀也』。

漫興 三首

借屋增江口，悠悠十八年。力窮群籍内，身老衆人前。曲巷來風滿，閑門得月偏。有生同是寓，終戀墓邊田。

簡討吟詩地，江門匝海濤。淵源洙泗遠，磊落楚雲高。近世無真氣，斯人也自豪。文章本情性，笑汝小兒曹。

少師生民傑，善諫何雍雍。馬地飛雄筆，龍墀泣劍鋒。獨當天下難，乞老海頭峰。百八年來事，良時不可逢。邑先達梁文康公生景泰辛未，尹生崇禎辛未，食粟而已，可爲發歎。〔一〕

【校記】

〔一〕底本無小注，據十三年本增。

出門

未有出門意，篙師候水涯。故人書適至，江上夕初佳。白鷺飛閑世，青天入曠懷。還如張翰去，不復俟同儕。

所見 二首

禁裏曾通籍，人前不下床。未離阿保手，已綰大夫章。一飯中人産，千金匹馬裝。白頭蓬室者，只自愛糟糠。

繡袷紫頭巾，驍騰馬上身。臂鷹飛啄鳥，手彈遠追人。共竊軍符夜，相邀野草春。不知營一醉，鄉曲幾家貧。

側首

側首西南望，平生李左車。依人丹鳳闕，近日碧雞書。世事那能極，爲心尚有初。虎頭今白盡，飛躍更何如。

西行

掛席春風緩，融融對物華。遠天排雁字，新水育魚花。岸曲盤千樹，山寒閉數家。依然西去路，今昔不同嗟。

寧都魏善伯寄示其兄弟文集率題二詩報之

一面今猶阻，千秋志未孤。把君兄弟作，仿佛見眉鬚。有力牽衰眼，多風激懦夫。宵分涼不寐，燈影落高梧。

遂以文章著，殊乖作者心。道猶資化育，價只待璆琳。大地孤行迥，青山一臥深。人來問容色，髮白已如今。

送賴子弦任切剛歸寧都〔一〕

二子何開朗，來知自翠微。旅中蔬飯畢，江上布帆歸。路密關心短，情深出語希。後期能不負，家在荔枝磯。

【校記】

〔一〕『送』，十三年本作『贈別』。

送李蒼水入國學兼寄相如二首

燕齊一萬里，風雪幾人來。岳勢晴猶白，河聲撼不開。新吟添倚馬，古意滿銜杯。宮是招賢舊，無妨國士才。

古道今蕪絕，吾鄉尚有人。老于朋友內，覺汝弟兄真。嶺樹寒猶葉，邊沙暖不春。天涯新得叔，風義好相親。

送何不偕之桂林

千里西江路，多奇是桂州。裂山行巨浪，依石上孤舟。君見他鄉葉，都歸故國流。應書得意句，相問海東頭。

秋夜王東村梁藥亭劉漢水王蒲衣梁王顧家夔石過宿獨漉堂讀先司馬遺集有詩賦答〔一〕二首

九原不可作，古道更誰陳。夜燭開遺草，寒齋共故人。星横騎尾氣，霜老枕戈身。一讀投湘賦，泉扉自此春。

千古傷心地，當年灑淚餘。空還新息革，終負賈生書。絳闕恩雖滿，蒼生望尚虚。乾坤同氣在，異代豈云疏。

【校記】

〔一〕『有詩』，十三年本作『枉贈名篇』。

月夜姚菊里載酒招同郭清霞陶苦子鄒中和簡文震重集鄒儀生寒玉堂同賦用空字

寂歷霜天外，宵來有雁鴻。樹聲風自北，池影月方中。良會復能再，清尊況不空。登臺望星彩，神劍爲誰雄。

李方水疾新愈同唐明犀梁藥亭陶苦子吳山帶何郢人問之天樂堂分得醒字

故人新勿藥，美酒更開瓶。雖復層城裏，何妨一夕停。空階行墜葉，疏樹上寒星。細數更籌笑，人間夢未醒。

題丹霞雪幹圖爲澹歸大師壽

絕巘全高寄，孤根壓衆芳。已成空谷玉，如帶掖垣霜。世想和羹實，天留暮歲香。南枝長不老，微笑傍空王。

人日新晴即事

新年連舊雨，晴好獨當人。兵氣昏南紀，天心惜此晨。遠峰偏聳日，一鳥自鳴春。徵斂村村急，桃花何處津。

春陰

春色來何處，郊雲密自西。釀花成大葉，催雨作新泥。野日籠無影，遥峰截欲齊。良苗今有喜，一爲報烝黎。

丹柯閣留別同梁藥亭 二首

豈得便歸去，江頭春正佳。偶來唯任興，小別亦傷懷。履迹朝盈戶，吟聲夜出齋。南園今往矣，風雅在吾儕。

大海天將曙，高窗燭未灰。各呈詩問病，自把曆占來。岸柳隨潮映，溪花到郭開。兩人乘一艇，半日是朝臺。

春日過劉漢水李世臣于黄木山堂王東村歐陽偉人林本茅偕至即事分賦兼懷李鐸臣西行得青字

軒蓋來深巷，芳菲滿一庭。小花叢作白，新柳淺爲青。覓句兼春枕，揮杯到夜星。永懷西上客，江月自揚舲。

答任五陵

城闕東西路，相尋不憚勞。肝腸違世古，詩卷與人高。玉紙裁輕扇，銀鈎落細毫。經年無以報，空自愧投桃。

送姜山上人游南岳

送師西去重低徊，曾上衡山絕頂來。夏帝碑蕪蟲篆遍，楚天峰斷雁行迴。燈前鬼芋穿沙出，齋後僧門鑿雪開。正是到時二三月，上方明月下方雷。

寄程周量

薇省仙郎安好無，別來三見落庭梧。西風不盡雁初下，明月相思天一隅。内詔寫歸金鳳紙，新詩擎出木難珠。故人落魄南江上，穩繫藤蓑作老夫。

李相如自滇池錄示近詩率爾賦寄

游子辭鄉十九春，詩加疇昔更清真。粵臺風雅稀前輩，蠻國山川老此人。帳下飛書銀箭曉，日邊騎馬劍花新。眼中無限英雄淚，盡化明珠寄所親。

屈翁山薄遊代州鎮將趙君妻以姊子本秦人也讀其白母書詩以紀懷

寒垣提劍欲從誰，邊草年年只早衰。烏鳥私情愁日短，雁門書札歎秋遲。新爲夫壻逢秦女，自寫佳人入楚詞。旦夕綵衣還侍養，一雙飛作鳳來儀。

臘月望夜湛用喈水邊新閣落成招同諸子月下小飲

迴塘天淨見諸峰，新閣初開月在東。倒影自搖窗戶裏，滿輪飛入酒杯中。孤村歲晚聞長笛，一葉寒聲落細風。漸逼春歸幸鄰近，花邊不使坐成空。

寄送蒲衣自丹霞之福州

發心初不與人言，二十辭家事世尊。禽鳥就齋分石鉢，獮猴同路上山門。題詩空谷吟聲應，宴坐秋潭瘦影翻。此去八閩潮水上，荔支青欖似鄉園。

鶴

遠視高肩有鳳文，生來不稱在人群。朱門香稻長如客，明月滄江總爲君。一種昂藏臨水岸，數聲清迥落寒雲。碧天路近飛猶懶，自啄霜毛向夕曛。

塵

似空如色未分明，脈脈冥冥類有情。鑽隙入來知態巧，步虛遙上極身輕。稍經宿雨銷沉盡，又倚西風澹蕩行。最是貴人車馬路，一回過去一層生。

錢

因成形自洪爐裏，冷處來希熱處過。貧士槖中千日計，五侯筵上一時歌。寫將妙質傳圓月，別出新裁付小荷。只用上邊三四字，從來深愧讀書多。

乞藥

癡心未肯死前休，豈有丹方駐黑頭。吟苦望邀來世讀，血枯皆代昔人愁。流連好夜常穿曉，不出青春直過秋。乞得老來還若此，目精明似電光流。

寄懷梁無悶

別來彌日把詩篇，壯氣高文兩浩然。舊劍棄爲龍入水，新方期得鶴登天。窮通一夢身何預，性命兼言道始全。竹几蒲團閑永夜，三年不上臥床眠。

懷羅浮

琪樹西風粵國秋，十年前記住羅浮。山光一半來蓬島，海色三更上石樓。雲護藥苗侵臘長，寺分泉響入房流。葛洪丹井分明在，一下人間漸白頭。

同方蒙章酌秋月下懷梁藥亭

空階布席共良宵，村浦千家帶晚潮。秋色蒼涼風在樹，水光摇漾月當橋。蟲經晏歲吟遍苦，酒得高談力盡消。江海論心幾人在，碧天相望雁行遥。

送家中洲之青原訪藥地禪師

老依江徼謝名稱，門徑蒼苔日漸增。遠興忽生黄菊節，舊心期對白頭僧。吟過曉岸風千樹，舟並寒山夜一燈。想到吉州攜手地，石橋新瀑半爲冰。

寄青原藥地禪師

駱駝峰外寶鐘撞，十八灘聲湧法幢。曠代才名流下界，半天人卧在高窗。新疏瀑水虹千尺，迴立寒階鶴一雙。猶有爲霖舊時望，雨花空自滿西江。

伍重駒移居佛山寄之

閑雲何地不堪行，近卜村居遠郡城。鄰曲共知元亮宅，市人先識伯休名。每爲禽戲聰明長，漸見鵷雛羽翼成。到處頓教無疾苦，笑他儒術濟蒼生。

苦雨偶成柬家牧止

濕雲寒雨苦相仍，便是籃輿出未能。溝水繞門前後路，砌苔緣壁兩三層。身牽旅夢癡難曉，屐印春泥重不勝。徒憶高樓垂柳下，昨來名論對陳登。

寄羅若庵

眉鬚如畫馬征南，雖是聞聲意已深。旌節一移滄海上，風流猶繫縣人心。珠官古郡通鶉尾，銅柱高標隔象林。身作長城無一事，東風鈴閣想高吟。

送家明敬

不成麟閣寫朱顏，仙佛門中見一斑。少學齋心求大藥，老思行世禮名山。玄猿共戲當清夜，白鳥隨舟下碧灣。莫到天台便長往，匣中猶有大刀環。

贈胡韶先

匡廬歸路不盈旬，嶺外山川久寄身。一歎未忘投筆日，十年長作曳裾人。篇章每奪詞流氣，甲子唯書酒國春。生歲同君餘亦似，少來多難老來貧。

贈沈方鄴兼送之羅浮 二首

夫君枉駕相尋久，賤子卑棲出見遲。袖裏故人勞遠字，卷中頻日捧新詩。水成波瀾平難得，木有文章病可知。各是天涯同世難，一杯重把定何期。時郵致曾青黎、魏冰叔兄弟書。〔一〕

掛帆東近列仙家，瑤室璇房路已賒。高瀑倚風時作雨，遠峰含日半成霞。山人散住蘢葱竹，旅食多烹巨勝花。知有婦翁爲鮑靚，不勞丹竈問丹砂。

【校記】

〔一〕底本『期』下無夾注，據十三年本增。

立秋日送梁素子之丹陽

一葉桐聲墜短檣，絺衣江上試新涼。路人共乞龍蛇字，詩筆相攜翡翠床。第二泉香吳市近，小孤峰霽楚天長。臨邛令尹能迎客，不遺尊前憶粤鄉。

送曾周士還寧都兼柬翠微諸兄

一回相見一情親，語默周旋并是真。早得于師承學正，似難爲弟較兄貧。還從合浦探珠滿，別指梅關落木新。不遠翠微山下路，年年空送往來人。

題方龍媒園亭

幾日空亭坐不回，主人相爲掃莓苔。庵分茗火連僧至，井汲香泉帶月來。高樹蟬寒秋葉減，方池魚躍水萍開。閑園物色皆堪賦，羨爾江南庾信才。

送楊伯建歸豐城

嶺頭亂石老松根，來去年年不憚煩。古道照人如可贈，青山得汝始能言。時提佛號輪珠串，愛向詞場請墨痕。江上暫歸須有約，新秋吾亦倚柴門。

寄葉許山

聞君高臥江城裏，宅後園林載一峰。中歲身曾官小鳳，先公名在補山龍。多題逸句鐫新竹，自領閑僧坐古松。白鶴觀前湖月滿，扁舟何夕此相從。

贈岑梵則

江鄉深徑引茅茨，十載無忘獨到時。高柳秋陰籠日薄，小堂寒磬出花遲。丹砂不秘還童訣，白髮尤工幼婦詞。今夕三城笑相看，先生如舊我長髭。

送魏和公歸寧都

隔年相見即依依，知爾全家住翠微。窮海訪人兵後去，孤身攜劍雪中歸。灘平橫浦寒流淺，楓照淩江晚葉稀。貧賤別離那可道，寸心遥與片帆飛。

立秋日送雪樵和尚開法曹溪

濟上家風得大機，白雲高坐見人稀。絕無人處千花繞，欲有行時一葉飛。溪水生香迎桂棹，嶺猿隨衆候山扉。宫中賜出袈裟在，禮向西來舊祖衣。

贈吳詔著

恬淡無營古所難，十年聞著一儒冠。坐來門巷皆成僻，靜到鬚眉亦帶寒。讀易止尋遷善理，觀心還得養生丹。西樵山色依然在，黄菊籬邊倚杖看。

送任克家歸皖江 時將謁選〔一〕

秋來往往動歸思，陸賈裝中半是詩。鴻雁聲高相別處，鳳凰池好待飛時。乘車戴笠將何日，楚尾吳頭更對誰。想得到家初雨雪，嶺梅先有寄人枝。

楚國千峰入小樓，闌干環映大江流。夢中明月經年客，歸興吳山昨夜秋。菊徑乍開人並上，秫田多熟酒新篘。家園樂事遥堪羨，作賦潘郎未白頭。君家有霄漢樓在皖城中，盡挹長江之勝。

【校記】

〔一〕底本『江』下無夾注，據十三年本增。

春日登粵王臺

花發高臺磴道遥，粵王曾此拜中朝。誰云七郡初歸漢，古者南交已宅堯。江勢急流宗渤澥，山光相望憶簫韶。炎州文物從來事，霸氣千年倍寂寥。

送家鞏寧

家世儒官獨典軍，紫髯三十坐高軒。戰旗指處無堅壘，仕路從來有孟門。劍長澀苔收殺氣，馬驕沙草散蹄痕。舊時贈客金錢盡，更向誰人受此恩。

送何不偕之潮州兼懷家鞏寧

醉敲如意短歌箋，鷁首東行歲漸寒。霜下參差聞墜葉，月中深淺見澄灘。龍川地古那逢令，鱷渚魚多不避官。猶有故人閑射獵，秋田騎馬好追歡。

春夜集丹柯閣聽蟲分賦得心字

方塘千尺在堂陰，一片春蟲語漸深。出蟄驚雷喧昨夜，洗兵疏雨過前林。希微擬共寒更轉，斷續如知座客吟。況是將軍鈴閣下，聞聲倍切式蛙心。

市橋春望

海門東盡不生瀾，景物登臺極大觀。紅蕊點村千室曙，碧天圍水數峰寒。珊瑚多入漁人網，玉食先歸野客盤。倘許閑身坐垂釣，客星不擬落嚴灘。

贈林孟易

傳家世世有忠貞，斯世真堪作老生。聖學久窺牆數仞，佛門新禮磬三聲。輕身似鶴偏宜壽，全德如雞孰敢爭。五十年來無限事，白頭不負泰階平。

早雁

一聲初度自衡湘，斷續天邊見幾行。似有驚疑同避弋，只應來去爲隨陽。高飛關塞何曾阻，久宿蒹葭漸有霜。白首蘇卿無恙在，北風時節倍思鄉。

送魏善伯之潮州

嶺頭秋盡枉高車，便向潮陽應辟書。行迹欲同沙塞雁，文章應走惡溪魚。中宵剪燭論心地，十載傳緘識面初。幸是英豪爲共事，故人無復歎離居。

賀胡韶先舉孫

昔時見子初生子，今日佳兒已抱兒。家慶便多庭下綵，鄉書遥慰鬢邊絲。灰餘爐火重增焰，霜後高松漸著枝。三十年來天一轉，深杯相對好開眉。

彭飛雲刺史見訪

今世須才致治平，古人機略見先生。剖符舊化三巴俗，伏軾曾降七十城。幕府每聞飛健檄，席門何自枉高旌。天南賤子能捫蝨，坐聽高談爲洗兵。

送張穆之移家東安

村浦停舟倚浪花，叩門辭我日將斜。殷勤說與相尋路，千歲藤邊獨一家。

舟夜

夜寒猶自擁秋衣，水底星河數雁飛。空得家書無一字，滿械稠疊寄當歸。

題畫 二首

真山須似畫安排，畫出如真也自佳。借我壁間懸數日，清猿涼月滿書齋。

深山深處有人爭，擬寄閑身畫裏行。淨掃柴門無個事，碧溪寒葉一聲聲。

蚓

一聲一恨在塗泥，雖有清操未有知。待化羽衣吟露日，世人方信飲泉時。

蠨蛸

獨將一面候蟲過，饑任微生飽在他。村舍久知無好客，勞君門外更張羅。

蜂

穿花度葉日紛紛，出自知時處有群。獨佩秋蘭何處獻，慚卿一食不忘君。

江上曲

雙蛾畫不成，十五背娘行。獨自搖蘭槳，橫塘月未生。

秋夕過湛泉長同賢從迪周飲于荷舫

宅邊池館似舟居，佈置溪橋亦自如。疏樹映門涼雨後，曲欄涵水夜星初。秋來算畝收黃菊，燭下輪刀鱠白魚。酒罷分題群從散，新篇相許寄吾廬。

月夜同湛用喈過泉長縱飲梅花下

似雲孤起鶴孤飛，一片空明立小池。過客只憐依玉樹，見花何必羡瓊枝。月當瘦影徘徊見，酒引濃香寂寞知。落得滿頭君莫笑，鬢毛非久亦如斯。

游俠詞 三首

左刀如白虎，右劍象蒼龍。直走長城北，風雲滿路中。

相見一杯酒，天涯即弟兄。出門贈百萬，上馬不通名。

十年居委巷，上有白頭親。此别逢知己，微軀亦借人。

移家西歸留别湛克正克茂外弟兼柬同人 二首

西還雖得邇鄉園，最是難分汝弟昆。春酒自澆離别地，東風含歎鶺鴒原。多年瘞玉烟猶暖，當日傾巢卵幸存。白髮漸生吾老矣，幽冥將負丈人恩。

四十無成客此都，將歸何以答揶揄。添來壘壘兩墳上，攜去雙雙衆小雛。南嶺溪山清絕地，東江舟楫坦然途。春來省墓兼童稚，千載過從定不誣[一]。

【校記】

[一]底本缺第二首，據十三年本補。

獨漉堂詩集卷之四

江村集

小序

甲寅之春，亂起滇閩，至丙辰而東西交偪，及于惠肇。予所居新塘，東江之衝也。二月，挈家西還，僦居羊額，甫定，而廣州變，與東西連和。丁巳夏，廣州復通于北。戊午春，余移居龍江。其秋而罹無妄之災，下于理者二百餘日。己未春，事始解。四年之間，虛名爲累，日周旋刀鋒箭鏃中，自有生以來未有危于斯者，視丁亥之禍覆巢毀卵殆有甚焉。庚申而後，乃稍得晏然，復理詩書，有同人唱酬之樂。甲子始卜小禺山舍，丙寅冬遂定居焉。龍江、羊額並屬江村，故自丙寅以溯丙辰，十年之詩爲《江村集》。其間一毀于兵，一竊于賊，平生著作大半佚焉。

新苗

高田易爲瘠，下田易爲肥。高田苗欲密，下田苗欲稀。春陽三二月，陰雨來霏霏。無論高與下，青青同一時。疏如雁行列，密若羊毛披。清風颯然至，蕩漾生漣漪。迴旋合萬舞，荏弱不自持。遥遥極天碧，望望深人懷。先王制四民，士首農次之。非時尚不役，矧乃鞭與笞。一夫不播種，世有受其饑。須知元元命，繫此青青絲。賤子爲老農，敢以告有司。

修禊後十日石濂禪師招同諸公雅集長壽禪林即事賦

真妄非二途，愚智各有適。同此聞見中，心目異喧寂。西郊亦人境，靜者得幽僻。交錯引翠條，蕭疏布林石。春事滿高窗，鳥聲在簷隙。悠然古招提，曠若新開闢。嘉招及令序，竟日隨飛錫。論詩陋休遠，析理兼玄易。既喪我于吾，焉知主爲客。欲别聞清鐘，溪山暮雲碧。

送羅五湖

與君初一揖，未語神先躍。磁石受金針，大小都不卻。船頭一尊酒，頗盡新知樂。秋風吹長棘，半載成乖各。匪伊動忍謀，蒼天亦云虐。惓惓君子心，直可高雲薄。君家在何所，巴水明西郭。才爲此身累，不得耽丘壑。游蹤遍西土，美政流南國。五馬今何之，甘棠尚如昨。無因一出送，益我懷中惡。男兒事蓬矢，豈可辭芒屩。同行得良友，未足爲寂寞。中州英賢地，大雅應有作。何時遺之音，願附羅浮鶴。

獄中送郭清霞兼寄李相如〔一〕

輕風驅行雲，中天日雷電。霖潦在康衢，積陰曀城縣。良朋當遠適，冒雨來相見。未言先慰藉，恐我泣如霰。拜送圜土中，握手情戀戀。鳳鳥覽德輝，高飛使人羡。雊雉集山梁，色舉何其善。嗟哉雲中鵠，今作泥巢燕。江頭路幾許，不獲銜杯餞。況聞故人返，萬里期言宴。如何二紀别，良晤乖一旦。九州不盈掌，日月雙丸轉。流萍合有時，鬒髮將無變。因君謝故人，努力千秋傳。

【校記】

〔一〕十三年本『送』上無『獄中』二字。

獄中值林叔吾生日贈之

我生長于君，爲日百五十。何期來獄門，初度亦相及。來時秋未徂，不覺春風入。魚沫尚相濡，蟲鳴已離蟄。衰柳落復生，燕雛去還集。眷言南冠士，不作岐途泣。醉則相和歌，昏猶把書立。吾道豈云非，高天意難執。匪兕率柙中，皎駒孰維縶。幸非修名累，漸爾沈憂戢。五岳路未遥，故山芝可拾。相期保百齡，懷哉荷簑笠。

古意

去家三十年，昨夜夢歸里。不見舊家門，但見同鄉子。雖非久言笑，亦勝長羈旅。誰云夢可續，願奉千金市。

贈任五陵

任君介然稀所可，客邸杜門終日坐。三年懷刺已生毛，一旦閶闔勞問我〔一〕。卷中先示禽言歌，嬉笑之下痛哭多。花下從君讀終日〔二〕，正名紀號皆不磨。水走雲流無定質，不尚高華務平實。五岳真形筆底看，百家奇秘紛然失。如君好事古有誰，九州車轍安足奇。穆王空有八駿馬，豈謂書生能得之。三閭大夫遠游者，足迹未能遍中夏。虛無閶闔叫不開，枉用離騷繼風雅。能游能賦兩足矜，半生躡屩還擔簦。計功而食不妄取，神寒骨峻門如冰。試與極言當世計，達變通經還審勢。如此人居草澤間，蒼生豈得無凋弊。與君交好二年來，天轟地裂奔風雷。相逢一度一鼓掌，笑殺時無英傑才。坐使神州淪劫灰，念之不覺心魂哀。守持廉節止自了，天生我輩何爲哉。寧爲夷吾小器匡天下，莫作西山高蹈終蒿萊。

【校記】

〔一〕『閶闔』，十三年本作『軒車』。

〔二〕『花下』和『終日』，十三年本分别作『明月』和『全集』。

送朱子蓉歸嘉興兼柬其兄子葆

七年之間三别子，兩在山中一城裏〔一〕。休論心迹未能并，可惜頭顱只如此。風塵拓落何所爲，東溪片月當茅茨。老兄能歌弟能和，松花酒熟清堪攜。北方苦旱南征伐，無事區區一吳越。高天且隕不自憂，杞國狂夫空白髮。

【校記】

〔一〕『裏』，底本作『市』，據十三年本改。

贈蕭壯行

朝來白髮梳千下，一卷道書眠亦把。誰是人間無累人，君乃閑中最閑者。芒鞋短袷坐新秋，不冠不襪輕王侯。城中館舍非不美，歸心思濯淩溪流。淩溪流水清如酒，子善爲箕孫酌斗。門前一步是風波，身後千秋我何有。

登大士巖紀事 小序

己未孟冬二十有八日己未，賽神于大士巖，有五色鳥數雙止于林端，鳴聲清好。此鳥唯羅浮有之。志稱異人至山，則五色鳥翔集。記予辛丑歲同梁器圃、麥叔夏入羅浮，浹旬三見之，正此月也。去今十九年，器圃已爲古人。兹余復與叔夏同見靈物遠來，豈有意耶。漫作長句紀之。是日同登者何中木、姪天閣，二子贛、勵凡六人。

寒來未試登山脚，積雨初消好行樂。大士巖前一揖餘，四望風光殊不惡。川原百里辨纖毫，渚稻皆收野岸高。人家小梅日皦皦，疏林赤葉風飋飋。龍江水繞山根出，諸峰秀美真無匹。上懸峭壁下崎巖，森若文人多氣骨。何來五色羅浮禽，飛鳴下上好其音。洞天福地不棲息，得無有意來相尋。朱明洞口華臺寺，十九年前山裏事。出山如送入山迎，三人見者今餘二。豈有他奇副昔聞，巔毛種種日爭新。臨高且共命尊酒，不使仙禽笑妄人。

朱廉齋以張穆之畫冊索題爲作磨癢馬歌贈其象郡之行

鐵橋老筆多生趣，畫馬解作癢磨樹。三足作力一足拳，短鬣蕭蕭首回顧。蘭筋不動尾絲垂，竹耳雙高目光怒。吁嗟神物宜千里，散放平臯獨何故。戰士場中不一嘶，瑤池可到誰爲御。雖辭銜勒得天真，未免蹉跎損高步。古今萬物一馬也，朱公索我爲長句。頓覺風生尺幅間，疏林葉脱天霜露。海頭一州大如斗，駿足驂驔豈堪駐。何不負圖自出聖人前，何不籋雲直上高天路。世間豈無伯樂與王良，爲君歌此畫馬章〔一〕。

【校記】

〔一〕『歌此畫馬章』，十三年本作『且續延之賦』。

集長壽禪林詠西番蓮花歌

西方佛有青蓮眼，西番花有青蓮産。朱絲作蔓碧玉英，繚繞疏籬意何限。世間只尚紫與黄，此花無色能久長。百花香者爭高價，此花不售自開謝。唯有幽人最愜懷，竟日盤桓倚僧舍。

送胡韶先歸南昌

惆悵爲此别，寸心安可言。如何相見來，落落三十年。長爲貧賤不足恨，乾坤黯淡多烽烟。君生十七去鄉井，楚粤東西共萍梗。闕下上書恒報罷，軍中借箸無爲省。碧血空傳先世名，熱腸已化寒灰冷。英雄失路欲誰投，不妨胡越亦同舟。世人安識徐元直，指心不爲曹公謀。獨將至性交良友，間復沉酣托杯酒。因事長留濟物恩，活人每試回天手。嶺南嶺北千里中，人人皆道胡長公。貧賤之交常滿座，揮金如土囊時空。浮生百年一倏忽，快意當前便須歇。丈夫非愛七尺軀，無人肯買千金骨。草堂新構西山西，東風三月花盈溪。秫田得歲酒方熟，童孫壯子行相攜。天倫況復美群從，舊德日覺生光輝。忠臣之後世必大，浮雲于我何爲哉。薜蘿帶，芰荷衣。淚滴先公墳下土，三十三年游子歸。

三月晦日同張默庵梁無悶藍公漪過賀秋卿于西竺禪房即事〔一〕

飛花欲盡羊城南，乍晴乍雨天青藍。青春尚餘此一日，炎風忽暑殊難堪。偶同故人步郊郭，有客客寓城西庵。門前對立木棉樹，誰家繫馬驕驂驔。高槐近窗窗紙綠，殿角風鈴細相觸。枝間小鳥時一鳴，對此翻疑在空谷。問君何來來揚州，輕帆破浪長江秋。長星在天影落水，芒寒氣黑魚龍憂。北風其涼日苦短，歇棹珠江應酬懶。圖書彝鼎共一床，促膝論交客常滿。從來神駿不受羈，去就之間何侃侃。蓮花幕府謝珠盤，落葉僧房對茶碗。與君未識相知名，及乎一見心膽傾。中懷萬種安可盡，揮杯笑視雙青萍。君思買山時未可，我既無山仍轗軻。短歌長嘯各未終，欲去不去風雷過。翻盆之雨何其大，君不見來時靸履去乘輿，丈夫未得長高臥。

【校記】

〔一〕十三年本『事』下有『各賦』二字。

以端溪水巖小硯寄戴觀察怡濤系之以長歌

昔人只重端溪紫，今之水巖勝于始。始猶所採皮肉間，山骨琢盡茲其髓。一陽生後天益寒，牂牁江落風林乾。崖枯峽淺洞門出，中有積水蛟龍蟠。良工斤斧重泉下，石室無光朝亦夜。千枝列炬照人行，萬指懸壺向江瀉。金錢之費日不訾，冬春之際能幾時。瑕瑜況復不相掩，非具大力安能爲。崇禎之中熊開府，邇者名藩亦時取。後先疏鑿分東西，文采精華並千古。往時蕉白稱極佳，今人指點尋青花。以茲相石亦未盡，必有生氣如雲霞。拊不留手柔無骨，墨質愈堅磨愈發。宋坑宣德雖尚存，粗則傷毫細則滑。伯樂一顧冀馬空，世間所患無追風。寄公一片雖小品，由來亦自蛟龍宫。茆齋久伴書生窮，呻唔吟嘯不可終。去茲卑陋依尊崇，使君聲韻如鐘鏞。揮毫落紙生蜺虹，況今持憲出乘驄。秋霜春露一言中，非汝孰與成厥功。嗚呼！挽回造化良不易，補天亦屬人能事，五色之石將無是。

積雨柬何玉其

積雨村邊路，溪潮長石痕。蠣房環結屋，龍目細垂園。舊友仍羈寓，新秋好晤言。樓高雖可望，各自閉柴門。

題繡佛齋詩 馮司寇再來祖母旌表，陳太夫人所著 二首

遭逢雖不造，文采獨堪誇。姑婦成雙節，詩篇屬大家。苦心追正始，真調脱鉛華。世業聞孫在，芳蘭不妄芽。

玉潔因成色，金堅遂有聲。古人言不朽，皆自性情生。寡鶴夜中唳，哀猿申旦鳴。何須立文字，聞者盡沾纓。

送梁言公之惠州

豐湖清絶地，亂後幾人行。秋水明諸壑，官橋帶兩城。少年初旅食，多藝盛時名。佐幕前賢事，良才鄧始成。

園居雜詩 三首

有月鳴鶯早，無風乳燕高。倚簷花刺帽，循竹露沾袍。散誕從吾得，驅馳與世勞。曉涼開卷罷，耕鑿語兒曹。

野色浮千樹，池光鑒一峰。高標人外秀，新緑雨邊濃。此地頗安堵，他鄉時舉烽。樓頭數杯酒，佇立到昏鐘。

乾鵲來何處，高巢占一椏。可能知喜氣，空自戀貧家。就食雛爭母，教飛翼礙花。老夫圖穩臥，未許報窗紗。

獄中雜紀 二十六首

鈴柝鳴終夜，星河耿暮秋。但令圭未玷，休問杼曾投。東海仍秦帝，南冠號楚囚。此身翔不下，何處學輕鷗。

土室分東半，疏籬別作房。竈烟凝几研，窗雨滴帷床。晝鼠游無憚，宵蟲網不妨。故人知更甚，消息隔重牆。

把釣時臨水，爲園少近郊。本非羊慕蟻，真有鹿懸庖。多病尋方藥，無才愧易爻。古今同一夢，玄白不須嘲。

圜扉今半月，佳節報重陽。粵俗人登墓，秋風稼在場。天遥唯見雁，地苦已飛霜。書札詢兒輩，溪花幾處黄。

今年月食既，疊向夏秋看。晦魄冥無色，虚輪側未安。陰消如有象，候滿欲何端。三復修刑戒，能無儆有官。

南生期免戮，葛相戒求聞。一自違丹闕，唯知戀白雲。蟬無遮噪葉，豹有害身文。將老嬰縲絏，深慚父母墳。

柳底看棋出，籬門步月開。偶因閑得樂，旋似寂生哀〔一〕。世豈祥凶物，人應棄死灰。如何文字債，猶到獄中來。

古塔標虞苑，高城號尉佗。青蠅猶宿昔，黄屋久消磨。午夢書能送，秋吟酒易多。死生聞有命，緘口欲如何。

已是傷心客，那堪太息聲。隔牆來斷續，入耳怨分明。世俗趨傾險，神州尚甲兵。何時瞻化日，青草獄門生。

栩栩夢中蝶，飛飛霜後螢。半床書共寢，永夜月同醒。覓紙題新句，籠燈課舊經。已忘身是繫，只作戶長扃。

初度尋常度，今茲倍愴神。傷哉居穢地，不敢禮先人。亂日生何樂，餘年死與鄰。只愁來世事，難定報恩身。

一旬雙諱日，近接我生初。淚滴重泉下，身從九死餘。爲禽填苦海，作蠹飽塵書。已比先人老，千秋愧不如。

九月寒如此，今年閏較催。蕭條天外雨，飛灑粤王臺。風定聞新雁，人來説早梅。江山寥落處，登望幾時開。

往哲居憂患，皆爲進德門。鄙人無意志，一卷自朝昏。渴得樝梨快，寒加襆被温。近鄰賢首領，間日送清尊。

烽火兼舟楫，艱危四十餘。幾爲弓外鵠，一葬海中魚。債豈他生償，名應獄吏書。閑來尋舊將，追問亂離初。

一夜江城雨，蕭蕭長鬢華。入心鳴萬點，爲潤想千家。倍助天昏黑，如兼客歎嗟。鄉園歸未得，催盡小梅花。

三旬行萬里，奏使舊能任。驛路無淹騎，秋風有報音。遲留關厄數，速免或他侵。死地寰中滿，爲憂豈獨今。

神籤曾信手，消息一陽初。始日深愁遠，而今慮且虚。灰寒終應管，雲暗可勞書。天地心誰見，乾坤莽自如。

多慮憑天遣，深寒到酒消。掩書吟竟夜，辭客臥終朝。霜角思江檻，風鈴隔麗譙。向來臨眺地，紅樹一蕭蕭。

舉世悲先烈，虚名萃眇身。局天非一日，畫地又何人。不獻鄒陽作，終知石父伸。從來黄與綺，秦漢未稱臣。

身世猶如昨，風威只覺寒。數爲百日滿，序是一年殘。北使歸何緩，南音操已闌。敝衣行卒歲，省事且爲安。

春前殤兩稚，災禍不云孤。豈謂妻孥淚，居然泣老夫。往來詢動履，肥瘦寄衣襦。會有生還日，張儀舌在無？

一歲聿云暮，萬方勞未還。濟師江上戍，轉粟雪中山。身等齊民列，名羈力役班。合將經月繫，消折半生閑。

昨日報春初，今朝是小除。舊枯泉脈潤，新脫柳芽舒。生態看星鬢，憂端卜曆書。家家勤祀竈，兒女望何如。

已歇霏霏雨，初迴習習風。日車朝漸北，斗柄夜方東。大夢過前事，長愁到老翁。羈棲頻度歲，只欠獄門中。

歲旦明朝是，天書昨夜歸。豈應違咫尺，無處問恩威。且學餔糟醉，從嗔食覈肥。入春開笑口，不復有危機。

【校記】

〔一〕『似』，十三年本作『以』。

賀何不偕新翁

與君皆老矣，繼美在弓裘。即此夭桃賦，無非式穀謀。百年寧復事，五岳續爲游。頗憶曹丕語，成翁未白頭。

走筆送袁士旦歸江南兼懷魏凝叔和公楊長蒼 二首

積雨日未已，客中懷可知。如何相見地，即詠送行詩。半月趙佗國，三秋文獻祠。好游年少事，搔首鬢如絲。

一見即投分，相知寧在多。吾尤推意氣，人共誦詩歌。卞璞終應剖，南圭近已磨。誰能記微賤，爲報幸無他。

送羅仲牧移家車陂

陂上家家好，清溪帶綠筠。近聞詩社裏，添汝白頭人。門向何峰住，樽堪席地陳。太平遺曲在，爲我拂龍唇。

別後寄方蒙章陶苦子兼柬何不偕梁藥亭吳山帶黃葵邨定郵詩之約 二首

別時蟾兔缺，不覺漸成圓。旅夢猶高館，生涯在釣船。風輕中酒後，夜永一陽前。爲有郵詩約，寒燈頗廢眠。

曲江千載下，作者未全湮。筆墨無生氣，光芒愧昔人。誰能師日月，何以喻清新。大海波瀾在，驪珠自不貧。

楊敏叔六十〔一〕

白雪鬢眉在，青山日月深。貧能持定力，老不負初心。清磬夜當夢，梅花寒出林。一陽來復後，甲子又從今。

【校記】

〔一〕詩題，十三年本作『祝楊敏叔』。

郊行

春郊一尊酒，且以樂朝昏。遠水澄珠寺，遥峰閉石門。鼓鼙鶯語地，烽火杏紅村。短鬢絲將遍，能銷幾處魂。

閏中秋夜阻雨不得赴方蒙章之約枉詩見貽賦此答之

人間無好月，天上又中秋。雨點微霑瓦，簫聲漸閉樓。遂違杯酒約，空枉夜珠投。旅宿蒹葭外，伊人不易酬。

後一夕同龐祖如方止止陶苦子龐毅子亮子羅顥甫頤甫宿亦庵對諸君。

尚滿中秋月，微開昨夜雲。古牆杉影落，淨地佛燈分。坐久鬚眉見，天空語笑聞。幾時還閏八，重得對諸君。

過弼唐感舊贈龐祖如 二首

策杖秋方晚，村橋日欲斜。樹風喧萬葉，山影靜千家。瘠土安淳俗，澄溪漾細沙。擬尋龐氏隱，還種邵侯瓜。

他日誰青史，當年易姓名。門人思李固，孤子寄程嬰。我愧前賢事，君猶古道行。白頭懷宿昔，竟夕自霑纓。

初月

銀河誰下釣，天道自張弓。色借桑榆日，涼生玉笛風。山光開半面，人影在牆東。不俟居弦望，清輝萬國同。

送屈本庵入都

白首皇都客，茲遊亦壯哉。夏雲凝岱岳，秋色在金臺。萬里何窮路，三閭未易才。嶺頭無可戀，應爲荔枝回。

壽何克諫

洞口桃花落雨餘，清溪流出引樵漁。姓名不愧何徵士，甲子終虛宋永初。七字題詩傳白社，千峰採藥散比閭。知君妙得還童訣，玄鬢朝來漸滿梳。

歲暮送區魚山歸香山

長將筆舌代耕耘，海島焉能絶世塵。百里暫歸貧有母，一年將盡老催人。潮光似火船頭曉，梅子如珠屋角春。亂日相期無可祝，早占熊夢慰慈親。

壽雷峰天然禪師

孤高如月萬方看，至道無言仰頌難。垂老尚聞勤梵行，太平先已薄儒官。身爲碩果時方剝，書滿名山墨未乾。曾住朱明洞天上，仙人不敢愛還丹。

雨後馮再來中丞招同王長文姜坤侯何漣若陳繼袁諸子泛舟謁南海神祠登浴日亭望海是日晴霽詰朝復雨即事賦謝 二首

南人誰不頌芃苗，百里行春路未遥。雁翅城開雲尚漬，虎頭山出雨初消。元戎小隊移輕舸，大海微風入短簫。天爲吾曹晴一日，江花林月好相招。

千秋吏部文章在，三月中丞節鉞來。廟壓平潮諸島沒，天横峰影海門開。布衣未敢辭高宴，赤舄無嫌踏野苔。南國禹功元不到，安流須仗濟川才。

獄中柬黄畏齋楊巍材陳是庵〔一〕

埋名不免墮圜扉，枉作山中老布衣。尚有高人能命駕，豈應吾道遂全非。夏侯未死猶傳業，叔夜如生亦采薇。歲盡鄉園歸得否，紫梅花落釣魚磯。

【校記】

〔一〕十三年本無『獄中』二字。

邑中同人招飲西山草堂即事

名園重得聚英豪，暑月杯盤敢告勞。匝水松陰鋪地闊，出牆山色帶城高。時光老去深知惜，筆硯愁來漸懶操。同是少年吟嘯地，新霜看上鬢邊毛。

過六貞女墓　小序

順德龍津李氏，處女也。丙辰春，粵東大亂，有强暴謀脅致之。六女懼不免，夜以酒相酹，一夕同赴水死。比曉出之，明妝儼然，臂約紅羅，兩兩相結。其家合而葬之龜山之陰，當事者立石，表之曰『六貞女墓』。

崑岡生玉總無瑕，列女貞魂是一家。一夕便成千古事，孤墳空與後人嗟。乘鸞合上三珠樹，化雪應爲六出花。處子立名青史少，曹娥江水在天涯。

李蒼水司訓長樂以羅浮蝶繭數雙及繭布見寄云布即蝶繭所成翼日蝶出繭中五色紛披玩對之間因成一律寄謝其意

仙遺衣化羅浮蝶，蝶化山蠶復作衣。栩栩未離莊叟夢，絲絲還上玉人機。質無綺麗宜于隱，生有文章不愧飛。多謝良朋遠相寄，東方蟬蛻亦依希。

夏至夜即事

初晴天氣便炎蒸，小閣風多最上層。臘酒舊藏椎髻婦，春茶新惠住山僧。頻探落月移湘簟，自惜流螢掩夜燈。一歲算來今夕短，老夫猶爲幾回興。

仲冬十三日贛兒受室率成一律示之

燈紅月皎兩相宜，且放中懷入酒卮。萬種未完爲子事，百年過半作翁時。山寒漸入青春色，梅老偏高白雪枝。莫道傳家無素業，先公猶有一經遺。

贛兒受室承諸公贈詩賦答

千秋名立舉家捐〔一〕，心死灰寒四十年。直爲詩書存此脈，重勞塵土作諸緣。羲爻始叶包蒙吉，韓奕多承纘祖篇。若使析薪譏可免，釣竿吾在五湖船。

【校記】

〔一〕『舉』，底本作『一』，據十三年本改。

送孔樵嵐宰樂昌

復掛征帆去此都，勞勞終日在馳驅。十旬三上二禺峽，百里連分五嶺符。南楚烽烟嗟往昔，東風民物望來蘇。關門鎖鑰須公等，骨氣昂藏一丈夫。

送何不偕

少年無遠不同遊，比者輸君已數籌。酒後獨尋燕市筑，雪中曾買建陵舟。九州未必容閑客，五岳何常笑白頭。我亦從茲理帆席，大江明月記清秋。

行路難 九首

君不見天上之星墜爲石，又不聞地中有雷生霹靂。星有光芒猶可避，雷無定所誰能測。殺人豈必干與戈，尺地寸天皆局蹐。重城高寢自謂安，中夜思之眠豈得。何能變化爲蟭螟，飛入睫中人不識。

又

翩翩之雁來天隅，中有一者飛而孤。自喪其雄不並宿，江中警夜甘爲奴。江濱之人少慈惠，一網高張百禽殪。不虞永斷匹偶恩，食肉賣毛爲得計。

又

君不聞蜀山多陰稀見日，群犬吠之盈萬室。又不聞野人有婦一目偏，出見舉世皆不妍。是非好惡何有定，昨者高岸今爲淵。勸君且自酣杯酒，勸君不用狂開口。正言自古有戈矛，上士聞之皆卻走。

又

君不見五陵年少插兩弓，左射右射皆能工。金丸如星羽如月，驕馬蹴踏鳴秋風。林中走獸獵已盡，仰面四顧蒼天空。千年老鶴青田產，昨日瑤池銜玉簡。未迴勁翮排天門，莫使霜毛刺人眼。

又

卞和入山得璞玉，獻之未售先刖足。秦王易以十五城，趙國不與終受兵。從來至寶物所忌，錐刀之末今人爭。小民止可求粗足，朝飯糟糠暮飦粥。輕裘肥馬不易誇，有司視爾如仇家。

又

隰有桑，阪有漆，朝朝斤斧無虚日。社西老樹且千年，于人無益己則全。美材豈合終棄置，用之貴得逢英賢。昨者公家求大木，匠石顧之蒙見録。已辭根柢落高雲，卻伴沙泥委空谷。

又

葡萄酒，黄金卮，玉簫瑶瑟聲參差。佳人長袖爲君舞，今時不飲將何須。是與非，得與失，百年都是攢眉日。劉伶一醉死便埋，嗣宗多事猶詠懷。畏首畏尾身餘幾，智士畏名如畏鬼。君不聞隋家白鶴自拔毛，周廟犧雞啄其尾。

又

孔雀之血能殺人，翠鈿金尾光徹身。古來賢聖不外飾，蛙聲紫色能亂真。一人獨坐深宫裏，拜跪滿前皆有以。誰懸明鏡照中心，爲佞爲忠總相似。仲尼一語君勿諼，先觀其行後其言。君子溫溫如白玉，利口便便中有毒。其毒愈甚文愈高，請君記取孔雀毛。

又

落花一别樹，安擇清波與污泥。自古皆有死，刀兵牀笫無高低。夢中得食醒難飽，夷齊身餓名不朽。流芳一日不易爲，遺臭萬年安足道。

獻大司馬制府吳公一百韻

北極旰長策，南天眷重臣。節移閩海近，恩及嶺頭新。睇望雲霓久，霑濡雨露勻。旌旆皆改色，閭井自生春。地闊衡廬接，星分斗廟鄰。滇流東注海，橫浦北封秦。舊俗民猺雜，遺風鄒魯醇。威行千里肅，綱舉百城振。文武趨蓮府，溪山望畫輪。詩須傳樂部，德俟紀貞珉。往日絃歌暇，清篇字句真。飛騰珠不脛，磊落筆如神。世誦吟燈作，官聞酌水貧。孤標誠絕俗，高義久驚人。法重催科考，時兼薦饉臻。後先羈舊尹，三五及迷津。相戒車前轍，誰從井有仁。賴公垂惻隱，遂得免顰呻。數萬金錢負，多年簿責頻。下車皆遣去，重任畀于身。湯網開窮鳥，莊波借涸鱗。即云于物利，未或以財徇。俠氣過朱郭，名流仰樂歎。各期空冀野，爭得望車輪。銀燭連開宴，瑤階九列賓。攀留常累月，酬唱動兼旬。陽羨多栽茗，江東自足蓴。四鰓魚入饌，千日酒沾唇。白雪操常凜，芳蘭佩自紉。驥才終必展，龍屈理須信。令譽通黃叟，能聲徹紫宸。九重恩破格，萬里檄征閩。爰自神明宰，高超岳牧倫。六條持法慎，九伐紀功純。堠

火飛猿峻，妖氛紫帽屯。逆萌生帶礪，緩死冀宵晨。徵士時緘劍，搜財或算緡。莫爲分玉石，終見共胥
淪。不枉聞清論，如絲拜御綸。繡衣明獬豸，高印躍麒麟。受節初開府，兼官屬代巡。澄清徐攬轡，光霽
儼垂紳。一鼓更絃瑟，先移曲突薪。萬民歌樂只，多士荷陶甄。桃李三山遍，韜鈐列校俊。島人宵自遁，
荒土日加畇。邊計奇難測，雄功立不泯。撝謙師大樹，克讓協同寅。憶昨杉關出，將過粵海漘。香花連
水驛，涕泣灑山榛。父老追邪谷，輿歌繼洧溱。尚思崇俎豆，豈憚走嶙峋。嶺嶠人何幸，皇天若汝親。矧
當凋瘵後，初過亂離辰。鄉落朝無火，郊原夜有燐。三毛名飯毳，百結號衣鶉。元氣公能補，民心願莫
因。經時虛遠想，一旦下高旻。疾痛難更僕，吁嗟自鬱氤。頃從藩鎮始，遂使利源湮。淩雜供求取，纖毫
見怒嗔。生民如草芥，王度漸緇磷。叢借還無日，狐威假不馴。驕矜行自絕，骨肉且相狺。竟啓東南釁，
同歸撲滅均。餘波仍汙染，囹圄日囂齗。孰市田文義，誰從鄭俠陳。脂膏原粵物，鞭撲亦吾民。世幸銷
兵革，恩宜用撫循。輸將前不易，暘潦近加辛。即盡敲民髓，何裨秉國鈞。富強須有術，山海況多珍。夷
舶原交市，遐方舊貢賨。有無通物產，聲教暨絃黌。鹽鐵書何密，耕屯計可掄。兵民如復合，風俗庶能
淳。夫子今豪傑，文章古孟荀。學能全體用，巧不事組紃。詩禮趨庭得，風規昔馴遵。先公開棨戟，大節
挺松筠。善述真無忝，仁聲美有洵。會吹寒谷律，終解捧心顰。賤子何爲者，其生亦已迍。在金慚躍冶，
于木更輪囷。好著登山屐，常冠折角巾。行藏依草野，出入遠城闉。欹案看書臥，頹顏攬鏡皴。何知年
冉冉，只愛石粼粼。東漸曾過浙，西行未到岷。遥登太行上，亦泛五湖濱。處處聞風烈，超超遠世塵。溯
洄心未已，嚮往足猶踆。行部干旌出，防邊介士蹲。飛揚明鐵鎧，鏜鎝響金錞。並集三江鷁，初停六轡
駰。霜應生白簡，風欲起青蘋。北斗瞻今近，南溟氣自申。扶攜觀教化，洗滌待咨詢。幕府多英俊，賢君

愛笑嚬。肯容狂狷士，長揖列嘉賓。

走筆送家紫馭孝廉

薄暮山歸力殊憊，小童報子將于邁。披衣急欲走送君，東西城隔愁無奈。君來幾日秋已窮，黄花開殘多朔風。摩天黄鵠卻垂翅，鷹隼横厲盤高空。我聞志士有如弓在挽，其屈愈深發彌遠。看君才氣固落落，世上何人在心眼。明朝聞道理帆檣，短歌相送不成章。飛揚之望屬吾子，僕不如人今老矣。

客有自粵西來者以石遺吾家宗虞曰此某將軍所寶爲王祥卧冰石也同人多爲詩予歌以和之

吾家介弟饒花石，有石陂陁不盈尺。白章黄質理燦然，仿佛中間有人迹。身如轉側面右向，左袂蒙茸覆衣上。四周環匝白皚皚，云是王祥卧冰狀。冰間有物不可名，是魚非魚如有情。石于天地最頑鈍，豈亦慕義師高行。扁舟載石來千里，人孰無親親有子。感茲雪裏得嘉鱗，各向高堂備甘旨。愛君能養贈君家，一時鄉曲爭相誇。言似不似者各半，將無畫足添于蛇。吾聞李廣善射虎，草間有石射飲羽。至誠所感金石開，是虎非虎君試猜。

贈别王礎塵

昔年與子珠江别，太白有芒宵八月。今來送子五羊城，土木雙星守不行。徘徊往復似有戀，毋乃類我故人情。昔年見子鬚如漆，今來白髮參差出。死生萬變十年中，唯有兩心尚如一。不肯低頭就一時，不曾失足受磷緇。只將熱酒澆懷抱，下士聞而大笑之。君不見天上之星密如雨，亮天之工才有五。世間豪傑豈能多，碌碌因人自終古。

端州七星巖題名歌

媧皇未補星辰漏，神人驅石爲雲走。赭鞭鞭斷雲不前，天風吹落西江口。西江波濤千里來，雷霆霹靂蛟龍吼。洞府沉深絶照臨，奇象怪形多所有。少陽數七老陽九，艮止爲山折如斗。一開一闔相蔽虧，天樞天軸通關紐。質如白玉貞且堅，雨積蒼皮光不垢。絶無寸土可栽培，況有靈根作林藪。中虚或類鼛鼓鳴，下垂乃可金鐘扣。磴道遙盤霄漢間，陰崖忽出他山後。扶嘯臺東千尺壑，下視諸峰若培塿。過雁聲高每倒聞，行人路窄難迴肘。百曲湖光繞寺門，一片山城掛窗牖。尚憶曾游少壯時，今來不覺成衰醜。吳山越水多俊人，天涯此會誠非偶。爲君小試燕然手，興酣落筆無蝌蚪。八分瘦硬高崖陡，奮臂大書人某某，石老天荒同不朽。

甲子重陽後四日蔣莘田大參招同潘亞目屈翁山登城北諸峰望全粤形勝還飲酒粤王臺上時有建復鎮海樓之議即事賦呈

衡岳東走千萬峰，南支五嶺爲其宗。龍川湞水在左右，中有都會爲番禺。海天清迥見萬里，曠望可以開心胸。重九已過秋爽至，大夫車騎來雍容。高峰表裏臨城北，下視朝臺猶咫尺。霸業升沉已幾迴，文風極盛餘三百。將軍猶紀廖與朱，當日何公獻版圖。樓名鎮海故有以，五層特立當城隅。自從樓廢烽烟逼，人事蕭條多瓦礫。整頓欣逢子大夫，九衢三陌生顔色。即今海宇無纖埃，乾坤元氣須人培。杖藜父老各翹首，何時重見高崔嵬。且當釃酒臨高臺，松風謖謖帟幕開，甘棠勿翦桃李栽。先公作宰趨庭地，白首乘驄使節來。人生所貴有稱述，羊公峴首今蒿萊。令名直與天壤偕，餘子碌碌安在哉。後來不朽應吾儕，爲君滿引手中杯。

扶胥歌送王阮亭宫詹祭告南海事竣還都兼柬徐健庵彭羨門王黄湄朱竹垞諸公

扶胥之口水所歸，青山浮出如無依。長波際天不可極，白日夜半揚其暉。東風吹上木棉樹，片片盡作紅霞飛。南海之神紱冕古，瓊樓玉殿開朱扉。前駕赤虬後文螭，左驅天吴右馮夷。虹蜺架道雨師灑，蛟龍夾轂瞻旌麾。九重秩禮來南紀，誰持玉節漁洋子。天上連宵動使星，世間久矣傳詩史。歸舟暫泊珠江南，問奇訪古多所探。都將十載相思夢，并作江城半月談。唐詩三變猶堪把，明詩三變風斯下。落落乾坤得數公，盡掃榛蕪歸大雅。羡門子，竹垞生，與君意氣遥相傾。徐公淵博能下士，黄湄慷慨多秦聲。我抱區區君所察，來時更枉群公札。山陽叔夜懶何堪，吴下阿蒙目猶刮。送君有作兼群公，鳳凰今已飛梧桐。和鳴律吕賴公等，且放野鶴閑雲中。

何克諫八十

青蘿山中有茅屋，土牆蠣徑幽人築。春來屋内屋外花，客坐前山後山竹。盎頭良醞開數升，架上素書間一束。落落乾坤覺汝賢，籜冠蘿服望如仙。正逢渭叟投竿日，應見希夷大笑年。

壽王大將軍孝揚

漢代諸侯誰第一，仲華年少封高密。晉家武庫杜當陽，臨邊著述何洋洋。將軍獨立千載下，頡頏二子兼其長。兩河作鎮始弱冠，大江節鉞臨荆揚。楚波西來不敢狂，吴人高枕憂可忘。清歌徹夜調笙簧，雄風披拂臺嶺傍。島夷跪拜獻明璫，旅獒馴象來梯航。翠禽白雉籠千雙，將軍所寳唯文章。清齋萬軸函縹緗，軍中多暇加丹黄。時揮翰墨祖二王，虎龍戲躍劍弩張。階前爪士森兩行，竦立汗下歎莫當，一畫力敵千鈞强。去年憶在三江口，司馬舟中聯句久。中央置研傍大斗，一人賦詩一飲酒。飛觴授簡迭奇偶，秋菊新花映窗牖。夜闌刻燭復數首，清風白雪傳林藪。如此驚才古希有，況兼制行一無苟。高堂色養有壽母，雞鳴問寢垂紫綬。雁羽參差列前後，甘棠樹老蘭英秀。公家世德天所厚，立功立言同不朽，以茲三爵爲公壽。

寄贈卓火傳傳經堂歌

卓侯寄我一尺書，細行小字千言餘。開緘意氣溢毫楮，烟雲繚繞生吾廬。鳥翼欲搏南溟浪，劍鋒直射牛斗墟。不平之鳴有若此，何況龍光鳳彩揚天衢。伊昔休明代，朝野交驩虞。公卿折節下韋布，草野高談皆廟謨。天南地北未相見，一字若得隋侯珠。故家文獻今未墜，君門累葉名通儒。況聞忠烈有令祖，月黑歸家夜騎虎。燕山潛邸龍未飛，一流南移真逆睹。終知神器固天授，不惜麋軀共殉主。文皇兒戲視方黃，獨謂先生言可取。時殊世易三百年，兒孫尚守高曾矩。堂開吳越號傳經，四方投贈詩盈庭。吾聞六經之傳有明晦，時晦則晦明而明。壁于秦火出于漢，蝌蚪盡作絲竹聲，至今大義如日星。善傳善述必有以，請君爲我側耳聽，請君爲我側耳聽。

夜雨有懷柬張桐君兼寄董無休

醉來不覺和衣臥，小樓未滅看書火。夢回四壁走風濤，空床聽雨三更坐。忽憶少時吟興狂，君與董侯同過我。席門蓬徑話終朝，寶馬高車停道左。董侯欲去君且留，予時更鼓瀟湘舵。落落風塵老漸來，蕭蕭白髮生無那。君才自足奮桑榆，致身不肯游青瑣。屈伸潛躍各有時，南北東西何不可。董侯屢寄山陰書，君來日剝離支果。從前屈指幾烟雲，吾輩幸存非坎坷。君不見五羊城下陰雨中，劉苑荒蕪趙臺墮。

嘉魚 二首

嘉魚潛石穴，終歲氣常寒。本欲承珠露，寧知上玉盤。有無通雅詠，咫尺隔風湍。未必名爲累，隆冬澤易乾。

嘉魚吾舊識，高價市人爭。似鯽身微削，如鯪鬣乍生。細肪凝石乳，兼味著霜橙。未入宵來饌，吟詩久不成。

送王蒲衣采詩惠湖

樹樹熟離支，殊非遠別時。新蟬湘子廟，初日海王祠。路記雙江合，文猶八代衰。時無採風使，草野亦陳詩。

送周德涵

便作天涯別，重逢未可期。快聞經世論，兼讀過庭詩。騏驥宜千里，鷦鷯且一枝。野人頭已白，不復問當時。

贈別黄忍庵太史 四首

百年無作者，之子擅奇才。豈謂黔中使，翻從嶺上迴。衡文時望重，握手老懷開。更喜居停近，深宵亦往來。

東郭淹游迹，南園接古祠。乘車爲客日，閉戸著書時。怯醉開椰酒，從酸剝茘支。海隅多異物，嵇陸未能詩。

學到難窮地，文能不愧名。雖爲今太史，猶似老諸生。江海心常下，山林迹未并。一時稱盛事，千里聚同聲。時王阮亭宫詹，高謖園廷評並以使事至。

暫爲鄉井別，十日惜分攜。觀化俄生柳，予時病瘡。看書亦杖藜。心知龍節返，路出海雲西。會買扁舟送，漁家水滿堤。

病中承彭子安見過別後奉懷

度嶺年殊少，軒車滿路光。病中吾見汝，秋後客何鄉。伏枕違清論，開篇得妙方。愈風文檄在，繼述有諸郎。時見惠尊人《躬庵文集》。

送林敬臣

南雁去不極，北風聲正喧。何堪衰草日，還是送王孫。再世依耕鑿，空山矢寤言。與誰登冠石，放眼望中原。

病足舟中即事

興劇思憑覽，人扶上小舠。客囊攜薏苡，鄉酒寄松毛。少食肌時減，多眠骨屢高。可憐中夜夢，躍馬尚能豪。

送溫茂長

三秋違侍養，萬里赴京華。江路聞霜葉，天門照雪花。親存宜薄祿，年少且辭家。蕪絕金臺上，看君步玉驊。

送錢目天

度嶺三年客，歸心四月天。別離良未易，鬢鬢況蒼然。古筆追秦漢，深杯得聖賢。似君何不可，高詠滿吴船。

輓湯惕庵先生

大雅久云没，中原尚此人。晨星方在望，宿草已逾春。便自成千載，何繇贖百身。唯餘召公樹，蔽芾粵江濱。

初春江行有感

人日吟詩坐客船，白髭臨水一茫然。西來山坼雲中峽，北上江明雪後天。幾處小簾春市酒，誰家新月夜鳴絃。郊原頗記從軍地，草草東風又十年。

過鍾莘野留贈

萬峰東走峽門青，巖石蒼蒼見列星。遊子偶來停短棹，故人高卧有閑亭。花明欄檻朝長倚，月滿溪橋夜不扃。四十年前文酒會，白頭相對記趨庭。

寄周平山

介節清風最起予，此心雖邇迹常疏。青春蓮府銜杯罷，明月茆齋入夢初。七國奇才多在客，六朝名士總能書。何因報我瑤華句，一紙寒山慰索居。

寄葉許山

茘枝曾自小園分，茘子紅時倍憶君。短髮細梳涼夜月，虚窗高掩後山雲。狂書往事追狐史，夢寄閑身到鶴群。十載別來今大耋，鱷湖觴酌更須勤。

寄葉猶龍

門功先世在安邊，少執金吾漢帝前。寶帶尚存天府賜，篋書猶是異人傳。閑中歲月耽山水，亂後文章托管絃。長記黄塘好風景，近來添得幾湖船。

梁顒若池中蓮開一花紅白各半索賦 三首

半紅半白兩相加，開向城西處士家。何處更尋連理樹，一枝全勝並頭花。朗如弦月猶銜魄，清比江雲欲變霞。知道先生真訣得，石床相伴養丹砂。

金行爲白火爲紅，大冶元多鍛煉功。朱粉並施鄰女美，色香齊現法輪空。高懷濯濯居人外，巧笑盈盈立水中。記得六朝王儉府，一江南北互相雄。

豈曰卑棲意自殊，亭亭泥滓不曾污。一莖擢出仙人掌，二氣凝爲太極圖。髮爲丹心常早白，玉緣泣血半成朱。雌雄好是芙蓉劍，南斗光芒近有無。

宋嵋庵招飲南園即事賦别

客裏深勞命酒杯，南園臘月正梅開。城根倒影夕陽落，橋下寒聲潮水來。千里賓朋萍迹合，百年懷抱鬢毛催。滄江白社吟詩地，送爾風流宋玉才。

答張桐君

數月逡巡未報詩，十年離索更何爲。雄心老去成灰燼，白雪吟多上鬢絲。虞苑青蠅嗟往事，陸生車馬記前時。只應共擷東籬菊，買醉南園濁酒卮。

至日同溫茂長姪汝侯雨中入高峽

寒雨從朝歇也無，酒杯相命且狂呼。長風直破西江浪，短日多行百里途。峽勢益奇霜既落，山容如赭草全枯。年年此地猶爲客，愧見峰頭石望夫。

祝張二尹文宿

郭邊潮水日潺潺，官舍無如少尹閑。一卷新詩是公事，夕陽支枕對西山。

又

昌黎曾爲記藍田，君較藍田一倍賢。鉅竹老槐俱不有，窗間松樹已十年。

送周維念

西江秋水正湯湯，暑氣初銷小閣涼。歸客過逢初泊舫，病身相送不離床。關山別路無杯酒，書札京華少報章。臥寫新詩不成字，故人休訝懶嵇康。時以病不能報吳青壇、朱竹垞諸公書。

送葉淵發

家門七葉金貂盛，之子由來是冷人。一偈安心居士法，半年餐荔嶺南身。秋江有酒鱸魚美，碧落無雲雁路新。不向津頭望歸棹，病來哀樂總傷神。

贈別劉肩庵

相逢未得數追陪，見説曾從絶國來。鳳詔到時蠻女拜，龍神祭日海雲開。班生自有飛揚志，漢武唯求跅弛才。斯世昇平須俊傑，看君非久滯蒿萊。

獻祝大司馬制府吴公　三首

清風此日滿南隅，文武兼權是丈夫。百粵諸侯趨使節，八蠻君長拜兵符。腰横牛斗星邊氣，句得驪龍頷下珠。浙水自來多俊傑，幾回封爵屬通儒。

海門曾報射長鯨，身作東南萬里城。彩筆不妨裁露布，素絲隨處建干旌。令如山岳軍皆肅，心在冰壺政自清。幸托樂郊何以賦，家家絃誦答昇平。

水清沙碧石粼粼，千里舟車赴令晨。棨戟葱蘢高峽曙，梅花消息定山春。一陽復後天開子，維岳生初歲在申。會見作霖蘇九有，先爲膏雨慰南人。

送高謖園廷評

桂江猶帶劫餘灰，主試深煩作賦才。麋鹿竹邊騎馬過，鷓鴣聲裏放船迴。逢人便問端溪石，作客徒登趙尉臺。不得留君到初夏，枝頭紅荔正花開。

送楊荆湖觀察内擢京卿 二首

夾道笙歌萬姓喧，俱來江上送高軒。三年預試調羹手，兩粵兼承化雨恩。内詔即今趨鳳闕，名流何處望龍門。桃花院宇論文地，峴首山前片石存。

荆揚相接氣原通，南北新花次第紅。粵嶠尚懸卿士月，楚帆先滿大王風。濟時妙略憂能遠，傳世清篇老愈工。此去明良慶相得，賡歌遥在九天中。

伏日同王礎塵張桐君朱子成周文康梁藥亭林叔吾董克瓘王紫巘集潘亞目視蒼樓分賦因寄董無休

池連深樹暑皆消，酒得良朋興更遥。片席領風來極浦，斷虹將雨下青霄。樓名趙尉高相望，山有安期坐可招。三十年前同賦客，白頭書札到今朝。時克瓘奉其尊人無休書至。

獨漉堂詩集卷之五

小禺初集

小序

小禺，番、禺二山間一丘也。予中年倦于游而食指日繁，取資于筆墨，遂不能不與人世往來。干戈之際，又往往以不出見人，積爲疑謗。歲甲子始卜居茲丘之陽，丙寅之冬遂移家焉，今不覺十餘年矣。會城五方雜處，多意外之酬贈，故其詩大半入《唱和集》。中間有題詠同而不出于次韻者，仍附此集，以無虛此歲月。自丙寅至戊寅爲《小禺初集》，凡二卷。

送朱子成之贛州

僕僕南中路，窮遊亦壯遊。義能存故友，分不見諸侯。五嶺天磨蝎，雙江地咽喉。何心成聚散，吾道正悠悠。

壽林遠峰

與爾爲同病，蹉跎四十秋。尚垂孤子淚，已白少年頭。漫學窮彌壯，唯應老莫休。長生知有地，居處近羅浮。

壽劉沛叔 黎太僕美周之甥

章貢千峰裏，當年羽檄飛。死生從舅氏，辛苦脱重圍。馬骨招無日，虬鬚拔漸稀。白頭持壽酒，莫道不沾衣。

送張超然 閩人，時寓吴門

相送已云再，風花今仲春。重尋來日路，又老一年人。楚水趨吴遠，閩山與越鄰。便歸何不可，詩卷未常貧。

訶林雅集得青字

何地堪相約，南宗有祖庭。倚欄梁樹古，開閣越山青。高詠寬頹暮，深杯免獨醒。年年二三月，車馬此頻經。

送施子寓歸杭州

詩思清如水，人閑澹似秋。此來非有謂，何以客炎州。舊浦香難問，今年荔不收。聞君住河渚，歸去棹扁舟。

爲徐序仔題畫

君愛嶺南山，雖好攜不得。安得懷袖間，有此英州石。

送善丹青者吳碧山

紗巾長嘯復何之，文采風流杜老詩。頗怪世間男子少，煩君多爲著鬚眉。

爲嚴蕅漁宫允題緑端硯 五首

似是花磚漬古苔，碧雲何意下嵩臺。曹家舊瓦誇銅雀，飛作鴛鴦入夢來。
五色曾聞鍊女皇，至今調緑用玄黄。一從補後星辰穩，天地精華萃此方。
端溪雊眼最精熒，龍尾金光帶列星。别向人前開寶匣，倚天元自有青萍。
漢武淩雲思欲飛，相如詞賦有光輝。仙人掌上分餘瀝，滴露研朱對緑衣。
巧匠何年琢翠屏，一泓秋水在閑庭。岣嶁緑字遥相待，細寫文章入汗青。

築室謡和何不偕 三首

杵聲緩，杵聲急，不畏築牆低，只畏囊羞澀。牆低有土猶可鋤，囊空人笑不丈夫。
少小師前修，安能事一室。老爲妻子累，艱難結蓬蓽。十年遷播數易居，匪自求之天我兀。誰憐鳩拙不能巢，只聞兔狡存三窟。

故人自有屋，屋小人日多。我已無家四十年，偶然卜隱來城阿。同時各有築室歎，杵聲槖槖遥相和。杵聲緩，杵聲急，未成仰屋籌，只自面牆立。

真際上人小影

道在寧知白髮生，禪房闃寂好經行。月明滿地無人會，消受菩提葉葉聲。

贈徐道沖

雍喈聲已滿朝陽，雛鳳今看起後行。繼世才名徐孝穆，慰親詞賦魯靈光。楝花風裏過三楚，荔子香時到五羊。車轍肯來尋負郭，老生頭白尚能狂。

寄答華商原 時寄示所刻《方輿紀要》

曾泊端溪共醉歌，霜天涼月映藤蓑。數莖鶴髮生來早，千里魚書别後多。已付形骸同土木，尚勞心力紀關河。終篇不覺逌然笑，壯志真慚馬伏波。

送李嗣公

昔年曾醉鶴樓中，江漢雙流直向東。君去揚帆秋正好，楚臺今日有雄風。

題彭艾庵畫舫

酒船來去好相招，朝是山林暮市朝。夾柳畫橋金絡馬，入城秋水木蘭橈。

冬日端江舟中雜詠 五首

數家修竹舊臨湍，門徑今勞仰面看。記得秋初曾借泊，維舟剛在赤欄干。

黃鶴嵩臺伯仲間，東南名勝莫能班。牂牁小讓三巴水，石室奇于大別山。

小湘峽口霧連天，三尺漁竿兩槳船。釣得嘉魚送官舫，老夫不是買無錢。

滇桂源頭萬里遥，一秋無雨漲全消。端坑水涸初開硯，羚峽門高暗長潮。

黃岡村裏硯成堆，市估爭攜趁客回。浪說老夫能識石，更無人向小舟來。

送蔡亦介歸博羅

歸去羅陽水，千峰是故廬。但令耕有地，休念出無車。濁酒三秋後，閑身百戰餘。親前猶孺子，更讀圯橋書。

壽伯母梅太君

過來三萬又三千，百歲期頤在目前。兩子白頭相孝友，一家全盛見曾玄。能言神廟昇平事，尚記吾翁始學年。今日并成前代史，誰知猶有地行仙。

戊辰正月十日舟泊端州王礎塵自開建適至令子紫巘招同李蒼水過集高雲客所寓華嚴精舍縱飲達夜即事成歌

正月溪山餘暖氣，炎方別自爲天地。乘興拏舟入峽來，故人恰自康州至。客中無地可爲歡，高君況在郊南寺。落落乾坤數老翁，天涯相見俱憔悴。賢郎高燕爲客開，李生後至初揮杯。登樓曠望見原野，定山數點青崔嵬。園桃一樹紅如火，折向瓶中如笑我。東風只自戀新枝，何處林間尋碩果。年當壯盛好努力，白髮生來無一可。且燒高燭佛燈前，狂歌縱飲開新年。東南之美略已具，人間此會非徒然，爲君白眼望青天。

登湛禎士新閣

新構閑齋事事幽，簾櫳清寂勝前游。疏籬引蔓時妨帽，老樹扶人共上樓。暮雨千家聞短笛，東風一綠遍平疇。園林烟景元堪畫，況有數峰來上頭。

題畫馬

櫪下林邊寄病身，渥洼龍性本難馴。休嫌奔走空皮骨，世上誰爲買駿人。

題畫鷹

搏擊西風力有餘，高枝獨立意何如。羽毛已具飛揚勢，莫老磻溪待後車。

題八駿圖

日行三萬力何長，博得瑤池一夕觴。畫譜至今圖八駿，史書空自笑周王。

送王子玉歸南昌　二首

梅關北下水如湯，十日南風是豫章。歸去滕王新閣上，更將文記次三王。

西疇螟螣不成禾，南海先秋已自波。莫訝送君無好句，詩懷枯寂比人多。

贈別潘稼堂簡討　二首

向來高步渺群儒，名在新篇勢莫逾。鳳羽尚思翔萬仞，鶴書爭遺下三吴。横竿笠澤江邊臥，直宿文昌殿後趨。爲見爲潛君並得，天涯相見話菰蘆。

去是新秋來是冬，一年蹤迹嶺雲中〔一〕。猶同遯世人無悶，獨有名山路未窮。采硯每逢蕉葉白，買舟頻繫荔支紅。羅浮括入歸囊裏，曾否江門夢釣翁。白沙先生夢長鬚道士以囊貯羅浮遺之〔二〕。稼堂近游羅浮〔三〕，得新舊《圖志》，將刪定爲一書，故用爲喻〔四〕。

【校記】

〔一〕『雲中』，中國歷史博物館藏陳恭尹行草詩軸作『雲東』。

〔二〕『夢』，詩軸作『嘗夢』。

〔三〕『近游』，詩軸作『近入』。

〔四〕『用爲喻』，詩軸作『未用此爲喻』。

送潘涵觀之潮陽 二首

郭中猶積暑，江上已重陽。不惜人千里，其如水一方。篇章添采菊，消息邇維桑。亦是淹留地，無忘寄八行。

三年珠海客，懷抱幾曾開。此日人將別，高天雁正來。邊風過細柳，羌笛思殘梅。帷幄堪前箸，寧唯草檄才。

九日登鎮海樓

清尊須醉曲欄前，飛閣臨秋一浩然。五嶺北來峰在地，九州南盡水浮天。將開菊蕊黄如酒，欲到松風響似泉。白首重陽唯有笑，未堪懷古問山川。

次先司馬韻寄吴爾景

月下論詩夜不眠，鯉庭同試鳳山泉。平陵歌入千秋史，頭白門人説往年。

夜度黄脊沙漫成寄示贛勵

無窮志業總成賒，老去吾生漸有涯。秋秫未登頻臥疾，菊花臨發又離家。風吹野柝來虚舫，月應寒潮上淺沙。報汝三冬宜共勉，莫耽朋酒負年華。

五色筆歌爲王礎兄紀夢

十月江清不成凍，寒潮入峽微風送。峽裏停舟待故人，故人書至翻言夢。夢中授筆何老翁，峨冠廣袖言雍容。爲言房隘筆毫損，寬之所以全其鋒。故人受筆欣然久，五色光芒猶在手。既醒而寐復見之，六十衰年義何取。我持書札三四看，爲君喜氣横眉端。不聞帝命司徒契，五教之敷惟在寬。天人至理數必五，天曰五行人五事。包羅萬有入纖毫，驅使六經爲臂指。江淹鮑照不知此，中書君老而秃矣。爲君大封管城子，夷吾器小安足齒。研用補天五色石，書用尚方五色紙。舂陵霸上雲氣多，會寫龍文入青史。

題嚴灘垂釣圖

飲水嚴灘亦漢臣，偶然伸腳動星辰。尋常裘釣家家有，只少人間共臥人。

題虬髯客圖

九州可贈，百萬何惜。騎驢出門，書生失色。

別翁約似廣文

臯比一坐鬢蒼蒼，倖入雖微喜近鄉。高峽雲山初假館，三城風雨舊同堂。康成善飲儀彌謹，阮籍能吟醒亦狂。還擬花時共沉醉，清溪聊且放歸航。

偶過六瑩堂十一姪以畫軸索題時方七齡好尚如此知爲英物也 二首

長眉高隼骨錚錚，杖錫胡僧意氣横。穩坐蛟龍方濯足，不知風雨夜來生。

七齡俊邁異常童，揖請新詩獨向儂。知有文章齊老鳳，不須圖畫羨真龍。

題四無禪師

邀瀑孤亭上，安禪尚少年。舊遊成夢幻，一悟徹人天。古貌何超絕，真機但默然。老來詩更好，都任世間傳。

寄送劉海陽靜伯

幾年音問渺天涯，別路茫茫繫我思。空際飛鳧人莫睹，市中成虎世誰知。狂多在醒何須酒，窮到能工定有詩。片刺相投俱不值，倏聞車馬又東馳。

寄黃忍庵太史

菖蒲澗水記浮觴，別後音書枉數行。近日銅龍老賓客，幾年金馬校文章。網羅異代歸遷史，羽翼高飛倚夏黃。江左嶺南多軼事，頗曾爲論辨興亡。

春日王也夔招游蒲澗即事作

何處春郊布綺筵，菖蒲澗口接濂泉。竹分山色爲門徑，石咽溪聲似管絃。野寺蒼涼懷古地，東風晴暖試花天。閑來偶共山僧笑，不醉溪橋又五年。

向恬庵攜酒西山是日適熱發不得痛飲賦此答謝

誰走銀鞍挈玉壺，西山亭沼對城隅。人言梁國佳公子，僕是高陽舊酒徒。魚戲新荷筒尚卷，月疏楊柳葉全枯。時來望雨憂如渴，清句居然起病夫。

佘兼五招同梁巨圃劉倬之梁鼇符劉惇予小飲池亭大雨適至即事分賦得花字

旬來憂旱每成嗟，兩度甘霖值爾家。高樹領風多在柳，小池添水半爲花。涼聲入耳能銷酒，香氣浮杯好試茶。況是主人文字飲，篝燈拈韻興何涯。

端江五日寫懷 六首

五月牂牁水，今年少濁波。堤連沙衍出，山落石痕多。仰食資畬米，均輸恃海艖。東陲膏雨足，西土定如何。

炎荒爲澤國，海舶壯軍威。跋浪如山立，乘風若電飛。雉曾重譯貢，馬已華陽歸。恃有長城在，南人解鐵衣。

江闊山爲岸，奔流直向東。最愁炎暑月，多作石尤風。不有藏舟地，徒勞拯溺功。可能開別港，羈泊免途窮。端州城下無港口停泊之所，大風作則舟石相觸，往往覆溺。

厓門三百里，洄溯未爲遥。西水秋無力，南風夜有潮。豫防聞往哲，列戍自前朝。海徼波濤地，毋云兵已銷。前輩葉石洞謂宜增仰船洋戍兵，以固端州門戶。

少日趨庭過，中年閉戶居。恥爲無用學，必讀有源書。衰白心徒苦，經綸事已虚。客途猶秉燭，終恐負居諸。

處處吊靈均，當年一逐臣。迹疏猶戀國，道直不謀身。日月懸詞賦，風濤泣鬼神。湘流殊未極，來者又何人。

端州華嚴庵送何孟門陶握山王紫巘游鼎湖 二首

一月江城住，茅庵共菜根。更尋名勝地，仍是給孤園。高峽連峰影，清溪到院門。不能同買棹，相送亦難言。

尚記登臨日，春王正月中。冰霜凝野寺，燈火徹行宫。未續青山夢，居然白髮翁。鼎湖名尚在，惆悵泣遺弓。棲壑大師改鼎湖爲天湖，時行在在端也。

送陶虎侯 二首

昨夜明河澹欲流，纖纖涼月報新秋。似君七夕天南路，牛女星邊一葉舟。

三十閑身百戰餘，新詩唯有問樵漁。贈君此別如何道，飽看名山勝讀書。

送程荆山歸富平爲其尊人壽 二首

平生游未到秦川，每送秦人一黯然。四姓帝居雄自古，二崤關路險如天。河冰堅處行歸騎，霜月圓時泊客船。不必更論南越橐，卷中曾補白華篇。

源溪苓塞近何如，華子高棲善著書。歸奉晨昏千里外，正當天地一陽初。羅浮大藥光生鼎，太華晴峰雪照廬。自昔五陵游俠窟，送君臨發重踟躇。

己巳九日鎮海樓作

自我移居到南郭，登高三上三城北。城隅傑閣五層開，六合分明在胸臆。二江洋洋趨向東，五嶺氣與珠厓通。青天四垂海波立，烟雲變幻生長風。故人相約酬佳節，歌舞岡前高宴列。東西南北一萍蓬，永嘯長吟各雄傑。仙人亭館石爲臺，文窗四啓無纖埃。木棉古樹垂百仞，清陰覆地秋聲來。座邊埤堄連天起，萬壘青青皆秀峙。龍盤虎踞勢未殊，爲霸爲王皆有以。昔人歌舞尚留名，今人歌舞不成聲。廣武城頭發浩歎，千秋阮藉稱狂生。君不見高皇用武平方國，百粤懷柔獨文德。斯樓結構自初年，其廢其興豈人力。雕甍刻桷此重新，地轉天旋多氣色。爲君釃酒興何極，半酣起舞忘頭白。倚天長劍又何人，側身四望乾坤窄。

羅浮道中值王礎塵生日寄之

別時不謂便逾旬，此日高天見雁群。黄菊籬邊誰對酒，朱明洞口倍懷君。生多憂患常同遘，齒在桑榆愧未聞。已定窮通數年計，白頭相伴老飛雲。

贈別任道爰

隱居雖隔嶺頭雲，廿載相知只耳聞。三度南來初值我，一秋游興又違君。生涯事事成蛇足，行迹年年似雁群。未必白頭皆若此，酒闌攜手望星文。

輓張桐君 四首

舉世醒皆醉，斯人邇亦遐。五車梁惠子，七葉漢張家。每有乘桴歎，常深彼黍嗟。乾坤無故國，白首尚天涯。

北海開尊久，南溟世澤深。萍蓬無定聚，松竹本同林。未免艱虞日，多承繾綣心。夜臺今不作，寂寞歎人琴。

燈下文猶草，宵中館已捐。有生終是化，無疾即爲仙。胤子來千里，歸舟動隔年。知君丈夫志，不死女兒邊。

交君兄與弟，並是廿年前。五嶺非深阻，雙棺乃後先。長途號白馬，中夜泣啼鵑。慟絕南州客，貧無絮酒錢。令兄南士名杉，客卒嶺上。

送彭艾庵流漳州

東郊此別莫銷魂，千里閩中路易言。老淚數行唯母在，餘生一日是君恩。往來潮水通雙鯉，去住雲山隔斷猿。到日楓亭秋漸近，荔支紅處似家園。

寄懷王阮亭兼索其南海集

酷似高人王右丞，在官蕭散意如冰。時名兄弟堪方駕，家學文章是一燈。滄海乘槎曾獨到，越山懷古記同登。南來新詠多如許，紙貴衡陽寫未能。

題甘叀素小影

青松白石不沾塵，野服科頭意自真。一坐空山非易得，十年南北倦遊人。

續王礎塵少萊子歌爲屈翁山壽

老萊子有五色衣，少萊子有五色筆。衣舞班斕有盡時，筆飛青簡無窮日。每常中夜起雞聲，亦曾草檄母窺屏。子年六十母九十，母頭全白子全青。階前幼稚立四五，長者能文少者語。人生快意豈在多，莫惜堆盤獻雞黍。君不見叔皮避地河西居，王命論成還著書。漢家紀傳定義例，作者何必皆石渠。平津六十初應詔，再至太常方見召。奇才偉貌衆所推，得君何必皆年少。君家有書非野史，碧血熒熒光透紙。筆端生氣萬古存，君與人人皆不死。少萊子，老布衣，世人好惡多是非。三閭之後若無子，日月誰與爭光輝。請簪此筆立殿陛，可以上報三春暉。

庚午九日歌和礎兄

前年九日登高回，月入南斗光徘徊。今年九日西風急，昨夜斗中月仍入。上天垂象每若斯，安用樽前百憂集。斗杓如柄挹銀河，酌河爲酒未言多。今年九日且已過，明年九日當如何，請酌大斗還高歌。

送李孝先之蘄州扶其先大夫相如先生旅櫬歸粵 三首

滇楚千峰斷，當年立馬看。那堪亡國淚，還灑故人棺。彭蠡扁舟小，淩江素旐寒。首丘憑孺子，辛苦涉驚瀾。

四十年長別，三千里寄居。生時知有子，歸日已無書。老僕尋先塚，荒畬繞舊廬。要離雖可近，未若返于初。

惜汝風塵早，艱虞及弱齡。誦詩悲陟岵，聞禮夢趨庭。剝極終來復，藍深或出青。蘄黃張楚地，早願返松扃。

寄姚雲望

江北江南雪色昏，白頭騎馬向中原。不知天地寒如此，猶有遺民問寢園。

送何孟門之瓊州

曾歌燕筑金臺上，又泛朱厓大海中。老腳天涯殊復健，白頭吾道未終窮。首春問路纖纖草，二月揚帆細細風。此去鄉南更千里，好音惟恨隔郵筒。

博羅令陶雪樵解組將歸過予于五羊以羅浮新志見貽詩以送之

解印深辭郡縣勞，卻煩車騎問蓬蒿。幽人逸致行藏古，名世新編卷帙高。未老閑身依淨社，方春疏柳映林皋。羅浮不讓匡廬勝，歸去先生又姓陶。

依依圖送王礎塵之虔州　三首

緒烟含霧一絲絲，寫出東風贈別離。莫向尊前吹玉笛，此聲曾入采薇詩。

去年新柳百篇多，今日臨岐且復歌。地隔梅關才一步，水分南北欲如何。

一篙新水帶遙岑，弱縷輕籠萬樹深。不是長亭空折贈，依依元是故人心。

送礎塵至黄脊沙舟中復題　三首

心似長條不自持，東風搖颺幾千絲。六年舍下同吟地，一宿江頭送遠時。

葉葉枝枝吹自東，乘潮西去更乘風。還如老馬能千里，大笑舟中兩老翁。

南柳花飛北尚含，片帆杯酒且同酣。送君心比春風遠，萬里青青過贛南。

壽岑金紀

二十始相識，西樵七十峰。峰峰挾春酒，坐聽山門鐘。海日竟不上，白頭還幾逢。相看兩不變，心與雙芙蓉。

花朝後五日同梁藥亭屈本庵吴山帶李方水集石公離六堂即事書懷 二首

春半花猶未，農時雨不來。言尋方丈約，笑爲老僧開。古井人爭水，空池鶴印苔。隱憂慚素飽，鐘罷且徘徊。

西疇延夕照，籬落見層層。塔影千年寺，琴聲百歲僧。風枝翻弱絮，香蕊結垂藤。妙法離言説，南宗此一燈。時有琴僧百歲在坐。

李孝先就婚西村即事贈詩勉之 二首

百曲西村水，三春合巹杯。夭桃花路近，連理樹門開。擇對元難偶，題詩自得媒。尊君風義在，朋舊總能來。

故人有才女，之子産燕京。萬里各南北，一朝爲弟兄。高門曾列戟，靈櫬望歸旌。燕爾今方始，無忘楚國行。

送吴制軍至三水因紀昔游作百韻贈别

未别不忍言，將别常蹙蹙。旌旗在前路，不獲展心曲。維時月在午，雨潦猶未足。高原土尚坼，平野苗稀緑。處處桔槔聲，未敵炎蒸酷。斗米逾百錢，農夫遂枵腹。憶公下車始，頗亦憂饘粥。舊染污未除，遐陬莽猶伏。冥心運元化，大力旋坤軸。三江匝五嶺，九載皆秋熟。西開官田戍，東建花城築。海濱弛苛禁，萬艘銜艫舳。貴賤通有無，梯航極倭竺。珍奇溢都市，技巧眩心目。南溟潮汐地，島嶼浮如鶩。潮生盡淹浸，及退仍爲陸。船行洲渚下，支絡相洄澓。奸徒棹䑠舸，捷徑飛馳逐。意外一疏防，坦途聞叫哭。自公嚴汛守，尺守皆有屬。摇颺蘆葦外，瑚戈間紅纛。徒旅曉夕行，孤客投燈宿。相謂百年來，太平此時獨。海關新榷税，使者憂盈縮。算課及漁舟，棄舟乃無屋。妻兒爨野岸，寢處巢林木。減米獲生全，賴公爲補牘。牂牁數千里，發源自滇筑。攢峰割雲日，銛利侔刀鏃。盤據百粤西，大半苗蠻族。君長世相承，中華頻改卜。其人殊倔强，其性同麋鹿。得失幾微間，赴死如蛾燭。有明中葉後，每每用殺戮。泰山壓群卵，安有不摧覆。于德乖好生，于武爲已黷。内地况騷然，所得焉足贖。豈聞抵惡鳥，輒以荆山玉。公威久已著，更用恩爲育。召其黠桀者，賜坐與酒肉。貂裘及錦帶，照曜歸窮谷。傳諭與而曹，鄰好宜修睦。毋自啓釁端，禍及諸伯叔。君長咸感懷，稽首望輦轂。邊烽絶無警，一路蒙公福。粵于丙丁際，後亂而先復。五營與有勞，恃功頗難畜。前人務優容，軍政漸不肅。及公明號令，童牛初就牿。戢其驕悍氣，帖耳事輪輻。親隨多驍健，功在征闘録。夾持類蓬蔴，臂指從所欲。乃知養士效，遠慮素所蓄。從來成功人，土視金與粟。恩賞既以行，有罰敢不服。公令重如山，其照明如旭。東西山海隅，萑苻罔遺毒。朝發夕已擒，群奸畏神速。大象本無形，政理難更僕。睹此一方民，安和異曩夙。足知良工苦，非取悦時俗。往者破廈門，舉世共瞻矚。謀斷本獨行，功成讓先告。是知大臣心，舍己期相勖。世人見淺近，事事求表暴。安識國手棋，下著關全局。粵疆亂甫定，培養宜先篤。休息以無爲，治世之葠茯。去其害馬者，所以稱良牧。老眼閲古今，或頗辨麥菽。識時在俊傑，屈指不五六。懷刺每生毛，素恥事干瀆。長揖入軍門，荷公不見督。疏狂謬賓禮，嘯詠無拘束。尚記數年前，維舟值秋菊。在坐王將軍，酒闌命箋幅。中間置几硯，杯斝羅四角。聯詩公首唱，以次相賡續。一人操筆吟，二客飛觴促。雕盤減玉饌，小品珍蔬蔌。華燈繼落晷，夜月生江澳。公才敏且健，珠璣瀉千斛。不離古典型，別出新機軸。于時有公會，百政方蔟蔟。偶此一日閑，雅事洵難複。平沙列大幕，萬馬鳴山麓。扁舟此追送，仿佛猶前躅。南北一分途，飛潛隔寒燠。老態傍青門，生事依黄犢。目極車騎行，心爲蒼生祝。朝端望風采，功伐存山竹。九重思鼓鼙，天廄歸騂騄。及此涉川時，揚帆發南隩。湘灕水清漪，洞庭秋沕穆。想到黄金臺，寒風已謖謖。童叟咽江湄，揮涕成霡霂。何時天上霖，重作南人穀。伸章欲抒寫，瞀亂筆先禿。以質不以文，將爲後世讀。拜别還空山，雲中望鴻鵠。

屈翁山寓樓老穀樹爲大風所摧詩以傷之索予同賦

君家寓園西，最好此老樹。無風亦颸飀，有壁勞遮護。況當赫曦時，密蔭登樓路。往者得屢過，憑欄必迴顧。大葉類桑麻，古幹如雕塑。刺之出白乳，膠漆同黏固。楚人謂乳敎，名實本相附。山木且自伐，矧茲城與圃。遍體刀斧瘢，中空復來蠹。莫識始植年，主人更已屢。稽之抱朴子，赤實顔能駐。視夜見鬼神，輕身追馬步。每欲託園丁，升斗爲收聚。昨夜時雨過，新詩枉毫素。傷樹有名篇，清陰絕良晤。天地乃不仁，風伯何相妒。豈有精魅憑，致干陰陽怒。傾壓及鄰家，砍斲煩童孺。充君廚下薪，琴材亦難具。草木雖無靈，修短固其數。昔聞伊陟相，其君帝太戊。有穀一夕拱，修政知所懼。曰妖不勝德，終爾枯且錮。殷道以復興，湯孫世延祚。家國匪異觀，災祥或同度。慰君用自廣，伸紙爲賡賦。

羅浮黃龍洞對雪

淅淅天上風，吹我白日沒。飛瀑漸無聲，寒溪遂生骨。仰視老人峰，雲中玉爲笏。嶔崎積已平，飄灑殊未歇。迴旋若翔舞，廉纖亂毫髮。客子宿茅茨，居然見衝突。重簷及戶牖，堆壓不可掘。南州炎德在，況此仙靈窟。丹火伏不興，初陽動猶蹶。判此始衰年，擁衾坐明發。賴逢酒力良，未使吟聲竭。夜久迴聞鐘，山曉不待月。始知蓬島來，往事非荒忽。請看朱明天，化作金銀闕。

客有之瓊州者屬其訪丘文莊海忠介二公祠宇

積水淼四溟，坤維有時絕。珠厓隔華風，靈氣久不泄。悠悠秦漢來，青史獨曠缺。一旦逢休明，千秋兩人傑。丘相博古今，海公樹風節。獨立三百年，後先罕其列。作史正世綱，嚴統示予奪。創論每驚人，深思竟難越。衍義續成書，文章乃餘屑。用未究當時，功實裨前哲。世廟聖之威，金丹晚旒綴。直言天下事，聞者皆吐舌。拚死批逆鱗，豈惟檻可折。沈薶犴狴底，忠愛日膠結。方飲聞賓天，一慟數斗血。剛方古有人，至誠孰能埒。仰止匪自今，瓣香獨遙爇。君行渡瓊海，跋浪如丘垤。二公所釣遊，野老猶能說。經過祠廟下，爲我停車轍。

聞王惠州紫詮築子日亭于羅浮絕頂歌以寄之

我昔深春上衡岳，千峰萬峰如玉琢。雪壓松篁盡倒垂，杖頭一撥飛冰雹。祝融古殿在中峰，皎若瓊瑤生四角。石牆鐵瓦大如席，巨木爲椽全不桷。側聽唯有風怒號，仰視分明天一握。南歸與客入羅浮，臘盡綿衣寒未覺。三更覩日坐飛雲，露宿終宵殊齪齪。福地那能久寂寥，使君五馬來河朔。山靈留意俟奇人，大雪飛空灑行幄。諸溪生骨不成流，有酒如澠亦須涸。同行賓客多英賢，儒衣僧衲皆沾渥。豪吟總作金石聲，瑤池直奏鈞天樂。紀遊示我詩一卷，更道新亭命工斲。亭成榜以子日名，盛事千秋良不數。

蓬瀛來此幾星霜，絕頂誰爲問墝埆。童兒壘石作浮圖，樵斧無時加擊椓。一朝傑構得未曾，四百名峰增卓犖。元陽之生正在子，天心來復還先剝。日月精華吸最初，神仙老易非殊學。重簷深覆欲經久，土城因仍製宜樸。石樓大小互相望，上界仙壇爲犄角。雨餘飛瀑響漸多，暖後黄精亦堪斸。爲公擬續春深遊，亭中臥待天雞喔。

梁殿一殿章招飲雨花洞即事

五峰處處有名區，最是君家似畫圖。已割山光來屋裏，不妨樓外即城隅。香垂峭壁千花細，石透盤根老樹孤。兩世過從今幾度，快聽春鳥勸提壺。

春日同吴又札梁耋符郭公鶩游東郊倪公堤觀徐邑侯新修石橋松路

杏花風裏酒旗翻，郭外新堤帶遠村。雙塔雲生偏蔭路，九橋潮長各爭門。童年捧杖還誰在，老大歸心未易言。待得小松高百尺，與君春雨更攜尊。

林叔吾六十次己未韻壽之

祝君昔何所，計月百六十。不謂生初年，循環亦俱及。春從笑語深，霜自鬢眉入。天地已驚雷，龍蛇未離蟄。寄此一篇詩，茫然百憂集。想見舉案間，當歡或成泣。有兄共白頭，有子幸能立。此外復何求，一觴聊自執。溟鯤易變化，隙駟難維縶。蟠溪有釣叟，老見干戈戢。君家有林類，百齡歌且拾。窮通理若何，仰視天如笠。

嘲剔牙杖

甘苦全無與，平生薄自居。齒牙雖得利，骨肉漸應疏。

剔牙杖答

纖弱誠無狀，唯君實使之。若能無間隙，輕薄亦奚施。

壬申清明即事次杜韻同王礎塵 二首

故阡松柏有新烟，欲上江鄉兩槳船。老去登臨知幾度，時來醒醉且隨緣。扶笻得得身能健，插柳依依態可憐。兩月又過真倏爾，一尊相對各陶然。春城市肆猶爭米，薄俗窮民不要錢。且喜今朝晴最好，登秋豈獨慶豐年。

久無消息嶺雲東，有藥休教爲已聾。北塞堅冰猶在野，南州新草漫連空。百年飲恨孤兒在，三月傷心萬國同。老淚只應鐫楚竹，招魂空自賦江楓。金陵佳氣松楸裏，銅柱高標指顧中。莫向春光怨遲暮，與君同是白頭翁。

送李方水之官新興

新州江水昔曾嘗，且喜西行路未長。絳帳生徒兼稚子，青山風物是家鄉。官閑勿厭開緗帙，身健先須撿秘方。不必強爲儒佛辨，南能生處近宮牆。

龍船行

朔日二日天尚晴，江上寥寥金鼓聲。五日六日雨正急，官點龍船如點兵。金聲號呶鼓聲怒，百里刻期齊競渡。家家合米作行糧，里正科錢犒中路。海珠寺邊古樹牢，官船繫纜風颷颷。江中金鎖連舶艚，氍毹鋪出歌臺高。上頭列坐獅豸袍，橫江開宴停旌旄。太平樂事非爲擾，最是小民難戶曉。往年官禁船尚多，今日官催船卻少。上官出賞樹錦標，銀牌如紙懸紅綃。有司供鴨日三百，龍船角逐聲喧囂。錦標奪歸插里社，縱有能名無得者。雖云奪鴨不足誇，明日賣錢還借家。

壽羅顥甫

南風吹送荔香新，壽酒初開五十春。馬齒相看吾更老，白頭羨爾倚閭人。

寄何孟門時客瓊南二載矣 三首

醉別江頭解袷衣，別來兩度見芳菲。海南節序無寒暑，空使王孫不記歸。

唱和誰同水一方，今年稀得見篇章。看君亦是虬鬚客，莫到扶餘便自王。

年年相約荔支紅，揮扇高談幾老翁。掛綠凝冰知在念，未堪郵寄海船風。

秋園　十首

鑿池供版築，杯水在堂坳。有室如懸磬，爲生且繫匏。近秋桐影薄，深夜藥苗交。自喜忘機久，窗前鳥亦巢。

隔城聞欸乃，舟子理帆檣。夜氣消群動，江聲到小堂。遠心秋外炯，孤燭夢邊長。臥起歌殘月，滄浪興未忘。

屺岵瞻何及，干戈遂至今。生無一日樂，老負百年心。息影依林淺，尋源鑿井深。猶餘種瓜地，鋤笠尚堪任。

萬壽炎方果，朝來葉漸添。搖風重夏扇，遮日卻湘簾。虛質抽莖直，蒼皮著子黏。書齋終藉汝，地窄不傷簷。

小雨才收點，高林漸透光。風攤書滿案，水載月搖牆。清簟涼消酒，深爐夜貯香。貧居多所累，筆硯爲人忙。

近郭非吾意，爲園亦有初。本無錐可立，差免穴而居。就架扶叢菊，分泉育小魚。今年鹽價長，不必蒔瓜蔬。

以管窺能幾，深疑甘石經。日中開疊暈，天午見孤星。赤地兼秦晉，流人盡梗萍。海隅今得雨，稽首謝高冥。

王子羅浮去，空齋倍寂寥。月懸高臥榻，風響飲泉瓢。晚實林方茂，春紅卉盡凋。宵來唯獨嘯，鸞鶴未堪招。

玩世金茅子，違時獨漉翁。篇章情各愜，棲宿偶能同。座爲求書滿，尊慚近市空。時憑寫生手，繪盡小園風。

鮑守餘雙履，浮丘即舊墟。仙人皆已矣，何者是吾廬。果熟攜孫摘，詩成命子書。白頭閑亦得，終自惜居諸。

送區興甫之陽江 二首

暑中揮汗枉經過，病眼難開奈別何。莫道陽江非遠道，白頭相見苦難多。

嶺頭相送昔何時，十六年來尚若斯。今日莫論天下事，只須長保鬢邊絲。

同邑中諸子登鐘樓小酌

飛樓跨路石門開，新築城東百尺臺。碧水遠明朱檻外，數峰青入女牆來。霜歸晚葉催華髮，月上初弦落酒杯。故國舊知無限樂，夜鐘鳴盡未知回。

荷池偶題 二首

今日花始開，昨日花尚好。欲知花故新，但看蜂多少。

方池不見水，但見紅與碧。小雨芰荷翻，一聲何處得。

答袁二玉即送之歸餘杭兼柬季偉公

十月黃花猶在徑，擁褐徐行黃沒脛。清晨有客叩我門，童子貪眠呼不應。病身出揖小亭西，袖有新篇爲我贈。臨風玉樹既皎如，滿把驪珠光照乘。聞君家住西子湖，浩然動我曾游興。山色周遭郭外青，波光一片衣間凝。春烟秋月幾銜杯，故國舊家同墮甑。羨君生長久承平，往事何堪入聰聽。南來詩卷氣有餘，展讀終朝語清醒。不嫌老馬問修途，自愧霜蹄早蹭蹬。季生聞說寓蘭溪，母老兒嬌室懸磬。君年方壯渠尚强，好上湖船共深訂。

獨漉堂詩集卷之六

小禺二集

劉顯之六十贈之

白髮頻添不自休，杜門終日事窮搜。三千高第中分魯，七略群書總萃劉。未擬河汾還獻策，無妨匡鼎亦封侯。生來年齒差相若，經學于君遜一籌。

寄題王阮亭西城別墅十三詠

石帆亭

大壑有藏舟，茲帆負而走。不覺動波濤，但見移星宿。寄謝濟川人，清風在巖岫。

樵唱軒

日落山更空，孤亭愜幽賞。一聲何處歌，松風遞餘響。不必問其辭，悠然絕心想。

半偈閣

妙法非有無，一偈何可說。小閣坐默然，花光滿林樾。目送海岱雲，西飛過吳越。

大椿軒

世無千載人，大椿壽誰算。黄帝甲子來，才及春之半。獨有觀棋人，還家柯已爛。

雙松書塢

雙龍何夭嶠，屹立竦毛髮。興至一攤書，愛此松下月。有時清夢中，風濤坐超忽。

小華子岡

溪山不自名，勝地因人有。不知今古人，夢寐相反否。丸丸華子岡，小大俱不朽。

小善卷洞

舜以天下讓，善卷固弗取。茅茨與土階，何用分出處。想見洞中人，高風邁巢許。

春草池

年年春草芳，緑遍隴與畝。一入池塘夢，遂爲謝家有。不惜緑更黄，但惜離居久。

三峰

三山不可即，林中恍如對。世無癡神仙，要當屬吾輩。羨門與子喬，安知不在内。

嘯臺

天地本一氣，至音唯可通。金石與笙簫，喤喤徒亂聰。爲君一登嘯，玄鶴來高空。

石丈

晉國昔能言，泰山曾自立。神異即不無，幽奇詎能及。拔起若興雲，濛濛翠猶濕。

竹徑

結根幸在茲，綠筠長可保。湧翠爲波濤，秋聲滿晴昊。三徑淨無塵，風影自能掃。

綠蘿書屋

雨霽聞鳥聲，春陰覆林莽。碧蘚印階明，綠蘿緣壁上。中有讀書人，千秋遂孤往。

癸酉人日偕王礎塵王新侯王立安過石公精舍惠州王使君紫詮挈其諸孫已先在同登懷古樓即事作

獻歲酬酢勞，郊坰未曾出。今與良朋偕，方知值人日。東風動高懷，幽事期禪室。歡然集童冠，不暇計六七。長文抱著車，荀彧幼在膝。入林鐘乍鳴，清梵磬未畢。隔籬辨主賓，近牖聞琴瑟。石徑絕纖埃，板橋度殘蕊。登樓一舒眺，日月飛何疾。萬古浩茫茫，天步無停蹕。石門猶漢壘，香浦非前率。隴畝半青黄，滄波一洄潏。寒花采玉蘭，圃樹攀霜橘。老大習酸辛，稚子甘崖蜜。聊爲虎溪笑，且試玄卿筆。即事非古今，至道忘儒佛。詢知吏爲隱，亦有民名逸。冀留金石篇，來者爲可述。

鍾純臣廣州寓齋賞牡丹作

自是群芳第一流，誰移嘉卉到炎洲。明霞剪出千重瓣，紫玉堆成十二樓。仙子未堪同淖約，化工何必太雕鎪。經旬宴賞猶能好，欲笑芙蓉不耐秋。

五六七言絕句爲朱竹垞題小影 三首

識君三十前，貌比今時好。獨有千古心，不共流年老。

髮薄未勝藤笠，身閑穩稱秋衫。歸夢一竿何處，荻花烟艇江南。

霜雪侵顔日漸新，文章寫出是天真。占星帝座非無客，避世金門自有人。

同朱竹垞梁藥亭屈翁山過訶林南公房觀唐僧貫休畫羅漢歌

二月八日天晴晻，故人特地停舟艦。相約菩提樹下行，吁嗟霜雪枝條斬。千秋古迹罕復存，石幢寶曆猶唐塹。南公爲我開一軸，先朝賜物珍如琰。對之不覺形神斂，胡僧端坐當軒檻。低首寫經不見頷，目睛注視光猶焰。鼻尖下垂唇欲掩，大筆如椽指端擥。貝葉行間才數點，硯旁堆葉散不撿。童子侍側出半臉，倚柱靜觀如未厭。老猿休心寂百感，階前假寐坐不敢。擁篲而立毛髿髿，長衣被體色黤黯。足爪著地纖如剡，絹素雲生朝慘澹。款識年深失姓名，葆藏幸且無塵玷。圖形正面古所難，況兼蹙縮加饒減。相傳畫手是貫休，不是高流無此膽。君不見羲皇一畫直至今，文章日日趨奇險。

別朱竹垞三十六年矣癸酉二月復會于廣州三日別去送之以詩

三日江邊駐客船，菩提壇下又離筵。如何三十六年別，一日分爲十二年。

除夕詠橄欖同王紫詮使君梁藥亭屈翁山吳山帶季偉公作 四首

嘉果防中酒，華筵列幾枚。色迎青帝近，甘自隔年回。弱蒂因鹽落，微香奪茗開。深宵人不遠，相勸盡餘杯。

正有文園渴，生津爾所優。添將牙後慧，藏作掌中鈎。蒼玉春王佩，丁香漢署求。明朝期獻歲，一一記更籌。

果中推異品，地遠乃名夷。歲歲無爲賞，青青欲贈誰。車箱歸北客，花實又南枝。消盡人間毒，漁翁只自知。

事後思忠讜，嘉名比直臣。病從苦口利，寒到盡頭春。作彈驅群癘，堆盤雜五辛。諫書稀聖世，笑爾美芹人。

題西洋畫 二首

西番畫法異常倫，如霧如烟總未真。酷似少翁娛漢武，隔帷相望李夫人。

絲絲交織自成文，不畫中間畫四鄰。亦是晉唐摹字帖，偏于無墨處傳神。

題遲靈山屏萬行樂

德行之方如面，詩卷之高等身。三仕三遷仙吏，一琴一鶴其人。

惠州代泛亭雨後望西湖

高亭下視極人寰，積水遙連埤堄間。一線綠分湖上路，幾重青出郡西山。坐臨勝地如曾到，名在千秋自不删。不是使君閑著眼，後人何處得躋攀。

方毛氏節烈歌 毛司李會侯之女

君就木，妾墜樓，此心一日爲千秋。死同穴，穀異室，此心十年如一日。嚴灘新冢高崔嵬，一棺兩壙同時開。祝宗祈死亦太拙，粒米不入生何來。經旬禮佛饑無怠，正氣在中能不餒。重泉一笑好相迎，易簀之言今尚在。吾翁吾父幸勿悲，舍生取義當如斯。承祧有子墓有碑，一死較勝墜樓時。

鎮海樓同梁藥亭送黄忍庵歸太倉毛會侯歸嚴州季偉公歸杭州分得都字

重構飛樓壯此都，朝臺送客又吾徒。文章未沫張丞相，霸氣全銷越老夫。萬壑歸潮明檻外，千峰涼雨散城隅。天涯一别分吳越，後會蒼茫定有無。

哭王礎塵 十首

素車相送粵江邊，生死論交二十年。牛斗之間光尚在，如何埋得向黄泉。

武昌江上覆舟時，天道悠悠莫可知。總是人間不成事，廿年重活更何爲。

金臺建業兩紛紛，麥秀成歌昔所聞。欲望龍髯無處所，東西南北且爲雲。
獻策曾承相國知，三加親爲結冠緌。痛來禮數從茲絕，不獨西臺慟哭時。
長將行迹寄天涯，三十鰥居不自嗟。客有問君君大笑，丈夫無國更何家。
高行唯與古爲徒，戇直常師汲大夫。身後有人思苦口，當時來毀更來諛。
天才敏妙不煩思，斗酒青蓮信有之。猶記小齋新柳發，三更和盡百篇詩。
十行一目古誰如，强記寧惟七簏書。一盞青燈人白髮，病中猶不負居諸。
眉鬚如畫發高吟，至理清言盡德音。憶雪樓前風雨後，廣陵一曲絕于今。
才了先人土一抔，便思終老向炎洲。骨肉即今還父母，衣冠長此葬羅浮。

送蔡漢長入都

君去須登郭隗臺，憑將杯酒酹荒苔。黄金駿骨招何日，赤汗龍駒只自來。

送怡然上人汀州省母次梁藥亭韻

不惜芒鞋踏路塵，九龍灘上獨行身。吾生早作無依子，世外偏憐有母人。

送林赤見北上

與君父子交，骨肉兼朋友。于君出處間，躊躇亦已久。富貴非所欣，長貧難獨守。昂昂七尺軀，硯耕日糊口。甘旨安所供，庭闈俱白首。應舉爲文章，如狂逐日走。空役一生心，豈足傳身後。既作獻玉人，莫若求先剖。庶幾少息肩，餘力堪攻取。君稟絕異姿，立行尤不苟。在器爲干將，在星爲樞斗。應機立能斷，遇物操其紐。以此馭世紛，艱鉅復何有。帝京英賢會，九垓共奔走。方騁千里蹄，直抉開天手。勉矣樹令名，三立期不朽。

題王蒲衣琵琶圖 二首

抱月懷風倍可憐，更勞芳袖拂清絃。謝郎自足真人想，爲爾移情北牖前。

一曲烏孫馬上音，高彈促節且娛心。琵琶妙手王摩詰，不買鸞膠續斷琴。

邊月

神龍銜燭地，顧兔亦乘輪。共此中閨照，分隨出塞人。露溥光不匝，野闊影無鄰。候滿年年事，空嗟歸夢頻。

邊雪

烟塵一以滅，高下玉爲臺。牧馬來無所，同雲黯不開。凍凝青海浪，路失白龍堆。奉使丁年客，從今又幾回。

邊柳

絕域誰相賞，阿那自得名。葉間穿舊箭，原上列新營。白日風枝折，殘春雪眼明。南朝大司馬，空復涕金城。

邊笛

微風傳妙曲，清切若爲酬。誰挾終南琯，來添塞北愁。關山無盡月，天地不禁秋。何日聞歌凱，征人下戍樓。

邊馬

塞上傳烽警，將軍賦出車。千群新草外，八月上膘初。雲籥龍爲友，風生虎不如。爲君威海内，安用事詩書。

邊雁

南北家何在，其生無定居。避人猶有弋，寄漢已無書。沙磧將難久，江湖迥自如。歲寒天路永，歸翮莫徐徐。

邊烽

夕烽傳頃刻，千里到雲端。氣足蒼山暝，光添紫塞寒。萬方專視聽，一點是平安。莫取佳人笑，諸侯怒目看。

邊草

何心榮與悴，今古恨無窮。雪散燒痕上，青歸戰血中。天長垂大漠，地遠後東風。獨有明妃塚，年年似漢宫。

邊塵

人間何處免，北塞獨先飛。似得風雲氣，全欺日月暉。曳柴傳戰法，望鋭亦兵機。差勝京華客，終年化素衣。

修先墓作 六首

白頭良已矣，子職竟茫然。負此一抔土，于今四十年。恤忠餘往典，紀事有新編。寂寞松楸下，豐碑誰爲鐫。

文淵猶藁葬，正則且沈身。古者無修墓，非言患難人。報唯存此日，舉必念千春。黽勉從微力，傷哉由也貧。

不辰吾最甚，十二喪慈闈。對食啼葱葉，當秋泣線衣。國憂才隔歲，泉路幸先歸。賜葬仍同穴，絲綸灼有輝。

峰西頻倚杖，一上一徘徊。筋力今如此，餘生能幾來。彼蒼誠有感，積雨喜全開。十日松間坐，濤聲總是哀。

固安唯至願，尺寸自經營。墓是無窮事，人兼不朽名。發祥如有本，憑吊所從生。雖乏青囊術，滕公自得城。

萬山青不極，曠絕此登臨。大化自通塞，吾人爲古今。風搖千畝綠，雲散一溪陰。轉盼皆陳迹，彌傷志士心。

白鳩

奇毛遠致自南交，異物何須論九苞。霽後有聲來屋角，月中無影立梅梢。曾爲湯瑞同丹烏，不入周詩亂鵲巢。宿世鷹揚心尚在，白旄黃髮未全拋。

贈程立方國學

君家職方吾老友，其人愛士不離口。往時寄我都下書，君名每見新篇後。十四年來宿草生，而君爲客五羊城。三四過我始一值，長身赤面神尤清。卞和幾刖連城璧，杜甫方爲老賓客。日觀東尋泰岳碑，天津西笑長安酒。徘徊嶺外再經秋，車馬因人遍十州。海天萬里豁心眼，珊瑚火齊資冥搜。新詩示我殊開爽，往帙雖多今更長。只將妙筆寫高深，不與時流爲俯仰。平生意氣已心傾，況是山陽晚笛聲。如何咫尺仍千里，不及東風共聽鶯。

送方葆宇

瓠落餘生在，嚶鳴舊好存。夫君懷遠別，昨日枉高軒。小驛梅迎客，寒溪草閉門。無能具雞黍，相送亦何言。

西湖觀打魚同王紫巘若雲立安朱開黄作 四首

沙際添新漲，橋邊響細風。同人來雨後，尺鯉出湖中。竹筏漁家屋，藤蓑鶴髮翁。獻鮮知有客，賈勇更張罭。

撥棹争先後，平湖望渺然。安知人在水，只似馬行天。葉泛舟形小，雲飛網勢圓。得魚邀上賞，公子不論錢。

峰轉仍波浪，源通忽石林。直拚三日棹，方盡兩湖深。樸俗無臺榭，貧家有織紝。村村懸敝笱，知不患年侵。

繫舸黄塘外，亭邊水一篙。昔時僧院閉，前月浪痕高。短笛調新曲，行廚進濁醪。未堪窮勝事，饑溺愧吾曹。

病足經時鄭邁公以桑寄生見貽漸有起色賦此戲柬

寓形宇内已無多，寓木深承起積疴。吾道不行非一日，妙方端的更如何。

答林敬臣

嶺南嶺北歲頻煩，知有先人素業存。偶著茶經唐處士，别分藜火漢王孫。同心千里能迴駕，病足三秋未出門。空荷瑶華枉相祝，白頭衰謝更何言。

送王虹友歸太倉

病中才一望容輝，豈謂殘年便送歸。作客只今多白眼，舊家何處問黄扉。嶺頭詩卷梅花瘦，吴下扁舟木葉稀。天路雁行飛已盡，羡君唯守釣魚磯。

送王紫詮使君觀察川南兼以爲壽

箕尾出東隅，牛斗在其側。如何分野內，燕越殊南北。與君隔萬里，衰晚始相識。鴻飛與虬潛，事異中心得。君才具匡濟，少小富學殖。方壯已爲郎，纂修曾借職。雍容著作場，出入東西掖。禄養逮高年，公餘事登陟。家近盤山陽，子春有遺洫。青鞋結兩耳，健足生八翼。一線天門開，三潭龍霧黑。長嘯踏烟蘿，高吟呵鬼蜮。虎穴亦偶眠，僧廚頻寄食。越險倍驍騰，耽奇忘偪仄。細寫北岳真，傳之子卿墨。九重有眷命，五馬來南國。始至合江樓，溪山似能憶。豐鱷滌胸懷，羅浮在封域。時當廢弛後，萬緒紛如織。公事有期程，案牘常充塞。然膏繼落晷，伏枕思嘉則。頻年滋汗漫，一旦皆修飾。驅車四百峰，聊以適吾適。維時建子月，落木飛淅瀝。野燒斷復明，溪聲淺猶激。南中冬向暖，雪下俄盈尺。煮茗斲層冰，題詩坐孤石。韻窄語有神，杯寒酒無力。夜宿就禪衣，朝行共山屐。茲山信奇秘，抱樸初來宅。近揖鮑使君，遠招浮丘伯。三十二代仙，並注長生籍。家老野人黄，孫子真人白。相示有新銘，至理符玄易。遂造飛雲巔，夜半光赫赫。初日上空濛，重昏頓昭晰。建亭名子日，用示丹砂的。至後一陽生，夜氣中宵覿。大道本目前，世人自沉溺。真機一似握，百感無不寂。坦步任窮通，直心以行德。見義勇于爲，與民共休息。宏才旋氣化，遠略銷奸慝。干旌孑四郊，羔裘絲五緎。湖橋時命舫，郡閣頻留客。風流古有人，文采今誰敵。席門寄窮巷，往往勞熊軾。唱和靡不同，篇章漸盈百。吾生丘壑志，賴以遺晨夕。內顧何所長，諸郎謬求益。去歲雨爲災，及秋更其劇。野吏古亭西，書齋寸苔積。一跌出不虞，右股幾成躄。師資諒非據，造物來深責。臥疾十餘旬，至今猶怵惕。送君川之南，遠想縈肝膈。洞庭四際天，巫峽雙懸壁。扁舟溯浩渺，百丈行荆棘。白帝古高城，竹王舊疆域。仍當度瀘水，葛相曾于役。使節此經臨，所向皆名迹。邊陲況少事，行邁多餘隙。妙筆發幽妍，閑心恣摹畫。文章自千古，物色增高格。西蜀宦遊人，杜陸爲巨擘。花溪與劍南，鼎足看今昔。弱冠事遠遊，中歲聊停策。河漢一沿洄，衡廬常藝植。裹足太行西，北睇徒踧踖。峨嵋心所往，擬得同探索。藥石更精奇，仙靈留採摘。兔絲下有苓，烏頭小爲蓢。絕壑長空青，方流饒水碧。老態未龍鍾，餘生況雞肋。去志乃勃然，兒曹阻行色。今晨屆弧矢，幾日移旌戟。四座稱萬年，下民歌九罭。語別在須臾，重期莫能測。各爲南北人，復作東西隔。人生感知己，握手殊憫默。何以贈仁言，高明尚柔克。

寄佘杞亭廣文乞康州何首烏

作傳曾聞李習之，農經百草未嘗知。成紋自蹙如山勢，引蔓能交入夜枝。五嶺諸州康最好，一筐相惠赤尤宜。年來病足資奇效，不爲霜髯變黑絲。

佘齊樞先生有曾孫之慶過其園亭題詩志喜

蒼松翠竹五峰西，百福偏于晚節齊。四葉孫枝花始見，三重堂構燕雙棲。詩成先許諸郎和，酒熟堪酬好鳥啼。最好石橋門外路，入城潮水綠盈溪。

與潘子登佘兼五有中元宿雲閣之約以暑極不能久偕梁巨川盧俊斯放舟先歸却柬潘佘二子

山夾深江入海濤，扁舟來往未云勞。新松倚岸疑陰淺，短杖隨身怯路高。塔頂千燈明昨夜，天中孤月待吾曹。卻緣憚暑參差甚，虛閣誰飛白兔毫。

送王叔琬季如奉川南使君命送家之宜興時立安自都門奉太翁南來將至

西行路遠北歸貧，百口分爲去住身。陽羨寄家初僦屋，粵江移棹暫違新。清秋正熟黃花酒，紫氣應來白髮人。到日華筵開四代，德星今在太湖濱。

乙亥生日歸錦巖先祠許伯玉喬梓載酒相餉同潘子登梁巨川盧俊斯集飲即事

老矣猶堪斗百篇，生初長記在親前。黄花又值三三月，白首今逾八八年。古岫石林元壁立，新祠風木尚蕭然。勞君載酒能相餉，且爲停杯一問天。

讀梁高士寒塘辭世詩次韻哭之 二首

絕無沾滯絶根塵，膚髮完歸與兩親。蝴蝶夢中醒睡客，白蓮花裏去來身。天邊星已占方朔，谷口名猶説子真。不恨夜臺多好友，西山薇蕨漸無人。

寂寞空齋閉竹門，寒塘西畔暗雲屯。心從灰後仍餘熱，水到窮時自得源。作傳敢辭朋友責，遺經深幸子孫存。朱明丹火西樵月，照爾千秋處士魂。

家務鉉載酒移菊過耋符菊籬同虛齋巨川俊斯諸子共酌次日復同諸子過虛齋西山賞菊醉後即事

昨宵載酒人攜菊，今夕扶笻客就花。斯世有誰稱隱逸，此身連日在雲霞。言尋西嶺無多路，不覺東籬屬兩家。霜蟹秋英堪盡醉，歸時新月落窗紗。

爲大嚴禪人母比丘尼六十壽

四十年前識若翁，聞歌桃葉比花紅。而今老作城東母，親見如來十指中。

謝何宗鼐惠鶴

胎禽馴久不知齡，移贈山池適性靈。引吭獨鳴高頂赤，側身徐步老拳青。曾依處士能迎客，欲擬幽人別築亭。仙嶠翺翔他日事，朝來臨水自梳翎。

過梁殿一殿章山園　三首

百尋藤蔓老龍形，千歲松根下有苓。峭壁尚粘霜葉赤，一峰分入幾樓青。

怪石參差築作臺，冰紋疏密上階苔。請君亭畔時删竹，城外山光要入來。

五峰相望水迴環，翠色林香杳靄間。怪得過君皆大醉，主人家住是中山。

梁疊石廣文奉節母馮夫人還自瓊南喜作

長林欲靜風不息，誰家母子俱頭白。聞君奉母海外還，使我悠然生喜色。君家有母世所無，生來二十鸞鏡孤〔一〕。呱呱黄口始匍匐，高堂尚有翁與姑。况經喪亂兼寇盜〔二〕，綢繆牖戶多艱虞。孝養能成義能教，使君早立恢弘圖〔三〕。海潮之東朱厓北，虎皮高坐爲師儒。板輿迎母就官舍，薄祿聊作反哺烏。母爲喜慰開一笑，蒼天不負吾區區。解簪脱珥置學産，瓊人勒石婺山隅。春秋獻祝皆俎豆，自茲廟食終不渝。定安有報□土祠。〔四〕五十年來冰雪操，三千里外舟車途。鯨波鵬浪往復返，鬼神呵護良非誣。瑤池青鳥會獻果，丹山小鳳還將雛。有司褒異表節行，閭里傳述爲楷模。嗚呼，君家有母世所無，人間寧得此丈夫。

【校記】

〔一〕『來』，十三年本作『年』。

〔二〕『盜』，十三年本作『賊』。

〔三〕『使君』句，十三年本作『俾君卓立恢弘圖』。

〔四〕底本『渝』下無夾注，據十三年本補。

藥亭入峽有月親高峽燒星夾遠江燈之句索予同賦別後出峽目睹其妙因爲繼作

搖颺孤舫夕，欸乃片帆興。野燒難分月，江星不礙燈。添衣聽戍鼓，把酒念良朋。自判中流袂，吟詩久未能。

月夜家園小臺酌別吳山帶

已戒征航香浦間，小臺聊共此時閑。風聲自沸階前茗，月色遥分郭外山。笑語從容天漸曙，別離南北鬢俱班。兒孫引領聽春信，消息真傳一解顔。

劉漢水六十

離亂相依二十年，老來猶幸返林泉。舊顔漸皺唯存笑，新句能佳不喜傳。閑按茶經尋水脈，自穿芒屩踏莎田。往常謂汝生兒晚，五岳今游在目前。

寄黄問溪八十

寄書南去涉瓊波，爲訊先生大耋過。白髮剩來曾幾許，黄花開日尚能歌。一竿無意還占虎，大笑何時更墜騾。我少于君逾一紀，年年中酒病偏多。

彭艾庵寄水晶眼鏡率筆賦謝

水晶爲鏡好，寄我重兼金。得此虛明質，如傳妙密心。纖毫無隱爾，少壯忽于今。萬卷荒疏久，從茲更一尋。

家山農母楊孺人貞烈紀事

兒雖在，夫受累，此身不惜爲夫代。夫既離，兒有依，此身不死將奚歸。璜溪一曲清無滓，白日在天身在水。浩然正氣面如生，懷二之人心盡死。噫吁嘻，地坼天崩此一時，世間曾得幾鬚眉。

贈山農 二首

旅舍濠西曲巷偏，扁舟來往愛君賢。親嘗百草歸游橐，自寫青山不賣錢。

死國當年尚有孤，爲忠爲節義何殊。白頭吟望天南路，老淚相逢各未枯。

丙子生日歸錦巖先祠次去年韻

老作書魚鑽簡篇，傷心長是小春前。祠開梓里才期月，歸對籬花已二年。昧谷日斜難卻返，昆池灰冷不重燃。生前生後何窮事，淚灑西風罔極天。

冬夜同川南王使君舟泊樵溪驟雨有雷

數載篇章唱和同，將分仍得共游蹤。雷鳴南海初冬夜，月落西樵七十峰。乍泊且嘗他國酒，不眠遥聽隔山鐘。芒鞵未怯青泥滑，樹杪應添瀑百重。

白雲洞 有流觴古迹

四壁石崔嵬，飛泉石上來。橋分三折入，峰坼一門開。坐處凝絲雨，行邊滑細苔。浮觴不可待，先命酌泉杯。

尋碧玉洞瀑布同王川南作

昔余寓西樵，兹泉最心賞。及乎匡廬游，三疊差爭長。各在嶺一隅，無由較修廣。夜來歇孤棹，不寐心養養。肩輿歷翠微，舊路多榛莽。谷深無耕樵，厓欹隔輪鞅。偪側不可立，況乃通來往。旁睨已戰兢，下視殊惚恍。未見瀑布飛，先聞風雨響。安得趫捷軀，猿猱同下上。從行數童子，體輕時用罔。奮身獨先下，絕叫咸鼓掌。使君益興發，手卓青藤杖。挾扶有力士，羽翼兼兵仗。駕肩或並騰，駐足不容兩。更番叠送迎，老脚亦能强。遂造磐石顛，列坐首皆仰。白練明高空，銀河垂晃朗。峭壁立如墉，激流更奔放。横敷半百尺，直下七十丈。輕風吹餘沫，散作仙翎氅。雲輕玉龍池，珠瀉天人帑。耳目爲一新，神形頓蕭爽。維時初冬候，雨潦收田瀼。壯觀雖未殊，澔汧仍非曩。威鳳見一毛，或可得其彷。慨此萬古流，不息同天壤。誰能探其源，悠然發遐想。

西樵道中 三首

山半雲生石作根，古牆薜荔自爲村。兒童處處皆開塾，流水家家總到門。

翳門關路上崚嶒，半坐藍輿半自登。老脚尚堪鞭策在，來時忘卻日南藤。

墝埆縱横總植茶，平原無土不桑麻。羅浮四百能如此，富盡循州百萬家。

送趙秋谷之潮州

半月五羊城，紫梅開尚淺。何以樂新知，青尊共游衍。良儔唯二三，美醞無沈湎。時尋廣莫野，或命岢峨艑。古寺搜碑遺，清溪候潮轉。悠然發長嘯，倏爾飛雄辯。歸來讀君詩，燭下終長卷。如有神物憑，頓使心目展。東海與泰山，真形入裁剪。人言之子傲，我獨欽其善。群騖葉縣龍，信有蜀州犬。性情雖各適，去取良無舛。倘君非不狂，即我狂難免。寒冬爲此別，宿約誠須踐。昌黎驅鱷地，風教今重闡。首路指龍川，君家舊疆畎。懷古一沈吟，新篇會非鮮。引領望歸艎，芳郊及春餞。

答劉考功省庵

日月本同升，東西異圓缺。此心有同然，豈必岐秦越。之子赤帝胄，盛年列簪笏。駟馬來天南，聲華振窮髮。使節暇有餘，仙舟停未發。訪我步蓬蒿，招游望溟渤。寒梅香始飛，野寺鐘初歇。揮觴互獻酬，利涉忘津筏。自慚朽鈍姿，所有空皮骨。壯也不如人，老矣行多蹶。何以副深期，欲賦情先竭。煌煌金石篇，風雅相揚淈。入水得清深，三峰同屹崒。仍飛白兔毫，出自蛟龍窟。貽我比瓊瑤，光輝到薇蕨。前旌已戒道，列宿還歸闕。都人詠縶駒，祖席思投轄。寧知倦客心，一日如三月。申章報未成，及渴泉方掘。誠非和氏珍，敢避荆人刖。

贈樊崑來太史

董狐之後無良史，千古是非成彼此。諸葛曾蒙入寇名，涑水猶然况餘子。緬憶當年天柱折，龍蛇起陸坤維裂。一二孤臣川嶺間，泣盡穹蒼還繼血。只期不負方寸心，寧知姓氏千秋列。與君先世有同符，異地殊功元一轍。淩烟舊畫已荒蕪，返日琱戈更誰說。君持史筆入蘭臺，自有鴻文紀前哲。所嗟江左及閩滇，十六年中統三絕。身膏草野幾何人，毅魄貞魂總英傑。非無蹈海葬波濤，亦有高棲守岩穴。稗官野乘世有之，益部黔南事多缺。嗚呼，天地之立維三綱，斯人之死而不亡。表往所以勸方將，大書特書吾所望，其副寄我山中藏。

題把酒問天圖

夢夢無醒日，高高獨奈何。酒旗天上有，醉客更應多。

李廣文方水葬于東郊哭之以詩 二首

一揖青郊外，從茲隔九原。及于棺下送，猶勝夢中言。避地頻同旅，移家近對門。平生期許意，今日更何存。

直諒今誰及，經綸世未知。祿微爲養日，官小作人師。瓊海麻衣返，廬溪素旐馳。六年長別淚，滴入數行詩。

戊寅元旦家園漫成

雲物春城佳有餘，小臺搔首立踟躕。百年駒過三分二，一歲人閑正月初。生態可知霜後樹，舊交唯有蠹殘書。東風掩戶教兒輩，霄漢新翎看鶴梳。

錦巖先祠有梅一樹春將半猶盛花在粵中爲希有與巨川俊斯詠之

桃時杏日各爭開，何意林中尚見梅。密葉已兼青子出，數花如待主人來。枝橫自昔難爲詠，頭白而今不用催。應惜和羹才未盡，先公祠下與徘徊。

外姑湛節母馮太君八十大壽時旌表初至 二首

方圓並畫古難能，況挽頽暉轉日升。宗祏已新先世廟，佛龕勤禮六時燈。心空萬慮皆如燭，淚盡他年尚作冰。猶有槖裝餘産在，春秋留得與雲仍。

先公高義人間少，節孝天生梱內才。再世漂搖爲砥柱，百蠻聾俗有驚雷。西臺使者飛霜筆，南國詞流祝壽杯。五十年前臯廡下，白頭無復孟光來。

送林桐叔歸石嶽

嶽勢雄諸郡，奇蹤閟一樵。瀑從天屬地，潭跨石爲橋。俗樸無今古，厓高失暮朝。擬同吾子去，深處託鴝鵒。

題四皓圖 二首

萬峰青處不飛塵，三秀林中日日春。四老共成詩十句，未知誰是首倡人。

青宮安後漢幾危，事在高人合早知。聞説留侯多秘計，當時別有四鬚眉。

題徐虹亭看奕圖

大地一楸枰，日月黑白子。借問看奕人，置身局表裏。

中元前後約過徐虹亭寓齋夜話連阻暴雨比晴則無月矣夜坐賦柬

咫尺相期話月明，幾宵頻負寺鐘鳴。雷驅星漢迷天路，雨走江湖滿郡城。暑氣暗銷三伏候，豪吟長和五更聲。晴來已是銀蟾缺，擊柝重門不易行。

九日小集風幡堂同姚敦仁梁藥亭王蒲衣遲徐虹亭不至分得燈字

茗宴風前快不勝，江城佳節況良朋。言尋西土千年樹，還問南宗第一燈。金塔繡深微辨字，石幢身老已無棱。清觴擬待陶公醉，繞徑黄花開未能。

秋簾

娟娟西風裏，蕭蕭倦客途。香傳金鑿落，人在酒家胡。秫畝年方熟，旗星夜未孤。不知傭作内，還有長卿無。

秋寺

野日黄方落，溪雲白尚飛。世情何處冷，秋色在禪扉。鐘罷聞蟬語，林疏見鶴歸。老僧三五輩，閑坐補山衣。

秋燈

朔風猶未入，暑月已全過。不有青燈對，其如良夜何。聽雞時獨舞，偶影或成歌。知我應唯爾，人間豈易多。

秋原

茫茫衰草色，極望與雲平。三壤今猶賦，高原人未耕。風蓬如軸轉，夜燒似龍行。且喜東南豁，無山月易生。

秋社

農祥傳月令，賽社及秋徂。樹下趨童稚，壇中雜史巫。雁來排碧落，燕去掠平蕪。宰肉陳孺子，而今作老夫。

秋屋

騷人搖落意，今古得無同。未減三時月，唯多四壁風。砌蟲吟蟋蟀，階葉走梧桐。天宇何寥廓，誰堪老此中。

秋漁

乘潮秋渚上，月下一竿横。自有天堪問，何妨水至清。龍髟西伯獵，醒醉楚臣行。亦各爲千載，長歌懷濯纓。

秋瀑

空林何浩浩，石壁有懸泉。直瀉黄姑渚，横飛白帝天。聲從千仞落，風散萬珠圓。莫惜離山濁，西成待滿田。

秋簟

桃笙吳賦重，冰字碧紋連。靜拭丹帷內，涼生玉枕前。夢魂曾共適，薌澤尚依然。未可同紈扇，西風一棄捐。

秋塘

行吟池上影，來去日紛紛。風岸堆殘葉，晴波度片雲。雁行閒可數，魚躍靜偏聞。春草他時夢，園林秋又分。

秋戍

漢皇猶自將，率土敢言勞。共命唯良馬，餘生託寶刀。寢霜秋柝冷，占氣夜天高。未見功成日，還家已二毛。

秋獵

無事空騰飽，秋田且合圍。鷹盤霜野擊，馬逆朔風飛。甲帳毛爲雨，歸人血點衣。好憑誅異類，原獸已知威。

秋菜

荒畦猶有菜，弱架已除瓜。不少去來蝶，還尋黄白花。雨餘收落子，霜下卷新芽。抱甕勞勞者，於陵是一家。

秋鏡

對鏡意茫茫，爲軀七尺强。如何千載下，空讓昔人長。面目吾猶爾，妍媸汝不藏。因之還自見，敢恨有秋霜。

秋樓

巍樓雄郭外，虛牖敞雲中。靜納銀蟾影，寒生玉馬風。地高秋最早，天迥望何窮。未得驚人語，終朝憶謝公。

秋衫

蕭蕭霜露色，木葉下江皋。越葛辭團扇，齊紈落剪刀。曉尋西寺約，老怯北風高。坐泛黄花酒，還添大布袍。

秋蝶

鳳子文爲羽，仙人錦作衿。有生同物化，而汝獨秋深。不及芳菲日，彌傷遲暮心。因知漆園叟，所感亦猶今。

秋烟

秋空不可極，極望轉生烟。日抱游塵外，晴曛曉露前。微微依靜渚，漠漠映遥天。何處功臣閣，臨風一惘然。

秋琴

金行天地肅，視聽此爲真。一對高山奏，如逢太古人。宣情通萬類，解愠及吾民。杳矣誰知者，冰絃空復陳。

吴又札七十七舉子詩以賀之

周武九十三，諸子皆象勺。尚父八十餘，有女登椒閣。家國屬當興，瑞氣因迴薄。老蚌毓明珠，枯叢秀花蕚。君德厚且長，琴書久無託。同人咸注望，熊夢果不錯。于茲近八旬，得震才一索。揆之昔聖賢，興符自今作。足爲壽考徵，豈獨生兒樂。不見群飛雛，出自千年鶴。

送徐虹亭歸吳江因柬嚴藕漁朱竹垞彭羨門潘稼堂

此山甘曳塗中尾，百年抛擲空山裹。知交海内幾人存，書札懶來無一紙。羨君肯作羅浮游，天南重見生狂喜。青鞋直入四百峰，竹杖身登七十里。我衰不復能相從，客誦新篇日盈耳。如何去我將有行，梅花嶺上花方始。君住松陵水一灣，澉浦鴛湖咫尺間。言歸將作白頭社，尊酒扁舟時往還。論交卻得朱公叔，作賦安仁鬢仍綠。垂竿嚴瀨復有人，好古彭鏗老彌篤〔一〕。一回聚首一聲詩，洛社香山事可追。惜無鴻雁雙飛翼，浩蕩江湖同所之。

【校記】

〔一〕『鏗』，底本作『鏗』，據十三年本改。

放雲

觸石看初上，囊盛偶共歸。不堪貽好友，只自掩柴扉。歲旱人同望，龍靈爾所依。開軒紛五色，應近日邊飛。

放驢

青脊驝驢子，平生能苦辛。疾行雖後馬，遠到亦如人。芻秣豈云薄，衰遲寧久馴。從今臥春草，飲齕是天真。

放鶴

放爾爲騏驥，仙人與御風。翮盤三島外，聲落九天中。遠影凝雲白，還丹入頂紅。蘇耽遺井在，不必語遼東。

放鷹

北斗搖光散，西風健翮高。順天行搏擊，報德用貪饕。世每求虞網，吾惟解臂絛。桐柯方待鳳，無處立而曹。

放牛

幸免爲犧用，未將文繡加。青留函谷樹，白轉法王車。長角終何取，花蹄不足誇。小童吹短笛，歸老老農家。

放猿

豈忍相羈久，哀吟損性靈。自然千載物，生有老人形。引臂山泉白，攀藤月峽青。何年成劍術，毛髮已星星。

放螢

數點來中夜，低飛近客床。燈疏無復焰，星亂不成行。豈以干霄氣，而依腐草光。林根須早去，屋上有新霜。

放蝶

抱繭初觀化，籠紗爲爾開。好尋花底去，或許夢中來。五彩難爲畫，雙飛不用媒。羅浮原有洞，葛鮑御風回。

放鴨

畜此非吾意，浮沈看爾曹。賦形虚羽翼，天性善波濤。江色遼陽綠，軍聲雪夜高。因人書史册，未必在奇毛。

放魚

升斗皆能活，人間邇殺機。急流窺進退，濁水羨甘肥。爾向江湖去，誰施網罟威。神鱗多變化，豈必盡成飛。

題梁枳山笏齋

差勝梁鴻廡，鶺鶺有此枝。花唯栽一樹，井日汲三時。起舞雞飛桀，行吟户礙眉。暇中常教子，牆外亦聞詩。

至日遙和梁藥亭夜集之作同用東韻

子半陽生羲畫中，此心遙與故人同。日添一線行將北，月到三更上自東。茗熟未銷文武火，梅開不厭往來風。草堂各有吟詩客，白髮蕭蕭兩老翁。

小除後同廖南暐梁藥亭王蒲衣王也夔秦欽文暨各家子弟集東林嘯公方丈重修社事分得能字

柳眼朝來已漸增，小橋流水不曾冰。百年短褐衝殘臘，半日閑身對定僧。疏磬出林風斷續，寒雲依岫晚崚嶒。淵明未得陶然醉，即事成詩似未能。

獨漉堂詩集卷之七

小禺三集

新篁次吴大司馬

汗青猶可俟，荏苒夕陽西。高節含新籜，清風滿舊溪。掃階林影薄，拂水翠雲低。會入伶人採，憑添樂府題。

聽鶯次吴大司馬

芳郊行竟日，鶯語不曾無。物色春將老，離聲鳥亦殊。緒風吹近遠，交影入烟蕪。未免縈懷抱，哀顔賴酒扶。

贈李立齋總戎

作鎮炎方萬里清，風流儒將早知名。驊騮日永嘶長路，鼓角秋高滿郡城。舊向詞壇稱繡虎，曾從滄海射長鯨。盛年才擅兼資美，麟閣遥開待勒銘。

送鄭子源之香山 二首

上林桃子洛陽梨，更向增城問荔支。海内知君行欲遍，卷中多有故人詩。

荔支花事未曾闌，作賦相如客倍閑。好去臨邛尋令尹，横琴山在海中間。

龔雨亭都諫輓詩

乞歸連歲尚踟躇，得請旋爲得疾初。杜甫久聞焚諫草，所忠無復問遺書。倚閭落日悲黄髮，過嶺秋猿泣素車。卧病江干不能吊，生芻一詠倍愁予。

蔣雨亭主政來粵拜其先祖父祠部參政公遺愛祠還日奉贈 二首

何期旌旆到茅廬，十載秦中一紙書。方報循良徵北闕，卻從休沐理南車。兩旬旅寓青春淺，三世論交白髮餘。酹酒先公祠下土，于門高大信非虛。

大江中隔嶺頭梅，世澤偏深在粵臺。山甫纘戎今再見，相如乘駟此重來。土風并是童時習，人士多于祭日陪。握別津亭思往事，萬民爭送使星回。參政公擢河南督學，萬民扳轅送行之盛，近代罕見。

題山帶畫爲張宗肅

野橋枯石水磷磷，幾疊蒼松似小春。恰好贈歸詞客手，竹邊添個撚鬚人。

送袁密山歸平樂 三首

東來言送故人軺，一歲維舟得此朝。同是掛帆分兩地，西行人邇北人遥。

年來斂盡舊鋒稜，寓客門前冷似冰。住久不知君是客，雪山如對坐禪僧。

桂江山水極雕鎪，奇峭參天帶急流。便欲束裝從此去，唱酬三月共扁舟。

題蕭叔兼行樂

草際相呼立渚禽，茅堂蕭寂不須深。圖書左右堪怡悦，脱屣浮雲物外心。

題吴山帶瀟湘三峽圖送王紫詮使君之川南

君不見雙流江漢岷山來，瀟湘九面衡岳開。大別山前神禹鑿，長江東走如轟雷。荆梁萬派此奔滙，溯流千里其艱哉。君持旌節川南路，一年理棹今方赴。涉盡人間翻覆瀾，瞿塘灩澦寧堪顧。吴生放筆爲此圖，神光離合超有無。氣吞雲夢者八九，筆挾造化爲前驅。數峰便具萬仞勢，片帆直指蠶叢都。巴東三峽定遠近，耳邊似聽猿猱呼。魚腹八陣日在眼，峨眉古雪明高衢。錦水文章多哲匠，司馬楊王最其上。千篇更有浣花翁，兩表猶傳卧龍相。羡君此去得其源，繼美千秋豈多讓。即今吴生已入燕，送行反在君行先。君行向西伊向北，我獨南滯朱明天。人生聚散尋常事，所惜詩篇遠難致。作歌送君并索吴，新圖分寄西南隅。

梁聘妻黎貞女詩

天上修文帝闕深，人間琴瑟不成音。素車白馬來何事，大節宏綱力自任。同穴有期歸下土，雙棲無夢到高林。生前未識郎君面，不隔幽明是此心。

走筆送梁台佐赴粵西幕府 二首

書記翩翩昔所聞，牂牁西去許從軍。封侯本是書生事，銅柱高標在嶺雲。

草堂過別語懸河，俠士肝腸世未多。前路有人能問我，一竿頭白對藤簑。

賀梁藥亭新翁

七十巔毛未見絲，百齡五岳豈云遲。阿巢老鳳雙棲日，斗氣津龍始合時。玉樹連行枝並發，牙籤萬軸架新移。是日新館落成。豪吟亦是東山事，安石從來自教兒。

題佟子小影

鬱鬱長松謖謖風，一囊更自抱絲桐。知音豈患人間少，流水高山在目中。

題陳子行樂

珠玉爲心貌亦如，謝家芝草滿階除。少陵一語堪爲贈，年少今開萬卷書。

題潘子小影

柳底清陰竹葉杯，諸峰遙入座中來。人生樂事無過此，滿徑黄花對酒開。

獻李提軍奠原 三首

仙李盤根代有賢，將軍名氏榜先傳。官登八座今三世，禄自先朝幾百年。嶺海喜過千里足，日車新拜六龍鞭。安壤一借長城略，滄海南邊得晏眠。

萬乘旌旂狩朔邊，國威還藉重臣宣。金鞍久侍龍顔側，玉食頒從黼帳前。每見借籌論戰伐，時聞聚米指山川。一辭丹陛來南服，御札黄封幾度傳。

畫角風清靜海濤，郊坰共喜見干旄。金方氣肅崆峒壯，南斗功成日月高。姬旦吐哺元自貴，衛青揖客不言勞。天涯賤子能捫虱，懷刺空慚有二毛。

送林赤見北上兼柬吴山帶

鄉園籬菊已將闌，馬上梅花北去寒。豈謂少年須早達，只緣微禄好承歡。水荒畿輔今聞熟，堤潰河淮合漸乾。到日更尋年譜舊，東風同向杏林看。

送劉虛舟孝廉北上柬史畊岩學士

東去京華總及春，青袍如舊榜名新。詩篇好誦詞流口，先澤猶存帝里民。禄閣分燈元漢裔，黄梅傳鉢自江濱。溧陽學士聞聲久〔一〕，曾向人前問野人。

【校記】

〔一〕『溧』，底本作『漂』，據詩意改。

潘母陳太君輓詩 涵觀之母

日暮誰能不倚閭，夫人賢哲古無如。介山隱日曾承命，江左行時未絕裾。老去每聞加飯報，病中猶寄緩歸書。天涯孫子分南北，慟哭寒原走素車。

送詹仙洲莫百川北上

數點寒梅漸報春，嶺頭北去雪花新。豐城並躍雙龍劍，燕市同游兩酒人。道有屈伸權在命，文無今古訣唯真。只須了卻經生事，一第何常可救貧。

寄俞介石別駕

使君生有梅花約，庾嶺羅浮屢剖符。水部詩中頻共賞，美人林下未應無。一枝春色聊堪寄，兩地香風總不殊。欲掛片帆冬日下，三楓亭畔對冰壺。

題周耐庵匡廬托缽圖

詩人標格老僧裝，大地無非選佛場。最是匡廬宜乞食，虎溪前去是柴桑。

趙秋谷自潮州至即歸其鄉詩以送之

春來望爾海東頭，及到翻成送去舟。嶺路過時梅未摽，鄉園歸日麥應秋。地留勝迹供高詠，天放閑身作遠遊。九土芒芒行已半，後期相對又何州。

送樊簡討崑來還都

論文連月得相親，握別臨期意倍真。高蓋南來持節客，二毛憔悴種瓜人。羽林舊籍同聲在，桃李新陰異代春。書報高堂江漢上，爲言滄海有遺民。

送劉靜庵

貴竹千峰驥足開，嶺頭五馬久徘徊。漸看南國棠陰遍，卻喜東風鷁首催。漢武求賢期絕域，燕昭來士有高臺。定知此去多奇遇，誰得如君八面才。

題憶雪樓江山無盡圖送紫詮王使君之官川南次留別原韻

東坡手書默化堂，不知堂後山澤藏。使君冷眼忽覷得，架樓收盡天蒼蒼。樓基正與城頭敵，窗外遠見風帆揚。我來艤舟此城下，樓花飛落船頭香。賓朋共識庾亮興，小民竊比燕公棠。前軒後戶捲簾幕，良宵勝日傳杯觴。雲峰四起若鄰並，蒸炎三伏來清涼。北窗企腳望不極，千疊萬疊皆山光。象頭白水古佛迹，朱明七洞仙人鄉。虹蜺隱見占雨至，烟嵐出入因風狂。聚如稠人互窺瞷，紛如舞袖相低卬。天池鵬翼擊巨浪，斗間劍氣明干將。雲陰穿漏或顯晦，松聲斷續流清商。不知漢晉是何代，陶鑄堯舜其粃糠。常擬腰鐮刈葵藿，每思寄夢炊黃粱。登臨萬象極富有，忘卻四壁和雕牆。使君家在燕冀北，思親戀闕皆同方。霞生想像斑斕綵，屏列如對黼扆張。歸心欲躡雙飛燕，省稼時乘五色羊。擢巡西蜀忽留滯，萬事險阻皆經營。迴思樓上昔坐嘯，明月直入無猜防。欲春靈藥問顧兔，擬摘桂蕊呼吳剛。安知俗態工貝錦，遂使仕路成羊腸。賴君雅志在吟詠，南中久駐無嗟傷。溪山四遠皆遊陟，圖書萬軸增丹黃。集名憶雪三百首，隋珠卞玉森成行。氣齊五岳爭聳峭，才如海若奔汪洋。或于諧謔寓規諷，時同星日舒光鋩。浣花老潔可企及，劍南平易應來降。此行所遇多古意，筆仗況復俱精良。圖形盡歸大禹鼎，切玉不啻昆吾鋼。孤舟三峽上百丈，七年大郡宜輕裝。西聽猿啼易寂寞，北念鶴髮增徊徨。連天別緒語不盡，數日解纜仍嫌忙。膝前侍列子若弟，特達不異珪與璋。移家暫寓虎踞石，門巷復見烏衣王。雛鳳長鳴協鐘呂，宏音亮節皆琅琅。東西各駕青雀舫，山水收以古錦囊。巫山之高不可極，長江之水難爲量。懸帆今月已春暮，計程到日應秋陽。送君不妨屢水宿，幾人同臥舟中床。問年我已逾耳順，將髭君亦添新霜。九州宇宙本窄狹，後期未可云渺茫。將尋幽約指吳越，更攬宿莽過沅湘。待君旌節自蜀出，璽書惠下雲天長。新篇不厭讀數回，老腳尚可同趨蹌。且題此卷作後驗，恍如身復當樓窗。迷濛遠近翠欲滴，不辨揚越並燕梁。高歌激昂以贈我，平生意興因飛翔。安得如鳥有羽翼，從君唱和逾三瀧。

走筆送程德基歸黃山兼懷其弟立方

一編圯下尚深藏，愛寫仙人肘後方。朱邸每因游宴入，白頭仍爲著書忙。徘徊五嶺誰爲伍，歸去黃山菊正黃。介弟到來今十載，報書應訝懶嵇康。

柬吳拔庵元戎

菊時曾得奉金鐘，竹裏相尋惜未逢。新句近知添俊逸，歸心還望許從容。城開百粵三千里，峽束長江數百峰。大樹清陰人共望，白頭休謝酒泉封。

送李竹君廣文之官香山

半日風帆到有餘，江城原亦是山居。似過別墅之鄰邑，卻借閑官讀父書。尊人著《天山草堂》。李下蹊成垂蔭遠，蓮峰秋好著花初。交君三世今頭白，重見南溟化巨魚。令祖銓部公成進士于崇禎庚辰，予時十歲見之，今去庚辰三年耳，以此相期。

送顧瑞長司教澄邁

去歲龍門點額迴，魚箋寄我報難裁。尚懸白璧連城價，今見珠厓絳帳開。海國晴空標五指，郡山回首望三台。天池自是鯤鵬地，看爾摶風擊浪才。

送呂載蕃歸山陰

風木蕭蕭滿若耶，暑中遥泛獨歸槎。東山臥挹千岩秀，南國新留幾縣花。血淚自霑慈母線，黄扉人識相臣家。白頭相送渾忘老，計日還迎駟馬車。

海珠寺謁李忠簡公祠追次先府君韻 二首

誰移古寺到波心，往哲遺蹤竟至今。珠號摩尼從佛得，江浮明月正東吟。一丘偃蓋情何遠，半壁河山澤尚深。四百餘年存俎豆，清風猶自滿雙林。

百年能立即千春，不朽天南代有人。痛哭書生曾伏闕，出師丞相亦綸巾。遺篇在卷難爲和，往事傷心莫可陳。文獻比來凋落盡，餘光今幸借西鄰。忠簡裔孫興漢重刻《海珠志》。

賦送顧禹 二首

新秋嶺外好迴車，水湛長江落木初。已咲離支三百顆，釣竿須鱠四腮魚。

二毛一變作霜巔，不聽吴歌四十年。君到山塘秋已半，千人石上月依然。

口占送家木月〔一〕

久客將歸日，新秋暫泊船。別離良不易，鬚鬢各蒼然。鄉酒鱸登市，邊風雁在天。家庭多樂事，莫忘尺書傳。

【校記】

〔一〕『占』，底本作『上』，據詩意改。

送學使王十州復命

梧桐一葉報秋生，霜節隨君恰到京。五嶺誕敷文德地，九重親賀聖功成。帆開別浦旌旂色，身拜彤墀珮玉聲。莫謂使星從此遠，即看卿月萬方明。

題笪瀛仙行樂

風度蕭然塵表，姓名隱著圖間。謂是竹中高士，何殊海外仙山。

寄賀蔡萃長之官昌邑

摶風羽翮久翺翔，新綰銅符近海疆。善交尚存平仲里，著書人識鄭公鄉。天邊仙島三山見，澗下清流萬歲長。況是京華來去路，嘉聲容易到維桑。

圍獵圖爲王雲庵題　二首

萬轡群飛走玉驄，數枝鳴鏑響琱弓。高堂益壯三軍氣，四壁如吹大野風。

平沙圍獵合還開，蹤指何常不用才。自是將軍親閱歷，誰人繪得陣圖來。

賀廣州馮使君　二首

天懷高曠世誰如，卻爲酬知更剖符。北闕除書來五嶺，東風遊輿尚三吳。新添詩卷傳人口，舊管黔黎候旅途。家有傳巖先命在，暫將霖雨到南隅。

南北猶慳相見緣，仁聲先自異方傳。棠陰未剪靈山下，驥足曾開禹穴前。莘野有動仍相陟，韋侯世守亦承賢。今時盛事寧殊古，白首寧忘野史編。

口占送向恬庵

歸舟暫泊五羊城，一揖相辭萬里行。竟夜吟詩不成句，新鴻飛過兩三聲。

送蔡漢長之官瀧西 二首

吾儕何必歎離居，一札新傳最起予。南北異邦爲政處，弟兄同日拜恩初。令弟莘長同選得昌邑。邑當海徼方游刃，地僻山中好著書。瀧水東流三百里，君詩容易到鄉閭。

干將雄氣迴難干，莫謂師儒是素餐。騏驥取途須待飽，蛟龍爲雨貴能蟠。百年況味嘗應遍，萬里曾行眼亦寬。入道久知無別訣，半安隨處總安安。

爲王雲庵題知止軒 二首

急流勇退復何人，知止空聞老氏言。豈似聖經知至善，修齊事業蓋乾坤。

陶公止酒偶然歌，止觀天台又若何。知止知君深得力，平生志本不求多。

運心軒

相生奇正本無窮，制勝全資整暇功。一矢雍容升揖地，甲兵千萬在胸中。

哲思軒

哲人邈矣復何思，道德文章總我師。夜寐夙興勤所事，保身唯詠仲山詩。

澹恬堂

上弦新月藹清暉，恬澹無營世所希。綠竹黃花秋正好，一觴遥唱鶴南飛。

九日喜家紫馭至

短歌言别昔何時，塵路茫茫久繫思。一第相期君不負，十年重見我尤衰。雁來天外新成陣，菊試籬邊未滿枝。南海荒殘今更甚，高車從此又何之。

題丁勖庵秋江垂釣圖

百年舒卷豈難期，七尺漁竿一釣絲。不擇水清魚少處，秋江端可鑒鬚眉。

送盧達夫之任邵陽

湖南清絕古來稱，君蒞南梁第一城。雪色千重催去騎，梅花一路引行旌。歸猿峒外生徒送，迴雁峰前候吏迎。到日龍池高處望，縣山先有故鄉名。

呈左學使我庵

文風一變此南隅，十郡生徒仰大儒。海內聲華推二妙，卷中詞賦繼三都。青天手放驚人鳥，明月全收不夜珠。誰道盛明持節日，門前修刺有潛夫。

送人入夔州 二首

欲折梅花寄一枝，送君猶覺掛帆遲。巫山巫峽三千里，春雪春風是到時。

書札頻歸識遠情，別來兩度見秋生。旌旆西入巴人國，鎖鑰東臨白帝城。三尺青萍占夜氣，一篇黄石是家聲。盛年功伐尋常事，好勒麒麟閣上名。

贈宜新寧遜庵

百里仁聲滿郡中，家門奕葉有重封。勳名漢代推三傑，兄弟高陽號八龍。紀竹已書天上史，栽花新遍海頭峰。識韓有願非今日，窮巷車聲未易逢。

送盧卜子之官延平

溪山雄麗絕閩天，記得曾遊四十年。萬戶水聲分澗竹，一方城影落江船。參軍自昔多閑日，趨府今時得大賢。知子此行將有合，劍津只在郡門前。

繻葛程符氏殉節輓歌

請代何能格上天，千秋同穴志元堅。餘生枉作儀髦賦，一死當君屬纊前。

送詹意友之潮陽扶其父祖旅櫬還閩 二首

兩世遺骸漲海邊，首丘唯賴子孫賢。客來嶺外三千里，淚滴棺前十二年。

水木根源有此身，十年泉路不知春。看君近淚無乾土，自有連舟解贈人。

送王令詒赴都補官

老不出門行蹩躠，只是年年送人別。白髭一別幾莖生，老筆難工反成拙。猶記去年春酒開，君馳駟馬從西來。四方朋好日高會，玉笙銀管宵中催。是時君有潘州役，所至葱葱若遺迹。今年相送入羅浮，已謝爲邦作嘉客。豐𩹉湖邊山繞城，著書仍是舊經生。封章卻自天曹下，車馬還從帝里行。珠江八月炎威解，數幅蒲帆向風掛。路迴唯憑葉縣鳧，舟輕欲笑坳堂芥。往時朋舊各分飛，賦別江頭老布衣。雖乏驪珠佐行色，猶當洗耳待金徽。

賀家植普進士

嫣水淵源代有文，江門家學更逢君。長風破浪時千里，大翼翀天見五雲。晝錦正宜孺子舞，新篇超絕衆人群。玉堂有客相期甚，書札南來慰我聞。時鄭至其座主樊翰檢書。

送李檢討伯猷 二首

程江歸到正秋新，便掛輕帆北問津。子舍暫違衣綵地，玉堂還作讀書人。遊經萬里文增壯，史在千秋筆貴真。嶺海邇來寥落甚，相期風度繼先民。

都門遙奉白頭歸，四葉承歡世所希。詩禮庭前時獨對，鶺鴒原上更雙飛。年來多黍香醪美，秋在澄溪鱠鯉肥。供膳有人行自得，報恩唯補袞龍衣。

贈張翁源泰亭

七葉金貂代有雄，西銘家學紹無窮。奇文早已傳天上，黄綬新垂出漢宮。邑近曲江唐相度，地連韶石舜絃風。期君手播靈池水，仁壽同依樂國中。

送李麗侯司教化州

絳帳新移溟海頭，之官尤喜及清秋。仙山家近傳仙李，化雨飛時又化州。出篋篇章珠徑寸，趨庭詩禮雪盈頭。知君四世承歡在，不羨京華作宦游。

送何叶文入都

獨騎匹馬向燕臺，便是閑遊亦壯哉。中路詩情生白雪，一年歸計及黄槐。都人尚繫漸離筑，上客難逢郭隗才。縱有知音在霄漢，高堂屈指待君回。

送佘振西梁凝掞入都

鳳城裘馬自輕肥，少俊今時似子希。詩禮庭中推二妙，扶搖風裏羨皆飛。南辭庾嶠桐初下，北到金臺雁始歸。好及弱齡承祖武，老親猶著老萊衣。

欣賞齋見吳山帶畫

欣賞齋中賞不希，故人遺墨一沾衣。雙凫出浴翎猶濕，高柳摇風絮尚飛。

贈李植公行樂圖 二首

碧欄干外敞雲屏，一簇笙簫在水亭。傳語佳人誦新句，李郎停筆酒初醒。

橋西新水縠文生，洞府神仙境最清。一炷名香烟未散，梧桐深有下棋聲。

贈家天池

昔君十五青青衿，姿顔如玉能鼓琴。再三祈請一揮手，四座賓客皆傾心。尊君虬鬚古俠客，坐擁樓船通絕域。我從海外一見之，及到君堂始相識。酣歌永嘯樂未終，其如世事猶洶洶。君挽長弓射白雁，身騎大馬能追風。珊瑚合罣漁人網，姓名忽列鷹揚榜。北臺買駿尚懸金，西郭栽花還自賞。蹉跎五十鬢未霜，有子能詩與父長。看君不復愁衰老，惟憂無以答蒼蒼。去年薦飢民最苦，四郊就賑愁風雨。君募蓬茅數十區，瘠子愁妻各其所。荒原或有不歸魂，掩之以棺埋以土。吁嗟乎，使君食祿就一官，職守所拘寧有補。不如逍遥落拓作閑人，足使飢羸有寧宇〔一〕。

【校記】

〔一〕『飢羸』，底本作『飢嬴』，據詩意改。

題鈕高明玉樵行樂圖 二首

名在循良世莫如，天南鳧舄到方初。傳來詩句工尤甚，閑倚欄干未廢書。

家于笠澤接香溪，何地堪樵亦偶題。一令山城最深處，西樵七十二峰西。

駕高郡丞攝番禺

葭管動飛灰，梅花處處開。寒輕滄海上，春自一陽迴。霽色明雄郡，歡聲滿越臺。雙鳧仙令地，五馬使君來。蒞政垂三綬，兼人備四才。剖符雖疊疊，遊刃更恢恢。好尚從寬猛，風雲待化裁。看公經緯略，計日列三台。

題贈閔萃庵

閔子大隱流，其性何澹蕩。不知十八灘，何如古汶上。

送佟恩平赴都補官

仁聲十載遍炎陬，春草生時共獻酬。車蓋更飛何處雨，風帆今到海門秋。多收端石經年鑿，偶聽吳歌永夕留。滿載奇書充篋笥，未教人識是虛舟。

次答朱穎實

家集年來遍粵洲，因君彌復景前修。孤忠有後今三世，一面相期隔幾秋。吳粵雲山非異地，紀群夙昔許同遊。未緣披豁聞高論，詩句多爲第一流。

別羅雄州水裕

梅花嶺上一麾偏，南北清風二十年。執法如山人可近，守身如玉道能堅。攤書未歇挑燈夜，讀禮曾無閉戶錢。寂寞茅齋期再遇，暫時相送上江船。

次答丁勖庵

震澤南邊一碩儒，西風相見此城隅。奇書自識常三篋，重器人稱是六瑚。古筆淋漓今作者，壯懷蕭瑟老吾徒。十旬不雨心如醉，無計留君酒不觚。

劉沛叔真贊 二首

雙江戰血染朱輪，五十年前即此身。剩有簞瓢歸陋巷，不勞名姓上麒麟。

鬢眉不覺盡爲霜，尚借戎裝作道裝。肘後未曾離組綬，斗酒猶自現干將。

題靜像 善琴

一卷慵開獨坐吟，不冠不襪坐松陰。天涯何患無知者，流水高山共此心。

壽張方伯樞侯 二首

金貂七葉向來傳，身列崇班尚少年。白簡有風存北闕，紫薇新澤滿南天。樹人歲育三千士，賑米朝糜百萬錢。猶說報恩懷未盡，欲將心力更籌邊。

無成六十鬢蕭蕭，折柬空勞使者招。古寺疏鐘陪永日，清齋長燭語良宵。野人且可論三祝，倦鳥何堪問九霄。愧乏嘉言供采擇，平生蹤迹是芻蕘。

送陳郡侯颺言

寶玉從來號此鄉，臣心如水照穹蒼。政閑只有圍棋客，官罷兼無養鶴糧。潁守到時神爵集，陶公歸日菊花黃。翳桑不少重生者，泣送江邊幾萬行。

送沈丹山入都補御史

博洽家聲有自來，帝廷曾歎沈郎才。六年一令風雩地，萬里重登市駿臺。魯雉親人朝尚集，鮑驄行步日方開。朝端引領瞻霜簡，鷁首西風好爲催。

送霍友山省覲春州

舟入盧溪秋已分，西風吹葉落紛紛。清波倚棹人如玉，中路看山石似雲。衣綵每同昆弟舞，學詩兼與及門聞。春州引望崆峒近，鳴和天邊鶴一群。

次答宗人育璞

衡山西下洞庭東，淚竹斑斑萬古同。曾記狂歌荆國日，早將身拜舜皇宫。采芝且免憂高蓋，結柳何堪送五窮。知子共爲嬀水後，此心相喻不言中。

題黄君球行樂 二首

一樹濃陰號大椿，白頭仍是綵衣身。秋來太史占乾象，南極星中幾老人。

百年世禄焕綸綍，身隱新朝志未衰。姓氏下邳橋上客，一篇仍似授書時。

冬日承屈四會鳳山見過别後柬寄

短褐蒼涼曝早暄，北風吹葉滿平原。素絲忽望干旄色，白髮空慚負郭門。一顧驊騮增壯氣，片時酬酢奉高言。珠江湞水無多路，雪裏郵詩敢憚煩。

次答董漢竹 二首

白頭逢世好，佳句使人驚。往事思先甲，流年閲後庚。老餘家國淚，交見死生情。借問張平子，何時賦二京。

遊蹤同雪爪，世語半蘭奢。各述先人舊，彌增兩鬢華。夙興君不忝，身外我何加。愧乏江都筆，名山勒一家。

寄答馬臥仙都閫

秋日枉詩今未報，窗外梅花開正鬧。君麾日駐海頭城，我老猶思雪中棹。橫琴山外曉風清，萬里滄茫見日生。高標銅柱千年在，猶見君家舊勒銘。君流膏澤周遐邑，已飢已溺常汲汲。如何歌頌滿天南，終日思歸時佇立。思親翹首望雲飛，更許輕騎到小扉。貧家客至無多地，已命山童拂釣磯。

獨漉堂詩集卷之八

小禺後集

補序

陳　贛

先子自編目錄，自《初游》至《詩餘》諸集，始戊子《拜恩》，迄戊寅《小除》，皆經手定。唯己卯、庚辰未編，至庚辰四月初十作《送左督學》詩，是爲絶筆。不孝贛等敬按稿本次序，不分體，梓爲《小禺後集》。庶誦詩論世者有所考焉。男贛識。

立春日送黄蒲園謁選都門

初年車馬發河干，椒酒猶餘膝下歡。豈爲榮親須就禄，卻緣行志在能官。迎春綵仗舟前出，新緑江山雪下看。京國舊多交好在，雲司吟和共登壇。

立春日送徐藝初御史歸吳門

東風此別未驚魂，絳仗迎春騎吹繁。幾處早花明水郭，一帆新綠去江村。每因聲氣思疇曩，願得雍容接晤言。驄馬暫留知不可，六龍巡狩正南轅。

寄王阮亭總憲

煌煌太微廷，執法列其右。夜來視星文，光榮殊昔有。聞君掌蘭臺，北向遙瀝酒。知己非獨歡，蒼生望來久。平生恬澹志，中立無所苟。在德固罔愆，于言良不朽。由來風紀地，所尚非繩糾。但令源本端，足使民俗厚。君家自青齊，先世屬台斗。賡颺明盛日，廓落經綸手。繼起今有人，聯飛自相友。看花歲最先，勁柏凋彌後。人稱獨坐三，位冠群卿九。泥塗吾曳尾，霄漢君驤首。頗憶十年前，春宵同剪韭。

次答吳彤本

老鳳巢邊和鶴鳴，別來無念不縈縈。水從庾嶺分南北，書寄揚州隔死生。歆向文章元繼美，紀群先後見交情。不緣步屧能相過，門徑東風長綠荆。

陶奉長以大父仲調簡討文集見貽且請作傳次其來韻 二首

才既無雙數亦奇，高鴻難慕羽堪儀。長沙舊是陶公族，遺集重開晉義熙。良璞不售多在楚，靈珠無價本名隋。雖慚司馬藏山筆，此志爭光自可推。

此身終隱復何名，應候哀吟自物情。本爲詩書延一脈，偶從鋒鏑得餘生。沈埋我愧干霄氣，繼好君尋異代盟。正擬深談逢積雨，把詩枯坐到三更。

次答劉百原 二首

九面湘流繞岳斜，更乘山屐過丹霞。誰分太乙仙人火，來問長貧孺子家。南土柔條先著柳，東風新律正飛葭。自憐黃髮同摩詰，三徑荒蕪對五車。

浮湘昔日有知音，謂郭幼隗。昨得清篇竟夕吟。便續楚些齊曠代，更于蘭臭見同心。雁迴萬里衡陽峻，海到三春島嶼深。我老愧無娛客地，一尊何以豁煩襟。

寄壽何慎思邑侯

滄海起飛鴻，黄鸝語曉風。山光城外内，水碧縣西東。勝事張燈復，良宵聚酺同。三時閑節序，百戲走農工。羔酒公庭獻，金章綵服通。韶華官柳緑，嘉燕燭花紅。永譽神明宰，遐齡鶴髮翁。大慈堪範俗，善事即移忠。漢柱名方重，邠苗雨正融。部人歌令德，矯首詠高崧。

韶陽戰績詩爲閆將軍賦　二首

百戰功高賊始摧，九成臺下陣雲開。天南父老猶能説，作賦郎君只自哀。

韶石芙蓉幾百峰，石如甲胄是軍容。直須青簡傳千載，早有丹心徹九重。

題行樂圖　二首

拍手階前稚子嬉，南園春色柳絲絲。郎君修潔人如玉，觸目琳琅樂可知。

此日能閑即是仙，湘簾高捲竹風前。諸童笑語還相和，一部元音勝管絃。

走筆送家雲石 二首

南天積雨亂紅飛，嶺北山川綠尚希。莫戀長安爲客樂，駟車須念過橋歸。

竹杖扶行擁敝袍，衰齡稀出豈云高。有人問我門前雪，雪在袁安兩鬢毛。

寄祝張翁源泰亭 二首

鴻名宿昔著關中，皜鳥今飛到粤東。孝友世傳張仲在，文章人羨景陽工。九成樂奏高臺月，百里花開昨日風。題柱盛名何以頌，早將霖雨慰宸衷。

衰頹久矣絕逢迎，卜得山居卻帶城。方訝里中驚駟馬，豈知門外駐干旌。雄談入座師資見，侯，王阮亭門人。玉樹臨風意氣生。多謝文章枉相屬，江淹才盡老無成。

沂澤得杖名以珊瑚索賦

珊瑚洲上叟，有杖號珊瑚。誰此瓊華贈，如分若木株。堅貞人可比，夭矯畫難摹。老腳今能健，登山不用扶。

送姚非漁選入國學 二首

趙尉樓邊百草芳，黄金臺畔柳初黄。遥攜四百峰頭月，還就三千弟子行。上國驊騮爭道路，六堂風雨盛文章。看君珥筆彤墀内，不爲槐花更著忙。

風流文采本翩翩，萬里新行正少年。鵬海片帆輕似翼，鶴峰春浪遠干天。國門定有懸金覽，家學先傳述德篇。若問阿翁膏澤地，九華如黛大江邊。

清明日同霍禹洲家大斌舟入高峽泊閲江樓下即事作

東風乘興好西行，三月牂牁水尚清。峽上篙痕穿石細，樓前山色極天横。花當令節千枝放，酒酹長江百感生。五十年前龍見處，白頭重説與諸卿。

同禹洲大斌游七星巖作

瀝湖西北石橋隈，七十年中幾度來。隔水似迷蓬島路，際天惟見墨雲堆。神驅海岳星辰落，穴走蛟龍洞府開。今昔登臨人屢换，與君終日暫徘徊。

寶月臺有作

高臺寶月舊莊嚴，勝概登臨得盡兼。積水有濤環四面，數峰如畫入重簷。傳衣人遠空餘樹，鑄鼎龍遙久墜髯。世外世間何限恨，愧無新賦擬江淹。臺多菩提樹，最古。六祖，新興人，傳衣還，隱端州諸山中十餘年，乃開法。鼎湖山在高峽北，皆臺上所見也。

錦巖西庵同又札巨川儁斯汝侯

西庵清絕處，一榻可棲禪。石占閑房地，雲過峭壁天。只疑居邃谷，豈似在郊廛。不待諸天供，千花紅欲燃。

壽霍朝望司諭

清齋遙隔故園波，大耋今時鬢未皤。東海有瀾文壯闊，南山爲祝壽嵯峨。宮牆數仞門庭峻，桃李重陰子舍多。再世論交吾亦老，贈君惟有一高歌。

題納涼圖送吴石倉歸西湖次其卷中元韻　二首

風柳高亭上，諸賢共一僧。暑同河朔避，興似剡溪乘。樂事唯飛管，群書且架藤。一時儒與佛，誰得判淄澠。

歸夢懸湖水，經年度庾關。千篇新著作，一卷舊家山。自子爲羈旅，誰人醉此間。荷花香有待，掛席暑中還。

石倉抄其鄉沈甸華處士所作先司馬及家文忠張文烈諸傳見示再次前韻以謝其意

先傳勞抄示，他年史所關。文雖傳處士，藏且在名山。筆足參三立，人堪並兩間。無能酬厚意，珠淚贈君還。

仁和周氏節孝詩

誰言母有夫，有夫中道歸黄壚。誰言子有母，有母生兒身不久。母亡有母能撫孤，夫亡教子成室家。

母之報夫在教子，子能事生即事死。嗚呼，節孝萃一門，我欲歌之難爲言。

左母太君壽詩

翟茀霞帔綽有榮，當年曾是慶長庚。耄期尚授周公禮，令子今題漢柱名。畿內頌聲歌壽母，堂前稱兕有門生。家園自足含飴樂，不要孫曾捧杖行。

高母夫人壽

鸞冠翟茀映虹霓，母德今時孰與齊。新澤近周炎海外，門功曾建楚臺西。三春桃實成嘉燕，千里名駒展駿蹄。身是慈雲敷不極，佇爲霖雨慰蒸黎。

題山帶遺畫爲鄭珠江

石邊叢菊晚香深，澹墨淋漓惜似金。自是故人先有意，報君一片歲寒心。

次答歐上閑

飽聞風義十年前，贛廣封疆幸接聯。山有枝條原一本，溪流南北遂相懸。霜蹄自合馳天路，白髮唯堪守墓田。故友云亡高弟在，指薪傳火古今燃。

送吴漢公之都門

都門歸到正秋生，半載遊蹤未暫停。子舍始過梅子雨，枝間猶惜荔枝青。薰風掛席三千里，驛路題詩八百亭。江北江南須著眼，六龍巡幸昨曾經。

送秦番禺子芳

龍角山高絳水清，循良真不愧家聲。六年蒞政人無讟〔一〕，一旦言歸淚滿城。別浦有香流澤遠，隨身唯鶴去舟輕。白頭閉戶蓬蒿裏，何日重瞻孑孑旌。

【校記】

〔一〕『讟』，底本作『黷』，誤，據詩意改。

題魯思亭小影

畫裏人殊少，知名十許年。兩行薇省樹，一卷白華篇。芒屩聊爲爾，苔階坐悄然。凝思在佳句，不謬世間傳。

送秦欽文二首

作此無期別，其如我老何。雲山三晉遠，朋好五羊多。羽翮宜軒翥，圭璋在琢磨。年年來去雁，莫忘繫書過。

敢曰人倫鑒，居然國士風。超庭來杜甫，清論得王戎。學繼河汾上，詩多越嶺東。妙齡今若此，慚愧白頭翁。

李裔袞壽

大隱高風世所知，鬚眉奕奕有仙姿。五千道德傳家學，三百唐宗是本支。壽偶如賓偕白首，諸郎佩印作人師。一堂盛事如何頌，仙李盤根杜老詩。

次韻送吴玉濤

散吏能爲汗漫遊，葦床書舫日乘流。溯洄珠海沉香浦，吟望朱明大石樓。政有弛張唯尚德，文兼華實總成秋。歸來一賦人皆惜，不獨吾儕有别愁。

寄許伯玉

文章先代是宗工，君有無雙國士風。百戰功多滄海外，一官身老嶺雲東。越庭詩禮皆能學，愛客壺觴不説窮。鳳嶠松陰石湖月，至今人想許中戎。

方作寄潘紫登詩而其書適至即事柬之

握别東風柳始黄，榴花今已滿山堂。正當念汝遺雙鯉，恰好來書到五羊。遠道常時通夢寐，把詩終日對琳琅。自憐白首論交久，獨有斯人具肺腸。

送家恭尚

羚羊峽裏共高歌，秋月春風幾度過。策蹇偶尋銅柱路，探驪曾涉海門波。帆檣又作經時別，杯酒其如易醉何。猶是塞鴻飛到處，天涯莫厭寄書多。

先始祖祠宇改建初成承宗戚諸公賜祭卒賦一律志謝

事遠難銘魏氏鐘，手栽猶見大夫松。未離故寢成新廟，且喜開門對一峰。顧我垣墉書闊略，勞君升降禮雍容。先朝遺俗吾鄉在，厚意深慚報莫從。

劉仰山招同吴玉濤梁藥亭家宕侯雨中泛舟半塘遲沈虹石不至同用八庚 二首

急雨無朝暮，篙師不敢行。人爲長夏會，天與片時晴。洲渚烟中市，雲山畫裏城。幾年離別緒，都向酒杯傾。

曲港乘潮入，輕舟與岸平。村童驚客語，江鶴避棋聲。柳浪家家似，荷珠葉葉并。所思期不至，八詠且同賡。

朱玉樹以畫梅見貽賦謝

玉堂仙子玉髯髭，老筆能飛屈鐵枝。正是雪消明月落，羅浮山下夢醒時。

晤楊春州止庵于五羊翌日拜良醞之惠賦此奉謝

快瞻風度從今日，得讀文章已十年。趙尉臺邊懷古地，崆峒岩下早秋天。鳧飛霄漢來容易，邑有神君望儼然。一席高談人已醉，醇醪貽我意兼傳。

夏杪楊寶生孝廉招同毛行九司馬楊止庵大令梁藥亭太史飲于風幡堂次行九韻 二首

古樹餘千載，勞生又半年。閑尋白社約，得醉綠陰邊。蟬試迎秋噪，庭分欲暮烟。是間宜野酌，何必肆長筵。寺有菩提樹、娑羅果樹，皆千載物。

吳越同星紀，登臨具上才。一時萍迹合，千里雁行來。幡影留飛刹，池光照舉杯。白頭希樂事，今日老懷開。

過鄒左俞園林

了無紛雜絕纖埃，有此園林倚粵臺。高柳夾門行徑永，小橋横水畫堂開。坐疑古洞迷秦晉，日見漁舟自去來。況是主人髯未白，官閑時得掃蒼苔。

沈左臣惠墨竹賦柬 五首

一天烟靄何方雨，滿徑篣簹昨夜風。中有高人呼不出，早鶯飛處月朣朣。

數竿濃淡復縱横，靜對蕭蕭似有聲。若使伶倫知採伐，不妨吹作鳳凰鳴。

老幹欹斜折復萌，小枝還作怒龍形。等閑自寫淩霜節，不待他人紀汗青。

大筆如椽勢莫當，節間一丈末如芒。君家越志分明載，月落空庭影未長。沈懷遠《南越志》載竹種甚多。

酷暑經時只掩扉，勞君貽贈有苔磯。蕭然四壁如常日，蓊蓊西風葉自飛。

次答張損持太史 二首

蓬蒿三徑謝芳蓀，軒蓋何期枉見存。憶鱠幾時歸海上，吹簫曾記到吳門。斗牛劍合元同氣，南北潮生各異痕。猶有一人知己在，五羊城下舊虞園。

名成仍復愛三餘，香水溪邊更結廬。養疾舊承天子詔，傳家元有老人書。游多勝賞頻高會，世誦新篇滿比閭。山月漸涼清露下，小園秋草欲教除。

閏七月二日長壽石公招同毛匏郵司馬張損持吉士吳晉濤少尹楊勉庵孝廉唐海門黃蘭偶司紅遲諸文學雅集離六堂次毛韻 二首

十二欄干砌碧瑜，四周流水入縈紆。似登海蜃烟中閣，同探驪龍頷下珠。吳越提封餘一覽，人天境界豈云殊。巡簷漸有涼風入，覓句徐行得自娛。

開社東林事已頻，曾將妙偈伏龍神。多金布地來殊國，古木含風不記春。暑後溪山初過雨，閏餘鴂鵙再臨津。賦詩此日多豪俊，莫笑衰頹白髮人。

閏七夕後一日遠公招同潘稼堂張損持梁藥亭毛行九余未及赴諸公分韻見及得心字

四序遒以迫，天宇晶且深。出郊睇平疇，上有嘉樹林。蕭蕭風乍勁，萋萋歲已陰。初秋屬餘閏，徂暑方流金。駕言梵王宫，闃寂期幽尋。相招有開士，散帶遺冠簪。登樓俯逝川，推窗納遥岑。稍歇人外磬，復聞花中琴。追隨昔已屢，違隔忽在今。空齋散文史，席地聊歌吟。豈惜車馬勞，苦爲塵累侵。群公不遐棄，往往遺之音。其清若冰雪，有美如璆琳。誰言一日遊，邈矣千載心。

題張損持太史行樂圖

踟趺秋樹根，悠然靜餘想。本爲著作人，具此幽遐賞。十年臥滄洲，髭鬚漸云長。不以三事榮，易我一日養。蒼生望正殷，林泉聊獨往。新篇歲崢嶸，舊聞入羅網。高風激頹波，苔石皆蕭爽。五弦何必揮，瀑流有清響。

初秋日梁藥亭招同沈詹山大令家山農隱君潘稼堂檢討張損持吉士毛行九司馬吳晉濤少尹林桐叔少府楊勉齋孝廉徐紫凝羅浮山司紅暹家獻孟諸文學遠布心月二上人雅集六瑩堂分得阡字

君不見素馨田，行人採摘成術阡。又不見菖蒲澗，仙人服食今無傳。世間不貴長生學，只愛花香耳目前。吹笙擊鼓日縱飲，笑殺吾儕無酒錢。藥洲南邊杜門者，今日忽然羅衆筵。相邀盡是文章客，吳山越水多英賢。盈階況復美花竹，梧桐一葉初秋天。火雲燒空尚炎赫，江湖白浪高于船。千里命車良不易，兼句何意成流連。西郊北郭多古寺，菜根茗椀同枯禪。長吟短句屢酬酢，千鍾百榼無閒焉。主人家醖號玄碧，奇方得自安期仙。飲酣棋罷各授簡，鴝鵒大硯青松烟。傾玉琖，拂華箋，勸君大醉方謀篇。良儔嘉會不盡興，異日相思年復年。

次和梁疊石髮塾詩

所愛寧容易，慈言況共持。髮膚原一體，長短幾千絲。塔與盧能並，峰連婺女奇。誰憐頭頂上，霜雪已垂垂。

口占送徐紫凝 三首

掛帆江上試新凉，纖月依微帶夕陽。想見孤山風落木，夢魂無夜不家鄉。

每逢岐路一沾巾，五嶺東西幾度春。游子本爲歸養計，故山無復倚閭人。

懷吳正憶浮瓜侯，訪戴還須棹雪舟。君見二君煩致語，白頭難復到杭州。

贈沈詹山

一尺長髭已皓然，目如巖電古稀年。南中久住丹砂令，海外曾歸玉局仙。老驥未忘歌伏櫪，高鴻何必志摩天。時來漸有西風入，好讀磻溪卜獵篇。

呈馮太守

得依仁政已三年，曾奉高談接綺筵。五馬清風珠海上，滿輪明月桂花前。今時地望誰能及，往日詩篇世共傳。家有傅巖三命在，即看霖雨到中天。

贈雲在青

忙中常自領閑機，鬚鬢年來白漸希。過客不時停玉勒，高窗長日撫金徽。清池映竹留青靄，怪石當門掛薜衣。秋好正宜將壽酒，即看庭下鳳雛飛。

贈黎普濟

慈心到處有奇方，苦海逢君便得航。世上瘡痍非一日，分身須是上巖廊。

送高少府

板輿遥向帝都回，遠送于南彩鷁開。秋月上弦滄海外，西風行部峽山來。雁行比翼排霄漢，菊蕊延年入壽杯。白首狂歌杜陵老，題詩唯羨達夫才。

重陽前五日高中含司馬招同劉卓崖主考屈四會鳳山張廣寧鶴洲楊陽春止庵錢茂名蔗山張翁源泰亭高東莞䕺園田英德克五雅集雲半閣時闈事初竣

使車高蓋總能來，雲裏軒窗俯粤臺。秋水滿前人自照，碧天無際雁初回。酒邊赤葉迎風醉，閣後黄花傍節開。白首疏狂虚授簡，愧無詩句可追陪。

寄潘涵觀

三年别日未云多，甲子于君忽再過。白髮到來皆若此，青山歸計近如何。久無薇蕨留孤竹，剩有松楸廢蓼莪。只隔嶺梅南北路，一枝相寄且爲歌。

生生圖送家山農歸雲間

扁舟歸去嶺梅初，久住天南綽有譽。慈幼近開三畝宅，活人曾著十年書。竹籬透石冬抽筍，池水通潮畫躍魚。不敢相留唯有願，到秋遥望再來車。

己卯八月十四日五羊城南聯句同毛端士司紅遲梁藥亭張損持同拈十三職韻

地勝秋亦佳，毛 人間醉常得。深簾卻花影，陳 欹檻上苔色。涼雲淡不飛，司 白日光稍匿。是時月幾望，梁 平分景未昃。天空肅萬象，張 霄迥聯千翼。過水劃明沙，毛 排闥覯炎國。江城霸氣散，陳 海甸瘴烟熄。舟通珊瑚宮，司 星定女牛域。黃屋竟何在，梁 青袍此相即。同遊皆妙選，張 抽思盡奇特。揮灑衍波箋，毛 淋漓客卿墨。長驅役今古，陳 清辯洗雕飾。几案雜古歡，司 杯盤列珍食。酒斝羅浮春，梁 果擘訶梨勒。客身翻奪主，張 南風競淩北。豪吟捲宿霧，毛 深坐催宵刻。風戰矮簷梧，陳 漏侵園院棘。規月欠微痕，司 清輝渺無極。林棲鳥忽驚，梁 穴處鮫猶織。大地漫金波，張 虛府敞瓊閾。露冷吳剛斧，毛 颷駛纖阿軾。桂華一以睹，陳 蓬梗嗟未息。昨泛海珠濱，司 頻過花田側。千門連睥睨，梁 萬頃瀉胸臆。浩蕩鷗難馴，張 淒清蛩更唧。雄劍倚芙蓉，毛 枯禪寄薝蔔。各抱千載心，陳 寧虧九鼎力。高潔慕蟬飲，司 齷齪笑雞肋。履道任夷惠，梁 得句驚籍湜。良會永弗忘，張 先民念遺則。毛

題吳山帶墨竹送吳晉濤歸宜興 二首

故人筆墨醉方工，數葉垂垂亦不同。畫裏只今成舊雨，畫溪歸去是春風。

別意何如紙上禽，一飛一宿本同林。憑君折取伶倫管，吹作陽和睍睆音。

得王立安訃音哭之 三首

把書終日恨難平，歎息修文召已成。督亢陂前新宅兆，羅浮峰下舊師生。三年已罷升堂瑟，萬里難伸自牖情。愛汝是翁知是我，只應南北各霑纓。

朗吟終日捋虬鬚，七尺昂藏好丈夫。五字號城真莫敵，百春爲詠只須臾。行雖越衆偏能恕，文不求名只自娱。憶雪樓前風雨散，不堪扶杖過豐湖。

金丹煉就誰人識，玉樹埋來恨有餘。幾日已爲黄壤客，昨朝猶見白門書。家懸兩地星霜久，膝繞諸郎象勺初。末後數言殊了了，前身應得悟真如。

題吴山帶墨菊爲潘受平

清姿妙筆已難期，身後珍如玉樹枝。最是棱棱霜下菊，贈君不少故人思。

寄題家健夫西峰草堂

不同吟醉幾經冬，燕雁頻頻過越封。老去未曾忘北路，人來多是說西峰。詩情日與年華長，酒債全教筆硯供。特遣兒曹識堂徑，天涯癡叔也如儂。

勵兒北上口占示之 二首

吾衰良已甚，汝往慎前途。一騎過河岳，扁舟下楚吳。眼中新白雪，夢裏古皇都。最是英賢會，同聲自不孤。

文章先世業，用舍百年身。送爾無他語，思爲不朽人。舊山叢桂老，去路杏花春。倘謝經生籍，韋編正好陳。

勵兒行後連有南風漫成

江邊別汝意怦怦，十日南風爲送行。風度有樓今在否，計程應到曲江城。

贈李彌樸

曾稱祭酒老儒門，鄰曲過從歲獨尊。派自有唐三百祀，家傳苦縣五千言。詩書善述斯爲達，宗祏能修賴有孫。紫閣玉泉多勝地，百齡期爾醉鄉園。

正月三日過潘子登所寓江樓龔渭臣載酒與潘木公諸君雅集賦潮平兩岸闊分得涯字

千檣不動水漣漪，共上江樓好賦詩。塵世百齡希暇日，滄波開歲是閑時。漸鋪浦漵平如練，益覺乾坤未有涯。破浪摶風年少事，白頭唯有一銜卮。

次韻答龔渭臣

七十餘生漸有涯，長繩何計繫奔曦。猶能鼓枻滄浪外，不厭逢君唱和遲。海鳥化來知大翼，鬢眉漸覺愧男兒。東風共醉屠蘇酒，俯仰江樓極二儀。

正月六日將歸錦巖泊舟潘子登寓樓下新月甚佳因留宿三日兩登斯樓亦一快也

偶爾停舟快不勝，江樓今夕又同登。故園歸去逢人日，新月何期對好朋。竹榻朗吟茶宴罷，低窗高掩浪紋升。頻年衰疾希行往，如此良宵得未曾。

羽都督殉節詩 諱鳳麒，字沖漢，明廣州四衛指揮，死庚寅之難

金方爲教本堅剛，受命先朝衛五羊。生死只知城下士，姓名不憚羽林郎。血流大地終成碧，骨化飛塵久亦香。世祿幾家能矢報，爲君歌此問蒼蒼。

寄何慎思順德 二首

新年頻不值，舟檝各西東。夜月同江上，春燈憶縣中。潮生環郭綠，綵舞間花紅。請以無疆兕，因君獻若翁。

東風開萬堞，身坐百花間。大邑人希暇，平心政自閑。寢興承白髮，廳事對青山。並報君親重，恩酬

鬢未斑。

送湯建孟之永明 二首

白頭游興亦雄哉，三楚烟花二月開。九十甘泉曾若此，祝融峰頂去還來。增城湛文簡九十三尚游南岳。

永明潛邸萬峰前，君見荊榛亦黯然。不及鍾祥龍起地，至今人尚説承天。

送家昭德之官長寧

片帆春色上循州，二月東江浪尚柔。薄俸未能離苜蓿，一官重得對羅浮。峰雲佳處同誰賞，桃李蹊前與士游。倘到東坡亭下泊，老夫還擬共維舟。

送左襄南督學試竣還都奉命命視河

我聞丹山赤水之洞天，地脈暗與蓬瀛連。蓬萊一枝乃獨往，直到天池鵬化之南邊。倏然乃與羅浮結，七洞四明如隔絶。寧知共在斗牛間，天上分星總揚越。四明狂客賀季真，青蓮一見號仙人。知人自有傳心法，能使汾陽屈者伸。唐代功臣獨居首，誰知活自書生手。君今相士特南來，知人肯落前賢後。

天閑新進渥洼多，更命旌旃理九河。都將吉甫清風頌，和入河渠瓠子歌。著書七十羅浮老，汗竹爲書頻削稿。方候公閑細評論，如何鷁首催前導。病中相送不成章，口授兒曹寫數行。遲君賜歸鑒湖一曲水，來問天台萬仞之石梁。

獨漉堂詩集卷之九

唱和集卷之一

小序

倡予和汝，其來古矣，然皆答其意而不拘其詞，和其聲而不必其韻。自唐人始有步韻律詩，而宋元以後，并古體而次之。居今之世，返古之道，吾知其不能矣。然亦往往因韻之難，而反得奇句，或專其思路，而速以成篇，作者不無取焉。予平生次韻號爲最少，然亦不下數百篇，不系時地，名曰《唱和集》。

同王阮亭宫詹黄忍庵太史高謏苑廷評張超然屈翁山兩處士五羊訪古作 四首

菩提樹

訪古肅賓朋，淩晨命車駕。嘉樹有清陰，風幡古蘭若。擢幹聳蒼穹，垂枝籠碧瓦。壇壝石已朽，盤根自相把。外質何連卷，中空若刳剮。一體含菀枯，四氣無冬夏。落葉爲輕紗，虛明復堪寫。宗風未西來，神物乃躍冶。託身炎海南，所貴在知寡。誰爲滿百人，羨爾千年者。

五仙觀

高閣聞午鐘，石門倏已啓。摳衣躡層磴，遙與仙人禮。俯沼濯幽泉，開軒酌瓊醴。輕風自東來，管絃發朱邸。未覺所歷高，城郭忽在底。群公濟時碩，銜命來丹陛。嘉會匪前期，東西各旌棨。奇蹤辨羊石，妙墨逢蘇米。不謂荒烟餘，名流今濟濟。文章繫氣運，頹波藉中砥。酒闌問新題，賦詩效何體。

海珠石

泛廣倦邅迴，陵高苦奔峭。江中得孤嶼，足以雄登眺。西睇蒼梧雲，東望羅浮嶠。遙天落峰影，遠水明殘照。五羊古都會，往事堪憑吊。中原時逐鹿，一隅常虎嘯。丸泥横浦關，左纛炎州徼。趙劉及何洗，異曲元同調。各自一時豪，寧貽千載誚。茲丘隔城市，興亡非所召。如何遊衍地，繁盛乖年少。遺碑臥苔蘚，壁壘環頹廟。東風吹古臺，歸潮鳴石竅。觴詠對同人，臨流成一笑。驪頷君所探，魚竿吾欲釣。

菖蒲澗 是日勞書升觀察招遊。寺有蘇東坡、崔菊坡詩石

野草綠未稠，東郊春已暮。農夫荷鋤笠，連陰未成雨。昨約蒲澗行，頗作沾濡懼。屆晨乃開霽，杲日方東吐。軒騎出城闉，干旌入深樹。登頓古殿旁，偪側緣溪路。風泉遞清響，竹石通微步。神仙渺何所，前賢表遺句。尚憶征戰初，經年六師駐。樵蘇落榱桷，高壘隳陵墓。孤寺獨巋然，文章有靈護。佳辰及茲遊，賞心亦云具。布席榕陰移，飛觴玉醪注。歌吟雜諧謔，脫略披情愫。賓主一代才，登高各能賦。白雪豈曰酬，青雲期可附。

擬行藥城東橋

百行皆有營，一暇不易得。非無出門時，往往爲世役。茲晨服食罷，曳杖信所適。藹藹涉墟莽，悠悠越阡陌。芳郊屬春和，天宇迥昭晰。川流揚曉暉，林表霽新色。曠觀既以怡，內省寡所斁。未羨高鳥翔，安用摶風翼。息意慕華膴，何心厭衰白。修名匪歲年，壽考豈金石。至理有恒期，浮生徒自域。

閉甕菜　王惠州紫詮使君席上同詠

嘉蔬擢根苗，濯濯在平壤。甘苦各天性，寧期君子賞。醢人司四豆，菹以事賓饗。辛鹹適所宜，調劑具分兩。深藏閉風日，揉擇勞指掌。經時色尚青，生意猶可想。方茲飫醇醲，所貴在蕭爽。徐徐入齒牙，歷歷有清響。山珍與海錯，對之皆敞罔。真味異五滋，逸韻殊豪上。頓令酣醉人，當杯能倔强。貧居五十年，飲食多鹵莽。黄虀日所親，荼蓼心所獎。豈知鼎俎間，非獨口腹養。凡物盡其材，用之斯不枉。農經極草木，修製存疇曩。姬公作周禮，纖悉固有倣。七菹與三虀，供之惟用盎。得名自古來，賦詠從吾黨。

訶林懷古同諸公作

粤山自北來，西城勢寬衍。闤闠百萬家，中有梵王殿。雄風固所存，古色不自衒。遙遙三千載，春光遞流轉。曾是虞翻宅，昔爲趙佗甸。九州不一姓，興廢如郵傳。如何一塔地，獨使盧能擅。鬚髮彼所捐，寶之若旒弁。至今菩提樹，根基互相禪。中心半枯朽，萬葉猶葱蒨。佛法始東來，經綸多糾纏。宗風振自茲，宇內爲一變。繼以首楞嚴，羽翼相後先。奇文闡妙義，筆授留遺硯。乃知最上乘，樞紐存斯院。鎮以鐵浮圖，千佛皆身現。干霄七層起，錮地重臺奠。錫以羅漢畫，神彩流唐絹。聽法有睡猿，擁彗向人面。訪古駐干旄，開軒極流眄。行廚具尊酒，老衲供茶宴。集木囀黃鸝，拂池度雙燕。朱萼檻外明，青峰樓上見。遥鐘發暮景，刻漏催壺箭。車馬一分鑣，將歸有餘戀。

丙子正月晦日袁密山通政史蕉飲梁藥亭兩吉士王令詒明府王紫詮使君招同藍公漪史萬夫于南溟廖南暐岑金紀屈翁山吳山帶王蒲衣梁王顧林赤見家獻孟曾秩長黃漢人集使君寓齋分賦

首月已云晦，蓂莢未全落。既惜節候遷，況有良朋約。燭下起笙歌，吟閒命杯杓。曠志挾天壤，深思契冥漠。袁子古納言，前身老行腳。理棹下湘灘，經年繫青雀。史氏好弟兄，妙齡各鳴躍。一時兩玉人，維楊並花萼。南王與北王，車轍相交錯。東行指銅柱，西登銘劍閣。美政在天隅，後先同一格。藍生好牧牛，商聲時叩角。三山及五嶺，幾度乘芒屩。吾鄉十数子，大半頭如鶴。一二少年郎，賦質皆文弱。嘉會叶應求，高言成盍各。朝臺霸氣散，禹甸淳風薄。緬憶髫齔初，盛事空如昨。先哲有遺徽，而今不可作。遥深懷古情，且盡新知樂。飛棲雪下鴻，聚散風中籜。後期杳何所，遠道傷離索。踟躇一搔首，牽率爲酬酢。莫擬送窮文，徒令五鬼噱。

贈黄葵邨

伏暑無所適，散帶行前庭。輕風入簷來，嘒嘒新蟬鳴。仰見梧桐樹〔一〕，參差聞雨聲。浮雲忽東馳，霖潦浩縱横。客心既云樂，況有良友生。高談詠終日〔二〕，雅奏和且平。舉世皆泥塗，斯人濯其纓。古學日以墜，先民猶可程。前笙與後管，相待成咸英。朝日與月夕〔三〕，相續爲光明。勉爾千秋業，慰我懷古情。

【校記】

〔一〕『仰見』，十三年本作『上有』。

〔二〕『詠』，十三年本作『永』。

〔三〕『月夕』，十三年本作『夕月』。

壽鄒儀生〔一〕

受生雖有涯，與君當更倍。以兹百年内，鬱鬱三十載。西登極邛筰，南泛窮溟海。盾鼻草檄書，儒冠立軍壘。三命滋益恭，百折終無怠。蹉跎炎瘴間，霜雪顛毛改。維兹春仲月，覽揆辰期逮。谷風發新晴，蟾兔盈光彩。持觴候良夜，百卉欣相待。所歎蘭蕙花，含英猶未采。大器固晚成，神龍靡終悔。悠悠望六合，正氣吾徒在。剝復理何如，誰能問真宰。

【校記】

〔一〕『壽』，十三年本作『祝』。

次答劉沛然兼送之端州

我居天一隅，幸豁千里目。四海有同心，風期每相屬。之子三吳英，軒車來問俗。旅病臥孤舟，賓至不及肅。貽贈一篇詩，懇欵見衷曲。一吟五內寬，再詠雙眉蹙。蹇予生不辰，水深聊自漉。不無危苦詞，敢並騷些讀。豈知墮淚猿，更作求聲谷。義心知調古，直氣識節促。悠然金石音，出自絲桐腹。爲君埽蓬蒿，銜杯泛霜菊。與君涉牂牁，堆盤進黃獨。舊宮禾黍地，當歡或成哭。君家太湖上，瑤圃皆積玉。聯飛聲滿空，手著書盈屋。徒驚潘令毛，漸歎荆州肉。遲暮各有懷，古道敢不勖。傳經本儒行，今晨裝已俶。巖高星可占，峽暗雲仍畜。善價倘有時，毋爲久藏櫝。

次朱漢源留別韻送之歸吳下

人言雙車輪，可以生四角。人言方寸內，可以起五岳。丈夫未得志，文采從駁犖。往往見轗軻，行行自吟踔。縱窮阿井膠，莫止黃河濁。之子騏驥姿，望古振高躅。六轡既如絲，千里豈云邈。南來溟海上，爲日不數數。言尋朱明天，丹砂師抱朴。著論等逍遥，儒墨供剽剝。況復富于年，足用竟其學。勝賞每登臨，大雅相磨琢。彼此互唱酬，古今屢揚搉。如何歡會地，告别殊刺齪。離舟繫葉兒，歸馬歌皇駮。猶餘柏葉酒，初度春王朔。九州雖比鄰，中心能不懪。嶺路雪岧嶢，江濤時鎣瀯。既抱連城珍，會待成風斲。力田必有秋，至道不盈握。勉矣樹令名，天休日滋渥。

送吴山帶北上

吴子澹蕩人，其性不汲汲。及乎爲文章，孤軍遂深入。精思涉混茫，妙語離沿襲。縹緲三神山，飛塵莫能及。積雪峨眉巔，晶瑩照原隰。無意當世知，聲名乃遥集。遊戲翰墨間，生機勃然立。適興一流連，當饑或忘粒。如何此行邁，風雪趨皇邑。豈無惜别心，白駒勿維縶。黄金古有臺，青紫芥可拾。每愛太冲詩，功成獨長揖。埽石越溪南，爲君理簑笠。

祝劉太翁

赤帝歌大風，横汾繼其軌。中壘較群籍，七略奏于子。由來放勳裔，文思有攸始。況乎漆沮間，西京原帝里。夫子綜古今，六經得源委。神龍潛且確，雛鳳翔而起。嘉遁既以貞，耄期亦伊邇。容顔邁少壯，視聽無衰毁。燭下作細書，千言盈寸紙。吾聞茲泉旁，姜牙有遺址。石室足棲遲，垂釣應得鯉。鯉中有奇文，用介杯中旨。

送陳大涉還長沙

我衰日閉户，況兹炎暑時。偶然步林竹，小臥園東陲。有客來叩門，童子例云辭。醒來見名刺，客遠不及追。尋君就旅次，兼讀所貽詩。如睹渥洼龍，神骨森權奇。如運成風斤，揮斥罔不宜。憶昔少壯年，君鄉曾久羈。徘徊上衡岳，沿泝越湘灕。潭州多遺逸，唱詠夕忘疲。日月不相俟，烽烟中間之。屈指四十載，存者皆孫枝。君來何所聞，欣欣如見思。老馬縱識途，筋力已不支。何以贈君言，良時今在兹。

錦石歌爲梁藥亭賦

梁生昨日歸自吳，手中滿把驪龍珠。玉盤靜注天華水，落手光芒水中起。或如初日生鴻濛，或如淡月沉寒空。或如虎豹在大澤，昂首斑斑霧中出。或如駿馬浴江湖，赭白連錢半有無。或如霜岸曉，逝水流雲交繚繞。或如園林春，李桃花落凝錦茵。或如越王膽，甘之如飴看不厭。或如竇婦機，周迴委曲盤五絲。或如远山暮天赤，或如斷砌新苔碧。或如瘞玉屍血侵，或如古鼎丹砂蝕。方圓盈缺各異形，腹背廉隅非一色。谽谺竅穴具吐吞，淺淡深濃相照射。天地生物何太奇，神工鬼斧誰能爲。或云星隕乃化石，此物前身是奎璧。不然鍛鍊自女媧，補天餘力生精華。不然布陣逐諸葛，旌旆搖搖相掩奪。問君得之于何方，六合之縣州維揚。滿堂賓客爲君賦，形容未極徒嗟傷。因憶夜來江上雨，泥沙之中復無數。作歌不得吾與汝，男兒故當擇所主。

烏金千佛塔歌

赤堇山裂流金精，萬夫斲盡羅浮薪，南方帝子驅丙丁。洪鑪如山飛烈火，千佛乘蓮火中坐。浮圖八層層八門，佛身摺動衣裳痕。當時出冶立漢殿，漢主雄心割南甸。後宫爭出禮白毫，八百如花羅四面。面上東隅紀鑄時，龍文龜畫光陸離。土人讀之半不識，字底千年蘚花碧。

羅浮山水圖歌爲陳岱清司李

六鰲不守蓬瀛東，海中夜走仙人宫。如何君家素屏上，突兀乃見飛雲峰。我曾候日坐峰頂〔一〕，花開萬壑當深冬。群雞不動夜方半，水面火色燒天紅。此時天地頓消釋，白日蕩蕩生胸中。誰人具此大筆力，不寫幽奇寫標格。卷將素練十二尋，收拾羅浮送歸客。羅浮山高人所欽，羅浮水清君子心。羅浮之外君何有，歸對羅浮盡日吟。

【校記】

〔一〕『我』，十三年本作『昔』。

爲梁藥亭題新得白水山人山水圖歌

白水山人癯如鶴，神姿雖妙形何弱。拂箋詞翰勢若流，對客清吟復能謔。最工圖畫懶莫比，十日不能成一水。姓氏而今作古人，諸公往往爭遺紙。梁君好事晚得兹〔一〕，秋山一疊當茅茨。使我枕簟坐其下，當暑忽有清風來。石高氣驕苔蘚黑，疏林索莫生寒色。心魂密與空谷幽，耳目頓覺群峰逼。爲誰畫此空嶙峋，外無題識中無人。幸離俗手免毁裂，得入君家如有神。即今大暑方如焚，安得此圖化爲真。清溪一曲無纖塵，與君高戴華陽巾。

【校記】

〔一〕『梁君』，十三年本作『藥亭』。

贈大木上人 經略芝岡熊公之孫

十年之前讀國史，神熹皇間歎未已。吁嗟熊公經綸才，疆埸同辜直而死。曹沫三敗猶有爲，李廣自到豈數奇。當時是非且勿論，不知公死誰代之。我懷此語未出齒，今日衡山見孫子。摧頹但有神骨存，僧衲不完冬不被。舊家王謝自不同，少罹患難詩能工。小雛毛羽今已具，何不飛去淩長風。五十慈親日西落，念子不歸生靡樂，願君毋爲戀丘壑。吁嗟乎，君不見岳王祠廟崇千秋，秦氏兒孫諱長腳。

高固齋以長歌贈別賦答

我生不辰稀所慰，唯以同心作同氣。同心海内幾人存，白首塵中覺無謂。與君相知三十年，未曾識面心先傳。窮通夷險每在眼，眉宇笑貌依希然。去年握手仙羊石，今年大醉崧臺驛。狂呼絶叫許誰聞，座有王生老髯客。三山五嶺本同風，千里帆檣指顧中。朱明之末趙宋似，車轍幸不厓門同。田横島上多義士，無成無敗皆英雄。高牙大戟今滿地，獨少毛錐爲表忠。高侯好事古希有，油素鉛槧不離手。引商刻羽固所能，水澨山陬恣求取。前年北謁十三陵，鬢絲如雪鬚有冰。長安公卿爭請乞，小書夜夜篝寒燈。長歌贈我聲聲淚，虎臥龍跳千百字。途窮時暮予何言，忠搆身危當日事。升沉何必問君平，大有同人偶復呈。火天上下固一揆，卦序後先如弟兄。且將歡笑樂今日，莫使臨岐感歎生。

水巖雙硯歌柬藥亭

玉則美矣磨于物，礪能磨物粗其質。其瀘如玉潤可磨，端溪紫石真無匹。唐家中葉始得名，宋坑宣德已云精。石工斧鑿越江底，耳邊仰聽聞濤聲。蛇行鼠穴日益下，燃膏不借三光明。瓊漿玉髓恣求取，青花蕉白如脂凝。水巖擅美匪自古，依稀記得明崇禎。與君兩硯本一石，當時割玉爲雙璧。分藏篋笥三十春，往往興雲成五色。爲君不脛走文章，爲君得路通仙籍。筆飛墨舞信有神，載事紀言世誰敵。共形豈復計菀枯，同調何常異肝膈。君不見干將莫邪出延津，爲躍爲潛各龍德。

西郊贈岑梵則

郊外新晴暮鐘歇，江引霞光動林樾。浮丘丈人坐秋風，玉兔泠泠照仙骨。自言夙昔值昇平，快意遨遊正玄髮。千金買醉五羊城，匹馬獨行雙鳳闕。老眼何曾著貴人，壯心足使吞溟渤。而今萬事付兒孫，寂寞荒丘采薇蕨。唯有新詩似少年，夜夜高吟松下月。

送徐仲內

四月梅雨來，空山道彌左。城中故人寄尺書，聞君昨理將歸舸。言扶微疾强出送，有姊之喪行未可。徘徊中夜不成聲，欲泣欲歌愁絶我。生平忼慨好言詩，于君不敢輕爲辭。生平孟浪頗自許，不敢君前多一語。識深鑒洞既莫倫，爍古徵今目如炬。白頭南北意何如，篋裏羲爻一卷書。潛思靜玩日有得，天人至理匪玄虛。即今歸臥江上廬，大江北去連淮徐。中州地廣氣坦舒，渭河汴洛王者居。況君生長秦故墟，蟠溪卜獵逢老漁。空同問道迴帝車，六經所紀斯權輿。訪古出入騎蹇驢，鞍傍掛酒燔枯魚。俯仰自得樂有餘，慎勿遺我音信疏。

珠江春泛 花朝社集同用陽韻

趙佗城下趁歸航，片席盈盈掛夕陽。一郭映山花競發，萬家臨水柳爭長。金尊且自論賢聖，青史誰能辯霸王。聞說海濱今弛禁，釣竿隨處有滄浪。

送勞書升觀察赴召入都便道歸石門省覲 二首

黔山一線走滇池，轉粟曾供百萬師。蓋代勳勞天上識，暫時膏雨嶺南知。盛年早定千秋業，信宿真成九罭詩。當日聲名推第一，即看雄略又如斯。

石門秋好片帆間，十載王程此日還。常戀白雲依子舍，暫移卿月到家山。麒麟作脯餐能具，獬豸爲衣舞亦斑。雙白堂前開一笑，吾兒功已著平蠻。

冬至後一日同吳園次曹石閭吳隼庵柯寓匏集梁藥亭六瑩堂分得齊字

出郭青樽不俟攜，東南名俊一時齊。星占牛斗雙龍外，地是仙人五石西。令節易過宜縱飲，綵箋相命更傳題。只愁車馬催歸早，一線能添日已低。

送沈太史典試貴州事竣還都

雙飛鸞鳳翼天居，近典文章出石渠。夜竹已開多士榜，嶺梅遥度使臣車。惔焚歲月三秋後，歷亂雲山百戰餘。此去彤庭知有獻，天涯唯讀治安書。

與柳州江使君磊庵再晤于五羊適有西川督學之擢賦此送之

雪裏題詩共燭花，一年春色各天涯。夢尋愚島先生柳，身繫東陵處士瓜。澤國豈期逢五馬，文星從此又三巴。獨憐別後風流遠，絲竹無因問絳紗。

送陳省齋學憲復命還都便道歸武昌省覲〔一〕

三吹鶴曲進離杯，岐路西風鷁首催。游子欲爲春草報，鄉人爭看使星回。文章後勁諸郎得，桃李新花百粵開。且向鶴樓娱鶴髮，九天不久鶴書來。

【校記】

〔一〕『齋』，底本作『齊』，二字通，不誤，茲據目錄改。

端州道中望峽口積雪分得知字

峽中飛雪浪能爲，雪積高林又一時。行客欲沽江上酒，青山如笑鬢邊絲。天心復後陽猶戰，地氣南來世未如。賴有兔園同授簡，郢歌能和莫教遲。

瀝湖冬泛

蔬圃人家漸作林，瀝湖名勝只于今。堤連雙峽爲開闔，氣與長江共淺深。故國豪華年少夢，片帆風雪老來心。杖頭尚識星巖路，十里荷香未可尋。

玉屏風看梅　是七星巖絶頂

玉屏風峭客來稀，玉樹瓏瓏透夕暉。無土亦應濕石乳，有花唯是點仙衣。鳥迷雪色棲難定，雲戀寒香駐不飛。莫倚羅浮曾入夢，和羹人自夢巖扉。

龜峰白雲爲徐鳳池賦 四首

龜趺結苔髮，虬松長鱗鬣。寂寞丘壟平，秋蟲吊寒月。
涕泣誰家兒，白馬來何處。不識阿母墳，三匝墳前樹。
一蹶隕平蕪，神靈爲汝道。下有思子人，上有傷心草。
負土即舊塋，招提開法雨。誰知青蓮花，結子中心苦。

送蔣莘田大參之任河南提學 五首

珠江甘雨曉來收，五兩輕風引使舟。父老夾衢齊下拜，福星從此又中州。
暑風泥雨遍城闉，多少無家太息人。親爲遺黎尋舊屋，綠蘿坡上駐車輪。
半爲民舍半爲兵，箕箒刀錐日有爭。猶識漢廷强項在，八旗低首避驄行。
昔時荒草接城東，今日絃歌滿郭中。三十六年兵燹後，賴公重啓太平風。
連開書院育人文，南海宫牆氣象新。曾是童年燈火地，門前桃李兩重春。

明妃怨

生死歸殊俗，君王命妾來。莫令青塚草，生近李陵臺。

題烏絲紅袖圖爲王黄湄都諫 三首

花雨林烟自暮朝，清溪流水入紅橋。鸞箋捧出纖纖手，如此詩人未寂寥。

榛苓常有美人思，今日披圖若見之。孤鳳自鳴天上疏，一陽陰管卷中詩。

北仕燕都西住秦，南來使節動星辰。多年已作羅浮夢，滿眼梅花樹底人。

題烟波漁父圖

捲卻絲綸付一竿，世間無處問嚴灘。客星自落江湖上，只有孤山處士看。

題楓江漁父圖爲徐虹亭 二首

烟雨江頭一釣絲，扁舟行止更由誰。漁人已入興王夢，楓葉蘆花似未知。
燕臺風月不曾孤，愛寫吳山入畫圖。威鳳偶然來阿閣，白鷗原只戀江湖。

題翁小愚大參小影 二首

蒲團高坐此爲誰，戴笠乘車各一時。欲爲天人開眼目，正須儒者舊鬚眉。
受命當年記飲冰，此心無染即禪燈。紫薇分省含香署，風味居然一老僧。

冬夜高峽同屈翁山聯句二十韻

食霧嘉魚出，屈 含風顧兔搖。衝寒從鬱水，陳 首路指高要。入峽乘寒月，屈 依沙候早潮。榜人愁夢短，陳 漁子恨歌遙。石束牂牁勢，屈 山分大庾條。雙厓高易削，陳 半壁漲難消。上下多猿影，屈 潺湲似鳳簫。峰留天一角，陳 霞作海孤標。化石憐貞女，屈 看棋憶古樵。羚羊潛水裔，陳 鵁鶄閟山椒。白玉參差筍，屈 丹砂尺寸苗。霜苞開橘柚，陳 土布卷巴蕉。金渡龍鬚席，屈 瓊州孔雀翹。舳艫爭入貢，陳 洲島已全招。虎豹關門壯，屈 黿鼉窟宅驕。飛樓淩縹渺，陳 湧塔出雲霄。建節雄樞府，迴巖儼斗杓。黄門喧鼓吹，陳 赤社盛弓弨。鱠鯉筵方啓，屈 羹梅味正調。野人趨宴喜，陳 竟夕倚蘭橈。屈

閱江樓晚眺分賦

高樓雄近郭，古驛帶長堤。石室横當北，梧江抱自西。光搖虚壁動，青入畫闌低。縹緲雲生牖，崚嶒石作梯。四隅迴曲閣，三疊跨長蜺。朱拱浮花滿，明窗落照齊。佳哉行樂地，久矣困征鼙。雖復櫜弓後，猶聞伏櫪嘶。風高團赤葉，苔淺澀青泥。屋角閑鈴語，簷牙寄鳥棲。晚帆歸習習，霜荚遠淒淒。幸有朋儔聚，還同筆硯攜。讀銘思躍馬，樓有征蠻碑。臨渚憶燃犀。勝會誠難得，新詩好遍題。莫嫌冬日短，今夕月如珪。

雯光宴集用吳刺史園次扇頭原韻即席賦

送客分題是隔年，客來已度九秋烟。似從嶺海酬詩債，先向端溪問硯田。寒雪未回中夜棹，暖風初試小梅天。使君地主能開社，菊徑猶多泛酒錢。

寄王將軍孝揚

海陬別日枉新詩，妙畫清才舉世知。烏在榆枋吾自笑，鳳翔霄漢見何期。巫賢益大先臣業，吉甫曾將六月師。嶺外小民懷世澤，幾時膏雨更南垂。

哭龐甥東侶孝廉 二首

把書不禁淚盈盈，年與而翁本弟兄。一自玉樓天有召，喜看秋榜汝成名。祝鳩命氏初貽□，鴻雁聯飛日邁征。及識君家今五世，可堪垂暮哭吾甥。

見汝成童外祖前，今看行狀倍潸然。傳書止有中郎女，作賦才過賈誼年。貂敝長安頻是客，鳧飛葉縣未成仙。白頭老母傷何極，奉養猶資汝弟賢。

題惠倅俞介石行樂圖 時攝篆

驥足方開迴絕塵，絃歌隨處有陽春。知君不愧羅浮吏，滿目梅花夢裏人。

贈顧六紀 善丹青 二首

三城夜燕共銜杯，日出東方未擬回。海內故人吳地遍，因君一一問年來。

海不揚波已十春，時來西北又邊塵。憑君下筆開生面，借取淩烟閣上人。

送梁疊石廣文之任定安

驊騮俱是取長途，瓊島迢迢海一隅。黎母山前新絳帳，老人峰下舊師儒。地非異域風全隔，路有同心調不孤。時李方水同之官，俱瓊海。雖曰倚閭應念遠，粵鄉猶勝仕皇都。

送引眉姪 前年科試與仲兒並列第二，今年俱不見錄，于其歸也，詩以慰之

東歸且勿歎途迷，大鳥將飛翼自低。六月正宜鵬羽息，九天終見雁行齊。

雜詩

二月桃始華，鳴鳩拂其翰。何以遣憂傷，青樽命遊觀。客有燕趙人，臨流發清彈。一鼓霜霰零，再鼓凝冰散。蕭蕭徵羽聲，舉坐皆竊歎。歸來酒力薄，安寐不至旦。雄劍鳴鞘中，夜起視星漢。

寫碑惠州泮宮屢醉葉御六衛立組學署即事賦柬

白頭遊興未能忘，幾度西湖上畫航。失路久爲狂阮籍，寫經仍是懶嵇康。宵來泮水添圓月，雨後遙峰近女牆。誰道廣文官獨冷，醉人新釀荔支香。

送黎方回歸耕羅浮 二首

先世詩篇刻已成，羅浮歸去好躬耕。知君幽意無終極，更向丹崖自勒銘。

豐嗇從來理必均，況于取義與成仁。舍生已是前人事，應將長生與後人。

題梁疊石母馮太君節孝冊

結褵七月已無夫，身後初生藐爾孤。矢死詩成辭父母，未亡人在有翁姑。三冬對火寒書荻，孤幌殘燈夜辟纑。今日俸錢能反哺，佳兒名已列師儒。

祝黎方回

板橋東望是扶胥，照水無勞拔白鬚。此日合爲山院長，當年曾是羽林孤。柳栽宣武圍皆抱，柏近王裒樹亦枯。酌酒壽君還自笑，一般霜雪各頭顱。

梁藥亭招集六瑩堂觀六瑩古琴同諸公作歌

昔人斲琴貴其聲，梁君得琴堂以名。六瑩堂詩走天下，人因詩好知琴精。酒酣拂拭呈上客，四座觀之皆動色。斷紋半作龍蛇形，古漆總如金鐵蝕。梁君得此三十春，書齋終日伴閑身。發揚宮徵在筆墨，清風沕穆還天真。陶公無絃得其意，君琴有足一無二。不遇其人不敢修，舊新雜糅虞非類。吾聞舜琴五絃象五行，當年揖讓稱平成。少宮少商自文武，三千年內多戈兵。乃知極備不如缺，爲君一彈再三歎。

以香癭杯爲魏和公壽繫之以歌

南州炎德多芳草，丹桂玉蘭皆合抱。珠厓有樹更絕倫，獨發清芬自枯槁。松枝成珀待千年，朽木爲芝質屢遷。此香凝結乃異是，皮膚脱落餘貞堅。寄君癭杯大如斗，爲君滿引無疆壽。箕瓢可挂不聞聲，惠瓠能容寧用掊。翠微臘月梅花濃，散作瓊瑶落酒鍾。萬里知交各南北，幾人同上金精峰。君不見南極老人旁，客星每夜生光芒。其占爲世多壽者，斗牛之野斯其昌。更聞月出天街北，天下從茲皆喜色。犯座應須太史陳，此星或是嚴灘客。舉杯邀月月何言，飲罷看杯意獨存。既用馨香比明德，還因錯節念同根。

王礎塵載酒北郊招同諸子集白雲庵即事成歌

北風日夜來，蕭蕭滿城鐸。扶笻擁褐欲何之，我欲升高望南國。千峰飛舞向朝臺，白雲小院叩復開。門前古木立千尺，竹陰埽地無塵埃。溪水辟辟野田下，斷續山橋度車馬。半爲斑白半少年，盡是平生素心者。山亭布席大白浮，野花折取傳觥籌。酒酣客起迭擊鼓，鼓聲悲壯驚林丘。斯亭昔是名王壘，石闕遺碑勒胡字。四十年來骨已灰，行人尚灑三城淚。何不令九牛倒曳擲泥沙，何不令牧兒一炬爲平地。天河盡挽洗山川，紅日高飛走魑魅。爲君擊鼓擊復催，一陽天地今將回。願進中山千日之酒杯，杞人之憂安在哉。

西湖秋月歌題臧介眉卷

月之可愛雖在水，有水無山非備美。人間好月是西湖，湖光即在山光裏。三十年前湖上游，十度月圓湖外起。霜飄忽滿六橋中，鏡飛直印三潭底。四山隱映出樓臺，百尺虚明見鱣鮪。是時絲竹在湖船，棹入琉璃水際天。聞歌或泊山邊寺，煮茗遥深石上泉。君游與我誰先後，把卷沉思歎良久。何年高謝羅浮雲，會須更買餘杭酒。

題薛孝穆小影

薛生今世之狂簡，人定不爲天所限。半生好作訪古遊，千載獨具論文眼。西遊彭蠡溯湘沅，北過二陵尋灞滻。逢碑下馬輒自抄，得錢隨手皆鏤版。結交欲盡一世豪，其家不及中人産。年來更和擊缶歌，賦中屢有傷心撰。看君意興殊落落，復上石樓窮漊嵼。與予相見五羊城，花邊往往同飛琖。問君之生烈皇末，日月無光天道反。七日即爲國破時，賦命其間寧不蹇。陰陽剝復理有然，大器從來成在晚。終期落日戈可揮，莫謂頽風力難挽。誰人畫此蕉與鶴，中有一翁坐來穩。把將如意缺唾壺，直著山衣傲華袞。蕉心萬束不易開，鶴壽千齡孰能損。君不見中孚九二鳴在陰，子和之聲聞最遠。

答別季偉公

十年君作歸山思，預算別時無限事。及到君行既有期，匆匆不暇言文字。君來之日父在堂，一官轉側浮山陽。危疆百戰功未録，舉家幸脱豺與狼。客庭詩禮三城下，英妙年中推作者。中郎倒屣贈圖書，王孫飛蓋同游冶。豈期留滯事多艱，旅櫬悲涼百粤間。湞江南下分臺嶺，章水東流隔玉山。四望乾坤何乃狹，西行且欲彈長鋏。月中聯句共星巖，雪裏移舟傍高峽。循州太守仙人徒，著書日日臨豐湖。長歌短韻互賡答，爭雄角勝相瑕瑜。石樓大小聞曾陟，有石如臺高百尺。登臺列坐拔其梯，不是詩成歸不得。君才峻險多鋭思，月脅天心未足奇。馬卿善病尚能賦，原憲長貧徒爾爲。鄉園昨日傳消息，八葉恃君延一脈。三月誰耕墓下田，六橋已廢先人宅。因兹感歎急言旋，及此清秋理客船。章貢灘平收潦後，維揚江静刮風前。餘杭形勝稱都會，好結茅茨向郊外。鶴髮慈親倚杖看，斑衣稚子提攜拜。文章前輩幾人存，繼起今知有後昆。訪舊不妨尋白社，懷才應復向都門。一言爲贈何容苟，况子青年余白首。昔賢汲汲惜分陰，古聖皇皇惟敬口。時來已愴別離心，避暑貪眠又廢吟。酬君長句慚牽率，莫當詩看只當箴。

贈别史蕉飲吉士次其僧字詩二十九韻

枯坐欲似參學僧，日鑽故紙如窗蠅。白頭兀兀尚若此，面目自照殊可憎。曾上羅浮宿絶頂，中宵見日得未曾。二曜何常一安處，以此自慰還自繩。因之仰首叩閶闔，陳詞既竭天不應。星宿墜地化蒼狗，下界逐肉飛鶚鷹。海上三山淼難即，胸中五岳高崚嶒。鮑公遺履直欲借，列子風御如可乘。方思翱翔周八極，物色英俊開群瞢。愛君才名早艷發，文壇拔幟時先登。虚中若谷每能下，大器善受惟不矜。南來往往有佳句，見者動色相嗟稱。誰言爲道貴日損，山海未厭涓埃增。過河之魚戒魴鱮，希有之鳥遇大鵬。淹留殘臘倏已盡，地氣正月乃上騰。枯條凍卉各生意，爭奇競巧無不能。當歌豈復問晝夜，縱飲不必論斗升。那能老大更束縛，蛟龍反受魚人罾。杯闌燭跋語未息，齋廚茶竈烟不興。城角烏烏覺殘夢，日光杲杲生觚棱。一時車馬各星散，室中尚有孤吟燈。從來沈憂髮易白，我已白盡仍不懲。鞭心入裏欲近道，蕉皮剝盡空層層。春江少雨石盡見，百尺潭水猶清澄。歸舟唱和昆若弟，南北都會邗與昇。魚鳥親人自飛躍，垂楊匝水絲鬅鬙。長途興會或有得，一篇示我南中朋。等身之集未敢請，衡陽紙貴難爲謄。

爲黄馭遠題其祖黄文簡公畫像次其自題元韻

百年天地真如寄，達士千秋名自異。與時用舍有機衡，過眼浮雲等游戲。黄公嶽嶽立先朝，直道不逢真宰忌。玉殿傳臚簡在心，詞場掉鞅如絲轡。六卿掌禮協神人，九重入告回天地。和羹鼎鼐到何難，脱屣山林歸若棄。祖道爭看少傅疏，徵書屢召山人泌。退身所幸屬時平，遺榮豈必須年至。家似金張七葉貂，姓同黄綺商山四。繪工初寫頰邊毛，詩筆自抽囊底智。仙姿道骨落丹青，鐵畫銀鈎傳指臂。先正風流渺莫攀，後生願睹何由覬。文孫相遇五羊城，開函使我生遐思。章服如瞻漢代儀，紀年尚識神皇字。

滿前光霽藹可親，紙上鬚眉歿猶視。別寫持竿著鹿冠，想見當年好幽致。尹生公後百餘年，不偶于時甘棄置。江海難消涕淚痕，斗牛自掩干將氣。皓首無從博酒溫，終身已分餐菱芰。不敢披公第一圖，願與別圖居第二。

端溪別黃馭遠

半年聚散不曾停，十日端州倚稱情。洗硯高卑分品格，解衣磅礴論平生。空江秋漲洄洄急，古寺菩提葉葉聲。有約重陽能到否，扁舟先下五羊城。

同王孝揚將軍集吳大司馬三水舟中次韻

星座臨雙峽，霜威肅九秋。有人乘野舫，昨夜度江流。天靜山如畫，風高白可浮。庾公清興在，不用賦登樓。

吳大司馬泊舟三水予挈白菊遺之適王將軍在坐即事聯句十一韻

良會秋將盡，吳 維舟日尚長。江山瞻節鉞，陳 草木被文章。海國從無凍，王 絺衣未覺涼。殘陽移嶺外，吴新雁度洲旁。西北雙流合，陳參差萬幕張。倚窗杯在手，王對菊月横床。冷艷依人淡，吴寒英入座香。堆盤疑積雪，陳拂檻欲凝霜。珍重高賢贈，王蒼茫逸思狂。興餘仍秉燭，吴風定更聞梆。歸路吟清句，陳懷中有夜光。王

答葉桐初

虎丘南望得浮丘，千里脂車路已悠。暑月見君從北至，清秋聞説又東遊。長貧可有青山買，善病如將白髮謀。多謝高飛雲外鵠，忘機吾已狎沙鷗。

送張兩如歸河南兼柬蔣莘田學使

平原莽莽草連空，二十年前識汴宮。嵩室數峰明野外，黄河一曲落天中。含香舊署歸何遠，過嶺新篇調盡工。相送海頭何限意，因君遥問鮑家驄。

送曾韜人太史歸晉江省覲

一時車馬咽河津，繼世論交意倍親。五嶺舊陰棠樹在，八閩歸興綵衣新。江鄉菊酒消長夜，驛路梅

花放小春。到日趨庭問遺逸，蘆中休道更無人。

獻祝大司馬吳公

南交命宅古堯封，司馬臨邊樂事重。地東西江爲兩峽，天垂北斗作諸峰。遐陬斥堠宵無警，絶島梯航歲自供。淡淡水田餘滯穗，疏疏梅蕊點深冬。寒輕小郭晴光滿，野霽浮烟瑞氣濃。千里藉裾聽鼓角，一方黎獻樂陶鎔。沙場宿將輸兵略，當代詞流避筆鋒。行處管絃鳴馬上，坐時歌舞在艨艟。雕欄並立人言鳥，金埒群嘶血汗龍。海内聲華推泰岱，卷中詩句擬芙蓉。盡分月奉歸貧士，間採芻言及老農。共頌我公清似水，更歌天保茂如松。佇爲麴蘖調神鼎，已見勳猷勒景鐘。

端州至日黄敬旃進士招同葉淵發周維念集七星巖

吳越相思心萬重，扁舟何意聚萍蹤。青尊節序當長至，紅樹溪山屬暮冬。怪石嵯峨飛作室，亂雲奇變疊成峰。老夫屢到猶難捨，上客天涯得幾逢。

送何左王入羅浮兼答留别之作

寰中花鳥正春新，四百羅浮日日春。送子不堪臨水别，昔年曾是住山人。紫芝三秀餐無盡，靈藥千溪採未勻。況復冥鴻誰得慕，白鷗雖近亦難馴。

贈遠齋和尚

度嶺爲遊子，飄然二十春。重逢成老大，一悟徹天人。無縫衣常暖，非臺鏡不塵。桃花今又發，消息可誰真。

清明後一日舟泊端江驟雨忽至望王礎兄寓閣不得相就承詩見貽次韻奉答

瀟瀟淅淅滿河干，小閣扁舟各坐看。舊雨恰來雲自合，新烟初試食猶寒。悠揚逝水心俱遠，咫尺行泥路亦難。自有晴空生旭日，高天不用羡飛翰。

上巳後一日王孝揚將軍招同張桐君梁藥亭屈翁山張超然家獻孟集倚劍堂時牡丹盛開即事分賦

折簡相招路未遐，群賢畢至興彌嘉。春風好續蘭亭會，南國今開洛下花。戲綵衣邊疑舞袖，驚人詩裏見餘霞。明朝定有江郎筆，傳出山陰內史家。

又得五歌

身在簪纓志薜蘿，登壇年少古誰過。彤弓棨戟清風在，曲檻疏簾暇日多。會向交南標一柱，曾從天上挽明河。青春解帶尊罍外，坐對名花奏雅歌。

四月十日潘亞目招同王礎臣汪寓昭查德尹徐序仔梁藥亭林叔吾王紫巘集視蒼樓送春分得八庚 時汪、查、徐將歸

郭中登閣萬峰呈，笑指江帆歷越城。遠道未知芳草歇，高窗先見夏雲生。衰年作別唯須酒，空谷相求豈待鶯。尚有此宵春不盡，歸途無惜月同行。

送查德尹

前年君自瀟湘至，江上維舟初擘荔。今年荔子尚青青，數日扁舟不肯停。問君此別將何適，五月風濤下洞庭。君山一點青在眼，江漢雙流何限情。送君心已登黄鶴，更向天邊念脊令。

贈汪寓昭

三十年來心未已，一片西湖夢中水。聞君宅外有名園，湖山移入杭城裏。花邊放棹夜不歸，日上高春眠正美。人生快意須行樂，世上浮雲空復爾。君不見東方大夫神仙子，金馬陸沉饑欲死。公孫開閣號平津，共宿故人猶布被。羈縻薄禄固不堪，溪刻終身亦何以。何如絲竹臥東山，時來乃爲蒼生起。

胡絹庵憲長入覲都門便道省親事後還治賦之

歸國還鄉共一行，豸冠龍節有餘榮。晨昏子舍歡何極，玉帛天門禮已成。萬里春風張相宅，滿車甘雨趙佗城。誰人解獻中和頌，白髮狂歌一老生。

送胡絹庵憲長擢任楚藩

才見朝天息八騶，又聞恩命下炎陬。紫薇卿月臨荆楚，棠樹清風接嶺頭。千里溟濛霑舊雨，一帆輕便掛新秋。家庭且喜平安近，數日書郵是薊州。

寄歐陽香山石臣

幾度逢君在客蹤，每從人口識仁風。獨培元氣蠻烟外，手播陽和海縣中。九老溪山同白傅，大家文字繼忠公。寄來珠玉新盈篋，昨夜光芒屋角東。

朱式金招同王礎塵張桐君潘涵觀朱子成周夏聲周維念王紫巘集東郊珠會亭分得五歌

新結茆亭匝碧波，清尊邀客更能過。天連浦溆帆爭入，山雜雲霞晚漸多。暑氣乍消聞急雨，野風輕度送餘歌。升平舊事從今復，勝賞其如白髮何。

送嚴止峰歸拜雙親壽

海上浮蓬島，遥遥到惠陽。君尋三秀草，歸奉萬年觴。崖石銘應遍，天雞聽未忘。故灘垂釣地，老腳爲誰長。

寄賀王花縣

萬峰深處邑城開，經始今煩蓋代才。彩鳳遠銜丹詔出，雙鳧遥共駟車來。上公府外棠陰迴，大將壇邊雁陣迴。佇見循良封卓茂，一家勳業滿雲臺。

蔣莘田學使自河南寄示新刻賦寄 二首

敢言漢代朱槐里，善述龍門太史公。已化文風來嶺外，更移時雨到天中。新栽桃李春爭發，一顧驊騮野遂空。聞説河清方獻頌，大梁佳氣正葱葱。

別來吟興定何如，老樹庭邊客漸疏。積水在門梅雨後，新蟬依岸荔香初。中州紙貴今時賦，少室峰高昨日書。猶記去年相送地，粵人千里拜干旟。

魏子沖司馬擢理軍府時令子官桂林賦此志賀

桂江雲接粵江雲，小鳳文如老鳳文。兩地山川非遠隔，九臯鳴和日相聞。新開驥足俱千里，更綰銅符理六軍。魏絳自來多勝算，歌鐘先見錫殊勳。

過徐拜石横潭郵居

雲滿空江覆渚葭，諸峰佳處不全遮。十年有約横潭路，一棹初尋處士家。深巷暮蟬和細雨，短籬疏樹帶高花。此來卜隱兼耕讀，相過從今未有涯。

次答聞一老僧 年九十餘，善琴能畫

行腳輕千里，高年近百春。雖云方外士，猶是老成人。水筆隨山笠，孤琴伴獨身。曹溪親到後，何者是埃塵。

送陸英德之官雲州且以爲壽

英州三百里，處處石如雲。何事雲州去，清猿夜夜聞。砂從勾漏得，路到嶺頭分。別後思仁政，梅花是使君。

柬佟靜公

時來常善病，幾月掩柴扉。聞發西江棹，新從象郡歸。遠知鴻鵠志，秋及雁行飛。千里塤篪合，新詩定不稀。

爲李立齋題其尊人茂林先生像

冠履非疇昔，丰儀尚儼然。鳳池身拜日，鳩杖獨歸年。筆下啼山鬼，詩成泣蜀鵑。開元舊供奉，原是李青蓮。

送李蒨爲孝廉謁選都門便道萍鄉訪尚澠其王孫

風前一揖五羊城，樹樹寒梅送子行。計日便爲民父母，多年猶戀老師生。楚江地迥收萍實，燕市歌長散筑聲。若到青春懷茂宰，王孫芳草總含情。

贈孫觀察

昨從公宴識清顏，高論超超出世間。書案前頭唯紫石，射堂南面是青山。珠官星紀分三楚，玉節風行帶百蠻。不爲遐方資偉略，老成應已列崇班。

端州雨中乏香率成二絶句柬翟五吉廣文 二首

濕雲和雨下空堂，至後陰陽亦覺長。今日旅中寒袖手，擬從荀令乞餘香。

黄旗峰下千年樹，石室齋頭獨坐人。雖是廣文氊最冷，一星遺火亦成春。

題真際上人坐石圖

真中真際果誰真，一串珠隨七尺身。坐斷石頭庵外路，年年滑盡去來人。

李華西司馬招飲郡齋賦謝

五羊城裏枉過從，帝里歸來此再逢。几案紛然開萬軸，郡齋閑甚對諸峰。公餘自酌唯杯水，客至何勞命酒鍾。猶帶鳳池高格在，李膺門地本名龍。

次和嚴蕅漁宮允南歸述懷 四首

朝回猶著住山衣，如此行藏古亦稀。雙闕有雲龍乍見，九皐無恙鶴還飛。閑攜青史新書草，笑問黄花舊釣磯。灘上羊裘今在否，秋風鱸鱠未云非。

高臥寧期召命催，廿年名字滿蒿萊。經陳黼座身遥入，宴賜龍樓語未回。綸綍新裁非往昔，冰霜清操是從來。江湖此日歸漁父，買斷磻溪作釣臺。

早將章奏達高旻，車騎雍容此問津。天上賜來閑歲月，江東歸去老詞人。千峰驅走供渲染，八法精妍雜草真。體物詠懷應有作，嶺頭添得幾重春。

客程能許幾時留，繾綣中來不自休。數月爲開栽菊徑，兩句相並看梅舟。龍蛇君是東方朔，欵段吾從馬少遊。愛此清篇聊屬和，未堪傳向鳳池頭。

鹽梅二律祝吳大司馬 二首

雪色霜姿迴絶塵，生從天一許誰論。已于潤物瞻全德，更用餘波養世人。傅説命來王政遠，夷吾書在霸圖新。南溟天闊風濤壯，國計邊防倚重臣。

天與和羹絶異才，年年稱祝見寒梅。自緣冬日宜人久，故著南枝向暖開。香和清風傳五嶺，霜籠烟月下嵩臺。他時結實垂垂長，霖雨還能應節來。〔一〕

【校記】

〔一〕第二首原另標『梅』字爲題，今刪去。

人日喜晴招王礎塵洪藥倩潘涵觀王紫巘集得一山房分得十三元

春歸何處不書元，小築初開近郭門。萬里故人同此會，一年新日到前軒。歡無不合寧須酒，憂未能忘且樹萱。城市古來多隱地，買山非欲擬桃源。

題顧漢小影

出山雲似住山間，南北東西獨往還。十載識君曾一笑，卷中仍是舊時顔。

黎立臣救溺紀事 二首

臘月寒風塞峽門，山僧爲我説迷津。誰知白浪孤舟裏，苦海回頭尚有人。

一棹乘危豈易料，是時風雨正瀟瀟。知君善慶今無限，及第當年但蟻橋。

雙涌文閣落成賦寄黄咸淑鄭澮斐諸子

傑閣初開彩翠重，雙溪新水躍魚龍。泮泂遠至三千里，雲谷高連七十峰。盡斂烟霞歸牖户，更羅星宿入心胸。知君本自饒堂構，且繪麒麟第一重。

題徐道沖觀泉圖

本自無心止與行，出山何似在山清。知君愛坐源頭上，流徹千年是此聲。

次和劉沛然王礎塵廣州荔枝詞 十首

嘉實真能副盛名，一株長作百筐傾。時來野鳥皆丹穴，日至居人自火城。遠使定知冰可齧，近車須信夜能明。南天風雨今年惡，大嚼都疑未稱情。

樹南樹北各持竿，掇取枝頭顆顆丹。珠玉在前疑我穢，肝腸如此爲君寒。根移漢苑栽非易，路隔梅關見亦難。石蜜葡萄那可擬，子桓空羡子喬丸。

潮水村邊十萬家，短籬高樹不全遮。風前似醉酡顔酒，膜裏如封繫臂紗。匠手剖將和氏璞，清泉浮出魏王瓜。驪珠探後餘鱗甲，片片陽林二月葩。

離枝五日不成筐，色味何能到玉堂。漢驛枉教勞馬足，李家空復舞霓裳。止堪作脯供茶宴，合取餘膏付酒娘。口腹累人垂炯戒，昔賢一疏自千霜。

不因人熱氣仍烘，草木遙于大化通。漢火欲興符自赤，楚萍將霸實先紅。生無北向非懷土，老守南枝敢論功。待得餘甜歸齒頰，只堪唐突小兒童。

壘壘朱實映清江，樹樹蟬聲繞石幢。估客滿籠歸別市，山童一飽臥閑窗。嘗新已辦鹽魚飲，消熱唯開汗酒缸。蝴蝶未知無可採，飛來飛去自爲雙。

譜中諸品遍曾嘗，晚熟增江久未忘。快比哀梨那得滓，清如甘露不成漿。已知憂至良堪解，見說顏衰可復光。更有新州香荔好，端溪能隔幾城牆。

葉濃波澹好維舟，樹底宜披五月裘。守望客同巢鳥臥，買山人作橘奴收。壺觴每就重陰布，攀摘都憑結駟遊。勝似虹蜺生落日，石尤風雨過枝頭。

王風蔓草已離離，嶺海繁花記往時。赤玉朱衣行月令，明璫翠羽繫人思。一丸滿泛端陽酒，萬顆輕懸續命絲。誰是西川杜工部，妓船風浪也成詩。

王逸當年未盡才，曲江能賦見風裁。一時勝會逢吳客，七字題詩滿粵臺。光焰只應燃火樹，圓明端合長珠胎。側生誚後天門遠，誰遣文章落上台。

獨漉堂詩集卷之十

唱和集卷之二

再次嚴蕅漁中允韻送之歸無錫 四首

京洛休論化素衣，今時能賦見人稀。蓬蒿自可耽三徑，羽獵誰爲頌六飛。幾日炎威辭瘴嶺，片帆秋色下苔磯。茗香酒熟家林近，第二泉邊事未非。

杜陵常怪汝曹催，孫子成行待舞萊。野竹筍當家宴出，溪花香爲主人回。鶺歸別沼求書去，鶴放高亭報客來。自是蓬瀛仙伴侶，不妨垂釣任公臺。

清露行將變火旻，新涼先已滿江津。數行白鳥非塵世，一路蒼葭念故人。詩謝鉛華才愈老，史因游歷識彌真。誰憐皓首狂吟者，埽地山中學子春。

白駒空谷自難留，日日驪歌暮不休。當暑正思河朔飲，聞琴將附洛陽舟。擬乘筋力方衰候，盡補平生未及遊。燕趙齊秦俱有約，與君聊別此溪頭。

又次前韻送華子千　四首

適體初裁白葛衣，暑中歸路客行稀。曾深冀馬空群望，卻共南鵬六月飛。虹報晚風橫極浦，雨添新水漫前磯。長途自足倡酬樂，旅泊勞勞未覺非。

西飛烏兔苦相催，少壯誰能臥草萊。五嶺遠煩車騎至，一年剛及荔枝回。詩多壯采從心得，筆挾烟嵐入紙來。高格近知加變幻，海濱新見蜃樓臺。

滄江無畔接秋旻，去住尋常不問津。東下鷺濤催鷁首，北來新雁迓歸人。心閑隨地棲皆穩，木落諸峰夢亦真。莫戀京華遊俠窟，金臺焦湎未成春。

炎州無事可淹留，遠志知君不自休。終古盤根資利器，百年吾道任虛舟。高凰已識翺翔久，大雅誰歌泮奐遊。風雨後期何所定，一杯相別話從頭。

再次前韻送王文安　四首

老向京華著布衣，文心俠骨世應稀。髮同野鶴參差出，身似高雲自在飛。滄海路遥多酒伴，太湖家近有漁磯。晨昏且喜萊衣是，歲月寧論伯玉非。

今古無端物數催，百年何處見伊萊。燒殘經術言非驗，日下江河勢不回。墨守敢云堅壁在，火攻時爲阿兄來。天涯聚散寧容易，莫忘嵩臺與漢臺。

西山朝爽控青旻，鴝鵒巖邊自得津。蕉葉潤于藏賈玉，青花浮似泛萍人。結髦劉主聊乘暇，好鍛嵇生自性真。一世未知磨幾硯，石田開鑿過千春。

歸心逝水兩難留，永夕銜杯詠未休。吳楚暮山橫數疊，女牛初月在扁舟。舌存自足期他日，親老宜能勿遠遊。想拜北堂嘉慶後，秋溪新膳進槎頭。

次答蘇友燕

老來常善忘，秋病復頻年。筆有千墳秃，胸無一字全。嘉賓淮海俊，新句夜珠懸。未遂投桃報，長江竟放船。

送余信宜初芙

海嶠無波郡邑勞，南溟真足養奇毛。三年奏最珠官遠，四字題名玉殿高。會見鳴珂歸侍從，近乘山屐到林皐。每從良友瞻風義，俠氣今時屬四豪。

海南雲節母壽詩

八千里外兒尋母，四十年來母見兒。昔日嬰孩今已老，一時驚喜兩成疑。星分婺女光長在，海隔珠厓遠不辭。節孝令人生感激，老夫含淚紀新詩。

送湛仲宜北上

科名往往在名門，三十年中見祖孫。鶴和滿庭方繼響，鳳雛新翼已高騫。逢時文字偏能老，弱冠年華好受恩。會見五雲生日下，太平天子正臨軒。

贈何東園銓部

四十年來海内名，西風銜命五羊城。妍媸物象歸金鏡，進退星辰在玉衡。高足漸看登要路，舊交猶自念狂生。炎州秋後波濤淺，想見歸舟似葉輕。

贈陳嵩山觀察

登壇三十足稱雄，況爲維桑立大功。百戰身存長嘯外，千篇詩在古人中。高牙令肅三山月，棨戟寒生五嶺風。海宇昇平今偃武，文壇從此又推公。

送李殿超北上

青山多處一峰尊，手著麟經日滿軒。廿載文壇推宿將，五花驄馬自名門。帆檣驛路新霜葉，冰雪關河舊屐痕。雖是雲邊飛舄近，東風鵬翼好高騫。

元夜承徐蘋邨鄭珠江兩太史見招以雨不得赴追和諸公韻

雨阻良宵欲樹膺，春來佳事莫能承。東南名俊同千里，師弟文章共一燈。授簡定多傳世詠，不眠空似坐禪僧。江城只尺生雷電，真信龍門未易登。

文昌閣詩寄張西寧婁涿

三年相望眼猶青，千里音書問驛亭。已盡南人歸化雨，更開新閣禮文星。地無高下春皆種，家有絃歌夜不扃。想見使君閑更甚，清溪時倚畫闌聽。

贈别何昭侯吏部

之子天下才，在我夢中久。洎乎相見日，所歎皆白首。浮雲變古今，落月思良友。示以録别詩，尚憶河梁手。丈夫繫氣運，出處原非偶。渭濱與首陽，異道同不苟。勿以帶女蘿，而云傲章綬。勿以居廊廟，而顧慚林藪。濟物有同心，願君踐台斗。

再次前韻送徐方虎太史

江花如簇映鈎膺，廿四春風片席承。滄海尚懸丹闕夢，歸程初泊石門燈。橐中長物無過硯，卷裏新詩半爲僧。七洞天前野人宅，幾時攜杖更同登。

走筆送沈山隱

本爲能賦客，書劍亦從軍。近逐隨陽雁，天邊戀舊群。五車梁惠子，八詠沈休文。好到京華日，題箋寄白雲。

次和王孝揚將軍留別韻且以送行 四首

如何爲此別，江上早潮生。樹是甘棠舊，軍猶細柳名。簡書恭帝命，杯酒戀朋情。便掛雲帆去，高高隔玉京。

妙齡專節鉞，經術歷儒生。星應三台座，期當五百名。威能兼子惠，高亦近人情。父老攀留意，猶思入帝京。

清標如玉樹，四座覺風生。語有超超目，居無赫赫名。上天霖雨夢，九罭袞衣情。北望張平子，爲君賦二京。

開府重臨日，當年岳降生。千秋常自命，三十早成名。奕世恩威地，童時釣弋情。羊城非不戀，麟閣在西京。

寄祝胡朝翰年伯

海隔紅塵不閉門，東風攜杖木棉溫。今時父輩人無幾，先代遺民君獨存。霜雪滿頭腸自熱，水天多浪晝常昏。著書豈必沉吳井，韋氏傳經有子孫。

送李方水梁疊石兩廣文還瓊州

不憚朱厓遠，微官爲老親。聯翩渡海楫，去住倚閭人。路迴分茅接，天開五指新。及門方佇望，行矣及深春。

送翟五吉令宣城

江城如畫昔曾游，君去雙旌正及秋。百尺照心供奉水，一簾新雨謝公樓。地多文藻今維烈，山足茶梨晚始收。自有仁風扇浮俗，更看清譽滿皇州。

次答汪晉賢

絶無長處但疏慵，三徑虚勞上客蹤。行傍野花同躑躅，坐依林竹笑龍鍾。詩能窮我寧論命，酒未忘憂且駐容。猶喜秋來多快事，聯珠貽贈屢開封。

寄戴念庭三尊 時署增城

經歲旌旂駐菊坡，羅浮秋色近如何。三山仙路城頭迴，四百名峰入座多。更借寇君勞主眷，重臨黄相起輿歌。西風開宴調雲母，綵服承歡珮綬過。

重陽前二日李尚卿孝廉過坐晚成堂月下小飲同鍾裴仙處士姪汝侯二兒贛勵同賦

一杯留子坐更前，沙飯藜羹亦暢然。節到重陽猶二日，人歸萬里是經年。疏籬問菊方抽蕊，新月窺池欲上弦。莫笑白頭狂喜甚，從來風雅貴薪傳。

祝張鹽憲　二首

父兄關内建侯封，帝用和羹説命重。丹詔黄河盟一帶，青霄華嶽見三峰。著書共許追班馬，補闕曾聞侍袞龍。昨月拜持旌節出，榻前天語賜從容。

南天鴻雁儼成行，東土籬花亦漸黄。英歲未須論獻壽，清秋唯報好飛觴。小山招隱虚文藻，大雅維風屬廟廊。爲問荆州張相國，部民誰是孟襄陽。

客端州得王礎塵書次其來韻　二首

故人期不至，落月在閑庭。漫有高山奏，誰同永夕聽。雄文應彩筆，札云夢人授以五色筆。利器憶青萍。莫但憑雙鯉，寒江好放舲。

荒雞宜劍舞，傷雁怯弦驚。豈謂方頽暮，猶聞事戰爭。春從霜雪長，治以亂離生。屈指論英俊，乾坤幾老成。

次答吴熙申

桃花源水渺無津，野艇江雲是所親。寶劍歷都逢季札，蓑衣垂釣有玄真。交投縞紵同聲舊，字挾烟嵐贈句新。詞賦敢云淩鮑謝，千秋微尚或堪論。

鐃歌 有序　十八首

漢以《鐃歌》爲軍之樂，而其譜不傳。唐人邊塞諸曲皆以截句爲之，被諸絃歌，可按而譜也。兩粤于今爲雄邊，賴天子深仁，幕府威略，境内寧謐，年豐時和。四民日在光天化日之中，頌聲載道，而不能自通其意于音律，故擬爲《鐃歌》以述之。見聞寡眇，掛漏既多，化機潛運，管窺莫及。然欲傳信將來，不敢爲溢美，據事紀實，舉百姓所欲言而已。昔王褒爲蜀人作《中和》、《樂職》之詩，以宣布漢德，某才愧昔人而心有同然，輒不自諱，以備輶軒之採云爾。凡十八首。

地北天南盡版圖，幅員方廣古來無。太平只在修文德，樞府臨邊是大儒。

兩戒河山未易諳，漢關秦塞剩空談。而今聲教通窮北，天下邊防卻在南。

西水源從六詔開，東方潮自大鵬來。南標漢界銅爲柱，北紀侯封嶺是臺。

瀝湖南北草青青，新築湖橋過射亭。寶月臺邊弓似月，七星巖下劍如星。

中天懸月照龍旂，戰士連營戰馬肥。猶帶征閩功伐在，南蠻誰復抗天威。

花縣新開擬築城，百峰山下久屯兵。居人不掩柴扉臥，舟子無煩蒯劍行。

粵海關開海舶過，漁人生計只漁蓑。從今不用愁饑餒，魚課承恩減已多。

火種刀耕只任天，峒猺安處堠無烟。都人總計堆花酒，斗米年來五十錢。

海不揚波萬國通，三吳閩浙各乘風。盛時不貴珍奇物，彝舶無多到粵中。

碧眼番彝劍在襟，百年貢市海門深。逢人不作中華拜，脱帽爲恭自掩心。

銅鼓千峰擊浪鳴，十帆過角九帆傾。軍中勝算饒奇道，潭滘新開近且平。

廣濟橋新跨鱷溪，晴波千丈落虹蜺。豐碑深勒蛟龍字，多少行人駐馬蹄。

漢法由來重五銖，粵南銅少未開爐。頻年鼓鑄民稱便，村店非錢酒不沽。

淮海鹽堅物不勝，廣鹽力薄卻相能。贛關近復通南引，獨有湖南怨未曾。

九真方域亦南隅，風雨雖同政化殊。只隔分茅重嶺外，連年粟米貴如珠。

大虎門東海共天，承平不廢耀戈船。楚烽昨月傳雙羽，五嶺南邊只晏眠。

爭先人願睹雲星，好士名高徹四溟。節鉞古來稱獨坐，草茅今日見分庭。

凝寒天地一陽新，幾樹梅花獨得春。報答昇平無可祝，轅門唯有獻詩人。

鮑子韶來自都門以葉桐初送行詩見示猥承齒及因次其韻以志相見之喜並寄桐初

爰居避海潮，鴻雁乘朔風。誰言萬里翮，相聚仍南中。截竹作鳳鳴，聲響猶雌雄。而況耿介士，高視横霜空。君自燕山來，吐氣如雲虹。片言赴知己，長揖辭群公。都門盛餞送，珠玉萃其躬。故人有新句，愈工而不窮。何因假羽翰，清嘯此宵同。

贈馬侯乾庵 二首

翩翩詞賦擅風流，早歲朝天已拜侯。自請長纓來北闕，獨提精騎赴南州。旂常事業千秋定，閩越烽烟一戰收。三十登壇君更少，路人爭識舊弓裘。

海接遙天萬里清，十年旌旆是長城。東南地遍甘棠樹，父子名高細柳營。馬上龍騰論劍罷，酒間談笑報詩成。草茅願見非今日，邂逅良宵倍稱情。

即事贈木月宗兄

絲絲微雨滴嵩臺，僧舍逢君笑口開。家世共爲多難後，源流同自有嬀來。風生高論添茶椀，燭繼餘歡入酒杯。未信溪山久寥寂，一陽消息在寒梅。

送周魯望

經年爲粵客，潮海隔西東。不謂將歸日，相尋旅病中。道途方雨雪，舟楫慎寒風。尚有羅浮興，重來問葛洪。

題吴拔庵總戎大樹軒

高牙大戟照城隈，新架榕陰别館開。過客直教迷旦暮，清天長自響風雷。時來好鳥添詩思，日送輕涼入酒杯。共識將軍名大樹，請看勳業滿雲臺。

寄高諤園都諫

珠江別後水盈盈，一疏朝端震直聲。健翮竟酬鴻鵠志，高天同仰鳳皇鳴。叔孫議禮能尊主，綺季療饑豈近名。懷袖尚存三絶在，可無新句寄生平。

寄陳仲夔庶常兼呈尊人省齋先生

郊園飲餞憶依依，五耀珠中子最輝。遂有長風摶大翼，不妨宮錦作萊衣。玉階咫尺兼君父，彩筆千秋定是非。爲報漢家諸太史，德星今已聚王畿。

送陳嵩山觀察賫捧入都

萬年枝上囀春鶯，獻壽年年萬國情。建節去爲朝集使，請纓曾是棄繻生。宮門玉漏花中聽，驛路銀鞍雪裏行。功在旂常人共識，且將吟詠答昇平。

題李尚卿小影

至人齊出處，之子自閑閑。即此涉長道，猶如棲舊山。歌吟開笑口，風月霽清顏。努力前途事，萊衣幸可斑。

贈汶上郭晉公

鴻雪高蹤未易尋，逢君三度已如今。經年懷刺無投處，一日維舟遂此心。客裏杯盤元夜永，燭前風雨峽江深。家門説是同聲舊，且向羲爻慶盍簪。

元夜家木月招同王礎塵紫巘喬梓歐明水集一持上人華嚴精舍燈下詠水仙花同用十三元韻〔一〕

同人復得共清尊，野外幽期日易昏。禪室有燈還卜夜，仙花無土亦盤根。羅浮瑤草何繇拾，姑射冰肌未可言。又是一年春到也，白頭相對倍銷魂。

【校記】

〔一〕『紫巇』，底本作『紫巇』。書中卷五、卷九皆作『紫巇』。據改。

送黄畏齋

燕返鴻歸各是家，尋常來去未云賒。猶懸燕市千金價，已種河陽百里花。别浦有人歌愷悌，大才無夢寄烟霞。由來老驥能先路，莫向東風惜鬢華。

次答沈玉亭見訪之作即送之歸杭州

帶郭開畦别作村，種瓜人老復誰論。清談偶步袁生趾，多轍深慚孺子門。絕調一時佳句在，同風千里片心存。白頭未忘西湖路，無計從君買緑尊。

題董文敏字卷爲鮑子韶

江海心期澹蕩，烟霞筆墨沉酣。一幅雲間山水，倩君攜到天南。

次和張觀察元日作

頻年歲旦寄郊扉，白首青春事每違。幸有清風來賦誦，更于仁政得因依。全收紫萼梅初結，半捲紅芽蕨漸肥。猶戀倡酬未歸去，舊山猿鶴莫相非。

寄懷梁藥亭　三首

榜下無人不曰宜，丹山鳳老始飛時。知名賈傅曾非少，擢第孫弘較尚遲。遂有絲綸貽父母，且無霜雪到鬢眉。花磚日暖趨朝暇，寫寄南中別後詩。

珠江臘後戒征航，萬里金臺道路長。賴有君恩移日月，始知天榜待文章。同人在處交相慶，異夢行時早報祥。嶺海近來蕭索甚，回天期爾續文康。

比來頻得欲歸音，知爾青山戀戀心。玉匣日疏鴝鴿硯，石床秋冷鳳皇琴。一官似是添貧計，浹歲應多久客吟。翰苑此時聲價重，莫將文字賣雞林。

姚欽山邑侯招燕署中賦謝

餘生久矣付烟蘿，竹杖芒鞋此暫過。幸枉旌旂臨委巷，更勞絃管爲高歌。琴堂月上清暉滿，梓里春歸白髮多。不是使君饒美酒，有懷明發欲如何。

次答程荆山

瓠子歌成歎有餘，六龍沉玉禮河渠。乾封漢帝猶傳詔，諫獵相如未上書。空谷有人還飲犢，滄江無浪欲枯魚。勞君詩句遥相問，咫尺三城亦索居。

象山書院詩和新邑諸公

象山門巷爲誰開，古院荒池并是苔。猶有老成思舊德，瓣香時入巷中來。

送陳六箴州佐攝篆永安

宦途難得是閑身，暫借絃歌百里春。僻縣最爲無事地，深山仍作著書人。蠻夷大長龍川邇，春睡先生鶴觀鄰。往迹未應無慨歎，新詩遙爲阿兄陳。

贈武筆山父母

秦關百二倚天開，間氣鍾爲不世才。已騁奇謀平蜀壘，更懸高價上金臺。文章傳誦都人久，爽氣新隨駟馬來。白首青門種瓜客，快看甘雨下蒿萊。

同王礎兄自端州還晚成堂何孟門已先至夜坐有詩次韻　二首

良朋良晤不勝情，細數扁舟出峽程。正是秋宵逢二八，月輪西沒日東明。

點點清霜變黑頭，年年髀肉笑荆州。誰能清夜還憂世，共臥元龍百尺樓。

送季偉公之惠州

七洞天邊路未遥，松風亭下草蕭蕭。使君鮑靚能開社，倦客相如早見招。九日有花霜欲降，萬峰環水雨初消。知君湖上添歸興，家近餘杭第六橋。

送連雙河之增城赴冉侯平川羅浮之約兼懷張菊水 二首

四百名峰日日春，重陽天氣似秋新。都亭作客逢邛令，桂酒邀歡有蜀人。辟穀正須雲母粉，救時真現宰官身。菊坡舊菊今蕪絕，擬及花時一問津。

去年倚棹正殘荷，羚峽珠江得數過。相識白頭差恨晚，論交塵世本無多。談深永夜杯盤冷，學到忘筌氣象和。此去羅浮成大藥，野人無復紫芝歌。

送蔡虞長之官大浦

薄祿東南遠，潮陽古郡偏。雖云爲養日，猶是讀書年。小郭邊閩地，連峰際海天。鵬飛知有以，官暇莫徒然。

訊祝子堅因其壻邵重曦寄之

蘭溪遺老近何如，兩載天南信漸疏。箬笠定知隨野艇，羊裘何處釣江魚。百年熱血匡時計，中夜寒燈細字書。白首相期還落落，因君遥爲訊離居。

金長源戶部見訪

郭東旌旆枉高軒，野老驚看滿薜門。龍節共瞻天使重，虎頭人識父風存。無涯海岸沾新潤，勿翦甘棠長舊根。北望金臺宜一拜，尊君相救有仁言。

泊新塘遇冉增城平川投贈以詩兼柬連雙河張菊水

二年嶺外遍仁聲，況誦詩篇字字清。擬近絃歌觀雨化，恰逢車馬省秋成。山衣修刺衰容拙，野浦停舟晚浪驚。有約羅浮慚後至，故人相囑莫先行。

贈張菊水

英賢宇內每相聞，共道清才最出群。珠海寺邊勞繫舸，菊坡亭下更尋君。詩歌早擅長城號，弦箭曾飛愈疾文。自識雕蟲非壯志，未將人地儗淵雲。

九月晦日同連雙河湛天沐慧容上人二兒士皆自增城將登羅浮中路宿資福寺

羅浮每約不成行，且喜肩輿早出城。塵路未知還近遠，仙山遙望已分明。田收晚稻餘秋色，寺入溪橋隔竹聲。同詠新詩各惆悵，故人巵酒未同傾。

宿資福寺樓夜坐小酌懷張菊水次雙河韻

鸚鵡杯飛琥珀濃，小樓門戶掩重重。溪深不用防喑虎，日落無因借燭龍。宿約即今成異地，客行從此又何峰。酒酣好作同遊夢，莫打經堂午夜鐘。

早發資福寺至華首臺道中復次前韻

一片烟光露正濃，秋衣沾濕兩三重。芒鞋此地曾飛燕，竹杖何年更化龍。隔縣尚看雲母洞，到山先認老人峰。舊遊漸喜僧房近，溪水琅琅不辨鐘。

宿華首臺留柬塵異大師

石邊流水尚潺然，法座莊嚴記昔年。草徑別來多蔓地，松門重到漸參天。幾層傑閣低聞雁，千里晴空遠見川。惠遠未歸陶令去，滿溪黃菊布金錢。

遊沖虛觀觀後即朱明洞

新成朱殿勢重重，玉像生塵不正容。古洞久荒微見字，薄雲初起未遮峰。著書前後傳雙葛，賜物存亡問六龍。觀有銅龍、銅魚各六，乃唐朝賜物。終擬結茅來此地，藥池丹竈暫教封。

自羅浮還增城柬冉平川君侯

南州爲令昔多賢，人説平川即稚川。幾首新詩無事日，萬畦遺穗有秋年。丹砂未問延齡術，清俸勞分買酒錢。四百山靈新寄語，家家安飽勝如仙。

送家光佩赴選

四百羅浮在眼前，一官爲養赴幽燕。由來州縣勞人地，且喜絃歌及壯年。攜鶴尚爲仙洞産，稱詩猶是鯉庭篇。風流令尹今能幾，要取清風與世傳。

次答楊寶生即送之入都

嶺頭黄菊帶秋烟，十月梅花未過虔。此去便爲飛雪日，遠行猶及小春天。新成禽尚游山計，舊費朝廷養士錢。好到金臺思一報，力田終自有逢年。

贈邵彦升

好遊通俠是平生，滇楚年年足未停。剖竹舊分秦郡縣，下簾還作蜀沈冥。連城璞玉誰能白，似戟鬚髯喜尚青。牛斗天邊吴越近，秋來同望老人星。

柬額子美

令望清才早有譽，官衙幽寂似林居。楸枰細覆新圖後，緗帙初開萬卷餘。檻外雕籠調語鳥，花邊香餌戲紅魚。天南軍府閑如此，樂事頻書慰倚閭。

呈黄文宗予望 二首

漢家瓊霸兩侯封，今日無雙復見公。三度北闈司藻鑒，二年南海紀文風。蹊邊桃李春爭發，眼底驊騮野遂空。會向泰階調玉燭，朽株皆在照臨中。

蓼莪詩廢不成聲，數畝山田只自耕。豈有高名齊鄭樸，敢勞虚左禮侯嬴。龍門可是潛鱗到，馬骨聊因市駿呈。擬待校文公事畢，更將蹤迹問生平。

越臺新柳詩十首和王礎塵

迎陽不用候葭灰，歲旦枝頭柳眼開。自是南州炎德在，春光先到越城來。

今年春色異常時，臘盡天南早見絲。想到上林二三月，野蟲書遍臥生枝。

葱葱鬱鬱未成陰，得雨朝來翠漸深。鳳翼龍鱗傳有賦，爲誰飛檄擬陳琳。

折柳條長三月三，粵臺正月已毿毿。可知天上星辰位，柳宿分明列在南。

老夫黄屋亦稱臣，火樹珊瑚半入秦。往日歌臺雖已矣，舞腰猶似漢時春。

嫩緑輕黄遍九圻，小亭一樹更依依。征西司馬堪流涕，手種金城已十圍。

秋悴春榮各一時，中原花信爾先知。羌笛休吹斷腸曲，東風只戀舊時枝。

物産由來百粵殊，柔條婀娜亦軍需。東南竹箭曾無價，不數當年董澤蒲。

好鳥飛來韻不孤，從來寄託屬吾徒。貞操只許陶彭澤，直道無妨魯大夫。

濯濯清姿不易形，嶺南霜樹未凋零。東皇行處無人見，憑仗高枝著意青。

春感十二首次王礎塵

六十流光早識春，春風只戀鬢華新。乘時燕雁知來去，啓蟄龍蛇自屈伸。學稼何年爲得歲，種瓜無地可稱秦。偶然把釣非期獲，自照鬚眉向水濱。

不知何處問陽回，但覺殘年萬物催。關外虎頭無定遠，世間人面有牛哀。頗疑孤竹移貪水，真信昆池是劫灰。赤地比來餘萬里，青春不到白龍堆。

春歸長怯楝花風，人世寧堪號作翁。老去朱顔誰復少，西沉紅日有時東。攀髯無藥留軒帝，存種何方學竇融。一任浮雲自舒卷，必無欺我是蒼穹。

此生如葉任風吹，高下隨之不自私。積雪峰巒迎日早，後凋松柏應春遲。人間罔極恩難報，天道無言怨豈知。生我昂藏虚七尺，年年寒食一增悲。

桑榆回首望朝暉，隙駟光陰迅若飛。一世有言同結舌，百年無日不開扉。每愁酒盡鶯花滿，預喜春生笋蕨肥。擊壤自今歌帝力，杖藜還著住山衣。

天池古昔是南隅，聞説鯤鵬有令圖。水變蓬瀛今已淺，石填精衛合教枯。關封西漢曾黄屋，鼎峙東吴自赤烏。莫笑霸王非善計，荒陵人尚禁樵蘇。

昨日宣防尚築堤，今朝函谷欲封泥。安攘舉世俱無策，桃李公門别有蹊。老去情懷多作惡，春來朋酒直須攜。扁舟不厭乘流去，洗耳先尋飲犢溪。

只爲平生志未灰，羅浮家近是蓬萊。曾窺抱朴書千首，易得安期棗一枚。峰頂三更時見日，村前十月早開梅。期君共隱誰賓主，濁酒相歡不厭陪。

黄龍蒼兕各成塵，雲物猶依故國新。擊楫臨流虚往事，據鞍雄盻又何人。三靈此日應移卜，五岳何年復貢珍。記得斗牛曾伐歲，越王勾踐合焦脣。

世間何日不風雲，從虎從龍各自分。且就小山名隱士，敢論大樹號將軍。詩書本是勞人事，綦縞聊堪樂我貧。莫笑南枝無北向，漢陵松柏氣氤氳。

潮長潮消不辨門，域中唯有水輪尊。乾坤萬里通呼吸，日月雙丸自吐吞。島近仙人多大藥，州從神禹貢瑤琨。百川依舊朝宗在，誰信天南正氣存。

斯世蕭條不忍看，壯心磨盡況衰殘。每從行邁歌離黍，曾受深恩愧伐檀。嬴氏首功終短祚，漢家王業不偏安。一□一□歸何處，有□遺臣□是難。

飲劉信宜階六寓邸賦贈

封鄰千里挹清操，花滿三城共濁醪。雅度自非時輩及，深談不覺月輪高。家承節烈聲相應，舊隱山林氣尚豪。出處與君皆有當，未將消息問山濤。

送陳範求奉尊人季長旅櫬歸閩 二首

旅櫬初歸嶺外雲，十年泉下作修文。不須更近要離塚，高士峰邊好卜墳。

久奉晨昏遂寄居，鄉園今始賦歸歟。臨岐贈我難爲報，一束遺編是父書。

次韻答姚叔烟見贈 四首

西湖曾寓兩高峰，繞郭湖山幾萬重。伍相怒濤浮白馬，弘農遺讖記飛龍。年追往事逾三紀，迹寄枯禪辨五宗。之子是時應尚少，無因步趾得過從。

忽聞天籟發青霄，四十年來恨始消。既有清風揚雅什，自甘黄髮老漁樵。森嚴公府來非易，咫尺音書報亦遥。不及乘春雙燕雀，得巢君屋日飄颻。

人情消長似江潮，誰肯詩篇問寂寥。已識蓋公曾避舍，懸知召伯有膏苗。鐵橋東去非無路，銅柱南來尚可標。出處料君應早定，浮雲不復歎風飄。

吴越山川未阻修，東南誰是仲宣樓。偶滋蘭畹期同氣，並緝荷裳好耐秋。負郭未嫌門是席，坳堂猶可芥爲舟。他時車馬如相訪，不用桃花引水流。

送張安夏 二首

肩輿辭我越王臺，積雨新晴海燕來。最是嶺頭春欲盡，南花成子北花開。

新詩一任世人傳，陸賈祠邊好放船。今日莫論南粵槖，篋中元有賣文錢。

次和王惠州子千己巳歲除雜感韻 四首

少壯猶驚節序忙，白頭那得不心傷。山家宿歲仍荊俗，正月書年凜素王。爆竹接鄰催落日，老梅横檻送餘香。遙知五馬行春客，北望迢迢獻壽觴。

大儺聞賦自東京，五鬼年年送不行。安望風雲生絕足，謬從屠釣寄餘生。三山路近春宜早，四百峰高政獨清。欲學童兒騎竹馬，使君來去得郊迎。

一宵迎送漏偏遙，雞黍鄰家每見招。鐘度樓臺風浩浩，星移銀漢夜寥寥。詩成臥後頻揞枕，酒盡燈前欲棄瓢。拂拭塵書入新節，東南初日上山腰。

時來疏放百無能，知有龍門未擬登。孟德功成悲老驥，仲翔身後託青蠅。百年尚剩三分日，兩歲同歸一夜燈。車笠雖殊皆有歎，和章遙寄剡溪藤。

大司馬留郘吳公招同茹瓊山子蒼張惠來時公劉將軍季翼新安王我占山陰婁子恩同里屈翁山奉陪京卿紫閣張公集石公離六堂即席次張公韻送之入都 四首

郭外逃禪地，林中避暑杯。風多紅槿落，潮上綠荷開。賭墅東山望，題名漢殿才。郊原膏雨在，佳節過黃梅。

竹色深環寺，茶香靜出杯。閑身聊復得，笑口偶然開。星列三台坐，人皆一代才。題詩懷李白，五月笛中梅。

既無拘禮數，何必卻深杯。日惜虞淵墜，人攀彩鷁開。交知同有戀，賦別愧無才。暫駐空林駕，猶勝望渴梅。

蒙吏浮樽瓠，江都著玉杯。雖非今日事，亦使老懷開。冪地童兒舞，談天上客才。只愁高會歇，驛路隔紅梅。

寄懷葉淵發庶常

內廷佳餅賜紅綾，著作年來定日增。石室續開先世史，青藜還對老人燈。家爲南國無雙族，悟徹西來最上乘。猶記嵩臺談夢處，清江如練月初升。

臘月望日石濂大師招同張桐君吴子祥鮑子韶季偉公黄位北李方水黄葵邨黄攝之同用庚字

不受年催獨有僧，禪房猶得聚同聲。菩提別是盧能樹，車馬依然陸賈城。水際鶴當紅葉立，石邊人繞紫梅行。臘殘歲事家家有，愧不從容共月明。

張觀察振六招同諸公集惜分堂用杜韻

良宵況得奉清暉，敢謂風高酒力微。言既曰卮宜縱飲，觴因名羽亦交飛。三陽淑氣行將至，萬里同聲幸不違。冬暖天南多快事，小梅花瘦筍芽肥。

珠江舟中送别鮑子韶

交誼論三世，相過二十春。頻爲珠海别，已是白頭人。倚棹宜孤嶼，離觴酹緑蘋。莫言炎暑極，前路看秋新。

江邊行獻大司馬制府吴公

江邊老人爲予説，一陽節候宜霜雪。菊花未盡梅花開，今年冬比前年熱。前年米賤酒滿篘，今年晚稻才半收。自從督府臨端水，五嶺年年報有秋。東窮海裔無荒土，西盡猺蠻得風雨。江路防奸有汛兵，人家千里無桴鼓。頗記旌麾未到時，珠江南岸即天涯。出門一步不可測，不逢太師逢赤眉。黄昏烽火侍郊内，大帥門前多戰壘。雇役更番日百錢，入官米價浮三倍。錢多米飽恣咆哮，見賊真成漆與膠。百金莫保中人産，八口真如鹿在庖。督府恩深威亦重，號令如山無枉縱。賞戰常頒内府弓，養賢每費尚書俸。女牛星紀靖海氛，鈐閣雍容但論文。驚鴻妙墨千行下，横槊清歌午夜聞。直將文德銷餘染，花縣官田皆設險。蕉林荔圃有詩書，潢池島嶼收弧𩊚。更捐漁課蜑民蘇，挂網鳴榔遍渚蒲。海不揚波來白雉，國多仁政致騶虞。鑄錢豈爲資微利，欲使游民有生事。磨銅埜土活萬家，運礦和煤復何啻。下民稱便用如流，豈料翻爲幕府憂。前旌暫駐終應發，萬姓傷心難請留。野老何知多所懼，所懼公行盜仍聚。寇恂曾入潁川危，充國留屯邊事固。芻蕘之言良可思，誰向天庭一述之。公堂方獻無疆兕，爲寫輿情入頌詩。

龔母八十大壽

八十春風喜燕開，瑤池桃實鳥銜來。盈階正獻斑衣舞，有子新從補袞回。萬里緘書聞卻鮓，上天占夢待和梅。聊歌壽母賡三頌，會見清名遍九垓。

題紉佩圖爲李君作〔一〕二首

筆底溪山并是春，石邊聊得寄閑身。由來蘭澤多芳草，欲寫同心贈遠人。
不冠不襪意悠然，散誕丰儀似列仙。身外不曾圖一物，五千文字是家傳。

【校記】

〔一〕底本『李』下缺『君作』二字，據十三年本增補。

題六箴行樂圖

太行山色倚晴空，之子高懷自不同。萬卷已開猶恨少，一官多暇固能窮。行隨皎皎長生鶴，坐引蕭蕭細竹風。會有百城圖畫在，姓名先列八龍中。

送潘涵觀之粵西

前年別日洞庭波，此日西風塞上多。白首相期應不負，清秋爲客更如何。燕山正待書銘筆，魯國宜揮返日戈。莫道雙魚難得到，番禺城下即牂牁。

中秋夜月甚佳與王礎塵對酌紀事

中秋浩浩無佳夜，四十年來見此宵。明月獨飛星欲沒，碧天如洗翳全消。談深往事無拘忌，酒得良朋慰寂寥。莫道東京好圖讖，斷碑猶記蘆溝橋。

祝小金山月濤師 二首

小金山下月中船，記共題詩二十年。自是高僧不妨老，老夫髭髮總皤然。

水天一片月孤圓，散入風濤月萬千。若是一濤還一月，請師端的數流年。

答鮑讓侯即送之之楚

秋來盛暑侵衰質，兩腋瘍生不能筆。承君惠我以瑤華，欲報之章常不卒。君來何所大江南，鄱陽春浪飛輕帆。君今何去洞庭北，楚天霜落多黄柑。黄柑尚青菊初發，趙尉城邊好良月。抗手相辭欲有言，北來雁字何飄忽。君才顔謝遠不如，百篇頃刻能疾書。飄若輕雲湧溪谷，朗如初日開芙蕖。盛年一第非難得，濩落東南作閑客。杯酒唯尋寂莫人，游蹤每有烟霞癖。瀟湘江漢騷些餘，蘄黄大澤多陳迹，問君此别當何適。

蕭建侯招同王礎塵楊衛公李方水賞菊即事

春芳憔悴不餘陰，誰遺東籬晚興深。天爲老人留菊節，君于閑處耗雄心。如雲五色皆成采，映日千枝豈讓金。好酌南陽潭下水，騷人陶令未知音。

柬袁密山通政

岸邊輕舫爲誰留，兩日深談尚未休。往事似棋看世局，新詩如畫寫江樓。時見示《江樓詩》二十首。閑雲豈易辭丹壑，卿月猶應照十洲。得喪一時君莫計，昔賢窮死自千秋。

寄佟恩平偉夫兼懷令兄賀縣儼若

令尹今時誰獨賢，平原公子號翩翩。恩州最迹登三考，端水逢君已二年。鴝鴿眼明惟製硯，龍蛇書好懶題箋。哲兄著作今多少，欲借郵筒爲寄傳。

劉信宜階六

嶺南嶺北共嶙峋，宇内同聲復幾人。再世立名青史遠，一官濱海白頭新。車前甘雨隨飛蓋，郭外晴花滿仲春。千里寄言慚肆好，雅詩仍爲頌生申。

次郭從化宿齋詩

隔春初見到炎陬，黄綬翩翩彩鷁舟。化雨自應沾國内，狂瀾何意湧峰頭。堯封暘谷寧無日，禹迹維揚尚此州。欲洗舊污迎茂宰，先教滄海故横流。

獨漉堂詩集卷之十一

唱和集卷之三

贈程三水天翼

雙江合處一城開，驥足今爲百里才。百粤飛帆官舫集，九天銜命使星來。送迎希暇猶能賦，案牘雖勞亦自裁。清望賢聲交口遍，徵書行見出蓬萊。

次答彭艾庵

百年聚散杳難期，只尺天涯繫我思。塞馬去來誰是福，杯蛇真僞世寧知。風吹叢棘傳聲急，月墜寒雲見雨遲。新句傳來看總好，尊君經學勝全遺。

庚午冬夜羊城宴集聯句十二韻

夜永寒雲散，吳留邨 燈明妙曲孤。遠人同萬里，陳元孝 座客半三吳。嘉會東南美，錢葭湄 壯游今昔殊。舉觴追往事，周履坦 擁傳合前驅。露冷花魂滅，吳 霜清柳眼枯。菊尋元亮徑，陳 梅放浩然圖。天地分南北，吳 門牆學步趨。投閑頻卜夜，錢 角勝竟呼盧。漫訪羊城迹，吳 須陳鳳闕謨。使車寧久駐，陳 授簡且爲娛。客醉屏爭觸，錢 童疲鼾已呼。吳 東方看既白，錢 餘興滿歸途。陳

又次前韻即事呈吳留邨司馬錢葭湄太常

五嶺新寒淺，三更見月孤。皇華雖在越，蓴菜已思吳。高宴歌吟洽，炎方景物殊。金臺宵自擊，火馬夜能驅。吐焰千花亂，穿楊萬葉枯。巧思難盡測，妙繪莫爲圖。幸備梁園賦，猶然幕府趨。偃師呈傀儡，西域獻都盧。清晏承邊計，雍容想遠謨。人同陸賈使，地異老夫娛。庾亮南樓興，曹參相舍呼。疏狂慚授簡，不慟阮生途。

送張振六觀察內召

璽書隔歲下炎州，九罭歌聲不可留。北闕乍回卿士月，南人爭送巨川舟。二年寬政頻觴酌，五日清江戀唱酬。見説俸錢俱散盡，歸裝還典鸘鷞裘。

次答姚叔烟見懷之作 六首

相見將何待，詩篇只數來。九臯慚鶴和，千里羡龍媒。日馭南行遠，天心子半回。聞君理歸棹，臨發重徘徊。

投湘承有賦，嚮往倍情深。只以千行淚，酬君一片心。年華虛晼晚，蹤迹歎浮沉。不及王家子，終身松柏林。

高調誰能及，蕭蕭變徵寒。酒中堪擊筑，言外見如蘭。蟬露秋林淺，鷹風木葉殘。自知啼不敢，只有避人看。

子房元善病，耿耿在予心。豈謂參苓日，重來金玉音。神交聞自昔，古道絕于今。咫尺成修阻，雲山未是深。

西湖君有宅，此日賦歸來。積水涵虛牖，閑花落古苔。舌爲妻子示，酒共故人開。知有觀潮作，奇文不讓枚。瓊樹思顔色，清河比笑言。念君停畫舫，定得賁丘園。趙尉餘基毁，虞翻舊苑存。朝來歌有客，童子候柴門。

寄祝冉平川增城

羅浮東望鬱蒼蒼，憶共神君數舉觴。蝴蝶洞中梅又白，鳳皇峰下菊仍黄。不聞公事勞胥吏，但見人家足稻粱。父老躋堂稱萬壽，即今吾世是羲皇。

送關敏甫北上

君家兄弟並才能，年少金臺得早登。舟度西江逢岳雪，馬行北路試河冰。帝城春暖看花入，鳳闕雲開見日昇。幸忝維桑稱世好，宴歸先爲寄紅綾。

錢太常葭湄以半舫詩索和次韻四首兼以送之

帝城誰道一舟横，真信神州繞大瀛。夜壑有人移不得，臣心如水坐來清。擬窺天漢乘秋上，時訊金波帶月行。知有商王三命在，巨川能濟用無輕。

倚檻依稀短棹横，世間隨處得方瀛。伊人洄溯終何極，學海波瀾只自清。一曲水仙琴裏奏，片帆春雨夢中行。五湖東望家山近，范蠡扁舟異日輕。

坳堂一芥亦堪横，此地遥連漢苑瀛。白舫青簾聊寄傲，帝風卿月共澄清。平居豈有乘桴歎，壯志唯期破浪行。笑散江濱老漁父，竹竿摇曳綠蓑輕。

八月星槎一葉横，幾人身得到東瀛。衡門枉駕深秋冷，高燭聯詩永夜清。已化鵬風溟海上，卻迴龍節洞庭行。歸裝滿載端溪石，陸賈南金自可輕。

家黄公守戎招同王礎塵屈翁山家位先集于署齋即事賦贈 二首

蕉紅梅白映庭隅，莫惜風前酒百壺。得姓共爲嬀水後，舊家同是羽林孤。江山異代成今昔，牛斗分星帶越吴。勿以二毛相顧笑，晚收猶可望桑榆。

獨將文采嗣家聲，裘帶雍容亦治兵。馬上驍騰論劍罷，酒間談笑報詩成。鬚眉合畫麒麟閣，碑版先流趙尉城。公府晏歸千騎散，路傍人擬是書生。

梁疊石以八仙壽圖索題云王青藿先生所遺乃祖者也 二首

一翁含笑八仙看，絹素雲生蠹蝕殘。老筆蒼涼書壽字，至今餘墨不曾乾。

前輩吳生已杳然，唐人風格宋能傳。不知畫手爲何代，只在君家已百年。

題家生洲行樂圖

詩篇閑澹是傳家，久客南中興復嘉。雙眼未堪留俗物，一杯惟有對籬花。

次韻懷艾庵 二首

別來何所見，秋色在平蕪。墜葉濠梁滿，殘星水榭孤。蟬聲催度曲，鳥語日提壺。往日園林主，題詩向海隅。

越閩爲接壤，風土尚堪論。舊國隔千里，新家何處村。兒賢知向學，親健莫傷魂。景略雄談在，無妨虱更捫。

送羅侍御閭園之鳳城兼呈戢齋徐父母

時來車騎此雍容，嶺徼梅開已暮冬。問俗偶行南海外，看花還就故人封。清川繞郭明雙塔，古堞排雲見五峰。想到都亭邀重客，琴聲應復滿臨邛。

送王都諫青巖還都

皇華六轡去雍容，花放梅關正暮冬。暫到天南羅鳳鳥，卻歸朝右補山龍。名書于古無多讓，諫草從今又幾封。海表瘡痍殊未起，好披民隱慰三農。

送額子美

西江計日發星軺，南嶺梅花白玉條。萬里歸心臣母老，十年從事主恩饒。河冰漸泮宜烹鯉，塞草初青好射鵰。況是天倫多樂事，綵衣相對且逍遙。

屈翁山六十一舉第五子阿需值其母八十七壽賦詩索和次韻　四首

不難六十更添兒，難得開筵獻壽時。白首含飴慈母樂，與吾同物阿翁知。一經可授終宜早，五岳曾遊莫厭遲。生歲值庚知有以，高陽苗裔未云衰。

顏家何必勝陶家，但是多男便足誇。欲可未妨求爇火，命名曾已筮需沙。四時序歲原兼土，五瓣同心共一華。能讀父書他日事，不知誰解學詩葩。

衰齡未覺鬢絲侵，信是貞松晚翠深。五色舞衣兒子態，百年加飯老人心。慶雲嫩葉偏餘蔭，慈竹抽芽便作林。況復三陽新節近，東風黃鳥有嘉音。

羅浮四百總兒孫，中有麻姑獨坐尊。千載丹砂餘焰暖，一村梅樹著花繁。即看岐嶷娛衰白，轉盼孩提便冠婚。自是北堂嘉慶在，宜男之草本名萱。

歲除次礎兄韻　四首

又送今年去，悠悠可奈何。有涯莊叟智，無力魯陽戈。野色哀鴻滿，邊聲牧馬多。昔賢圖讖在，莫遣夏時過。

人心何彼此，曆數有乘除。朔雪驅殘臘，東風戀舊株。菀枯情各集，今古事原符。天位虛來久，乾坤可是娱。

與君違世尚，勿復歎蹉跎。把釣徒緣木，逢山每樹荷。秋冬元肅殺，虞夏幾謳歌。倘值吾□子，從公亦荷戈。

不先仍不後，身世兩相當。若惜驅馳力，難施補救方。北州無雨雪，南越有冰霜。誰是調和手，明朝日載陽。

送陳生洲之楚

庾關南北路非賒，作客無妨閱歲華。珠海夜燈飛竹葉，羅浮明月夢梅花。一毛是鳳知文采，三世乘驄識故家。西去洞庭秋渺渺，伊人從此詠蒹葭。

元日同王礎塵賦得龍德先天天不違次唐人原韻

天與神靈自合飛，豈教時節故相違。三春雨至騰朱電，五色文成上紫微。應爲庖犧重紀瑞，卻于隆準倍增輝。世間誰是攀鱗者，高築雲臺待爾歸。

次答礎塵留别詩 四首

踟躇行復止，發棹及新年。暫過雙江水，將歸第二泉。商芝山未乏，羽檄世猶傳。與子平生事，相期廿載前。

衆芳皆得歲，松柏自爲冬。但使株能守，毋憂道莫容。古今同理勢，王霸在心胸。舉世俱沉醉，誰聽永夜鐘。

與君俱有子，貧賤亦差忘。風雪逾三臘，棲遲共一堂。暫分仍嶺嶠，相見異參商。痛飲爲茲别，毋令氣不揚。

鬱孤臺上望，了了見西江。山色奇無盡，灘聲怒未降。帆檣通九域，形勝控南邦。雄略憑君在，寧爲鼎可扛。

送林赤見之館懷集

世有忠貞舊，名高少俊班。只緣求菽水，不免别家山。絳帳移鄰郡，清溪接峒蠻。河陽賢令尹，相俟百花間。

送彭拜堯之官柳城

不遠鄉園帶印行，東風銜命鷁舟輕。梅花未落歸梅嶺，柳色相邀到柳城。千里板輿猶子舍，一庭詩禮似經生。烏蠻山外江如練，勿厭東流徹底清。

程母吳貞孝壽詩

今古恒情計菀枯，夫人貞孝獨爲殊。未亡已立千秋志，受託曾無六尺孤。天到定時回厄運，月經胎後産明珠。請看母壽兒方盛，善慶于茲得楷模。

上巳日燕集西山草堂分得青字 二首

東郊三十里，幽絶此林坰。水載諸峰出，天盤大壑青。華筵開令日，嘉耦叶雙星。況是群賢會，依然逸少亭。

佳節人爭惜，虚堂晚不扃。邨烟浮樹白，堤路壓潮青。並躍魚銜沫，歸飛鶴矖翎。勞生間日少，三宿此揚舲。

贈毛翀九

濯濯英姿迥絶塵，清風于古或堪倫。傳詩世有千秋業，脱穎曾先十九人。燕趙自來聞義俠，嶺隅何意駐征輪。還將勾漏丹砂去，歸日高堂壽老親。

送龔雨亭給諫赴都門

朝天車馬去粼粼，相送江頭已暮春。補袞仲山初拜命，舞衣萊子又違親。他方士庶思廉吏，今日風裁倚直臣。歸到朝端秋正好，鳳鳴應得慰吾人。

徐戢齋父母重修青雲橋路喜而有賦 二首

雙峰如戟列高冥，霽月長懸滿縣庭。已播仁風成化國，更陪堤路應圖經。七橋流水融融碧，十里新松宛宛青。誰似四明明令尹，并將幽致託山靈。

昔賢經始迹堪尋，架石爲橋繼自今。駟馬翺翔酬壯志，一泓清徹照冰心。湖堤竟擅香山號，棠樹長留召伯陰。勝事千秋能有幾，爲公披寫作新吟。

寄西臯唐公

西行旌節迴雲霄，豸繡今揚漢六條。八桂林中新雨露，九成臺上舊簫韶。萱庭綵服朝長舞，棠樹清陰晚不凋。黄相重臨知有日，擬將竹馬俟河橋。

送黄文宗復命還朝

使節將歸不可留，文星三載在炎州。汪洋叔度波千頃，皎潔元規月一樓。天上棘槐虚左待，南中桃李計期收。獨慚蕭相門前客，數畝瓜田共白頭。

送家園屺弟赴都補選

百年風木恨如何，復著征衣脱芰荷。豈但太平須紱佩，由來三徑待絃歌。飛鳬舊路閩中近，牧馬邊聲塞上多。願向東南分百里，新詩容易得相和。

贈何令萃庵

一從大邑綰金章，四壁何歸尚此鄉。五斗並無陶令米，一錢時似杜陵囊。川原未竭當年澤，鬢髮新添昨夜霜。猶有國人公論在，兒童相戒護甘棠。

再宿韋玄錫茂林率作志别

盡闢青山作一園，林中别自有乾坤。高臺望海時攜客，古木含風日在門。信宿未能窮逸興，重來應不負前言。只須滿釀葡萄酒，煮筍烹泉莫過煩。

閏七夕次和王惠州子千 二首

盈虚天道本如斯，重駕星橋豈所思。百歲幾迴逢此夕，一秋翻遣再相離。機絲世上無餘巧，瓜果階前漫有期。開府清新徒作賦，賴君爲補閏秋詩。

只道南山賦殷雷，誰言天上也相催。都將烏鵲年年事，欲共蟾蜍月月來。三匝漸看依樹繞，一鈎直似學眉裁。星辰聚合尋常有，兒女西風莫浪猜。

閏月晦日韶州陳毅庵使君招同惠州王子千使君梁藥亭太史廖南暐屈翁山諸公集廣州行署聞將爲先正張文獻余襄公重梓文集喜而有賦 二首

不將絲竹亂清真，雅會天南盛主賓。五馬風流雙郡守，二毛樗散數詩人。杯名避暑逢秋閏，地接歌棠是德鄰。浮岳曹溪俱有約，杖頭從此托閑身。

虞帝簫韶迹已空，九成臺下水流東。張公鑒在千秋外，安道名高四諫中。尚有遺文垂故里，足知仁政善移風。干戈定後殘編少，深賴維衰繼絕功。

次屈翁山韻壽王君佐

臨邛滌器自當壚，絕勝陶朱在五湖。美禄未教天獨擅，老春唯待客能沽。瓊蘇南岳聞常設，仙桂羅浮釀不無。把盞爲君邀月色，長生靈藥豈云孤。

呈駕部龔蘅圃

新篇宇內識高名，況復高門舊德聲。北極暫離司馬署，西風初下五羊城。天隨使節星辰動，地控殊方海浪生。樽酒論文慚已老，且將一揖賦生平。

賦得搗藥兔長生十六韻

廣寒清且冽，玉兔此爲家。修短符天曆，盈虧仰日車。赤毫王瑞遠，朱目漢年遐。卯地分爲正，衡星插斗斜。《春秋運斗樞》曰：『玉衡散爲兔。』一形鍾異質，九轉事丹砂。杵臼勞何極，升恒望匪奢。方從王母授，藥自羿妻賒。仙桂炊神鼎，銀河灌棗瓜。視明周玉宇，步捷勝金蟆。口出王充著，毛飛伯翳誇。隱形環自轉，顧腹孕頻加。非坐常趺結，無爭遠角牙。爰爰長自得，趯趯更何嗟。巢月乃名窟，行空不受罝。三秋含穎細，七寶合丸嘉。東郭遠盧足，名園賦雪華。弦張誰得射，魄晦爾無瑕。倘作人間筆，真開五色花。

走筆送黄叔威兼柬高固齋

何事匆匆作此行，粤臺乍見即平生。歸尋烏石無諸國，路出龍川趙尉城。薪火共傳非異道，宫商相感有同聲。因君寄語詢高叟，白髮新添又幾莖。

離六堂

空堂臨静沼，幽事屬吾儕。對此一方水，悠然千里懷。亂花飛晚日，孤鶴在晴階。好借袈裟宿，宵來月正佳。

懷古樓

長吟登寶地，永望極南天。古意日寥廓，高樓風悄然。江明波浩浩，渚緑葉田田。俯仰自千載，浮生無百年。

繪空軒

微雲欲斷石，古木驗靈根。繪得虛空出，曾無筆墨痕。風生枝有態，日落譜全翻。老衲且含笑，青天何所言。

雲半閣

石門如帶水，西日射波紅。更上高樓望，方知滄海東。新涼生木末，清磬落雲中。坐見三城晚，笙歌滿路風。

半帆

朱欄低拂水，隔岸見林陰。十畝發菡萏，一雙飛翠禽。虛舟無去住，雲壑有高深。爲報秦人洞，知予遁世心。

木末

芙蓉芳不染，灼灼出清瀾。自入騷人賦，真從木末看。夏秋無異候，醒醉未殊觀。莫詠寒山句，寒山本自寒。

月步

空階宜晚步，步步影隨人。回首青天外，西飛月一輪。銀蟾元不沒，仙桂自長春。晦朔猶生死，人天總未真。

招隱

疏泉開靜社，刈棘敞重關。法嗣東西土，文高大小山。秋光楓葉外，詩思桂叢間。不有幽人召，勞生幾日閑。

響泉廊

海潮爭出入，不激亦長鳴。小榻坐終夜，空山聞瀑聲。聽從天籟遠，譜作玉琴清。不是成連子，安知移我情。

老榕團

榕自南州有，稱奇此獨存。八千椿樹歲，半死嶧桐根。車蓋臨官路，蒲團傍佛門。清涼深夏日，人識法雲恩。

㵐心亭

碧天爲上下，中結一茅茨。柱以蘢葱竹，環栽白玉枝。人來橋影報，風過水紋知。有客倦方倚，鸞聲還喚誰。

尺木橋

板橋三十度，曲折入清澄。一葦杭偏廣，如虹飲乍興。往來人自照，彼此岸同登。正是龍蛇會，飛翔或尚能。

中秋對月懷王礎塵同兒曹作

一樹梧桐滴露新，清尊高燕更無賓。西風庭院還今夕，明月天涯念故人。別劍有光同在斗，生年先甲又逢辛。相期重踐朱明約，歲歲爲詩到十旬。

九日王雲庵參戎招集東皋即事 二首

將軍逸興浩無涯，翠幕憑高覽物華。已命分弓催緑酒，更煩飛騎送黄花。孤城夕照明雙塔，極浦澄波映萬家。盡醉不知歸路遠，西風樓堞有吹笳。

東皋昔是登臨地，令節兼逢作賦才。草木始衰吾已老，溪山無恙首重回。荒臺久埽秦佗迹，寢廟仍爲漢將開。或重于生今益信，當年弓劍未南來。

祝計獻臣 二首

嵩臺雪裏會同人，詩句唯君最絶塵。屈指十年如昨日，世間容易得千春。

湟溪山水號多奇，逸興高吟益可知。遠道寄言多不達，祝君唯有數行詩。

蕭建侯邀賞菊因憶去年同遊成二絶句

百種名花五色開，主人仍爲具深杯。去年酒伴皆星散，只有陶潛獨自來。

八陣圖開在淺沙，將軍閑臥興無涯。知從櫪下思千里，故向林中布五花。

送王紫巘〔一〕

嶺頭非久別，江上暫言歸。六載還家夢，三冬游子衣。趨風蘭槳健，過雪筍芽肥。會赴南溟約，還同老鳳飛。

【校記】

〔一〕『王紫巘』，底本作『王紫獻』，書中卷五、卷九均作『王紫巘』，據改。

送劉顯之歸蜀

萬里歸途已自勞，況聞逾嶺是輕舠。靈渠雪淺冬無凍，巫峽春新浪未高。沃土正須開井畝，海鄉猶自想旌旄。浣花溪畔花如錦，淨洗團花舊戰袍。

祝孔翕庵少府

維岳何須詠甫申，世家今古更誰倫。只將素位承先聖，喜有仁聲慰老親。一字可行唯用恕，四知能畏未妨貧。炎州天地回陽處，數點梅花獨放春。

題喬松圖祝徐戩齋父母

君不聞玉策之記言青松，三千年後脂如龍。上如偃蓋中有物，服之萬壽顏如童。老夫所愛不在此，愛其節操如君子。無冬無夏長青青，一任群芳自紅紫。徐侯植德固似之，獨立不爲時所移。清聲久砭流俗耳，修幹自具巖廊姿。江城作宰始期月，家家受蔭無炎曦。凝寒天地正搖落，春色獨在棲鸞枝。吳生吾黨稱狂簡，數株畫出殊蕭散。老鱗習習雲霧深，長鬚肅肅烟霜澣。科頭箕踞復何人，向風長嘯胸懷坦。

子房迹寄赤松游，稚川印爲丹砂綰。別有緣堤幾萬株，君侯手種未勝圖。他年召伯甘棠在，不用秦封五大夫。

得梁疊石書連舉二子詩以賀之

緘書相寄慰從來，瀝酒爲君賀一杯。滄海北南珠並見，白頭朝暮笑全開。同生達適知初瑞，一父瞻由信異才。節孝古來無不報，九天旌典幾時回。

八月八夜王子千招同陳韶州毅齋遲靈山屏萬梁藥亭廖南暐屈翁山集廣州行署詠月

高會仍同趙尉樓，上弦新月近中秋。半輪似欲依華轂，破鏡唯能照白頭。銀漢欹斜初雁過，金風蕭瑟暮雲收。更憐一片如輕舫，明夕隨君到惠州。

次和龔蘅圃駕部游光孝寺出城過長壽石濂精舍韻 二首

一樹菩提半已刪，千年唯有古禪關。地臨香浦人非昔，城化仙羊石亦頑。郢曲傳來添白雪，粵天寒盡尚青山。知君使節希能暇，暫買梅花此日閑。

未論人天最上乘，水雲深處總輸僧。長江好縱登樓目，短景難爲繫日繩。欵客茶瓜無俗物，留人衣袂有蒼藤。遠公不厭攢眉客，臘酒相過或可仍。

次朱漢源過長壽 四首

小橋池上影，縹緲度群公。竹屋檐楹古，梅花點綴工。潮來松竇暗，茶響石爐紅。近岸雙鸞立，梳翎向日烘。

葉落風時埽，苔枯鶴爲芟。垂蘿門隱映，攢石路崎嵌。過午聞疏磬，憑高見遠帆。客衣寒不耐，欲借趙州衫。

境寂難爲賦，心空不問經。有生同逆旅，大地一郵亭。蝶化依叢薄，鴻飛自渺冥。與君成一笑，頑石也須聽。

古懷殊曠莽，山色入清眸。近水垂新柳，深冬有綠疇。宿雲寒不散，歸鳥暮相求。漸聽嚴城角，回車不可留。

寄家麗西侍御

五十方登侍從班，早年高譽冠文壇。家聲舊繪麒麟閣，疏草新傳獬豸冠。别日漸多疑鬢髮，遠書珍重比琅玕。粤臺梅蕊燕山雪，明月盈盈兩地看。

送茹子蒼暫歸會稽

摛文宿昔有高譽，曾策天人上玉除。海外未舒千里足，客中猶著五車書。恩存棠樹詩常詠，寓共江城迹暫疏。本爲丹砂求作宰，知君不厭嶺南居。

寄孫赤崖且以爲祝

孫登長嘯近何如，豪氣元龍也未除。大耋五湖雙鶴髮，十年南海兩魚書。山中汗簡藏應畢，腕下銀鈎力有餘。姓字昔曾承顧問，知君不載渭濱車。

王若木訪予鳳山以詩見貽兼致孫赤崖書次韻

一棹花前萬里心，小城烟雨五峰深。溪山嘉客能移棹，書札同人得斷金。只以空談留永日，愧無清句答清吟。烏衣門巷風流在，別後應知有嗣音。

白雲庵席上次方芭宇韻

當年詩句寄青原，此日逢君在故園。鵬翼未酬莊叟志，雞鳴空記孟嘗門。酒當深夜醒彌甚，燈近元宵蕊更繁。明月在天誰不仰，千江心印正須論。

次和王礎塵辛未歲除 八首

行止唯天所命之，不將頹暮歎斯時。亦知春到尋常事，其奈寒深益爾思。西北回風吹地轉，東南初日上樓遲。苦吟昕夕頻搔首，短髮星星只欲垂。

休論意外快遭逢，且喜安眠過暮冬。邊計一時皆入粟，漢書連歲尚乾封。華堂決突仍棲燕，虎骨臨湫未起龍。嶺表秫田差不惡，酒杯寒夜得從容。

無成六十總空過，往事追尋鬢自皤。蓬矢桑弧親命重，晬盤春酒喜情多。騷人最愛高冠岌，衛女長思佩玉儺。風樹有懷嗟弗及，餘年遮莫更磋跎。

來復曾聞報一陽，卻疑十日出扶桑。沐猴何地非荆楚，鬥虎誰人是卞莊。迫歲星辰多薄蝕，先春雲氣早飛揚。從今化國應舒暇，短晷寧爲一線長。

狂吟終歲掩閑園，莫歎年殘晝易昏。東海自來升日月，揚州從古産瑤琨。河冰可渡終當溺，螢火爲光不是温。閉户造車知合否，東風相約一開門。

玄鬢相看已白頭，梅花時節數同游。相思輒枉山陽駕，乘興真來雪夜舟。王命論存將必驗，虞卿書著不消愁。天涯知識多寥落，屈指茫茫十二州。

家家爆竹送年除，盡説新年改舊符。唐俗未妨歌蟋蟀，澠池終見奮桑榆。愚公志定山堪徙，秦帝威行石可驅。莫笑蒙莊多怪論，南鵬端的有良圖。

陰陽三食此何時，一月那聞古有斯。雁羽畏炎知北向，斗杓隨歲漸東欹。漢興近酉年方建，夏尼逢壬曆每移。天道即令皆可測，重華不用更陳辭。

雨中歸鳳城柬徐侯戢齋　二首

山多佳氣翠重重，知有神君在五峰。暫泊溪橋逢驟雨，乍眠江館聽新鐘。數聲集野初歸雁，百里驚雷欲起龍。擬待晴天花盡發，萬松堤上試扶筇。

昨來珠海米如珠，萬石今看滿石湖。直道信知千載在，樂郊真覺此邦殊。德如風草人皆偃，令下泉源衆所趨。舊是龍巖山下住，白頭歸作老農夫。

韶石歌韶州陳使君席上賦

韶石之山雙闕開，拔地千仞俱崔嵬。簫韶一奏三千載，至今鳳鳥猶能來。韶陽太守鬢如戟，夜燕三城集嘉客。東西南北多俊人，文采翩然皆五色。況君得姓自有嬀，當年曾卜鳳于飛。和鳴嗈嗈叶律吕，紫庭阿閣增光輝。九成臺下薰風至，郡人重見無爲治。君不聞三十六峰之石擊拊有遺音，又何必六像九包始爲瑞。

口占送高孔霖 二首

幾回客舍共銜卮，便是天涯作別時。明月漸生滄海上，西風何處寄相思。

三十年前走亂軍，中都城下望龍文。如何尺土興王地，今日肝腸獨見君。

祝王翼皇太翁

盡捲經綸作隱綸，先生于古更誰倫。門多佐命文中子，書作王師圯上人。山裏薜蘿饒紫氣，膝前袍笏盛朱輪。粵民萬里爭翹首，共頌仁君有老親。

贈曾儀文

三十年來坐盡驚，布衣長揖動公卿。既供菽水娱親老，還有囊金爲客傾。人到白頭寧論相，士無青眼不成名。耄期愧子相期在，漫寫新詩作證明。

祝于清遠

峽山清絕古來聞，爲政風流迥不群。琴曲欲追單父宰，鳳簫遥和二禺君。星居村戶宵無警，火種畬田夏盡耘。相見躋堂稱兕後，紫薇垣外更瞻雲。

送葉御六之官惠州

遷秩豐湖上，寧親且近鄉。泮芹馨夕膳，祿米薦秋嘗。東水諸溪溢，西風一葉涼。去帆須計日，多士正相望。

答蔣波澄

衡門深草閉，鄰曲濁醪開。歸讀瑤華句，方知上客來。搜羅勞哲匠，牽率愧蕪才。不是祈人賞，猿聲只自哀。

送李尚卿孝廉之官陽江

盧溪高峽水潺潺，海縣經途半在山。養志未嫌求祿遠，讀書方幸此身閑。三年大鳥飛鳴地，千里鯤魚變化間。郡內使君爲舊好，到官先得望清顏。

維岳篇祝嵩山兵憲

咄哉豪傑不復見，武功文德難兼擅。書生不解治戎行，壯士何曾知筆硯。乾坤血戰四十秋，風雲慘澹生公侯。攀龍附鳳各有以，乘風破浪公無儔。獨向軍前建奇策，落落數言終滅賊。奪其所恃用吾長，狡窟雖多隨手得。賦詩橫槊古稱雄，今日天南又見公。馬前露布無停筆，陣上穿楊自引弓。建節粵臺明繡獬，六載深仁翔嶺外。白首承歡錦晝歸，丹書寵錫金橫帶。允文允武此其人，爲孝爲忠萃一身。尹也清風慚吉甫，敬歌維岳頌生申。

中秋後一日黃積庵招同吳山帶羅仲牧梁芳濟何楚奇王也夔集見堂雨中即事同限秋字 二首

高齋勝會迴無儔，賓主尊前半白頭。月色皎然思令節，雨聲涼甚報清秋。難醒易醉羅浮酒，葉潤花酣趙尉樓。昨夜小池無一字，新詩多爲老人留。

金風蕭爽雨初收，玉鏡東南漸上樓。康樂賦時嗟既滿，荆州閑日歎如流。枰中白黑疑雙鬢，琴裏宮商緩百憂。相約深杯還共醉，年年追賞穗城秋。

題山帶海棠石壁圖

墨光搖漾筆如飛，一幅分明露化機。猶記花時二三月，小舟曾繫釣魚磯。

祝林御綸學博

世講今無幾，唯君最有聲。老親雙鶴髮，兄弟八龍名。綵服庭前禮，青山海上城。一官淹十載，聊以代躬耕。

祝李滄亭六十一

妙才高行世應希，少壯寧期與願違。久臥滄江生白髮，自裁荷葉換儒衣。松依近地聊成築，鶴和中庭漸教飛。聞道後車時可待，釣竿相約釣魚磯。

徐戢齋君侯壽日未能躬祝追憶昨月扁舟奉晤于雙塔松橋之間作詩奉寄

嶺南梅放獨先春，每見梅花是壽辰。堂上未能稱綠酒，塔邊長記奉朱輪。重重茇樹仁聲遠，處處輿梁惠政新。幸傍樂郊存隙地，扁舟終擬作漁人。

祝梁靜子六十

少日文章世共看，絳紗隨處主文壇。徒懸市駿千金價，猶坐非彫一釣竿。山潤漸知瓊樹長，杯香初泛紫梅寒。君家門閥由來峻，不用高棲擬伯鸞。

送梁甫山左祥瑞

萬里初行即帝都，殘年鞍馬在馳驅。身經異地情應曠，語有同心興不孤。朔雪乍晴山似玉，梅花將放蕊如珠。知君桑土綢繆計，力爲司農益版圖。

送嘯庵上人還靈巖

道心無所住，師去復何依。瓊海波曾渡，梅關雪又飛。一輪棕笠月，萬里水田衣。莫謂靈巖寺，茲行便是歸。

壽孟母王太夫人

八座夫人古所尊，况聞勳業滿乾坤。三千桃實開嘉燕，百二秦關是舊恩。處處甘棠南與北，重重綵服祖和孫。湟川政化清如水，好寄梅花入壽樽。

萬成州許土司

九金神鼎幾遷流，世胙西南此一州。得姓直從唐四岳，受封元比古諸侯。人存樸俗唯知信，地遍春風不識秋。酷似桃花仙子洞，問津吾欲泛漁舟。

送汪侃士

别去吾曹惜，維持一俊人。詩才清莫敵，棋品妙無倫。路及梅關雪，窗開白岳春。羅浮芝可拾，持以贈交親。

祝潘涵觀 二首

作客來千里，相知向十年。二毛閑共歎，一念老同堅。有雪松方茂，無薪火不傳。西江風義地，繼起有英賢。

室邇人猶遠，心親迹未疏。每因公事出，必過野人居。臘酒宜延壽，春風漸逼除。知君終晚達，消息在生初。

張鄂山將歸四明維舟珠江同過石公精舍因次前韻送之 二首

共向東林覓遠師，柳塘春色日遲遲。帆過野浦人將别，路到玄亭客自奇。茗宴已終談未了，萍蹤重會事難期。可能送子無新句，爲語舟檣且勿移。

瓣香聊爲寄湖濱，孺子生芻未易陳。事往漸憂青史誤，心存空有白頭新。飛從天上宜千仞，老向塵中又一春。異日相逢論故舊，笠邊須作下車人。

上元夕姚龍友鹺司招飲詰朝而雨即事賦謝

朔南萬里共年華，折柬相招路豈遐。月下滿浮千日酒，火中飛出一城花。關門不禁時開鑰，匣印猶封未報衙。天爲主人晴此夕，雞鳴新雨在簷牙。

寄吳留邨大司馬

扁舟相送屬清和，別後東風又再過。善病馬卿猶宿昔，重臨黄霸定如何。三江有成今仍肅，萬口成碑久更多。遺愛祠邊方畝地，年年生日滿笙歌。

送龔蘅圃駕部還都 時粵海關稅缺額，捐補拮据，故還都獨後

舟楫今辭粵海春，南來旌節古誰倫。陸生豈是求金使，汲黯甘爲發粟臣。義足榮身從況瘁，力能益國任家貧。吾儕一笑堪相別，無數江邊灑淚人。

題嚴九臯行樂圖　三首

傳經何處不登壇，三絕殘編老尚看。畫裏鬚眉猶若此，莫將生事付嚴灘。

總角相親四十秋，仙湖穗石記前游。當時賓主俱青史，吾輩如何不白頭。崇禎壬午，九臯偕其兩兄從先給諫讀書秋濤先生碩膚堂中。

天空不礙九臯鳴，風遞庭陰子和聲。千六百年形始定，祝君遐壽應嘉名。

題王也夔行樂圖　二首

萬卷曾開鄴架，燕居如帶荀香。浪說陳侯冠玉，今看王氏琳琅。

斑衣舞罷此日，彩筆花開曉風。詩思滿懷未寫，閑階葉響梧桐。

題君疇行樂

山衣自饒古製，俠骨亦異塵寰。筆墨猶勤卷裏，詩篇先後人間。

送李華西太守 二首

歸去人皆惜，歌聲滿峽中。吏才推悃愊，文體仰宗工。不以和傷介，能將雅變風。一時諸五馬，德重總輸公。

石室遥占斗，雲樓近跨城。籃輿曾共適，卮酒每同傾。即送高旌去，誰尋勝地行。秦中連歲旱，西望不勝情。

江行雜詠 十首

江星

象緯看猶是，璣衡莫可窺。頗疑天未定，終歎逝如斯。影闊迷分野，江空失兩儀。民勞今幸息，摇動更何爲。

邨燈

舵樓沉夕照，戍鼓戒黄昏。幾處猶燈火，誰家未閉門。暈凝平野霧，紅落一江痕。朗誦宣城句，終宵耿夢魂。

櫓聲

蘭橈樞與紐，相激自成音。直到長鳴處，方知用力深。曉風行客耳，落日榜人吟。雖復非吾樂，平生江海心。

潮痕

東江何太急，朝夕暗生潮。宿葉浮沙岸，新萍上石橋。到山人倍緩，歸海浪非遥。明日還增長，連天雨未消。

雨帆

利鈍皆吾分，篙師只自饞。溯流行百丈，破雨羨孤帆。遠影濃雲斷，輕艫白浪銜。豈能長得逸，一是濕征衫。

晾罾〔一〕

已識終成棄，何如早自休。昔人嗟竭澤，漢法漏吞舟。疏處青天見，閑時白浪收。高張空復樂，斜日滿林丘。

【校記】

〔一〕『晾』，底本作『腙』，據詩意改。

蘆烟

漸狹溪中路，漁樵共此汀。山盤烟縷直，天壓荻苗青。夏麥炊新熟，春畬火尚熒。舟行無一事，汲水驗茶經。

孤嶼

孤嶼能高下，長江與吐吞。小如園囿物，深作海潮門。雷雹生晴晝，魚龍聚石根。往來舟不泊，心怯怒濤奔。

魚板

一棹清宵迥，雙懸白板明。朧朧移月色，激激作潮聲。水族何能躍，勞生每易驚。先王魚網設，機詐豈其情。

新苗

山谷春恒冷，農功晚未妨。計時秋易待，幾日綠成行。老幼騎秧馬，雞豚拜穀王。炎州無惡歲，九熟不憂糧。

獨漉堂詩集卷之十二

唱和集卷之四

代汎亭坐月次白真人韻

一亭清夜月，四面不同看。竹密秋常駐，天空夏亦寒。燈紅遥認寺，江白不分灘。追和仙人句，千春得古歡。

佟歸善德新招宴白鶴峰同王南區太守俞介石别駕于連平南溟陳河源龔太史含五梁太史藥亭方處士譽子季處士偉公

鶴峰清絕萬山呈，卻待坡公始得名。江走縠紋來百里，帆懸斜照掠孤城。當年旅寓聞鐘地，此日華筵奏曲聲。不有能詩賢令尹，只應長揖禮先生。

俞別駕介石招飲郡齋

從來佐郡稱多暇，一遇詩人事事清。竹裏幽齋誰得到，花邊新雨客能行。頻開美醞傳金盌，坐聽嬌歌倚玉笙。昨日西湖同泛棹，月明今夜在江城。

登合江樓飲王使君南區寶坻酒次坡公韻

天地之交何固哉，羅浮一合不可開。高樓西望且招手，四百仙峰雲外來。醇醪足酹江山美，杯杓未終長嘯起。登臨今昔幾千年，坡公猶寓槎江水。前宵月盡昨宵新，未必今人異昔人。明年荔熟醉何處，爲報君家釀老春。

柬于連平南溟索香海棠花　二首

草木文章日以滋，奇香美色盡于詩。使君搜句窮天壤，異物嵇含尚未知。

螢火如拳一樹光，百花流出釀泉香。山城路遠難身到，爲索秋風寄海棠。

次答張亦姜 二首

英年異骨總超群，況復清才絕衆芬。筆下詞流稱倒峽，賦成人意欲淩雲。取途自合先高足，語勇何須問敗軍。曾作汨羅江上客，巫陽招盡世誰聞。

八法曾傳燕尾波，老來漸負北山蘿。空存匪石心難轉，何處懸匡字可磨。劣迹未堪鵝子換，新詩將付雪兒歌。歸舟異日池塘夢，唱和終知別後多。

次答連雙河送之歸湖南

羅浮四百共幽尋，清籟曾將俗耳針。抱朴久無仙吏迹，授書徒負老人心。世間歲月馳駒隙，絃裏宮商別鶴音。莫道楚南非遠道，東西流水隔高深。

次韻送陸蓬叟

比肩千里未云賒，野寺扁舟送落霞。無計留君歸亦得，天南誰是魯朱家。

送沈山隱入都

黄梅雨勢淹徂夏，寶劍雲生光四射。將軍自起拂拭之，手握雙龍舞中夜。虎頭燕頷立可飛，南中留滯將何依。看君才氣固落落，一日百萬真能揮。當筵談笑既無敵，下筆千言才頃刻。只今海内總昇平，遙徼不妨還草檄。封侯前代幾書生，萬里風雲自此行。探穴舊傳班定遠，留屯還紀趙營平。

同林沂澤家貞其引眉諸子偶泊萬竹洲即事

白首希閑日，青尊共此航。一洲風繞竹，三宿月聯床。剡棹非乘興，仙舟異衆望。無端成去住，人世亦何常。

送姚龍友鹺司

清風空滿越城陰，莫遂三年告養心。屢賦白華歸未得，一行風木恨何深。布帆無恙南江水，班馬長嘶北塞音。聞說舊鄉今作郡，大材寧許久山林。

毛會侯小影

文章傳宇內，早已見鬚眉。豈謂丹青裏，居然白雪滋。風雲行逸足，山澤想閑儀。莫歎成樗散，千秋乃在斯。

送鄭珠江還都 二首

嶺頭秋始至，江上葉先飛。送子如流水，朝宗是所歸。中途迎驛吏，到日換寒衣。積雪金門外，吟詩亦掩扉。

告歸逾一紀，負土又云春。至行推吾黨，離心況故人。綠尊連夜月，青簡立言身。努力方强壯，無忘論著新。

陳闢部

中樞本自典遐方，近奉天書出建章。八表同風歸有道，百蠻重譯總來王。關河持節霜生戟，尊酒論文士滿堂。欲頌九如稱壽兕，新秋明月擬清光。

送雲在青入都

如何萬里赴幽燕，正是蕉黄荔熟天。南海歌驪飛雨外，西風騎馬轉蓬前。壯遊尚覺光生路，舊識應驚雪滿顛。朝右近多交好在，帝城雲日與留連。

過家開仲新齋因憶帆園舊游

宅邊開徑接疏籬，步屧相過旦夕宜。方沼紅魚春後子，平臺蒼樹古來枝。忽看山色浮人外，尚記名園隔水涯。伯叔父兄文酒會，白頭猶夢舊追隨。

立秋日冒雨過林立人因同潘子登許允臣飲羅非黄喬梓山齋有作

肩輿不速赴高軒，正喜新秋好晤言。白帝來時風滿座，青尊開處雨翻盆。即飛玉露消殘暑，誰瀉銀河洗厚坤。卻爲吾儕留重客，未教舟楫返江門。

秋夜同梁巨川盧俊斯過宿潘子登寓齋早起別去與巨川登錦巖次子登韻

步屧閑階月滿堂，更浮香茗對幽篁。人過中歲衰難寐，酒到深更醒亦狂。竹榻夢迴餘舊淚，絺衣朝起趁新涼。不堪共上高巖望，江水迢迢似恨長。

贈謝権部龍友

曾于三楚識文雄，健筆翩翩大國風。衡岳萬峰來紙上，洞庭千里入胸中。含香粉署高天近，奉使星槎絕域通。野老白頭環堵內，干旌遙出粤城東。

賀偉公舉子

照乘明珠出海波，同人無不爲君歌。詩書有此真堪託，清白遺之亦已多。犬子文章終喻蜀，鳳雛毛羽合巢阿。而翁莫道生兒晚，見爾攜孫鬢未皤。

題官文佐自畫小影 二首

目難自見古空言，畫裏丰神子自傳。畫若比人人更壽，人雖百歲畫千年。
嘉果閩鄉與粵鄉，滿盤堆出荔枝香。年來闕下頻頒賜，未必山人獨自嘗。

題錢鑒濤濯足圖

玉雪肌膚不著泥，濯纓何處是清溪。齊州九點非吾土，遮莫桃源在楚西。

寄題姚雲望年伯新閣

近郭新開百尺樓，諸峰如畫坐來收。數聲疏磬鶴清唳，一曲溪光人白頭。道有廢興唯自嘯，心無馳騖不煩休。練江千里非難到，擬酌黄花及好秋。

次答家良可

同源千里即同堂，三世論交鬢已蒼。舊德在人棠樹老，新詩貽我夜珠光。文章得路聲華遠，霄漢乘風羽翼長。計日黄金臺下路，馬蹄看爾踏春芳。

顧斌琬清琬兄弟過訪有詩兼攜其叔瑞長見貽之作相示次清琬韻兼答瑞長

泠花疏竹閉閑亭，煮茗烹泉自著經。論長以吾爲一日，言詩期爾續先型。溪山雪裏堪移棹，兄弟行時合聚星。更頌烏衣三謝句，幾人清逸得寧馨。

送岑聖眉北上

少有文章老更成，每從林下領諸生。南溟不負摶風力，北路無嫌踏雪行。雙闕晴時瞻紫氣，五雲開日奏新名。君家舊德黄門在，看爾飛揚繼直聲。

送梁言配

言乘青雀舫，又別白頭親。不盡天涯路，有方遊子身。東漸逾揭嶺，西笑指咸秦。正爾梅花節，風霜亦慰人。

送王誠軒中書

小禺山舍倚城根，小種梅花別作村。僻地豈堪過使節，野人唯有掃柴門。初冬風雪迴征棹，寸晷從容接晤言。嶺表舊家喬木盡，後來桃李賴君繁。

送程三水天翼內擢

操存不改舊書生，幾載官衙飯菜羹。小郭自臨三水上，十州同識獨清名。俸錢每用填民歉，坐舫時因送客行。我從能言言不盡，口碑先已到神京。

送潘受平暫歸江西省覲

來去慰高深，梅花滿舊林。客庭詩禮地，歸夢祖孫心。彩服行常著，春風到在今。別懷何所惜，爲爾發清吟。

寄懷張寄亭太史

十二年前汗漫游，佗城杯酒共登樓。榜名已自魁三象，物論還歸第一流。內翰新篇傳北闕，先公遺樹滿南州。懷中書札多時在，未敢因人造次酬。

黄明經俊胤年九十三猶赴闈試詩以壯之

七待春開便百年，少時朋輩幾人全。猶爲場屋諸生帽，已謝朝廷養士錢。老腳登山無萬仞，小書盈紙有千篇。知君定是鷹揚老，黄石黄公未足傳。

程德基以所著易簡方編見惠謝之

黄山白岳足幽居，好學偏乘歷騁車。千里借籌頻決勝，一官搔首尚踟躕。嵇含每狀南中物，抱朴兼成肘後書。安得藉君調燮手，盡迴元氣到比閭。

王十洲學使以其高祖渼陂先生文集屬爲選定賦此答之 二首

前朝全盛紀成弘，盡掃繁音尚正聲。一代才華歸七子，三秦風雅屬先生。青霄史館新裁出，白首丘園健筆横。司馬文章杜陵句，幾人兼得擅長名。

高曾遺矩未云遥，三百年來德愈昭。遂有使星臨粤嶠，重將文體振興朝。千金吕覽誰增損，一閣藜燈久寂寥。竊記兒童時諷詠，山中如得聽簫韶。

送楊賓生北上

一雪當年處士聲，一毛今始慰平生。科名于爾何增損，世俗居然有重輕。鵬海浪高看直上，燕臺路熟好安行。黄門奏賦君家事，爲報時來羽獵成。

贈胡防禦裕庵

朱門長是隔烟蘿，之子由來意氣多。花下相尋時立馬，月中留燕每聞歌。牙籤萬卷兒能讀，白雪清篇手自和。爲說明年春向暖，卻歸蓬闕更鳴珂。

春初送王新侯歸宜興王叔琬歸寶坻

並轡非爲汗漫遊，燕吴萬里一歸舟。大江中路分南北，五嶺重來定夏秋。冰下躍鱗桃浪細，岸邊聞鳥柳風柔。詩家能事春唯甚，篋裹新添是唱酬。

上元日邑侯徐戢齋招同佘齊樞進士游允陵梁殿一殿張佘兼五盧聞仲嚴孚長燕集青雲山閣即事賦謝 二首

瓊樓香塔啓重重，老腳能登不借筇。首月正逢相望日，華筵偏就最高峰。山翔遠勢元名鳳，堤臥寒江別號龍。山前有路，俗名龍鬚。繞郭新陰千萬樹，縣人爭護大夫松。

佳辰況復奉清尊，郊外行春騎吹繁。已播和風蘇物彙，佇爲膏雨灑乾坤。依微浦樹分村落，斷續雲峰到海門。曾是童年文社地，白頭今日更何言。

送陳嵩山觀察之任涼莊 四首

玉門關外草蕭蕭，萬里涼州路未遙。莫道書生無燕頷，邊人今識漢班超。

曾于桑梓立奇功，一策全教寇技窮。此去更搜囊底智，希文兵甲在胸中。

海不揚波蜃氣平，十年南徼賴澄清。九重拊髀方西顧，未遣荊州髀肉生。

絲絲春雨越王臺，別思如雲黯不開。白首尚堪扶杖在，路傍重待節旄來。

天藏禪師招同唐海門梁藥亭集雙桂洞

竭來猶古洞，幽處有新軒。石滑無人徑，花深不二門。帶香分茗火，經雨散苔根。座是同心者，都忘默與言。

留別吳智友

東風行處有花飛，十日淹留半雨霏。燭下縱談時徹曉，山間追步亦忘歸。沉深古學人皆仰，坦直天懷世所希。最是先塋依此地，春秋來往不相違。

何孟門以足疾不能入邑積雨新晴戲此奉簡

我從修墓初歸里，子又經春不到城。雨歇尚留深巷濕，月圓誰共小窗明。卞和刖後方售玉，孫子臏餘好用兵。四海更無投足地，未妨扶杖且徐行。

次答林立人

乾坤吾道本悠悠，久已忘機狎海鷗。斯世自甘爲棄物，新詩何必話從頭。東風正熟中山酒，積雨宜披五月裘。幸是群賢有嘉會，蘭亭觴酌尚堪浮。

雨中過林立人所寓許將軍署齋詠庭前英石

五峰西畔亞夫營，一石中庭見者驚。翠袖低昂如萬舞，紫雲飄舉欲孤行。居然造物鍾全巧，瘦絕誰人畫得成。不獨韓陵堪共語，雨中高詠有群英。

柬沈寶文

一雨江城動再旬，酒杯頻共落花春。我還故里如羈旅，君作嘉賓即比鄰。待價超騰千里足，著書衰謝百年身。耄期若果符相許，車笠毋忘問釣綸。

題子登感懷示弟詩後并爲其尊人澹隱隱君壽　二首

三峽山中有斷猿，聲聲淒絶本何言。從來至性無文字，一任人間自忖論。

連珠五曜映高旻，偕隱誰人得似君。烏反舊巢元足養，鳳翔千仞更能文。

鳳山驪歌十章送徐侯戢齋赴召入都

不得留公更幾年，絲綸前日下中天。誠知王命行難俟，欲寫豐功世共傳。

雙塔中間畫閣開，一時桃李並新栽。雖云大邑無多暇，勝日頻能命駕來。

谷風和暖好扶犁，春後新苗緑總齊。萬樹夾途留雨氣，八橋臨水落虹蜺。

郭外樵漁接水村，比年疏浚盡公恩。家家有月歸來夜，小艇乘潮直到門。

貴賤咸歸土一丘，澤流枯骨賴賢侯。劉伶醉後皆荷鍤，莊叟無從問髑髏。

度海空傳漢伏波，高橋重架石巍峨。從前作者皆豪俊，事業曾吳孰較多。前令吳尚書廷舉、曾禮垣仲魁先後建伏波橋，並膺優擢。

心如明鏡掛當空，廣漢何勞設鈩筩。百里生靈幾百萬，妍媸一一在胸中。

吏才況是出巍科，五十年來未見多。赤子豈知蒙帝力，白頭一老尚能歌。

功在將來未易名，九重今已徹賢聲。龍蛇劣筆何堪似，碑字因君滿帝城。

百尺飛樓四面風，新鐘遙出鳳城東。縣人此後思何極，曉夕聞聲便憶公。

制府石公見招以在鄉不及赴越日謁謝

世有勳勞重，公爲社稷臣。鳳書來紫闕，龍節到朱垠。地極三江永，恩移六詔春。貔貅增氣色，魑魅避威神。海以無波貢，川餘未效珍。養心唯寡欲，至德在安民。持重山爲令，澄清古作倫。棠陰皆陝召，苗雨即周郇。兩浙稱慈父，中州現佛身。去思存異地，來暮幸躬親。屢賦柔薇長，頻看偃草新。星霜臣節著，歲月國風淳。一物皆霑被，微生況賤貧。弓招承下及，薪采偶逾旬。光霽欣初視，芻蕘亦見詢。白頭綺里季，三祝華封人。寬政容疏放，生涯任釣綸。只應與耆老，擊壤詠深仁。

有約惠州偶以事不即往月夜獨坐奉懷王使君子千 三首

好溯東江水，新晴月又圓。灘高鳴盡夜，山峭綠兼天。昨日數行札，誰家百丈船。使君應倚檻，相望郡樓前。

北牖開千嶂，西亭領二湖。舊題詩總在，宿約日頻逾。官廨鄰仙島，人居著畫圖。此時稱兕後，乘月想登艫。

忼慨多奇氣，人稱趙與燕。看君名已遂，于道守彌堅。世事增諸感，詩才老去年。從來不朽者，枘鑿有方圓。

次答晉江郭君章君章祖都憲介庵先生乙酉主試吾粤先君列第七人先君殉節于丁亥先生殉節于戊子先後贈大司馬君章以先生未歸窀穸來粤求助世舊之感情見乎辭 二首

淪落俱爲患難家，先賢遺澤遍江涯。端人相取濯孺子，知己能伸鮑叔牙。兩地丹青留碧血，百年憔悴賦懷沙。尚存一息酬恩日，未敢逢君説鬢華。

輕暖輕寒不定天，壁苔階草綠相緣。窮居閉户無三月，積雨凝陰又半年。劍到合時先見氣，玉當埋處自生烟。忠臣窀穸今猶未，末俗能無一慨然。

次答顧天石 二首

第二泉清接慧山，曾烹僧茗慰愁顔。舊遊似我他生事，新句逢君五嶺間。老去漸防風括括，春來長是雨潺潺。不緣蠟屐能相過，蛛網柴門只自關。

辟疆文柄昔誰操，睥睨曾空一世豪。南國舊家名父貴，東林壇坫異時高。且藏白玉需良價，莫厭緇塵上敝袍。積雨三城羈緒惡，賦詩休遣夢魂勞。

答朱彦則 二首

雲間壇坫世同推，之子南來慰所思。白石砂床勾漏客，清秋幕府杜陵詩。句如初日斯爲美，曲是陽春和自遲。咫尺端溪不謀面，與君俱有鬢邊絲。

民俗凋疲只願閑，每飛符檄靖諸蠻。著書名在千秋後，借箸功存五嶺間。綺里芝榮誰共采，蓋公堂迴杳難攀。何時邂逅嵩臺月，巵酒相從一解顔。

送姚上寧歸潮陽

洗後高桐不染塵，小池西畔草如茵。十旬積雨愁嘉客，兩度離家愧主人。龍劍飛潛原有數，馬翁得失孰爲真。三年看爾沖天羽，萬里摶風慰老親。

西湖送春次王紫詮使君韻十首時積雨八旬矣四月朔日積雨偶晴故有此作寄余索和

一春飛電不停光，誰縱群陰共閉陽。出谷野雲籠樹白，漫堤湖水入江長。鶯辭青帝啼猶濕，燕得晴天喜欲狂。想到六如亭下路，屐泥封盡落花香。

春來何處去何歸，世上關心者亦稀。老景漸知前路逼，新花應又一年違。橋邊激激催流水，塔外層層透落暉。深羨使君閑此日，野人經月未開扉。

借卻今朝補昨旬，三月小盡。曆書新紀祝融神。金烏落盡無晴日，蜀魄啼衰有恨身。星火尚傳羲叔宅，簫韶曾是帝虞巡。從他節序相流易，四百羅浮只自春。

欲送歸雲不可尋，讀君詩句費沈吟。春無白日常疑淺，水到滄溟未是深。野竹生來饒苦節，渚蓮開後見同心。最憐犀帶橋頭月，他夕分明照客襟。

菱花荇葉匝雙湖，麗日曈曈百里鋪。羲馭久應回北陸，澠池休恨失東隅。鵝群逸少非無帖，犢鼻相如別有壚。一詠一觴聊自足，好留春鳥勸提壺。

青泥亭子石闌干，高塚纍纍照水寒。泉下朝雲何處所，偈中如露未曾乾。蠅能遠道因隨驥，草有餘香不讓蘭。試問錢塘蘇小墓，清明寒食幾人看。

已歇黃塘昨夜雷，寺南新築定曾催。花名躑躅春長發，竹有蘢葱手自栽。元凱勒銘傳在德，左司爲郡號多才。千秋也是尋常事，日月行天似磨推。

青陽歸去不蹉跎，閏歲曾無一日多。柯斧爛時才頃刻，觸蠻爭處又干戈。餘生合付丹砂久，壯志其如白髮何。阿閣鳳巢知在邇，春來竹實滿前坡。

千絲垂柳拂長堤，才見東風日已西。蟻垤一春鳴老鸛，山童三月報新鸝。將收蜂蠟供遊屐，欲積蚨錢買醉泥。首夏清和全未得，朝來陰雨倍淒淒。

莫道工詩遇必窮，使君曾不問窮通。千年自夢生花筆，一郡同歸偃草風。杳杳郵筒來昨日，堂堂旗鼓建晴空。風流宋玉今搖落，誰和陽春入郢中。

夏夜小酌秋舫齋前懸燈數十竹間竹密燈紅參差高下殊有佳致因共賦之得間字

燈影高低萬竹間，暫移尊酒一開顔。杯浮夜色如邀月，風送涼聲似在山。火樹近從南尉得，燭龍遥自葛陂還。高齋秋氣長如此，密筍當門且勿删。

同王紫詮使君自廣溯惠即事四首時積雨百餘日江潦驟漲數丈壞官私廬舍不可計使君奉令發賑 四首

積潦沈山足，舟行此最難。牽江無舊路，崩石有新灘。高並泉源湧，平欺渤澥寬。中流多罌物，不忍問人看。

已息經旬雨，猶逢飲澗霓。水痕高在樹，山色近看泥。乳燕歸無屋，行魚戲滿畦。農家棲未定，不暇事耕犁。

鬧處千檣集，平時百貨來。只知江欲近，焉念雨爲災。欹舍牆相枕，殘村瓦作堆。無人思曲突，更欲焰餘灰。

豐歉誰無分，風雷太不情。聊隨發粟使，偶作泛舟行。江雨珠爭躍，山寒玉並鳴。一途新物色，吟詠不成聲。

立秋前六夕憶雪樓月酌即事

良宵勝地一時兼，南北軒窗盡捲簾。風度竹聲涼細細，月搖江影白纖纖。談當快處童偷笑，酒到酣時客喚添。漸近清秋天似洗，隔城遥出幾峰尖。

送張畏碞進士歸吳門兼懷孫赤崖 二首

雲霄羽翮正翩翩，南北成名總妙年。古迹欲尋勾漏令，客程來自素馨田。頻登郡閣山當檻，並醉湖橋月上船。閭國揚帆從此遠，女牛星野早秋天。

吾生白髮早蕭蕭，故舊胥臺半已凋。廡下即今聞舉案，赤崖後寓吳門。市中誰復憶吹簫。三冬湖橋初開樹，八月江鱸漸上潮。掛緑比年風雨妒，幾時林裏得相邀。

送王子覲歸都門

北溟南海本同濤，萬里遥遊興自豪。京輔舊家喬木古，清秋歸路雁行高。擕回勾漏丹砂顆，舞著虞廷黼繡袍。别後相思何處寄，郎星天上望勞勞。

九日柬崔俞颺

扁舟𥌒藥古誰同，來往鄉城咫尺中。心力自行菩薩願，鬢眉元有逸人風。九還丹火看將熟，七字篇章老愈工。家有菊坡遺本在，願分新蕊到衰翁。

送薛孝穆之乳源

羅浮遊興尚逡巡，又向雲門寄旅身。歸計漸于吳下近，山光多與楚南鄰。簫韶合睹來儀鳥，鍾乳偏宜服食人。地僻古賢希到此，賴君文采發揚新。

夜坐又次諸公韻送孝穆

霜後湞江見底清，扁舟況復月華明。天涵遠岫青無限，水寫新梅白未成。五馬風流開祖餞，群公詞賦贈將行。支離自笑燈前影，掩戶高吟冷暈生。時病足不能出送。

送王立安偕若雲叔琬諸昆弟還惠州

去來同是著萊衣，豈必茲行遂曰歸。浦上鴛鴦頻獨宿，天邊鴻雁且連飛。湖橋罷釣宵移棹，郡閣論文晝捲扉。病足漸堪驅策在，只應旬月暫相違。

題王惠州紫詮使君觀瀑圖 三首

一樹蒼松偃蓋深，高崖飛瀑落千尋。使君雅操清如水，不用臨流更洗心。

不將筆墨對林巒，燕坐超然靜五官。老易本來無二道，河圖天一是金丹。

曾宿田盤最上方，一麾頻歲駐羅陽。知君滋味嘗都遍，南北山泉孰較長。

贈溫

永安新邑百年餘，山峻泉高毓秀初。賈傅妙齡將入洛，太真英略豈懷居。庭趨詩禮聞金鐸，策對天人拜玉除。雛鳳清聲非一日，即看雲駟上沖虛。

送蔡尚之之瓊州讀書其兄肇之官舍

弟兄琴硯久相依，復向官齋共掩扉。春草池塘他夕夢，北風鴻雁一行飛。香株有膽堪充珮，椰子無心足慰饑。莫謂海天南盡處，海公人物古來稀。

題朱開黄望雲圖 二首

寸草心孤日又春，天涯何處不思親。白雲北望三千里，猶憶西湖醉酒人。
家住維揚廿四橋，幅巾蘿帶好逍遥。怪君詩思清無比，鶴骨棱棱在九霄。

晤何慎思順德于珠江舟中率爾投贈

東風飛舄早相聞，一揖而今慰望雲。千里故人勞問我，時致羕門音問。五峰明月喜來君。炎州地迥梅先白，澤國冬殘雪未雰。幸近樂郊聞善政，舊居歸擬事耕耘。

送李宁桓司訓高要

三策天人對玉除，妙年司鐸受恩初。江流遠接龍吟水，山郭遥開石室書。便著錦衣趨子舍，直將家學教比閭。門前咫尺南溟水，大翼如雲有化魚。

題家相如小影 二首

礙日吟風萬竹青，有人高坐共談經。知君雅志思淇澳，箴警猶勤衛武齡。
庭下聞詩共穉年，白頭頻見變滄田。浴沂春服依然在，不爲方袍學說禪。

寄家鳳軒歸化令

不同杯酒幾經春，又見桃花刺眼新。黄綬去爲飛舄客，白頭家有倚閭人。音書非遠無金玉，嶺海分流隔粤閩。一語嘉州君記取，此鄉慎勿厭清貧。

乙亥元日送石公泛海之交趾說法

銅柱西過不易攀，卻從海外出人寰。孤舟獨坐如天上，高浪經行似雪山。國有中邊同是岸，道存彼此孰能關。東風好借扶搖力，手散千花與八蠻。

長洲張宗肅見訪別後有詩次韻奉答

生來憂患日觀爻，清固難居濁未淆。駟馬肯迴窮巷轍，一枝真愧野人巢。敢論方朔能肥遁，差免楊雄更解嘲。載讀詩篇頻擊節，白頭千里有神交。

元夕寓梁鍪符山館雨中同吳又札梁巨川談亂離往事有作

銀燈玉笛漏沉沉，半月江城總是陰。積雨在途行處滑，方池當檻坐來深。同聲賴有如蘭侶，把臂猶存舊竹林。池北即寒塘故址。閉戶寂寥談往事，白頭悽斷百年心。

送岑霍山之吳門

何期更作遠行身，已自甘心就隱淪。三楚舊遊他夕夢，大江東去白頭人。休耽杵臼依臯廡，好辦魚竿上富春。君善題詩無奈懶，歸裝須許百篇新。

賀鄒羽四司教順德

百里家林即比鄰，一官猶是讀書身。青雲漸展鵬風翼，絳帳閑開鳳嶺春。特立文壇年尚少，自磨雄劍氣彌新。尊君風義先型在，深喜傳家有令人。

送王立安歸都門

細雨乍過春花燃，金臺歸客揚金鞭。停鞭下馬入揖我，虬鬚飛動東風前。長身玉面年殊少，直上彤墀應新詔。丈夫出處合有時，看爾昂藏豈常調。田盤山下好林臯，賢人隱處德星高。八龍二方侍左右，文若長文即爾曹。自到炎州供子職，省覲頻年南復北。尊君五馬駐羅浮，近復雙旌向梁益。川南路比嶺南深，便擬輕裝度翠岑。命兒將父勞臣事，中路留家久客心。天涯此別期難定，聊作枯吟爲君贈。千秋志業爾自期，白首蹉跎吾善病。

三水別立安後同王使君入羚羊峽 四首

三江燈火夜無眠，舟楫分行向曉天。獨掛東風更西去，川南燕北思綿綿。

春陰連日雨重重，不記舟行遠近蹤。酒後捲簾風刮面，白雲堆裏認諸峰。
峽山高峭月微明，十里如牆夾岸行。誰向中流喧爆竹，東西崖谷走雷聲。
歸途不怯打頭風，緩棹乘流興未窮。一片晴峰疏樹外，木綿新點兩三紅。

寄鄭珠江

紀恩頻得讀新篇，兩度聞緘益黯然。梓里看春猶昨日，芸臺珥筆又三年。漢廷內史名空籍，家學康成世有傳。尊酒論文偏念爾，從來無夢到幽燕。

送家剛長之官儋州

莫歎離居水一方，仲尼浮海興何長。此心倘不殊千載，儋耳原來匪異鄉。緗帙舊籤裝玳瑁，清齋新麯進桄榔。青春待擊南溟浪，六翮摶風起越裳。

寄陶昌化子師

五月五羊城，積陰雨如瀉。陶侯之官未及境，停車問我禺山下。貧家無酒留君歡，郊外移尊勞五馬。

相逢半是白頭人，高僧況有青蓮社。紅樓朱榭次第開，臨高可以揮金杯。石門香浦在左右，龍川羊峽東西來。陶侯胸中富山水，郭璞酈元那足比。文章詞語妙今時，稽古寧知更如此。珠崖儋耳絕方輿，勝迹中華或未如。天遣陶侯分百里，盡搜靈秘入新書。別來著作今多少，海外音書阻魚鳥。我從一跌落苔階，臥疾羅浮過秋杪。懷君終夕寐難成，聽盡賓鴻自北聲。一笑相逢定何日，因風聊以贈平生。

花朝後二夕何侯招飲署中即事

清齋銀燭敞華筵，況值融和二月天。春得一晴花盡放，望連三夕月猶圓。中心自醉非酬酢，入耳仁聲勝管絃。吳下舊交今寂莫，因君重爲說當年。

張宗肅以詩索予作書次韻答之〔一〕

鳥留趾爪皆成字，鳳得簫韶始集梧。劣迹敢云希世有，清音真信此時無。何心逝水偏多韻，不定行雲未可摹。天地至文原有在，莫將臨仿費工夫。

【校記】

〔一〕『張宗肅』，底本作『張肅宗』，卷十一有《題山帶畫爲張宗肅》、卷十二有《次答張宗肅端溪有約不值之作》，據以改。

梁虚齋園中木棉次韻

太華十丈幾曾花，今見南州野老家。近院似歸金蠟炬，倚山如出石床砂。每來丹鳳巢三月，未許銅瓶折一丫。便是天台最深處，賦才何讓赤城霞。

題采飲山人耦畊圖

飲犢于上流，洗耳猶爲汙。采薇而食之，西山乃周土。昔賢立人極，以作狂瀾柱。制行豈不高，厥躬亦云苦。何如扶犁翁，日以牛爲伍。睅目皤其腹，不聞復不睹。采山而飲河，安問今與古。

祝張文宿邑丞

幾載清齋對鳳城，一官仍是老書生。折腰祿米才盈斗，沸耳山泉過半鐺。霜後閑階猶草色，公餘終夕有吟聲。木棉花發紅如錦，羔酒躋堂見物情。

送朱開黄歸揚州省覲

衰殘無意事翺翔，送子歸飛見雁行。半載共居忘主客，三春分袂異行藏。將尋巴峽添新詠，先度梅關問舊鄉。滿挂南風趨子舍，烟花多處是維揚。

贈秦番禺子芳 二首

疏鑿行趨暖，新苗漸得霖。俗依仁政久，春與縣花深。家學時光大，君恩日照臨。即看徵卓魯，絶勝貢璆琳。

安堵閭閻足，幽棲歲月長。席門貧負郭，蓬鬢老多霜。每枉干旌過，頻承盼睞光。未希嚴僕射，只愧浣花堂。

次答宋幼琳

長貧今白首，天地豈吾私。本絶寰中慕，將深塵外期。高歌來上客，好德是天彝。愧乏驊騮質，徒虚伯樂知。

送王紫巘

頻年傷遠道，此別更難任。我守枯株老，君懷寸草心。采芝羅岳峭，釣鯉洞庭深。未有前期在，相思空好音。

次答溫杜公　四首

列子能風御，騷人好遠遊。重爲萍梗泛，應以荔枝留。中宿潮南落，雙江水北流。雖云隔千里，矗矗萬峰稠。

病來猶荷鍤，老矣欲如何。手種一叢竹，清風時自過。隱囊隨散帙，高轂隔垂蘿。誰肯尋幽僻，門前野草多。

各抱先臣痛，龍髯不可攀。杞人天果隕，桑者日無閑。舊血傳心碧，新霜點鬢斑。即今無隱逸，何處買青山。

身世交相棄，形骸亦自嫌。其堅同大瓠，于用愧輕縑。世德君家重，清詩律法嚴。無能酬麗藻，搔首對窮簷。

題王也癡虛舟 三首

狂瀾得到檻邊無，盡日清風滿舳艫。順逆去留都莫計，人間波浪過江湖。

虛能游世事如何，齊物莊生古未多。絕似君心全不繫，兩旁休爲種藤蘿。

舟居非水古誰同，曲折疏籬一徑通。不乏倪迂高士筆，連人都入畫圖中。

題胡起巖行樂

丘中堪坐且徘徊，芳歲如花正艷開。師事赤松他日事，一編知自圯橋來。

寄汪碧巢

千里霜蹄展也宜，席門車轍記當時。荆花乍落庭前葉，棠樹欣添嶺外枝。百歲遺黎傳世澤，八蠻兒女誦新詩。桂江東下番禺近，暫報琅玕慰所思。

贈汪黼扆 二首

昔年曾上敬亭山，白岳分明咫尺間。今日見君談勝迹，白頭猶擬共躋攀。

伊人洄溯詠蒹葭，小謝詩篇世所誇。知子往來非別事，羅浮勾漏足丹砂。

次答張宗肅端溪有約不值之作

溯洄秋水同高峽，來去輕帆隔一時。風裏幾行魚拜浪，沙邊終日鷺垂絲。將期泊處吟圓月，悔不中途命楫師。鷁首相迎成錯過，和歌今者更遲遲。

送顧天石兄弟歸無錫次其元韻

細風寒雨尚支筇，送爾歸舟在客蹤。天際一行飛北雁，斗間雙舉氣如龍。依依欲贈亭前柳，落落誰歌澗底松。所惜挂帆期太促，不能杯酒更從容。

贈馮開求

國士聲華滿國中，每于時刻見宗工。文章氣接東西漢，兄弟名高大小馮。豈獨英才多化雨，更聞古道善維風。丈夫正有無窮事，莫遣霜毛笑老翁。

走筆送潘子登

五峰登眺二年同，送爾東歸又北風。莫訝臨岐無一語，此心皆在已言中。

藕泉爲孔少府賦

蓮花峰下學宫成，宫外新泉以藕名。有本知爲君子澤，一泓先得聖人清。涼生肝鬲同冰飲，静寫鬚眉似鏡明。洙泗淵源湮已久，賴公重此濯吾纓。

曲肱處自得居爲王雲庵賦

一肱伸縮總吾身，偶枕閑齋夢亦真。世上浮雲皆外物，個中誰是獨醒人。

自得居

身心頃刻不相離，未得爲誰得是誰。飲水入喉分冷暖，從來只有自家知。

獨漉堂詩集卷之十三

唱和集卷之五

遊尹瀾柱銓部園林 十首

屢有名園約，初尋洞口來。長橋行曠莽，積水接樓臺。入座諸峰見，憑高遠郭開。怪君辭鳳闕，家自有蓬萊。

向暖蕉全坼，新晴柳自低。聞棋知閣近，尋路到花迷。玉馬搖風數，朱櫺射日齊。樓頭人出迓，一似隔虹蜺。

布勢因林木，周池見竹苞。瑣窗文各變，重閣路相交。廉靜團花氣，波明落鳥巢。飛塵全不到，誰信近東郊。

綺麗無餘巧，幽奇復可誇。蒼茫洲渚外，籬落野人家。歸鶴明深竹，行魚聚淺沙。水西雲幾片，飛作日邊霞。

翼沼闌干曲，依沙石幾叢。新荷分水碧〔一〕，初葉擬花紅。最愛古榕下，蕭條寒食風。曉來加敝緼，吟盡畫橋中。

曲渚平無浪，扁舟晚不歸。如何垂綬客，亦有釣魚磯。天月欲隨我，水雲微上衣。小童輕把棹，莫使白鷗飛。

蕭瑟北林聲，雲如萬馬行。坐中高閣雨，天外幾峰晴。向浦帆光濕，依人燕羽輕。羅浮開一面，悽切未歸情。

半月爲孤客，流連爲好朋。不眠將盡夜，頻剔欲殘燈。酒助長談力，詩矜一字能。雲霞多變態，高閣更晨興。

近宅偏饒水，跨江復有湖。磬聲僧院小，山影草亭孤。萬卷名書簏，千株號橘奴。尋常侍家宴，一月幾登艫。

白日開名飲，青鐙尚此堂。節歌檀板細，凝手玉簫長。立史傳觴政，飛花佐酒香。山公性多可，都任嗣宗狂。

【校記】

〔一〕「荷」，底本作「河」，據十三年本改。

送藍公漪歸閩中

冬春積陰雨，十旬三見日。城闕爲泥塗，淒風閉寒室。居人屢興歎，况子猶孤客。臥起逆旅中，圖書滿筐篋。撫劍一高歌，長江浩蕭瑟。僕本蓬蒿士，歲月時一出。愛君美詞翰，過讀常促膝。如何倦飛羽，更問閩山轍。東道阻且深，相思隔浮岳。有親在白頭，留子終無術。何以送將歸，獨有江南橘。

送孔樵嵐入都

九州日炎暑，驅馬有所之。豈惜道里遥，念君來幾時。昔來春已徂，今去秋方初。人生不如鳥，燕燕猶未飛。鳴蜩息高林，泥潦在中逵。帝廷玉帛會，于役有恒期。況聞道維揚，可以覲慈闈。君親誼至重，安得顧其私。匪無良朋戀，行矣勿遲遲。

又

西北方阻飢，東南荷戈戟。斯民獨何辜，上天無乃虐。嗷嗷鴻在野，往往人相食。猶聞凍餒餘，未免多求索。豈無有心人，付之長太息。子抱經世具，慷慨足智略。雖云在下位，自待良不薄。修途八千里，耳目親所歷。何以獻彤庭，蒼生望膏澤。

惠州西湖歌贈葉金吾猶龍

杭湖不過方十里，顙上無山空勺水。老夫未免有鄉情，敢道他皆不如此。惠州城西幾百峰，峰峰水上開芙蓉。我欲窮源安可極，野烟空翠飛重重。鱷湖之水明如練，弱藻潛鱗皆可見。豐湖之水曲若環，扁舟一去何時還。菱花荷葉紛紛長，巨筏中流日垂綱。水晶魚小價偏高，犀帶橋長人共往。金吾亭上好看湖，遠近纖濃勝畫圖。微風作浪打山脚，白日倒景懸城隅。金吾勳伐藏盟府，天許閑身作湖主。買斷龜峰千頃波，增築樓臺三百堵。飛甍往往雜茆茨，隨山高下總相宜。疏闌架竹通閑地，畫舫傳觴入水籬。吳歌楚舞看未足，更奏銀箏度新曲。千金製得鳳鸞衣，萬里載來燕趙玉。如君好事世所希，一日百萬真可揮。當筵意氣映四座，使我不醉何能歸。別待他時百花發，爲君更詠黄金徽。猶龍得鄺中秘古琴，同人多爲作歌。

同梁藥亭屈翁山淩天杓林叔吾泛舟東湖承高西厓邑侯垂訪談宴逮夜赴湖主人尹瀾柱銓部之招即事賦贈

我愛清秋好，因爲湖上行。拂衣昨夜度江水，青山畫舫遥相迎。垂楊飛絲映朱閣，古松擢幹排蒼冥。湖上多故人，邀我湖中亭。大鐃忼慨間淮鼓，高管斷續和秦箏。妖童羅列十四五，曲曲盡作邊頭聲。長談短歌共披寫，座中客盡風流者。只愁天上落金烏，寧識湖邊有車馬。高侯達者好著書，日開經史自公餘。洛下不唯容阮籍，臨邛直欲朝相如。昨日相過慚未報，今朝復枉湖中道。在貴真看能下人，微才豈敢論高蹈。生平落魄偶言詩，空谷寒猿只自悲。何因得入君侯耳，逢人往往言相思。相思相見日之夕，湖日湖雲相映色。洲渚紆回勢若環，波光瑣細紋如織。中流四顧忽茫然，四百羅浮出半天。君不見晉時葛稚川，作令乃以丹砂傳。又不見秦世安期子，說項不成成列仙。人生出處皆陳迹，百年且自行胸臆。主人有酒須盡歡，迴船勿使風濤黑。

答別張默庵

世人日相見，杳若不相識。如何別君三十年，此心只是長相憶。去歲書來自桂州，望之不至增離憂。今年望極思稍輟，東風忽枉禺山轍。相看一笑在舟中，仿佛蕪關往時別。舳艫千里大江秋，祖生擊楫横中流。澄清之志一不遂，拂衣高蹈輕王侯。洞庭之南幽州北，處處江山寄遊迹。井蛙所見將無同，腐鼠相逢唯一嚇。先生掉頭不與言，世間雷電徒轟奔。崑崙岡頭三日火，白玉皎皎無燒痕。獨抱禪心卧山月，居士身中常說法。已迴火宅作清涼，尚有冰霜存鬢髮。百日江城共起居，平生不樂更何如。願移茅屋來相就，溪水長竿並釣魚。

贈袁偉振林叔吾

珊瑚洲畔柳，可以贈依依。自我此爲客，而君遂不歸。夜吟銷畫燭，春雨共寒衣。未別先惆悵，他宵明月暉。

送藍公漪

珠海三爲別，相知廿載來。髮添無限雪，心共不然灰。老腳寰中遍，新詩酒後裁。時難遊不得，歸夢北窗開。

贈尹爾復爾任

愛君兄弟好，悃愊絕浮華。與世若無忤，中心良有遐。二毛依子舍，重樹似山家。自種忘憂草，春來爛漫花。

贈李祈年

長裾玉面正青春，可歎飄零亂後身。老母幸存爲客早，故山雖在欲歸貧。能工麗句追前輩，偶著枯棋服世人。相見江城沽美酒，醉吟忘卻落花旬。

石鑒上人請華首塔銘還自吳中賦此寄之

傳衣聞已返三城，轉憶江南萬里程。廬岳憩時依竹影，吳門歸日試蓴羹。心存至道忘來往，塔有新銘慰死生。欲訴離懷猶未得，故人知我久無成。

送梁藥亭北上

南梅枝暖北梅寒，君去穠花次第看。風雪一帆辭海國，天人三策上春官。世情莫惜嘗雞肋，詩句多吟在馬鞍。得意定知歸計早，此心先許釣魚竿。

寄喻賡三

春來頻客素馨田，想見高吟百卉前。瓊海罷官唯白髮，蜀門歸路在青天。埋名後代還誰賞，廉吏今時不謂賢。同是舊人君更老，相思遙寄夢熊篇。

贈陳將軍

廿年相見在行都，三十魁梧好丈夫。匹馬射潮江上過，雙龍盤劍殿頭趨。詩中琢句占師律，局裏敲棋識陣圖。今日建牙滄海晚，秋霜飛上美髯鬚。

懷梁藥亭

昨聞歸棹越黄河，又向維揚渡口過。三月烟花雖寂寞，六朝秋草更如何。高堂待進斑衣舞，下里猶思白雪歌。一第蹉跎那足歎，貴人傳者古無多。

送石鑒禪師住匡廬

英英丰骨透眉棱，五老峰前作老僧。已悟心中無一法，卻歸林下演三乘。風搖凍壑聞冰解，水漲平湖見月升。迴憶十年論劍夜，雲泥今日隔千層。

送區四之廣海幕府

濃眉方面玉肌紅，骨相人言似阿翁。臥讀陰符殘月下，自磨雄劍亂流中。魚開夜目常疑火，豚拜波心更起風。幕府晝長無事日，好詩吟賞與誰同。

贈趙意子

拋卻儒冠學用兵，田園荒盡不思耕。終年避地青鞋破，一夜憂時白髮生。松柏本來多直性，英雄何必定成名。憐君困甚還兼病，父執相逢淚滿纓。

送家中洲歸草堂

移家歸及九江春，舊館初開事事新。圖史暫抛中酒日，桔槔閑作灌畦人。花兼細雨泥深巷，柳帶高鶯出近鄰。即戀芳菲難得捨，詩篇先許報交親。

喜王東村歸

疏星三五未成行，魚子花開客到鄉。小婦罷啼牛女夜，大家爭解駏驉囊。階苔攤席閑眠破，鄰果攀枝遍索嘗。走覓城西苦吟伴，舊鬢添出幾莖霜。

送譚天水入燕

天涯到日歲方新，草嫩郊原漸少塵。官路聽雞行落月，帝城騎馬作閑人。冰簪屋霤玲瓏曉，雪照宫桃婀娜春。雖有故交爲侍從，馬卿能賦不妨貧。

同寧都魏和公崑山徐原一同里王震生高望公湛用喈程周量何不偕梁器圃陶苦子集藥亭六瑩堂得真字

竹窗藤几迴無塵，一會西園盡俊人。濟上魏舒爲舊好，鄴中徐幹是嘉賓。霜催細菊浮香早，風落高梧透月新。隨興攤書還席地，野情疏放本來真。

寄陸雄州孝山

曲江祠下俯無涯，鎖鑰關門倚妙才。薄俸散歸名下士，新詩多似嶺頭梅。北樓天淨峰爭出，南浦橋高舶競開。昨日人來頻見說，郡齋寒葉落成堆。

寄古鍊師

五千言外悟精真，劫劫過來不壞身。澆酒乍禳東國火，擲泥閑化下方人。開將笑口流春電，養得家雞在日輪。歸去閬風上頭住，玉芝宮闕總如銀。

同梁器圃宿羅澹峰石湖

一湖烟景在登樓，足耐閑人十日留。隔岸山光横枕上，遠天帆影落牆頭。溪多暗響常驚雨，竹有寒聲不待秋。況是溪翁共疏放，玉尊開酒夜傳籌。

泛舟甘溪送薛炎州朱次公李祈年歸龍江

春江何處不萋萋，掩映群峰到郭西。岸柳飛花時度水，山家開户半臨溪。已知異境人間少，難得同心酒坐齊。莫指鄉園便歸去，舟前聽取鷓鴣啼。

送陳人白王問溪歸瓊州

送君歸去不勝情，共國猶懸兩月程。黎母山前開晚照，蘇公樓外正秋清。檳榔過雨垂空地，玳瑁乘潮上古城。到日從容問耆舊，爲予再拜海先生。

夜起西山草堂口占別吳又札梁顒若梁亮圃

無成三十老漁蓑，舊國深慚此屢過。生計未知何事好，詩篇唯覺別人多。高城曉角收涼月，岐路西風長白波。猶幸交親不相棄，夜燒銀燭爲悲歌。

壽張太翁 增城侯文烈公之父

星星白髮曉常梳，八十長聞健起居。種就碧桃看結實，教成雛鳳每沖虛。衰年手佩通侯印，壯子名傳太史書。須信靈芝根有處，羅浮山色在門閭。

寄湯惕庵先生

早辭旄節遂抽簪，渺渺高蹤不可尋。江上二毛生子舍，天中孤月照臣心。青松自必千年老，白石聊爲半夜吟。近別海頭無一字，壺公巖迴壁潭深。

答家中洲西還見寄兼懷梁藥亭

西還北去各經春，暫別俱爲久客身。江上寂寥同賦地，水邊朝暮閉門人。蛙求怒敵行階草，鳥引飢雛踏甑塵。報與窮途狂大阮，陳平家巷古來貧。

壽易吾豫

帝里看春最少年，比年多只戀林泉。頻移隱地金囊澀，久坐窮山木榻穿。脱粟便爲終歲計，道書相共午時眠。酒酣笑向妻兒説，梅尉元來是列仙。

湛用喈折並蒂蘭一枝見貽予既拓落于時兼有悼亡之戚空齋嘿對觸興爲詩

九畹多勞植異根，一枝真稱野人軒。似傷萎去將隨草，卻笑生來即礙門。莖紫或曾充楚佩，心同端不負蘭言。只愁晤對香光下，雙影偏銷獨夜魂。

梁藥亭偕蒲衣赴東陂荔枝之約余病新愈憚暑不果往卻還新塘舟中寄懷兼柬東陂諸子

郭東收雨水新澄，咫尺溪橋不共登。林岫未忘多病客，鷺鷥閑似少年僧。樓開靜沼難爲畫，荔擘紅衣不讓冰。想到山堂今夜短，幾人吟共一窗燈。

雨中放舟同諸子登青雲閣

簑衣箬笠好生涯，不厭頻頻上小艖。秋浦暗雲連埤堄，遠天殘雨在蒹葭。青山對酒添新色，彩筆登樓盡作家。誰約一竿相伴老，鄙人親起酹江花。

寄懷何克諫何景雪

君家隱處海雲東，水繞青螺一百峰。初日芙蓉三謝句，西山薇蕨二賢蹤。投竿擬傍羊裘老，負土新成馬鬛封。猶感故人嘉惠在，相思和夢夜千重。

代寄毛子霞

久辭黄綬逐征篷，欲訊離居意萬重。倚馬近飛何處檄，烹魚頻是隔年封。江湘屈指三千里，衰老低頭四百峰。一讀新詩一惆悵，鶴樓尊酒限相從。

答梁顒若

伏波橋側石湖灣，生長難忘是此間。窮海見聞唯白浪，孤城表裏出青山。身同墜葉猶知本，老對衰楊自怯攀。頻得瑤緘遠相待，好秋端爲故人還。

詹侯竹也招集竹窺園即事

怪石堆園作一坡，新晴終日倚欄歌。滿壺玉酒閑人醉，出匣銀鈎古字多。傍蕊山蜂吟並立，照階林葉影相摩。尋常車馬稀容接，得許花前數數過。

答劉漢臣見寄

春宵猶憶奉金鍾，伏暑書郵久未通。乍有清風來戶外，不知新詠出函中。才高豈但驚人座，年少須邀蓋代功。若問老夫同海鳥，姓名將換信天翁。

送陳季長歸福州

丹楓夾路引青翰，霜後澄江亦自瀾。十載獨行珠海渺，一家歸計雪峰寒。將雛彩鳳飛何急，避弋冥鴻見漸難。從此溪山發奇思，新篇須滿故人看。

送朱鑒思歸揚州

南海風潮極大觀，廣陵濤氣正須看。暫辭虎帳論兵地，歸理羊裘舊釣竿〔一〕。殷浩清言牙慧利，孔璋飛檄箭鋒寒。何時重睹東京筆，白豕文章列史官。

【校記】

〔一〕『歸理』，底本作『歸里』，據詩意改。

戴怡濤使君再攝廣州旋得實授拜命之日即值生朝祝之

梅花飛蕊灑城隅，五馬新行即舊符。潁水重臨黄相國，漢廷真借寇雍奴〔一〕。一陽建子今初復，維岳生申古不殊。人士早磨詩石待，郡齋清詠似韋蘇。

【校記】

〔一〕『借』，底本作『假』，據十三年本改。

寄祝馮再來中丞 是日值立春 三首

維岳生來不計春，今年生日正春新。盡收肅殺還天地，重布陽和與世人。燈市穠花連綵樹，青郊仙仗迓農神〔二〕。海隅父老相逢説，春在中丞兩畫輪。

官爲白簡生風地，德應青陽解凍天。欲使瘡痍歸衽席，頓將鸞鳳易鷹鸇。精誠星日高難格，忠信波濤涉亦全。金馬棠陰無恙否，石羊城下已三年。

山林廊廟本相須，往哲流風今未蕪。下榻不妨留孺子，倒衣頻見禮潛夫。言無可擇何傷聖，山縱難移亦分愚。昨夜西疇新雨足，一竿安穩釣溪鱸。

【校記】

〔一〕『郊』，十三年本作『邱』。

東湖曲 十首

柳絲風裏木蘭船，夢想東湖已隔年。湖北湖南多月色，南湖沽酒北湖眠。

向曉扁舟自解攜，風吹東去更還西。茘子直從窗口落，荷花恰與舵樓齊。

湖西堰口接通川，畫舫爭潮入占前。金環玉腕親持槳，錦袖紅靴自打牽。

僧寺紅亭映水涯，袈裟來去各乘槎。午食不離荷葉飯，夜燈長結素馨花。

大石樓連小石樓，上樓遥見珊瑚洲。洲邊花艷誰家女，笑擲紅菱打白鷗。

金作飛龍照水寒，千人齊唱萬人歡。朝來試切銀絲膾，怪道池魚膽盡乾。

雲斂空江月滿汀，方舟行處衆聲停。新歌一曲清無敵，小妓生來十五齡。

潮生雲起兩相催，咫尺江山雨不開。雲自羅浮峰頂出，潮從大小虎頭來。

一簇笙歌隔渚繁，綵雲飛盡日黄昏。欲知遊女低徊地，朝踏蒼苔見履痕。

垂楊橋晚歸人少，近水亭高遠岫孤。正是郭西難畫處，淡烟疏樹似倪迂。

贈許伯玉守戎

孤峰特立海東涯，秀出如君衆所誇。武略即今推獨妙，文章先世是名家。三軍共仰黄金諾，千里兼多白玉驊。此日廟堂方拊髀，會從天上賜高牙。

贈賈中軍

荆郢爲都自昔雄，將軍威略有儒風。長江獨扼三川險，半壁曾高百戰功。近建旌旂滄海上，會題名姓漢臺中。從來好士心無極，嘉宴猶招白髮翁。

乙亥除夕同袁密山史蕉隱藍公漪集王紫詮使君寓齋次東坡元旦立春韻三首時余以夜禁先歸

東風恰與歲朝回，徹夜江城爆竹催。莫笑當歌卻歸去，青春非爲老人來。

東西南北偶然同，細酌春醪報歲功。鄉夢自分千里外，客心先醉一杯中。

燭殘綺席未知寒，夜禁嚴城苦不寬。只隔禺山盈尺地，自邀春色向南端。

徐星漢燕爾未幾即有惠州之行戲次王使君三十韻贈之以速其歸

天作他鄉合，眉猶故里齊。劍光龍乍躍，桐影鳳雙棲。冠玉仍逢負，探珠獨得驪。才同司馬濁，齋異太常泥。方朔能遺肉，淳于每滑稽。筆端來滾滾，吉事欲折折。媒氏初通好，故交還贈綈。雕鞍五馬借，筐帛百人賫。贊古先鴻雁，金堅及鼎鐫。燭間杯號罊，海外鏡名瓈。京兆新眉曲，檀郎款語低。俱飛宜繡蝶，教妒勿烹鷖。鞏帨親曾命，羹湯手自欐。雪窗深夜伴，雲鬢未明笄。字共璇璣織，絃從玉軫提。邀閑夜月榭，連步下花蹊。伐性誠知斧，醫心不任鎞。十年甘旅處，此日識坤倪。宿約聊須踐，新家未易攜。琴聲非別鶴，詩草是奔猊。徐浩草書如怒猊。去定經羅岳，歸應贈佩觿。買舟風自北，登路首頻西。閨裏年爲日，人前笑是啼。禦冬餘旨蓄，先事戒鹽醯。雲母溪堪念，何仙姑煉藥地。梅花夢莫迷。林蜂依密蕊，山獸護香臍。擲果思櫻口，浮瓜憶瓠犀。早期回綵鷁，相待儆鳴雞。穠李樹方及，初婚賦未題。使君憐歲晏，不遣久孤暌。

歲除雜感 十首

歲聿云暮，人皆有懷，莫引其端，無因自發。惠州王使君子千示以十律，遂次而和之。譬之秋蟬宵蚓，各自爲聲，而比竹絃匏無妨並奏云爾。

散髮晞朝日，添衣過暮年。白從梅蕊笑，衰受朔風憐。眼暗吟何害，肩酸字弗便。羅浮春信早，書寄惠州船。

薄酒眠無力，寒衾夢不真。庭闈猶顧復，箕尾已星辰。學愧爲裘舊，名知汗簡新。九原從豈遠，寢廟未歌輪。

雨澤今秋少，蕭條井里間。海田增斥鹵，溪水失潺湲。一日蜡誰樂，終年農共閑。貧家繁食指，僮僕漸思刪。

醉鄉徒作記，酒郡幾時封。入世無長策，登山有短笻。湖光豐鱷合，雲影石樓重。相約攜杯斝，南天幸息烽。

種藥池邊地，良朋樂此留。無方名卻老，有草號忘憂。月好還同詠，時難不妄遊。炎州稀勝迹，獨上尉佗樓。

未歸仍是寄，喪我孰爲吾。避世無金馬，潛身勘玉壺。燈猶寒夜剔，心爲昔人枯。敢望鴟夷子，功成尚五湖。

鬚眉今若此，清鏡背人看。愧共侏儒飽，難同范叔寒。夢中天莫問，鐘後夜方闌。地氣應南轉，年來雨雪漫。

從無西笑樂，不勒北山銘。艱苦應吾道，浮沉惜此生。二萬已過日，千秋何限情。書齋空自歎，誰是晚能成。

舉世多知我，何如我自知。近歌年冉冉，昔詠黍離離。儒術夫何敢，禪燈亦偶窺。若云高與潔，千載欲誰欺。

閲世浮雲變，觀心萬累空。雄雌歐冶劍，得失楚人弓。先甲年重值，玄英月又窮。算來終歲事，詩律也輸公。

上元後二夕長壽精舍雅集同王惠州陳韶州兩使君梁藥亭廖南暐屈翁山王礎塵沈上錢方葆宇陳生洲黄葵邨分得來字 二首

使君五馬並能來，陸賈城邊白社開。人影隔橋頻送酒，鶴聲迎客共登臺。東方皎月宵仍滿，西郭烟花日漸裁。幸值行春駐旌旆，挽回端藉濟川才。

江頭前夜報輕雷，花底新陰綺席開。稷下放談多學士，梁園能賦盛鄒枚。風傳野鼓催燈出，潮帶春星入沼來。詩句未成軒騎動，重城深隔愧追陪。

大司馬吳留邨壽日有靈州之行次日還值冬至補祝之 四首

冠蓋朝仍集，江干昨有行。賦猶初度作，日是一陽生。南陸迴羲馭，東山見物情。野人歌赤舄，并入衮衣聲。

靈洲千載寺，郭璞讖猶存。壁峭通禺峽，江清見石門。溪山新命駕，風土舊承恩。盛氣當年事，從今更可論。

謝傅登臨處，圍棋得數陪。玉杯吟復舉，銀燭曉猶催。廓落千秋志，雍容七步才。英雄兼著作，從古幾人來。

二年歸節鉞，五嶺藉恩威。士憶投醪醉，身從解組肥。馬蹄猶角逐，容鬢漸霜飛。未可耽行樂，乾坤尚鐵衣。

送吳雁山歸杭州

無事行千里，閩中與粵中。文如韓愈怪，途是步兵窮。遠志傷騏驥，歸心背雁鴻。因君念湖上，霜葉滿西風。

重別方蒙章

已分離居久，今知未果行。重爲江上別，得盡故人情。吏道時來雜，民風日以爭。不貪洵可寶，之子有平生。

方長斯侍母夫人之其兄蒙章官舍賦別

綵服去翩翩，初遊屬少年。皇華雖客路，荆樹即堂前。越雪臨書曉，吳山入詠偏。遙知文采美，不讓阿兄賢。

冬日寓梁藥亭六瑩堂始刻日作古樂府梁王顧自車陂至是夜歐陽偉人劉漢水過宿分賦得燈字

過雨聞簷滴，南天未有冰。月開梅下地，風定草堂燈。淺酌猶煩主，深宵況得朋。預知吟興罷，書貴剡溪藤。

苦吟分得絲字

力窮天地外，獨立夕陽時。物態皆吾巧，春風不自知。舌從荆婦笑，香遣穉兒司。究竟成何事，年年催鬢絲。

彈琴

幽人何所有，虚室有清絃。素手偶爲撫，秋心一渺然。月搖寒島樹，風落夜山泉。直自迴元氣，鴻濛太古前。

答家獻孟

譜中傳舊好，酒後見新詩。一日吾爲長，千秋汝在斯。金無留礦理，玉有照人枝。每抱才難恨，而今喜可知。

送龐野直之陽春

春州三百里，非遠亦堪悲。世難依人地，家貧爲養時。路邊雲是石，馬上檄兼詩。知有神明宰，無勞理繭絲。

次韻答龔升璐 三首

勿用潛龍德，無雙國士名。江城逢永夕，風雨戀同聲。竹實非時賞，琪花豈世榮。夜聞論戰伐，一倍切歸畊。

北望猶龍戰，西飛空雁音。英雄時不作，廣武歎何深。念子辭蓮府，將歸舊竹林。子春有高節，不獨愛豪吟。

孤雲雖異託，高燭數同堂。深淺看浮白，升沉付彼蒼。别來頻有寄，欲報不成章。倘枉山中駕，秋英未乏糧。

題王茂名令詒南行圖

大才何處不閑身，百里新花況值春。五斗已餘供鶴米，一官仍作著書人。

又柳磯圖

萬縷籠烟訝許同，一竿搖漾泖橋風。王郎濯濯如春月，更在龍鱗鳳翼中。

送李尚卿司諭長寧

祿雖升斗尚爲儒，吏隱今時只此途。送子更添無限興，佳辰頻得到西湖。

又送王立安　二首

別子三江日，木棉今又開。一年燕與粵，萬里去還來。識老增新感，詩工勝昔裁。嚴君方北發，先待鬱孤臺。

金陵雖暫住，不比在他鄉。北望京華近，西流蜀水長。佳兒娛旦暮，諸弟共文章。港下多商舶，來書寄數行。

九日湛靜齋亦宋喬梓載酒元明石室登高同郭公鶖湛天沐天及禎士文安澤君介以長兒端木縱飲至夜月高而還地爲甘泉先生書院故址碑碣存焉　二首

登臨不覺杖頭勞，屋外晴峰石勢高。南盡海門飛白雁，東來帆影走洪濤。千杯酬酢寧辭暮，一笑乾坤且自豪。在昔重陽誰對月，應留佳事待吾曹。

愧無新句謝烟霞，二十年前此寄家。老樹有根蟠石底，古碑和字長藤花。清秋高會人猶昔，白髮重來歲漸加。先正追蹤英少事，釣臺風月滿江涯。

九月晦日同王惠州王礎塵連雙河諸公集石公精舍送秋同限蕉字松字 二首

黄花開盡轉無聊，處處園林戰緑蕉。頓覺朔風凝玉露，不知明月變涼宵。郊西滿目登新稼，物外何人識後凋。想到北庭冰可折，最分寒燠是今朝。

鴻來燕去各從容，白帝將歸駕白龍。且讓羲和旋北陸，尚餘朝爽在西峰。千卮醳醳忘憂酒，百尺青青偃蓋松。暮別山門尚回首，數聲猶是此秋鐘。

次答張鄂山 二首

信道三人必有師，白頭寧恨識君遲。杯浮菊蕊香猶在，詩寄梅花語亦奇。湘曲幾時歸賀監，海邊何處覓安期。深談不覺銷紅燭，旅宿高城斗柄移。

葛相當年出渭濱，雜耕心事更誰陳。身肩半壁成還敗，名在千秋久愈新。高塚麒麟添宿草，遺黎蘋藻薦青春。煩君爲酌湖中水，慟哭西臺尚有人。

家敷公自桂林分闈還惠我湘竹杖賦謝

舟楫歸從桂水湍，多君持贈玉琅玕。逢人真信成龍易，有實方知集鳳難。數點迷離堯女淚，一溪烟雨子牙竿。年來老腳差能健，從此登高得羽翰。

送潘涵觀之高涼 二首

黄花新後紫梅新，送子扁舟正小春。三萬六千過已半，東西南北倦游人。

君家曾入列仙書，心影無偏古所譽。好到潘山弈棋處，乾坤一局問何如。

答潘子登

天之爲文星與月，人之爲文筆與舌。自從星月一晦冥，文章正脈幾于絕。挑燈昨夜讀君書，字字行間皆有血。君父之辱義正同，有口莫向他人説。精衛填海海未乾，愚公移山山可裂。山崩海竭必有時，此心不與天壤滅。蘸筆須到星宿源，磨鋒必用昆吾鐵。但能閉户造堅車，今古修途同一轍。

送鍾橫塘

橫塘爲予繪倚杖圖甚肖，比其還也，予有殤女之慼，口占送之。

昨來倚杖立秋風，白髮丹顔一老翁。今日送君難復繪，衰顔新減幾分紅。

五日泛舟珠江餞王紫詮使君觀察川南

清尊相餞木蘭橈，萬里西行使節遥。珠海共吟唯此日，蜀門一路在青霄〔一〕。江連金鼓濤聲壯，山雜雲霞雨氣消。向後題詩人漸遠，風光雖好亦無聊。

【校記】

〔一〕『青霄』，底本作『青宵』，據詩意改。

同潘子登盧俊斯佘兼五小飲梁巨川山館分得十一真

樹影橫階不染塵，牆頭山色況嶙峋。半年好月唯今夕，四座清風盡雅人。杯有淺深從所好，語無倫次任吾真。短衣出送溪橋夜，明日相尋在釣綸。

同潘子登梁巨川盧俊斯集向恬庵詠夾竹桃花

醉裏看花倍覺妍，臨風一樹獨嫣然。瑤池嶰谷來何處，翠袖紅妝色可憐。灼灼最宜之子室，猗猗如詠衛侯篇。秦人洞口原非遠，莫誤漁竿上釣船。

月夜紫詮使君寓齋同藍公漪朱甸安吴山帶疊韻 三首

咫尺濂溪有舊祠，石存九曜已無池。光風霽月今猶昔，辜負前賢石上詩。

月午應門未上關，塵機暫息似空山。澄清天宇誰能滓，多謝微雲點綴斑。

漏水迢迢轉玉龍，金壺銀箭未從容。眼前共坐人千里，良夜他時何處逢。

羊城月夜同王紫詮吴山帶次藍公漪韻

衆竅因成籟，一絃猶撫琴。豈能諧里耳，聊以散幽襟。地古春懷遠，杯涼夜語深。三農方望雨，明月最宜陰。

答山陰劉道韞

舊識稽山禹穴東，君家門地有清風。近緣伯父（令伯語石）知猶子，曾聽而師（董無休）說若翁。龔勝臥床仍矢節，謝翔許劍亦全忠。成仁取義無今古，劣筆空慚史傳工。

有進川南使君新荔枝者是日初嘗苦瓜使君紀之以詩與吳山帶和之次吳韻（二首）

二年留滯思三峽，七載清吟守一麾。瓜果東南嘗已遍，無人輕快似消梨。

疥皮青紫各爲籃，君自能餐我亦堪。只是平生酸不得，越人嘗膽舊來諳。

次翁兄病中見柬

文章頻寄慨，造物久勞形。已錮函中史，難言石上銘。寄歸同大夢，修短自高冥。來下王喬玉，何當燕翠屏。

王川南使君紫詮招同李宮詹山公袁通政密山梁太史藥亭藍山人采飲游靈洲予以事不果往諸公分韻及之仍同游韻 八首

目送輕帆出越城，靈洲西去趁潮平。山環野寺天中斷，水繞高臺月四明。荷葉采爲酣飲具，梵鐘和入苦吟聲。髯蘇詩石蒼苔上，不獲同君躡屩行。

本是閑身偶不閑，揗頤吟望海頭山。離懷黯黯傷今夕，時友人屈翁山物故。漁火星星別一灣。聲氣相求南北合，行藏難定去來間。當年頗記尋僧夜，隔水呼船月半環。

石間隨處宿僧房，長夏無風也自涼。得句好題青竹粉，有人曾悟木樨香。畫橈倚岸傳歌板，冰簟橫階置筆床。望日始過良夜短，詰朝明月有餘光。

使節東西路各遙，宮詹、川南將去。良朋遠近返巖椒。密山、采飲將歸。一堂嘯詠同斯地，萬古溪山有此宵。赤水得珠期象罔，滄溟爲鳥待扶搖。無才久已安衰拙，不與揚雲歎寂寥。

漢將旌旆下石門，天南霸業已全吞。弘農盛氣占孤嶼，刺史清泉翳樹根。北去京華猶古路，南來尋陋失荒村。眼前陳迹千年事，一棹沿洄好細論。

荔子垂垂帶夕烟，維舟深竹似涼天。鄉人尚識紅雲宴，居士同參玉版禪。鶴聽琴聲依檻外，月搖江影上燈前。夢游卻比狂吟勝，欲學希夷且打眠。

石勢嵯峨别一峰，隔江雲影岫重重。人來彼岸先尋筏，壁護籠紗不爲鐘。閑以深杯邀顧兔，笑吹横笛起吟龍。寶陀自是千年院，偃蓋當門見老松。

探奇今昔幾人來，小院初爲上客開。佛有慧燈曾不夜，天飛明鏡復當臺。旌旄繚繞移烟樹，笻屐從容踏翠苔。拈韻禪床吟未了，袈裟長揖使星回。

又疊閒字韻四首送李宫詹山公歸都門

鶴禁龍樓職最閑，爲誰驅馬涉溪山。五雲新命來雙闕，黄木千秋尚此灣。日照蜃臺烟靄合，風隨旌節有無閒。洛書河數皆時瑞，不獨西王獻白環。

史館清華未是閑，袞衣何幸在東山。雕鞍晚覓菩提寺，綵鷁朝移荔子灣。得御名流盈座上，著書關令候行間。皇華使命殊三晉，不向諸侯問玉環。

霄漢翺翔歸去閑，回頭休忘嶺南山。青林近夏初飛葉，碧海彌天不見灣。鴝硯眼明藏匣内，鸚禽言好入籠間。殊方草木添新狀，萬里經途一轍環。

本爲桑者樂閑閑，不用棲心别買山。中夜每尋觀日處，幾年曾釣落星灣。老耽濁酒風花下，細讀清篇水石間。高價便堪城十五，報君難得玉雙環。

佟聲遠索題連珠塚二首

纍纍雙塚倚山隅，薤露風前尚綴珠。不有詩人能作誄，彭殤千載亦何殊。
一丘埋玉未須哀，明月偏宜老蚌胎。滴淚暫歸泉客去，報恩還入掌中來。

東家比之

當年文社狎齊盟，蔚蔚天南各擅名。崇禎先伯園公先生、先君巖野府君並有《蔚園稿》行世。繼世才華吾與汝，一門風雅弟難兄。鹽車豈久驊騮步，阿閣將看鳳鳥鳴。韓樹花生知有日，秋風先報五羊城。

王川南招陪樊檢討崑來劉銓部省庵集長壽石公精舍分得二冬

故作禪房會，深防俗子逢。僧歸萬里浪，客到一聲鐘。北酒邀新月，南花發孟冬。後期那可易，使節爲從容。

陪王川南飲何慎思邑侯署中登超然臺作時將有西樵之游

山水游蹤此泊船，風流賢宰夜開筵。籬花對酒如含笑，霜月當頭正上弦。一徑細穿修竹裏，諸峰忽立古臺前。官衙勝處誰能到，賓主燕吴不偶然。

佟聲遠招同王紫詮使君樊崑來翰檢趙秋谷宫贊梁藥亭吉士胡□□雅集粟園看新梅分賦 二首

五律得八庚

戶外青絲騎，林中白玉英。此時天未會，一片歲寒情。老腳聞香住，方塘倚酒行。念君趨省侍，非久寓三城。

七律得九佳

積水清泠照小齋，深冬雲物尚能佳。峰峰黛色眉誰畫，陣陣鴻聲字不差。南郭子綦風激謞，東方曼倩語詼諧。酒闌更繞池邊樹，笑指新梅似玉釵。聲遠新有小星之賦。

次答周雪客

鬚眉白盡似非吾，感物依然獨向隅。百歲春光駒過隙，一生行迹雁銜蘆。非魚莊叟寧知樂，如鳳寒蟲秖自呼。君是梁園貴公子，未應同慟阮公途。

再次周耐庵韻送之

烏烏何必勝吾吾，無事悠悠守一隅。詩思尚存荒徑菊，道心曾折渡江蘆。嗟來路上人多食，時粤大饑。歸去林中鳥獨呼。寥落風花又三月，青山空自滿前途。

元日次梁藥亭韻

野服垂垂拂野烟，小臺閑上望高天。三城霽色開新朔，十日東風尚舊年。十二日立春。雪在顛毛元共得，詩如兵律獨無前。知君久謝金門步，茗椀相尋月井邊。

人日次梁藥亭韻兼柬川南長壽

衰顔與懶歲俱增，心在冰壺更著冰。七日爲人雖復爾，五倫于我獨存朋。予于朋友一倫，差可無憾，餘皆有不可言者。川南使者新貽酒，海外歸僧昨寄藤。舊好無多皆白首，草堂期續夜吟燈。二十年在藥亭城西草堂作詩，嘗連月不寐。

送黄蘭偶暫歸金陵即同王川南入蜀次見贈元韻

少長曾聞上巳遊，十年節序歎如流。東風又緑王孫草，别酒重開趙尉樓。扇枕歸心當永夏，掛帆行色近清秋。川南使者今詞伯，入峽猿聲不用愁。

袁爾□元戎向惠端硯久未謝也今秋偶過補詩奉柬兼懷密山黄門

前年頻得望清輝，酒罷分攜寶硯歸。鴝眼尚明猶戀主，龍韜曾伴有餘威。漸忘盾鼻同飛檄，久困齋頭共掩扉。莫訝瓊瑤全未報，黄門行後少珠璣。

引眉姪河涘中丫蘭盛花兒曹過而作詩引眉索予爲之率爾成詠

靈根産自嶺雲深，高館何因得共尋。莖有數岐唯一本，花皆純潔驗同心。七絃每爲王香操，九畹曾勞楚澤吟。若遇昔人應歎絕，玉枝連理在于今。丫蘭花視諸蘭最潔白。

又壽馮使君次趙秋谷夜話韻

山中一夜雷，十日流未歇。況乎雨九州，膏澤周窮髮。上天生英才，乃爲斯民役。功業貴及時，歲序如過客。使君出相門，賢聲存楚越。寧期庾亮樓，卻對珠江月。天鏡八張絃，堯蓂十開葉。耕鋤托樂郊，祝頌非昕夕。願扇太和風，疲氓日繁息。再紀神爵年，仍升鳳皇闕。

次韻答羅浮山因柬其舅汪栗亭其叔羅廷錫

清論應爲第一流，禪林相見晚山稠。文章自許藏名岳，姓字偏宜紀石樓。舊好情深勞遠夢，新篇佳絕想前游。知君宅相淵源在，南望同悲宋玉樓。浮山前度來粵，故友翁山有贈詩，故及。

花朝粱藥亭招集六瑩堂送姚東郊歸桐城同王蒲衣姚非熊 二首

高齋紅綻雨初消，美酒良晨未寂寥。歸客正尋芳草路，南天早是落花朝。交情到處多投轄，詩卷誰家得射鵰。含嚼菁華不成句，杜陵持論薄蘭苕。

南風帆席到非遙，桑落洲邊不上潮。入饌鮮鱗飛白版，滴窗疏雨剪紅蕉。江光西望涵三楚，山色東浮見六朝。舊好君鄉三拜在，并將新詠寄東樵。謂方裕子也。裕子、東郊先後爲羅浮之游，故及之。

答戴桐侯

亭亭谷中雲，獨往仍獨歸。何來九皐鶴，相悅還相依。清風振清響，白雪爲毛衣。歲時或一至，徘徊啄荆扉。我生澹無營，散誕不言非。君具霄漢翮，覽德揚其輝。緩者佩以絃，急者佩以韋。各當行所是，勿謂知音希。

生生園十詠

幻雲樓

昔是誰人有，今爲佛地初。天光雲變幻，樓影樹扶疏。挈鼓來川後，燃燈借望舒。白頭聊獨臥，何必坐茅漁。

雪香亭

高亭臨水次，一樹報春歸。茍令如曾宿，山人應白衣。同雲晴不散，獨鶴暮相依。莫作南華夢，聞香蝶易飛。

悠然閣

盡道桑田改，寧諳夜壑移。雲收天寂寂，門掩日遲遲。有色花當閣，無聲水滿池。從來真妄理，只是酒杯知。

潮汐池

漸覺池波轉，曾將海脈通。淺深塵世外，消長片時中。剩地叢斤竹，閑花落刺桐。潮來還自去，不問主人翁。

鳶飛魚躍亭

飛躍平生意，鳶魚適此亭。世癡無日了，天醉有時醒。是月江皆白，何春草不青。只須人自會，休更問誰惺。

珠暉橋

驚雷收宿雨，初日現文虹。遂有青蓮界，遥開積水中。磬傳三徑竹，香度小橋風。滄海非云渺，微波自可通。

琴臺

風過松有響，石激水如灘。靜入幽人耳，遥聞清夜彈。引中思走馬，意內想猗蘭。莫上高臺坐，南音不慣寒。

問鷗亭

髮短爭如鶴，人閒莫羨鷗。未能迴冷眼〔一〕，何以客炎州。空谷聊舒嘯，高天可寄愁。旅中兼課子，不用別詒謀。

【校記】

〔一〕『迴』，底本作『迴』，據詩意改。

留香榭

駒光忙裏去，鴻迹雪中留。盡取開花笑，誰期種果收。百行同一夢，四氣自成秋。君看長江水，清清亦聚漚。

生生堂

好生名大德，豈獨在人爲。楚虎曾分乳，冰禽亦護兒。但期天下活，安問腹中饑。看子平生意，何憂鬢不絲。

荔枝次吴晉濤

年年慣見側生紅，自讀新篇迴不同。綺樹有霜朝更艷，冰盤無暑日初融。空將異味疑曹氏，未許移根入漢宮。君爲荔枝來嶺外，一官吟遍二松風。

次韻答徐紫凝 四首

白首甘爲隴畝民，生來摧折不曾春。易逢湘竹千年淚，難得桐江百尺綸。道在沉冥寧作我，書傳中論又何人。清詩未厭千迴讀，更遣兒曹寫緑筠。

把箋終日詠瑶華，短髮燈前影自髿。縞帶未妨還獻紵，瓊琚無以報投瓜。飛來何處中宵笛，剪落遥天五色霞。恰似秋風亦知得，滿池開盡碧蓮花。

曾攜孤笠逐篙師，數月輕帆浙水湄。湖上主人梅與鶴，蘆中窮士我爲誰。驚鴻幸且違矰繳，雛鳳于今見羽儀。四十餘年如昨夢，計君猶在未生時。

文章大道以爲公，今昔何能强使同。只寫性情流紙上，莫將唐宋滯胸中。維揚不入刪詩地，百越咸歸霸國風。終古常新唯日月，金烏先自海東紅。

喜廖南暐自都門挈家歸里 二首

粵臺風景尚依希，且向湖邊掩竹扉。朔雪漸寒鴻合返，海波曾起鶴先飛。老妻相伴爲游侶，孫子成行著綵衣。四十年來兵燹地，白頭如此幾人歸。

猶及承平記土風，先朝人物足稱雄。可能地氣來從北，欲挽狂瀾盡向東。負郭席門貧孺子，襄陽耆舊老龐公。交情兩世還誰在，長憶吾翁與若翁。

獨漉堂詩集卷之十四

詠物集

補序

陳　贛

詠物古不乏作者，皆借物言情，或賦而肖，或比而寄，興會所托，感物而不泥于物，所謂寓言十一也。是集先子編定，而小序未作，因述其意，以竊補之。男贛識。

冬草得言字

無論南與北，一種白連門。豈不怨遲暮，曾承天地恩。遠風疏勁葉，春色聚寒根。獨立觀元化，悠悠何所言。

寒燈得遙字

亦自尋常見，分明在此宵。抱將心耿耿，來對雨蕭蕭。虛壁涵光淺，澄溪落影遥。只須環萬匝，長詠破無聊。

紙窗

虛牖任風行，燈摇坐不成。誰開一匹練，似得數重城。自鑒呈身影，孤吟聚正聲。古人于視聽，毋取太分明。

筆

亂毫猶可束，今古更紛紛。手劍不到處，霜鋒時賴君。柔能含道妙，虛足納風雲。枯盡文人血，名成屬典墳。

簾

珠簾明瑟瑟，之子正晨興。翡翠爲裝帶，珊瑚自挂繩。雜花沾未落，雙燕入猶能。只覺高堂上，青山又一層。

寒樹得陰字

非無生氣在，孤直未成林。幸以不材老，能忘時序心。空巢懸宿葉，新月下疏陰。爲報青陽道，前溪雪已深。

宿鳥

日暮將何適，歸飛尚有林。側銜千里翼，獨立五更心。山月横枝淺，寒池顧影深。幸無彈射患，安夢得于今。

藤

遇物時能曲，垂天自不斜。可憐無尺土，亦復著高花。柔是長生道，清宜處士家。柴門開一角，山月也從遮。

夜漏

滴滴來心上，錚錚出暗風。年流今夜裏，天定此聲中。候日隨陰盡，占星到曉空。誰言良治手，真有授時功。

春山

諸峰無近遠，若與野人期。未改高寒色，青青又一時。後來花在眼，昨夜雪添池。擬著泉邊屋，從今插短籬。

春帆

極浦浮無際，輕帆掛自牢。入天雲片立，排日海門高。險絕行鮫室，風長引鷺濤。故人春有信，書閣坐勞勞。

春岸

野岸關心地，高花下亦花。弱枝低浪舉，輕片落風斜。有力黄柑酒，無營白鳥家。客中才見月，一夕夢汀沙。

春草

春色來何處，南州得最先。萌芽依宿燒，鮮潔近幽泉。力弱猶穿土，光搖不隔天。自今歸馬後，隨地醉須眠。

春泉

石上冰初解，田間綠已陰。無窮資地力，不息自天心。暗谷藏聲淺，平池見底深。但令常潤下，何用更爲霖。

春衣

東風曾不定，乍暖復餘寒。走馬初沾汗，看花每出欄。佳人傳素手，公子試輕紈。白石高吟客，而今衣尚單。

春屐

自蠟一雙屐，南金不是過。世人皆大笑，未雨更如何。高齒防攲側，深泥免轗軻。病身須託爾，三月好花多。

春燈

疏燈傳客影，一半落窗紗。老眼吾看暈，東風汝亦花。夜吟良足戀，春酒不勞賒。犬子驚時節，裁書問到家。

夜潮

自知消長理，豈敢恨蹉跎。子夜泉心正，南天海運多。帶風鳴石岸，隨月寫金波。曉起看新稼，爲霖不是過。

紙屏

自上孤屏紙，輕隨獨坐身。止防風及我，不使事遮人。汙損關情好，高方是德鄰。朝來煩好手，畫出武陵春。

湘管

湘竹生湘水，當年事可傷。結根逢帝子，餘淚亦文章。採作千竿筆，隨歸五岳裝。書成無可寫，天地異陶唐。

端研

磨涅終無恙，光芒内自存。得從高峽水，曾是五雲根。受性元山静，爲容比玉溫。文章被天下，一似不能言。

臂閣

截竹爲清玩，瀟湘意尚存。雅形看不厭，小足立無痕。妙得文心助，輕承玉臂恩。點汙知可免，持此報天門。

玉冠

白玉爲冠好，輕輕稱敝袍。淚曾和氏下，形爲屈生高。韞匵常憂玷，隨身勿用勞。衰年尤愛爾，相映鬢邊毛。

石枕

信是幽人枕，文章亦復工。老松形化石，大匠斲成風。暑月應能試，吟時不放空。怪來連夜夢，只在萬山中。

竹杖

黄金如竹色，竹老杖彌輕。拄入空山路，鏘然聞玉聲。高高上無極，下見雲霞生。早被仙人笑，爲龍臥不成。

銅瓶

銅瓶依石井，朝日轆轤聲。渴酒仙人臥，澆花稚子行。新涼蘇膈竅，古碧注清盈。一飲消愁疾，裁詩應口成。

竹牀

受體止七尺，編床宜數竿。卻痰餘瀝近，醒夢小聲乾。不費加繩墨，何妨被綺紈。金鏤與象簟，穿鑿太無端。

藤簟

一片燕山雪，千枝海土藤〔一〕。結爲幾萬字，字字讀成冰。縷細常欺髮，光寒不集蠅。暑天南地上，從此絕炎蒸。

【校記】

〔一〕『土』，宣統本作『上』。

茶竈

白竈青鐺子，潮州來者精。潔宜居近坐，小亦利隨行。就隙邀風勢，添泉戰火聲。尋常飢渴外，多事養浮生。

螺杯

汝曲世所棄，因之成巨觴。縱逢千日酒，不忘九迴腸。江海歸何益，朋儔興每長。誰能賦鸚鵡，名字恐相妨。

熏籠

楚竹製自古，南藤新絡絲。職宜司臥內，法有用疏時。佳氣當衣滿，餘香入夢知。美人看暖後，不復畫蛾眉。

葛幃

細葛含輕霧，多年製薄帷。影形人共見，心事爾如知。不喜猜黄絹，無憂變素絲。唯聞越溪女，薪膽有遺詩。

藥裹

事至初爲備，防身未是嚴。將祈苦口利，須用括囊占。物土分南北，纖微及米鹽。但令人不病，蛛網爾何嫌。

癭瓢

已分瓠俱掊，寧期匠見收。在人思錯節，于物戒懸疣。量腹爲虚受，投身免貴游。同根有枝葉，灰燼已千秋。

石磬

制作成何代，嘉名出泗濱。難逢有心者，空學折腰人。聲古宜歌頌，形方或矩身。茅齋聊借汝，終擬入韶鈞。

香煎

近日煎香片，前修未有稱。芬芳人所惜，暴殄世須懲。用火先防烈，燃灰復可興。此身如白玉，三日試應能。

畫叉

不謂高難及，終知力有窮。任人吾自逸，致遠汝爲工。枝指傳蒙吏，循牆學孔公。豈如燕匕首，只在地圖中。

墨池

石墨汝相得，翩翩文采多。雖居白黑外，將奈濁清何。滿至先知損，群中不受磨。毋言一勺小，從古有風波。

筆山

似得臥游圖，峰峰落座隅。并將文格古，恰與性靈孤。意内存真隱，生來伴老孺。高深長在目，聚米復何須。

花架

青春雖共得，弱植本難工。小結藤兼竹，無妨雨復風。細香通靜後，微月覆軒東。未少匡扶力，花開不任功。

棋枰

終古紛爭地，當年克讓風。畫如分易象，度亦合天工。疏密群星似，縱横末俗同。無窮機與巧，不出數行中。

芒鞋

以貌若不足，于行安有餘。即云素履往，猶似結繩初。山色緑相得，蘚痕青未除。從來深薄意，于汝更何如。

麈尾

麈尾誰家物，談時廢弗能。將無欺白髮，喜不受青蠅。飾玉身雖貴，懷瓊歲莫徵。山中樂仙隱，非願有名稱。

鎮紙

刀錐皆見末，汝鈍類模棱。及與飄風會，方多鎮物稱。卷舒勞重寄，著作得良朋。自古安劉者，都無文學能。

琴囊

古道寄山水，正聲終在兹。龍唇倘弗御，鳳鳥至何時。鮮潔蜀川錦，纏綿園客絲。將知用心處，不欲負鍾期。

蒲團

蒲簟圓如月，茅齋寒似冰。難將幽獨意，舉似住山僧。暗淚續清曉，朗吟枯夜燈。閑來看坐處，書破一層層。

蒿花

王礎塵折蒿花插瓶，作四十韻，與翁山共和之。

憂世莊生目，于蔬亦有蒿。入廚充野蔌，登俎讓溪毛。軟滑人爭尚，芳辛衆每饕。蓴絲堪並駕，蔞筍或同曹。養胃功殊大，驅痰效可摻。理畦猶畫井，疏洫漸成濠。隔歲勤鋤鍤，先時舉桔槔。散根臨雪候，聚族冒寒皐。葱蒨超群卉，肥磽擅土膏。卷芽朝挺箭，叢翠暮生濤。市價初終別，村傭往返挑。貴時爭尺寸，賤日委溝壕。晚節誠無味，其花也自豪。千莖擊蕾密，單瓣著心牢。衆幅爲輪小，中權築壘高。嫩茸深結蕊，青萼細含毫。搖落能經久，離披尚桀驁。只應從物化，終不被風撓。追往頤猶朵，于今首重搔。坐觀形色巧，真覺化工勞。鶯谷翎誰剪，蠶筐繭待繅。深濃如匠染，淺淡受霜鏖。倚鳳簪雲鬢，攀龍上御袍。無香辭蛺蝶，有苦遠螃螬。竟畝黃相鏃，經春子可櫜。作金曾布佛，似菊欲依陶。不遇高人賞，將同荼蓼薅。折歸親几硯，把玩對醇醪。萎絕知何許，怡情信所遭。千言勞共賦，一字更承褒。薇蕨還登雅，蕭蘭並入騷。曾開蔣生徑，況慟孝元號。題詠終無及，纖微乃自叨。詞鋒侔劍戟，文戰列旌旄。嗜險窮幽眇，抽薪極汰淘。寧甘名嚼蠟，不肯事餔糟。戛戛敲群玉，鏘鏘奏八璈。只緣花不俗，遂覺懶難逃。周道傷離黍，中園感有桃。詩人工比物，聊以代心忉。

霜橘

嘉果生炎甸，飛香始素秋。一官曾命秩，千樹擬封侯。綠葉霜彌翠，金衣晚未收。玲瓏明夕照，磊落亞枝頭。浥露姿常潔，搖風蒂自柔。厥包神禹錫，作頌楚臣優。偶入金盤採，蒙兼玉饌羞。甘酸消宿酒，清冷破牢愁。小瓣輕鐳柚，微紅妒石榴。光凝珠的的，聲入齒颼颼。水玉深潛壑，堅冰滿貯甌。近之清內熱，聞者亦涎流。有目應同賞，非時莫暗投。苞中仙對奕，江上鶴成樓。實以逾淮變，花從到鄴休。貞操元自固，衆卉豈其儔。藥品皮爲上，醫師舊是求。青黃分所治，沉痼賴能瘳。色味稱俱美，驅除力更尤。有如詞翰士，兼善甲兵謀。筋核皆堪取，蟲魚不是讎。一身無棄斥，萬里極車舟。橘譜原多種，詩篇亦滿眸。醉來渾忘卻，何處更旁搜。

小魚缸 惠州王子千使君席上詠

古之五窑哥官定，有明所寶唯嘉靖。五窑近者亦千年，舊物僅存希不病。肅皇臨御久且寧，玄修內醮期清淨。中官監製下浮梁，供奉雖多誰敢諍。無論大器小亦精，雞缸魚缸最得名。君之酒杯無乃是，朱魚上下缸心明。缸之所受不容吸，四魚與酒遞出入。滿時或躍酒池中，乾時不作枯魚泣。搖鬐鼓鬣若毫芒，掉尾昂頭似人立。昔聞釀者有玉缸，此缸清妙古無雙。拊不留手柔無骨，虛明瑩徹當銀缸。質輕如紙内外見，酒淺酒深人自勸。良宵高會此何時，當杯不醉將遺恨。吾聞水者魚所依，以酒澆之良已非。如何湎輸令心悲，如魚得水今望誰，魚乎魚乎使我思。

荔枝酒 惠州王子千使君席上詠

天爲美禄供禋祀，上有旗星下有泉。既作神農能播種，更教儀狄爲開先。五齊三事經曾著，百榼千鍾古有傳。西土蒲萄長引蔓，南州叢桂每參天。豈知嶺外離支樹，植自羅浮賣酒田。萬斛如珠空自照，千溪如火未曾燃。群來野雀休能網，飽噉行人不論錢。採下忽看花滿地，釀成何啻酒如川。三年始醒誰能試，百步聞香足自前。滿碗盛來無見底，一觴浮出月如弦。冰從化水參差減，玉既成漿性未遷。桂郡酒官應爲此，越佗貢物罔聞焉。生時多食猶能醉，釀後餘甘倍可憐。通神益智功如在，美色怡顔力更全。妃子紅塵何乃拙，魏文石蜜想當然。瓊蘇爲泛觴王子，玄碧會開宴列仙。古昔未分優與劣，眼前唯辨聖爲賢。合尊豈但醉三二，一斗何須價十千。多釀不憂民食耗，屢豐爲愛酒鑪眠。風流太守須酣飲，知借南中尚幾年。

香蕉 三首

嶺北芭蕉樹，雖多不著花。嶺南花且實，香者在龍牙。

瘦似篁初筍，纖如月一彎。青皮開白肉，香在齒牙間。
衆香多以氣，鼻聞口不知。香蕉香在味，入酒也相宜。

風乾萍果 惠州王子千使君席上作 二首

曾郵萍果自京畿，布裹綿裝馬上飛。今日相逢無一似，暗香餘韻尚依希。
細切風乾遠寄將，緘封聞說自高堂。使君正醉羅浮酒，不免樽前憶故鄉。

白雲泉

客有清秋約，泉來第一峰。澗中分夜月，鐺裏沸風松。淡發茶香遠，寒消酒力濃。尋源知不近，明日更扶筇。

題畫菊

萬蕊猶含雨露功，葉邊微帶拒霜紅。柴桑去後無知己，零落寒枝傲雪風。

題呂仙像

長髯如戟酒顔紅，脱卻麻鞋好御風。曾記鶴樓碑上見，簫聲多在洞庭中。

題畫蓮花 二首

誰寫芙蓉望儼然，清香雖未態殊妍。真花開落才三日，一紙長存定百年。

幾葉深濃帶淺黄，一枝高揭露珠房。生從極樂蓮池上，開向華山玉井傍。

蝴蝶花

名花迴與衆芳殊，刀剪成叢緑似蒲。朱點斑斕沾弱翅，露光濃艷上輕鬚。難尋烏足爲胥葉，莫寫開元插鬢圖。葛令井邊多伴侶，每來枝上錯相呼。

馬纓丹花

火珠瓊樹可誰栽，經月窗前色未頹。高萼并將輕瓣出，百心叢作一花開。朝纓欲請何須惜，路馬如過不用猜。赤汗龍媒今已矣，西風紅遍粤王臺。

金鳳花

竹實離離未可招，人間何處有簫韶。暫爲赤幟迎炎帝，忽現奇花立絳霄。金羽兩行承燕頷，珠光幾點綴雞翹。南中鳳德無衰日，不必貞松獨後凋。

水仙花

香滿東風莫可尋，一枝空見玉和金。不階尺土神偏王，獨立微波韻亦深。何處杯盤猶獻舞，誰家海外更投簪。伯牙不作成連往，留得新聲入素琴。

夜落金錢花

孔方隨處可稱神，萬點輕圓艷且勻。天地爲爐聞自古，春王行令鑄來新。時依落月堆閑砌，每借狂風送近鄰。卻爲上林輸不入，眼前都作四知人。

錦屏風

蒙茸偏得惠風吹，不是花奇葉自奇。滿架錦雲浮紫蕊，一屏春色綻青絲。竹來小徑光先到，客近疏籬主自知。若比海棠差有幸，當年曾入杜陵詩。

剪秋羅花

裁成天地道空高，品物流形亦太勞。小疊紅牙開野萼，十分文彩付溪毛。仙人霞帔何煩染，織女機絲不待繅。莫謂化工無快剪，西風吹面利于刀。

玉簪花

亭亭直上更横垂，三尺青莖玉一枝。作態便于奇瘦處，動人多在未開時。附蟬冠薄難爲贈，墮馬妝殘欲寄誰。不有淳于能八斗，遺簪滿地亦奚爲。

胭脂花

非藤非樹漫成窠，對節方莖用若何。茉莉叢低推特艷，石榴紅綴正相和。纏綿懶蕊珠鬚短，濸薄微香粉汗過。不用浪誇顔色好，焉支山下漢兒多。

木筆花　北人以玉蘭爲木筆，古詩所謂木蘭舟者，其樹也

古今爲夢詫文通，木德由來盛在東。獨抱淡香殘雪後，力持高格百花中。身堪舟楫材宜老，玉擬形容琢未工。羲畫以來無可寫，閑開閑落自春風。

夾竹桃花

傲骨雄心豈易消，爲花不逐歲時凋。入林高士能同醉，前度劉郎尚可招。色映朱欄添个个，聲兼紅雨共蕭蕭。他年更有天台約，短杖相尋過石橋。

並蒂蓮花爲陸桂平蒼巖賦

花隨車雨發重重，況是炎州秀所鍾。天外遠峰明二華，斗間神劍合雙龍。孤標直幹心無異，並照晴波色各濃。正好移栽向丹闕，洛陽宮殿號芙蓉。

題畫竹

水墨饒生氣，篔簹亦自風。未能三尺節，聲入八音中。

題蝴蝶圖

南華曾作夢中人，又向羅浮現化身。七洞仙花時滿地，何心更憶杏園春。

題畫〔一〕二首

澹墨圖來似有聲，綠天蕭寂氣如冰。仙人綽約居姑射，吸露餐風本自能。

兩樹蒼松插碧天，一間亭子瀑流邊。攜琴策杖將何去，行到山亭是幾年。

【校記】

〔一〕底本二首皆標題『題畫』，今删併一處。

上弦月

暮見中天月，幽人思幾重。池如開半壁，光漸遠西峰。候滿疑珠蚌，銜幽笑燭龍。乘時知進德，鑒影惜頹容。時集端州學宮。

下弦月

半暈猶明夜，東林獨出遲。雖升人定後，得見日高時。爲直常宜損，持盈豈若虧。清光能復爾，未許醉人知。

獨漉堂詩集卷之十五

詩餘

丫蘭 調南鄉子

玉樹便生枝，豈有清香得似伊？一箭高標凌架白，多岐。欲寄同心與阿誰？密葉劍相持，根鈍先須避蚓泥。開落谷中何不可？知希。未得宣尼譜入詩。

素馨 前調

廢苑綠蕪平，何物佳人尚有塋？采得濃香歸几硯，零星。四座都教酒氣醒。好手結爲燈，萬顆珍珠貫綵繩。入夜花開光瑩徹，鏤冰。人在瑤臺十二層。

榕陰 前調

千尺聳高旻，絕頂垂鬚旋作根。翠鬣蒼虬盤一樹，嶙峋。似與菩提是弟昆。何處有慈雲〔一〕？此地清涼獨見君。三伏蒸炎全不到，絪緼。雨氣蟬聲日夜聞。

【校記】

〔一〕『慈雲』，底本作『惹雲』，據詞意改。

荔支 前調

赤帝煉丹成，戲把朱砂裹水晶。夏至鳳頭連黑葉，筐傾。飽後廚烟不用興。晚熟是增城，小核新州亦得名。不及凝冰和掛綠，香清。入口輕鬆脆有聲。

莞香 前調

緊閉小窗眠，一炷新添雨後天。最愛香來烟不起，輕煎。隔火須磨玉作錢。老樹石樓邊，歲鑿香牙幾百年。上品黑紋如馬尾，三尖。小女深藏入繡奩。莞香以有馬尾綫紋及鑿口尖斜者爲老樹。

玳管 前調

幸脫四靈名，玳瑁，大龜也。卻被移封入管城。終老腐儒孤掌上，冰兢。寂寂相依到五更。　表裏極虛明，毫末兼邀顧兔榮。便有筆花生夜夢，何成？才盡江淹累始輕。

藤簟 前調

七尺滿空床，所謂伊人水一方。我欲溯洄唯夢裏，蒙莊。化蝶飛飛過短墻。　細織字成行，斷續藤絲萬尺長，長夏蕭然無一事，黃粱〔一〕。大嚼屠門且一場。

【校記】

〔一〕『黃粱』，底本作『黃梁』，據詞意改。

葵扇 前調

萬樹綠撐天，多在黃雲紫水邊。葵出新會。誰結輕絲裁作月，團團。買得清風不用錢。　聲價頓能添，安石風流久不傳。寂寞空齋誰是伴？翩翩。荷葉香來亦偶然。

蕉衫 前調

絺綌世間饒，細葛雖輕不若蕉。猶帶西窗前度雨，瀟瀟。溽暑逢之氣自消。　價賤倍無聊，只售溪翁與野樵。不到貴人身上著，翛翛。且伴魚竿坐板橋。

巖硯 前調

開匣氣先寒，巧匠曾穿水底山。三洞伏龍肝髓露，斑斑。蕉白花青隱見間。　隨處列文壇，縱是英雄避筆端。莫笑此身磨涅久，看看。滴水能興萬古瀾。

祝汪芾斯鹽司 調天仙子

放鶴亭邊花似綺，雁翅城中人繡豸。霜啼千里綰雙符。門如市，心如水。他日和羹還若此。　況復清和風氣美，綠樹陰中紅荔子。一聲鐵笛海門開。天無際，波無際。圓月年年天外起。

寄祝陳毅庵韶州 調千年調〔一〕

江上報新秋，日日芙蓉醉。遙望芙蓉古驛，尺書非易。溪山雖隔，卻有仁風至。億萬口，總同聲，歌廉吏。　春花發日，握手城西寺。信道雄才卓識，近今無二。地分南北，共是重華裔。千年調，萬壽卮，聊相寄。

【校記】

〔一〕『調千年調』，底本無，茲據詞律補。

送錢紫華 調減字木蘭花

黄梅過了，滿村荔枝紅尚小。何事迴舟？兩岸榴花客不留。　京華此去，放棹長江知不暑。相見秋風，雞聲人跡月明中。

詠紅芭蕉 調傳言玉女

何處高霞？映我疏籬茅屋。卷簾深坐，見一天新綠。東風著意，葉底深紅相續。層層吐焰，重重苞火樹珊瑚，怎似他，閑草木。丹心無限，化作光明燭。山榛隰苓，想見其人空谷。可憐今古，同束。然蕉鹿。

爲高固齋題蝴蝶硯　調蝴蝶兒

是地靈，是天成？一卷分，兩儀形，于中含列星。鳳子文堪擬，仙衣翅並輕。其間著個老莊生，夢回初著經。

爲張桐君壽　調鳳銜杯

今年春比去年遲，過花朝，桃蕊初飛。誰是詼諧方朔小偷兒？羅浮上，有瑤池。鸞舞綵，鳳銜卮。醉東風，豪邁多姿。猶似賦詩橫槊少年時，只是鬢邊絲。

送王孝揚將軍內擢　調換巢鳳

天上宣麻，正鶯遷嫩柳，雁度晴花。曉星移上將，邊月轉高牙。漢壇鄭重勝堤沙，羨公此行，爲霖帝家。獨堪嘆，窮措大，知希和寡。倚馬，才如瀉。黃菊仙舟，對酒承揮灑。金玉清音，龍蛇妙畫，俱足横行天下。伏櫪驊騮不住嘶，換巢鸞鳳將飛也。五羊城，千萬人，淚珠盈把。

送梁藥亭北上 調步蟾宫

西江雪後浮仙舫，正數點、梅花初放。八千里外片帆飛，不辜負，桃花春浪。　風流好副東山望，須知道、老當益壯。蟾宫會折一枝歸，青天路，有人推上。用黄頭郎事，謂青軥也。

題沈上引真 調碧牡丹

睹面如曾識，據檀几，揮鸞翮。傲岸風流，道是休文標格。坦腹便便，問此中何得？是赤松，是黄石。　名甚藉，莫道烟霞癖。曾侍天顔咫尺，只爲多才，掩卻英雄本色。赤面虬鬚，仿佛扶餘客，東南酒，何時瀝？

題百鹿圖爲郭宿齋從化 調千秋歲引

瑞應傳圖，搖光散彩，角上懷瓊向千載。瑶池曾奉玉環來，王庭昔並吹笙會。得其名，得其壽，神明宰。　家有著書傳曠代，美政今時誰是對？錦舞膝前萊子綵。九如祝處日初升，高才捷足今斯在。

萬斯年，百斯祿，遥相待。

閏七夕 調鵲橋仙

月當大火，是夕月在心宿。日重七七，又道女牛相聚。人間天上歷參差，卻恐道，佳期有誤。　七針綵縷，千家香粉，乞巧終然無路。倘無風浪似銀河，正不妨，一年兩渡。

瓶花 調寄洞仙歌

疏放細蕊，正春光初度。採遍東風幾千樹。插瓶中，本是無意相依，依不厭，恰似良朋歡聚。　清泉沾溉足，簾幕深垂，只有異香來旦暮。試問此誰家？黄面瞿曇，微笑後，天花如雨。那知道，光華掩不能，卻早向江郎，筆鋒先吐。

緋桃 調寄醉春風

絳袖□翩然，胭脂凝尚膩。倚風如共路人言，是是是。王母池邊，武陵溪口，依希曾記。　含笑姿多媚，帶雨濃如醉。春光九十競繁華。未未未。嫩緑叢中，碧紗窗外，一枝才試。

碧桃 調寄羅敷媚

華林園裏連天種，玉雪肌膚。何必玄都，綽約神人在藐姑。　投桃合是瓊瑤報，仙木偏殊。心在冰壺，脂粉看來總是汙。

竹葉符 調木蘭花幔

似西天梵字，貝多葉，倩誰翻？是倉頡禽書，岣嶁蟲篆，高絶誰捫？琅玕。洞天福地，微風起，吹落遍林根。卻向枝頭更覓，偏尋枉費晨昏。　難言。湘水紀啼痕。上苑識公孫，覺世間變態，輸伊仙蹟，鳳翥龍蟠。難諼。鮑公丹籙，與銅符左右映朱轓。擬學兒童竹馬，相從一問泉源。

五色鳥 調寄水龍吟

人間何處堪棲？託身自是蓬萊島。朱衣翠袖，嫩黄深碧，參差難考。初日林中，微風谷口，和鳴清好。看綿蠻鶯羽，呢喃燕剪，聲並色，都輸了。　曾向山靈默禱，忽飛來，後先群繞。山僧謂我，異人游此，□禽先曉。一事無成，千秋難企，白頭偏早。欲題書問取，時無青鳥，鷽鳩笑倒。

啞虎 前調

宵來萬籟刁調，阿誰清嘯風生苑？仙都仁獸，爪牙空利，肝腸偏善。夜目如燈，斑毛如刺，不驚林犬。但泥沙路上，童兒笑指，蹄痕處，看深淺。　浪說騶虞不踐，草青青，經行何損？霽威勿用，忍饑忘食，古今應鮮。負子弘農，乳兒荊楚，化機潛轉。待龍從九五，氣求聲應，大人利見。

寄送惠州韶州太守 調摸魚兒

乍東風，滿江絲雨，浪花飛濕蘭槳。三城是處芳菲遍，新綠嫩紅爭長。誰共賞？眠故里，雷聲緊傍山樓響。深杯在掌，念高會群賢，風流太守，詩酒競豪爽。　笙歌歇，更送明朝畫舫。溪山分路而往。羅浮韶石時曾到，白首夢魂猶想。青箬笠，黃蠟屐，過眉幾節枯藤杖。還能勉强。奈南浦雲飛，西疇春及，一葦嘆河廣。

送王礎塵之惠州 調寄白苧

未曾行，算歸日，征途匪遠。胸懷弗惡，只是顛毛堪嘆。記從前，幾番沉醉別江岸。精悍，目如星，鬢似漆，雄姿顧盼。天公多事，都把冰霜暗換。去來問，百年屈指過多半。鈍漢。舍易求難，逆流撐浪，空使剛腸寸斷。欲觀日羅浮，何時始旦？平生熱淚，向雲霄一灑，作天花散。洞號朱明，井有丹砂，仙跡堪按。且待秋風，與子登臨看。

文集

獨漉堂文集卷之一

賦　七別

辯命賦

天府六星，四曰司命。夜見庭隅，傍連斗柄。垂精燿芒，若發號令。陳子適仰見之，俯而嘆曰：聞諸星經，是主咎災，往者聖賢，窮則呼之，殆謂此耶？吾有所疑，何能下聽，願得畢辭：

茫茫後世，悠悠邃古。億萬斯年，生非無所。或垂裳衣，或舞干羽。吾獨何辜，亂如此憮？豺當路立，虎入郭處。張爲風雲，翕爲雷雨。人之有室，上棟下宇。吾獨何辜，率彼曠野？

陸有蜂蠆，溪有射工。含沙奮螫，毒甚刀弓。人之有口，變紫爲紅。吾獨何辜，結舌于胸？人之與物，其間幾希。相彼鳥矣，飽啄高飛。如彼潛鱗，泳之游之。吾獨何辜，載渴載饑？

言既而入，正席陳蓍，遇《遁》之否，書言其繇：曰山可極，天不可測；玉師于礫，藝黍獲稷。假寐而思，若有大人，玄冠絳衣，爲予釋之曰：山可極，止于命也；天不可測，未有定也；玉師于礫，損乃益也；藝黍獲稷，適求所得也。

上天蒼蒼，厥命靡常。朝爲白雲，暮化而黄。爲虹爲霞，五色施彰。子之所言，無乃未廣。世之稱物，靡過權衡。加之毫釐，即動其平。加之銖兩，即易其方。權衡之精，上爲列星。踐台謁帝，運斗中央。以較下民，誰重誰輕？自求多福，是在人行。因材而篤，亦我所能。在氣陰陽，在日宵旦。在時寒暑，在世治亂。一往一來，同條共貫。衣葛則喜，披裘而嘆。樂此永日，而啼夜半。斗筲之人，曾何足算！曩者承平，四境無憂。口舌得官，世禄爲侯。居連華幄，出列鳴騶。酒食宴樂，其蔽也愚。登壇作將，緩轡而驅。北風刮面，累日不朝。多士盈庭，非是相轇。近不見睫，遠析秋毫。誰生厲階，職此之由。生子于亂，將遠其謀。我視百年，如日移晷。呱呱尚泣，倏而皓首。高居大爵，爲利誠厚。苟非其義，亦何足取！凡此下民，以名爲壽。其生不稱，其沒何有？是富貴者，頗異人否？非有八臂，四目兩口。以子下駟，足並驅走。顧自掉頭，恥不爲偶。既不汝遷，豈其予咎？老子于窮，將固其守。小心翼翼，是謂文王。仲尼大聖，亦畏于匡。禮義不愆，卒莫之傷。所寶珠玉，火不爲殃。他山之石，用礪干將。怨仇之毁，君子良朋。試子多難，將周其防。肉食者鄙，昔人所嘲。飼雁以粟，雖飛不高。天地之大，暗于將朝。故釜羹頡，而白蛇絶。漢儲之安，紫芝先嚙。妻嫂不炊，六王折節。糠覈而肥，席門多轍。楚母進餐，劉興項滅。不有忍也，其機不發。與子饑寒，以勞筋骨。四者之來，天其玉汝。或不自愛，予何能助！守此而老，即汝之寶。抱是而終，即子之通。其屈甚短，而伸無窮。吾言止矣，鵠舉而逝。出戶揖之，明星晰晰。

五色仙羊，雙星牛女。離火正文明之位，海水即鵾鵬之所。乃若璇房丹穴，香林瓊渚。魚孕玉而長鳴，鰲弄珠而延佇。象簟則盛夏含凍，鮫綃則日中無暑。島客以蛤蜊爲月，漢宫以珊瑚作炬。百寶所生，不可勝舉。

若夫衆果之貴，有荔枝焉。類桂樹而葉翠，象車蓋而頂圓。高則樗櫟十仞，老則松柏千年。下無草而可坐，上似榻而堪眠。乃有遮道臨湍，維舟結轍。出石欹嶇，垂崖屈折。根柢龍蟠，皮膚龜裂。蜂負蕊而築房，蟻封泥而作垤。枝理雙交，癭紋百結。横度水而成橋，内傷心而抱穴。莫不後歲凋零，先春牙蘖。方其實則地爲之泮冰，當其花則天爲之不雪。至于五日盛陽，一陰徂夏。蒂弱子肥，紅多緑寡。黼繡交映，龍鱗相亞。熒熒遠燒之秋，熠熠流螢之夜。依山則朝霞競起，飲澗則長虹不化。秋實而春華比色，一本而千金售價。

于是曠士高人，嘯侣命賓，俱垂玉勒，並坐香裀。果下之馬雙脊，山中之車一輪。肆長筵于緑野，選美蔭于清津。乃命兒童，鼓其筐篋，周周交銜，玄猿相接。遠揚者取以斧斫，密邇者得之眉睫。激電流柯，飛霜捲葉，似奔星而晝隕，非赤羽而横集。盈百斛于一株，積高山于平隰。然後進舞袖，顧行廚，曼絲竹，騰觴壺。擘朱苞之丹罽，抗明月之神珠。其始也，劃然如佳人慷慨解羅襦；其繼也，皎然如迴身綽約呈玉膚。其豐媚也，盈盈然如清鏡含光當綺疏；其莊麗也，晃晃然如金缸銜璧環帝居。捧者五内震駭，聞者下風徐趨；言者流涎溢咽，過者扼腕捋鬚。倚以朱唇，薦之玉齒，輕脆融液，醇和香美。朗乎冰雪之入懷，淡乎幽蘭之薄體，渙乎石髓之未凝，嚼乎丹泉之不滓。祛煩釋結，洞表達裏，美色駐顔，伐毛洗髓。飽食無憂，卻粒不死。舉五滋而莫當，横九有而無比。龍瓜施于冰谷，雞菱出于翠水，東海之棗一枚，西母之桃千紀。不並驅乎中原，固未知其彼此。石蜜甘而不清，蒲萄清而不旨。信哉，曲江之言！謬矣，當塗之子！至若漢帝頻栽，楊妃大嚼，一騎塵飛，千夫命落。守吏爲之誅死，中原爲之蕭索。地異則葉脱枝乾，途長則色衰味薄。蓋其不變者，類志士之用心；而可傳者，乃聖人之糟粕。

浚貪泉賦

獨漉子行于石門，覩貪泉而嘆曰：惜乎水乎！名之不若，以受衆惡，汙千年而不白也。彼其生天，一首五行，以時動静，體備柔剛。飛之爲雨露，凝之爲雪霜，潛之爲泉乳，行之爲河江。鉅則彌綸六合，纖則出入毫芒，皆一氣所迴薄，豈以大小而易其嘗。蓋山之高也，聞有得水而立，失水而崩者矣；草木之易生也，聞有得水而鮮榮，失水而萎黄者矣。于人何獨不然？聞有得水而食飲，失水而夭亡者矣，未聞操瓢一歃，而衣冠其體貌，豺虎其肺腸者也。

夫南土于時爲夏，于十二子爲午。夏者，大也。萬物盛茂，以交陰陽，華實畢張，是天之外府也。陸之所產，則有沉水、旃檀，龍涎、馬牙，辟寒之犀，卻老之砂，燭銀金膏，夜見光華。飛走之美者，則有花齒之象，短角之鹿，熊舐之掌，麝決之腹，孔雀金鈿之尾，翡翠青碧之服，嬰母學人之語，烏鳳應節之曲。于海則車渠、玳瑁，文蛤、白貝，珠璣感月而得明，珊瑚出水而可碎。島夷所致，則珍奇紛詭，雕巧狡獪，兼舶量金，曾不得對。其食貨器用，則有錫鐵之治，魚鹽之池，金公姹女，鴿研螺卮，烏文蘇方，鐵力花櫚。夏斫黄漆，春敗蒲葵，箱函龍目，火炙離支。四走萬里，爲利不訾。

若是者，語其香，則芬郁苾烈，董心惑志；　語其聲，則清妙玲瓏，亂耳塞聰；　語其用，則觀美安逸，柔人筋骨；　語其色，則文采晶熒，奪人目精。故目失曰瞎，不辨白黑，如面墻壁；　耳失曰倒，聞人之號，而謂之笑；　體失曰搐，鉤爪拳足，如鷹攫肉；　心失曰負，知其好醜，見得忘守。其致貪之自乎？　而世之人，不歸罪彼而罪此，吾將輂鉅投堅，竭流錮源，使天下有以明其不然也。遂舉簣而堙之，三進。于是貪泉勃然變色，飛沫如雨，沸沸如怒，洶洶如鼓，填填如雷，幽幽如語，若有復者，曰：　吾以斯名爲不足諱，而其義足以訓，故不廢也。西方之郡曰酒泉，其人不必皆肉林糟丘也；　東方之國曰薄姑，其婦不必皆反脣相稽也；　中方之邑曰朝歌，其家不必皆擊鼓吹篪也。今此鄉之南，其州曰廉，吏不必皆孫叔、伯夷也。孔子之阜爲曲，老聃之縣名苦，誠能拔乎其萃，又何病乎茲土！　且夫禮義廉耻，是之謂理，如跣使履，不使小人，而見取君子。吾所名貪，是之謂欲，如波赴谷，使人同然皆得，逌然皆足。故吾教之貪名，修潔其行，惕惕兢兢，聞于四方，雖死不亡；　教之貪位，不失名譽〔一〕，而遠詛詈，退而益高，進可無愧；　教之貪利，裁足而止，天道虧盈，不可長有，務留餘地，以立孫子。夫示以理之當爲，十人之中不一從而九違，指以欲之所在，雖千萬人必不期而皆會。是吾所以羽翼王道，陰驅頑悖，聖人復起，將不吾罪也。

乃若吾子之云，古謂之斂魄聚魂，怨府禍根，盜睨其藏，鬼踵其門，是之謂大捨，乃非貪也。吾尚不能使之愛其家族，安能使之愛寶與玉？　吾尚不能使之保其肌膚，安能使之保金與珠？

獨漉子曰：　有是哉，僕未之思也。　于是爲之拔石出竹，濾土去瓦，布觴挈壺，以待來者。

【校記】

〔一〕『不』，十三年本作『無』。

狨賦

客有示予《狨賦》者，推其意而和之。

猛虎之搏，健走可避；　鷹鸇之擊，伏者不摯。　蹇兔畏盧，三窟入地；　維猴于狨，若見大吏。　唇戰爪縮，相泣而跪。　狨呼猴前，膝行蒲伏。　伸手探喉，捫胸抵脊。　驗其腰腹，孰肥孰瘠，瘠者遣去，肥首戴石。　使自湔洗，使自拔毛，須臾之間，飫彼貪饕。　瘠猴得免，各歸其所。　聚族相戒，噭嗃爾汝。　有介葛盧，頗聞其語，猴之言曰：　榛栗之林，樝梨橘棗。　上干層雲，危柯夭矯。　棘蓬未剖，青柎不老。　彼肥輕捷，獨得先飽。　空山斷蹊，無鄉之社，鬼嘯兒啼，以恐行者。　連臂上屋，搴門擲瓦。　彼肥便巧，欺童虐寡。　白晝大都，聚人索錢。　操刀學割，屢舞蹮蹮。　彼肥顏厚，沐而衣冠。　吾聞福始，是曰禍先。　果爲狨飽，更被惡言。　謂汝不臧，飲水刮腸。　謂汝不潔，倮濯于江。　故曰：　足可躍，陷于機；　翮可奮，弋于絲。　座客辯殺，大觳先之，方今之時，慎哉勿肥，此之謂也。

小齋賦

若夫簞瓢在巷，樂以忘憂；藜藿入閤，貧而非病。斯固賢士之高風，而非書生之薄命也。若乃卵無既覆之巢，甕絕可懸之牖。恒兀兀以終日，將棲棲而白首。皋橋廡下，並是依人；四壁臨邛，兼非己有。掃埃塵之一室，設几席于中方。賓客則數人可滿，縱横則十笏爲長。前則蛛懸敗瓦，上則雀乳空梁。傍汲轆轤古井，側舂杵臼黄粱。歷釜拭砧，聲日聞于兩耳；豖圈雞桀，跡密邇于鄰墻。

至若閑散之朝，月露之夕，邀竹影于西家，候歸風于檐隙。數節過眉之杖，一兩登山之屐。每環行而睨柱，或緩步而妨壁。至于詩書手澤，金石遺編，鳥跡龜圖之始，龍官鳳紀之前。二十一家之史，四千三百之年。下及山經野志，外訖梵字玄言。莫不躬求手寫，直貫横穿。群分于卷帙，鱗萃于斯軒。朝戴星而已起，夜一燈而爲率。金錐懸而及股，木榻穿而當膝。歲封文章之墳，日秃中書之髮。石非珍而自賞，玉不獻而誰刖？晝日重扃，攤書滿庭，爐香未燼，卮酒初醒。搜瑕共緝，指事同徵。兒猜束束，妻誤卿卿。類佳佳之司馬，名漫浪之先生。

方夫屬書摛詞，研朱引墨，海納山藏，陰闔陽闢。忽仰天其若喪，乍入淵而有得。且將位斯人于千載，周遐心于八極。豈復知一身之莫容，而所處之愊側哉！唯是宗祏長寄，壇廟無依，宋玉之招徒爾，睢陽之厲何歸？矧年居不惑之際，老及無聞之譏。鼎有銘其何日，泣如雨而沾衣！

北征賦

余自粵徂楚，紆道臨袁，寓于昭潭。茅齋數椽，餘冬無事，頗娱心于文辭。昔叔皮賦《北征》，安仁賦《西征》，當更始、元康之時，並抑揚古昔，取況當日。僕不敏，雖感齊二子，而所遇靡同。昔人有言：『笑啼不敢。』聊述塗路所經，山川土俗，著而爲賦，命曰：《北征》。傳之故園，以貽同好云爾。

戊戌之秋，白露八月，予將有行，告廟及室。艤舟河堨，親舊知者，衣冠祖别，悲歌籠離，長劍將發。于是辭鄉土，去番州，薄酒消而心酲，孤舟逝而夢留。歷清遠之頹城，滂浰泗而横流。慨先君之遺烈，仿旌旆于荒丘。爾乃戢餘悲，泛長谷，望曲江，逾中宿。其山巃嵂糾紛，干天泄雲；其水淡灩微波，潴江納河。衆木叢茂，靡草幽蔚。荒莽延蔓，垂花布實。青黄異色，蒙籠乎其上，澄沙巨礫，浮光炫碧，萬仞之壁，雷雨所薄，篙索所嚙，波濤所蝕；嶒崚陂陀，參差乎其下，欹崖競懸，高泉自迸，迴溪中絕，層陰晝暝，神不周給，目不盡騁。

湞江未窮，遠見庾嶺。其爲嶺也，上崢嶸聳厲，拔立而萬尋；旁綿聯偃亙，奔矗而千巒。疏雲根以啟路，斧鐵壁而開關。仰而望之，若冉冉而造中天；近而察之，非猿猱之蹻捷，孰攀援于其間？于是乎乘筊輿，曳輕屐，撫驚飆而上征，指高霞而遙即。登陟未幾，僕夫數息，人蹶馬疲，中途九食。履崔嵬，陵峻極，睇中原，睠故國。朝升未明，晝降已夕。

掛帆横浦，放于南康，貢水瀰瀰，會于清章。章貢之阻，黄公天柱，怪石磯激，湍瀾吼怒，覃于三百里，其知名者一十八所。或棱棱如刃，或躍躍如虎，或駭立如鯨，或浮行如鶩。淈淈減減，其下不測；齟齟齬齬，跳波直舉。沉黝窅冥，神物潛處，鬼風忽飀，晴潭乍霧。漁子停橈以待溺，土人荷擔而拾賂。梗楠之艫舳，木蘭之樓艫，一食之頃，冒鋒芒，罣鉤鉅，陷没而不能去者，纍纍四五。篙師爲之動色，而況浮客，又焉不懼！于是三老長年，奮臂裎裸，易險爲夷，使船從我。齊舷跋浪，拂石迴柁，濟于廬陵，估人相賀。

痡余僕于清江兮，聊淹留以徘徊。買舴艋而西邁兮，溯宜春以爲期。其溪清淺而淪漪，其田宜稼而易菑。其色盧，其壤衍，其理膩，其質軟。泉甘魚肥，俗樸民善，炊烟成雲，聚牛爲縣。叢以諸蔗，被以禾黍，緣以蹲鴟，散以麻苧。鄉連紅柿之林，家有黄甘之圃。激水役役以夜舂，天車騰騰而行雨。米粟之饒，醉于吴楚，然我行其野，蓋地力未盡闢，原隰未盡取也。

五鳳之墟，九嶷之陽，楚王萍實，此焉遺鄉。泉則醍醐西靈，池則鳴玉落星。渌水所出，霜岸林圻，倒爬逆棹，其艇十尺。醴陵之鱗，鮍、鯉、鱖、鯽，黑鳥銜殘，以獻嘉客。于是乎窮渌口、下衡江，蓋累足而坐者三宿，然後止乎中湘。故序其時，則徂秋涉冬，犯露迎霜；紀其途，則里餘三千，既阻且長。重沿再泂，兩跋山岡。風物之候，耳目所值，都邑所歷，語毛羽則玄燕辭人，賓鴻自北；述林木則楊柳異態，霜楓變色。若乃王侯故壟，卿相遺宅，梁以玳瑁，飾以珠璧，金缸照其棺，青珉鏤其績。鬥雞蹴鞠之場，别館笙簫之跡，百歲豪華，一朝荆棘。石麟卬首于高隅，神女奉璫于塵壁，行人偃蹇于舊閭，故伎流離于墓側。

嗟夫！晉臣之嘆，發于江河；《王風》之哀，興于彼稷。僕鄙人，誠不能不撫心永悼，臨文悱惻者也。

登鎮海樓賦

鎮海樓在廣州北城上，因山爲基，五層特出，高可知也。明洪武初，東莞伯何真以全粵歸命，永嘉侯朱亮祖請合三城而一之，繪圖入告，而建斯樓。三百年間，人文特盛，超軼宋唐，多骨骾之臣，無僭竊之患，或以爲斯樓之助也。甲申以後，日就傾圮，而城郭亦與之蕭條。比歲甲子〔一〕，大司馬吴公、大中丞李公招徠舊民，各復其宇，乃命有司，撤而新之。己巳仲春，予偕諸同人登焉，相約爲長律，以紀其勝。屬以他事小阻，而諸公詩成，或百韻，數十韻，予無以加也。乃爲之賦云爾。

緊百粵之雄都，乃維揚之南暨，炳分野于雙星，曜炎靈于二氣。江則三州奔匯，山則五嶺環起。荆梁歸其泉源，庾桂張其屏扆。爰自堯秩南訛，禹疏黑水，周武周宣，于疆于理。二禺八桂，表山海之經；瑇瑁珠璣，書龍門之史。蓋已被皇風于上世，矜奇跡于南紀。至若穗梁繪楚，雪屋飛楊，城開似雁，石化名羊，爲真爲妄，若存若亡。朝臺表于北郭，雙闕啟于中方。雖遺蹤之未沫，義無取于僭王。淮右奮興，九州未畢，東莞識時，南天戴日。時則有將帥公侯，經緯明密，廓省署而大之，合三城以爲一。乃按方隅〔二〕，仰窺乾象，肇建斯樓于城之上。湧地五成，浮空百丈，北拱神京，南臨溟漲。允矣廟謨，其猷克壯，武事既張，文風攸暢。歷三百如一朝，洵英賢之相望。及其廢也，同符宗社，無可倚之棟梁，有難支之大廈。弓屢弋于九烏，龍不成于五馬，翦爲貔虎之場，盡落鴛鴦之瓦。城復于隍，鴻飛于野，巷無居人，誰爲遊者！

往事已矣，新政初敷，兩臺使者，三事大夫，勞徠安集，周爰咨謀。呈材鳩衆，晝堵分區。運斤匠石，督墨公輸。基則因其故武，制勿侈于前模。庶民子來以不日，鬼神鞭石而先驅。爾乃八維四表，平階廣堿，累千柱以相承，列重梯而互陟。櫓啄張牙，飛軒比翼，藻棁交馳，荷蕖反植。高窗則陰闔而陽開，雕墻則外殺而中直。三光倒景于暮朝，五緯分層而生尅。況夫制作精堅，取裁麗則，不事雕鏤，豈榮金碧。榱以石楠，椽以鐵力，綺綴交疏，文藤細織，烟雲入而莫拒，鳥雀穿而胡得。于是懷古幽人，選勝嘉賓。星言夙駕，相命佳辰；層開紫闥，共眺青春。帶環城之萬堞，瞰四遠之重闉，同一時之景物，若漸上而加新。踞高峰之峻極，宏大觀于朱垠。撫虛空而回首，嘆獨立而誰鄰。爾乃下聽松風，俯臨絕巘，珠海一環，牂江一線。隱映池臺，參差古殿。萬室如鱗，千帆若扇。白繚諸溪，青分數縣。

其旁則路號呼鸞，岡名歌舞。越秀爲一郡之主峰，浮丘乃七天之門户。虹霞之洞，日月之泉，白雲竦峙，香浦洄漩，前賢遺範，往往在焉。期當五百，學紹千年，菩提萬里以讖佛，菖蒲九節而成仙。

其下則玄宫别館，燕射之所，紫燕銜巢，黄鸝學語。成蹊桃李之花，四照木棉之樹，皆足以娱心悦目，飛觴嘯侶。倚前楹而寄傲，極遠睇而延佇。

其南則梯航萬里，重譯百蠻。潮光似火，蜃氣爲闤。化鯤化鵬之地，大虎小虎之山。守中固外，遏盜防奸，固東南之障塞，而華夏之重關也。

其西則靈洲鬱水，盛氣所萃，尋陝石門，樓船所會。銅柱高標，薏苡爲薑，酌心盟心，貪泉何害？凡此者，其成可師，而其敗足戒也。

其東則扶胥之口，黄木之灣，韓碑千載，照耀其間。羅浮四百，來自三山，著書抱璞，偕隱不還。斯又作者之楷模，而文士之金丹也。

其北則連岡疊嶂，直走雄州，湟溪橫浦，密邇上游。趙乘楚漢之閂，陳報蕭梁之仇，提師移檄，此道是由。或一方以左纛，或半壁而垂旒，雖無關于運會，亦考古者所亟講求也。

蓋以地窮于北郊，水極于南天，無人事以補之，不足以鎮服其山川。是峨峨然據高而臨下者，猶人之有弁冕焉，示有尊也。以五行而言，中峰爲金，而外多水，懼其泄而生氣不全，故取形之方而數之五。以土濟之，猶人之有父母焉，示有親也。尊親之戴，入于人人，故當板蕩之際，尤多忠藎之臣；而逆節之萌，不旋踵而歸于撲滅也。建斯樓者，其知幾之神乎！

僕早聞詩于趨庭，少遭家之不造。昔捧杖以同登，今荷鋤而終老。作賦遠慚于仲宣，獻圖已後于文考。承群公之見命，聊牽率而屬草，士衡用以覆瓿，平子宜其絕倒。信白雪之寡酬，附青雲而不朽。

【校記】

〔一〕『比』，底本作『昨』，據十三年本改。

〔二〕『方』，底本作『鴛』，據十三年本改。

菊賦　小序

高達夫詩云：『節物驚心兩鬢華，東籬空繞未開花。』是知九日無菊，不獨嶺南然也。乙丑季秋之望，予將發端州之棹，視園菊，得初開者二本，挈以登舟，感而爲賦。

唯二氣之播物，固萬殊而一致：或朝秀而夕萎，或末榮而始悴。伊白帝之高秋，有黄花之嘉卉。月令紀其節候，農經著其性味。乃其族聚部分，色象不一，因人變化，日新時出。紫類雞冠，黄侔蒸栗，紅如丹砂，白如瑜璧。艷如霞映，淡如墨漬。青蕚黄鬚，赤章素質。承以堅柎，幹以勁骨。星芒月滿，珠聯玉積。蓋其美也若此，宜其時哉勿失。分春芽于故叢，防夏雨之侵軼。倘泥滓其或污，將翠葉之不密。爰殆甚于良苗，望有同于秋實。胡勞勞于終年，顧寂寂乎九日。

于時蟾兔初圓，鴻雁在天。望端溪而鼓棹，浩予歌而扣舷。爰問圃人，菊開深淺？對曰有之，其葩尚卷。移之耳目之前，載以岢峨之艑。朝陽暄而勿燥，甘露滴而猶泫。溉清江之急流，沐泠風之餘善。于是蕾者以張，含者以闡。小瓣層舒，柔枝日顯。香斷續而或聞，心固結其未展。幸見賞于高賢，懼芳時之已晚。其或納之曠野，處以名園，朋以白石，翼以朱欄。固將挺雪霜而獨茂，與松竹而偕寒。進之几研之間，賜之燕閑之暇。掇其金英，薦之玉斝，則足以暢敘幽情，發揚大雅。倘其棄捐勿用，枯槁空谷，充屈子之夕餐，伴陶公之幽獨。亦可以忘百憂于中懷，療風眩于頭目。惟大塊之所命，何詹尹之可卜？

七別

昔枚乘作《七發》，傅毅、張衡、崔駰、曹植之徒並慕效之，辭旨各美，然頗恨其聲色侈靡，非壯夫之志。己亥之春，留滯湘中，雪窗多暇，擬爲《七別》，用寫予懷，非曰與古人爭勝也。

游王孫將行，言子攝樽酒而別之，曰：『唯吾子之有行也，僕聞之：父母之邦，唯恭桑梓，孔去魯而行遲，季樂沛而悲起。今吾子驥不釋銜，輿不輟軌，前年北邁，今茲西指，遠墳辭廟，離群去侶，嗜路如炙，棄家如屣，而嘐嘐然自謂曰「古之人，古之人」，蓋其遠矣！且夫山潛野處，命曰無歸之民；躡屩擔簦，氏曰流離之子，蓋有所蘄而然乎？不然，何爲是棲棲不遑寧處也？』王孫曰：『洪波震壑，則下無安鱗；驚風覆林，則上無棲翼。故英雄役役于乘勢，仁聖遑遑于拯溺。夫豈不懷安？不可得也。方今天地不仁，芻狗萬物，無賢無愚，同脂斧鉞。平生枝葉，翦焉荊棘，吾獨何人，而有靦安宅乎！昔東齊有蹈海之士，西山有采薇之客。僕不才，雖不能遠跡古人，庶幾哉尚禽之遺則。且明者見千里，而昧者不辨五色。子徒知遊子之戀鄉，而不知威既加于四極；知遲遲于吾行，而不知其汲汲于七十二國，亦見其惑也。』

言子曰：『敬聞命矣。雖然，何子言之不質也。夫激亢非棲遁之言，英悍非隱人之色。吾子託懷禽尚，希蹤五嶽，譬猶神龍浴于群蛇，而識者早見其角矣。請爲吾子述游觀之大略，豪哲之宏規，如其有當，引此一卮，可乎？』王孫曰：『諾，僕願聞之。』

言子曰：『伊洛之都，三吳之市，才華所萃，王公大人之所遊處也。于是布以廣堂，夾以重阤，上聳飛樓，下臨寒水，徑踠長楊，春榮桃李，奇卉異植，于何不有。其結構也，因形設勢，若出天地，不深而寂，不華而美。其曲房燕居，則墻衣絹素，地匝氍毹，冰簟重茵，遠自波胡，縠帷高褰，荏苒流蘇，餘香蘊結，若有疑無。其旁則緗函萬軸，侔于秘府，蟲書鳥跡，金石所鏤，目所未覩，此焉則具。時則吾子讀書之暇，弛禁延客，晨臥未興，車騎已集。凝聽須臾，主人乃出，蔭映徐步，遷延高揖。詞鋒雲起，問難羽發，敘娛樂則憂者神怡，述武怒則懦夫髮立。清談稍歇，翰墨間作。開宴西軒，明月闌入。然後命樂工于前階，選新聲于後閤。簫瑟陳，笙鼓合，清喉輕囀，丹唇微吸，朱絃繁動，雙枹凝急，陰淫要眇，嗚咽雜遝。佳人皓腕以進爵，小史玉膚而捧蠟。輕軀翔舉，流眄相答。高興未闌，雞鳴已及。客散蘅皋，雲歸城邑。于斯時也，指庭闈以爲龍門，被容接則稱佳士。身未達而擬三公，名無足而走千里。斯亦交游聲譽之極也，吾子豈願之乎？』王孫曰：『否，不願也。』

言子曰：『既覽觀四表，感嘆舊京，然後乘秋而上，歷九江，泝洞庭。始至洶洶焉，潝潝焉，瀺潭澎濞，茫焉而不可測也；登高而望之，蕩蕩焉，澒澒焉，滉瀁泱漭，曠焉不知其極也。徒仿佛其所見，則雲陰黯淡，萬里一碧，四無垠畔，天水相激，湛兮若流，翼兮輕瀾，震蕩潛湧，洄伏如山，是時猶未有風也。少焉商飆迅烈，波濤大作，其奔騰觸搏，則若白龍群躍，驟起而忽焉潛匿；其晃炫霹靂，又若神仙銀闕，可望而不可即；其進退逾越，若老將之部勒，擾而不亂，時起時伏；其飛濺噴沫，若霰雪之交零，瀝瀝滴滴，颸砂走礫，日光爲之晦昧，島嶼爲之沉沒，子野爲之聾聵，離婁爲之失色。鵬高飛而中墜，雁欲度而數息。艅艎巨筏，帆若垂雲，勢如山岳者，紛紜萬數，入其中而不覺。其廣大如此，故能使吾子移心易志，忘哀失樂，離憂悒鬱于焉洗濯。然後反桂舟，收蘭枻，掛布帆，乘風勢，沛乎直指，寸晷千里。然且如惑如迷，如膠如滯，飄颻三日，僅乃得濟，泊于瀟湘之口，望屈子之遺綜而祭焉。其夜就臥，有漁子歌而過曰：「夜隱隱兮雁孤飛，湖無寧波兮將何依？萬里誰主兮胡不歸？」于時月薄南端，霜露沾衣，起而追之，則漁舟之去遠矣。然後吾子逡巡自失，廢然而返。此亦游觀之至也，吾子豈願此乎？』王孫曰：『不願也。』

言子曰：『天下勁弓良馬之地，家有烏號，廄騰龍騎，而吾子客焉。其所與游處，則若陳餘不王，淮陰失志，劉毅漁釣于草澤，李廣呵辱于醉尉，類此數公者，皆挾才負氣，憤悒侘傺。暇居無事，相與繫琱鞍，整輕轡，從騎數十，持銛帶利，越平蕪之大野，睇豐草之高原，散碧蹄于春雪，齊駿首而爭先。然後夷荒蓁，蕩林蔚，破高巢，洞潛窟，禽殫起，獸畢出，走而後射，飛而後發。弋翬雉，連黄鵠，下高鴻，中其目，大如鵬，小如鴿，貴如翠，賤如鸝，從風而隕，紛紛相屬。然後憩于中林，釋弸弛服，命彼僕夫，剔搜窮麓，尾拔狼狐，角執麋鹿，暴虎徒手，頓豹以足，目怒拳奮，身登肉薄，弱必兼殺，猛不並搏，獻于馬前，角多較獲。于是擊鼓饗士，行炰野酌，席落花，茵杜若，吹蘆管，彈霜鍔，逸氣騰涌，雄情奔躍。恣意之所傲睨，展口之所戲謔。論兵計之精奇，述霸王之餘略。傾瓶進酒，一飲百爵，徘徊起舞，慷慨爲樂。此畋獵之雄也。吾子豈願此乎？』王孫曰：『不願也。』

言子曰：『聶政、荆軻、要離、專諸，下及有漢季心、郭解之徒，悍人耳，不足爲吾子道也。乃若近世羽仙劍俠，蓋人間妙選，骨奇體捷，猿臂鳥爪，鶴肩鷹睫，虎項龍軀，猬眉狼鬣，練質空山，棲形崨嶫。彼皆童而養之，故其元精未渫，可以飛行六合，橫歷千劫。至其習擊刺之餘技，發奇思于長鋏，則可畏乎？其駭人也。其舞也，始若飄風驟雨之未至，颯沓而淒淒；其少進也，若陰雲濃霧之疑沍，慘淡而霏霏，爽乎若夢，窅乎若迷，一疑其虹，一疑其霓。詳而察之，嫖姚往來，何鶻厲而盧馳也；翱翔上下，何燕頏而蝠飛也。爾其懸行反立，薄梁上壁，超高投深，潛虛入隙，意之所擬，則無不得。纖塵不動，微響不作。既而靈氣漸遠，神妙莫測，忽焉而失其形，熠焉而泯其跡，餘光電繞，徘徊燁爍。其光著樹，則盛夏隕葉，枝條寸折，須臾之間，幹斷株絕；其光襲人，則髮薙眉落，非髡非削，面目無損，其人不覺。然後收鋒斂芒，翔而後集，顔不變易，氣不喘急。』王孫曰：『善哉，技至此乎！』言子曰：『未也。乃有遺臣廢儲，危國孤子，含怨懷仇，歸命俠士。于是俠士感主人之厚恩，順鬼神所欲毁，攝劍如丸，藏之于髓，賓從盈庭，中坐而起，卮酒未寒，囊首千里，獻彼肺腸，以佐甘旨，此希世之奇術也。然而慕吾子之義，投身門下，惟所任使，吾子豈願之乎？』王孫曰：『不願也。』

言子曰：『國無良史久矣，意者吾子蓋將東漸西跋，探龍門而登禹穴乎？廣羅窮蒐，攬風謠而咨胡耇乎？紀淮右之真人，奮自布衣，雄姿天授，英略横飛，煌煌煇煇，使人懔龍顔而咫尺天威乎？紀潛邸之干戈，飛自幽燕，再闢乾坤，勒石天山，隆隆炎炎，使人覯重眉而仿佛長髯乎？譜中山之持重，則堂堂焉，山移而河動也；貌開平之雄勇，則颯颯焉，毛竪而髮悚也。青田之智術，則勃勃焉，機決而矢發也；姚公之狡譎，則逞逞焉，因時而取必也。近歷十世，十有五宗，穆穆皇皇，肅肅雍雍。刑政成康，不足擬其隆也；廣大漢唐，不足比其封也。天降喪亂，亦時而有，乃其奇創，古則未覩。遜于南蠻，則難臣奔走，皓首而生還也；狩于土木，則單于悔懼，談笑而自復也。身殉社稷，則殷勤血詔，至死而惟民之恤也。若此者，皆將呈其光而發其焰乎？將深叛人逆子之貶乎？吊忠貞節烈之慘乎？追憸邪之魂魄，剟其肝而出其膽乎？欽老成之謀國，溯回天之軌範，想經營之慘淡乎？源盛衰升降之端乎？寄興廢存亡之感乎？何昔皇不階于尺土，而後裔莫振于十五國也？遜國何以收士報于二十五年，而邇者反寥寥于三百也？明其倚伏，本其終始，勒一家之言，成本朝之史。蓋非名山大川，無以發其奇；非廣見博聞，無以卓其識。此游者之有事，而良史之職也。吾子蓋有意乎？』王孫曰：『僕願之，而未能也。』

言子曰：『蓋聞君子之居世也，外必炳丹青之名，内必盡性命之理。然而窮達有分，迷悟在己。勇退之士，知外物之不可期，河清之不可俟也，故屏紛華，息馳騖，望山載歸，望林載赴，負笈尋師，披榛問路。踐凄凄之餘霜，宿瀼瀼之零露。目之所見，則長薄萬里，鬱鬱蒼蒼，高山峨峨，川流湯湯，雲腳低移，蓬根高颺，緇塵秋飛，皎月宵張；耳之所聽，則歸風入樹，衆怒齊聲，曾波撼崖，蕭瑟奔崩，清猿坐嘯，鸝雌晨鳴。窮幽極遠，孑往孤行，于是躋清秘之高巖，探仙靈之潛穴。金膏駐其頹顏，石泉溉其中熱。臨千仞以試心，俯長流而頮髮。後念不生，前際忽絕。邂逅異人，授之真訣，識萬法之本來，悟二儀之匪別。入火不炎，在染無涅，揮酒爲霖，折蘆可涉。然後逍遙人間，陸沉世俗，止觀天台，棲禪雞足，控鶴緱山，騎牛函谷。此淮南興歌之端，而子房所以杜門辟穀也。吾子豈學之乎？』王孫曰：『夫改銜擇轡，非無卹之御；易矢更弦，非有窮之射；逾常驚異，非中正之符；樂我忘人，非聖賢之化。僕雖願學，然未暇也。』

言子曰：『語有之：時隆則聖人窮，事失而智士出。故英雄無終困之時，天道有好還之日。節俠之士，則莫不修怨憤，憫顛躓，報德于危，求伸于屈。于以吳市有乞食之管，秦廷有餓臣之膝。留城奮婦子之貌，潁上降金鎖之骨。非慕汗簡之餘馨，君與親固如此其急也。今世君子，既貴且富，擁世資，褕文繡，嘯華堂，狹宇宙，發編揚古，自以爲智能莫我右也。然而偃仰斯日，莫肯念舊，亦獨何也？夫靈蛇有毒，而隋珠必報；彼蜂何知，而芳蘭在負。恩耶君耶，若是其不敢後也！金風鳴而鞲禽鼓翮，震霆動則草蟲爭出，時哉時哉，若是其不可失也！吾子妙齡高蹈，天懷倜儻，斂飛揚之逸志，蓄沉深之遐想。而一旦慨然勵裝秣馬，膏輪命輛，長劍在佩，圖書出幌。僕夫迷惑，未測所往。無亦欲追耿鄧之前矩，嗣雲臺之絕響乎？』言未畢，于是王孫仰而笑，俯而酌，色飛心諾，引滿三爵，抗手而辭，據鞍而躍。

獨漉堂文集卷之二

文序

屈翁山文抄序

發數千百言于一文之中，猶戰數十萬人于兩陣之上，理義，其芻糧也；文采，其旌旂器甲也；句讀，其束伍也；段落，其中權前後左右也。有是四者而後可以言兵。然其奇正分合，用眾用寡，則大將主之。孫子曰：『水因地而制流，兵因形而制勝。』由此言之，文豈有定勢哉！

近世之爲秦漢者曰：『唐以後書，吾不讀也。』爲唐宋大家者，則曰：『彼模擬剽竊者，僞也。』二者交譏，予以爲皆非也。夫文之爲用，所以寫天地萬物之情，而傳于人，述古今萬事之變，而垂于後。其寫物也，鬚眉畢見，生氣躍然；其述事也，治亂有源，脈絡井井。使讀者如身入其中，喜者欲舞，怒者欲奮，哀者欲泣，樂者欲歌，足以示勸懲而起頑懦。苟能如是，不必問其爲秦、爲漢、爲唐、爲宋，皆天下之勁兵也。而孰敢與之爭？若夫理義多而不實，是唱籌之沙也；文采備而不精，是兒戲之軍也；句讀具而不煉，是市人之驅也；段落散而不整，是首尾不應之蛇也。即其人而真秦漢，真宋唐，亦必敗之兵矣，而可以戰乎？

吾友屈翁山之爲文也，行萬里以具芻糧，積五岳以爲器甲，而閉户十年以習于束伍部分之法。其《四朝成仁錄》，堂堂正正，不戰而屈人者也。他所著撰尚十餘種，意不專主于一家一代，自達其意而已。夫兵戰者，一國之敵；文戰者，萬古之敵，翁山勉乎哉！霍去病有言：『顧方略何如耳！不至用古兵法。』李廣令人人自便，不擊刁斗自衛，而皆可以取勝。翁山恃其絕足，時時有是，要其才固亦文中之嫖姚、飛將軍也。薛子孝穆選而評之，請舉予說以相質。

二禺峽志序

凡山形欲奇，勢欲深，境欲靜，以是三者概天下名山，幾盡之矣，而獨不足以盡二禺峽。二禺峽者，居清遠上游三十里，當嶺南北行要道，湞湟匯流，兩山壁立，飛泉岩石之妙絕于天下，道書所稱第十九福地也。

梁普通中，舒州延祚寺一夕飛來，故數千年間，高僧羽流前後仍集。予數四往來，瞻顧徘徊，竊疑造物者自秘其奇久矣。珠則胎之，玉則璞之，名山之必深必靜，其常也，而此獨炫然呈露，何也？彼舟行其下誰哉？非銅竹之符，則輶軒之使也。下焉者，非擁資而南，則載賨而北者也。行則有赴時計日之虞，止則有畏途惡風之戒，名勝當前，悵望而不得即。而樵人牧子，倚山門，蔭喬木，捧腹而笑，行者勞人草草，有不自嗤其形役者乎！其幸而得至者，登于山，則有幽曠瑰異之觀，以濳奪其燥競之心；挹于泉，則有清迴寒涼之氣，以澡溉其熱中之念。然後知二禺所以寓其至奇于不深不靜之間者，固造物者惘度之大慈也。良工之焠劍也，方其熾然而急投之清冷之淵，則堅利無敵，少緩則否。彼號爲名山，居深處幽而有能裹糧問奇自至，皆其不待焠而堅利者也，豈可得于市朝熏灼之士哉！

觀唐宋諸賢及吾鄉先哲其詩文爲二禺飛來作者，往往多曠達明悟之旨。而鼎革以來，舊志無存，邑人某君，乃搜摭于蒼厓斷蘚之間，彙以成篇，又爲之繪其圖形，徵諸故實，禺峽之奇與其文獻于是大備。

夫嶺南僻在一隅，舉天下之人過二禺之下者，百不一二。至其下而能登望游觀以盡二禺之勝者，又戛戛乎若前所云。造物者雖有區區慈憫之心，所及不既寡乎？有某君之誌，使天下人人犂然皆有二禺在目，然後造物者之心，于是乎不窮，予故樂爲序之。

林鈍齋文序

知人論世，是讀書第一要義。孔子作《春秋》，定、哀之際多微詞，其意未必不望後人爲之改正，答陳司敗『知禮』一言，旋以聞過爲幸，可類推也。司馬溫公出自晉，因以魏爲正統，尊晉而昭烈不得嗣漢，孔明不書討賊，此自賢者之過，賴朱晦庵《綱目》正之。溫公有靈，地下當爲點首。然定、哀之際，以其筆自聖人，終古無敢議之者也。故知世人囿于聞見，爲古人所欺者固不少，不知古人用心，而爲所笑者亦復不少。檇李林君木文以其尊人《鈍齋文集》見示，吾尤愛其《帝王統紀》一論，衡量古今，可謂卓識。大抵一代之興，必修勝國之史。臣子之體，各尊其君，與其國敵者，則寇之；與其君並者，則僞之；與其年號等者，則奪之，非不知或不滿于天下萬世，然亦恃後之人必能論其世而知我之不得已也。若皆以爲史家之作，遂因之而不敢改，豈得爲具古今隻眼者哉！

鈍齋遠在萬里，未獲相見，木文在粵，而經年不一值，無由抵掌以盡其餘，爲後之視□者告也〔一〕。

【校記】

〔一〕空格，或懼文字獲愆也。似當爲『今』字。

王東村文集序

蓬萊一島，一夜自海外來，與羅山合，曰羅浮，爲百粵之望。外貌明秀，不若廬體勢廣大，不及衡負其奇，與衡、廬鼎足而立，未有議其伯仲者也。予登其上，周行諸峰，安覩所謂縫合處哉！然其靈卉異木，紛鬱苒弱，萬不識一二，大非衡、廬所有。又其夜半，日月倒景，霞彩萬變，靈幻恍惚，不可窮極，信天下之奇觀也。

東村王子早通五經，舉于鄉，海内知名。其爲人虬鬚犀首，恂恂似不能言，遇几榻齁然熟寢，好果餌，伸手求索，若稚子。至有所著述，終夜立黑地中，倚柱吟思，比曉不肯休，蚊蚋嚼于肌膚不少避，壯夫不若也。所爲詩文，追險走僻，達于康莊，如窮厓古蘚，斑駁層積，深林老魅，懼立毛髮，哀猿幽幽鳴谷中，意態巉削獨出，不必有所從來，欲盡剝棄古人皮毛，敲骨而奪之髓，信天下之奇作也。

或以謂王子豈一夜從蓬海中來耶？或曰，試使王子向明而立，從後而望其心，必其六竅猶人，而一竅獨虛明者也。或曰，王子生羅浮下，以奇觀發其奇文，故其爲人貌樸而中不窮，亦大略似之。

獨漉堂文集卷之三

詩序

朱子蓉詩序

文以氣爲主，非謂其馳驟闔闢，雄健滔莽，轉折萬變而不可窮也。古之作者皆以其經天緯地之才，悲憫時俗之心，超軼古今之識，不得已而寓之文章。其胸中浩浩然，磊磊然，盤勃鬱積而不宣泄者，一與外物遇，如決山出泉，叩弦發矢，一往奔注，不自知其所極，此文之至也。後世擬議既廣，途徑日繁，雖般倕之巧，猶不能不仰循前人之轍，矯僞者乃得奮其粉飾傅會之辭，以自托于不朽。然其氣不可掩也，蓋有道之言簡而氣和，英雄之言烈而氣高，忠臣孝子之言隱而氣悲，高人之言達而氣決，憸邪之言給而氣靡，其大概也。雖復興寄百出，流蕩逾節，而識者終有以得之語言行墨之外。

秀州朱子蓉詩名在海内久矣。其古風五十餘首，論者以爲不下青蓮，而或過之。昨者去其鄉而來泛牛渚，登匡廬，逾大庾之嶺，南極于海，以新詩一帙相示。予絕愛其游覽諸作，抉摘幽奇，澹蕩堅老，得謝、杜之勝處。

子蓉盛年負才，不自試而一放于山水間，以雄深浩渺、瑰瑋絶特之觀，而發其所謂浩浩磊磊、盤勃鬱積不得泄者，爲詩之工如是，無足怪。然子蓉名家大臣子，居有賢昆弟，林園池亭，足以自娱，親舊故人仕于四方，足以供其舟車朋酒之費者，所往不乏也，宜其胸中廓然而和平。顧其詩，獨時時慨忼而有悲氣，則又何也？爲之序，因以問之。

梁藥亭詩序〔一〕

詩有意于求工，非詩也。古之作者必不得已而後有言，其發也，如湧泉出地，若有物鼓籥之，高深夷險，因形制流，初無定勢，其浩淼之氣，足以悽神寒骨，其聲足以驚心蕩耳，渟蓄靜湛，足以陶寫萬匯，牢籠百態。故性情者，詩之泉源也；氣骨者，詩之鼓籥也；境物者，詩之高深夷險也。人各有其泉源，然其始未嘗不掩閉抑塞于土石之間，疏之，滌之，澄之，去其舊而引其新，而後泉之真出焉。

近世之言詩者，或用心于模擬補綻，或矯之以酸澀枯瘦，否則枝蔓平衍，斬然無味，皆未得泉源者也。常竊譬之，模擬補綻者，廚人百和之湯也；酸澀枯瘦者，醫師破除之劑也；平衍無味者，鼎中百沸之水也。未嘗非泉，去泉之真則遠矣。泉之真者，味之輕重，品之高下，各各不同，而皆具有生氣。詩之真者，長篇短句，正鋒側筆，各具一面目，而作者之性情自見，故可使萬里之遥，千載之下，讀者雖未識其人，而恍惚遇之。

吾粤之詩，盛于廣州。予少趨庭而外，所與上下其議論者，則鄺中秘湛若、王明經説作，卓然成家者也；羅司馬季作、薛高士劍公、陳給諫喬生、王中秘東村、程桂州周量，皆有當世名，而先民是程者也。吾與齒雁行者，梁子藥亭、屈子翁山，爲能發攄性靈，自開面目。吴子山帶、王子蒲衣、陶子苦子，皆得其源而未暢其流，後來之傑也。翁山縱横闔闢，樸茂奇古；藥亭雄邁滔莽，精警卓拔；而予以感激放浪之言，頡頏其間。未有爲之品定者也。予竊謂：翁山，江河之水也；藥亭，瀑布之水也；而予，幽澗之水也。翁山之味醇而冽，藥亭之味清而旨，予之味澹而永。〔二〕

【校記】

〔一〕詩題，《六瑩堂集》作《六瑩堂集序》。

〔二〕『永』字下《六瑩堂集》有『辛酉之冬，藥亭將北上，率率刻其詩數十篇以行。予及同人集送六瑩堂，縱論及此，因書其卷端』。

吴山帶詩序

莊生云：『用志不分，乃凝于神。』此古今必然之理，就一技而言之也。然而明達之士，往往舉一隅而得其三，引伸觸類，以盡天下之能事，則固庖丁所謂技而進乎道者。

友人吴子山帶，方七八歲時，便能畫地作人物花竹，十歲而能詩，與梁子藥亭同家塾，唱和日數十篇。初效李長吉體，矜奇嗜險，吐棄凡近。就童子試，輒冠其軍。弱歲試粤闈已冠軍，以後場觸時忌而屈，二十年間，濱得復失者三四。稍屏舉子業，益肆力詩、畫、古文詞，乃一軌于正法。每一語出，莫不驚爲天仙羽人，學者轉相抄示，得其一水一石一卉，珍若懷寶。然吾常跡其用心，遇一事一物之精奇，則必玩味流連，得其要領而後止。興之所至，或當食而忘饑，出而忘反，期而忘赴，問而忘答，蕭散閑遠，不可以禮法繩之，而卒未嘗逾于禮法之外。夫内有所專，則外染不及，故純任其天真以行。其爲詩也，孤迥名貴，以自然靈妙爲宗，其爲畫猶是也，反而觀其古文詞、制舉業亦猶是也。是數者皆技也，而吴子能會而一之，不幾進于道矣乎！吴子之爲是，聊以自娱，而求請者日益多，所至綃素常積，座客幾無所容。而吴子則解衣揮毫，偃臥吟嘯，不知在其旁者之爲賓爲主也。所爲詩旋亦散去，不自珍惜。

今春，予與藥亭于他處羅索其所存，十不得一，訂而刻之。及秋，闈事將屆，吴子尚高臥金茅山中，又與梁子强而致之。榜發，以壁經魁其曹。其爲文，無意售世，世自售之耳。梓人詩刻告成，而吴子方匆匆治裝赴都門。都門禮法之地，詞翰之林，吴子以蕭散閑遠之身、孤迥名貴之詩入焉，如錦繡之有葛衣，甘醴之有苦茗，未爲不可。吾故爲梗概其生平，使天下知吴子之天真如是，非矯也。

家中洲感秋詩序

《風》、《雅》、漢魏之詩，其情濃，濃則醇，醇則簡，有一唱三嘆之遺音。四唐之律，選聲練詞，如律呂和鳴，金石交作，其妙常在言意之外。故漢魏以上，聲生乎情者也；唐律，情生乎聲者也，其于感人一也。試嘗求之哀猿之鳴，蟋蟀之吟，此聲生乎情者也；聞鼙而思將帥，聞琴而志山水，此情生乎聲者也。唐人之指事也，或避實而擊虚，或舍直而摹曲；言境也，或取神而遺形，或舉小而略大，皆可以致其聲也。故事同也，言同也，一字易而情乖。四聲同也，五色同也，清濁殊而味減。近世以來，言其法則甚詳，得其門者或寡矣。

吾家拾遺喬生先生，早富才藻，齊名哲兄。中歲閒居，益肆力于著作。其所爲詩，固已翼飛雲霄，脛走海内，五律高妙静遠，逍遥規矩之中，最其自得者也。近所賦《感秋》數十篇，于本色中更加古質，如入崇岳，千巖萬壑，分則各具一觀，合之乃成博大，不復以字句見奇。

夫四時感人，惟秋爲甚。先生挾曠世之懷，發彌高之調，對摇落之秋，興壹鬱之感，悠然之韻，觸緒紛來，聲生情耶？情生聲耶？不可得而擇矣。夫感人以理者淺，而感人以情者深，感人以言者有涯，而感人以聲者無方。詩之道所以後六經而獨存也。

番禺黎氏存詩彙選序

班孟堅志藝文，自騷人以下至楊子雲，得詩賦之士一百六家。唐分經、史、子、集爲四庫，自荀卿、宋玉而下，迄有唐一代，人自爲集者，得七百三十六家。閒嘗計之，楚懷之世，距西漢之末三百餘年，而傳者僅百家。東漢至唐亡九百年，乃所增者遂六百有餘。何遠者之少而近者之多也？無亦遠則得失之衡已定，而傳之在人；近則高曾之矩未忘，而傳之以子孫乎！然以《四庫書目》按之，今之存者十不二三矣。蓋自唐亡至今七百年，天下大亂者五，向非鋟版之行，而專恃筆札，其與存者幾何哉！

吾粤著作之家，有明一代爲多，而皆萃于廣州。家有賜書，世承明德，文章之士，每以風節相高，雖或散處外鄉，而藏書之所，必歸省會，予猶及覩其盛。及庚寅一屠，而竹帛烟銷，與百萬生靈俱燼矣。

番禺黎氏，自韶山侍御、前峰京兆起于正、嘉之際，而瑤石昆弟、高士父子繼之，五世百餘年間，節義文章，暉映炎服。予幼侍先君，及見洞石、美周兩先生。洞石罷官以詩酒老，不及于亂，而美周先生殉節于丙戌，先君殉節于丁亥，兩粤之干戈，又十年而後息。故家遺黎流離奔走，不獨剞劂故版毁棄無存，即卷帙之散于人間者，亦多飽于蠹魚之腹。二十年前，予與先生二子方回、務光醉宿大忠祠中，每言及此，輒太息涕下。十年來，務光捐館，而方回遂能輯先生全集而刻之。兹又念其先世詩文零落無多，懼其終于泯沒，乃極力搜求于殘編廢簏之中，片言隻字，若購重寶，于是遺詩漸集。其曰《燕臺集》者，京兆前峰公作。其門人少保南昌朱衡，謂其詩宗初盛，得風人溫厚和平之意者也。京兆于美周先生爲曾祖，其孫高士，縝之則先生之父也。高士豪邁好遊，所與交皆一代英豪，著《籟鳴集》，詩如其人，而能斂才就法，自寫性情，無當時堆砌綺靡之習。曰《瑤石山人集》者，侍御之子，參議惟敬也，與李滄溟、王弇州頡頏文壇。沔陽陳玉叔稱其古詩不雕而藻，歌行恢張而潤，七律沖澹而遠，五律清而逸，排律整而潔者也。曰《司封集》者，瑤石之弟驗封郎中惟和，死粤西蠻賊劫庫之難者也。其詩存者甚少，而清逸可想。曰白泉山人者，瑤石之弟惟仁，其詩蕭爽，欲逼諸兄。曰君華者，瑤石之子司封郎中，出參江右藩政，有《南秀堂集》，而今亡矣，得其一詩于便面。曰君獻、君璽、君選者，皆瑤石猶子。曰惟登者，瑤石從弟。曰崇訓者，美周先生從祖。如上諸詩，散見郡邑志中。君選號洞石，予嘗見其酒後畫山水題詩甚敏，今所存者，酬贈之作爲多，未足概其生平也。曰《鞟言》者，美周先生從叔含孺茂才作也。茂才詞場宿老，有二才子：紱臣著《雪窗集》，顓孫著《芙航集》，皆弱冠知名，時有三蘇之目。未幾而二子同沒于水，茂才因自放山水間。父子皆具詩人之才，而《芙航》一集尤俊拔清矯，王子安、李長吉之流亞也。曰《貽清堂集》者，先生從兄廣德州刺史二來，其人剛介，投簪盛時，所爲詩亦落落有氣。曰《瓜圃草》者，方回作也。曰《醇曜堂集》者，務光作也。方回詩樸茂真摯，務光富于才思，多曠達之旨，若侍御臺中、使閩、西巡諸稿，則有其目而未得其書。合之先生《蓮鬚閣集》，凡十有九人，可謂盛矣。其間多者千篇，少者乃三五首，方回欲盡梓之，則限于力而搜括未全，欲更待之，則日月難期而廢墜是患，乃屬予爲之選定，名曰《番禺黎氏存詩彙選》。謂之存，則亡失者可知也；謂之選，則未刻者可知也。至其事跡始末，本集具焉。侍御立朝有直節，以劾元舅取怨；京兆清介受主知，以忤權相左遷，皆未竟其用也。瑤石父子，始歷清要，而俱終于外藩。二來、洞石素尚孤高，各偃蹇于州縣，皆未伸其志也。紱臣、顒孫、務光，天厄其年，皆未盡其才也。白泉、高士放情丘壑，當承平之世而不求聞達，吾無間然。含孺茂才雖丘壑不殊，而晚節不能無憾矣。惟和先生、美周先生後先殉于王事，并奉恩恤，名垂青史，可謂皎然不欺其志，而其心亦安能無耿耿者哉！

嗚呼！一家之中，多才如此，而出與處半焉，修與短半焉，利與鈍半焉。未及百年，而生平著述已漠然其不可問，使無方回爲之子孫，匯而梓之，後之人何所考焉？則無惑乎漢唐傳者之寥寥也。

代泛亭詩序

惠郡繞郭皆山，槎江、麗江匯其東南，豐、鱷二湖出其西北。登高而望，四山秀色可愛，近在几席，而實隔于江湖，洵乎吾粤十郡山川之美莫惠若也。郡署建于稌山，山分二支，右支抱處得小丘焉，直賓館之西，淪于榛莽已久。寶坻王使君登而異之，爲亭十六楹，其形如船，翼以朱欄，豐湖明于階前，城堞倚于宇下，深淺濃淡之致，有圖畫所不及者，名曰代泛，稱其實矣。

癸酉四月，予偕友人梁藥亭、吳山帶、季偉公客焉。每晨而望，則漁舟競出，網罟群集，縱橫自得，如輕鳧聚散湖中；三堤六橋，樵人牧豎，販夫農婦荷擔往來，歷歷可數。月夕則水如積雪，山若浮墨，與星影天光，平鋪萬里，無復高下間隔。寺燈村火，若滅若沒。或積雨後，則堤與水平，一痕如線，行者躑躅其上。水注北橋，有聲洶洶，如千人喧呼，晝不聞也。日之方中，則雲光下漏，推移山谷間，此晦彼明。雨驟至則雲腳低垂，隨風聚散，或有或無，不可殫述。蓋湖上之朝昏晴雨，未嘗不若是，而無人憑高觀之，斯美蘊而莫傳。城内無多高山，自有此亭，然後一代之大觀始備。

天地之生，城郭之立，不知凡幾千年，而獨有待于使君，名勝之開，固有數耶！吾懼夫後之人以建置之近而易之，則木石之力將有時而盡，故取一時登詠之作，序而歸于使君，榜以傳之，冀來者爲可繼也。

易宣人遺詩序

鳳皇所以爲天下重者，豈謂其毛哉！翡翠也，孔雀也，澤雉也，使與鳳皇角其文采，鳳皇未必不勝，而鳳皇恥之矣。然則論士而次于語言、文字之間，不既末乎？彼志士者，方且挫其鋒芒，埋光内照，壽不壽，朽不朽，一也。不朽，其夢也。朽，其覺也。壽，冬夜之長也。不壽，夏夜之短也。彼視以其身名落之人間猶辱之也。惜乎吾友岡州易訓宣人不幸而若是。

宣人名父之子，有賢伯季四五人，而自以生非其時，蹙蹙乎其不樂也。自垂髫以往，出則千里求友，入則閉一室而求性命，未嘗有無謂之行奉其父母。既自其邑而之山間，又徙而之蒼梧，汲汲乎其不能一朝居也。嗚呼！惜哉！得年二十有八以卒。卒之後，其季兼人綴遺詩爲一帙梓之，非宣人志也。夫宣人之志不必壽，不必不朽，雖然，而既不得其壽矣，又不能使之不朽，則朋友之責也。詩以言志，宣人之齒未也，未必能工，要其孤潔明秀之氣，可得而掩乎哉？雜雛鳳之毛于孔翠間而不能别者，非有目者也。

程周量集序

士之數奇，未有甚于友人程君周量者也。自其試童子時，每冠軍，輒有變故廢案。尊人匪凡先生，老儒也。周量壬辰捷報，人以爲賀，先生曰：『吾兒素不利居首，況嶺海初通，南人孤士裒然弁冕天下，懼且不免，何賀也？』未幾，果以磨勘題理，黜不得第，人皆冤之。蓋君子有大道一節，先輩有單承用人言者，謂與上文舉賢，下文聚斂之臣、財用小人互相關照也。主考武陵此庵胡公爲諸生時曾用其說，不見録于有司，闈中得周量文，大爲擊節，而又出于虔孫左公之房，因擢爲元，欲用以申前議。政府大臣有子不得與選，遂倡言元文悖朱注，不稱。溧陽相公與胡公講學，又素不相下，相爲附和，嗾人上疏，力排擊之，胡公坐是左遷，壹鬱以死。吹毛求疵不止一人，而榜中同是說者，固不盡罷斥也。久之，周量仕爲舍人，與澤州陳說巖、吳門汪鈍翁、新城王西樵、阮亭諸君子以詩文詞相高，唱和都門，盛年俊才，聲華藉甚。轉樞曹，分校北闈，奉使西秦，還奏稱旨，累遷職方正郎，京察第一。俄而出守桂林，月餘而三藩亂作，竟以憂卒于全州，年僅五十。

又一年，而朝廷有博學宏詞之舉，阮亭諸公自部曹外僚以得館職者甚衆。向使周量不遇胡公，必不至身及于亂； 稍加以年，未必不與于博學宏詞之選。而三十年間，得而旋失，進而旋退，成而旋毁，與試童子時大相類，何不偶之甚也？ 列子有《力命》之辯，謂自窮自達而無有制之者，意者其未盡歟？ 周量少時與薛君劍公、屈君翁山同受業于先府君之門，先府君既殉節，而薛、屈二君皆棄其諸生，以著書爲樂，周量獨身陷圍城中，與尊人並爲縶縲，不得已而取世資以自免。若薛、屈二君者，可謂能自窮而無有制之者矣。周量自達未嘗不力，而每遇輒窮，謂非命有以制之，必不前後齟齬若是其一轍也。

周量没後，予爲書致撫蠻將軍傅公，歸其喪。其孤衍祖流離患難，歸時方十五六，今餼于郡庠，爲名諸生。貧無以葬，遺詩文數帙，未能刻。前年阮亭以宫詹祭告南海，哭于周量柩前，挈其孤以見大司馬吳公，存恤而教誨之。戊辰夏，其同年進士連君雙河始與予相識，即詢周量後人。及冬，同寓端州，遂成深交。雙河自予篋中取周量所著者，拔其尤，别爲一卷，請正于大司馬及三水令天翼程君，助而梓之，是皆不愧古人交誼者。周量雖數奇于生前，然既没，或非命所制，必不終窮于身後。雙河命予爲序，世誼也，所不得辭，姑質言之。

送何左王遠遊序

中州于天地間，猶人面之有黑子。黑子之中而有九土，九土之中而有人民社稷，雖舉以祿左王，吾知其必不顧也，而不能已于遊。何哉？左王孝于事親，樂植德而惡近名，苟非其義，固不以千秋之榮，易一日之養，而不能已于數千里之遊。何哉？其言曰：『吾老矣，俟河之清，恐不復見中華山川之美也。』嗟乎！使左王猶有是言，則亦蒼蒼者之過也。茫茫塵路，皆有所利而遊者也。其有能知君之遊者乎？其有能知君之遊者，尚未敢遽以知人許之。

梁飛仙靈洲藏稿序

僕往聞父老之論，舉鄉之才而不永者數人，梁飛仙其一也。去今三十餘年，乃得讀其《靈洲藏稿》。蓋飛仙十三能詩，未及壯而卒，其父太狂先生傷心已甚，不忍閱其遺文，往往散佚，今其存者，靈洲僧所抄七言近體而已。爲詩清警超邁，充其所至，殆不可量。當時所與唱酬多吾郡偉人，考其姓名，固已列于青史，籍籍身後，而飛仙茂齡早凋，蘭折玉焚，聲華熸絕，未嘗不喟然太息，以人之不可無年也。

其姪孫廷佐緘《藏稿》示予，俾爲之序。屬以事，久貯篋衍。去秋，舟自新塘入廣州，中途風作，溺死者十餘人，而飛仙詩與予俱出波濤之中，巋然無恙。豈其精神所寄，蓋有不可汩没者耶！三復增嘆，爲書其概，珍重而歸之。

送何不偕遠遊序

將爲州里宿宿信信之行者，其别也，不過一二言，適千里者倍之，萬里者當又倍之。若其遊無方，其行無期，則其别也，固將千百言而未止者也。吾與何子不偕弱同學，壯同遊，蓋常西濟湘、沅，上祝融之顛，東浮揚子，北觀于黄河、太行，目授而色喻，宫動而商應，其相命也，未嘗以言也。今而爲無方之遊，無期之行，其别也，則不過一二言而止耳。

凡人懷剛決之才者，其于事也恒疏；具明察之智者，其于人也恒密。夫密與疏，行之不可偏廢者也。密以持己，而疏以待人，則密疏各以成美。反是，則謂之蔽，而適足以召怨取戾。不偕剛決明察之至者也，有其美，可不懼其蔽乎？幸而久爲遊人閑客，猶不可不懼也。或其次及于事，當存亡之樞，筦死生之柄，則其可懼也當更甚。神農之經千品，而決積滯者，取狼毒而卻參蓍，中其疾也。尹竊取于孔子，以爲不偕贈：其于臨事之一言曰『慎』，而于待人之一言曰『恕』。嗚呼！之二言者，引而伸之，固亦千百言而不止者也。

張菊水詩序

詩始于風。風者，動物也，與水遇而成瀾，文之至也； 與木遇而爲籟，聲之極也，二者皆本于自然。詩者，發憤之所爲作，外物之感，哀樂有動于中，勃然而赴之，不自知其言之工耶否耶，上也； 稱情而出之，和比其音律，引伸其物類，以副吾之所懷，次也； 若有意于必傳，用以博當世名而趨一時之好，則其去自然也遠矣。

曹州連雙河數爲予言菊水張君之詩與其爲人，比得見于廣州，恂恂然君子也。讀其詩，質而有光，文而不濫，其一種憫世悼俗、憂傷感遇之思，盤旋于楮墨之外，使聞者足戒，而言之者無罪，真風人之旨也。增城冉侯偕菊水度嶺而南，將採其近詩梓之。雙河屬予選定，曰寧嚴毋濫。予讀之，汩汩然若有牽予心目而不得捨者，惟恐其盡也，尚暇選乎哉！ 乃序而歸之。

羅浮紀遊詩序

羅浮高不及衡、華，奇不及天台、雁蕩，然其名並峙衡、華、台、蕩之間，古今無異詞。語洞天者，標于第七，紀福地者，命以泉源，豈以來自蓬島，多靈卉異藥故耶？ 考之《列仙》所傳，自葛稚川而下，成道此山者數十家，必有以也。有明盛時，吾鄉先正書院山房、二氏精藍宮觀遍滿巖岫，士之讀書羅浮者如歸其家。兵燹以來，傾毁殆盡矣。辛丑臘月，予始偕同人觀日于飛來絶頂，是時自二三寺觀外，無復行人之跡。予率僧徒數十，刈草蓋頭，露宿阿耨池上。三鼓而登，東方已作，海濤霞影，光怪變幻，紅輪躍出，初露一痕，倏隱倏見，如浮如飛，半輪而後，天水始辨。觀日之奇，勝衡嶽遠甚，以其地近南溟也。

惠州王紫詮使君比以羅浮詩見示。其登亦以臘月，憫觀日者之無所止宿，作子日亭于飛雲之巔，信山靈所屬望也。所爲詩縱横闔闢，神孤骨峭，力贍氣舉，雖云步武子瞻，往往有青出于藍之句。子瞻謫宦寓惠，又當羅浮盛時，于山有詠嘆而無增益。使君一郡山川百神之主，不難使羅浮一復承平之舊，固將自子日亭始之，不獨其詩視子瞻爲青出也。或云山自有真面目，無藉亭臺爲點綴，詩文爲詠嘆。果爾，則八彩、重瞳之帝，可以不服山龍、華蟲，河目、海口之聖，可以無事袞衣、章甫，得不令乾坤減色耶！間嘗謂衡、華二嶽，蒼莽渾灝，不以小節見奇，譬之古文典謨訓誥也；天台、雁蕩，《左》、《國》也；羅浮，《莊》、《列》也。此言雖若附會，似亦有至理。因與藥亭、翁山評使君詩，并書以質之。

劉顯之詩序

文之傳有二道：理也，情也。六經皆本于理，而《三百篇》獨兼乎情：列國之《風》，情勝于理者也，《二雅》、《三頌》，理稱其情者也。情必附理而行，理不必待情而始著。由理入者，其言高渾，由情出者，其言酣暢。《三百篇》之理勝者，大抵聖賢之言也。騷人以還，則往往情勝。六朝四唐，則又拘以聲律，尚以綺麗，由是作者益難爲工，而日遠于古。以韓昌黎之才，而詩視其文爲遜。柳柳州詩過于韓，而文較不及，自古兼長之難如此。方今之世，進退以制義，取舍以風氣，士雖白首，猶咿唔帖括，知聲律已難其人，況其上焉者乎！

予友劉君顯之，以舉業得名天下三十年，經術淹貫，爲多士師表，受業者嘗數百人，而未嘗言詩，不得已而有作，亦匿不肯示人。比盡索而讀之，其五七古、樂府堅樸如東漢人；近體取法杜陵，得其風骨，而去其矜氣。論斷今古，感觸時運，含映甚遠，大儒深識，不當于詩人中求之，所謂從理入者也。世俗所尚聲色之似古人，猶優孟而叔敖衣冠，非不聳動一時，而實則優耳。仲尼學琴于師襄，既習其曲，習其數，習其志，有間，曰有所穆然深思焉，有所怡然高望而遠志焉。曰：『吾得其爲人矣。黯然而黑，幾然而長，眼如望羊，心如王四國，非文王而誰也！』師襄爲之避席再拜。夫文王未必如是，惟未必如是，而孔子得其爲人，所以爲善學者也。吾謂顯之之詩，蓋善學古人者也。

先友集序

尹幼侍于先君，竊識其所與朋遊講習者，雖燕戲之間，未嘗不及于治身憂民忠國也。人之有善，若慶雲之出于天，醴泉之湧于地，亟亟然，唯恐不與衆共見之。人有過，諄諄然曲導之，若垢衣之被其體，芒刺之集其背。聞飢寒之人，甚于其身受之也，必相與謀衣食之。政令之失，時事之非，既竭其力，而無以轉移，猶爲之累吁積嘆至于不寐，自其爲諸生已然。而一時交遊，類皆偉人雄傑，卓然以當世自命，不欲下同于俗學。

先君既沒，尹幸不爲士君子所棄，其所與琢磨晨夕者，雖未得盡如先君時，亦自一時之選也。嗚呼！自有識至今三十年間，計其姓名，蓋十之六七死矣。方其放情抗論，下視先古，卑笑當世，若且欲快其意氣。然更變亂以來，其間斃于桁楊，仆于草野，逃于浮屠方士者相繼；而得畢命王事，自致青史者，亦往往不乏。人各有命焉，要其志皆爲不苟矣。伏處無聊，每得其遺文于篋笥，把之嘆息，想見其淋漓杯酒，掀髯唱酬，奮袂激昂之日。嗟乎！彼何時也？今一二存者，大致困餓窮山中，悃愊日暮，有所欲言，咀嚼齒舌間，周視四座之人，而後敢發。吁！自先君時，固已患士風滋不如古久矣，而今而後，又未知何如也。乃撰《先友集傳》二卷，搜録遺詩文可觀者，人爲一編，而傳系之，分兩世之交爲上下。

王立安百春詩序

詠物之體，本乎《國風》，《螽斯》、《鴟鴞》，其權輿也。降及漢魏，變爲五言，班姬《紈扇》之辭，繁欽《蕙》、《槐》之作，以自寫其怨思，皆非無所爲而發也。六朝南北華藻相高，每詠一物，必徵事選材，拘牽俳偶，或乃讀之終篇，而不得其意之所存。有唐作者，始以聲律協之，情理赴之，若駱義烏之《蟬》，張曲江之《燕》，斯爲善矣，然不過一二爲之。其多而傳之至今者，李巨山、杜少陵爲盛。巨山都大位，負重名，體物雖工，而比興特少。少陵老于離亂，萍梗楚蜀之交，觸緒興懷，乃不自知其思之所至，不區區于物象，而終不可移易。譬之于畫，少陵意筆也，淡墨淋漓，而生氣故自躍躍；巨山以丹青圖之，雖古法具存，一失其神，將不免癡肥之誚。賓坻王子立安乃撮二公之勝而損益之，其所爲《百春詩》，率興描寫，不必有爲而作，而言外之旨，含映甚遠，其辭麗而不纖，巧不傷雅。自二公以來，詠物蓋未有若斯之多者也，而皆系之于春，命筆尤爲不易。

王子年二十餘，長身虬鬚，意氣落落然有丈夫之概，身居重慶之下，隨侍尊大人南區使君來惠州署中。定省餘暇，則上憶雪樓，北望羅浮諸峰，窮睇萬里，想見其祖翁諸叔家園之樂。良時佳節，則偕諸弟群從，放舟豐、鱷二湖間，釣魚酌醴，攀芰荷，摘菱芡，訪蘇子瞻白鶴峰、合江樓之遺址，以曠其心目。天性好書，嗜吟詠，使君有所著作，命之屬和，皆應聲而就。自拈《百春》題，不旬日而脫稿，其好學如此。夫久處華膴，則鄙濁之氣萌；多涉世途，則憂患之心作。以王子天質之美，而上有賢父祖爲之提命，外無所俯仰于時，讀書懷古，自適其適，使少陵易地而處，固無所發其悲愁，即巨山降格爲之，亦未得同其蕭散也。僕獲交于使君，既慶其有才子，又美王子年齒方富，所就未涯，不自禁其言之娓娓矣。

獨漉堂文集卷之四

壽序

樊紫霞太翁序

靖難之後，峨眉亭上題詩者，有『全身遠害，力固首陽』之句，余每讀而悲之。夫二者固難兼之，勢也。當二子叩馬而諫，其言切直，非太公『義人』一語，將不免于左右之兵，是遠害之難也；及其采薇西山，安所得非周之粟而食之？是首陽之不易固也。夷考遜國諸臣，《從亡》、《致身》二錄所載，崎嶇險阻，卒能自完其節，無愧宿心，亦首陽之變局也。

我烈皇帝與闖、獻二賊相爲終始。三百年之金甌，闖賊壞之，數月，而闖自潰滅。獻賊蹂躪楚、蜀，楚、蜀之間，支持有人，賊亦旋滅。然卒敗高皇帝之統系者，獻之餘孽也。時太傅宜賓樊公始以都御史巡撫寧夏，有平賊之功，與臺諫齟齬，以母老告歸。朝廷思之，命以總督川陜，而獻賊據荆襄，朝命不至。北都既陷，金陵嗣立，公督師里中，屢敗賊衆，復數州之地。逆獻遁走，報捷金陵，加公戶、兵尚書，蔭冢孫紫霞先生爲錦衣僉事。方是時，蜀中粗定，而獻賊養子可望方據滇黔，圖篡逆。朝政乖錯，十羊九牧，公憂憤疾發，而國事益不可爲矣。公與家文忠公爲萬曆己未同年好友，文忠及先給諫並殉節于丁亥。行在端州時，尹與文忠之子俱以門功拜官錦衣，於先生遥爲同寅，而未相見也。往往於邊臣奏疏中知公風烈，道里阻深，不得其詳。今秋，公曾孫崑來太史以典試至粤，始得讀公行狀，而談劫灰往事，坎坷萬端，知先生之行，固峨眉亭題詩之旨也。太史不忘世舊，數得共杯酒，吟嘯於寒烟野草間。而及門諸孝廉，欲爲先生進壽兕，謂屬詞于當代公卿，或非先生所喜，乃不鄙而見命。嗟夫！若先生者，豈欲以高蹈爲名者哉！顧數十年來西南舊事最爲闕略，太傅平賊之功，時異事殊，未必盡集史官。太史擢第乙丑，可謂繩祖武而習曾矩，然太傅之忠勤，亦有未便遽筆之汗青者，是先生隱約之心，子臣之職，誠不能無待于草野之史。惜尹非其人也，然不敢不書其概，以俟後世，且欲先生知萬里之外，五嶺之南，亦有題峨眉亭上之詩如斯人者。

壽晉江潘正甫序

司馬子長爲《伯夷列傳》，疑天道之是非，而于巖穴砥行之士，再三慨嘆，蓋自傷已。方子長著書時，公卿將相嶄然自奮于功名，揚揚在上者，其視子長不知比于何物，而安知其賢奸臧否，一刑餘之人挾管而操之千載之下也。文章之權豈不重哉！夫士雖貧賤，一行之善，足使人想見其生平，以其力有所不得盡也。公卿將相一行之不善，輒以敗其聲稱，蓋其勢足以發之，權足以掩之。不善而至人知，則其所不知者，愈可想見，故毁譽不可不審也。

僕性不喜毁人，破家之餘，賣文爲活，其有所譽，率出以時貴之口，人固不屑予言，而言之不誣者，僕亦未敢出以問世。今春偶歸鳳山，而晉江潘子鼎珪客焉，爲長書謁予，以其尊人澹隱潘君七十之文爲請。僕初心難之，而讀其書再三，筆力閎肆，深于古學，計其所挾必有以。隨閲潘君《知非》一篇，固篤行君子也。夫倫紀之間，茍求其至，雖聖人有所不克盡，而唯竭吾力之所能爲，反諸心而無愧怍，則庶幾可少釋其責。然求此于今之人，已落落如晨星。

君生而早孤。弱冠，值鼎革，絶志仕進，崎嶇愊側于兵燹之中，所爲保全骨肉，撫教昆弟諸孤，脱朋友于厄，時其緩急，數致千金而數散之，有古豪傑風。至若追孝父祖，黽勉營葬，立祭典，修宗譜，事皆敦本務實，得行己之大要。不幸而意外遭讒，罹犴狴者五月，賴知交之力，明其無他，生還于刀鉞之下，此皆平生行義所孚，豈易得哉！今大耋方登，元配林太君賢而偕老，五子皆才而各勤于其業。猶子新掇巍科。蓋乃祖德州公遺澤在人，君又厚植其基以培之，門閭之大，正未有極，天之與善，此其徵焉。鼎珪筆健年富，虚心善下，充其所至，用世傳世，均足不朽。鼎琦詩亦英英有致。有子如此，何憂貧哉！君其滿引壽卮，保固遐齡以觀之。

憶予戊午秋遭無妄之災，下棘寺者二百日，計君遭讒，亦以是年。予之得禍也以名，君之得禍也以口，地異事殊，而同時蒙難，干戈之際，草菅人命，可勝道哉！身非木石，與獄吏爲伍，子長之所深悲，而吾與君至今日，猶得二千里一言相祝未盡之年，殆天之所續也。修短之數，吾與君無庸心焉矣。

壽陳母何夫人序

予年十二，從先君館于吾家文忠公碩膚堂中，是時叔演三兄偕其兄登甫、耆仲同執經先君門下。碩膚堂後臨廣池，池之西爲寫葉山房，文忠所常坐臥也。池東架木橋爲書室數楹，環以花竹，叔演書齋在焉。叔演長予三歲，每風日晴美，相與挾彈入林，把釣橫波相樂也。後二年而有燕都之變。又三年，而先君與文忠後先殉節。明年，請恤端州，文忠以閣部贈忠烈侯，先君以兵垣贈兵部尚書。論功賜廕，叔演與予同官錦衣，自公之暇，往往沽酒七星巖上，相對而泣，人莫測也。

其冬而叔演予告歸娶。時大學士香山何公柄國。叔演嫂夫人，香山第四女也，出宰相之家而入忠臣之第，即于歸之日而受一品之封，天下之至榮也。及滇池路絕，叔演避地山中，不恒厥居，時事艱難，往往告匱，嫂夫人相從無倦色。叔演年及三十而卒，夫人挈其三子歸理田業，教以詩書，稱未亡人，于今三十年。今茲冬月，冢子某詣予而言曰：『某之母年六十加一矣，宗戚故舊將爲之觴，謂非叔父無足序吾母者，敢以爲請。』予愧而不敢當也。予與叔演幼共學，長共事，得喪禍福，皆不甚相遠。而叔演能全其膚髮，以從先公于九原；予苟活數十年，毫無善狀，心口相訾，形影自慚，序他人且不可，況夫人乎！然夫人諸昆弟皆予世交，數爲予言：『夫人四德咸備，聰慧絕世，最爲相君所鍾愛。且承平宰相，閨閣峻深，保姆在前，師傅在後，一旦舍其貴介以從夫子于荒烟窮谷之中，濱飢餒危亡而不之恤，此其志行卓然過絕于人。』念非予寒灰槁木之人序之，而假手于熏灼之家，必不稱矣。夫人有三子，皆賢，諸孫今六七人，日以繁衍，夫人所以報吾叔演于身後者，此外亦復何求？ 請以是爲夫人進爵！ 至世俗所欲得者，曰壽，曰禄，曰絲綸之褒，旌節之表，皆夫人分中所必有，而意中所未必欲者，姑舍是。

壽何雪濤序

義當爲而不之爲，義當爲而或爲或不爲，義當爲而無不爲之，以爲名高，三者足以盡天下矣。義當爲而不之爲，吾知之矣；義當爲而或爲或不爲，百而不一得于今；義當爲而無不爲，以爲名高，則萬而不一得于今。若夫無所矩于義而動不逾，無所跂于名而行適合，方今之世，固亦有其人乎！

吾友雪濤何君，其爲人隤然，若無所持擇于其中，與人言，傾底蘊而盡，不爲鉤距，無少長雅俗新故，卒然牽而止之，皆相與極歡，移日忘去，和易至于如此。而昔當擾攘之際，板蕩之日，固常流離世難，數散其有以資從王之士，其後，又破產爲友人償重債。家故豐也，坐是而削，授餘于其子，布袍囊書，教生徒于數百里外。年既六十矣，隱約食貧，既無戚容，復無德色，窺其所存，皆若率胸懷而出之，初非必期于如是。其于父母兄弟亦然，往往略于文貌，而贄于性情，而不自知其孝友所至。以視夫斤斤以爲名者，已不啻倍蓰過之，又況其下者乎？ 所謂無所矩而不逾，無所企而適合，若君者庶幾近之矣，固不可謂今之世遂無其人也。然而老于諸生之間，天下無所得而頌其義，而乘時貴富之徒，諛言滿耳。侯之門而仁義存焉，可勝嘆哉！ 于是二三友人更相謂曰： 君生之朝，固不可無祝矣。而謂梁子槤，其性懶于山水，不苟作，不鄙。謂尹直于詞，不妄許與。乃斷素而縫之，槤爲之圖，而尹序其上。然尹與君交，垂二十年，其可得而見者，略如上所云，而究未能持一行以名之，何則？謂之達，則君乃未嘗縱放于義之外；謂之儒，則君又未嘗束縛于義之中。意其天質粹美，幾于道而未加切磨。所謂古無懷、葛天氏之民，而必欲執末俗之論以繩之，則既陋矣。

君上奉九旬之母，而下撫諸孫，孺人潘氏，白頭偕老，令子介弟家人戚友，融融怡怡，更起銜杯相慶，方幸其無車馬之應酬，征徭之煩累，以得日笑傲于斯圖之下也。彼世俗之所榮，烏足滿其一哂哉！自君曾祖順臺大夫，及君之尊人，若祖伯叔兄弟，年皆逾于大耋，則壽者君家之固有，不復以是爲祝，而敬序其大略，庶幾爲不諛者。

壽屈母黄太夫人序

何無忌夜草檄，其母窺屏見之，泣曰：『吾不及東海呂母明矣，汝能如此，吾復何憂？』問所同事，爲劉裕，則又大喜。予每讀而壯之，以爲非是母不生是子也。王珪母每奇珪，謂曰：『兒必貴，然未知所與遊何如人？』異日房、杜二人過之，母大喜，具飲食曰：『二客公輔才，爾貴不疑。』杜子美有詩紀其事，乃謂太宗少嘗與客過珪，母謂珪曰：『此虯鬚少年，汝等成名，皆出其手。』夫望子之貴，人之常情，而能識英雄于未遇之年，斯亦奇矣。

屈子大均少及予先君司馬公之門，予與垂髫定交，屈子長予一歲，予兄事之。其後遭亂，先君殉節，而屈子好爲萬里之遊，出必數年而歸，歸或不逾時而出。其母黄太夫人恒依仲、季以居，東西遷徙，予每就所寓，問太夫人安否，而爲道屈子遊蹤所至。然竊瞻太夫人，顏色怡然，無念子之戚，予心異之。往歲，屈子奉太夫人客金陵，既歸，予入揖，太夫人雙鬢皤然，而體貌加壯，爲之大喜相慰。屈子既還其鄉新汀，開九歌草堂以居，予不獲見太夫人者，于今數年，非疏也。夫屈子而遠遊，則其母吾母也。既歸而侍奉有人，甘毳無闕，諸子孫林立滿前，太夫人樂則吾固可少弛其憂矣！太夫人生萬曆甲辰，中歲寡居，識鑒宏遠，志尚高潔，不願其子有不義之食。屈子雖名重天下，著書滿家，然無忌草檄之志，三十年落落未就。比以太夫人年高，戀晨昏定省，不復遠出。

今茲甲子爲太夫人八十一大壽，賓朋皆集，予固將登其堂而拜之。而使屈子以其私請于太夫人，雖不敢望有虬鬚少年于賓客之中，然房、杜之儔，或未必遽云稀闊，願有以定之。

壽區節母陳太君序

聖人大懼天下相矜爲奇，故制爲君臣、父子、夫婦、昆弟、朋友之禮，循循然皆歸于中道，使中材以下，可企而及，而于達人高行，苟出其中心至誠，雖不立爲常教，猶必咨嗟三嘆，以振發夫頑夫聾俗。今世女子，有未嫁而爲其夫守志者，此賢者過之之事，義不見于六經。若《柏舟》之詩，儀兩髦而以死自矢，本乎情而止乎義，蓋嫁而守者也。吾往時聞長老言：某氏女未嫁而守者，其奔喪也，哭成禮而不哀，彼誠發乎義所當爲，而未動乎情之不忍。

今里中千室之鄉，往往必有其人，益多乎前所聞者，若區母陳太君，其久而最著者也。太君翁曰見五區公，父曰愧莪陳公，並官大夫，相善也。幼而許太君于區之子賓宸文學。文學未冠卒，太君年十六，不謀于傍人，不惑于群喙，素車白馬，辭父母而歸于區氏，爲區文學婦。四十年于今，耳未聞文學聲音謦欬也，目未接文學威儀禮貌也，夢未識文學魂魄仿佛也。正使當世男子，交手而約，提耳而命，要之鬼神，申之盟誓，其確乎不拔，皭然不欺其志，有能如太君者乎？《易》以從一而終爲婦人之吉，夫從否以心，豈必嫁而後云哉！而特以不可爲繼，將使不肖者無以自容，故經不著其文歟？將古今風氣異變，古所謂不欺其志者多在男子，而今所謂不欺其志者多在婦人歟？惜乎吾不得起聖人而咨嗟詠嘆之也。

太君今年五十，嗣子胤祚，合同人頌美之詩歌以爲壽。友人太君之姊子陶璜，嘉太君之志有成，又相與繪圖爲祝。太君族出北湖，北湖之陳與吾小圃之陳，里居相錯，世敘兄弟，而先君子與愧莪大夫後先相及而歡。緒其世，太君于尹，姑也，與有榮焉，再拜而爲之序。

壽吳勿庵先生序

方今所望于老成重德，博習典故，足以式浮振靡者何人也？尹之幼也，猶及天下未亂，以及于今，昔者所謂奢，而今目之爲儉矣；所謂巧，而今目之爲拙；所謂貪，而今目之爲廉；所諱而不敢言者，而今則公然行之。嗟乎！尹所見將亂之天下也，而風俗相去已如是，江河日下，其不可挽也。後有作者欲得聞太平至治之風，將烏乎取之？夫典籍非不具也，譬之按譜而琴，選辭而歌，指爪喉舌之間，無其人以傳之，鮮不爲識者所笑。《語》曰：『文獻不足故也，足則吾能徵之矣。』且以仲尼之聖，身爲殷後，猶必待乎其人，而況下此者乎！

天下不見兵革者幾三百年，而不息于兵革者三十餘年。有心之士，莫不思維持其未喪，而默傳其散軼之緒，以俟夫能者。然而薦紳大夫身及之于疇昔，而未必能言；草茅之下，或能言其一二，而不足取信。後有作者，欲得聞太平至治之風，將烏乎取之？

先生生于神廟，登科于烈皇帝，而仕爲史官，多聞强記，于先朝之典故，吾粵之舊俗，所謂身及之而筆能傳之者，又恂恂然樂爲後生小子道朝野之逸事，而其年且七十矣。尹與其子文煒爲友，而有兒女之姻，于先生之壽也，肅衣冠，登堂拜而祝之，禮也。雖然，非敢以其私也，爲天下祝之也。

壽崔千上先生序

古所稱奇節之士，豈有意爲異哉！流俗萬變，而君子道其常；刀斧鼎鑊交于前，而君子行其素。譬如水落岸高，土隤石立，此其初豈有意爲異者哉！

尹十七猶逮事先君，自先君之没，又十七年，其平生道義之交，翦伐淪替盡矣。與先君同榜，而尹所父事者一人，曰崔千上先生，其爲人居平恂恂無以異于人，而當義利之交，則侃侃然曰：『某事吾所得爲，某事吾所不得爲也。』勸之仕，曰：『是非我所得爲也。』生徒百人，請南面爲師，曰：『是我所得爲也。』言必慮行而出，諾必度信而許，不爲矯矯之節，稜稜之行，然遠近言崔先生，不謀而皆曰：『忠信人也。』世之人明不能及遠，每好高邈驚世之舉，聽其言，若覺簡易者之不足爲，及夫臨利害得失，迂闊而不可循，巽輭而不能守者相半，然後信至平之爲奇，知先生爲不可及矣。

嗟夫！喪亂以來，變白黑、鶩岐路者，往往逾意料之表，士之存而志行無缺者，寥寥相望，而先生年且六十矣。尹從二三子後，既慶其年，而惜其老，重有感而序之。

壽何母李太君序

父母在而守道義，甘貧賤，有三難：自食難，無以爲養難，得父母之歡難。無食，吾飢可也，飢妻子可也，吾守吾道義，而上累父母則不安；幸而得食矣，而不能備甘毳，則不安；能備甘毳矣，則又念曰：父母生我，幸而材也，不無望及時貴顯，娱衰暮，雖或屈吾道義之言，夙興獨寐，此其心將無有不慊者哉？如是則不安。

尹與何左王衡、不偕絳兄弟貧賤交十五年于今，視其家非有餘，而二親老，初常怪其甚安。既登堂，獲侍尊人持泰先生，癯然沖和，敦内樸，遺外物，雖不言而微觀其心，蓋是其二子衡、絳所守者，然後知夫二子之爲，固有本也。久之，尹與其季絳遊吴、楚、梁、宋間三年，歸而先生下世。聞易簀之言，未嘗以絳不在爲憾。尹再拜出涕曰：『先生之賢至是哉！』然絳懲痛往事，旦夕侍母，比數年不復遠出。今年，其母李太君年七十有一矣。友人陶璜避順德寇亂，移家就二子，歲旦，而璜之母暴疾卒焉。璜東過予增城，相去二日，迫除旦，絕舟楫還往，音問不至。而亂方亟，計不可緩旦夕，二子力爲具衣衾棺槨，完美無憾。既殯，而璜反，太君命即其堂張帷幕素筵，曉夕奠哭，受宗戚臨弔，又身上下廚釜間，助璜婦妾治酒食肴核待賓客。成禮逾月，既葬，然後璜奉木主歸于其所。知與不知，聞之皆曰：『非獨二子賢也，而其母難能也。』且哭泣人所甚惡也，末俗多然，疑衆忌諱，又况當正元，邇介壽，而使室有悲號，身親凶事，以周友朋之急，成我殯之義，自丈夫通儒或難之，而太君夷然安行，初不擬議，而合大道，則其平生所不聞于梱外者，當復如何也？夫以太君爲之母以植其內，以持泰先生爲之父以範其外，其子而愚人也，猶不至違道義而苟富貴，矧衡、絳之賢，而又有所受之，何難之與有！

太君生以季春，屆期將奉觴。太君以衡、絳有從伯父母之喪，遲之至今乃克舉。衡常歲屏居教授以養，而絳遊交于四方。四方之士知衡、絳者，多爲頌祝之詩，前開府南豐湯公、寧都邦士丘君爲之序，甚美。尹請述次近事，竊附二公後。太君達于道者，故臨文不以死喪爲諱，而一切昌大期望之辭，非所獻于達人之前，懼爲太君笑所不取也。

王蒲衣五十序

百年瞬息耳，憧憧往來，日千萬人而未止也。其間幼而相識，中道而不相見者有之矣；童而相能，長大而不相得者有之矣。朋友以道義爲親疏，往往定交在壯年，求其童幼相知，白首而其人其交俱無恙者，千萬中而一遇之也。

王子蒲衣，其生後于予十三年，而其尊大人説作先生及與吾先君交，故王子行輩于予兄弟也。先君殉節之明年，予過先生于廣州高街故宅，王子方四歲，結雙角髻，綰朱絲繩，綵服戲堂下，明慧可喜。其後與先生同寓于端州者一年。又七年，予自吳、越還，見先生于龍江寓舍，王子方十一二，出而揖我，問其文，燦然可觀矣。又數年，予自梁、楚還，則王子詩已成帙矣，問可否于予，予稱其才于先生。先生曰：『令無學我，我詩不可學也。』先生以詩名世者也，清古峭健，而王子以春容富麗承之，得其旨矣。先生既沒，王子爲武夷、匡廬之遊，六七年而歸，而學益進。生而善病，癯然鶴立，雖酷暑猶披重裘。既而結濛廬于西山之麓者二十年，爲隱士之冠，寬衣博帶，每至城郭，則人爭物色之。夫人潘氏，通《史》、《漢》諸書，樂貧偕隱，字之曰孟齊。有女瑶湘，能詩，擇壻久之，得故人之子李孝先，遂妻之。王子性嗜音，能自度新曲，作崑山腔以寄其意，孝先倚而和之，瑶湘吹洞簫以赴節，每雨闌人靜，則聲發濛廬中，里人側耳遠聽而不敢近，懼其近而遽止也。王子年四十餘，而孟齊謝世。長子有孫矣，王子以先人之產付之，挾幼子別居，納徐氏女副室，教以琵琶。予題其卷有曰『琵琶妙手王摩詰，不買鸞膠續斷琴』，欲其不忘孟齊也，王子愛而常誦之。所著撰諸書不一種，貧不能盡刻，往往爲賈人請去。而王子方兀兀窮年，輯而未止也。

今茲之臘，年五十加一矣。孝先以同人之意請文于予，予嘗屈指先君同時而今猶在者百不一二焉，而未必相知也。其父與先君交，而其子與予交者十數人焉，而未必皆白首也。見其幼，見其老，其人可稱，其才可交，而兩世皆相知者，今獨王子在耳。方王子少壯病時，不謂其可五十，今五十而病尚如故，則百年可知也，況其精神意氣視昔有加，何煩于祝爲哉！在禮五十始壽，吾儕其舉觥相賀可矣。

獨漉堂文集卷之五

記

金花廟前新築地基碑記〔一〕

五嶺之南，廣州爲一都會。三江滙其前，巨海環其外。山川清淑，氣象開豁。天下省會，語雄壯者，金陵而外，無所復讓。

僕生長于斯，成童時猶及見吾郡聲名文物之盛。紳士大夫尚風節而談道義，三公六卿、大儒名將，師師濟濟：出則幹王家，處則儀型鄉國。雖時際衰晚，而其人猶有先正遺風。至于郊原遠近，園林梵宇，綺繡交錯。時節嬉游珠江桃塢、白雲、粤秀之間，笙歌珠翠，肩摩轂擊。極盛而衰，固其理也。四十年來，尚可髣髴承平之舊者，珠江南北，獨金花古廟存焉耳。

廟在河南滘口，北枕鵝潭，前臨珠寺。昔多古木濃陰，不可復見矣。而廟宇以神之靈貺，日以益大。每首夏神誕，報賽者烟花火砲，百戲駢集，歌舞之聲旬月未已。往歲，郡耆老紳士增建前庭右堂，翼以廊廡齋廚。門外爲偃波亭，留其前爲歌舞之場，猶恨地勢狹隘，不足以容觀者，衆議展而大之。顧其地三面皆水：右通小河，無容增拓；前左爲大江，水流深急，不易基築。工匠徘徊，懼樹樁不固，則土石無所堙積。去臘七、八二日，江水忽淺。所築基之地，皆可舍舟徒涉。乃并工樹樁，既畢，而水長如故。白頭父老聚觀潔欵，謂百年間江潮之淺，未有至于是者，神所助也。

按郡志，神爲郡人金氏女，舊有靈應祠在仙湖西，祈子往往有應。成化初，撫軍陳公爲之重建，稱爲金花普主惠福夫人。張東所先生爲之題詩，蓋其由來古矣。今吾粵無問城市鄉落，在在有廟，祈禱者皆以嗣續爲事，猶泰山之有碧霞元君。以粵女而爲粵神，猶莆田之有英烈天妃，雖感靈所及有遠近大小之殊，其有功于人一也。予近卜居仙湖、惠福之間，神之故里。攷湖水故跡，獨存六脈一渠。坊曲之傍，有古廟數椽，或曰神故居也。豈即靈應祠舊址耶？而規模迫促，不及珠江之南遠矣。

基築既成，與事諸賢請予紀其事于石。予有感于廟宇之維新，而追思吾郡疇昔之盛，冀旦夕復及見之也，故不辭而書之。偃波亭之前新築之地長五丈，横三丈五尺，自土而至水底一丈六尺；廟左新修石磡凡十五丈，爲泊船石步，寬廣平衍，可連輿蓋而登。捐資董事之名備列于左方。

【校記】

〔一〕本文一作梁佩蘭撰（見陳沚齋所藏原碑拓本）。

羅浮黄龍谿口記

黄龍之水下墜絶壁，沿流五十仞，瀦爲小潭。旁離置巨石，其平潔可坐，其高下相遠可躍而過。水散出諸石間，委曲有聲。數里皆石底，清淺平布，兩崖鐵壁峭立，時割爲窟穴屏屋之狀，嘉樹美竹如積。每水趨而東，則其西必有美地，幽曠可鏟刈而居，其西趨亦然。

又里許，崖漸束隘，有石絕谿而梁，高廣七八尺，長再倍，下據石底，水爭其縫而出。其下多菖蒲，最小叢生如箕，有小木繁枝相糾。又南多五色石，在水中如濯錦，水岐爲短瀑，沸于石池。池正方。瀑之西，有石如床，横遏流，足臥百人。他奇狀稱是者不可枚舉，而上下陡絕，人獸希至。前志不爲特書，無所知名，知名者或反未必奇。泉石不應來愛妬于人，則顯晦倘亦有數耶！

潭上爲黄龍洞。南漢劉氏夢黄龍自天下，屬其首于山，覺以形求，得之，築天華宫其上。有泉交飛，石溪寬平可宴，自黄龍來下潭，徑路不能相屬，而泉源出焉，故別之曰黄龍谿口。爲之記，庶幾後有知者。

羅浮絕頂觀日記

辛丑臘月十日，陳子與客觀日出于羅浮之顛曰飛雲峰者。夜半而升，落月在地，餘光上照，松柏倒影；俯視人間，閟然無形，寥然無聲，遠火燃于雲中，東江去山百里，而舟人舉帆，邪許相呼，了了可辨。余戲曰：『天高聽卑，此其驗耶！』皆大笑。

望天一陲，晃然微光如燭燭墻。或指曰：『此東方也。』少焉漸白，煜煜爚爚，東方作矣。有頃，爛然如錦煥虹披，不可得而形容也。煒焉五色相宣，龍文虎變，其奇正不可勝窮也。其下若動摇洶涌，恍惚莫可名物。又久之，則金色千里，奪魄眩視，勃然而耀芒，劃然而中開，而日出焉。其出也，初若一綫，或沒或見，忽如半規，若盈若虧。其末也，躍然若彈丸之脫于弦也，然後辨向之彩色炫耀者，雲氣也，其在下而動搖者，海之波濤也，天水交映，遠近相錯，故其變態無端。及是而後，高下判焉，自飛雲以東，傅海群山，皆仿佛呈露峰頂，坐者衣服辨色，而南、北、西三隅益闇然霾黑，視日未出時尤甚。

下方雞嘐然始鳴，風霜寒冽，乃行歌而下。同是觀者十二人，梁器圃槤、麥叔夏時，其九人皆僧也。

羅浮所遊者記

由泊頭至華首，路三十里有餘而夷，自華首至飛雲峰，路四十里不足而峻，羅浮之高極此矣。

華首，古臺也，其勝曰東溪，有泉南流十數里，美竹木巨石。又東十五里曰黃龍洞。又十里曰卓錫泉，下多斷碑古幢；生木棉，極望方冬而盛花；有銅佛，首大如甕，藏土中；泉小坎如臼石，九竅上出最甘冽，咽之數里津生。

其東最高者曰老人峰，峰首石如坐人，執簡內向。飛雲北走上界峰，有路在山脊，如藤蔓數里，小不盈咫，多苔石、竹木，夾掖可行；多蘭蕙，無雜草，瑞香長條倍人，方花，一采盈斛；竹木下聞泉聲，視雲氣去來諸峰顛。飛雲而東，多靈異卉木，百不辨一二，而百花徑尤甚。自百花徑行萬木中，下小飛雲而南最峭險，至沖虛觀而平。觀左爲朱明洞，有老人木犁而耕，相迎甚歡，手足爪長寸許。又南出老人峰，下與卓錫泉合。羅浮之南，大略如此。

山有鳥五色，千百成列而飛，紅者爲君，予十日三見之。虎不噬人，無聲，往往遺跡路中。飛雲南下，有泉曰阿耨池。登飛雲時，使小童雜一傭午炊其中，聞石上歌吟聲，跡之無所得。小童魯甚，不辨言。此或有之也。

憶雪樓記

登山臨水，君子樂之，然而出有脂車秣馬之勞，入有荒時棄日之嘆，樂矣，而難于爲繼也。不出戶，見千里，君子欲之，然而非層臺傑閣，無以擴其規模，非大工衆材，無以峻其墻宇，雖其欲之而不敢舉也。況夫居城郭之中，有職司之守，而欲臥對雲峰，目送川流，辨二儀之高下，收大地于指掌，此必不可得之數也。而寶坻王使君獨兼而有之。

使君蒞惠州之二年，百廢既舉，視廳事東北隅有古榕焉，其後爲廢圃，升梯而望，聳然異之，乃就樹爲軒，軒後爲樓，敞北牖以宏大觀，開南榮以面榕陰，窗戶之前，欄檻之下，可布席而坐也。樓内列八楹爲兩行，東西三丈，南北減之，自下而上，不及二十尺，制度簡樸，而其地特高，其初椓山也。南勢平衍，以建治所。其北枕江而峭立，郡城環于下，樓之址與雉堞平，而相去十餘武。城之内外山川，可俯仰而盡，而其晴雨晝夜，可佇立而窮其變也。龍江瀜瀜，自東而西，島嶼之微茫，人居之隱見，漁樵之出入，帆檣之來去，皆郭外之尋常，而納之樓中則佳境也。江之北，則連山萬疊，競秀爭奇，或晦或明，倏忽遠近。羅浮之石樓，象山之瀑布，天淨日高，了了可辨。風雨驟至，則黑雲赤電，馳突溪谷，怒濤雷奔，洲渚失據。若夫三冬之際，野燒如龍，星月之間，金波返照，則樓中之良夜也。彩霞夾江而飛，白鳥橫空而翔，霜樹秋紅，芳華春綠，則樓中之霽日也。圖書萬軸，薰以名香，淨几虛簾，旁施枕簟，使君政事之暇，吟詠其間，無出入之煩，而溪山之美自呈。極憑眺之樂，而結構之材不費，爲高必因丘陵，亦仁政之一道也。

既落成，扁之曰『憶雪樓』。客謂僕曰：『使君之命是名也，何居乎？』僕曰：『夫炎風朔雪者，天地之常也；冬溫夏清者，人子之禮也。使君家于燕，而官于粤，老親在堂，曠其問安視膳之職以從于王事，故登樓北望，窮睇川原，已不勝其岵屺之思。而又念四時之氣，唯寒爲甚，身在炎州，霜至而草木不凋，歲暮而川澤不堅，冬不裘，夜不火，而燕山積雪數尺，增冰峨峨，老親幸康强健飯，弟姪在前。然酒漿之冷暖不獲親嘗，衣被之加減不承面命，于心終爲不愜。江嶺隔越，無由侍奉而來，所以溯朔風而長吁，望同雲而遙憶者也。』客曰：『吾聞之，樓之成也，使君適登羅浮，天雨雪焉，還而名之也。』僕曰：『豈其然哉！昔漢之世，廣州有楊孚者，事親至孝，而瑞雪降于其間，許渾詩所謂「河畔雪飛楊子宅」者也。嶺南雪不恒有，羅浮之雪，吾惡知其不爲使君瑞耶！事相類也，而命名之意在彼不在此矣！』客唯唯而退。

樓在陳文惠公野吏亭西百步而近，野吏者，文惠所自名也。蘇長公爲之記，以爲孔子所謂『先進』者。予文不敢望長公，而『憶雪』之名所從來，不可不詳爲後人道，故記之。

西樵泉石記

西樵其方十里，其峰七十二，東西南北一日可盡。凡山知名而小者，莫西樵若也。然而在處皆水，麗于水而有巖洞崖壁可觀者，得二三十所。山小而富泉石者，亦莫西樵若也。其最勝者三：

一曰白雲之水，源于中峰，形于錦巖。有石溪焉，修潔可浴千人。其石有巖正黑，常有操炬引繩深入百丈者，得古瓷而出，云蝙蝠數萬撲火，火滅，莫能窮也。其前曰鐵泉，聚錦巖側，南合龍泉，西下于寒瀑之溪，有美石叢桂焉。其下田千畝，環以諸峰。其南雲端之水與寒瀑之水并墜絕壁，相望幽幽然有琴瑟和鳴之聲。西歸于一門，折爲洄溪。溪口臥石二，競鶩奔濤中，長身卬首，若下視于白雲者，曰雙龍洞。立龍洞與白雲之人招手，可遙相知，而泉聲聒之，勢絕陡險，莫敢上下，適白雲者，從他山道焉。白雲之石最秀，嶄如四壁環立，下平如堂。雙龍之水，溶溶從東來，碧寫五千仞，周布堂上，然後北出。其南半壁，石室溫然可居，此山西之水也。

一曰碧玉之水，自雙魚陂而北，匯于釣臺。有堰焉，可關，西流爲澗，徘徊石壁之下。壁上特宜秋海棠，婀娜垂莖，無春夏恒花。又北會翠巖之水，降于碧玉千尺，廣三丈餘，自下望之，沛乎若懸江河，動心駭目，其鳴，隤山裂石，咫尺不相語。其上半循壁而下，中忤巨石，激而離之，春夏水壯，人涉其內而不濡。噴沫彌空，日照，彩翠橫生，不可名狀。西北顛有石如數丈屏，澗底多石，有苔，水注爲玉湖，多菖蒲而清深，此西北之水也。

一曰九龍之水，平水也。其西石壁多竅，枝絡交通如猿猴，坐可數十人。其東壁亦然，而有竇可入，上出至頂，水旋其足而南，此東南之水也。

水四出，故無地不耕，高者藝菽樹茶，下者秀稻粱，民家其上而食者數萬指。

無幽林邃谷難至之地，亦其短也。或曰不然，西樵有似于君子者四焉：地小而澤多，多奇而不揚，高而不孤，清不絶俗。

雷將軍廟記

忠臣義士之氣，長存于天地間，如日星久而愈明，江河流而愈遠，不必生平所至，而靈貺無不遍者，其忠義所感入于人者深也。方諸之取水也，明鏡之取火也，以其有容光之地，而日月之精注焉。然而方諸明鏡，不與日月同其類也。若以人心之同，而相求于上下千載之間，其應如響而感必通者，理也。

廣州諸邑之郊，往往有金順侯雷將軍廟，相傳爲唐臣，諱萬春，與張巡、許遠、南霽雲諸公同守死于睢陽者也。安禄山之亂也，令狐潮降賊，攻張巡于雍丘。巡命雷將軍從城上與潮語。賊以弩射之，將軍面中六矢，挺立不動。賊初疑爲木人，覘之，乃將軍也。異日潮遥謂巡曰：『向見雷將軍，知君軍令矣。其如天道何！』巡曰：『汝未識人倫，焉知天道？』潮謀襲襄邑、寧陵。巡使將軍以騎四百壓潮，先爲賊所包，巡突其圍，遂大破賊。其後，巡移睢陽，賊帥尹子奇攻之。將軍與巡、霽雲率數千人出戰，殺賊不可勝計。其事並載《唐史》。然韓昌黎書張巡傳後，已謂李翰不載雷萬春事首尾，史書將軍官止云『偏將』，亦不詳其贈謚，其稱雷將軍者，賊畏服之之詞云爾。今謂之金順侯，且曰敕封，殆無所考。或云將軍初年曾尉南海，意殉節之後，粤人因其宦跡所至而祀之，而後之帝王，又因其靈貺而封之也。

增城之清湖都有將軍廟焉，其人事之最謹，行宫儀衛甚壯。都有三鄉，遞相迎奉，一年而更。所駐之鄉，每家分日值事，雞鳴而起，具牲酒粔籹之屬，日三度拜獻以爲常，雖臣民之事君上，不是過也，而皆出于中心愬誠，罔有懈志。

有烏石鄉者，今歲行宫所駐也。其紳士咸謂不有文章，莫詳始末，乃謁予求記。夫神之爲靈，既已赫赫天地間，而豈有俟于人爲之表著耶！然將軍之事，非讀史者不能備詳，鄉落之中，欲其家喻戶曉，不可不書。不然，徒知將軍之姓名，而未知將軍之功烈，非所以昭神貺也。將軍面中六矢而不動，其事甚壯，與關公雲長引臂刮骨相類，皆偉丈夫所爲。關公廟祀遍于華夷，而張、許之廟亦往往而有，不必皆生平所至。然則將軍曾尉南海與否，蓋不足深辯也。

安期巖重修記

安期生見于史遷、葛洪諸書，皆言『海上』而不實其地，而吾郡郭北白雲諸峰，往往多其遺跡。故老相傳，安期巖饒竹石古木，其神最著。間者數用兵，禱祀不至，而樵人斧斤尋之，濯然無復存者。

去歲夏，郡人某某避雨巖下，顧瞻叢莽，有神頽然，丹堊淋漓，仰首倚石壁立。數人者，相與揖而祈子，逾年悉驗，乃醵金爲屋其旁，置僧以朝夕香水。領是工者十有二人，未畢而産男者七，有逾耄無子而驟産者。既落成，要余及梁藥亭往，俾爲記以劖諸石。

是日登自山西絶嶺，南折而下，入戶，崖石蒼然，苔草雜生。室内其爲堂軒房廚凡六，皆倚石爲後壁。從屋漏仰觀，石片片有紋瓣，層累遞出，其形下刳上卷，最上有石角如大鳥喙，俯啄屋上。前檻臨深溪，枝峰叢繞，皆俯視，其脊若藤蔓。風聒聒從山背鳴，高空送雲，日光下漏，游移往來，陰陽倏忽。東南極望無際，浮青點點落積水中者，虎門之山。稍近，如潢白而不波者，扶胥之口也。路右折爲白雲絕頂，有泉宛轉溪石間，潀然墜橋下。又北東爲歸龍。又東爲月溪、雲淙。巖右出爲蒲澗。逾嶺西爲景泰寺。沿泉而下，得茂林清溪，其幽曠超忽，皆不及安期巖。

安期生，仙人所托，殆不謬者。既還，遂爲之記。

遊衡山記

從京口溯江，南歷于潯陽，又西折入洞庭，上沅湘，至衡山縣。水日益厲急，積高數千里，疑湘之底，足以踞吳之巔。衡又王長衆山，然舍舟彌望，初不見所謂峻極者，意私易之。行古松間三十里，至岳廟。廟之北，群峭傑出，卓厲雲上，天之半壁，爲之不開，而以名求七十二峰者，此不得一二焉，始駭折服。信宿雪晴，登登封路，日高至申，旁投石浪庵下，指廟北諸峰，已不可仿佛。而前有峰直大路，高又倍于所登，上有亭冠然，曰半山亭也。

又三宿，雲氣四除，取道半山亭，窮日之力，登最高者，曰祝融峰。峰頂方數畝，皆石，鐵色，陂陁無縫隙，上祀祝融君，石其墻，中寬二丈餘，鐵方三尺爲瓦。于時春之莫矣，門冰猶堅，鑿而入謁焉。出坐石上，向所仰爲崔嵬嶔嶔嶃絕者，俯而視，其髻皆正圓。高者儐揖介立，下者散錢，比鱗浪之奔然，土之墳然。外則數千里間，都邑江湖，揭白呈青，茸茸芊芊，趨走足下。又其外，則高天四垂，與積氣合，睥睨八極，莫與儔伍。然後信茲山之足以雄南方也。既夜，下宿高臺寺，北枕祝融，南臨無際，江火星辰，雜出階戺。厥明降自山北。十日留白門，由白門時時散出，然皆一壑泉石之奇，非所偶于雄大，故不録也。

山之產饒竹，綿山填谷，一碧萬頃，路往往出其杪，漫視略無高下，每風生谷鳴，則湧葉推移，震蕩波濤，與風往來。陰崖積冰雪，風日薄之，下墜萬仞，聲清越如鏘金玉，良久乃已。皆奇觀也。

是遊也，同行者何不偕絳，于岳廟主羅克生，于石浪主破門，于白門主諸諸。破門，吳淞人，僧也，頗能絶句、顛書；諸諸，嗣法朝宗，會下數百人，好遊，嗜談，相追隨未嘗間，雨雪不能歸，采筍而食之；克生名楨，好客，家衡山南，資產萬金，爲衡山主人，盡豪士也。方入岳路時，古松上有新鸛，有童子戴笠前行者，駐足指余聽之，是皆不可忘。

獨漉堂文集卷之六

上書　書牘

上戴觀察書

蓋聞鷹隼之于握鳥也，舍之而東，則是日爲之不東。何者？既已生之，則思所以全之，鷹隼以搏擊爲事者也，猶尚如是，而況仁人豪傑之用心乎！

尹之下于棘寺百五十日。始也，降禍自天，非不知所謂嬰金鎖之重，坐刀戟之間，其去死者無幾耳，而心未嘗以爲憂者，以執事爲吾郡主，與臬憲王公皆公明廉恕，而久于粤，必能察尹之操行也。今賴執事及王公之仁，無罪之狀，已幸白于世間，可以喜矣，而心反戚戚然以爲憂，何者？出獄無期，而新病日加，米價如珠，而賣文無所。尹不幸宿嬰痰厥之疾，去冬業已上告。入春以來，獄土窪濕，左臂肩髆之間，疼痛不能屈伸拜揖，再旬于今矣。此間既無良醫，法地森嚴，書生窮薄，復難延致，長此不已，將成廢人，其憂一也。尹闔戶三十餘口，而租入僅支兩月，向者以筆仗爲耕芸，視硯田爲豐歉，今不收且半載矣。壽翁富家目圜土中人爲凶衰不祥之物，將共唾棄之，必不使縲紲餘魂得序其稱觴獻酬之作。而一二稚兒村僕，又皆舍其稼穡習讀之事，以趨走于犴狴之間。是入獄者一人，而受其饑者三十餘人，其憂二也。至同獄有林生梧，則又有甚者，梧既抱經年之疾，以同名之誤，横受投杼之疑。其兩兄並以教讀爲業，一則辭其生徒，彷徨旅邸，以急脊令之難；一則閉戶誦經，長齋禮佛，必待其弟之歸，共案而後舉葷。窮秀才館穀之外，更無可倚，舊館既中途捐棄，今年復以弟事未了，不敢許人。是入獄者一人，而受其饑者三家也。

昔人所貴于片言折獄，而以掩滯爲深戒，良有旨哉！然尹始之不敢妄意求出，以部文未至也，罪狀未白也。今則部文至矣，兩院允矣，所以未蒙即釋者，以藩啟未下乎？然投啟之始，即值出師，啟之覽否未可知，且自去年報供報病，啟皆不發，或以事涉嫌疑，不便可否，而歸其權于有司乎？則此啟之發否亦未可知也。萬一藩啟久而不下，而撫軍報疏復待之而出，既出，復待部文而釋，將且遷延歲月，是尹終爲瘐死之人，而舉家皆在枯魚之肆矣。執事既已矜其無罪而生之，必將憫其久厄而拯之。且雷陽旌節，戒日西征；張華往矣，雷煥不來，誰復知豐城獄底猶有干莫之氣，足以上衝牛斗者耶？尹所以不自知其駑下，望伯樂而悲鳴者也。

尹與林梧並有家族墳墓，兄弟妻子，去廣州百里而近，即使罪在可誅，亦當慷慨而前，延頸受刃，無所逃死。伏見王公于聽鞫之際，深垂慈憫，溢于詞色。伏冀執事旦夕燕見之暇，婉言于王公，始終大恩，得取保出獄，就醫調治，靜候題結。倘朽骨可甦，有生之年，皆執事之賜也。獄囚無上書之例，然古之人有行之者，想執事必能原之。迫切哀陳，臨筆戰慄。

徵刻廣州詩匯引

百川東注，粵海獨南其波；　萬木秋飛，嶺樹不凋其葉。　生其土俗，發于詠歌，粵之詩所以自抒聲情，不與時爲俯仰也。　往昔尚矣，流風邈而莫追；　間者闕然，大雅衰而不作。　靈洲衣冠之地，盛氣所歸；南極離明之方，斯文未喪。　期間或寄遐心于空谷，托賦《白駒》；　振高響于朝陽，溢稱鳴鳳。　東園《紫芝》之操，垂戒駟車；　南山白石之篇，興端牛角。　銀鉤鐵畫，多逢斷素之間；　刻羽流商，借誦行人之口。　然而離散未合，隱曜不彰，延陵無以觀其大風，敬禮何所期于後世。　夫珠玉豈曰非寶，飾璣衡而大用始全；　鐘鼓各自成聲，合《咸》、《韶》而清音益遠。　請開秘笈，勿靳郵筒。　湘江十六卷，匪憚其多；　易水一二言，未傷爲約。　竊備傭史，敬授梓人，上春爲期，大觀斯在。　庶幾壁中蝌蚪，假絲竹以求知；　不使天上斗牛，爲干將而吐氣。

答梁藥亭論詩書

前札卒卒，于論七律處未盡引伸，辱報書，示以歸趨之大指，使復言以竭其愚。　數月不見，得一酬酢，强如對面，慰甚快甚。

來示云：『性情欲流，規格欲別，詞語欲化。』此三言者皆至言也，弟無以易之，然皆欲下一注腳曰：『性情欲流，流而不俚；規格欲別，別而不離；詞語欲化，化而不佻。』至所云『于燈取影，水取空，風無聲，雲無色，烟無氣』，此皆氣象之似，須成詩後觀之，非可按爲實法。必信斯言，韋蘇州猶有慚色，王仲初去之益遠。

夫『情性欲流』者，欲其躍動也，欲其酣暢也，欲其呈露也。然必務留餘地，使讀者尋繹得之，過爾痛快，便近于俚。今野人叔姪相戒，切直于明辟之誥；《三百篇》之動人，不若瞽兒牧豎之歌，然識者終不以彼易此也。『規格欲別，詞語欲化』者，欲其不板滯也，欲其不陳腐也。故救板滯者以活，救陳腐者以鮮，亦皆不欲其過。譬之黼黻冕裳，所以爲禮也，苦其不便于首體，則易以紗巾，甚則岸幘，甚則袒裼，斯可已矣。若又盡求縱適，是將以屋室爲褌也。所謂『離』也，言語所以相通也，天子達于農夫，聖賢同于盜賊，若以爲恥，遠其鄙倍可也。必欲并其音聲而新之，是將以鳥言相命也。所謂『佻』也，仲初之病，未必及是，其佳處，弟所服膺極多，所不滿者，每以市上口頭語，不擇雅俚，一意填入，前札所謂『有一二不願兄等學』者也。論其氣象，則鋒芒大利，藴藉處少。于兄燈影水風雲烟之喻，覺不相似。兄首推韋蘇州，則近似之矣，然蘇州有道之士，養心養氣，久乃可臻其妙，未易以筆墨蹊徑求也。弟竊以爲當求新于性情，不必求新于字句，求妙于立言，不必專期于解脱。蓋新舊無定名，解脱無定位，若謂今不經用者爲新，人不共爲者爲解脱，又烏知新者異日之不爲舊，而解脱者之非纏縛也？李贄皇有言：『文章如日月，終古常見而光景常新，此所以爲靈物。』吾常佩服其言，而未能學。夫日月以其精華爲日新，而忘其形體之舊，文章以其性情爲不朽，而忘其言語之尋常。假使日舍其圓而方，月變其弦而角，新則新矣，尚未必不爲怪物也。

答蔣大鴻

大鴻先生足下：　慕風義讀文章之日久矣，不敢輒自拜書。令郎南來，忽荷手札先及，感激之外，知先生留意一世人材，若此其亟也。

漢人有言：　處士純盜虛聲。今之世，不出而求禄，天下必以高歸之。然弟之不出，分也，非高也。而往來之口，遂有爲先生道之者，無乃所謂聞似人者而喜乎！　落落三十年，處士大都老矣，將懼終無以自白其虛實于天下也。

高凉去廣州千里，弟又居鄉落間，令郎到粤一年，乃得相見，殊慚疏略。佳刻拜惠，其妙不俟今知之，愧無以爲報耳。

與魏冰叔

周士至後始出廣州，于沈方鄴處得先書，并讀之，愛誨可謂備至。所示爲文之道，皆弟意中所悉也。然弟自病更有三端：　不養心，不窮理，不熟古今之變。不養心，故其氣不昌；　不窮理，故其源不寬；　不熟古今之變，故其議不辯。每欲謀三五年閉户以攻之，而往往爲事累所奪，恐終坐此老矣。

士無可如何，乃欲以文章自見而更不獲，信乎命之窮也。　然愁苦寂寞中，非是無以自娱，紙墨遂多，究無一當于意。如兄縱横闤闠，堅悍雄鷙，弟所願學而不得者，宇宙雖廣，恐未易有其對耳。至如《正統》、《地獄》，誠爲不刊之論。弟向亦有《正統》一篇，欲以補歐蘇之未盡。得兄正、偏、竊三統之分，頓令古今一齊結舌，何其快也！兹錄寄覽，并附雜文數篇，見秦越人不敢自諱其疾，望兄有以教之耳。臨筆馳悚。

獨漉堂文集卷之七

設論　條議

劉項論

漢王引兵出關，身與項羽戰，六戰而五敗：三匝于彭城，脫死滎陽，逃于成皋，傷胸捫足廣武之間，深溝于固陵，獨一挫羽京、索間耳。然而羽卒破滅，何也？以其暴耶？暴莫暴于坑數十萬人，然先羽而行之者，秦是也。秦有天下也，六國之怨入骨髓，而莫敢誰何也。以其不義耶？莫不義于放弒天下之共主，然後羽而行之者，曹丕是也。丕有天下也，以先主諸葛之賢，而卒莫正也。匹夫不率，至于爲盜殺人，僇辱長上，則必不得其死，愚者知之，而問其死期，智者亦不知也，況乎有天下大半，負虎狼之衆，據山河之險，而可得制其短長之命哉！故羽之不義也，羽之暴也，可以卜劉、項興亡，而非劉、項所以興亡者也。

漢之得計，其在用淮陰、彭越乎？獵者之伺虎也，樹木爲柵，三周而疏設之，使可望而知也。餌以犬豕，共牢而載，犬與豕相牙，終夜有聲，虎聞而思食之，求其門而入，不知人之將以阱己也。入而求犬豕所居，忘所行之漸隘也，途窮而犬豕在焉，而牢甚堅，不可得而食也，則怒躍而搏之。一搏而不得，再搏而不得，三搏而終不得，則困餓涎喘，獵者尾而門焉，伸鉤引繩，用力甚徐，不半日而有甝虎。漢王，善于獵者也，故以身爲甘餌，而堅其牢于滎陽、成皋之間。淮陰侯奉木而柵之，始于魏、趙，中于燕，終于齊，而屬之垓下，彭越尾而門焉。垓下之戰，是其伸鉤引繩時也，羽之破不亦宜乎！且漢之材，皆羽所忽而不察者也。羽之始也，矜其氣勇，所攻者摧，所當者陷，固謂天下無有能加其上者，而不知六合之大，九州之眾，固非一手一足之所能爲也。及夫淮陰破齊，彭越絕食梁地，遺龍且而龍且敗，戒曹咎而咎違之，然後懼而悔之，則既晚矣。世而降也，蓋有不仁而得天下者矣。又其甚也，則又有仁而失天下者矣。跡其所以廢敗，卒繇不用才而疏于計，況羽之暴而不義者哉！故漢之仁未有加于前也，相守滎陽、成皋之間，未嘗逾越尺寸也，然羽屢勝，而國日蹙，漢數敗，而國日闢。漢始求割滎陽而羽不許，羽約割鴻溝而漢許之，而隨以亡。反覆之勢若此，則用才不用才，得計失計之明效也。

嗟夫，羽不足道也！吾獨怪夫後之君子，好語仁義而不講大計，擯跅弛之士而不敢用，徒欲以空名劫束天下奸雄，而終之不振。恐古聖昔賢爲仁義者，不若是疏也，適以賊夫仁義而已也，不亦悲夫！

代侯公說項王

漢拒楚滎陽，漢兵盛食多，項王兵罷食絕。漢遣陸賈說項王，請太公。項王弗聽。漢王復使侯公往。侯公以項王好勇，可以無勇激也，乃屏車騎徒步，自以其意干項王曰：

大王甚患漢王，臣竊謂王過矣。如漢王者，殺之不言武，勝之而不足賀者也。臣請即前事明之：大王在咸陽，則漢王垂首入蜀。大王還彭城，則漢王遁走京、索。故楚入而漢出，楚出則漢入，漢王之于勇，抑似鼠矣。夫搏鼠者一貍之任，然而大王負貔虎之眾，扼西山而不得進者，以韓信、彭越在其後也。彼二子于漢何親？于大王何怨？所欲得富貴耳。韓信戰勝而奪之軍者屢矣，其心不必無猜二于漢。然武涉招之而不至，蓋必以漢爲强，而楚爲弱。此執事者失計，而大王之勇不信于天下也。大王豈不聞夫夢澤之蛇乎？渴飲而夢澤枯，垂其尾于穴中，怒而一掉而百仞之丘裂。楚王使烏獲持戟刺之，鬬而不勝，鱗甲劃于肌膚，創三月而後合。越有儒生，自媒能生致之，楚王大笑。蛇方逐鹿不得，怒而張其口，儒生拱手而前，環葛藤而繫之，使百人輿以獻，儒生左牽葛藤，右揚其袂，以入于國中。當此之時，蛇若無骨然。夫儒生非勇于烏獲，而功不啻百倍者，徒以蛇之所忌存焉也。今大王質漢王之父而戰其子，大王五戰五勝而天下不謂之勇，漢王五戰五敗而天下不謂之怯，何也？則以漢王所忌者存焉也。夫俎上之事，漢王委而不顧，是質之不足爲重也，而適示天下以懼漢。且留無益之質，而大勇不伸于天下，臣所以爲大王患也。使臣得爲大王計，不如歸之，而約中分天下，漢王必不敢背約。夫生歸其父，大德也；完其夫婦，重恩也。若漢王棄恩違德，則信、越之倫，亦不敢以其功自必于漢，而將爲大王効死，是操約不約之權皆在楚也。于楚甚利，故曰不如歸之。項王說，即歸漢王父母妻子。軍中皆呼萬歲。

漢王封侯公爲平國君，匿不肯復見，曰：『此天下辯士，所居傾國，故號爲平國君。』

上張樞侯藩司賑飢安置條議

愚聞易聚而難散，易動而難靜者，飢民是也。稽古迄今，其因飢致亂者不可悉數，則救災弭患之策，不可不並舉而兼防也。日者，上臺憫民之飢，捐米賑粥，嗷嗷之衆，不俟困餒，任其來食，此固天地無外之仁，飢溺由己之心，起溝壑而再生之，宜何如感恩耶！

今各縣之民聚于四廠者，幾至四萬餘人，不皆舍耒耜而來者也。大約遊手無賴者混雜其中不少，罔思感恩悔艾，常出鷙驁不訓之語，常爲驕肆無憚之態，未給固嘩，少遲亦嘩，苟非邪人從中挑煽，何以有此？萬一告盡而民生亂，此時揮之不能，兵之不可，將如之何？愚直爲今日慮也，可不豫爲之計善後乎！

古稱善救荒者莫如富鄭公，其法無他，惟勸勉部民出粟而已。勸而加勉，則非徒若僧道乞化之行可知也。蓋富人慳癡膠心，不知好義，不明禍患，今遽令素封出粟，商賈出財，似乎難强，而不知正所以保其富也，勉之所以愛之也。樂捐者，旌以棹楔，措吝者，刊爲富不仁榜條釘其門，悔過，去之，勸勉之。之事也，非威以行仁不能也。獨不思多藏厚亡焚身以齒乎？爲今之策，惟下嚴切之檄，飛催廣屬各縣，分遣差承、印官偕丞、捕、巡檢，親身沿行各鄉各戶，凡積貯之家，計其家口，留食及冬，其餘官付印領借出，以一賑飢民，以二發該鄉米戶平糶而還之價。無穀有財者出財，買米助賑，如三一之數。凡民流寓省城食粥者，速令該管巡檢招回就賑，不使之離鄉井，失所填壑。限五日期，不招者，印官以賑民不力參罰，差承、巡檢責逐，嚴爲之法。仍傳諭四廠，飢民各報鄉貫某司管下，隨按冊單發該縣，作速招回，并諭民以回，日廠給三日米以行。民知回家有賑，安肯棄鄉離家而不歸者？如此然後饑民可以漸漸分散，各返田廬，既免後患，且可留餘以濟省會附近之民〔一〕，一舉兩得，計莫便于此。

既勸賑矣，民勉從矣，而各鄉恃衆打搶之事未懲，無以平其心。雖曰其人平日不善居富所致，然公然搶掠，目中無法，漸不可長。且聞下手之徒，皆面無菜色，兇悍强壯，懷斧挾械，衝門破壁，豈饑民能爲？皆亂民强徒也。訪而獲之，重責荷校，比以徒刑，殊不爲濫。若姑息薄儆，益狎而玩之矣。子產惠人，而立『火烈民畏』之論，此其所以真爲惠人也。

愚更反復揆度于五十年間，若順治之癸巳，康熙之丁巳、戊午，米比今尤貴，而民不病。今則餓莩相望，菜色滿目，何哉？民窮已極故也。致窮之故，由于市廛廢鏹而用錢。當鑄錢之始，每千直銀壹兩，二三年間，所鑄所行，何啻數百千萬貫〔二〕？此數百千萬貫現仍流轉于民間也。亡何而遞減至九錢，八錢，迄今僅直五錢一二分，其賤已極，而民間坐削數百千萬貫一半之直也。烏得不窮？因而幣輕貨重，交糧不收，宜日益狼狽也。救窮之法，惟在錢貴，貴錢之法，惟在操輕重之權于上而妙用其術。誠能酌量于八、九錢之間，定其直以准納錢糧，制其通以官用殷實找鋪運其軸，使銀錢轉移循環于找鋪之手，不許私開攙之。旬日之中，錢可驟貴矣。是上予民以數百千萬貫之利也。而又守之以信，行之以密，持之以久，私鑄自不禁而絕。惠而不費，無他道，善用其機權而已。

芻蕘之言，伏惟擇焉。

【校記】

〔一〕『附』，底本作『付』，今改。

〔二〕『百千』，底本作『百百千』，今據下文意删『百』字。

獨漉堂文集卷之八

徵啟　引　頌

重刻嶺南文獻徵啟

楚《檮》晉《乘》，各爲一國之書；《八索》、《九丘》，不廢六經之外。誠以乾坤寥曠，非賢哲無以發其精華；今古代遷，唯文章可以使之常住。文獻不足，所由嘆也。

我東粵負五嶺以爲屏翰，廓重溟以爲襟帶。分命申命之代，致永日于南交；擊石拊石之朝，奏九成于韶岫。五帝以前，敻乎尚矣。若夫闢門移檄，一州娱左纛之尊；江上義旗，五馬應黄塵之讖。軍中錦繖，遥拜夫人；漢代威儀，重興刺史。斯固霸王之略，而豪杰之時也。至若立朝風度，天下稱曲江而不名；晚出番禺，天子命三公而不拜。余安道名在進賢之頌，劉丞相貧無數畝之居。此皆事列宋唐，光昭史册，時代悠邈，不復縷陳者也。淮右奮興，兩都紹建。車書文軌，會同于三百之間；學士大夫，自致于九天之上。保民擇主，則何東官、李德慶立竇融、錢鏐之勛；衛難從亡，則王侍御、郭舍人著召忽、介推之節。陳簡討見稱活孟子，從祀孔庭；丘學士善補真西山，有功名教。梁文康雍容多事之際，一語回天；海忠介慷慨宴安之朝，危言悟主。他若張、湛、林、楊之理學，翁、羅、陶、葉之邊功，二陳氏史論諸書，兩龐公惠民之政，周御史號爲冷面寒鐵，霍宫保可謂疾惡剛腸。洎乎板蕩之秋，彌多節烈之士，或揮戈以挽西頽之日，或銜石以塞横流之波，百折而此心必東，一瞑而萬世不視，此則耳目近事，而姓氏千秋者也。

夫功德非言莫傳，而言藉功德而不朽；川岳以人增重，而人實川岳所鍾靈。靈洲衣冠之氣，番禺都會之稱，其來古矣。是以仙人别島，指羅嶠而遥歸；釋子梵宫，問峽山而飛度。海日夜生于扶胥之浦，蜃樓朝建于莽蒼之墟。雲中五指，削出瓊厓；天外九疑，遥分湼桂。若乃盧能得鉢，袈裟覆于一溪；葛令遺衣，蝴蝶飛于千載。石頭高其滑路，衲子降心；仰山擬乎釋迦，天人下拜。則又二氏之巨擘，而百粤之靈蹤也。士君子苦心當世，非無紀事之篇；脱屣浮雲，必有寄情之作。况夫血性男子，空谷幽人，羽毛不罣于時羅，咳唾恥聞于聾俗。粃糠堯舜，奴僕《離騷》，一瞬千春，微塵六合。求之功業，是謂擬非其倫；問以有爲，方當笑而不答。安所得次第其行事，仿佛其生平？固所欲搜之于名山，徵之于斷碣者也。

吾鄉作者，代不乏賢。四始六義之文，兩漢先秦之制，輕縑素練，仰淑前修，踵事增華，彌高往轍。近若南園抗風之社，中原白雪之盟，雖復有人，未云上駟。豈有探珠合浦，尚問隋侯？採玉崑岡，唯期卞璞？刻舟求劍，不既遠乎！某不揣荒蕪，每思纂集。往讀先輩某某所刻《嶺南文獻》，允爲今古大觀，猶不無掛漏貽譏，似宥于見聞未廣，况其絶筆幾及百年，宜有嗣音，以襄盛典。

今天子賡歌喜起，宸翰雲飛；史局宏開，徵書雨至。青陽布令，百草懷自見之心；白日中天，暗谷有容光之地。慈孫孝子，酌水思源，宜彰先世之幽潛，以備輶軒之採擇。某僭稱此舉，仰懇文衡，輒荷垂俞，許之從事。是用遍騰徵核，敬告十州：集無問于古今，人不分于久近，長章短韻，尺幅單詞，凡屬我粤之文，即愜所求之望，宜書副本，早付郵筒。

昔杜少陵有唐詩史，入夢而自明遺恨之思；王子安四傑宗工，既沒而朗吟落霞之句。詞人結習，自古而然，與于斯文，能無珍惜？所願孔庭竹簡，八音自奏于重牆；吳郡鐵函，一夕光浮于古井。其爲重睨，何啻十朋。三冬爲期，九頓以請。

易開五孝廉徵詩引

山皆有木，而青松見嘆者，非以千年；漢不無詩，而紫芝足傳者，由其肆志。孝廉開五易君，岡州人也。終賈妙歲，書奏長安；金玉遐心，老依空谷。龍蛇歌罷，介山負母而歸；虞夏世遙，孤竹視人若浼。是以懸瓢高樹，濯足長流，山梁得飲啄之真，虛牖絕王侯之夢。風雲萬變，中天之月皎然；寒暑相推，西蜀之冰常泠。若乃老萊戲綵，更聞辭祿之妻；潘岳奉輿，并賦群孫之席。四始六義，有德必載以言；五緯八龍，非父不生其子。此則家積餘慶，天篤其材者也。歲之三秋，筵開七袠。恒言不老，即爲壽母之觴；相敬如賓，對舉齊眉之案。不朽盛事，宜被聲歌，敢告同人，共爲揚搉。吉甫有作，是曰清風之篇；玄晏一言，遂入高人之傳。

石室頌[一]

端州北郊，積水之外，平野之中，數峰蒼然，皆石也。如墨雲湧地，蓬島浮空，靈幻奇詭，不可殫窮。其體則非圓非方，若斷若續；委積層纍，珍瓏森矗；壁削崖刳，雄飛雌伏。其質則乳竇脂凝，雨皮黛綠；琢之磨之，堅金潔玉；細理波縈，迴紋山蹙。其陽則軒敞閎豁，仙人之府；外閎中空，天然棟宇；乍陰乍陽，移寒易暑；玉几象床，垂鐘懸鼓；足以宴坐千人，婆娑萬舞。其幽則間道潛行，白石燃炬；遊歷山腹，達于後戶；下視芒芒，莫測其處。其上則群峭相摩，諸巒競秀；或眠或倚，如卻如就；支柱盤拏，嶙峋皺瘦；木末槎枒，林根穿鏤。于是高下其亭臺，金碧其巖岫；抗鳥道于虹霓，等行人于猿狖。每當春盡雨深，夏秋荷放，在水中央，盈盈可望；一葦杭之，如行天上；長堤高橋，翠幄華舫；晴日佳晨，尊罍相餉。其平原則講武之所，恩威攸暢；司馬臨焉，雲麾虎韔；克建元勛，更揚高唱；大筆如椽，射侯有亢。蓋其溪山神異，氣象遐曠；挹高峽之浩紆，帶西江之滉瀁；所以鍾一郡之英華，增幕府之雄壯。以其獨立風濤之中，而定山稱焉；位于北而數則七，故號于星焉；虛能受而美可居，故石室名焉。大匠不能經營其巧，圖繪不足議擬其妙；君子得之以爲廣廈，斯爲寒士之依；下民處之而爲幽谷，所望陽光之照。乃獻頌云：

頌曰：二儀既判，流峙斯別。河岳之尊，及于丘垤。惟土資生，以昌立物。未若茲山，峨峨豐骨。廣而有容，高而不伐。亦有茂林，堅而多節。揆厥生初，從流蕩汨。神鬼斧斤，蛟龍巢窟。如鑿如剜，爲堤爲齕。具此幽奇，終不泯沒。遂有金堤，狂瀾式遏。深谷爲陵，大觀乃揭。浩浩平蕪，靈峰突兀。名彰千古，氣雄百粵。言乎其內，鋒芒四射。言乎其外，成章五色。天作茲山，以象明德。猗歟我公，文武是式。定波八閩，安我南國。何以祝之？萬壽無斁。何以頌之？請勒巖石。〔二〕

【校記】

〔一〕宣統本題作『石室頌爲留村吳大司馬作』。

〔二〕『頌曰』以下文字底本缺，據宣統本補。

獨漉堂文集卷之九

奏疏　啟事　箋（原佚。僅存此卷次、文體名）

獨漉堂文集卷之十

墓志銘

明明經如珩湛公墓志銘

公諱粹，字如珩，廣州增城人。先世湛露，宋德慶路治中，罷官將歸閩，舟泊增江沙貝鄉，愛其山水，留家弗去，自閩莆田負母骨葬焉。元末，其孫懷德以鄉兵保護邑里，受東莞何真節度，爲元帥。真歸明，高帝封東莞伯，懷德獨逃之山中不仕，今祀典所載義士祠者也。義士玄孫若水，仕明世宗，至吏、禮、兵三部尚書，卒謚文簡。

公于義士爲雲孫，上溯治中十一世。少食餼邑諸生中。應崇禎乙亥恩詔貢入京師。闊達多識，在太學中久，習知時政邊事得失，以父母老不就選，歸，謂所親曰：『天下事殆不可爲矣。』時方承平，聞者皆笑。獨與先君巖野公为莫逆交，語輒數日不能去。

公父朱陵翁善治生，而公善施與，周人之急，常若不及。歲飢，捐粟以賑，又与鄉之绅士父老约，家計口留粟，量可及新而止，有餘粟报册，榜通衢，聽民賤糴，不能具價者納券，候新穀熟，出息償还。人服其義，無違约者，所全活不可計。

乙丙之間，石、徐、馬、鄭四姓盜亂海上，數犯沙貝。公率鄉人禦之，沿江樹木柵十餘里，日椎牛餉士，立賞格：斬盜一首十金，生獲盜十五金。所需干楯炮火旗幟，皆公一人立辦，無不周給。盜率巨舶數百來攻，以火炮擊岸上，中木石皆立碎。公命疊潮泥爲短墻，高等肩，厚三四尺，盜炮著其上，聲焠然而不能過。盜以小舟泊岸，將登，公自行酒飲鋒鋭士，撫其背使出戰，斬數十盜。從短墻內以炮石擊，傷死者無算。盜仰攻六日，無所得，退去。由是威信著于一方，宗族子弟及傍鄉小民，有所鬭爭疑難，咸就公決曲直，得其一言，無不折服。

先君之起義師也，家爲□所得，尹脱身走弱唐，公聞之，命一奴挾扁舟迎置泥子村田舍中。院檄購尹急，增城令徐士賡疑尹匿公所，謬以好召公。公留縣衙弗遣，使數騎圍搜公家，一鄉之民閧然，明日走縣廷爲公白者千人。令懼禍作，中止。公因留衙四十餘日，以千金賄令。尹所以獲全至今，公生之也。戊子，粤江皈正，諸公多公之義，爭欲薦之。公堅不可，曰：『吾絕志仕宦垂二十年，豈以白頭而改節乎！』庚寅春，□再攻廣州，廣州城守，不下，傍掠增城，龍門以東皆先屬□。公挈家渡江，寓東莞茶滘數月，鬱鬱不樂，飲醇酒，食生香茹，得熱疾，遂卒，年四十八。

始先君沒，公自泥子田舍迎尹至其家東偏複室中，每夕必臨視，常手一冊相示，曰：『此僕所受于先人產也，今概以分諸子，吾未常增益尺寸，所受先人數千金，吾皆以義散之。世難未涯，不欲爲子孫累，汝曹識之。吾比數夢披髮臨江，阻水不得歸，吾其止此乎？』後三年而公卒于茶滘，與所居沙貝隔大江水，果如所夢。喪歸，鄉之人自樵夫童子，無識不識，皆持數錢買香掛紙，迎哭于江上。時亂方劇，死喪遍野，而民不忘公如此。嗚呼，異哉！

公生于萬曆癸卯十二月三日，卒于永曆庚寅六月一日。元配茶滘黎氏，生一子家聲。繼娶瀝滘衛氏，生一女艮。繼娶羊城馮氏，無出。側室李氏，生二子家貞、家修，一女巽。家聲仕爲龍川訓導，後公五年卒，娶馮氏。家貞今爲邑諸生，娶蕭氏。家修娶吳氏。巽許字番禺徐正躬。艮，尹之妻也。公始歿，權葬于久裕之山，地不吉。家貞以今癸卯冬月，遷葬于沙貝東北沙黎原，距公之卒十四年，故老言之，猶有流涕者，銘曰：

行類其祖，而義及于古。世之田疇，家之嬰杵。報之末由，書而納諸壙中之土。

華姜墓志銘

番禺屈子大均繼室王氏，字華姜，陝西榆林人。父都督壯猷。自其先祖盛世以軍功爲西邊大將，而壯猷崇禎末數敗闖賊于關中，既而與總兵黄色俊起義兵園林驛，敗而曰：『吾家世爲明臣，義不降辱。』與其子投城下死。華姜生始三日，母任夫人抱以走侯公家。侯公之先妻，華姜諸姑也，故任夫人依之，守志十七年卒。

華姜既長，端麗閑淑，侯公及繼室趙夫人鍾愛焉，姓以侯，以爲己女，而屬夫人弟趙君彝鼎求壻，曰：『吾女賢，非才士不足與也。』屈子游于華山，作《西岳》詩百韻，富平李子因篤見而驚嘆，與之定交。時趙君以參將守代州，而陳君上年爲雁門副使，並好士，交善于李。李謂趙曰：『侯公欲壻，而才無逾于屈子者矣。』李子自請爲媒，而陳君爲之納幣，趙喜以報侯公。侯公家于固原，于是華姜自固原軒車行三千里而歸屈子于代。屈子以爲華山古丈夫毛女玉姜避秦之地，而吾所繇得妻，乃字之華姜，而自號曰華夫。居代久之，華姜念姑老在天南，力請于其親，而與屈子歸覲番禺。

屈子故貧，又經亂喪，所家僦屋江濱，竹瓦數椽，與風濤雜處，人所不堪。華姜顧甚安之，事姑以孝聞。今年春，屈子移寓東莞，居稍寬矣，而華姜以小產中風，一夕卒。卒之前數日，其語言行事若自知爲將訣者，屈子與其母哭之，過時而悲。而其友人悼華姜勤苦萬里而奉養之志不遂，多爲哀誄之詞。華姜生丙戌正月七日，卒庚戌正月二十七日，得年二十五。凡婦于屈子四年，而事姑者五月，生女一人阿雁，方三歲。

都督起兵在乙酉、丙戌之間，天下方喪亂，而地僻西隅，義聲不振而敗，故知之者寡。自華姜歸于屈子而後，都督之忠，其子之孝，與任夫人志節，世之好事者始得而論著焉。

屈子將以今月日祔葬華姜于番禺祖塋。屈子，予友也，以狀來請銘，銘曰：

生而父捐其軀，長而能傳之其夫。雖婦志之未終而子憾無餘。我聞北人不識番禺，生榆林而葬于斯，命也夫！

何左王墓志銘

君諱衡，左王其字，晚號羅峰，姓何氏，廣州順德人也。考曰持泰公，妣鹿門李氏，舉三子，長公未娶而歿，君其仲也，與弟絳並有文名。甲申之後，天下多故，遂絕志進取，隱居教授。爲人行方而和，非道義不言，敦尚倫紀，而務窮理致用，無拘儒迂腐之習，宗黨莫不敬而親之。

絳跅弛好遠遊〔一〕，而君常居以養父母，館不遠適。既畢，持泰公喪，乃慨然曰：『河清難期，年近五十，而跼蹐一隅，目不睹九州之大，徒負此生耳！』乃出遊吳楚間，逾年而返。六十後，深入羅浮，有終焉之志。以年月日卒于所居羊額之里。疾革，爲詩謝世，遺命不受誄文輓詩。溯其生明天啟壬戌，得年六十五。君娶某氏，生子某某某。

予與君兄弟少師事何獻將先生。先生于君爲族父，而先君高弟也，故定交最早。予家難後，常與君閉戶西樵，頗極巖壑之樂。其後，讀書君鄉者數年，與絳游江、淮、河、漢。歸，復爲北田之隱。干戈擾攘之際，移家相依者又二年，閒有離居，未嘗不歲數相聚也。居常謂見面而心折其人，退而無復餘議者，唯君爲然。然晦跡遠名，世多知君，而君避之益深。能詩文，而不以自見，有古逸民之風焉。

某等將以年月日奉柩安厝于某山之原。絳謂尹曰：『銘之，莫子爲宜。』銘曰：

生埋其名，沒著于銘，吾不敢侈其詞也。鴻飛冥冥，庶幾乎無愧君之生平。

【校記】

〔一〕『跅弛』，底本作『跅跐』，據文義改。

羅秀才墓志銘

茂才羅君，諱璟，字嗣桓，晚號曰元公，世南海人。祖撫州太守紳，父某令士皋，君其嫡也。幼有令譽，十四補諸生，力行好施，居祖父母三喪，哀毁以盡禮聞。與異母弟均產，輒引取其下者，友愛教誨，有古人之風。長于貴富，謹樸退遜，恂恂然。老而處約，恬如也，無愠色。生以萬曆甲辰，得年若干以卒。

君既高才不試，中更變亂，奉母避地，常正衣冠而居。遇時輩貴人，雖故交，閉户絕不往來。聞仗節死義之士，欣然曰：『丈夫當如此也。』居恒侘傺吟嘯，思有所奮發以用其長，以親老不敢決。母喪既除，而疾革，拊床曰：『受七尺軀不能自立，鬱鬱與衆人同盡。』嘆息久之而沒。嗟乎，志士也！其子顥與予友，爲之銘，銘曰：

屈沒齒，信千載，君子履。屈千年，信目前，志士捐。守屈必堅，不身之信信子孫，吾以信之天。

梁寒塘墓志銘

寒塘先生梁氏，諱槤，字器圃，廣州順德人也。父敘州同知，諱在廷，致政後，生先生于邑城西山之麓，池中白蓮開並蒂花者七，時以爲瑞。弱冠補諸生，有聲。運會遷移，盛年自廢，結茅池西，扁曰『寒塘』，懸板橋以限往來，非其人不得入也。好讀書，晝夜不釋卷。興之所至，扁舟獨往，旬月忘返。近郡名山羅浮、西樵，歲必一再登。天性高潔，然不能獨居，無朋友則不樂，偶不至則輕裝就之，高談雄論，觸緒英發。遇世俗人，或終日不作一語，人初以爲傲，久而親之，知其無他也。

邑令膠西張其策高其行，希一見不可得，跡其在甘溪，單車請見，握手傾慕，先生夷曠自如。令退而嘆曰：『高風偉節，蘇雲卿之流，宜不可折束致也。』爲詩力追中唐，沖澹有自得之致，工書善畫，片紙之出，人爭寶之。子弟傳其學者數人，時稱寒塘一派。

先生生于崇禎戊辰月日，卒于癸丑月日，易簀之際，賦詩自述，敕家人毋得以俗物污吾靈几，舉手別親友，寂然而逝，得年四十有五。妻同邑陳氏，封員外郎陳公某之女。子二：長符祖，習《易經》，不赴試；次謂，爲諸生，詩字畫俱有名，後先生十年卒。女一，適郡隱士陳慜之子某。孫三人：澤，邑諸生，符祖出；泉，謂出；沛，符祖出，俱幼未聘。

先生早歲感慨世難，每思投袂而起，常斥千金產資同人遠遊。既落落無所成，乃與同邑何左王衡、何不偕絳、番禺陶苦子璜暨尹閉關北田，世之言隱者，目爲北田五子。然先生最先逝，左王次之，苦子又次之，今在者尹與不偕耳。先生沒二年，而滇粵變亂，尹遘意外之禍，幾于不免，遂浮沉闠俗間，視先生瞠乎後矣。邑新志傳先生于隱逸，謂其『清高無累，蓋與道合』，信矣。

符祖以今月日葬先生于南海石灣鳳凰山某向之原。尹爲之銘，銘曰：

有伯鸞之高而志益傷，有皋羽之慟而去其狂。舉不爲名而任天以行，夫是以沒而不忘。

蔡艮若墓志銘

吾友蔡君艮若，廣州順德人，諱嶐。崇禎末，年十二三，應童子試，冠一軍，肄業廣州庠中。年既英妙，而言議超邁，風采端凝，自有司下及都人，無不爭識之。逾年受廩餼，人皆謂君必早達，而君方日讀子、史、孫、吳，講求天下形勢阨塞，時西北多故矣。及北都陷于賊，薄海内外，罔不被兵，君乃與予及葉君世潁入西樵山中築室以居，臨溪泉，倚石林，爲終焉之計。以少孤，祖母、母老，不敢棄諸生遠遊，居常鬱鬱不樂。及予自吳越還，則又與君就何不偕之鄉，結茅亭荷池中，杜門事古學，三人夜燈相繼。君性至孝，篤氣誼，狷介，少許可，座有意外客，即艴然去之。每花時月夕，相與挾尊酒，坐小舟讀書芰荷之下。爲詩文孤潔刻峭，不欲襲前人一字，所著數百篇，自謂可存者無一二也。質素健，耐艱苦，偶感疾，不自料，遂至不可救，以丙申月日卒。溯其生天啟月日，年僅三十。有志之士，莫不慟焉。祖某，父某，世爲龍江右族。娶蒙氏，子冠，以今年月日奉柩合葬于祖塋。

嗚呼！方君之未歿，自昆弟宗族，見其才而好學，日以世俗所貴者期之，而君亦未嘗自言其志于人，非予莫可銘君者矣。銘曰：

志千載而年迫之，學既成而不值其時，斂干將之光芒而瘞于斯，固必有耀于將來。

獨漉堂文集卷之十一

傳

張金吾家珍傳

張金吾家珍，字璩子，東官人，增城文烈公家玉仲弟。文烈起兵時，君年十七，常著小金冠，披紫鎧，別率所部千人爲奇兵，轉鬬數勝。文烈歿一年，以兄蔭拜錦衣使。廣州再陷，家居奉養，始折節讀書，通賓游。所居室不三畝，而客常數十人，自高僧、羈人、劍士、技術，無不披肝膽，寫意氣，人竭其歡心。援筆爲詩歌，畫蘭竹，皆慷爽有致。年及三十而卒。往來東官者，至今猶稱惜之。

司理林公傳

林司理洊，字習修，東莞人也。大父御史培，以言事忤神宗，卒謫所。熹廟贈光禄卿，以旌其直。君稍長，讀其書，慕效之。天性孝友，果直不苟合。弱冠補諸生。父沒，有遺腹弟，與其子同時病中風急，君謂醫：『幸先吾弟，吾父不可作也。』且泣。思文立，以人材徵，不行。即授推官，監武興營軍，亦不拜。閩粵并陷，君乃曰：『姑以一命見先人地下，稱國朝臣子，不猶愈乎。』廷臣交章薦，遂起就職。

侍郎張公家玉，君門弟子也，居里第相比。方起義兵時，張公念父老未有所處，每過君舍，短衣扼腕，繞書幌行數十百匝，抵夜輒去，竟三日，不出一語。一夕，雞未鳴，篝燈呼君門。君臥未起，遽入，從床外遙謂曰：『先生，吾計決矣。』君立命三子楊、杞、梧衣冠出中庭，列高燭，坐張公而拜之，曰：『子真兒曹師也。』張公敗東官，引兵趨新安，君徘徊里中。里中亟捕張黨，而君方爲子杞行冠禮告廟，鄰曲大驚，掩耳走。

義師既屢敗，于是爲文謝世，爲忌者所發。時有僧往來張公行間，捕之，得君書，白縣令。令籍其家，得《謝世冠子》諸文，具獄，送廣州。而僧書實非君手筆，君欣然受之，曰：『吾志也。』在獄著書數卷。久之遇害，年四十七。其自傳謂：『吾尚友，于唐得一人，曰「會須殺此田舍翁」。于漢得一人，曰「甚矣，汲黯之戇也。」』自許如此。行在端州時，贈文林郎。

零丁山人李成憲

李成憲，字正甫，其爲僧也，字雪床，廣州之西石頭里人。性孤介，早爲諸生，未有所知名。廣州破，其母及于難，君乃髡首戴笠，自名今日僧。出遊江楚間，無所遇，客于新安，愛零丁山，居焉。零丁山者，南海之島嶼，浮沒風濤中，悲涼寥落，文丞相天祥所謂『零丁洋裏嘆零丁』者也。君既痛家國之禍，束身孤旅，寄食于漁者。遇哀至，則拊心零丁之上，澆酒四顧，放聲曼歌。所爲詩多刻厲悽惋之音，好事者，頗傳誦之，而君不自惜也，時時焚去其稿。人或從物色之，與坐終日，不得交語。行城市中，遇人不爲禮，縮兩手襟袖間，或反揖所與同行者，曰：『吾自爲公等禮，彼無與也。』與張金吾家珍、林文學楊、杞、梧善，時時客其家。金吾卒，哭之極哀，既而曰：『吾不久矣。』明年病沒于零丁山，年三十七。梧搜集其詩，得若干首梓之。

朱山人厓

朱山人厓，字遠公，南海人。生弱甚，而有氣操，于交友最篤。遭亂，棄舉子業，挾其技以遊，無所遇，年三十七而卒。常夜客帥幕，武士四五人，相與論刀棒，君于月下聽，久之，謂曰：『此法未精密也。』四五人顧見其文弱，皆笑曰：『秀才何與刀槊間事耶？』君請與試對，執丈二棒于一隅立，武士一人前，盡其擊刺之術，君植立不動，視其所攻而徐應之，意態甚閑，而攻者終不得所欲。君俟其迴旋，急進足，深剿之，中其股而仆。君笑謂四五人曰：『皆來。』四五人者忿，執刀杖四面至，君進退左右，不越尋丈，而棒之所及，四五人無不失仗呼伏者。君常爲予論曰：『丈二棒而操其中，前后餘各五六尺，手動寸則末尺，動尺則末丈，而戰者常側身，所備者，縱七尺，廣七寸耳！故手上下左右不使過六七寸，則力專而握固，以拒則堅，以擊則破，昧者用力費而神搖，是以敗。蓋吾師云，然亦兵法也。善白描人物，得古意，矜惜不輕與人，尤不肯爲時貴人作，垂沒之年惟精，而世希得之。詩存者若干首。

董茂才孺

董茂才孺，字才孺，順德人。祖某，舉孝廉，爲令，以高潔著。君方直古處，頗傷褊急，與人交，不受幾微之色。歲飢居貧，或至數日不飯，然非其人，爲食召之，不往；饋之，終弗納也。或爲導于富人，延爲童子師。始授館，暫假墨于其徒磨之，其徒童子，屢顧墨，即怒之絕去。家有藏書數千卷，稍稍質錢以食，直十裁取一，曰：『使責輕易償，先人手澤，不可爲他人有。』然長貧，卒不能具贖，遂至竟數千卷，終死不肯受直鬻也。爲詩文，堅樸如其人。

張山人琦

張山人琦，字扺之，順德人。好遊嗜奇，所愛樹石，損衣食以市之。既老，興益孤，每歲春假寓羅浮、西樵，候日始出，采東向茗旗，即樹下施釜歷，躬自揉製，詫爲獨絕。所居醢菊花，常數甕，行必以爐炭自隨，從容泉石之間，酌茗孤吟。鬚眉皓然，衣冠奇古，見者不謂今人也。爲詩高自標許，錄若干首。

獨漉堂文集卷之十二

行狀

吳山帶行狀

君諱文煒，初字儀漢，先世始遷自宋，世居南海大圃鄉。四世祖仁孫，理宗紹定己丑成進士，與弟端孫、履孫、方孫並官顯要。歷元、明三百餘年，代有科第仕宦，爲邑望族。曾祖邑庠純宇公。祖邑庠贈中書舍人醒涵公。考翰林簡討勿庵公，娶邑庠葉抱日公之長女，封宜人。葉氏生君于郡城之陶街。君少而敏慧，簡討公舉崇禎壬午榜時，君始七歲，周旋應對成禮，賓客莫不稱之。象勺之年，與今庶常梁藥亭同硯席，便能拈韻作詩，馳騖奇險，相矜以爲樂，而舉業獨尚清真。十九就童子試，受知于番禺蔣侯，取冠一軍，補弟子員，名噪一時。庚子闈，試卷擬元，以後場語有疵，遂置不録。及己酉，復中副車。信以爲得失有命，乃去名之『文』與『火』之光，而以韋爲名，別其字曰山帶。遂放意詩酒間，畫竹石鳥獸以寄興，自是求索踵至，昕夕無暇晷。

天性蕭散，出或不告家人，所往遇弈即留連忘返。自勿庵公捐館後，往往度臘僧舍，探奇山間，率以爲常。有所賦詠，雜書墜葉敗紙，不復存稿，同人隨而搜錄，得《金茅山堂集》若干卷，惠州王子千使君爲刻之。

癸酉之役，闈事既屆，猶買舟將山行，同人力勸，乃就試。試之前，每夜棋戰至曉，未常一展卷也。及榜發，雋第三人，出平遠令耿公之門。主考編修謝公，吏部王公並加獎，重赴宴，甫出，便避入友人臥榻鼾睡，曰：『知拜揖如許束縛，悔不早棄諸生也！』甲戌下第，取道吳越，覽其山川而歸，自謂筋力不耐勞苦，不復作公車想。丙子夏，大中丞高公屬番禺秦侯致禮延請，遂同高公子軼之北上。抵京數月，主于黄村高府。九月朔，北榜既放，公子獲售，君書還家下，云將往行唐劉仰山署中靜養數月，然后會試。自此不復有書，以爲行唐僻遠，難于郵寄也。臘月，自北來者忽有卒于良鄉旅店之傳。及臘底，乃得世交無錫王君紫巘書及家僮洪起稟報，始知君九月後即患咳嗽。時仰山分闈事竣，遂同之行唐。行唐地僻，苦無醫藥，病勢日增，乃力疾還都，行至良鄉，卒于旅店，時十月二十六日酉時也。家僮奔訃高府，軼之具殯殮之費，屬檢討鄭珠江料理殯事。而都下薄孝廉聿修及紫巘王君不忘平生交好，親爲督理，以二十九日殯于彰義門外馬觀營之里。嗚呼！痛哉！

念君爲子，侍奉父母四十餘年，身爲諸生，名知海內，于人世未爲不及。顧以一第馳驅萬里，使其子女病不得侍醫藥，歿不得奉遺命，不得少伸罔極之報，豈其孤高之性，不欲沒于妻、子之手耶？抑所受之數與其所死之地，皆有定而不可易耶？嗚呼，痛哉！

尹與君爲莫逆交，重之以姻好。自遷家小禺，君常居草堂，故子《秋園》詩云：『玩世金茅子，違時獨漉翁。篇章情既愜，棲息偶能同。座爲求書滿，尊慚近市空，時憑寫生手，繪盡小園風。』蓋紀予兩人生平景況也。迨丙子，公車北上，《月夜小臺酌别》詩末云：『笑語從容天漸曙，别時南北鬢俱斑。兒孫引領聽春信，消息真傳一解顔。』豈料春信難期，此别竟成永訣，無復從容笑語，至良鄉而訃聞耶！嗚呼！痛哉！

君生平讀書尚友，中夜把卷，至老不輟。雖脱略世事，而經緯明密，發而中節，惜未及見之施行。晚歲以詩、古文辭爲後輩倡導，遠近族戚子弟，賴以裁成者不少。訃至之日，無不涕泣悲慟，謂古之賢哲，咸有私謚，遂按謚法『博聞多能曰憲』，『内外貞復曰白』，私謚爲憲白先生。

君生于崇禎九年丙子十二月二十七日，卒于康熙三十五年丙子十月二十六日，得年六十有一。元配夫人羅氏，順德孝廉閬公羅公之四女，寬厚和惠，克孝善持家政，能佐君放誕脱略，益成其高。庶室柯氏。子二人：長男重，羅出；次男貽，柯出。女三人，皆羅出：長適邑庠任甫鄧公長子三水庠生起寵；次適尹長子南海庠生贛；次受聘同邑國學元上譚公長子貞男。重娶順德翹萬陳公長女，生男孫一人孔，女孫三人，俱幼未聘。

臘底，君訃未至時，所居宅後金茅山地倏陷，大如井許，泥淖沮洳，鄉族驚怪，夜望有火大似缶，光芒若流星墜君屋角，正其卒日也。是君蓋鍾山川之靈秀而生，故人萎山頽應之。然千里之旅魂已返首丘矣。嗚呼，異哉！

因君男重之請，誼不敢辭，是爲狀。

王礎塵行狀

君諱世楨，姓王氏，江南無錫人。生有異質。方產之夕，考靜持公夢先正王鳳洲先生負大木登其所居之堂。既舉君，以鳳洲之名名之，蓋以木誌所夢也。五歲乳媪爲君濯足于池，忽謂媪曰：『我作詩。』即吟云：『腳踏水底天，兩腳在月邊。』聞者驚異，時尚未就塾也。授之古詩，輒能以已意解說。十歲通五經，應童子試，邑令南海廖公負暄異之，謂曰：『汝文可領批，然書不成字。』與鍾繇帖令學。十三遍讀子史，著書名《史用》。游于黃蘊生、楊維斗兩先生之門，學益大進，補弟子員。未幾，而有甲申三月之變，慟哭出門，謁督師史公可法于淮陽，進以救時之策。史公大悅，延入幕府，日加敬異，親爲之冠，行三加之禮，君年十九矣。時南都新立，命焮城伯趙之龍以《危疆》策士，史公促君往試。試上等，有旨以知縣用。君視時不可爲，遲遲不就選。南都既潰，寄跡僧寺者三年，念久違父母色養，幡然而歸。娶于同邑顧氏，三載顧卒，奉父母居洞庭東山之宋灣者八年。教授生徒，藉修脯以供甘旨。靜持公精勤佛學，晚益厭聞人間事，歸舊居，示微疾，高臥床幃間，意有所觸，呼酒擁衾，引滿數大白。君時侍奉左右，衡量今古，或承命爲詩文，每當意則大喜，賞以酒，曰：『有子如此，吾復何恨，汝行汝志可也。』

君既畢父喪，念學期有用，必周知當世之務，遍識天下山川人物，乃辭母而北遊燕、趙、青、齊，南遊江、楚、滇、黔，逾五嶺，徘徊粵閩間。其遊，率間歲一歸，以母在也。其自粵之楚也，將復入黔，舟至南湖，高岸忽崩，激水滿舟，君心動，自念曰：『土爲母，崩者，病象也，激水警予，吾母其疾乎！』遽迴舟趨歸，而母鄒太君逝越月矣。君抱終天之恨，自是得心痛疾，時作時止。

甲寅滇黔作逆，川湖總鎮宸庵蔡公專人聘君，抵荆州一月，以終制辭歸。乙卯冬，服闋，復赴蔡公之招，十二月十八日至武昌之青山，風狂舟覆，君與子完趙俱在舟腹中，君謂完趙曰：『汝坐耶，立耶？』完趙對曰：『立也。』『何立？』對曰：『立水。』君曰：『吾坐，水不及胸，若有物在下者，然欲出無門。生不習水，即出亦必不免，淨捐餘念，正心待盡可也。』完趙曰：『諾。』俄頃已脱去。君嘆曰：『所戀戀餘生者，先人大事未了也。吾顧後汝耶！』即冥然就寂江中。漁人夜聞有呼救人者三起，見覆舟自上流下，持斧斤群鑿之。有光自鑿中出，得君父子，死矣。將棄之，揣其心猶溫。時天寒甚，就江岸刈蘆薪熾火環之，久之皆蘇，顧謂漁人曰：『若等非盜耶？』漁人具言其故，乃復記憶，問曰：『此去青山頭幾許？』漁人曰：『地名揚邏，去青山六十里矣。』日中覆舟，至夜二鼓而復活，洵異事也。

留邨吳公之令無錫也，奇君之才，周旋其患難。及開府于閩，君訪舊謁之，適有總督兩廣之擢，復約之入粵，前後數至，因有終老羅浮之志。辛未夏，歸無錫圖葬地。秋九月，奉考靜持公妣鄒太君合葬于邑東鳳凰翅新阡。其冬復至粵，惠州使君竇坻王紫詮與君相見廣州，意氣契合，序爲兄弟。去夏延之惠州，命子立安、叔琬、季如及兩幼孫師事焉。久之，病膈痛，不欲食，猶以爲宿疾也。今此五月，疾復大發，就醫于廣州，粒米不入口旬日矣，而聲瑯瑯猶平昔，坐起語笑無異常人。十八日方坐几案診脈，忽眩瞀，欲就榻，扶掖而起，卒仆于地，口鼻湧出黑血數升，皆成結塊。既甦，就床下黑糞一器，堅如石，色如漆。十九夜復下，多如前，自知不起矣，口囑完趙身後事及墓中之銘。詰旦尹趨至時，復小愈，起于枕，謂尹曰：『平生飲恨于心，不謂積疾至此，已矣，無可言者。向欲埋骨羅浮，而惠州使君未許。今從使君假此地爲死所，從足下假白雲一穴爲葬所。吾四方之志不遂，不宜歸葬故鄉。』時立安、完趙皆侍，相顧而泣。尹聽其聲，視其起坐轉側，皆無死狀，謂曰：『子姑言之，當不至是也。』坐久之，又謂尹曰：『吾往歲覆舟，及比日眩暈，皆已脱去。去來之際，道路井然。生無宿業，當得自由，若其復生人間，必無錫乎！吾父母之事多未了也。』二十日後，尹視之益愈，日能食粥一二碗，體中無所苦，即君亦自信以爲必愈矣。時值連雨，立安作《苦雨》詩，完趙和之，以呈于君。君閲畢，笑曰：『吾少壯時一過目即不忘，比者不能，以爲老也。今閲此，復能之，殆積血既去之效耶！』乃次而和之。時使君自惠入廣，中途夢看山，得句云『十日暫違成隔世』，覺甚怪之。二十五日泊廣州，望郭外山川，夢中所見也。比至公館，君迎謂曰：『數日之違，幾成隔世矣！』使君愕然，然時病勢已愈，不以爲讖也。是夕與使君談甚適。二十六日早粥畢，使君趨公府，君猶起送之。有頃，忽復眩暈，遂吐鮮血數口，稍定，復云：『欲起便。』完趙恐其太勞，請臥便之。君執不可，扶之起坐，倚完趙而逝。君生于明天啟丙寅年十月初十日亥時，以今癸酉五月二十六日辰時卒于廣州賣麻街公館，得年六十有八。

君博學强記，生長世家，習先朝典故，酒後喜爲人論説。天資豪邁，長身美髯，音聲洪亮，聞于數十步。敘述娓娓，神采飛動，使人忘去。下筆頃刻數十紙，得題便書，不假思索，而文義皆可觀，辭無復者，然皆隨手散去，不欲以是得名。性伉直，負高氣，語有不合，必面折之，然初無成心，人能以理復之，未嘗不心折也。人有不善，亟亟焉告之，或再三不改，既惡之矣，而聞其有他善，又必亟亟焉稱之，其好惡不偏類此。平生言不及私，行不近利，周人緩急，不遺餘力，故其卒也，無識不識皆惜之。完趙奉遺命，斂以古禮，王使君助舉其喪，而謂尹曰：『君之不欲歸葬，憤世之詞云爾，然父母丘墓，豈可以憤去耶！今歸否操自吾輩，禮以義起，吾將力歸其喪于其先塋，而葬其衣冠于羅浮，以成其志，其兩得乎！』尹以告于同人，皆曰：『善乎使君之達于禮也！』

君初字礎臣，中歲易『臣』爲『塵』，而曰：『吾無復望矣。』元配顧氏早卒，君年二十六，矢不復娶，曰：『無以家爲也。』子一，即完趙。女一，適吳江趙滉君。

足跡所至，必交其賢豪，然平生所稱知我，尹與使君而外，概未他許。故其葬也，使君爲表羅浮之墓，尹志其無錫新阡，以君自銘銘之，而述其行爲狀。

陶握山行狀

君諱璜，姓陶氏，廣州番禺人，初字黼子。其七世祖魯，明成化、弘治中，以討賊功仕至湖廣廣東西布政使，自鬱林移家廣州，史所稱陶三廣者也。卒，葬郡北握山，故君以爲號焉。祖曰幼岳，父曰翼宸，茂才。

君生而端凝，十歲能文章。廣州破，從茂才走鄉落間，遇大風覆舟，茂才溺焉，君自舵後得出，乃更其字曰苦子。少錄爲諸生，非其好也，久之謝去。性孤僻，嗜吟詠，奉母陳太君避地僦舍以居，凡十數徙，所至必潔數尺一室，設書史香茗，旦夕寢處其中，雖有廣廈不樂也。

世孤，門戶重大，每欲棄而遠遊，不果。又不能不至城市，然當塵俗囂雜中，往往持筆坐吟，瞪目注思，若罔聞見。太君沒後，更挈妻子入窮山中，數年而後返。家逾中人，然自奉儉薄，有所積，輒以周人緩急。四方賓遊至者，稀見其面，而意氣所合，則假館授餐，助其不給。家廟在廣州城中，經亂爲兵居，乃卜西郊高原創建數世祠宇，率宗族歲時祭享。新會有三廣公石坊，歲久將頹，又竭資重新之。以廣州身所生長，晚乃買宅仙湖，稍葺以居。時廣州初撤廢藩，民復舊業，君先業多爲他人隱占，片紙可得，而君恥與之較，竟置不問也。口不言財利，雖妻子不知其有無。衣食裁足而已，有貧士所不堪者，而君豁如也。世俗之論，謂君體中三反：儉嗇而好施，懦緩而勇于爲義，喜著述而不以立名。而不知其中所存，固有在也。居平考究古今得失、山川險易及風俗人材升降盛衰之故，娓娓辯論，語輒數夕不休。嘗夢中得句云『五十成名客，江邊獨老身，』每自謂壽數止此。及五十，而其子幢以上殤夭。『老而無子曰獨』，蓋定數也。君素健，耐勞苦，日徒步行百里，自其子殤，以同房弟剛甫次子湛爲嗣，而益學青烏家言，日往來山中，爲先人改卜宅兆。今秋得微疾，猶冒風登鎮海樓，赴同人高會。十月之望，力疾起拜于家堂，眩暈不能興，自是遂劇，以十月二十九日卒于正寢。遺命不用葷祭，他無所言。溯其生，崇禎丁丑四月二日，得年五十三。

始幼岳翁資雄一郡，有濂泉僧常募化其家，歸而其徒羡之，每夜密禱佛前，願生翁家。一夕拜而伏地，逾時不起，其師以杖叩之，起而恚曰：『大士方授心經，奈何醒我？』師取經試之，朗誦至『不生不滅』，曰：『大士授我至是，餘不知也。』其徒素不識字，師乃信之。久之，登樹摘果，墜而傷肩及足，其師以藥傳之。辭曰：『吾生陶家矣。』語畢而絕。其師下山之陶家，募錢爲之焚化。黎明而至，則陶翁列香燭堂上，告舉孫矣。徐語以故，翁曰：『然哉，昨夕昏時，吾見其趨而入，呼之不應，斯其是也。』茂才言新生兒肩有紅痣，而一足屈。師曰：『足屈，所傷也。痣紅，所傅藥也。』歸山爲直其足而葬之，足遂愈。其事人人知者。

觀君生平，猶有僧之遺習者乎？然而潔身獨行，遁世無悶，可謂高士也矣！存《慨獨齋詩集》二卷。

獨漉堂文集卷之十三

祭文

外弟湛克正祭文

嗚呼，吾與君豈猶乎世人所謂甥舅者耶！　吾少而遭家多難，尊大人實活之；　中而家于君之鄉者二十餘年，巷陌相依，旦夕相見，吾終鮮兄弟，視君兄弟猶吾兄弟也。　君舞象而尊大人早世，未弱冠而令伯兄繼歿。　當是時，君與七弟皆幼，風雨漂搖，所恃以立者，上有白頭之老母，而外所以彌縫補救者，吾亦不敢辭其艱難，君之視吾亦猶長兄也。　二十年來，君之兄弟成立矣，子姪長矣。　適值時之多故，予移家西還，于今四年，音問常通，歲月數相見，然夢寐之間，在君之鄉而笑語相聚者，十常六七，何者？　熟境難忘，受恩深處爲家，自然之理也。

吾去秋遭意外之禍，下棘寺者二十旬，君來相視，泫然出涕，吾大笑以慰君。　豈謂予甫脱獄門，而君病遂亟耶！　吾既出獄，而病瘠者彌月，又以兩兒之病，留連鄉中，君病革而吾不及訣，含斂而吾不及視，泉門一閉，音響寂然。　天乎人耶？　曷爲此極！　且君之操行淳謹誠摯，而年僅逾四十，尊大人之盛德在人，有子如君而不使之永年，天道其可問耶！

嗟乎！吾二十而哭尊大人，又五年而哭君之兄，又十三年而哭君之姊，又十年而哭君，而吾之自哭父母諸弟者不與焉。吾之年去五十其不遠矣，或不久而爲人所哭。即幸而未爲人所哭，而哭人不已，亦安在乎有生之可樂也？嗚呼！吾尚如此，而謂君白頭之母何哉！雖然，德無不報，剝而必復，天之道也。吾終不敢謂尊大人之盛德與君之操行，天道遂漠然而不可問也，是在君之弟與君之子孫勉之而已。澆酒靈前，與淚俱下，君其鑒之。尚饗。

祭劉顯之文

嗚呼！命之不可知也，自古而云然矣。謂其受于有生之初，而遂不可變于百年耶？則百年之内，其窮其通，其壽其夭，有鬼神司焉也。既有鬼神矣，則其人之或善或惡，獨安能無所賞罰其間，而但任其一成而莫之轉旋也？謂其漠然而靡所定耶？則人固可自操其權者也。顧爲善未必蒙福，爲惡者乃或安全；窮而夭者，未必皆不肖，而通且壽者，未必皆其賢也。亦獨何哉？

嗚呼，先生學之博，足以貫通于六合；理之察，足以下窮于九淵；文之雄，足以馳騁乎今古；行之確，足以自守其深堅。然而譽早蜚于少壯，用不究于生平；大戰則屢得而復失，小戰則百勝而無前。及門請業者，多翱翔于天路，而先生則窮年兀兀，獨白首于韋編。晚以明經薦起，俄而一疾嬰纏。蓋心血枯于著述，而疾遂中于筋絡；手腕勞于筆墨，而痛乃及于臂肩。猶日孳孳于聖賢之精藴，往哲之遺言，勒一家之懿則，爲後學之蹄筌。

嗚呼！若是者，亦何負于天哉？何其禄方及而不待，壽始至而莫延？歲旱無所施其霖雨，舟楫無可濟之巨川。豈才者造物之所忌，抑名者賞予之所先？固不必取榮于時俗，而欲磨礪之以必傳哉！是或可爲固窮者之自解，而遂使先生不獲享期頤之報，門弟子不復聞攻叩之益者，終不能無疑于蒼蒼者賦命之或偏也。不然，先生子孫之多而才，居室之安而美，聲實之宏而宣，皆世人所仰望而不可得者，非先生之不遇，孰使予涕泣之漣漣也哉！

祭王說作明經文

嗚呼！先生稟智含淑，通不偶時，貞不絕俗。直而不肆，柔而不曲。早賓于王，多士眉目。天工人代，雲章玉軸。時移步改，振纓濯足。或避墻東，或在空谷。司馬佳佳，東方詼諧。君子之道，卷而可懷。奮發爲詩，汪洋自恣。逍遙自得，優于風刺。汗血馳雲，不踐下地。飛隼摩天，不勞而至。後進改觀，前修卻避。天假之年，安識所暨。

嗚呼！先生淹然遐棄。五十之年，亦云壽至。有子知名，斯文不墜。亂離瘼矣，得正而斃。必信必誠，吾何從涕？自君之沒，明月獨來。梧桐落蔭，光影徘徊。思君共吟，奮袂揚鬌。朋儔之會，笙簫徐動。詞端蜂起，一迎一送。思君其間，談笑微中。或有疑事，不能自決。我之懷矣，中心如結。思君之存，片言可折。嗟君之沒，吾誰望焉？斂形空木，靈爽何存？平生樽酒，乃酹窮泉。心非木石，能不潸然？嗚呼哀哉！

祭趙意子文

嗚呼！今而後知千載而上，志節之士懷負耿介以終，没草莽而不得其姓名者，不可勝數也。夫其才未究之施行，而忠不期于自炫，群居鄰處或至没齒，而莫測其心之所存，況後世操筆者乎！

嗚呼！君國家一老諸生耳，屬世休明，黼黻盈廷，弓旌被野，而君未常與之同榮。及夫運鍾窮剝，厚祿之家縮朒以圖存，君棄儒冠，盛年自廢，布衣芒屩，不西走山而東入海，行吟憂鬱，一若與之同悴者，是何用心與人背絕也？又不獨是。朋友道喪于僞，而君日敦其誠；末俗尚巧，而君益安其拙；舉國爭利，而君益嗜其貧。方天之未定，而行不偶時，宜其不久淹人世也。不然，以君之强骨壯氣，貞固靜篤，法皆宜壽，豈其僅及六十而遂止哉！

古之君子，不祈永于生前，而欲不忘于死後，君之志猶是也。甄濟表章于其子，謝翱許劍于其友，然而某等老矣，天與善人，必將使君之子若孫實興而傳之，而欲恃區區未盡之故人，能不没君之行者無幾也。一酹几筵，言悲而短。嗚呼哀哉！

祭室人湛氏文

戊申之秋，孟月庚戌，亡室恭人湛氏三虞之辰，夫壻前某官陳某，酌酒于靈几而哭之曰：

嗚呼！予始十歲，從先君五羊，獲拜尊大人于文簡公故第。尊大人不知其不肖而申之以昏姻，計是時汝猶未毁齒也。予十七而遭覆巢之禍，竄伏于弼唐，尊大人使一奴挾扁舟來迎。予敗衣垢體，荷蓑笠行，風濤雷雨，再晝夜而入匿君家。蹤跡者至，予寄于泥子之鄉者三月。尊大人身羈質縣庭，以千金賄吏而後脱予于死。還，納予複室之中，掩口而誦詩書。徼天之幸，明年而先君及于褒恤，尊大人實左右之。無禄，明年尊大人即世。又明年，予著僧衣而來哭君家，遂由是而東之甌閩，躓于匡廬，癰于臨安，痁于宛陵。其得尋宿昔之言，而與汝把一卮，嗣爲兄弟于增江之上者，死骨之餘也。汝端慧而婉，儉而有禮，予上悲愁則汝能寬之，賓客則汝能供之，自歸予于今十有五年，屬當予之困約，未嘗聞幾微嘆息之聲也。予上失怙恃，終鮮兄弟，身爲東西南北之人，故近汝于母家，倚汝兄弟以居，欲俟兒子長而後西耳。予出，則先人歲時蘋蘩酒漿之奉，賴汝以不乏也。先墓之長松檜柏，賴汝以無恐也。兒曹之習誦行止，賴汝以無失也。而今則已矣。予晝而入，則閨闥重扃，虚室風生，蕭條泬寥，怵惕忡怔，舊繡蠅污，故研苔青，素帷肅肅，白日張燈。予夜而坐，則涼月直下，蛛網横庭，鼠舐餘燭，犬捩靈羹。鄰人咨嗟而或語，婢僕縮瑟而不行。而今而後，予或有行，則先祀寂寥而誰主？衆雛驕稚而誰憑？顧今未出耳。兒之長者十歲，差能哭奠成禮，餁粥及旬，儽然骨立。其小者名爲四歲，實則二十九月耳，衰絰冠纓，嬉笑靈床之側，問其母則指棺而對，不哀而傷。嗚呼！我丈夫也，多涉患難，粗能以理喻心，每一顧此，猶不能不瞿然出涕，況汝拘形風木之中，而心予爲心者哉！

惜也，使汝之生早十年，則予尚有家俾汝可歸，猶及翁姑之一日；使汝之死後十年，則兒子長者可望有室，有婦有孫以哭汝之老。今者嫁而不出其閭，比于死而不識其夫家，受命而不享其榮，有子而不逮其立，不夙不暮，而獨當予家之厄，雖予薄命實然，而汝所受于天者，亦不得爲厚矣。汝疾革，而握予手曰：『自許身于君，而遭家不造，君有四方之志，常懼不得沒命君前，今無憾也。』既而曰：『如此人曾不得四十，天負我，亦負君。』長嘆而絕。由是言之，則汝之未嘗太息于予前者，豈情也哉！

嗟乎！德不及黔婁、老萊，而使糟糠之婦終其身貧賤而不悔，男子之羞也；爲程嬰、杵臼所立孤，而行能遜于趙武，士君子之恥也。予之年，所謂日昃之離矣。前過三十八年，自少之壯，猶爲事事後人，今乃百感薰心，繁憂縷骨，衰餒之氣日至，尚何望攻頑摩鈍，自成一物，以報尊大人若汝于冥冥之下哉！已矣，幽冥異路，無相見期，死者所望，未知何如，祇令生者悲耳！吾又烏知汝之往不愈于生存之日也？汝二子雖幼，渠墜地自有分命，行矣，勿復繫念。今以羊一、豕一、蔬果、脯醢、酒漿等物饋汝，楮冠履、輿服、財帛、奴婢資汝。五虞之前，五晝宵將禮梁懺，以助汝冥途。凡吾力可勉致，當皆從俗爲之，體汝平生之意也。汝尚有知，來聽予之苦言。嗚呼哀哉！

祭譚非庸文

年月日，處士非庸譚先生旅卒于廣州學舍。越四月丁卯，孝子方平奉柩歸于岡州。越甲午，友弟某等始能竭誠銜哀，致束芻之奠于靈右。

嗚呼！石斧不剖，玉觸則碎，草萎不死，花榮則悴，彼蒼蒼者固然。物負奇而不貴，故高峻者易隤之基，而孤立者早摧之勢。胡先生之制行，與流俗而趨背？體剛中以立德，亦浩直而養氣。雖皎潔而不炫，既方廉而不劌。恥爭食于雞鶩，樂飲啄之梁雉。頏鸞鳩而卑飛，挾鴻鵠之遠志。然而天人未定，時命不偶，揮戈莫迴，逐日徒走。藺集其足，霜侵其首，貧攻其軀，病夭其壽。嗚呼哀哉！非所謂制行高則易隤，孤則易摧者耶？

當其易簀之頃，彌留之際，有侃侃之言，無戀戀之計。頒書散玩，呼朋命子。手厥矣，而草訣友之書；舌結矣，而易題詩之字。非了了于死生，胡井井其若是？嗟乎！志尚烈而氣已寒，生有涯而死猶視。凡在同人，聞君之沒，未有不摧心隕涕者也。

孤子奉柩，返于故居，相送江干，慟也何如？作此哀誄，以寄欷歔。銘君之墓，別有嗣書。夫君之志在千秋，而不獲享成于一夕；君之才足以不朽，而不獲垂功于金石，誠可哀爾！不然，君之生逾半百矣，世難未窮，先死爲得，是區區無益之餘年，必不爲先生惜也。

祭易吾豫孝廉文

嗚呼！衆人之生，衆人之死，唯彼志士，没無餘訾；衆人之死，衆人之生，唯彼志士，生無慚顔。公之決科，年始二十，從容盛時，進不汲汲。乃及壯强，地拆天崩，之死靡他，人醉我醒。獨卧窮山，左圖右史，子衆而材，弗命之仕。嗚呼！書生之于國家，榜名雖登，爵禄未加。有如處子，既字喪偶，以義揆之，可嫁可守。守者難能，嫁亦匪淫，于惟先生，不負初心。誰無百年，在所自立，身後是非，勢力豈及。炙手可熱，極尊而榮，死骨未寒，不得姓名。或乃飲水，平生枯槁，身後之名，久久益噪。在此方寸，皎然勿欺，于惟先生，庶幾得之。寄奠一觴，言哀而亂，老成凋謝，臨風三嘆。

祭王礎塵文

嗚呼！先生稟純明之德而取其剛，具正直之氣而用其方。羅千古于胸中而取其精要，走風雷于筆下而棄其故常。世齷齪以委靡，君獨植立而不僵。世屈曲以詭隨，君獨正議而慨慷。世汲汲于安飽，君獨任運而不計有亡。世錙銖于取予，君獨施濟而擘畫多方。世膠柱于前跡，君獨具灼古之目光。好善而不昧其短，惡惡而不棄其長。世兢兢于著作，君獨視之如粃糠。伸紙萬言，如雲霞之炳焕，不留一字，若過眼之青黄。其心以爲吾道之行，則將澤流萬世；道之不行，則空名益重其慚惶。夫其所存者，生人所恃以爲安治，天地所賴以爲維綱。仲尼所謂古之遺直，而吾黨之狷狂，而獨抱是耿耿以終老，含永恨于泉壤，豈不痛哉！瓣香巵酒，祗薦靈床。平生故人，有淚盈眶。蓋不暇爲交遊之惜，而爲世道之傷也。

雲母范太君祭文

嗚呼！常言古今人不相及，若太君之行，求之古烈女奇節之中，不易一二屈指也。太君年逾二十，而稱未亡人。令子載青，生才四齡，伶丁孤苦，而太君靡他自矢。有導之改志者，則舉刀相示，曰：『幸毋多言，吾惟一死而已。』嗚呼，何其勇也！載青六歲，而與母相失，干戈擾攘，流離轉徙，自瓊而廣，而閩，而燕，而吳，海天隔絕，音問杳爾，而太君守志益堅，曰：『雲氏世有積德，必無絕理，吾惟待之而已。』嗚呼，何其智也！依舅家以自全，躬績紡以自食，焚香籲天，至誠所感，而夢大士曰：『爾子歸期可俟，爾毋自苦。』嗚呼，何其異也！載青去家三十餘年，得一官以歸，輿馬赫奕，驚動閭里。去日孩抱而歸白首，不獨面目不可彷彿，即巷陌家門亦不能復記。方是時，子急于尋母，而母無由以認子，曰：『吾子背有贅肉。』袒而示之信，乃相持而泣，一時傳爲盛事。嗚呼，何其偉也！既乃奉太君而來寓于廣州，日侍晨昏，手奉甘旨。于是海內文人爭爲詩歌以述之，洋洋盈耳，以爲太君艱貞之報，載青孝思所致，世之顯榮者有人，而信其必傳者，則不在彼而在此。嗚呼，何其榮也！母子重聚，于今十年，一旦無疾而逝，命載青曰：『吾孤燈半世，今將以無玷之身見汝父于下地。』嗚呼，何其義也！聞太君之幼也，常語人曰：『貞節者，婦人之不幸，然婦人之成名亦在此。』嗚呼，何其識之卓而立身之有終始也！

某等居平猶欲操柔翰，裂竹帛，取古人之大節奇行而特書之，況親見于今者乎！況不出于鬚眉，而出自巾幗者乎！況與載青有聲氣之交者乎！一卮在陳，以志高山景行之思云耳。

喻太母祭文

嗚呼！當夫大野龍戰，九垓蜂起，頓裂三綱，橫分地紀。陰極而剝，陽閉而否，廟謀則築室于道，戰士則驅人于市。至乃結骸成岳，流膏爲水，非無積善之家，不少仁人之里。璇房瑤室，灰燼蕩然，瓊樹玉枝，傷心已矣。若夫山名劍閣，地字巴川，舟危三峽，路極高天，然而雄關無一夫之守，力士非五丁之年。遂使虎豹負隅，猰㺄食肉，竭澤焚林，窮源搜麓，野無遺噍之類，徑絶跂行之族。親戚盡于終朝，骨肉誰爲一哭？嗟嗟夫人，竟罹此酷。嗚呼痛哉！

當其攜家空谷，托命窮厓，右撫諸婦，左顧佳兒，家人大小，位列尊卑。慷慨同日，抗手長辭，一暝而萬世不視，九死而中心如飴。何其烈也！謂死而無知，將冥然長絶；謂死爲有知，雖生存奚別？劉安之雞犬皆在白雲，玄海之君臣依然珠闕，何必復留視聽于濁世，零涕雨而永訣也哉！

夫人仲子，遠宦天隅。勉王陵于漢朝，初非伏劍；遣太真于江左，事異絶裾。風塵一別，時勢懸殊，不有三刀之夢，徒分百里之符。無路餉士行之鮓，何天飛葉縣之鳧。時復出門西向，陟屺長盱。羨慈烏之哺反，悵鴻雁之行疏。九人中之重耳，寧意獨存之日；二十年之蘇武，初獲終堂之書。嗚呼痛哉！攀號靡及，摧裂何如？凡我友朋，孰不嗟吁？彼蒼蒼之未定，若福善之云虛。如或往事可考，前志不誣，固將俟于門之駟馬，聊復獻徐孺之生芻云爾。

祭陶握山文

嗚呼！先生潔其道而晦其跡，遠其志而邇其行，豐于人而薄于己，敦其實而去其名。其大者，致孝享于祖考，建祠廟于郊坰，修忠勛之坊表，思先德而奮興，竭心力于數載，皆隻手所經營。外則通緩急于朋友，恤患難于孤煢，厭趨附之炎熱，託肝膽于同聲。性耽吟詠，早薄簪纓。凝神物表，得意忘形。對囂塵而白眼，等闤闠于蓬瀛。乃若持躬刻苦，操履冰兢，簞瓢可擬，敝緼爲榮。視其家如傳舍，寄行跡于浮萍。挈妻孥于空谷〔一〕，閱飢寒而莫驚。雖或矯枉之過正，抑亦達士之孤情也。然而年僅逾于五十，胤乃絕于高曾，亦獨何哉？

嗚呼！古來嘆天道之無知者，夷齊之餓，顏淵之夭，伯道之無兒也。然而夷齊自餓也，非天也；顏淵至今存也，非夭也。先生有子而殤，不幸同于伯道，而處之泰然，同人亦不復爲先生悲者，以其有不死者存也。

夫人生一世，最上令人慕之，其次令人惜之，下此不足道矣。古今遠矣，其間飽于夷齊，壽于顏子，多子孫于伯道者，何啻以萬萬計！而千載之下，并不得其姓名而慕之、惜之，雖多亦奚爲也？先生其可以含笑于泉壤矣。清齋在筵，敬奠一卮。

【校記】

〔一〕『孥』，底本作『拏』，據文意改。

獨漉堂文集卷之十四

紀事　雜錄

天妃神廟紀事

仲尼盛稱鬼神之德，而後世拘儒乃或以其近于語怪，不復深論，從而爲之說，曰：鬼，歸也；神，伸也。竊意以爲未盡。

夫天地塊然大物耳，所以輔相裁成其間者，鬼神也。然而都邑政令所及，有人道爲之紀綱，則鬼神不必赫然昭著，唯不平而後見焉。至于江海波濤之上，深山窮谷之間，呼之必答，如響應聲，犯之必校，如吏持法，比比然也。昔人有言曰：『至治之世，其鬼不神。』非不神也，賞罰公明，陽施陰伏，疫癘不作，無所用其神也。江湖空曠，陰氣所凝，怪風異類，發作無時，非有鬼神爲之護持，則人之罹于不測者衆矣。

吾鄉濱海，所虔事之神，則英烈天妃爲最。相傳爲莆田林氏處女，今閩人謂之天后者也。人之往來海上者，每當風濤大作，則竭誠拜禱，衆口同聲，仰頌英烈天妃名號。頃之，必有神火從空中飛來，集于檣上，異香飄然入于舟中，則其舟自定，雖浪如山岳，若履坦途。否則安危未可知也。故神之名號，莫不家奉而尸祭之，甚于事其父母。而廟貌之建，在在有之。佛山爲商客所歸，其殿宇尤爲壯麗。每三月神誕，香花火爆之盛，旌旗儀衛之設，牲腯報賽之具〔一〕，闐咽衢陌，歌舞累月而不絶。

而往來瓊海者，目睹靈貺，謂非紀之以文章，不足以頌神功之大也，相屬而問序于僕。夫神之初，處女也，而妃之后之，則匹偶之稱也。顧出于前代之敕封，則又何居乎？豈其堂堂處女，而可以匹偶之義加之乎？吾深思之，而得其説矣。河洛之數，天生一水，地六成之，盈天地之間，無非水也。天居外，地居内，水貫乎内外之間者也。天體動，地體静，水則涵可動可静之用者也。故有形之物，莫大乎天，莫大乎地，亦莫大乎水。地，配天者也，故曰后土。神，司乎水者也，水德配天，神之功亦配天，故尊之曰妃。妃，配也，猶曰至聖之德配天云爾。尊之至也，他何足以頌之，故引伸其説而爲之記。

【校記】

〔一〕『腯』，底本作『犢』，字書無此字，據文意改。

湘潭會館紀事

永州郴、桂之水合于衡山之陽，至湘潭而後可浮巨艦，故洞庭之南，湘潭其一都會也。九州商旅遥集，而粤人尤多，則其近也。夫人平居則有春秋宗廟之奉，士子則有會課燕射之文，鄉黨則有約議講習之庭，今客數千里外，去其家而聚處者數百人，不可無公會之所，以爲歲時伏臘、送往迎來、脂車秣馬之地，此會館所由設也。

湘潭之有十二總會館，蓋吾粵之人建于某歲，前殿奉漢壽亭侯關公，四旁爲堂室若干。凡粵人之客于湘者，得以燕息其間，規模甚壯。而某以粵鐵精工，特鑄香爐花燭瓶臺，重若干觔，不憚川嶺高深，輦而供于殿前，屬予爲文以序其事。

予三十年前浪遊湘潭，時會館未建，尚能仿佛其山川也。考之往史，湘潭，漢荆州地，固關公所常臨駐。其後孫仲謀使吕蒙奪零陵、長沙、桂陽，先主命公入于益陽，則湘潭屬之吴矣。自湘以南至于廣州、日南，東至豫章、金陵，北至燕、趙、齊、秦，在蜀漢時皆爲異國，公所常掀髯躍馬，欲得略定其土地，安集其人民，以上報先主者，然限于時命，抱恨而終。而豈謂千載之下，不假征誅弓矢之勞，而舟車所至，血氣之倫，莫不心悦誠服，望公之顔拜舞歸命如見父母者哉！

聖賢豪傑，古不乏人，求其沒後而能伸生前未竟之志，使天下後世尊其君臣如天上人而不敢側目者，唯公獨也。此大丈夫之能事，其浩然之氣充塞天地之間，所以不與萬物爲存亡者也。《三國演義》載公曾將車爲商，而史但云好讀《左氏春秋》，亡命奔涿郡，則其困時，亦常去鄉而客者也。舜何人也，有爲者亦若是，願與天下讀書爲客者交勉之。

録區都事

區致遠，新會人，生二十餘，不肯學，里衆共姍笑之。乃發憤從師，受書日不滿三四行，伏首以鼻磨席，頳汗染卷，自曉至夕不成誦。其父饒有資，雖苦其如此，猶欲令稍習書，能畫炭著壁，知牛粟出入之數，以得不棄去。久之，其弟舉于鄉。致遠讀其文，瞠視曰：『直若是，非甚難到也。』師叱曰：『汝何得而大言若是！』致遠請自試，應筆立就，皆可觀。師以示其父、伯叔、兄弟，更相謂曰：『爲先生不患無所，何至代人子弟欺父兄耶？』師具語其實，乃共奇之。

明年，致遠遂舉于鄉。烈皇末，爲都察院都事，都下大疫，致遠所居，環前後左右無存者，而致遠家晏然。世言疫有鬼，于是都下頗傳區都事能治疫鬼，有得其花押者，持至門，則室內病人立起。家家走求之，于是區都事之門熱于要津，自宮府大僚床灶、衙署，皆區都事花押也。某御史病甚，過致遠。致遠曰：『入吾榻內，臥有頃，當瘳也。』其人少睡，得汗，病良已。致遠以此有德于大僚，得擢南兵曹。乙酉，金陵陷，致遠死之。子幼，不能歸，希有知其事者。致遠，字爾瑞，或曰南工曹也。

論曰：『吾友人何左王不偕兄弟，其鄰里前年疫多死者，家人畏避不敢收，左王兄弟往往爲經紀其喪數十家。其里病者，遂有夢左王沃其背冷水，得汗而愈者。其事與區都事大相似，固知疫鬼皆寓于心，區都事非必有術也，特善用其術耳。都事誠樸，遇難能死，處地卑下，其操行世不備知。然以大僚之薰灼，顧借寂寞一都事之威爲重，則非獨都事之賢，疫鬼亦賢鬼也。』

上岐孝婦

順德之西北，鄉曰上岐，有孤子之母，夫死食貧弗嫁。孤子長，當納婦，乃自賃爲富室炊，受其直三金，爲之聘婦。婦始歸，問姑安在，孤子告之故。婦泣曰：『娶妻以爲養也，得婦失姑，用婦何爲？』詰旦，婦歸謀于父，自出簪珥，足之得三金，授孤子。孤子與同賈者宿，喜曰：『吾母旦當返。』同賈者曰：『汝安得金？』孤子出婦金語之。夜而同賈者竊其金。比旦，索之不得。婦大慟，拒戶，自縊氣絶。同賈謬爲殷勤，與鄰曲數人走孤子家，仿徨伸救。俄而雨大注，電光繞庭數匝，雷赫然起庭中，震同賈者死，其衣片片掣裂〔一〕，婦之金從死賈腰間躍出，封識尚如故也。鄰曲大嘩。婦亦驚蘇，時丁未七月日也。

獨漉子曰：『天道未有若茲之近者也，豈不以誠哉！而憤世者或遂謂無天道。夫以婦之賢，而同賈者無所感動，尚冒然肆其貪殘之心。匹夫匹婦，計窮極而無以自明，此天討所亟加也。天之誅賞，必于人所不察，彼之顯著，人得而誅之，天豈冥冥而奪人以權哉！不然，世俗而日下矣，爲之雷者，不亦勞乎！』

【校記】

〔一〕『掣』，底本作『製』，據文意改。

獨漉堂文集卷之十五

題跋　字說　贊

胡季美先生手跡跋

己未七月五日，于友人胡君韶先廣州宅中，得睹其尊人季美先生遺書二紙：其一書柳子厚《馬退山新亭記》，後有先生自署字；其一書作字法與韶先者，大半已不完，紙背行間並多附注，乃韶先幼時所書，大小錯雜，略無倫次。蓋自乙酉之秋，先生死于王事，韶先遊于四方，流離多難，求先生隻字之存而不可得。及是得之鄉人，如獲異寶。出以示尹，用筆堅勁，結體遒美，足以見前輩克勤小物也。

先生沒于今三十年，西江之亂數矣，而烟煤蠹腐之中，片紙之遺，猶有賓而藏之者，不獨見西江人士推服先生意，忠貞之跡，在處皆有神物呵護。夫舍生取義，雖成之一旦，而其人生平處心積慮，類無不光明正大者，況先生文章品行爲當代宗仰者耶！想見其涉筆之頃，有意無意之間，皆有日星河岳之氣隨之，非苟然也。

書高固齋硯考後

硯之用，發墨不損毫，二者盡之矣。不損毫，常硯皆能之，唯發墨之妙，不親試水岩不知也。他硯粗則剉墨，細則拒墨。水岩不然，玉肌膩理，拊不留手，著水研墨，則油油然若與墨相戀而不捨。墨愈堅者，其戀石也彌甚。以他硯並之，水之分數同，墨同，手同，而爲研之數，水岩常少于他硯十之三四。每春夏積雨時，墨竟日用之，則棱角軟腐反張，唯水岩可免此病，驟以他硯易之，頃刻不勝其苦矣。硯槽之水，隆冬極寒，他硯常冰，而水岩獨否。具此數妙，雖使椎樸無文，猶將拂拭用之，况其體質之美，千奇百變，不可殫窮。豈南離文明之德獨萃于端溪耶！固齋所考，剖晰明辨，已無遺義。然予生長廣州，相去不及三百里間，數歲一至端州，往往有一二新出之石，氣韻顔色，幾足亂真，不深心識別，鮮不爲所眩惑。亦有出自水岩如固齋所云，精華日見，不能一執成説者。故詳著發墨之妙于後，購硯者熟閲固齋此文，更以吾法試之于水岩，十不失一二矣。

命兒贛字端木説

女之生，吾客于贛而有異夢。還，書名女曰贛，今十四年矣。成人而命之字，禮也。然贛之爲州，合章貢二水而得名，又考之《説文》：贛，賜也。故端木賜，字子贛，其訛以爲子貢者，今之省文耳。《詩》

曰：『高山仰止，景行行止。』吾欲使女師于山川，不若師于古之賢人爲切近也。夫四科並列，而子貢以言語著焉。一貫希傳，而子貢以多學得焉。嘗觀邾魯二君之會，執玉高卑，其容俯仰之論，仲尼猶諄諄以多言爲子貢戒，曰『賜不幸言而中，是使賜多言也。』

嗟夫！晚近之世，非言辭不爲功，兒其勉之！爲有德之言，而詳思聖人之戒，以進于成人之道，其庶幾矣。

梁澤字恒白字說

白澤，神獸也，黄帝時見于恒山，能言萬物之情，帝因問以天地鬼神之事。蓋大道之將行也，必有物以開之。《易》曰：『河出圖，洛出書，聖人則之。』河圖，馬也。洛書，龜也。其所陳者，五行之數，猶待人而後明，白澤，則能言者也。天之欲覺斯世斯民也，至矣！

先友高士寒塘梁先生之冢孫澤，幼而有成人之度，其父鏊符將字之，謀于予曰：『澤于《易》爲《兑》。兑，説也。説萬物者，莫説乎澤。雖然，吾固取乎其德足以及人，而無取乎其義之尋常爲人取字者所易及也，欲以白澤之事字之，何如？』予曰：『然則莫若字爲恒白，紀其地，紀其名，猶河圖洛書之義云爾。覺斯民者，道也；潤萬物者，德也。固未有有道而無德者也。』

字既定，未命，而澤應童子試，受知于文宗，錄爲弟子員。禮，成人而命之字。弟子員，成人之始也，不可以幼而勿字也。因書其説，復于鏊符，且以爲賀。

關夫子贊

世人貌公，棗面蠶眉；此獨貌公，皤腹豐頤。世人圖公，大刀在側；此獨圖公，横劍在腹。古今同此人此心，而公獨浩然而爲星爲日。蓋欲勉後世以師公，正無貴乎其有異人之質。

李孝先奉其尊人相如先生小影遺集歸自楚中拉淚題之

有高世之識，而不值其時；有雄傑之才，而所遇數奇；有可歸之家，而終身天涯。千載此心，其誰知之？吾別子端州之西，于今四十年，而方見此數寸之影，七尺之孤，一卷之詩。嗚呼噫嘻！

爲陳黃公題其先人圖

具不屈之膝以行，挺必死之身以爭，立不可奪之志以成名，蓋其學力皆本之趨庭。偉哉斯圖，其忠孝之經乎！

巨三兄真贊

有元龍之豪，樓高百尺； 有希夷之隱，學傳老《易》； 有太丘之子孫，星占聚德。 以是爲先生真贊。 先生曰： 子且求我于形，不必求我于跡。

楊履易濯足圖

孺子之歌，取清取濁，無乃重人之纓，而輕吾之足？ 太沖之詩，濯流萬里，安能長在江湖而徒羨乎逝水？ 夏侯大初之言曰： 『臨世濯足，希古振纓。』苟能如是，是可以無待于物，而不愧乎曼倩先生。

題陳黄公行樂贊

其骨重而清，其神王而凝，武其緯而文其經，胡爲乎圖其野服而舍爾長纓，置諸廊廟而適彼岩扃？ 薄其旄節而執此秋英？ 其將睠懷故國，儗于飲露之屈平乎？ 言念先世同于止酒之淵明乎？ 吾不敢竭乎其情，又安敢强爲之名！

跋

陳贛

先子《獨漉集》，詩編二十卷，唯《壽言集》五卷未刻；文分十五卷，各體始刊卷首數篇，正在陸續發梓，故多寡不倫，篇次未定。不幸于康熙丁酉九月二十七夜三鼓竟遭回祿，不肖贛乖氣致戾，弗克負荷，罪莫可逭。其《文集》，《奏疏、啟事、箋白》第九卷手稿盡毀。時異代革，不可復問，堪爲痛哭。今仍存目錄，不忍刪去，以誌不忘。餘未刻各詩文，猶在海內，或鐫之碑銘，傳之其人，縉紳先生、騷壇俠客、高僧羽士必有能存之者，倘憫予小子之不造，惠抄郵寄，得付剞劂，所厚望焉。

噫！念先子一生心血，止存文字。憶壬子歲曾溺于扶胥之口，波濤汩沒中，若有神援之抵岸，得不死，手稿半付波臣。丁巳至甲子稿，鄉居龍江，戊午羅無妄之災，因毀于兵，又竊于盜，後俱蒙世好抄復，亦十不存二三耳。爾時先子猶在，訂訛亦易，今乃竟灰于一燼，豈爲造物所忌，並不欲留跡人間耶？嗚呼痛哉！不孝男陳贛謹跋。

續編

獨漉堂集續編

奏疏

請恤疏

原任兵科給事中臣陳邦彦男順德縣儒學生員臣陳恭尹謹奏：　爲臣父完節殉忠，臣家遭害慘酷，仰籲皇仁，乞恩贈謚，以慰忠魂，以勵士氣事：　臣父陳邦彦，弘光元年恩貢〔一〕，隆武乙酉舉人。猥以書生，謬承國眷，以兵部主事督師援贛。丙戌初冬，入覲蒼梧，特蒙聖恩，優擢兵垣。奮不顧身，三書切論東人，犯其忌諱，幾不免虎口。及廣州既陷，臣父拜詔興兵，崎嶇山海，激發忠勇。元年正月，蒼梧受困，遂圍桂林，臣父竊仿伐魏援韓之計，急督順德、新會諸縣義師，二月十一日进攻廣州，一欲緩蒼梧之急，以鞏皇圖；　一欲乘廣州之虚，以期恢復。攻城八日不克，復遣生員臣馬應房督師，分攻順德，死之。四月十四日，臣父復督兵往攻高明，乃聯絡東莞、連山、陽山、廣寧、恩平、陽春、東安、龍門、從化等縣、侍郎臣張家玉等水陸義師三十餘萬，東西齊奮，山海協謀。六月初三日，臣父密書致思恩侯臣陳邦傅，請其鼓行東下。七月初五日，會同閣臣陳子壯合攻廣州。臣父血戰于東海禺珠，火焚巨舶數十，殺掠數千，擒斬游擊孟煇、都司張一鴻、守備楊驄等。密約副總兵臣楊可觀、參將臣黄天錫、楊景燁爲内應，不幸機泄，楊可觀等被殺，臣父攻城五日不克，即統副總兵臣霍師連等恢復三水，與□騎血戰四日，大捷，擒斬□知縣陳億等。八月初七日，復會閣臣陳子壯與□船大戰于新會三晝夜，殺掠過半。二十日，臣父再分師進搗高明，御史臣麥而炫城内接應，擒斬□知縣徐嘉植等，殺掠千餘，獲馬五百。復遣指揮臣白嘗燦等恢復清遠，臣父統師進駐，聯絡韶州、連州、四會、懷集等縣，握斷喉咽。彼奮死來爭，攻圍月餘，我兵矢竭糧匱。彼陰開地道，以火器攻城。九月十九日城陷，臣父督兵巷戰，身被五傷，赴池自溺，爲兵所執，檻赴廣州。臨命作詩，以攄忠憤，臣敢略爲皇上誦之，其詩曰：『平生報國懷深，日望西方好音〔二〕。已共萇弘化碧，還同屈子俱沉。』又曰：『戀闕孤懷盡，懸絲一命微。負傷如未覺，無淚不須揮。魚吮艱貞血，水爲賻襚衣。秖應魂氣在，長繞玉階飛。』二十二日至廣州，欲生降之，以死自矢。下之獄，不食五日，不死。二十八日執至法場，五木慘具，從容慷慨，顔色不變，西望向闕稽首，遂被兇害，斷割四肢，首傳郡邑。仍藉没臣家，臣庶母何氏及臣弟馨尹、和尹、虞尹先後被殺。

痛念臣父，始則不污東朝，力拒崇秩，幾遭羅網；繼則不貪生，不改節，瀝血飲泣，宣布皇上德威，以鼓勵四方義士。首攻廣城，以挫其鋒。分徇州縣，以疲其力。南海則閣臣陳子壯兆其謀，東莞則侍郎臣張家玉奮其策。至嶺西一帶，臣父聯絡獨力，用心特苦，雖未見赫赫之功，然所以操空拳，出奇計，批亢搗虛，擁兵四擊，使彼自顧不暇，凜然不敢西向，以貽君父憂。至身遭慘刑，子妾殺擄，安然如分内事，其志不亦大可哀哉！

茲蓋伏遇皇帝陛下二儀再闢，大命維新，日月之明，細微皆照，風霆之下，幽隱必宣。臣父報國孤忠，見于諸臣章奏，久存聖鑒，豈俟臣瀆。伏念中興甫初，乃四方觀聽之始，正朝廷鼓勵人才，激濁揚清之日。臣父雖艱貞自好，本不祈身後之榮，然其倡大義以正人心，明大節以立臣範，實國家聲靈體統所存，固當傳之千秋，昭于信史，以著我興朝之有人，臣若不言，其罪大矣。臣今年十八，讀父書，頗知大義，寧忍避干瀆之嫌，以自陷于不孝，故敢匍匐天廷，略舉始末。伏乞皇上鑒其功，憐其志，而哀其死。萬一獲邀曠典，贈以一官，賜以一謚，則臣父地下枯骨爲不朽，而臣之偷生亦庶幾爲不苟矣。臣可勝激切待命之至。

永曆二年八月十五日具奏。二十一日奉旨：據奏，陳邦彦忠著從龍，義堅料虎，一腔熱血，碧化九原。追覽遺詩，倍堪揮涕。著照陳子壯、張家玉例，賜蔭議謚，以慰英魂，該部知道。

【校記】

〔一〕『弘』，底本作『宏』，今改。下『萇弘』同。

〔二〕『日望』，《兵科給事中贈資政大夫兵部尚書先府君巖野陳公行狀》（見本書《補遺》）引作『望斷』。

附三篇

請加恩疏

行在廣西道監察御史臣饒元璜謹奏：爲殉忠較烈，恤典宜均，懇乞天恩，準從初旨，以信皇言，以鼓忠義事：臣聞人臣捐軀報主，身且不顧，何況顧及其身後之名與其子孫。而聖主褒忠必極其盛，既爲之進秩易名，又爲之分茅賜允。蓋曰愛馬者，不惜千金以市駿骨；愛士者，不惜空名以收實效。鼓舞天下之大權，端在此也。曩者，東粤起義諸臣，同功同烈，既奉溫綸，而恤蔭懸殊，如兵科給事中臣陳邦彦其人者。邦彦素懷忠烈，當逆藩僭位之時，急走端州，擁戴真主，他人不知，臣獨知之。及塵氛漸迫，故于永曆元年二月十一日，糾督義師，急攻廣州，一以緩梧、桂之急，以奠皇圖；一以乘廣州之虚，以期恢復。邦彦起義在閣臣陳子壯、侍郎臣張家玉之先，既又合謀分攻，以成犄角之勢，舉事固爲同心，論功實無差異。去年八月十五日，其子恭尹具疏奏，聖旨『著照陳子壯、張家玉例，賜蔭議謚，以慰英魂，該部知道，欽此』。乃近蒙恩，子壯、家玉俱得贈侯爵，其子陳上圖、弟張家珍俱世襲錦衣衛指揮使，獨科臣陳邦彦蒙贈太僕寺卿，蔭一子恭尹入監讀書，與照例初旨若不相合。臣伏讀太祖高皇帝褒忠之典，先臣花雲以樞院判贈東丘侯，胡大海以參政贈越國公，葉琛以南昌知府贈南陽侯，此彰明較著者也。當强兵蹂躪東土，勢如疾風炎火，疇敢犯其鋒者，邦彦受詔感泣，募士興兵，首攻廣州，使彼東顧不暇，凛然不敢西向。固欽皇上之福力彌天，而邦彦之功亦爲不淺小矣。且邦彦破家起義，與子壯、家玉同；督師血戰，與子壯、家玉同；身首異處，骨磔肉臠，與子壯、家玉同；藉没家産，靡有遺黍，與子壯、家玉同。至三子馨尹、和尹、虞尹、妾何氏同畢命于屠戮之下，則科臣邦彦似較烈也。伏望皇上下採蒭言，博稽輿論，如邦彦之忠，不愧子壯、家玉，特從初旨，贈爵蔭襲照子壯、家玉例，俾天下聞風興起，中興之盛與開創比隆，臣之所大願也。如果臣言不謬，乞敕該部施行。永曆三年三月十七日具奉。二十二日奉旨，該部察議具奏。

吏部覆疏

行在吏部尚書晏清題：爲殉忠較烈，恤典宜均等事。謹看得臣子不幸而殉節，寧惜填壑之名；興朝破格以恤忠，豈反既渙之汗。惟是後來之蒙恤者極隆，遂覺前此之宣恩者未盡。如兵科給事中殉難臣陳邦彦，舉義則著先聲，成仁而罹奇慘。及今志酬馬革，猶然氣壯羊城。蔭謚照陳子壯、張家玉例，已有前旨，及贈太僕寺卿，蔭一子入監讀書，不可謂非優典矣。迨子壯、家玉贈侯，而其子皆世襲錦衣衛使，則是邦彦于初旨，尚多餘恩，此臺臣恤典宜均之疏，鄉紳群情共憫之揭，欲以前例，望皇仁者也。然臣等奉有察議之旨，竊以爲節烈雖無軒輊，而官品原有崇卑。子壯，閣臣也；家玉，侍郎臣也；而邦彦則屬科臣。即如殉贛諸臣之贈蔭，御史臣姚奇胤、主事臣龔芬亦有與各部臣楊廷麟、〔一〕部院臣萬元吉不同者。邦彦擬之姚奇胤，同七品官，而奇胤得贈兵部尚書，即云曾領僉院關防，然未實受僉都也。若擬之龔芬，雖少一級，而掖垣體統等于銓司，芬也得贈兵部侍郎矣。此二例者較之已贈之太僕寺卿，似爲加隆，而于照子壯、家玉例，尚未及格。請候聖裁，或贈兵尚，或贈樞貳，皆臣察議不厭詳且慎也。若夫必信初旨，竟如子壯、家玉例，則特恩在上，非臣等所敢及矣。永曆三年六月十六日具題。十八日奉旨：陳邦彦孤忠上亙霄漢，直節爭光日月，所有應得恤典，比輔臣陳子壯稍次，與姚奇胤一例，著與加贈兵部尚書，蔭一子世襲錦衣衛指揮僉事，該地方官與他設廟，歲時祭祀，還與他謚。

【校記】

〔一〕『龔芬』，底本作『龔栥』，據屈大均《皇明四朝成仁錄》改，下同。

兵部覆疏

行在兵部尚書臣曹燁題：　爲殉忠較烈，恤典宜均等事：　看得故科臣陳邦彦孤忠自許，勁節彌芳，倡義而折衝，舍生而赴難，所謂志酬馬革，氣壯山河者，非耶？　至乃闔門被戮，猶幸遺有孤男，天之報施善人，或不爽哉！　前曾贈太僕寺卿，蔭子入監讀書。　茲據吏部尚書臣晏清覆題，奉旨：『陳邦彦著與加贈兵部尚書，蔭一子世襲錦衣衛指揮僉事，該地方官與他設廟，歲時祭祀，還與他謚。』煌煌天謨，耀入九泉矣。　察邦彦子恭尹相應世襲錦衣衛指揮僉事，其祭謚諸典，應敕各衙門行，非臣等所越俎而議也。

永曆三年七月初八日具題。　初十日奉旨：　陳恭尹準世襲錦衣衛指揮僉事。

請誥命疏

行在錦衣衛世襲指揮僉事臣陳恭尹謹奏：　爲恭謝天恩，兼陳下悃，以展孝思，以完先志事：　臣聞忠孝臣子立身之防，然當事會之極，或有不得而兼盡者，而其心曰，未嘗以九死暫忘之也。　若夫孝有可追，例有得請，則未竟之志，將不能不俯望于後人，此微臣之私，有不得不仰祈于高厚者。　臣父兵科給事中臣陳邦彦四世單傳，一門殉節，新蒙聖恩，加贈兵部尚書，蔭一子世襲錦衣衛僉事，澤及枯骨，榮施後裔，天眷隆重，臣何敢復有所覬。

臣伏稽《會典》，凡陣亡死節官，加贈者給予祖父，應得誥敕。臣父捐生之日，義以爲重，豈暇計宗祀存没，身後菀枯。然興朝方溥錫類之仁，大報忠之典。臣父生既未得榮顯其親，死又不能推恩及之，九原有知，將無遺憾？又臣當覆巢之下，本不欲生，徒爲四世惜此一綫，亡命他鄉。粤左反正，始得歸具棺衾，爲臣父發喪，下體遺骸，總不可問，終天之痛，難忍復言。今服闋之期，僅餘數月，禮有盡而哀思無窮，心欲歸而職守有限。臣蒙恩世襲，已于本月十三日詣闕叩頭恭謝訖。而遽然濫膺寵秩，衣錦腰金，父死之謂何！伏乞皇上俯察舊例，給臣父以應得誥命，準臣回籍營葬，俟服闋之日，赴闕供職。庶臣父死忠，不失爲死孝，生平之志獲伸；臣得盡孝而後盡忠，從此報恩有日，臣可勝悚慄待命之至。

永曆三年七月十五日具奏，十九日奉旨：陳恭尹奏謝恩，并請父邦彦應得誥命，及回籍終制營葬等項，該部察議具奏。

附一篇

吏部覆疏

行在吏部尚書臣晏清、驗封司臣潘應斗題：爲恭謝天恩，兼陳下悃等事：看得義憤不顧身家，烈士之志也；而褒崇推及祖父，恤死之仁也。故臣陳邦彦貞心慘節，業蒙賜贈樞臣〔一〕，所當照《會典》例，並誥贈其祖父如邦彦官者也。至其子恭尹甫拜新銜，仍緣舊制。蓋職邀世襲，已知受恩之日長；而服在禫餘，尚恨報親之日短。所當允其回籍營葬，服闋供職者也。永曆三年八月初五日奉旨：贈樞臣陳邦彦誥命，準與照例頒給；陳恭尹準與回籍營葬，服闋供職。

【校記】

〔一〕「臣」，底本作「正」，據文義改。

請加祭葬疏

行在錦衣衛世襲指揮僉事臣陳恭尹謹奏：爲臣父有應加之祭葬，聖朝有無已之恩施，謹冒昧瀆陳，仰祈天鑒事：臣竊惟國家褒崇忠節，嘗多浩蕩之恩；朝廷明辨等威，自有一定之制。謹按《會典》所載，三品與二品祭之壇數不同，葬之墳塋也異，本等之外，尚多特恩，節烈之臣，尤爲破格。臣父兵科給事中臣陳邦彦，報國興師，舉家殉節，初蒙贈太僕寺卿，賜祭一壇，全葬，以三品例也。今蒙皇上下採輿論，加贈兵部尚書。尚書同卿等級既殊，禮數亦别，似當更需殊恩，酌加恤典。若以三品祭葬，施之二品職官，則于分有未安，例亦未合。且先奉祭葬，尚未舉行，猶有可加之理。臣今當回籍營葬，不揣冒陳，伏乞聖慈，敕部查例頒給，臣可勝感激待命之至。

永曆三年八月十九日奉旨：陳邦彦加贈兵部尚書，祭葬著照例頒給，以慰忠魂。該部知道。

附一篇

禮部覆疏

行在禮部尚書臣黄奇遇、祠祭司臣吴道昌題：爲臣父有應加之祭葬等事：看得原兵科給事中、今加贈兵科尚書故臣陳邦彦，奉命不辱，取義成仁，灑包胥之血，氣張宋旗，；焚百里之舟，威興周鉞。殉節本末，縷難備贅。其初，祭葬業經部覆，照三品例祭一壇，全葬，不可謂非優恤矣。迨近奉聖恩，加贈兵部尚書，則應照正二品例仰邀特典者。臣部既奉有祭典著照例頒給之旨，以及銓臣晏清等所題，復奉有『著該地方官與他設廟，歲時致祭，還與他謚』之旨。臣部竊以爲前此之祭葬，特例三品，而後此之隆恩，宜照正二品例，予祭二壇，再以死勤事加祭一壇，全葬。仍遵旨咨呈内閣擬謚，并行地方官設廟，歲時祭享。愈徵皇仁有加，而忠魂嘗瞑矣。

永曆三年十二月初七日奉旨：陳邦彦著照正二品例，與祭二壇，加祭一壇，全葬。仍咨内閣擬謚，行地方官設廟歲祀，以慰忠魂。該部知道。

咨文

工部咨文

行在工部爲臣父有應加之祭葬等事，屯田青吏司案呈，奉本部送準禮部咨準禮科抄出，錦衣衛指揮僉事陳恭尹奏，前事奉旨：『著照正二品例，與祭二壇，加祭一壇，全葬。仍咨內閣擬謚，行地方官設廟歲祀。該部知道。欽此欽遵。』抄出到部，備咨移部送司察議就。據該司察看得正二品例，全葬。察《會典》，二品塋地，周圍八十步，墳高一丈六尺，圍墻高八尺。二品石碑，蓋用麒麟，高二尺八寸，碑身高八尺，闊三尺三寸，龜趺高三尺二寸。石人、石虎、石羊、石馬、石望柱俱二。二品料價銀二百五十兩，夫匠一百名。例應會該省布政司行令就近地方有司官支給。但時事多艱，民力有限，近奉明旨，令其本家有力自備工料，照依品級造建，俟事平日補給。但照明旨，著照陳子壯、張家玉例，二臣既已差官，有例可比，況贈正二品，合得遣官造葬，庶可副朝廷優恤至意。等日案呈到部，除擬謚、設祭另行外，該本部應差司官一員，以董厥事。察得本部都水司何邇道，英敏練達，堪以委任。且以粤人而襄粤事，相地營建，實兩得宜等因。題奉聖旨：『陳邦彥建祠造葬，著何邇道去，其工料地趾，本家平價自備，事平補給。欽此欽遵。』擬合就行，爲此合咨貴部院，煩爲察照明旨內事理，希即轉行布政司，督令地方官擇地，照依前項典例品級造建。其工料地趾，俱令本家平價自備，事平日補給。請勿有違，須至咨者。右咨欽命總督兩廣部院太子少傅杜。又照會廣東布政司。永曆三年十二月二十七日。

跋

書後

先府君殉節之明年，江、粤相繼歸命。夏，尹始出增城湛公粹家複室中，詣行在所，上書言狀。時廷臣爲先府君陳請者，疏已十餘上，而上亦自知之，故一時奉旨獨優。尹書生，年始十七八，新自下土來，妄以爲主上殆將略其生官，不次追恤，比于陳、張兩先生；而有司奉行者，皆能懷《秦風》同袍之心，切皇甫不與之恥，必將兄視死事之臣，而子弟其孤，無復齮齕之者。科抄後，徑歸里發喪。其後有傳司封之言見諭者，謂都下故事，有紙筆之費千金，陳、張之家行之。尹謝曰：『興朝方刮磨垢濁，與天下維新，豈猶用前車之轍哉！』其秋，先府君贈太僕卿，錄一子讀書國學，而陳、張皆得侯。又明年春，御史南昌饒公元璜昌言于廷，謂先府君功忠並茂，而恤典不稱，特疏請信前旨下所部察議。自春竟夏，司封者再易人，而覆疏不上，皆不知尹之家無四壁也。及秋，常德潘公應斗始視司封事，一日而呈稿，五日而命下，于是先府君得贈兵部尚書，蔭一子世襲錦衣衛僉事。尹既屢阨于司封，以爲是司封者，固無異于前人也，遲遲不往見。及拜命，始謁謝潘公，所以慰藉尹者甚至。又使子弟過，索先府君遺文，手纂錄而去。尹語人曰：『今而後，知世間猶不乏有心男子也。』

拒今十五六年，與同邑梁君麗夫相識于縣城，杯酒間，梁君言有異事欲相語，懷之十餘載：『潘公拜司封之夕，僕與曹輩數人宿其署中，夜半，潘公手燭呼衆人醒，問曰：「識所謂陳先諱者乎？」僕曰：「吾邑之忠臣也。」潘公曰：「是矣，吾適夢庭中畫圖上有雲氣五色，光芒不可逼視，傍有老人指謂曰：此給諫陳公先諱血也。是豈有未竟之事乎！」即簡閱文書，而饒公疏適在其上，視吏所呈牘，目次十三，而越居第一。潘公起于坐，以手加額，即燭下草覆疏，念君未必知也。』尹聞是語時，毛髮俱豎，退而謹誌之。然後知潘公所以勤勤于尹者有繇也。

夫當日之論，非但貴先府君能死也。丁亥之春，李成棟以勁兵西向，破端州、梧州，以圍桂林，上崎嶇潯、柳間。方是時，危在呼吸，而先府君首倡義旗〔一〕。帥群盜攻廣州，以掣其後。成棟聞而引退。嗣是張、陳繼起，鼎足而立，攻戰彌年。彼之不得逞志于西，誰之力也？而特以成棟方有大功柄國，在廷之臣不欲極陳事以彰其短。然而粵東死事恤典，視四方有加，至先府君功忠，群臣交章言之，明旨再三及之，而卒限以資序，不獲與于爵土之贈，以終主上大恩。傷哉，貧也！繼而思之，天下死忠者亦多矣，江嶺阻绝，未必皆得上聞。上聞矣，未必皆能見夢于有司，則忠臣孝子之氣，沮遏而不揚者，當日不知凡幾。而先府君獨持徒手，越數階而得司馬，尚未可謂不遇；然而易名之典，以徒手之故，議之連年，粵以再陷而終不定。惜哉！尹所以中夜疚心而不敢自逸者也。故書其始末于冊，庶幾身及子孫必有能申之者。

甲辰七月，不孝恭尹識。

【校記】

〔一〕底本『先府』下無『君』字，據文義補。

壽序

壽侯提督序

今上十二年夏，令提督廣西左都督哲公始由河南道御史出征江西。十四年冬，上允親王大臣之請，以公爲江西南贛等處總兵官。十六年，有保守孤城之功，又有信豐十里河之捷，是年粵東歸正。十八年，兵部敘功題請，奉命擢公今官，是年恢復武宣、來賓、柳州，又有黄土關之捷。又二年，滇黔蕩平。凱歌既奏，而公維岳之辰適屆，粵西文武紳士走書來□，以祝頌之詞爲請，僕于是而益服國家用人之明，與公福禄之大也。

古者卿相出而臨戎，入而治民，兵民不分，而文武不判爲二途。其判爲二途，自唐以下然耳。然立國之勢，則漸不及于古，何者？文武分，無事則文臣輕武，而肆其齒牙；有事則武將矜功，而笑視文弱。宋明之衰，取敗之道，皆由此也哉！國家立賢無方，惟求允當，不限資序，有由來矣。

公之始服官也，自佐領推秋官員外郎，自郎而授□城監察御史，歷江南二道。方是時，靖共爾位，請習典故，恂恂然風紀法度是司，而豈知其用兵之善一至此乎？且公之在贛也，屬當西粤背叛，而吉安爲賊所據，上下之援並絕，公獨能憤其智勇，横障狂瀾，捐俸以給潰還之師，發粟以救饑餒之民，不撓于逆書，不懼于孤立，卒以成恢復之功，謂非公砥柱之力哉！

至于旌旗所指，賊必望風摧敗，不獨于戰陣爲然，如公在贛而兩粤自歸，在粤西而滇黔竟滅。意者公智勇爲之先聲，而忠誠所格，雖鬼神亦爲効謀；福星所臨，而妖氣爲之掃跡耶？不然，何其神也！

僕生長粤左，于公所治江粤二西，皆爲鄰國，而比者待罪銓曹，得公功次尤詳，然且反覆推求，測公所以往必有功之故，而不可得，然竊訝九重深遠，何自而知之之深，用之之當如是？《書》曰：『知人則哲。』唯聖天子以之。《詩》曰：『文武吉甫，萬邦爲憲。』又曰：『吉甫燕喜，既多受祉。』唯公以之。八桂去燕雲萬里，僕不獲從諸公後，升堂捧觴，稱九如之祝，而公年方强仕，後來之樹立，益未有涯。請濡筆伸紙，俟公功大成而大書特書之，先書此以復西粤諸公之請。是爲序。

壽新興縣侯公文

新州在萬峰間，一水東流，淺不可以通巨艦，自宋元以往，皆爲僻途。國家底定伊始，濱海多寇，繼以遷斥之高、雷、瓊者，取道二十四山，以達于陽春、陽江。于是新州遂爲孔道，而爲治者爲之一變，何也？地當孔道，則征役繁興，往日之間變而爲衝煩矣；往來憧憧，四方賓客所集，聞見日廣，士氣日昌，往日之淳樸變而爲聲名文物矣。是損與益交相半也。而爲治者，因其聲名文物而裁成輔相之，憫其衝煩而所以節愛之，是益者日益，而損者無損也。

某翁侯君而爲政者，茲期月矣。省無名之費，免不急之務，身持儉約，而一無所取于民。去歲，穀稍不登，公即出倉粟以賑于民，米價不至騰湧；時雨愆期，君侯致齋將禱，而雨澤立沛，四郊霑足，邑人爲詩歌以紀之。至若給牛種以招逃亡，不偏審以均賦税，凡此皆節用愛人之實也。朔望之日，必親臨講上諭，剖析詳明剴切，聽者無不聳然。終建義學，延博雅之士以爲師，使遠近貧富皆得就學，而時課藝文，親定其高下以鼓舞之，士由茲益勵于文行，克底盛治。凡此皆侯所以裁成輔相也。新州紳士黎庶，無不頌侯之賢者。

孟冬之月，爲侯覽揆之辰，不鄙而問祝嘏之詞于予。夫仲尼適衛之言，以富教繼庶之後，夫王道不外是矣。侯生長熙朝，早應巍科，仕爲《橦學論》，以卓異薦，有蟒服之賜，其爲善教可知也。新州地素饒沃，而士多文采，得以富教並施，期月之間，頌聲如此，矧有成之日哉！夫君侯生于鳳翔，古岐周之地也。周公、召公之所生，食邑在焉。二公以王道相周，二千年間，今未有繼而起者，意者其在君侯乎？則請以新州爲《周南》、《召南》，而以二公之相业祝侯。侯其滿引三爵，受之勿辭。是爲序。

壽河源司諭饒君序

吾郡地見于史傳者，最古莫如龍川。自龍川順流而下爲河源，蓋隋邑也。介處歸善、海豐之間，地廣而多才，宋初則有古成之先生。時嶺東文學未振，而河源以古先生特重。六百餘年，士風丕變，郡之先達立不朽名照耀青史者，在在有人，指不勝屈，而河源反若少遜，豈山川風氣其開有時耶？抑教養之術尚疏耶？夫士習之興衰，存乎學校，學校之隆替，繫乎師儒。古者四民皆世其業，故士之子恒爲士，今也比而同之，而所謂師儒者，或反出于商賈之行，可勝慨哉！

處司鐸之位，而以文章經濟聞者，指不過數人，而河源瑟翁饒君爲著。君望出茶陵，高祖憲副三溪公，曾祖中翰賓印公，父子後先成進士，爲茶陵開先。祖、父皆舉明經，仕中外通顯。而君少以孝著于鄉黨，與二昆並爲諸生，有三鳳之目。甲乙之亂，君謀于縣令守將，協心同事，保全一邑，邑人至今誦之。夫出累葉簪笏之家，而具文事武備之才，挾制奇定變之略，誠足以式多士而振浮靡。九重之上，知人善任，以君司鐸河源，不亦宜哉！

某某之月，爲君覽揆之辰，河源紳士樂君之賢介，束帛而請壽君之詞于僕。于時秋冬之際，天朗氣清，試與君登高而望遠：其東北諸峰，嶀然插天者，非趙佗作令之邑耶！其西爲郡之鶴峰、豐湖，蘇長公之居也。又西爲羅浮四百七十二峰，少保龍塘葉公讀書之所存焉。此其人並英偉雄杰，千載之下，流風餘韻，尚足廉頑立懦，而況君兼資文武，烏衣王謝，而河源之士親沐其教澤者哉！

夫陽燧、方諸，皆頑然一物耳！就日月而照之，而水火出焉。何者？其性本具也。古今賢哲，各鍾其山川靈氣，其發之獨先者，其收效也獨遠。河源有古先生開之于其初，而君爲之倡導于其後，繼自今英才輩出，其日興未艾乎！而君亦與之俱永矣。得取壽考作人之詩，爲君歌之，以申九如之祝。

壽孔母王太夫人序

《詩》三百篇，其于送往勞來，離居聚處，憂思愛怨之情備矣。君于臣，臣于君，兄弟、朋友、夫婦之相于，子于父母，莫不有詩。而父母于子顧獨闕然，何也？子奉父母之命，以有事于四方者也，既行，何能不思？然必期其底于成，以無負所教，若父母思之至于歌詠，則爲之子者，將不勝其急矣。故《陟岵》之詩，爲其父母之言者，曰：『尚慎旃哉，猶來無止。』詞若是乎其不迫也。《四牡》之詩，爲子之言者，則曰：『是用作歌，將母來諗！』當王事之殷，而懷歸之情蓋若是乎其亟也。

友人樵嵐孔侯母王太夫人年七十矣。孔侯求祿以養，留家維揚，以妻與子侍菽水之奉。獨身五千里而來仕于粵。揚州南北之衝，書問往來絡繹，而節府藩翰大僚，歲必擇屬吏賢者，爲朝賀之使，齎表于燕京。孔侯數與其選，因得中道寧親，朱衣象笏，拜太夫人于堂上，然後北發，還亦如之。無廢于王事，而得遂將母之情者，惟孔侯之仕惟然也。孔侯間爲予言太夫人教子之法甚嚴，且詳先朝之末，相尊公大人令秦中，多惠政。孔侯比歲連攝樂昌、始興二邑，清譽仁聲，昭于遠邇。其官都使司首領，于諸首領中品高而事獨稀，所居積書數千卷，晝日端几垂簾，以文史自娱。爲五言詩得漢人風致，所與交必一世賢豪，當世以高人正士目之，謂其深得二人家法，無忝爲尼山苗裔者。太夫人五千里外其亦可釋『尚慎旃哉』之懷矣。

高秋九月，爲太夫人壽日，而孔侯復奉表北行，輕裝兼程，將拜家慶于揚州。粵人士爭爲詩歌，以進萬年觴。予于孔侯交特深，故爲敘陳之太夫人前，俾知孔侯爲不負所教，且使天下萬世皆曰太夫人之賢也，能教子也；孔侯之賢也，不擇官而仕也，能養親也。

書

與黄天襄

不復教言，已及二載，各爲衰耄之齒，往返維艱，每思一握手而未有便，如何如何！鄉閭比來多盜，可爲寒心，論者以爲鄉兵分回各方之所致。弟久離鄉井，未知近日措置何如。然猶記金紫營未設之始，日落未至山而諸兇已經嘯聚。惟其擇肉而食，諸父老乃謀之先君，因力陳于本邑以及按臺，然後此營肇建，鄉閭得以安居者數十年。其初，鄉兵月糧猶稍派之田畝户口，此老世兄耳目所及見，而先君原稿具存集中，鑿鑿可考也。自設營以來，墟租日多，而田畝户口俱可免派，支四十兵糧之外，尚多數百餘羨，豈不可商量增設乎？往年該司申詳，極言墟中餘羨。弟恐一旦通詳，則此項非復鄉中所有，力向徐公言其故，而後中止其事。但恐劫者日多，則言者益復不止。今若不添設鄉兵，一則懼言者日多，和盤托出，致鄉兵無糧可收；一則懼地方多盜，鄉中不保，此租不復可得，二者皆鄉中之病也。老世兄年尊德重，爲一鄉推仰，望同黄文老、盧闇老、賴建老會齊紳衿耆老，及時商妥，永靖鄉土，無負前輩一片苦心，弟雖去鄉之人，亦共沾福庇矣。

便鴻率布，醜縷不莊，色容之。

復八十老人祝石書

子□先生足下，弟伏處鄉落之日久矣，昨偶至五羊，令壻邵君儼然辱臨，捧書發函，感愧汗下，摧傷搖落之餘，誠不意世間有道高人數千里而惠之教言也。

所示書雖復數篇，然濟時之略，論世之識已可概見。今古禍敗多生于小人，而成于君子。生于小人之奸欺，人得而誅之；成于君子之任氣，人不得而議之，啟、禎之間是已。人家有子，一以淫蕩破產，一以鬬訟破產，所以破產不同，然均不得爲肖子也。儒生俗士，安識時務，識時務者在乎豪傑，弟常謂此十六字，幾可與『危微』數語並傳。少時留心葬事，于陰陽家言，無所不讀，每登山覓穴，茫然無所措手。其後稍有所得穴時，全不藉書，徐而按于書，無不吻合。三十年來，天下多故，往往以已意料之常合，以古事按之常違，然後知所謂識時務之『時』，難得而易失，先一時，後一時，皆失之矣，未易爲拘儒道也。

承聞先生大耄之年，然猶日讀史傳，夜分不寐，細書如蠅頭，精力强健，少年不及。殆天篤生師尚父、衛武公之流。弟獲通聲氣，私心自幸，何時乃得握手披豁，快胸中種種也。

往時頗有所選述，自戊午遭意外之誣，下獄二百餘日，家人惶迫，時懼更以文字得罪，取付秦炬，唯拙詩以先有刻本得存。然雕蟲之技，烏足污長者之目哉！一帙寄呈，聊以發一笑也。

王園長先生幼子諸孫尚數十餘人，文采風流，未墜先緒，足承存注，晤時當爲致之。王礎兄不晤已十年，聞往歲在都門，近未知何狀，頗有相聞否？今壻晤後一日，即告闔行，卒卒無報，臨筆飛越。

記

金紫閣重修記

一鄉一國之間，必有鎮山靈地，以爲下民祈禱之所，若桑林尼丘，自三代已然，而尤盛于今日。往往其地之善否，繫一鄉之禍福，蓋神道設教而復兼于青烏家言，衆志之所同，即神明之所憑依也。

吾鄉金紫峰聳秀拔出，爲一鄉之望，其爲禱祀所歸久矣，莫知其所始。而爲廟貌奕奕于峰之顛者，則自明中葉始張而大之，金碧崔巍，規模宏壯。數紀以來，人事頗不如昔，或以爲諸神位置稍非其舊有以致之。蓋廟倚東北而面西南，金紫峰之脈自右肩而注于左，石脊隱躍可見。昔之祀者，中奉大士，左文昌而右關公。文昌爲文運所繫，故左之以受地脈，微意固有在也。後人徒欲侈耳目觀美，而遷文武廟于峰之一偏，面西倚東，歧爲二向。按其形勢，爲地脈所不貫。予往歲合鄉父老薦紳人士登峰求之，其說良爲有據。

比者，父老虔禱于神，擬復文武之廟于其舊，卜得中吉。擬祀文武于前殿北帝之東西，卜之得上吉。

蓋前殿之左隅，巨石蟠焉，固脈脊之所鍾也。于是籲于有衆，踴躍趨事，盡撤而新之，因高下之勢，爲殿前後二重，後殿中爲大士巖，仍其初也；左爲三元殿，天官、地官、水官也；右爲天妃宫，因其故也。前殿中奉北帝，左爲文帝，右爲武帝，三門並建，壇基一體。階前爲平墀，外爲照墻。立前殿而望之，大江洋洋環于墻外，峰巒秀峙，數百里之遥，收之几案之間。左右爲磴道，廣可容車，升自兩階，以達于後殿。磴道之盡處爲二夾室，與後殿並，左事醫靈大帝，右爲金花夫人。左磴道之外爲巽位，一亭翼于文廟，以聳文明之秀，從賴氏《催官》之説也，奉無量諸佛焉。右磴道之西爲燕喜亭，與巽亭相配，以爲飲福之所。而前後二殿爲鐘鼓亭各二。其前殿左偏爲土地祠，以收内局之水。其制度局方而機軸流通，勢整而氣象疏暢。

商之有識，謀之通鄉，衆志協從，鳩工于今年仲夏二日癸卯，告成于臘月八日乙巳。登者莫不欣然，信以爲將來之盛必數倍疇昔也。于是二三父老，過而相命曰：『昔方伯姜公之碣，子之先君大司馬實主其筆，今司馬已爲千秋人，而子復以文名繼起，其可無一言以紹美前人乎？』予遜謝不獲，乃作而言曰：『夫古人所謂不朽者，三世祿不與焉。吾鄉三百年來，仕宦可謂盛矣，先達以忠諫直聲、節烈文章著者，代不乏人，以不朽言之，微獨一鄉，雖甲于一郡可也。盛衰隆替，各自有時，譬之草木，秋冬之斂藏，所以養春夏之花實也。今兹癸亥爲下元之終，以邵康節《皇極經世》考之，明年甲子，卦得《恒》之《鼎》，其爻爲上九，「鼎，玉鉉大吉，無不利」，卜爲天下昇平之兆。夫鼎，取新也。今諸父老穆卜于神明，舍其舊而新是圖，而適與上元甲子相值。其爲《鼎》，玉鉉之吉，殆將自吾鄉先之乎？值事諸君子所以勤勞于鄉者，至矣。僕雖不敏，其何敢憚筆墨之煩？』于是次其始末與改作之意，勒之于石，俾來者有所考。若夫形勢之大觀，山川之源委，則有先司馬之作存焉。是爲記。

表

求晴表代文

天視天聽，無不本之下民，爲雨爲暘，實有關于庶政。是以卿士師尹，必有省月省日之勤；然後水旱燠寒，不致極備極無之患。敢抒下悃，仰籲高穹：

竊以自春徂夏，十有五旬，積雨凝陰，幾無晴日。雷轟電熚，遍于東西南北之間；倒海傾江，注于田野閭閻之內。千里牂牁之浪，奔騰于高峽者，激爲十丈重灘；五嶺羅浮之波，泛濫于諸州者，變作無邊苦海。用是城頹鄉徙，岸坼堤崩，老弱孩提，盡爲魚鱉，門廬宗祏，悉付浮萍。報災之官吏頻來，避難之群黎四散。濕衣蔽體，何暇攜隔宿之糧；野樹爲巢，且未卜埋身之所。自夫懷山襄陵之後，東漸西被以還，洪水橫流，于茲爲甚。

某躬膺簡命，撫治南州，未度嶺而陰霾已深，甫下車而群災並告。反躬自省，薄祜多愆。不自我先，不自我後，覩萬姓之流離；既竭目力，既竭心思，實無方以補救。計惟歸命于皇天后土，以保我城郭人民。若其罪在某躬，無爲民虐；其或政多緒謬，尚可改圖。即使下民之宿孽難逃，亦冀上天以好生爲德。謹率僚屬，各殫愚誠，藉清詞以自通，望紫宮而叩首。所願歸雲入谷，旭日中天。仰此洪波，作異時之海潤；斂茲靈雨，爲旱歲之甘霖。庶幾流散可歸，朽骨有重蘇之望；偃禾盡起，《金縢》有再熟之書。實國家無疆之休，非臣子過分之請也。

祭文

祭王文

其辭曰：　天鍾其靈，地開其軸，是生偉人，備膺多福。起家遼左，肇啟宏基，王本何心，百祿歸之？自公而王，自北而南，封藩百粵，鼎峙而三。進爵爲親，遂莫比肩，寶函金冊，位孰加焉？南海之區，尉陀是宅，其先真定，與王同籍。千秋而下，事豈偶然？安享昇平，垂三十年。珍璧象犀，百寶駢闐，富有之福，世孰先焉？

五福始終，曰壽曰考，異姓之王，古稀及耄。韓彭英盧，厥躬不保，李郭西平，無土有號。與王並者，亦稀永年，砥柱中流，惟王巋然。壽考之福，古今邈焉。《洪範》五福，不及孫子，豈曰忘之？蓋其難矣。

惟王令子，三十三人，孫及曾玄，百爾爲群。列第而居，門皆棨戟，從而衍之，豈不千億？鼎新革故，乾轉坤旋，誰實安之？　主器象賢。子孫之福，古莫逮焉。

貴極其位，處極其尊，老極其安，嗣極其繁。天錫純嘏，萃子一門，以是令終，夫復何言？某等生平，未瞻顔色，今去公門，謬爲揖客。煢焉在疚，使我心惻，設奠几筵，有淚沾臆。嗚呼哀哉！尚饗。

祭先姊馮母陳安人文

嗚呼！吾十二而先夫人棄世，十七而先兵科殉節，時骨肉凋零略盡，奉先人遺體者，惟吾與姊二人在也。吾又南北遊行，東西異處，歲半不能數見，見亦不能久留。自比歲吾移家而西，然後姊得歲數往來，而白髮已種種矣。嗚呼！不謂此别才數日，而姊竟一疾不起也。

自姊之歸于茂才也，而天下適大亂。茂才勤苦力學，遭遇不偶，然姊知大義，未嘗以不仕爲嘆也。姊生長先兵科之家，歸爲孝廉公之媳，門閥高貴，而承家清白，資用常不饒給，而姊亦未嘗以貧爲憂也。自茂才捐館舍，吾乃覺其顔色日以憔悴，問之，曰：『吾他無所恨，恨茂才飽學一生，更無出頭日耳。』嗚呼！亦豈謂吾姊勤苦一生，不獲享一日之安耶？

姊有三子一女，納婦者二人，餘亦皆已長成。使天假之數年，則婚嫁之事都畢，而諸子皆才足任之，在姊亦可以無憾。既年逾六十，不爲不壽，爲忠臣之女，孝廉之媳，茂才之妻，幽冥路上，俱可以無憾。至于積善之慶，則蒼蒼者存焉。《周易》之言，豈欺我哉！一觴在陳，以致永别之哀云爾。

暘谷兄行樂贊

兄長吾二歲，吾髫齔見之，今胡爲白髮而丹顔？ 吾紳裾見之，今胡爲露頂而不冠？ 其生也，世有詩書； 其長也，值時之多艱； 其中歲也，拮据而守義； 其老境也，知足而安閑。奉十旬之慈母，撫四世之兒孫，成奕奕之寢廟，卜在阿之考槃。 蓋有偕隱之孟光，以成高尚之伯鸞。 昔人有言，我獨遺之以安。天將永錫以難老，而高大其門。

聽劍圖自贊

有丈夫握腕而行，童子捧劍以隨，其後劍鳴鞘中，童子側聽而笑，此獨漉子《聽劍圖》也。 獨漉子爲此圖逾三十年，年既五十矣，而圖之如初，其生平可概見也，乃自爲贊。

贊曰： 五十年前，非不可追； 五十年後，是未可知。 以昔之圖，較于今茲： 其中懷之耿耿者猶是，而兩鬢之蒼蒼者漸非。

跋

陳量平

先祖《獨漉集》原版散佚，迨數十年矣。家昕秀叔得其印本，恒自珍藏，客遊廿載，始載歸見示。慨念手澤所遺，僅餘剝果，懼終湮沒，莫慰先靈，爰付之剞劂，俾毋失其傳。至奏疏數篇，舊附刻先祖《巖野集》後，而諸碑文、序、記，則復網羅遺失者也，悉附篇末，罔敢遺棄，庶幾毋墜先緒云爾。道光五年乙酉來孫量平謹跋。

補遺

補遺

詩

雨夜旅江閣述懷 同王大雁、高望公、屈翁山、陶苦子賦

驚風落歸雁，渺然天一方。如何江海士，并集珠丘旁。霖雨從東來，玄雲覆山岡。積旬憂旱魃，良苗今得望。高樓恣觀賞，濁酒三五行。哀彼海濱人，無家托人鄉。珠丘雖我土，笳鼓如巖疆。民生日以促，後會安可常。蜉蝣迷旦暮，神龍有飛藏。明朝脱長劍，濯足歸滄浪。

贊伍重駒學醫

天下雖云弱，手援知其非。井中誠有人，所嗟無綆縻。大道陶陰陽，小亦潛膚肌。爲仁得其柄，左右無不宜。愛子秉其術，攻病無堅壘。寒谷迴條風，枯楊自生稊。苟能濟斯民，藥石皆吾師。儒生徒白首，局蹐將何爲。

壽李慧庵

李公甲子今重遘，頂上霜毛未多有。自言于世只無心，到老看經不離口。五羊城下古通津，每袖金錢贈路人。堂中會食萬里客，户外日駐雙珠輪。我觀于古皆如此，長者多應有賢子。即今雛鳳雖未飛，已覺驪珠光燭水。新正元日氣佳哉，玉斗東巡萬物回。一年三百六十日，此日人人笑口開。□生此日樂無涯〔一〕，願比廣成千二歲，歲歲逢君柏葉杯。

【校記】

〔一〕此句疑缺一字。

西樵遲蔡艮若

朝起望山路，雜花虧蔽之。日暮有來人，而非心所思。子行亦不遠，曰歸何乃遲。清溪日澣濯，猶恐衣裳緇。

壽趙意子

縱横當世事，高論若懸泉。藉甚陳琳檄，誰人爲發弦。住山成皓首，呵壁問蒼天。寂寂蓬蒿外，長松伴永年。

西樵送王説作

相送已惆悵，清溪更亂鳴。未窮生死理，難了别離情。細草秋無路，長林曉有聲。不須今夜月，還似昨宵明。

春寒

晝坐猶呼炭，朝吟不放杯。雨名羅粉細，風爲剪刀催。噤舌鶯飛去，垂肩鶴出來。詩心與紅蕊，總是犯寒開。

送梁疊石李方水還瓊州官署

不憚朱厓遠，微官爲老親。遲回渡海楫，去住倚閭人。路迴分茅接，天開五指新。及門方佇望，行矣及□□。二君具有老母，故四語及之。

歲暮偶成因寄止齋寒塘握山

死前生後事無涯，只繫皇天不繫才。得酒直須千日臥，攤書空過十年來。身同海燕家長寄，日與河魚夜并開。深掩柴門對童稚，一冬飛盡故園梅。

送尹銓部瀾柱起復入都

珠江駐鷁惜臨岐，夜夜江城共酒卮。十載辭君將父日，一朝移孝作忠時。何窮世事歸星鬢，無恙湖波罷釣絲。郎署從容過玉輦，爲言南國極凋疲。

送戴怡濤觀察之官雷廉 二首

五兩風輕引木蘭，福星從此向西看。溪山舊熟驊騮足，父老歡迎獬豸冠。郊有神雷供出令，蚌含明月識新官。旌旗指處氛祲息，反側而今報平安。

珠海凋殘非獨今，一分能賜亦恩深。常于不可如何地，猶寓多方補救心。三剖銅符增宿債，半肩行橐是新吟。廣人太息雷人喜，兩郡甘棠總舊陰。

新安羅廷錫見訪五羊翌日拜茗碗春茶之惠率爾賦謝

高軒何幸此相尋，濁世翩翩得所欽。霄漢長風當羽翼，黄山秋色落胸襟。貧無几席堪留客，老歷艱虞未廢吟。茗碗春芽持贈我，澹交如水見君心。

（以上見《獨漉堂稿》，康熙十三年刻本）

屈翁山歸自雁門相見有詩

踟躕城西隅，北風吹我寒。不惜風吹寒，爲君故流連。人生知幾何，一别逾五年。居者忽復過，行者良險艱。崔嵬上太華，縱橫窮九邊。文章配道義，所適生飛翰。俱爲憔悴人，獨有好形顔。與君同心言，自喻金石堅。兩木倘相摩，朱火然其間。無爲垂空文，千秋期不刊。

子日亭成奉寄王子千使君

我昔深春上衡嶽，千峰萬峰如玉琢。雪壓松篁盡倒垂，杖頭一撥飛冰雹。祝融古殿在中峰，皎若瓊瑤生四角。石牆鐵瓦大如席，巨木爲椽全不桷。側聽唯有風怒號，仰視真如天一握。南歸與客入羅浮，臘盡棉衣寒未覺。三更觀日坐飛雲，露宿終宵殊齪齪。福地那能久寂寥，使君五馬來河朔。山靈留意俟奇人，大雪飛空灑行幄。諸溪生骨不成流，有酒如澠亦須涸。同行賓客多英賢，儒衣僧衲皆沾渥。豪吟總作金石聲，瑤池直奏鈞天樂。紀遊示我詩一卷，更道新亭命工斫。亭成榜以子日名，盛事千秋良不數。蓬瀛來此幾星霜，絕頂誰爲問墝埆。童兒疊石作浮圖，樵斧無時加擊椓。一朝傑構得未曾，四百名峰增卓犖。元陽之生正在子，天心來復還先剝。日月精華吸最初，神仙老易非殊學。重簷深覆欲經久，土城因仍制宜樸。石樓大小互相望，上界天壇爲犄角。雨餘飛瀑響漸多，暖復黄精亦堪斸。爲君擬續春深遊，亭中臥待天雞喔。

（以上清王隼《嶺南三大家詩選》，同治間南海陳氏刻本）

夷齊廟

清風千載又誰加，古廟荒壇落槿花。欲薦春薇無處採，西山元已屬周家。

（清汪端《明三十家詩選》，同治十二年蘊蘭吟館刊本）

祝龍翁

早歲聲華滿帝居，干旌行處復高譽。芙棠舊有燕公詠，煮海新成管子書。地極東溟膏澤遍，日長南陸覽揆初。曾聞一語開湯網，粤士人思捧後車。

（陳恭尹手蹟，廣東省博物館藏，又見《明清廣東法書》，廣東省博物館、廣州市美術館一九八一年版，題目後加）

楝亭爲荔軒先生賦

昔聞詩禮地，地是歎人遐。夜月虚茅宇，春風到楝花。自公曾許國，有子善承家。手澤垂垂在，清明迴未涯。

（《楝亭圖》第一卷第一圖題詩，周汝昌《紅樓夢新證》引，人民文學出版社一九七六年版，三六六頁）

送耿象翁

干旄將發粵王臺，別思逢秋不易裁。當世幾人能下士，惟公隨地肯憐才。珠官異政他年最，薇省新花幾度開。處處甘棠歌勿剪，有人重望使車來。

和王士正詩

耆舊海南偏，相思二十年。來攀貝多樹，別負荔枝天。江晚饒芳草，山村有杜鵑。別離無限思，都付疍人船。

（以上溫肅編《陳獨漉先生年譜》，宣統間廣東刻《獨漉堂集》附）

壽載翁何老先生六十有一

曾提彩筆上公車，國士名高衆不如。江上結茅青史在，山中全節白頭初。三閭不忘庚寅日，五柳多傳甲子書。相勸一杯重九後，澤蘭籬菊稱幽居。

（何氏厚本堂編《順德何氏家譜》，民國十二年廣州精華印務局鉛印本）

壽琅翁大公祖

高秋九月鴻雁歸，定山巖下風依依。崇蘭有芳時菊菲，舟車千里來郊圻。竹符旄節夾道馳，火藻黼黻袍以緋。爲公介以萬年巵，柏臺霜鉞凜有輝。門前百尺交龍旗，環階爪士熊虎羆。鼓角聲高雲不飛，文經武緯唯指揮，令出如山誰敢違。五嶺之南民熙熙，黍稷被野牛羊肥。烽燧不驚尨吠希，司馬臨邊德以威。千年此日能有幾，誰爲歌之老布衣。

（汪宗衍輯自新興李氏藏本）

詠蝴蝶花作

名花迥與衆芳殊，刀剪成絲綠似蒲。朱點斑斕沾弱翅，露□濃豔上輕鬚。難得烏足爲胥葉，莫寫開元插鬢圖。葛令井邊多伴侣，每來枝上誤相呼。

（汪宗衍輯自開平鄧氏藏黄氏蒹葭舊物，以上二首見《讀獨漉堂詩續論附獨漉集外詩》，《聯合書院三十週年紀念文集》，香港中文大學一九八七年版）

西樵白雲洞同王川南作

四壁石崔嵬，飛泉石上來。橋分三折入，峰斫一門開。坐處凝絲雨，行邊滑細苔。浮觴不可俟，先命酌泉杯。

（《書譜》一九七九年第二期影印手迹）

祝黄氏大孺人

柏舟堪向世人誇，天上高居只兩家。月殿嫦娥多桂子，瑶池王母有桃花。

（見颜叙語重修《顔氏家譜》中《賡源公配勤默黄氏大孺人壽言》，同治十三年刊。題目後加）

詠竹

蒼幹欹斜折復萌，小枝時作怒龍形。蕭然自寫淩霜節，不待他人紀汗青。

（輯自陳永正《嶺南書法史》圖二二，廣東人民出版社二〇一一年版）

家務鉉載酒移菊過梁耋荇菊籬共酌次日復同過西山賞菊即事分賦似正

昨宵載酒人攜菊，今夕扶笻客就花。斯世有誰稱隱逸，此身連日在雲霞。言尋西嶺無多路，不覺東籬屬兩家。霜蟹秋英堪盡醉，歸來新月落窗紗。

（《虛白齋藏中國書畫》，香港藝術館一九九七年版）

送雁

數聲嘹嚦起汀沙，亂點晴空暮影斜。六翮欲沖遼海雪，一行先別嶺南花。但令處處無飛，莫恨年年不到家。荇葉蘆芽春漸遍，無窮烟水在天涯。

（卓爾堪選輯《明遺民詩》，中華書局一九六一年版）

文序

六道集敘

世俗日下，則立教者日勞。舜之命禹曰：『人心惟危』；而孟子則曰：『人之所以異于禽獸者幾希。』蓋聖賢相告，其詞宜簡而該；與流俗人言，則其詞宣詳而近：勢則然也。佛説六道之旨，以窮一心之變，極幽明之故，可謂痛哭流涕。而後之人，猶漠然視之。吾鄉在糁和尚，乃爲採古今近事、家喻户曉者，著以爲《六道集》，蓋爲未悟人説法，不得不然。吾謂：『人所以迷而不悟者有二端：其一曰，吾人也何至流爲异物；其一曰，人生快意耳，遑恤他生。然就其一日之間，一念之頃，已不知幾爲天、幾爲人、幾爲畜生餓鬼。誠得秦鏡懸之于前，使其肝膽畢呈，意念盡露，六道之變相紛紜交錯，一時並見于胸臆之中，庶其懼而知返乎。在和尚博極群書，著述數十種。年將七十，而緝此集，其指愈淺，其憂愈深。讀者毋徒視爲虚誕之談，而忘其爲肝膽之照也。羅浮陳恭尹拜題。

（釋弘贊《六道集》，《續藏經》第一四九册，臺北新文豐出版公司一九九四年版）

蓼懷堂琴譜敘

琴者，樂之統也，始于羲農之世，君子所以修身理性，以返其天真者也。故方圓法天地，長短法歲時；宮商像君臣，徽軫像星緯。然而古聖賢所爲之聲，不復傳于世久矣，獨其器在耳。五音六律，未常歇于天地之間，能者精而求之，則今猶古也。

文昌雲君載青，生四歲而失怙，六歲而掠于兵，與母氏相失，輾轉廣、閩、燕、吳之間。母氏奉姑甚孝，姑將没，謂之曰：『子之存亡未卜，我死，汝宜他之。』母泣曰：『雲氏有世德，吾子雖幼，必能自立。』請以死待之。文昌地隔朱厓，雲君去鄉日遠，無復一通家問，久客閩中。值三藩之亂，避地離居，乃專力于鼓琴，以寫其幽憂悲憤之思。此其學琴之始也。

既而北游都門，所至與國工相講究。爲人虚心善下，不難舍舊學而盡人之長，所得琴譜最多，與俗迥别。而能旦夕按習，曲盡其妙，能琴者莫不推之。雲君得一官，從制度伯成吳公歸粤，省母于故鄉。鄉人無知之者，與馬赫奕，衆莫敢前。雲君從容請曰：『我此鄉之子也。去時六歲，有母今不知在否？』因涕泣。其母寄食舅家，聞之趣至，視雲君昂然丈夫也，而母亦已白首，兩不相識，久之，乃曰：『是吾兒則背有贅肉。』雲君袒而示之，母子相持慟哭，感動行路。乃迎母至廣州，竭甘旨以養之，作園池以樂之，晨昏定省，禮備而情摯。值國家推恩臣下，得以六品官秩，贈封父母如典制。粤人莫不榮之，榮其母節子孝，而天使之復合也。

余數聽琴于雲君竹舫中，見其譜，曰：『雲君之善于琴也，不亦宜乎。』故自其初言之，則《履霜》之自傷也；自其母言之，則《貞女》、《烈女》之操也；自其園池言之，則《高山》、《流水》之引也。夫心具哀樂之真，而後以宫商赴之，將觸手成聲，無不合節，而况傳之有緒者乎？宜哉，雲君以善琴聞于天下也，有本也。乃序其始末于卷端。

（雲志高《蓼懷堂琴譜》，中國藝術研究院音樂研究室、北京古琴研究會《琴曲集成》第十三冊，中華書局一九八九年版）

詩序

秀攬亭詩序

揚子雲言：『讀千賦則能賦』，此猶索粉本于紙上者耳。天地之大，物匯之衆，能者以其心手耳目之巧，取之不窮，而豈賴于賦哉？往未識李子斯年時，聞與其兩弟武曾、分虎各爲萬里之游，心私異之。比者相見五羊，既讀其詩，論其家世而竊意君之游固有托也。嗚呼！自昆池灰見，君之王父殉節東牟，而尊人間關行遁，終于嶺嶠，千秋而下，猶將聞風太息，况君爲之子若孫者乎？而又弱冠遠游，閱及强壯，足迹周于九土。所見窮山海濤，崷崒洶涌，驚沙增冰，古塞戰場，慘淡蕭瑟，名都之雄麗，園陵之興廢，戈甲旌旗，奔車驟馬，日交于前，皆與胸中磊磊落落者相觸發，而才力足以赴之。故其于詩，緣物附情，纏綿婉麗，不爲怒張號呶而茂草黍苗之思、絶弦聞笛之哀，隱然言外，讀者可以知其志之所存矣。夫南方，天下之積阻也。奇植異産，靈秘幽怪，多古傳記所不及載，而近事猶爲闕略，意每恨之。今斯年既在粤，而武曾、分虎分客滇黔，庶幾逖稽窮討，出詞賦之餘力，别成一書，續名山之藏，更爲後人援據之地耶？斯年二十載前，以奉櫬來嶺南。今刻其詩，斷自昔游爲始而使余嶺南人序之，不忘感慨所自也。復將去我而北，吾何由睹其著作之全乎？

（李繩遠《尋壑外言》，《四庫全書存目叢書》影印乾隆間金氏刻本）

振雅堂稾詩序

山水，天地之至文也。山以嵯峨斷續爲奇，水以波瀾曲折爲態。文人受性之分，亦往往與山水相似。故豪雄磊落，得之山者也； 和平温厚，得之水者也。柯舍人寓匏，名父之子，生有俊才，所與交皆一時之傑，而仕宦通顯，一切鬱積不平之氣，無由入其胸中，故其爲詩，婉秀爾雅，情怡韻適，見推于當世。比與盤桓珠江端水間，爲十日觴詠之會，得盡讀其近作，大略如泉清淵澈，微風輕瀾。當其静，足鑑鬚眉； 當其動，變現萬狀。其得水之似者乎？ 而其人乃岸然雄偉，意興豪邁。宋廣平鐵心石腸，而賦梅花，賢者固不可測，正未易以山水之似概定之也。

癸亥大雪後，羅浮弟陳恭尹頓首拜書于珠江夜雨中。

（柯崇樸《振雅堂稾》，康熙刻本）

山響亭詩序

昔宓子鳴琴而治；宗少文撫絃動操，四山皆鄉。環西寧皆山，婁涿先生之琴鼓之舞之，以盡其神，而蠻里之民莫不化，于以佐《南薰》。阜財解慍，皆于斯響是賴。先生新搆山亭于署中，而先生所爲詩歌，又若清廟之瑟，一唱三歎，神人和悅，欲斯響之常盈耳洋洋也。我友屈子翁山，名其亭曰『山響』，屬余書額并徵諸公賦詩爲贈云。羅浮陳恭尹元孝謹撰。

（清張溶修康熙二十六年刊《西寧縣志》卷一一，《廣東歷代方志集成·肇慶府部》四十七冊，嶺南美術出版社二〇〇六年版）

憶雪樓詩集序

昌黎曰：『人聲之精者爲言，文辭之于言者，又其精者也。』蓋常深而求之，聲同也，而言則異。喜、怒、哀、樂，可遠聽而得其聲；而東西南北之言，或至覿面而不可相喻，夫風土有以限之矣。文辭亦然。西北土厚氣剛，故其文力大而深醇；東南水多氣揚，故其文骨堅而清折，此就其已成者言之也。倘其不知所裁而任氣質之偏至，則或涉于粗，或趨于靡，非豪杰之士，安能自拔于流俗乎？昔人游名山大川而文章大進，不獨日廣其見聞，所以漸化其氣質耳。惠州王使君紫詮，寶坻人也，以泉石爲胸懷，詩文爲食飲。方其處也，定省而外，則吟嘯林麓，放志游遨；及出而禄于朝職事，餘閑未嘗一日忘山水也。屬有天幸，家近盤山而羅浮、豐湖在其所治郊坰之内。其登二山也，皆不數日而搜奇剔險，窮極幽杳，隨地紀行，因形寫照，似酈道元《水經》諸注。詩和髯蘇，亦多青出于藍之致，已並見於當事矣。又于郡署後圃構憶雪樓，坐卧以領江山之勝，而建代泛亭于賓館之西，湖光如鏡，與賓朋共之，月夕花時，則放棹湖堤，分題受簡，積數稔于兹，匯爲《憶雪樓集》一卷。予常謂使君鬚眉體貌，南人也；挺持嶽岳，懷負耿介，有慷慨悲歌之風，北人也。而所爲詩，浩浩洋洋，人工天巧，合而成體，在于南北之間，其變化之候耶？使得謝去郡事，讀書山水二三年，則千載人也。使君笑而頷之。今觀察川南，方將西浮洞庭，溯瞿唐、巫峽，望峨嵋，渡瀘水，尋夜郎浣花之遺迹，既極天下雄深怪偉之觀，又皆昔賢研思苦吟之地，地僻事簡，而觀察之爲職，行止得以自操，向之所期，適皆合矣。使君年在强仕，身輕耐勞，寧静淡泊，又其素志也。初不以蜀道爲難，然而天既生使君于北，一使之萬里而南，再使之萬里而西，則未嘗不嘆天之成斯人于千載也太勞，而人之以千載自期也，誠爲不易。于其將别，序其詩而歸之，且以贈行。順德陳恭尹撰。

（清王煐《憶雪樓詩集》，《四庫禁燬書叢刊》影印康熙三十五年王氏貞久堂刻本）

賞奇軒集序

夫詩所以道性情，地隔萬里，事歷千載，而讀其詩，使人欲泣欲歌，不能去諸懷者，性情爲之也。故常竊謂詩不必計其工拙，但讀之終篇，恍若有人立于其側，音聲笑貌如將見之，可謂其詩也已。古今能造于此者不一，若陶彭澤之坦懷真至，與夫韋蘇州之雅澹韻遠，白香山之優遊自得，推其人皆與道相近。外此非無作者，然而矜才任氣，或夸張失實，君子不取也。春州綺園劉先生才名在海内久，比見示其《賞奇軒全集》，大半爲山水之奇而作，而解悟之旨復居其半。夫以浮雲幻泡之觀，加泉石膏肓之癖，所謂風來花下，水出石中，香冷之致，宜其逼人。然每覺其語言文字之外，若有悒鬱侘傺之氣，隱隱逗露，使人在其文章雲霧之中，讀而不覺。至于體物賦形，信手抽毫，無非妙語，信乎能自成其詩者也！君之境遇，視彭澤差順，仕宦雖不如蘇州、香山，然處逸養休，三公者皆莫及之。其妙在早知退著，然具高世之識而能之乎！故曰詩之真者必近于道，吾于斯益信。時丁卯初秋羅浮弟陳恭尹具稿。

（見劉裔炫《賞奇軒集》，臺北經學文化事業公司二〇一四年版）

觀海集序

孔門七十子，曾皙獨號爲狂，考其鼓瑟師庭，志存風咏意，其爲詩酒中人也。李太白以詩名唐代，嗜太白能識郭汾陽于縲紲中，不可謂非奇士。然則人固不易狂也。益都趙秋谷早通仕籍，才名振天下，然好縱酒，喜詣諆，士以詩文贄者，合則投分訂交，不合則略視數行，揮手謝去，是以大得狂名于長安。余往從王紫詮使君見其詩，循循然皆有法度，非狂也。比者逾嶺南來相見于五羊，接其言議，深心遠識，介然有不可拔之操，非狂也。然後知古今所目爲狂者，特以其異于時而狂也。問其近作，示以《觀海》一集，氣則包括混茫，心則細若毫髮，片言隻字，不苟下筆，其要歸于自寫性真，力去浮靡，如是士亦何妨于狂哉！夫海之爲物也，際六合而不見其有餘，浮大地而不見其不足，形之至巨者也。析而分之，有問必通，無微不入，質之至細者也。合之無斷續之痕，離之無割裂之迹，性之至和者也。然當其乘風而涌，則浪如山嶽；有激而奔，則勢摧城郭，是謂之狂瀾。及其淵静波澄，則其清可以鑒鬚眉，潤可以生萬物。夫非至巨不能狂，非至細不能鑒，非至和不能生，海之觀止是矣。秋谷觀于海而有得焉，則其狂益未有極也，獨詩也乎哉！羅浮陳恭尹序。

（趙執信《飴山堂詩文集》，《四部備要》本）

選選樓集序

漢與古爲近，詩無專家，文士寄興，偶一爲之，皆能吐露肺腑，發爲英華，故言簡而味永，令人三復不厭，有以感其歌、哭之懷，如蘇、李别詩，古詩十九首是也。洎魏而下，建安諸公，則有專家矣，然未甚盛也。晉代張茂先倡于前，潘、陸諸人從于後，以此爲家長日用之事，赫然負作者之名而自託于不朽之業矣。其間劉越石、盧子諒志不在詩而間有吐屬，亦忝作者之林，其才思清拔，遭罹厄運，抒寫情懷，不究秘也。余少與岑子霍山讀書七十二峰間，時邊烽日警，四郊多壘，俱不屑屑于經生帖括之言，每酒酣擊案，切齒于失機誤國之儔，而引斷以古今成敗，仰天號嘆，至爲泣下，其壯心熱血亦足觀矣。既而事已大定，余避地江楚，霍山繼至，其生平遊覽憑吊、寄懷贈送，未免有辭，雖非刻意以此名家，而鍛煉精純，沈涵淵謐，不如專家之富，而其精者無多讓焉。矧其志節巉巖，學問淹貫，爲日下狂瀾之砥柱，其言益可貴重，遠近學士聞而矜式者，思其人而未得見，庶幾誦其詩而見之焉。余嘗促其檢以付梓，以應當世之請，霍山頷而不答，或者尚有所待而未滿厥志耶，抑以爲末業而輕之也？然此數帙亦足傳矣。時康熙戊寅子月至日。

（岑徵《選選樓集》，道光十一年緝熙堂刻本。文題原作《遺序》）

荔香堂詩集序

順德陳恭尹序曰：吾粵自孫西庵、陳公甫後，代有作者，求其切理不浮、吐詞蘊藉者，亦復指不多屈。西庵品穎、公甫理尊，後之學者自難幾及，如時可簡君者，其風雅之一流歟！時可，筠陽名彥，僻處遐方，未嘗一見顏色，與爲唱和，惟神屬耳。然其爲詩，每得之傳誦。一日，龍溪吳子東山以其近作《荔香堂集》爲遂安毛鶴舫司理所先評序者，出之示余，因得與藥亭梁太史一爲再讀，共相許可。聞其事親孝，取友正，詩多雜作，善潛救，每一事一題，疊韻自和無下數十首。每當合課公衡，隱名暗索，屢奪先標，尤多連獲，潤物盈几案，獨擅一方一時，此非所謂好而能工者耶！曾憶寄余一律，末云：『邇日擅場多自許，攢眉叉手競言才。』想其振筆疾書、香清茶熟時，正不知其自許又復何等耳。方今正始風微，牛蛇道熾，余老矣，時可若來，會當掃鎮海樓爲置一席，藉手東山，爲我賦『印涉』之章。己卯元旦羅浮陳恭尹拜題于仙城鎮海樓。

（見簡于言《荔香堂詩集》，同治壬申刻本）

石谿詩序

老臥五羊，畏寒稀出，陶君奉長捧其尊人五徽先生手札過余，因得備問湘南舊人各家子弟，欣然忘日之移晷也。燈下閱其石谿詩，奉長二十年來東西南北遊蹤在焉，其所贈答大半與吾相知，而存者亦希矣。奉長爲密庵太史聞孫。方太史官岡州，余時尚幼，未及見而得讀其詩文于諸父間。太史售于崇禎癸酉，其座主吾家文忠公，天啟甲子主試浙闈所拔士也。事異時移，余浪跡中湘，時太史新免于厄，伏處山間。余亦踉蹌東下，蓋四十年于今，而豈意得與奉長論三世之交于此日哉！奉長天才雅健，重以家學，其詩之工固已生而有之矣，乃其淵然者，多泉明之中腴，妙司空之味外，良有遠情，故所至必拳拳于一二白頭牢落之人，其風義足尚也。觀石谿詩者，當有以得其志之所存。羅浮陳恭尹譔。

（陶煊《石谿詩鈔》，《四庫禁燬書叢刊》影印康熙間刻本）

嶺南五朝詩選序

五嶺之南，山川盤鬱，別爲結構，廣州其都會也。西江發源滇、桂，道牂牁數千里，與東北二江匯而南入于海，于地理家爲南龍之外支，不與中土山川同其流峙，故其人大抵尚閑逸而薄聲利，每于天下所趨者，必居人後，而其所自守者，亦往往執而不移，地氣使然也。

詩所以自寫其性情，而無與于得喪榮瘁之數者也，故不以時代而升降。吾粵作者，自張曲江而下，源流相接，代有其人，矩矱不遠。余童年侍先大夫讀書于雲淙公寫葉山房，睹所積粵中前輩詩集，自唐以下，凡千有餘家，大半爲抄本。丁亥之後與劫灰俱燼矣，繼以庚寅之屠城，濱海之遷撤，故家文獻零落殆盡，而平生交好，讀書博古之士，五十年來老死巖穴者十而八九，益無繇聚其離散，考其同異，使不至終于湮沒，每用嘆息。積庵黄君獨奮然以爲己任，萃其所得古今詩爲《五朝嶺南詩》，刻其選，于世所共有者則嚴之，于幽隱僻遠則寬之，所以存其人于千載，用意良厚。粵之爲郡十而地綿二千里，積庵不能家至戶索，唯隨得隨選隨刻，有心之士，將必出其所藏與之共訂，以成大觀，向所見前輩千餘家，庶幾因此而獲完乎！積庵年近七十，喜其能不以編輯爲勞，而用心于遠且厚如此，故亟爲序之。

（清黄登編《嶺南五朝詩選》，《四庫全書存目叢書》影印康熙三十九年自刻本）

萬君紅友香膽詞序

自唐音而上，溯六朝漢魏以及于三百篇，其至者莫不被之弦歌，蓋文生于情，而聲出焉。自詞曲之學興，定以爲譜，然後以文赴之，是情生于聲也。夫聲生于情者，聲盡而情有餘；情生於聲者，情竭而聲未已。故善作者，必含蓄繚繞，隱躍其指，而使人玩味其餘。其法蓋始于騷人，而大備于詞曲，故常謂唐詩之有詩餘，猶三百篇之有《離騷》也。邇有士大夫家擅其長，豈以爲世不可與莊語，而姑寄託于是乎？陽羨萬君紅友乃講求古詞，輯而爲律，余每讀而善之。比見示其所著《香膽詞》一編，寓感嘆于嘯歌，發纖秾于高秀，丈夫意氣，橫溢于香艷綺麗之間，足以占其中之所存也。夫三峽之猿，不必知其所言而哀；絲竹之音，不必皆有其辭而樂：聲之感人遠矣。萬君著作滿家，此特其驪龍片甲，紹漢晉，薄風雅，皆其力所優爲，异日請得盡出而讀之。

（《萬氏宗譜》卷二十八，鄭志良撰《〈萬氏宗譜〉與萬樹的家世》，《清代文學研究集刊》第二輯，人民文學出版社二〇〇九年版）

壽序

孝廉載翁何老先生六十有一壽序

都高官，腰大印，飛蓋導前，肥馬咽後，出令而風行，一呼而雷應，天下服其威，君子樂之。然而匹夫匹婦，有一人竊擬于窮檐陋巷之中，君子恥之矣。把耒而耕，引釣而漁，褐衣糲食，擊白石而歌先王之風，天下高其行，君子樂之。然而匹夫匹婦有不披其澤者，君子恥之矣。若乃貞不忘君，隱不絶俗，不矜而自高，所居而民化，求之今昔，未易其人，其惟載生先生乎！先生三十以文章舉于鄉，未仕而國亂，慨然曰：『身雖未祿，固嘗以民籍上達天子，邀鄉黨一日之榮，其敢忘所本乎？』退而築室曰『古照』，進宗族之善者勸之，其不及者教之，悍者柔之，弱者扶之，曲者矯之，偏者反之，鬬者平之，蠹者剔之；問其耕鋤，通其有無，質其疑難，捍其憂患；鄉之津隘築之，弧矢鏃之，賞罰肅之；未雨而謀桑土，是以其鄉出劫灰之中而不毁，有承平仁讓之風，君子之繫于人豈不大哉！王彦方之居平原也，盜守行人之遺劍；管幼安之隱遼東也，訟者自相責讓。而二子之拒僞命，辭封爵，若出一轍。民之化也，必有其本，其風節素行有以大服其心。彼其才皆足以膏雨天下，而一隅之民獨私其澤，天實爲之。若夫違心以苟祿，昧義而干利，此世俗所謂榮，非君子所屑也！尹之先君與先生有宿昔之交，尹幼而得望顔色，又與先生之子若伯叔兄弟，多性命之友，或經年館于其鄉。歲之季秋，先生甲子初周，尹從諸公後進介壽之觴，其鄉耆民長幼咸詣余謀所祝，謂非尹不足知先生之深，而言其鄉耆民長幼所以愛願先生之意。嗟乎，古之人，古之道，不意其復見于今日也！此豈有勢力權利驅使于其間哉！願生于愛，愛生于德，彥方、幼安之風，先生又何讓焉！彥方、幼安，史皆載其年逾大耋，若先生者，益未有艾，請援二子爲祝。前錦衣衛僉事眷社姪陳恭尹頓首拜撰。

（汪宗衍輯，見《讀獨漉堂詩續論附獨漉集外詩》）

書牘

致何絳書〔一〕

不話言遂六百日，去年曾付一書鄉人，其人至海濱而歸。見吾兄□付一□□□，舍弟書亦以遭風，失意久之，乃至比家落莫，復遂難得便人往返，惟有漸漸耳。增城荔熟時，曾有奉懷詩，亦久不得示。茲付介姪鍼來，于到日所治歸裝時矣！秦晉連飢，而秦且加以疫，流人所至，疫亦隨之。今楚漢之交俱爲所染，而川北秋來大雨沉溺，人民□□不可計矣！卿賴彼□眷注，幸且有年，正當修省，慚愧以答天庥耳。海隔一天便似異域，不宜久淹，望歸鞭如歲矣！須相知，不論本處、宦遊，晤者爲弟致意。書札之懶，比來尤甚，晤□石并爲道之。賀詩俟明年歸時奉呈。□□此□□九月廿二日。弟尹再頓首。

（《高儼薛始亨陳恭尹詩翰合卷》，廣州藝術博物院藏）

【校記】

〔一〕原無上款，據汪宗衍《讀獨漉堂詩續論附獨漉集外詩》考證，此書爲致何絳者，題目後加。

鼎銘

東皋武廟鼎銘

太陽之英，烏金是礦。鑄爲斯爐，重于九鼎。在漢之季，火德已微。我公神武，更揚其輝。威震華夏，赤符重興。君臣大義，炳如日星。昔鼎三分，得其一足。今公之鼎，遍于九牧。〔一〕五嶺之南，三城之東，瓣香常存，萬古精忠。

（見《陳獨漉先生年譜》康熙三十年條）

【校記】

〔一〕《廣東文徵》載《東皋武廟鼎銘》銘文止此。

行狀

兵科給事中贈資政大夫兵部尚書先府君巖野陳公行狀

門人何絳錄

公姓陳氏，諱邦彦，字會份，廣州順德人。先世自銅陵入粵，曰陳璽，仕宋爲機宜文字，從端宗南遷，卒于廣州。次子大謨，元樞密副使。樞密之子徙家南海龍山，世以資雄于鄉，曰小圃陳氏。景泰初，析南海置順德縣，故公爲縣人。祖文學公，諱嘉言，父處士公，諱韶音，以公故，皆贈兵部尚書。祖妣康氏，妣鄭氏，皆贈夫人。處士公操行方嚴，隱居言性命之學。公幼穎敏，處士公恒自教之，未嘗名他師。十八受餼學宮，每試冠諸生，以文行負重名。遷居縣北錦巖，從學者數千人，稱巖野先生。然而四十不售，老矣。

甲申之變，走南京，上《中興政要書》三十二策，報聞而歸。思文皇帝入閩，得書草于戶部郎蘇公觀生，讀之，曰：『奇才也。』有旨召見，未赴。既而特詔授監紀推官。公之自南京還也，以弘光登極，詔舉恩貢，復應乙酉鄉試，拜官數日而榜發，雋第七人。遂以推官冠服燕，一時榮之。

隆武二年，遷兵部職方司主事，監狼、粵兵萬人出南安。時蘇公觀生以樞輔督諸軍援贛州，公數以策干之，不聽。及秋，閩中陷，蘇公旋師入粵，公請其旨，曰：『國未有主。』公曰：『邦彦聞國亂先內，國危先外，今東喪八閩，西絕洞庭，北淪章貢，國家分土十五，獨兩粵在耳，掃境內以屬閣下，及其危而棄之，謂天下何！』蘇公曰：『然則奈何？』公曰：『國自有主，非閣下所急，敵今全力在閩，東事爲急。閣下毋歸廣州，而間道疾走惠、潮，收漳、泉未潰以控扼之，猶可自立。若必以擁立爲功，謀議之間，動淹時月，待越關而後行，則士必恇怯而不肯附，難以守矣。兩粵存亡，在閣下東向遲速之間，無亦憂疆圉之不固，何憂無主？北門之事，願留一軍，彥請以死守之。』不聽。南安士民泣涕遮道留公，蘇公亦不許。至廣州，聞上出潛桂邸，監國梧州，平粵伯丁魁楚柄用。蘇公舊與魁楚隙，不懌，公引義固爭，乃遣公奉箋勸進，且請回鑾廣州。公瀕行，數以惠、潮爲言。既行，而思文皇帝四弟唐王諱聿鐭者，浮海自閩至，紳士不得志于時者，從臾蘇公擁而立之廣州，改元紹武，鬻官無暇日，屠販之子高車于道中，而公未知也。西至梧州，方上啟候令旨，夜被酒臥，漏下二鼓，中使十餘人燈火連江呼陳主事船。公驚起，曰：『事變矣！』衣冠入對。上御龍舟，太后垂簾，平粵伯魁楚侍，承旨語東事畢，因問曰：『今非戰則和，二者安出？』公對曰：『不可！我弱彼强，以戰則非敵。我直彼曲，以和則非名。敵急矣，觀生若不悔禍，亡無日矣！悔禍則不得不請和于我，無事而先求之，示之弱也。粵西之士不長于舟楫，督府諸軍四出而未返，其在蒼梧高峽間者，大抵皆新募之衆也，浮囂鈍懦，未見大敵，以戰必不勝，未見勝而戰焉，遺之禽也，故曰不可。且天家之鬩，中州之羞，盡區區兩粵中，不以死仇讎，乃反而死于骨肉乎？方今之計，獨宜速返端州，正大位以屬人心，繕舟固險，馳檄遠近，摩厲以觀其變。今南雄之守皆西山勁卒，借以取韶，其勢必舉。粵東十郡，我制其七，而使以其三代吾受敵，從而乘其弊，猶或可也，何必戰？』上曰：『善。』明日，擢兵科給事中，賫敕還諭觀生，時丙戌十一月九日也。十八日，上即位于肇慶，詔以明年丁亥爲永曆元年。

公東至廣州，蘇公奏署公爲刑科都給事。公止郊外不入，使從人奉敕，而遺書蘇公，指陳利害。廣州君臣盡怒，而蘇公顧恐懼欲和。會總督林公佳鼎以舟師與廣州總兵林察戰，爲所詒，一軍覆沒。蘇公繇是驕，無和志。廷議水軍新敗，無以爲守，于是上幸西粵。公西歸朝廷不得，乃易姓名林居士，入高明山中。

十二月，□總督佟養甲、提督李成棟甲士六萬自閩攻潮州、惠州，潮、惠降。乃輕騎襲廣州，而用潮、惠印符，日爲文書，郵廣州報平安。蘇公不設備。望日黎明，唐王將幸學，百官畢集。或報敵至，蘇公怒曰：『潮州昨日有書，那得敵兵？妄言斬之！』三報，斬三人，而兵溢城内矣。唐王逾墻走出，被執，蘇公死之。

元年正月，上在柳州，成棟盡鋭西向，破肇慶，遂圍桂林。公出自山中，臨西江之口，望敵旌旗，嘆曰：『莫救也夫！若乘其未定，得奇兵徑襲廣州，此孫臏所以解趙也。』時順德大盗余龍衆數萬聚甘竹灘上，粵之餘兵敗將倔强者，往往依焉。公駕扁舟獨詣龍軍，三日，結其酋豪，握手傾談，人人得其歡心。説以攻廣州，龍許之。二月十日，龍率舟數百從海道入，遇敵百餘舶于東莞，焚之，進薄廣州。養甲閉城不出，而遣飛騎日夜走桂林，追成棟軍。城中豪猾夜起劫掠，養甲不能禁，或獻計曰：『龍輩妻子財物皆聚甘竹，群盗無遠圖，可以虚聲走也。』乃流言曰：『成棟還，勦甘竹且盡。』龍懼，引退。然成棟得報，亦解圍而東，桂林繇是得完。于是，公起義兵于高明，使門人生員馬應房以舟師攻順德。

三月，侍郎張公家玉起兵東莞。公與張公書曰：『成不成，天也；敵不敵，勢也。姑置勿計。今主上殷憂，王師風鶴，若得牽掣敵騎，使數月毋西，則潯梧之間可以完葺，是我不必收功于東，而收功于西也。』張公然之，敵自是不能復西。

四月，成棟敗余龍于黃連，焚舟二百。應房迎戰，亦敗，死之。公身下江門，收其燼餘，軍復大振。養甲患之，使數十騎掩公家于龍山，獲妾何氏，二子和尹、虞尹，遺書招公。公不答，判其後曰：『妾辱之，子殺之，身死朝廷，義不私妻子也。』其後養甲卒殺之。

公約衛指揮楊可觀、楊景燁爲廣州內應，而說花山盜三千人僞降，得守東門，于是與大學士陳文忠公子壯會師九江。約文忠從徑道攻廣州西南，而公從海道攻其東北，且邀成棟歸路，期七月七日薄城，城中人三鼓皆發。期約既定，公引軍而東。文忠遂以五日薄城，城中人固俟期，而文忠家僮有乘馬張檄城下者，爲養甲所得，一鞫，遂吐事實。可觀方與景燁計事，聞文忠攻城，驚曰：『死也！奈何先期負我？此必洩矣！』語未畢，捕騎至。養甲使引餘人，可觀怒曰：『所以屈身爲若輩用者，正爲今日，丈夫斫頭耳，終不緩一死殺天下英雄也！』養甲并殺之。而犒花山三千人，伏甲士于空院，分伍而入，入則斬之。

成棟方敗張公于新安，聞之趨歸。公偵知之，度其夜當至禺珠，乃密令治火具，使報文忠曰：『成棟夜至，必遭吾火，懼其餘舟奔突，請嚴陣待之，青旗而朱斿者，我師也。』夜半報至，文忠未即傳令。七日雞鳴，成棟至禺珠，火舟縱橫起蘆葦間，公引軍旁擊之，焚其巨艦數十。成棟率輕舟前走，公乘風追之，環城而西。平明，迫文忠軍。養甲從城上擊鼓助之，呼喧聲震天，文忠諸軍望帆檣千翼蔽空而上者，以爲盡敵也，陣動。文忠雖知之，然倉卒傳令不及，後軍拔船先走，成棟因擊之，遂潰。公乃收兵攻城，城上揭可觀、景燁首，公祭而哭之。轉攻三水、高明，并復之。鏖戰新會、香山間，一月十餘捷。清遠衛指揮白嘗燦舉城迎公，公率軍赴之，池水諸鄉釋耒耜、輂芻粟以佐師，四會、韶、連，翕然響應。廣州之咽喉中絕，成棟盡鋭爭之。公設柵江上以拒成棟，成棟不得戰。值天北風，總兵霍師連以火舟出柵，先擊成棟舟，成棟敗走。師連率舟追之數里，風反，成棟因火舟以攻我。我舟卻，迫柵不得入，盡焚，退而守城。成棟圍之數重，十日不拔，周行郊外，見古廟曰：『得之矣。』乃伏人廟下穴城，及城，刳城根而實之火器，戰酣火發，城崩十餘丈。公率死士巷戰，自曉及午，頸被三刃，左右死傷略盡，走朱氏園亭，題詩于壁曰：『無拳無勇，無餉無兵。聯絡山海，矢佐中興。天命不佑，禍患是嬰。千秋而下，鑒此孤貞。』又曰：『平生報國懷深，望斷西方好音。已共萇弘化碧，還同屈子俱沉。』又曰：『戀闕孤懷盡，懸絲一命微。負傷如未覺，無淚不須揮。魚吮艱貞血，水爲賻襚衣。只應魂氣在，長繞玉階飛。』書畢赴池。敵騎適入，引出。公曰：『我陳兵科也。』檻車致之廣州。養甲欲降之，使醫視創，膳者進食，公笑卻之。問何言，公自書生平一紙及清遠題壁三詩，養甲亦笑袖之。下于獄，五日不食，端坐賦詩，意氣陽陽若無事者。養甲知不可屈，遂見害。臨命歌曰：『天造兮多艱，臣也江之滸。書生漫談兵，時哉不我與。我後兮何之？我躬兮獨苦。匡山多忠魂，後先照千古。』歌畢，西向稽首受刃，永曆元年九月二十八日也。于時好事者爭投紙筆求遺書，故臨難諸詩傳焉。或言公被害時，監刑某取視其肝，肝忽躍著某面，某驚墜馬，歸病而死。治其病者歐陽生言之。嗚呼痛心，尚忍言哉！

公歿後一月，侍郎張公家玉戰敗自溺死。又一月，大學士陳公子壯被執，死之。又三月，成棟以東粤來歸。上嘉公忠，制曰：『邦彦奉敕宣揚，叩頭泣血，山林感奮，義勇願忠。卻敵西行，牽之東顧，醞釀□□□□。中興之業，實賴爾二三臣起義之功。加贈兵部尚書，蔭一子錦衣衛指揮僉事，世襲，賜祭二壇，加祭一壇，全葬。仍咨内閣擬謚，行地方官設廟歲時致祭。』

公長身，美姿髯，目炯炯，視日不眩。爲諸生日，剛毅喜任事，每郡有大議，諸薦紳會坐，或至終日不決，公遥于坐末，申論可否，了了數言，聽者折服。諸大老或先期就公問所宜，其在邑令所經畫，必取決于公。癸未秋，傍海所在盜起，公乞餉于富人，募鄉兵拒之。明年春飢，公又乞粟以賑，饘粥百日，食者三千人，富人服其無私，卒莫怨也。其卒也，門生耆老爲位哭祭者，相望于諸縣。所著書多散佚，存《雪聲堂集》十卷。公生于萬曆癸卯四月朔，得年四十五。配南海彭氏，今贈夫人，先公卒。四子：恭尹、馨尹、和尹、虞尹；一女，適同鄉舉人馮公顯忠之子生員惺。和尹早慧，七歲器識如成人，與虞尹並歿于難。馨尹死于軍。恭尹逃之增城，爲□知縣所蹤跡，父友貢生湛粹破千金匿之，以故獲免。

永曆三年七月，兵部題。奉旨，恭尹准世襲錦衣衛指揮僉事。謹具先府君歷官死事始末，伏請咨内閣擬謚，并咨史館編錄。謹狀。

不孝子恭尹泣血述

門人羅大賓填諱

（陳邦彦《陳巖野先生全集》，嘉慶十年聽松閣刻本）

陳巖野先生集跋 殘件

先府君所著書，自二十以往，率歲爲一冊。用全幅荆川紙對摺，東莞香紙爲外皮，帙高僅寸，三隅弗弗割〔一〕。凡詩文書牘，時事古語，意有所得，輒書其上，凌雜紛錯，最爲難讀。唯所注《易疏》十二卷，經手謄正，《中興政要書》、《南上》諸詩曾付剞劂，餘皆積而未釐。尹兒時見錦巖宅中藏書八大橱，外堂西北隅一橱中，四箱皆諸稿也。丙戌夏，府君監軍南安，以縣郭負海多盜，還書命移家龍山，尹挈書一橱隨行，諸稿别爲巨箱，而托餘書七橱于馬先生子龍（下闕）

（馬以君主編《陳巖野集》，順德縣志辦公室一九八七年印）

【校記】

〔一〕『弗弗割』，疑爲『弗割』。

題徐虹亭和梁藥亭《十九秋詩》後

天下皆秋而嶺海獨異：木不落也，霜不凝也，往往初冬始似中土之秋。故嶺海非無秋也，秋遲也。

梁子藥亭偶拈十九秋題，適虹亭太史來遊羅浮，奮筆同賦。諸公之客于斯者，復翕然和之，是合天下之秋以爲秋，不獨嶺南也。虹亭所作老氣横絕，如寒松古柏，不以華艷爭長。漆園云：『受命于地，唯松柏獨也在，冬夏青青。』是豈可以南北土風、四序寒燠限之哉？觀虹亭詩，當作如是觀。粵東陳恭尹識于小禺山舍。

（徐釚《南州草堂集》，《清代詩文集彙編》影印康熙四十四年刊本。題目後加）

附錄

廣東通志·陳元孝先生傳

阮元

陳恭尹，字元孝，順德人，邦彦子。邦彦殉節時，恭尹才十餘齡。《巖野先生遺集》。比長，賦《姑蘇懷古》諸詩，傾動一時，名大起。《國朝詩別裁》。其詩清迴拔俗，得唐人三昧。《王漁洋集》。古體間入《選》理，一時習尚無所染。《趙秋谷集》。工書法。《王漁洋集》。新城王士正、趙執信至粤〔一〕，于廣州詩人尤推重恭尹。隱居不仕，自稱羅浮布衣。《詩海》。著有《獨漉堂稿》。《五朝詩選》。孫世和，字聖取，天資敏絕，詩文綽有祖風，爲學使惠士奇所賞。《府志》。以優行薦，發浙江試用，署鹽場大使，革陋規，除宿弊。轉龍游縣丞，歿于官，囊無長物。《縣志》。著有《拾餘子草》。《粤臺徵雅錄》

【校記】

〔一〕「信」，底本作「政」，今改。

前錦衣衛指揮僉事私謚貞謐先生獨漉陳公行狀

梁佩蘭

嗚呼！予何敢狀吾友！含斂之日，予過視，至痛哭仆地，不能起。君子贛在苫塊，匍匐向予曰：

『不孝贛忽遭大故，哀號弗及，心緒迷亂，無以傳先人，惟長者代述生平，死且不朽。』予謝不敢當。老友林沂澤從寶安來吊，過謂予曰：『獨漉，非公莫悉也，其勿辭。』

按君姓陳氏，諱恭尹，字元孝，廣州順德人。其先係出銅陵。遠祖璽，仕宋爲機宜文字，從端宗南遷，卒于廣州。仲子大謨，元樞密副使。樞密子徙家龍山。迨君先公邦彦，奉二親出居于邑之錦巖，傳至君凡十二世。君少即超跡儕輩，穿穴群籍，年十五補邑弟子員，十七值先公殉難，亡匿鄉落得免。先是，甲申之變，先公以諸生走南都，上《政要萬言書》。隆武初，聞其才，授爲監紀推官，適鄉試榜發，復薦第七人。時天下版籍已盡歸本朝，甌駱僅一隅，正當日落虞泉，而猶欲遂其魯陽之志，亦迂闊而不知其無補者也。尋桂邸在端州，君爲先公疏請賜恤，得贈兵部尚書，身蔭世襲錦衣衛指揮僉事。未幾而百粤奉朔，退隱西樵，結茅于樵之寒瀑洞而居焉。已而，念丈夫足不一踏九州，目不徧識中原人物，徒蛸蛭但安坎井，覺天地甚大，反自我而隘耳。因遨遊閩越，循及句吳。舉目河山，懷情風景，雄圖金虎，霸氣赤烏，莫不短劍長歌，慷當以慨。蕭條爲客，俯仰無人，盼天塹于長江，聽溪流于春谷，入匡廬，泛彭蠡，取道章貢而還，如是者七年。歸則灑掃松楸，經營先兆。既襄葬事，復出臺關，擬爲西南之遊，而洱海雲埋，黔陽信斷。驂螭衡嶽，弭楫洞庭，及從江漢下流，則又艨艟横海，倉皇匹馬。始歷中都，望太行以解鞍，濟黄河而入汴。繁臺歌吹，夷門鼓刀，不禁寂寥，動成太息。嗣逡巡南鄭，取次信陽。惟昔君丁内艱錦巖，夜夢大象十餘頭，乘舟過門，象上有人羊裘操琵琶而歌。至是，遇于鄭州，恍若前夢。望雲夢八九，郴江不遠。如是者三年，君亦馬卿倦遊，且歸休矣。里居兩度江鄉，掩戶著書，經年寡出。近且城南築室，選勝小禺，冠蓋交遊，贈答無虛日。君之以筆墨煩勞，耗其心血，致一病而不可復振也，或以此夫！君智深勇沉，有志當世之務，每縱論古今，如水傳器，然才大而不得生遇其時。嘗繪《九邊圖》，置之篋中，疏明阨吭；又能指陳象緯，于分野躔次、度數占驗，晰若毫芒。爲人軒豁而雅尚恬適，廉以立己，和以接人，量足包容，力能堅忍，亦猶其歷患難死生，流離困苦，經百折而鋒芒不露使然也。猶憶歲丙辰，有權勢覈餉佛山，生民涂毒，君以一言立解，所在存活數萬人。又嘗出貲爲祖祠設祭田，以供祭祀。其勇于爲義，往往如此。君有《獨漉堂集》若干卷，流布海內，負當代盛名。而君則謂『丈夫當別有以自見』，然則君之以詩文知名，即君之不幸也。君初字半峰，早已表其終老山林之志；晚號獨漉，更以明其不忘忠孝之心。蓋其畢生飲泣隱忍，而不能以告人者久，自賦《大招》，魂魄離散，令帝告巫陽：有人在下，我欲輔之矣！噫，是可傳已！

君生于崇禎四年辛未九月二十五日卯時，終于康熙三十九年庚辰四月十二日未時，壽七十有一〔一〕。元配增城湛氏，係崇禎乙亥特科超舉湛公諱粹之長女，出子二人：長贑，南海增生；次勵，己卯科舉人。繼娶番禺郭氏，係原湖廣岳州府同知郭公諱鎮華之孫女，前新寧守戎諱廷儲公之四女，出子一人適，幼學。贑娶吳氏，係南海崇禎壬午科舉人、己丑特賜進士、徵仕郎翰林院檢討吳公諱龍禎之孫女，癸酉科舉人、諱文煒公之次女。勵娶本邑李氏，係敕封儒林郎州同李公諱長茂之次女。適聘新會明經候選教諭吳公諱琨之長女。女一人〔二〕，長適增城國學伍公諱四知長子庠生得衆，次適以下闕

大人先生哀其生平，而錫之誄焉。

鬱州友弟梁佩蘭頓首拜狀。

【校記】

〔一〕「七十有一」，《陳恭尹先生年譜》作「七十」。

〔二〕「一」，據下文疑應作「二」。

明世襲錦衣僉事懷遠將軍陳元孝先生傳

後學里人馮奉初

陳恭尹，字元孝，順德龍山人。明季贈兵部尚書邦彥長子。性聰敏端重，幼承庭訓，習聞忠孝大節。年十二喪母，十五補諸生。

甲申乙酉間，兩都相繼覆歿，明桂王監國肇慶。大兵既定福建，遣巡撫佟養甲、總兵李成棟率兵由潮、惠襲破廣州。王走桂林，大兵躡其後，蒼梧、平樂皆下，桂林勢危甚。邦彥乘間聯絡山海，約在籍部閣陳子壯、侍郎張家玉同起義兵，而身往說甘竹大盜余龍率眾二萬攻廣州，以救桂林，并約明兵帥之在廣西者，鼓行東下，聲勢響應。養甲懼，急檄成棟返兵還救，桂林獲全。事見《明史》。大兵知謀出邦彥，掩捕其一妾二子以致邦彥，邦彥不顧。時恭尹年十七，易服逃出。有父友湛珩如者，增城人，義士也，遣奴操舟密迎恭尹至新塘。聞有蹤跡之者，急走泥子灣田舍中。增城令疑之，召珩如至縣署，別遣役圍珩如家。新塘人素德珩如，不期如集者千人，走縣庭爲珩如請命。令懼激變，珩如又行賄千金，事得解。乃移匿恭尹于家之複壁中。及邦彥死節，并其一妾二子和尹、虞尹殺之，仲子馨尹亦死亂軍中。

明年，李成棟叛附桂王，迎王都肇慶，兩粵粗定。恭尹出複壁，赴肇慶，疏陳父殉難狀，得贈兵部尚書，謚忠愍，世襲錦衣僉事，給假治喪。戊子，成棟兵至贛州敗歿。大兵將度嶺，桂王移駐梧州，遂奔南寧，入安龍。大兵再定廣州。

庚寅，恭尹避兵西樵，時已無家可歸，每念及國破君亡，全家受戮，輒失聲慟哭，思欲以身殉之。乃間關至閩，自閩而浙，泛大江，觀形勢于金陵，由姑蘇還，止杭州。時明唐王既殂于汀州，鄭成功屯兵閩海，觀望不敢進。魯王敗竄舟山，勢益不振。恭尹策其無成，往來觀變，留閩浙者七年。一日，有父友遇于途，責之曰：『君先人未葬，四世宗祊無托，奈何徒欲以一死塞責，絕先忠臣後耶！』恭尹泣而謝之。既而歸葬先人于增城之九龍山。因泛舟出虎門，渡銅鼓洋，訪故人于海外。時明遺臣多逃避海外。久之，就婚新塘，即珩如女也。旋與陶苦子、梁器圃等避人于羊額，寓何衡、何絳兄弟家，抑志讀書，相砥礪爲有用之學，世稱爲北田五子。迨婦有身，恭尹復謀出遊，至贛州，聞婦生男，喜曰：『吾先人有後矣』。遂名之曰『贛』。時桂王在雲南，恭尹欲往從之。八月道宜春，至昭潭，值大兵諸道進剿，滇黔路絕，乃轉泛洞庭，再遊金陵，至汴梁，北渡黄河，徘徊太行之下。當是時，中原已定，兵燹之後，人物蕭條，間有一二遺民，相與撫時感事，共揮新亭之涕，見者莫不駭且怪之。

庚子，還轅鄭州，路遇大象十三頭，自南而北，象背有羊裘而絃歌者，宛然十二歲時夢中所見也。驚問之，知爲滇池所獲。蓋是時，大兵收復雲南，破其象陣，桂王逃入緬甸。大兵進壓緬境，檄緬人獻王，先差人以所獲象獻捷，路經鄭州。恭尹知桂王將亡，喟然曰：『吾之飄泊于此，命也夫！』遂鬱鬱南歸。逾年，緬人盡殺王從官，獻王于大軍。王至雲南府殂，恭尹聞之大慟，自是戢影田間，無復逐日攀髯之望矣。

及甲寅，吴三桂據雲南叛，閩粵相繼告警。恭尹以名重，爲時所指目，下于理者二百日。及得脱，自念身歷滄桑，恐終不爲世所容，乃築室羊城之南，以詩文自娱。貴人有折節下交者，無不禮接，于是冠蓋往來，人人得其歡心。議者或疑其前後易轍，不知其避禍既深，跡彌近而心彌苦矣。

恭尹修髯偉貌，氣局深沉，嘗繪《九邊圖》，并身所經歷，悉疏其險要，置諸行篋。其心力堅忍，經百折而鋒芒不露。方欲放攬遠遊，馳騖當世，及鬱不得逞，束縛無成，憂忿之志，一形于詩。顧時爲雕雲鏤月之詞以自掩，識者聞而悲之。本先生行述。在江南所作《懷古》及《虎丘題壁》諸詩，傾動一時。其《全集》則真氣盤鬱，激昂頓挫，足以發其幽憂哀怨之思，而隱寓忠孝纏綿之致，故非一時詩人所及。年七十一卒于家〔一〕。獨漉子其號也。

論曰：恭尹以蒙難餘生，幸完卵于覆巢之下，顛沛流離，屢瀕于死，故其生平多沉痛哀怨之詞，有愴怳若難以爲懷者，王哀有恨，張儉無依，傷已！朱竹垞之論獨漉山人也，謂『降志辱身，終當躋諸逸民之列』；王漁洋推爲『海内耆宿』，于其卒也，有殄瘁之嘆；杭大宗弔以詩云：『南村晉處士，汐社宋遺民。』嗟乎！觀于此可與論恭尹之詩，可與論恭尹之爲人矣。

粤東省志《陳元孝先生傳》，寥寥百字，但敘其爲詩人而已，文獻散佚，無如何也。乾隆四十一年《欽定殉節錄》：先生父忠愍得改賜謚忠烈。于是忠烈《雪聲堂集》風行于世，而先生《全集》至近年始得見之。予以先生忠孝之節，鬱而不彰，于是再三翻閱《全集》，并證以同時人詩文集及諸傳記，作爲此傳，以補其略。

【校記】

〔一〕『七十一』，《陳獨漉先生年譜》作『七十』。

陳獨漉先生年譜

溫　肅

序

余以丁巳秋倦遊歸里，嗒然一室，尚友古人，凡淵明、皋羽諸集，亦既熟讀而見諸羹墻矣。若夫世未遠而居甚近，如明末吾里陳獨漉先生，尤心所向往者也。先生身負沉痛，故所爲詩文，詞旨隱約，讀者非綜貫當時情事，未易悉其命意所在。因竭數月鈎考之力，成《年譜》一編。

大約自《初游集》至《增江前集》，奔走國事、出遊時多事實，尚易詮次。只順治庚子以後，避地晦跡，至卜居小禺，應酬日繁，而可紀之事亦少矣。是譜除先生文行外，于桂藩十餘年，大事採録特多，以先生固永曆遺臣，從其志也。因之而李定國、王興等死事亦備載焉，重其人兼寓思古傷今之意耳。

其次則同時遺佚贈答篇什有年可紀者，必附注其人之梗概，無則連類及之，以爲相得益彰也。其有未遍及者，如吾粤之黎延祖、王鳴雷、王邦畿、趙焞夫、李成憲、薛始亨、張家珍、何鞏道、莫以寅、譚庸、李祈年、釋石鑒等姓名屢見集中，只以近人九龍真逸有《勝朝粤東遺民録》一書，已搜採靡遺，故不遍注。又如順治庚寅廣州之役，甲午新會之役，以其足資考鏡，紀載亦獨詳，律以年譜通例，略嫌繁蕪。至于先生行事，則以己亥投鄭延平、戊午下獄二事，爲生平大節所關，集中隻字未及，此特從家譜録出。蓋以古來遺老，如淵明、皋羽亦不過以文字歌哭，寄其故國之思。若先生則崎嶇捍衛，欲捧墜日于虞淵，至身陷禁網而不少衄，節固猶人而勇則不可及矣。

論者每以晚歲名高跡近爲先生惜，故岑霍山有『可憐一代夷齊志，錯認侯門是首陽』之諷，當時同志已不見諒。即朱竹垞入仕我朝，亦有元孝『降志辱身，終當廁諸逸民』之語。其實先生茹苦斂芒，志固未降，身亦何嘗辱哉！余窮于世，私居乏書參考，陋略知所不免。幸東莞陳子礪前輩爲之訂訛補脱，獲益良多，子礪即九龍真逸也。

嗚呼！余今年四十有二矣，倘暫未獲死，尚欲注釋全集以便讀者，并以耗壯心而銷餘年。先生有靈，其默許之乎？歲在屠維協洽壯月，順德溫肅撰。

明崇禎四年辛未九月二十五日，先生生。

先生名恭尹，字元孝，初號半峰，晚號獨漉。梁佩蘭所撰《先生行狀》。其先係出銅陵，遠祖璽，仕宋爲機宜文字，從端宗南遷，卒于廣州。仲子大謨，元樞密副使。樞密子徙家龍山。迨君先公邦彦，奉二親出居于邑之錦巖，傳至先生凡十二世。據《行狀》。邦彦字會斌，號巖野，謚忠愍。康熙三年甲辰，先生作《書後》云：先府君易名之典，以徒手之故，議之連年，粤以再陷而終不定。《明史》則云：永明王謚公『忠愍』。今依《明史》。國朝賜謚忠烈。母彭氏，兄弟四人，和尹、虞尹、馨尹。和尹早慧，七歲器識如成人，丁亥與虞尹並歿于難。馨尹死于亂軍。《忠愍行狀》。先生居長，女兄一。適同里舉人馮顯忠之子生員悝。《忠愍行狀》。先生生于順德城之錦巖東隅。後先生題曰『生我廬』。按羅天尺《五山志林》稱先生爲『忠愍公』。叔子又載：羅文昭責先生之言曰：司馬公四牌樓被刑時，元孝逃匿，元孝二兄俱死于黄連云云。考先生《擬古》詩云：『昔我三小弟，俊邁無具倫。』又《擬杜七歌》云：『丹水之山白玉英，我昔三弟皆才良。』是先生居長無疑也，今從《行狀》。

五年壬申，二歲。

六年癸酉，三歲。

七年甲戌，四歲。

八年乙亥，五歲。

九年丙子，六歲。

十年丁丑，七歲。

十一年戊寅，八歲。

十二年己卯，九歲。

十三年庚辰，十歲。

定婚湛氏。先生《祭室人湛氏文》云：予始十歲，從先君五羊，獲拜尊大人于文簡公故第。尊大人不知其不肖，而申之以昏姻。

十四年辛巳，十一歲。

十五年壬午，十二歲。

丁母彭夫人憂，從忠愍公館陳秋濤先生碩膚堂讀書。據本集《壽陳母何夫人序》云：予年十二從先君館于吾家文忠公碩膚堂中。

十六年癸未，十三歲。

十七年甲申十月朔爲大清順治元年，十四歲。

三月，李自成陷京師。十九日，明莊烈帝殂。四月二十九日，李賊西走。五月三日，王師入，睿親王攝政。是月初一日，明鳳陽總督馬士英等迎立嗣福王由崧于南都，仍稱崇禎十七年，以明年乙酉爲弘光元年。

是年先生父忠愍公走南京，上《中興政要書》三十二策，報聞而歸。唐王入閩，得書草于戶部郎蘇觀生，曰："奇才也。"有旨召見，未赴。據《忠愍行狀》。

二年乙酉，南都弘光元年，十五歲。

五月初九日，王師渡江。初十日夜，弘光帝出走。十五日，王師入南都，明亡。明靖虜伯鄭鴻逵、戶部主事蘇觀生奉唐王聿鍵如閩。黄道周、張肯堂等奉聿鍵稱監國。六月丁未即位于福州，改元隆武。

是年忠愍公以弘光登極，詔舉恩貢，復應隆武鄉試，中第七名舉人。適閩中授公監紀推官，拜官數日而榜發。據《忠愍行狀》。先生亦以是年補邑弟子員。據《行狀》。

三年丙戌，十六歲。

三月，唐王督師，黄道周舉兵至徽州，戰敗被執，不屈死。唐王將入贛州，鄭芝龍使軍民遮留，不得行，乃駐于延平。八月，王師下建寧、延平等府，唐王走汀州，執而殺之。十月，明兩江總督丁魁楚、廣西巡撫瞿式耜等立桂王由榔于肇慶府，以明年爲永曆元年。明大學士蘇觀生又立唐王弟聿𨮁于廣州，改元紹武。十二月，王師入廣州，殺聿𨮁。十二月，總督佟養甲、提督李成棟甲士六萬自閩攻潮州、惠州，潮惠降。乃輕騎襲廣州，而用潮惠印符，日爲文書郵廣州報平安，蘇觀生不設備。望日黎明，唐王將幸學，百官畢集。或報敵至，觀生怒曰："潮州昨日有書，那得敵兵？妄言斬之。"三報，斬三人，而兵溢城内矣。聿𨮁踰墻走出被執，觀生死之。《忠愍行狀》。

是年閩中遷忠愍兵部職方司主事，監狼、粵兵萬人出南安。及閩陷，蘇觀生旋師入粵，公請留一軍守南安，不聽。至廣州，聞桂王監國肇慶，觀生遣公奉箋勸進，擢兵科給事中。既而廣肇構釁，桂王西走，公易姓名林居士，入高明山中。蘇觀生督師援贛，駐南安數月，兵單餉絀，不敢進軍。公數爲畫策，不聽，請偏師獨戰亦不許。贛陷，觀生將旋廣州，公勸以重兵東出惠、潮，因漳、泉未潰，以控扼之；而自請留一軍以御北門，皆不聽，遂以公還廣州。時桂王監國梧州，丁魁楚用事，與觀生有小嫌，公引義力爭于觀生前，乃遣公奉箋勸進，且請回鑾廣州。公瀕行，數以惠、潮爲言。既行，而唐王弟聿鐭至廣州，觀生與何吾騶等擁立之，改元紹武。公未之知，至梧，方上啟候旨，夜分，中使十餘人燈火連江，呼陳主事船。公驚起，曰："『事變矣！』衣冠入對。王曰：『聞四王至廣州，甚喜，然孤既監國矣，輔臣蘇觀生既具啟入朝矣，彼胡爲者？』公曰：『此或閩中之舊稱，而小民傳訛乎？』魁楚曰：『已即真矣。』王曰：『今非戰則和，二者安在？』公謂當今之計，獨宜速返肇慶，正大位，以屬人心。繕舟固險，馳檄遠近，摩厲以觀其變。今南雄之守皆西山勁卒，藉以取韶，其勢必舉。粵東十郡，我制其七，而使其三代吾受敵，從而乘其敝，何必戰？王曰：『善。』明日擢兵科給事中，奉勅宣諭觀生，時十一月九日也。十八日桂王即位肇慶。公東還，未至廣州，觀生奏以爲刑科給事。公謂昔晉人使先蔑、士會逆公子雍，既乃拒之于河，先蔑奔秦，士會從之。今邦彥從仕于西，固春秋所不譏也。乃止郊外不入，使其副兵部主事劉大壯奉勅，而遺書指陳利害，以曉觀生。桂王使總督林佳鼎與聿鐭總兵林察互戰于廣肇之間。佳鼎戰死，桂王西走桂林。公易姓名林居士，入高明山中。據薛始亨《陳巖野先生傳》、《忠愍行狀》。

四年丁亥，十七歲。

春，桂王由平樂、潯州走桂林，旋就總兵劉承胤于武岡。大兵由寶慶趨武岡，桂王走靖州。又奔柳州，十二月返桂林。《明史》本傳：由梛走梧州。明年二月，由平樂、潯州走桂林。丁魁楚棄由梛走岑溪，降于我軍。既而平樂不守，由梛大恐。會武岡總兵劉承胤以兵至全州，王坤請赴之。瞿式耜力諫不聽，乃以式耜及總兵焦璉留守桂林，封陳邦傅爲思恩侯，守昭平，遂趨承胤軍中。承胤挾由梛歸武岡，改曰『奉天府』，政事皆決焉。是時，長沙、衡、永皆不守，湖廣總督何騰蛟與侍郎嚴起恒走白牙市。六月，由梛遣官召騰蛟至，密使除承胤，顧承胤勢盛，騰蛟復還白牙。大兵由寶慶趨武岡，馬吉翔等挾由梛走靖州，承胤舉城降。由梛又奔柳州，道出古泥，總兵侯性、太監龐天壽帥舟師來迎。會天雨飢餓，性供張甚備。九月，土舍覃鳴珂作亂，大掠城中，兵及由梛舟。

先是大兵趨桂林，焦璉拒守甚力，又廣州有警，大兵東向，桂林稍安。既而湖南十三鎮將郝永忠、盧鼎等俱奔赴桂林，騰蛟與式耜議分地給諸將，使各自爲守，璉已先復陽朔、平樂，陳邦傅復潯州，合兵復梧州，廣西全省略定。十二月由郴返桂林。

二月，忠愍公起兵高明，說順德盜余龍襲廣州。四月，李成棟敗余龍于黄連，公妾何氏及二子和尹、虞尹被獲，死之。公復約陳公子壯攻廣州，七月薄廣州城，不克。走清遠，九月城陷，被執至廣州，二十八日就義。正月，桂王走柳州，李成棟盡鋭西向，破肇慶，遂圍桂林。公自山中臨西江之口，望旌旗嘆曰：「莫救也。夫若乘其未定，得奇兵徑襲廣州，此孫臏所以解趙也。」時順德大盜余龍聚甘竹灘上，公說之攻廣州。二月十日，龍率舟數百從海道入，遇敵百餘舶于東莞，焚之。進薄廣州，而別遣門人馬應房以舟師攻順德。成棟得報，解桂林之圍而東。四月，成棟敗余龍于黄連，焚舟二百。應房迎戰亦敗，死之。公身下江門，收其燼餘，軍復振。佟養甲患之，使數十騎掩公家于龍山，獲妾何氏、二子和尹、虞尹。遺書招公，公判其後曰：「妾辱之，子殺之，身死朝廷，義不私妻子也。」其後養甲卒殺之。公約衛指揮楊可觀、楊景燁爲廣州內應，而說花山盜三千人僞降，得守東門。于是與陳文忠公子壯會師九江，約從徑道攻廣州西南。而公從海道攻城東北，且邀成棟歸路，期七月七日薄城。子壯先期至，事泄，可觀、景燁暨花山三千人皆死。時成棟方敗張公家玉于新安，聞之趨歸，遇于禺珠，公焚其舟數十。子壯軍未及辨旗，誤以爲盡敵軍也，遂潰。公收兵攻城五日，不克。率霍師連等轉攻三水、高明。八月初七日，鏖戰于新會。二十日入高明，御史麥而炫爲內應，清遠衛指揮白嘗燦亦舉城迎公。公率軍赴之，聯絡韶州、連州、四會、懷集等縣，扼斷咽喉。成棟圍攻月餘，卒開地道，以火器攻城。九月十九日城陷，公督兵巷戰，身被五傷，走朱氏園亭，題詩于壁曰：「無拳無勇，無餉無兵，聯絡山海，矢佐中興。天命不佑，禍患是嬰。千秋而下，鑒此孤貞！」又曰：「平生報國懷深，望斷西方好音。已共萇弘化碧，還同屈子俱沉。」又曰：「戀闕孤懷盡，懸絲一命微。負傷如未覺，無淚不須揮。魚吮艱貞血，水爲賻襚衣。只應魂氣在，長繞玉階飛。」書畢赴池自溺，爲兵所執。二十二日至廣州，養甲欲生降之，不屈。下之獄，不食。二十八日，臨命作歌曰：「天造兮多艱，臣也江之滸。書生漫談兵，時哉不我與。我后兮何之？我躬兮獨苦。匡山多忠魂，後先照千古。」歿後一月，家玉戰敗自溺死。又一月，子壯被執，亦不屈死。《忠愍行狀》、《獨漉堂集・請恤疏》。

先生聞變，易服逃出，父友增城湛粹遺舟迎至新塘。湛粹者，先生之妻父，字珩如，增城人，義士也。遺奴操舟密迎先生至新塘，聞有蹤跡之者，急走泥子灣田舍中。增城令徐士賡疑匿粹所，執粹下獄，別遣役圍其家。增城人走縣庭，爲粹請命者不下千人，令懼激變，粹又賂以千金，事乃解。遂移先生于家之複壁中。據先生所作《湛公墓志銘》。按先生初出走南海之弼唐，依龐嘉耋。嘉耋，故忠愍弟子。弼唐鄉土敦樸，甲申以後，避亂者以爲安土。先生有《過弼唐感舊贈嘉耋》詩云：『他日誰青史，當年易姓名。門人思李固，孤子託程嬰。我愧前賢事，君猶古道行。白頭懷宿昔，竟夕自霑纓。』

五年戊子，十八歲。

李成棟以廣州附桂王，復都肇慶。成棟本降寇，時萌怨望，適江西鎮將金聲桓踞南昌以叛，潛使人通于成棟。會肇慶乏餉，成棟陰嗾諸悍卒誘執佟養甲，而奪其印綬，遣人迎桂王于南寧，遂據肇慶爲行都，自進爵惠國公。冬，出師援贛州，後敗歿于信豐。桂王以其偏將杜永和爲總督，守廣州，羅成曜爲總兵，守韶州。據樊封《南海百詠續編》注。

夏，先生詣肇慶行在所，爲忠愍請恤。冬，歸里發喪。八月十五日具奏，二十一日奉旨，照陳子壯、張家玉例賜蔭議謚，科抄後徑歸里發喪。其後有傳司封之言，謂都下故事，有紙筆費千金，陳張之家行之，故得贈侯爵，而忠愍獨贈太僕卿，錄一子讀書國學。據《獨漉堂集》：《請恤疏》、《書後》。

六年己丑，十九歲。

四月，召尚可喜、耿仲明于海州，各率所部同取廣東。據《南海百詠續編》注：五月入覲，改封尚爲平南王，耿爲靖南王，諭以奠定之日，即藩守兹土。由天津水程遄行，九月朔，大會徵兵于江寧。十一月抵江西，仲明卒于軍，以其子繼茂權領藩事。十二月克南雄。

七月，桂王授先生世襲錦衣衛指揮僉事。據《獨漉堂集》：《請恤疏》、《書後》云：春，御史南昌饒公元璜昌言于廷，謂先府君功忠并茂，而恤典不稱，特疏請信前旨下所部察議。自春竟夏，司封者再易人，而覆疏不上。及秋，常德潘公應斗始視司封事。一日而呈稿，五日而命下，于是先府君得贈兵部尚書，蔭一子世襲錦衣衛僉事。尹既屢阨于司封，以爲是司封者，固無異于前人也，遲遲不往見。及拜命，始謁謝，潘公所以慰藉尹者甚至，又使子弟過索先府君遺文，手纂錄而去。尹語人曰：今而後，知世間猶不乏有心男子也。距今十五六年，與同邑梁君麗夫相識于縣城，杯酒間，梁君言有異事欲相語，懷之十餘載：潘公拜司封之夕，僕與曹輩數人宿其署中，夜半，潘公手燭呼衆人醒，問曰：識所謂陳（先諱）者乎？僕曰：吾邑之忠臣也。潘公曰：是矣，吾適夢庭中畫圖，上有雲氣五色，光芒不可逼視，傍有老人指謂曰：此給諫陳公血也，是豈有未竟之事乎？即簡閱文書，而饒公疏適在其上，視吏所呈牘，目次十三而越居第一。潘公起于坐，以手加額，即燭下草覆疏。念君未必知。尹聞是語時，毛髮俱豎，退而謹誌之。先生上疏條陳時事。據龍山《陳氏族譜》：先生上疏，奉旨云：爾父陳邦彦起義，忠能殉國，爾能念切時艱，披陳四款，俱可采用，而兵餉民心，尤爲互相關切，該部速與酌議具奏。今集中無此疏，按端木所作後《跋》稱：康熙丁酉九月二十七夜三鼓竟遭回祿，其《文集》：《奏疏》、《啟事》、《箋白》第九卷手稿盡毀，想此疏稿付兹一炬矣。又《族譜》以上疏事繫諸庚寅年，以時考之，當在己丑乃合。居肇慶。冬，假歸。據《初游集》序云：秋，執金吾于禁闥。冬，假歸。與鄧潔林等八人倡『義正會』于順德之龍山。據溫汝能《龍山鄉志》：先是陳巖野先生籲請設鄉兵，以金紫峰爲中營，天湖嶺爲東營，蘇埠山爲西營。其後鄧君潔林、鍾君冰髯、陳君元孝、葉君嚴公、馮君愧庵、盧君呂梁、黃君鳴芳、葉君奇毓八人繼爲之，慮其法漸弛，奸日肆，爰集鄉衆，重申禁約，而立會焉，名曰義正。時永曆三年事也。

是年詩有《拜恩感賦》一首。

七年庚寅，二十歲。

正月，尚可喜、耿繼茂兵克韶州。二月，圍杜永和、范承恩于廣州，桂王走梧州。十一月，王師再復廣州，桂王走南寧。據《聖武記》：尚可喜自解贛圍後，以金、王潰卒，張、洪、曹、李四營亡入閩、粵山林，明故臣揭重熙、傅鼎銓皆依之，而粵兵亦嚴守庾嶺，頓兵吉安將一載。至是，明鎮將郝尚忠等密納款，道我兵由間道入庾關，遂克南雄。正月，克韶州，降其總兵吳六奇。二月，圍明總督杜永和、守將范承恩于廣州。明桂王留李元胤、馬吉翔守肇慶，而自走梧州。時廣州城外密列炮臺，城西樹木城，浚三濠通海潮，泥淖不能攻，築長圍困之。及夏，暑雨蒸溽，弓弦解膠，士卒蒸疫，幾欲退師。會明援將高一功與陳邦傅自相仇殺，一功西走，我師敗陳邦傳、馬寶兵萬餘，遣吳六奇招降潮、惠各鎮。李元胤、馬吉翔按兵肇慶不敢進。十月，我江西諸軍畢至。尚可喜令軍士舍騎徒步涉淖，冒矢石奮戰，毀其木柵，以炮擊西北隅，軍士乘炮勢登城居之，守將范承恩、郝永忠、布政使袁彭年先後降，桂王率李元胤走南寧。《南海百詠續編》注：七年正月三日師抵韶州，羅成曜先遁，州倅許元庸率衆迎降。而仁化、翁源土寇蜂起，或稱賴軍門，或號十三營、翻天營、龍虎營，莫不聯墩結堡，以抗官軍。平藩乃分遣總兵班志富、吳進功率鐵騎搜剿之。逾月始肅清。定議兩路取省城，兩藩從陸，許爾顯領炮械輜重從江。二月朔，同日並發。四日陸路兵抵從化，縣令李奕聲出降。六日抵省城，敵守備頗嚴。平藩四察川原，謂諸將曰：『羊城三面阻水，可攻者僅西北一隅，而東西關廂炮臺、木柵林立，田塘阻隔，馬不得逞，唯築長圍以困之，一戰可克也。』乃兩哨分屯，平王兵營于白雲山西，啟爐九龍坑以鑄炮，造攻具，復調江西廣德鎮郭虎、贛州鎮高進庫、九江鎮先啟玉各領兵二千來廣，分討各郡。永曆聞廣被圍，遣將來援，而陳邦傅之兵泊于清遠，馬吉翔之兵駐于三水，觀望不敢前，相持數月。其城守總兵范承恩通款于我，擬決西壕之瀦水爲内應。然卒無實信也。十月，鑄炮攻具皆成，江西三鎮，兵亦齊集。三十日，班志富統前鋒克其西關炮臺，盡焚其木柵，許爾顯決其土壩，壕水皆竭，人馬通行無阻。十一月朔，輦新炮七十六位列于城西北隅之高岡，橫列里許。初二日黎明，我兵燃炮疊擊，雉堞全摧。午刻城崩三四十丈，參將何景桂曰：『日暮矣，城弗克，炮且全失，王不身先，誰肯舍命者？』平王乃馳至炮所，揮劍曰：『敢退者斬！』驍將孫得才大呼曰：『王先越壕，城斯克矣！』王縱轡逾壕，水及馬腹，既濟，棄馬，將登城，萬衆噪呼，肉薄以升，于是大城乃克，時已二鼓矣。杜永和率其將張月、李健捷、李元胤、吳文獻等開南門，航海遁瓊南。生獲范承恩，數其罪誅之。**同時，定南王孔有德由湖南進兵，收復桂林，執其督師瞿式耜及總督張同敞。**先是孔有德以六年二月進兵湖南，執何騰蛟于湘潭，走堵胤錫、胡一清于衡州，敗曹志建于永州，降其衆五萬。七年，武岡、靖州以次克復。瞿式耜使戎政總督張同敞率胡一清、趙印選、王永祚諸將守全州。九月，兵薄全州，明諸將退守榕江。旋棄榕江，走桂林。趙印選前忌焦璉，使屯平樂，至是，又尼其援桂，而倡衆潰遁。十一月，孔有德入桂林，城中空無人，執其督師瞿式耜及其總督張同敞。據《聖武記》。

先生避亂于西樵。據《初游集》序。**六月一日，先生外舅湛粹卒。**

是年詩有《哭外舅湛公》一首。自注：『公卒以六月，干戈阻絕，冬末始聞。』**《西樵旅懷》五首。**自注：『二十之齡，客途强半』云云。知是詩作于是歲也。第二首：『牂牁滾滾向東流，綠浦黃龍識御舟。初日平沙群躍馬，二年杯酒獨登樓。星連牛斗曾傳檄，寒報湘沅盡賜裘。孤棹一辭天萬里，幾回風雨吼吳鉤。』正是永曆西走後所作。先生已丑秋授錦衣衛指揮僉事，至是才二年，故曰『二年杯酒獨登樓』也。

八年辛卯，二十一歲。

大兵取肇慶，廣東要地盡復。桂王由南寧走廣南。據《三藩紀事》：大兵取肇慶，李元胤、李建捷奔南寧。元胤請出靈山，收高雷之兵，迎王入海。至欽州，爲士兵王勝堂所執，送靖南王所。不順命。令作書招杜永和，亦不從。與弟建捷俱斬于市。九月，陳邦傅降于靖南王。報至南寧，王震恐，議奔廣南，後軍印選、一清之師復敗，與大兵相去不五十里，王遽由水道走土司，抵瀨湍，轉入羅江土司，次龍英，至廣南。按李元胤，成棟子。

春，築幾樓于西樵之寒瀑洞。據《初游集》序。易裝過新塘哭外舅湛公。《獨漉堂集·祭室人湛氏文》云：明年，予著僧衣而來哭君家。按此則先生亦嘗易僧裝矣。秋遊閩。據《初游集》。按是時鄭成功新據廈門、金門兩島，軍勢頗盛，杜永和自廣州奔瓊州，成功謀往接之，率衆而南，次平海衛。先生遊閩，或欲就鄭氏于海上，時永曆已封成功爲廣平公矣。

九年壬辰，二十二歲。

二月，孫可望遷桂王于安陸所。改陸爲隆，升所爲府，後復改爲安龍。據《聖武記》：初，張獻忠既殄，其黨孫可望、李定國、劉文秀、艾能奇、白文選、馮雙禮擁衆川南，各數萬，推可望爲長，襲重慶，陷遵義，入雲南。使定國、文秀追明叛土司沙定洲于迤東。而自赴貴陽，并其黨艾能奇之兵，襲貴州鎮將皮熊、雲南鎮將王祥，皆奪其兵。二人皆明桂王封國公鎮守雲貴者。又脅服張光壁、馬進忠之衆。定國惡其所爲，及誅沙定洲，迎沐天波于雲南，不復相下。可望乃納款于永曆，求王封，欲藉以復衆。于順治六七年間，屢使求封，不決。至是，我兵四迫，桂王不得已封可望秦王、定國西寧王、文秀南康王，趣其出兵。可望乃遣兵三千扈桂王居安隆，使文秀、文選以步騎六萬分出敘州、重慶，以寇成都，使定國、雙禮以步騎八萬由武岡出全州，以寇桂林。後文秀犯成都，圍吳三桂于保寧。三桂旋回漢中，川西、川東、川南復陷。定國亦犯沅、靖、武岡，襲桂林，陷之，孔有德自盡。湖南、廣西亦相繼失守，永曆之聲勢復振。靖南王耿繼茂克瓊州，杜永和降。

春，自閩之江西，登匡廬。秋，泛彭蠡而下，止于杭州之西湖。據《初游集》序。

是年詩有《發閩中向匡廬寄蔡艮若》一首，《建昌河上》二首，《西湖》一首，《西湖雜興》四首。按第四首收聯『見說佗封地，依然屬漢家』。蓋是時李定國新陷桂林，詩意殆指此。

十年癸巳，二十三歲。

命敬謹親王尼堪爲定遠大將軍，偕貝勒屯齊進征楚、粵；洪承疇經略湖廣、雲貴。兩廣移赴長沙，以李率泰總督兩廣。

粵大饑。據《獨漉堂集·上張樞侯藩司賑饑安置條議》云：順治之癸巳，康熙之丁巳、戊午，米比今尤貴，又《初游前集》有《旱夜》一首云：『飢歲蘇猶未，農時旱可鄰。』是此年飢，明年復旱也。

自杭州至蘇州，因歷江寧、寧國，道陽羨，還杭州。冬，南歸。據《初游集》序。又先生《祭室人湛氏文》云『躓于匡廬，癱于臨安，痁于宛陵』，皆此兩年事也。又馮奉初作先生傳云：一日有父友遇于途，責之曰：『君先人未葬，四世宗祊無托，奈何徒欲以一死塞責，絕先忠臣後耶？』因泣而謝之。

是年詩有《過金陵不泊》一首，《京口舟中》一首，《虎丘題壁》一首。

十一年甲午，二十四歲。

桂王大將李定國寇新會，尚可喜、耿繼茂與靖南將軍珠瑪喇擊敗之，定國西竄。先是順治十年，李定國既陷桂林，進逼梧州，順流抵肇慶，分兵四掠，廣寧、四會相繼淪陷，三水，清遠一帶咸被兵圍，攻肇慶不克，解圍去。至是，犯高州，降將張月舉城降，陽春、陽江、恩平皆陷賊。定國營于肇城，隔河將趨新會。平、靖兩王至肇慶，總督李率泰擬守新興，平王不許。議守高明，亦不許。率泰曰：『封疆尺寸，豈宜棄城，今不守兩邑，寧有說乎？』平王曰：『定國百戰中原，其志匪細，今之所急在戰，不在守也。二邑去水遠，地非要害，兵少不足守，若撥重兵，倘賊以偏師綴我，而以重兵索戰，我進不能戰，退則喪其所守，此兵家大忌也。今天霪雨，江水大漲，從山絶路，從水阻舟，弦矢膠解，瘴癘大作，無論守不宜分，即戰亦不可速。』遂撤兵還廣州，肇人無不怨悵，以爲玩寇殃民矣。定國見兩王軍退，果攻新會，許爾顯死守之，百計不能下。至九月，天氣大晴，兩王始整隊下江門，連克其水柵陸寨，命徐成功、盛登科領軍糧十萬入屯新會城，協力防守。兩王營于三洲墟口。時賊連營十餘里，勢頗驕。平王計衆寡不敵，思出奇以挫其鋒，命步卒誘戰，馬軍斷後。定國親率鐵騎來追，先以關西精鋭五百躡王，平王設三伏以待，結陣徐以誘之，賊果深入，三伏並發，大敗之，生擒其僞總兵武君禧等十六人。此十六人者，皆萬人敵，賊恃以破鋭摧堅者也。既敗，賊氣乃懾，陷高明，合兵二十餘萬，以逼新會，分扼三洲、金利、富灣、羅屈等隘口。十一月，靖南將軍珠瑪喇統大兵一萬至，偕兩王營于新會城南。賊營于城北，排戰象大炮于兩峽口，别以鐵騎屯于峽左鋒，以爲下壓之勢。平王乃令副都統畢力克圖纛、章京賚塔統正黄、正紅兩旗，滿洲、蒙古兵副都統范達禮統左翼漢軍，章京尚之智，副將盛登科統藩下兵，合擊其峽左鋒之屯賊。十四日黎明，兩王總督及靖南將軍領大隊以督戰，日午，峽左鋒之賊奔潰，峽口之陣亦動，總兵連得成、田雲龍、栗養志，參將張榮分五隊噪進，槍炮齊發，矢石若雨，賊驚，回踏己陣，陣亂。定國登高望之，撫膺大痛曰：『吾縱横西南垂二十年，未逢敵手，今來廣東，一敗至此，非尚可喜之能，殆天意也。』率殘卒疾奔高州，後由高州竄廣西。據《南海百詠續編》注。又《平南王元功垂範》：十一年甲午冬十一月，王同靖南王率兵救新會，次于三水。十二月，王同靖南王、將軍珠瑪喇等合兵至新會，擊李定國，走之。十二月乙未春二月，追李定國至横州，定國焚橋而遁，乃還。

春，歸自吳越，仍止西樵。夏，僦居新塘，就婚于湛氏。據《增江前集》序。

是年詩有《歸自吳越與家皖翁龐藝長賚予弟握手龍津醉後成詩》一首，《與蔡艮若楊無見夜話》一首，《舟經故里不泊》一首。按此云『故里』當是龍山，非錦巖也。蓋舟入西樵必旁經龍山，詩云：『舊宅諸峰下，寒江繞郭長。』正忠愍公小圃故宅也。《葉世穎蔡艮若同登金紫峰作》一首，《旱夜》一首，《僦居新塘送葉世穎蔡艮若何友大不偕歸里》一首。

十二年乙未，二十五歲。

與蔡巖訪何絳于羊額，遂結廬讀書焉。《增江前集》序云：『與蔡子艮若就何子不偕之鄉，結茆荷池之上，讀書稽古，倦則放舟仰臥荷香中，致足樂也。」

是年詩有《新塘早春懷蔡艮若何不偕》一首。詩云『幾日移居杏再紅』，係移居新塘後第二年春所作也。

十三年丙申，二十六歲。

桂王由安隆遷雲南。《行在陽秋》：夏四月，安西王李定國迎駕入雲南，定國詭爲清兵，戰敗孫可望部將關有才之兵，遂奉詔入安隆州，執可望家屬以去。《三藩紀事》：定國自攻新會敗後，率殘兵奔南寧，將由安陸入滇。可望偵知之，使文選赴安陸，勒王回黔，合宮大慟。文選雖爲可望用，然心不直其所爲，因以情告王曰：姑遲行，候西府至。西府謂定國也。定國至安陸，文選歸之，共奉王趨雲南。王封文選爲鞏昌王。時守滇者爲劉文秀、王尚禮、王自奇、賀九義。文秀數怨可望，遂以數騎私迓定國，迎王入滇。王封文秀爲蜀王，尚禮保國公，自奇夔國公。令文選還黔慰諭。文選至，可望銜其貳于定國也，悉奪其所部兵，羈之軍中。然以妻子尚在滇，未敢遽反。

寓梁棲家之寒塘，臥病兩月。秋，偕蔡崖、何絳遊陽春。《增江前集》序。按是時，王興據文村，鄧耀據龍門島，而陽春爲二處之孔道。先生陽春之行，或藉以觀變歟。是年蔡崖卒。據先生所作《蔡艮若墓志銘》：崖，順德龍江人，性至孝，篤氣誼，狷介少許可，爲詩文孤潔刻峭。卒時年僅三十。有志之士，莫不慟焉。

是年詩有《何友大問余病于寒塘》一首，《臥病》一首。

十四年丁酉，二十七歲。

春，葬忠愍公及彭夫人于增城之九龍山。秋，偕何絳遊澳門。《增江前集》序。

十五年戊戌，二十八歲。

大兵自楚、蜀、粵三路入滇，桂王走永昌。據《聖武記》：先是十四年十二月，命貝子洛託爲寧南靖寇大將軍，同經略洪承疇由湖南進兵；吳三桂爲平西大將軍，同都統墨爾根、李國翰由漢中、四川進兵；都督卓布泰爲征南將軍，同提督線國安由廣西進兵。三路約會于貴州。至是年六月，復命信郡王鐸尼爲安遠大將軍，總統三路。九月抵貴州平越府。十月，三路大兵十餘萬俱集，戒期入滇。十二月抵曲靖。十五日桂王聞報走永昌。

春，與何絳出厓門，渡銅鼓洋，訪故人于海外。按是時廣南諸帥：欽州、龍門島則有鄧耀；新寧、文村則有王興；石城則有周金湯；海陵島則有李常榮，皆奉永曆正朔。先生所訪之故人，不知爲誰。然諸遺臣多在龍門島，有兩郡王、一巡撫、六部監司，知府以下凡數十人，屈士煻、士煌兄弟亦在其中，意先生所訪爲屈泰士耶。明年，王興以力竭自焚死。十七年，周金湯敗死，鄧耀走安南，李常榮降于我朝。八月，同適湖南，逾大庾嶺，取道宜春，至昭潭度歲。《增江前集》序、《中游集》序。長子贛生。據馮奉初所作先生傳云：至贛州，聞婦生男，喜曰：『吾先人有後矣。』遂名之曰『贛』。贛，字端木，南海籍增生，著有《弗如亭草》。

是年詩有《厓門謁三忠祠》一首，《醉夜》一首，《夜發甘竹灘》一首，《宿董無休五羊寓舍留別》一首。據阮元《兩浙輶軒錄》：董瑒，字無休，原名端生，字叔迪，會稽人。五歲而孤，十歲能詩文，受業劉蕺山之門，學窮根柢。度嶺南，陳元孝重其詩，稱莫逆交。有《學村園稿》。又李瑤《繹史》勘本：董瑒有高行，晚歲披緇，手輯劉子遺書。《別楊無見因柬岡州同人》一首，《度大庾嶺》一首，《江上別盧非玉》一首，《湘潭除夕》一首。

作《北征賦》。自序云：『予自粤徂楚，紆道臨袁，寓于昭潭，茅齋數椽，餘冬無事，頗娱心于文辭。』

十六年己亥，二十九歲。

正月，桂王自永昌奔騰越。二月，抵緬甸境。五月，止于緬之孟坑城外。《三藩紀事》：正月，王自雲南赴永昌，警報日至。二月十五日，李定國令總兵靳統武率兵四千人自永昌護王行，十八日抵騰越。時李國泰、馬吉翔輜重甚厚，恐遭劫奪，促王連夜即行，兵馬過處，火光燭天，右轉左旋，天明仍在故處。二十八日至銅壁關。統武去王，仍歸定國。緬人知王抵關，令從人悉去兵器，方許入關。是日次蠻漠，緬人迎貢，頗成禮。三月一日，到河岸。二十四日，至阿瓦。請大臣過河，面議冊寶，視神宗時差小，疑以爲假，及出沐國公印，對同乃信。因請王及文武臣居舊城，并請敕關上，無得納漢兵。五月四日，緬王以龍舟來迎。王八日到者梗，蓋房十間居王，以竹爲城，隨從諸臣，或短衣跣足，與緬婦相貿易爲笑樂。八月十五日，各蠻來朝，緬王欲誇示諸國，請沐天波過河，令跣足爲蠻先，以臣禮見焉。李定國有疏迎王，前後三十餘上，俱不得達。按孟坑城外即者梗，見《行在陽秋》。

春，自湘溯漢。秋，憩蕪湖，歷皖北，抵汴梁。十一月南還，至漢口度歲。《中游集》序：『度歲昭潭，而滇黔路絶。明年乃登南嶽，泛洞庭，順流江漢之間。其秋憩蕪關，遇海舶之亂，輕舟濟江。歷中都，治寒衣于汴梁，北渡黄河，徘徊太行之下。冬中南還，自鄭州、信陽，至雲夢登舟，度歲于漢口。』按先生此行，本欲追從桂王于滇，及抵湘潭，而桂王出走永昌，大兵三路進剿，滇黔路絶。不得已棲遲于衡嶽、洞庭之間者數月。適是時鄭成功聞王師三路攻雲貴，乃與張煌言大舉内犯江南，以圖牽制。六月，由崇明入江，陷鎮江，直薄金陵，謁孝陵。煌言所部亦由蕪湖進取徽寧諸路。凡太平、寧國、池州、徽州、廣德、無爲、和州等四府三州二十四縣，望風而靡。維揚、常、蘇，旦夕待變，東南大震。先生于是由湘溯江漢，順流而下，至安慶、蕪湖，正與海上之師相遇。既而成功爲梁化鳳所敗，揚帆出海。十月還島。煌言軍遇我徵貴州凱旋之兵，浮江而下，亦戰敗走徽寧山中，出錢塘入海。而先生之志終不得遂矣。歷中都，渡黄河，徘徊太行之下，漂泊無依，鬱鬱南返。《中游集》序謂『是遊也，志在西南，而行乃東北』，其中鬱悒，蓋不足爲外人道也。其述昔年之夢曰：『始予十二，丁母夫人艱于錦巖，苫次夜夢，有大象十餘頭，乘舟過吾門者，象上有人羊裘而操琵琶，宿昔所未覩也。且以白先公，先公曰：「異夢也，其必有徵。」是行也，于鄭州道中，遇象十三自南而北，雨雪初晴，其人皆披裘，坐象背而絃歌。十八年前夢中所見也。詢其自來，乃滇池所獲。予之飄泊于此，命也夫。蓋自是無復遠遊之志矣。』云云。考是年大兵入滇，追桂王至永昌，與李定國鏖戰于磨盤山，定國敗走，窮追至騰越西北二十里中原界盡，詔以雲、貴、川、廣、湖五省蕩平，宣示中外。是冬經略洪承疇以疾先歸。先生鄭州道中所見，殆經略凱旋之衆也。據龍山《陳氏族譜》：己亥抵湘潭，遊衡岳，出湖口，泛舟彭澤。出池州，寓蕪湖。七月謁世子，上奏記言事，與張立著、張書紳、朱子成參謀云云。世子即成功也，二張及朱子成不知何人。按集中有《送朱子成之贛州》詩云：『義能存故友，分不見諸侯。』則其人可想而知矣。

是年詩有《湘上寄梁器圃》一首，《湘上讀書東郭幼隗》一首。據鄧顯鶴《沅湘耆舊集》：郭金臺，字幼隗，湘潭人，本姓陳氏。年十二遭家難，匿中表郭氏得免，遂冒郭姓。崇正己卯壬辰，兩中副榜。隆武稱號，登鄉試，督師何文烈薦授職方郎中，再起監司僉事，皆以母老辭。及卒，自題其阡曰『遺民郭金臺之墓』，有《石村詩文集》。陳恪勤其冢孫也。按集中載有《留别陳元孝何不偕憶己亥春，與老友郭幼隗同飲于劉南遊詩》。又羅汝懷《湖南文徵》：劉赤，字符九，號釧堂，湘潭人。嶺南陳恭尹序《省齋詩集》云：隱君符九家室，惟《易象》一卷，香爐筆格而已，屈指已四十年云云。今集中無此序。此劉符九亦遺民也。《發舟中湘將登南嶽》一首，《宿羅克生》一首。據《沅湘耆舊集》：羅楨，字克生，衡山人，隱居南嶽，精修玄理，善劍術，工騎射。嶺南何不偕、陳元孝嘗主其家，詩格老到，所傳不多。《南嶽廟》一首，《石浪庵訪破門上人》一首。據《沅湘耆舊集》，破門和尚，名法知，結茅南嶽下火場，自名其庵曰『石浪』，有《破門詩集》。《贈大化上人》一首，《南嶽道中從石浪庵上至高臺寺》一首，《登祝融峰》一首，《宿高臺寺》一首，《下祝融峰向白門寺道中作》一首，《白門別諸諸和尚》一首。據《沅湘耆舊集》：釋文悜，字阿諾，湘潭周氏子。祝髮清涼寺，妙精釋典，開堂南嶽曉霞峰，有詩集。康熙初，湘中名流多尊奉之。按諸諸和尚當即阿諾。《過洞庭湖》一首，《赤壁舟中歌》一首，《過昭關》一首，《次鳳陽逢中秋》一首，《舟泊長淮關懷去年別者》一首，《吹臺》一首，《夷山謠》一首，《博浪謠》一首，《黃河謠》二首，《山陽送趙客入燕》一首，《山陽逢亡友蔡艮若生日感賦》一首，《兒贛晬日旅山陽作》一首，《賣驢》一首，《歲暮登黃鶴樓》一首，《王將軍輓歌》一首。按王將軍沒于是年秋，時先生方在旅次，未必知之，殆後補作耳。據《南海百詠續編》注云：王興，番禺人，少爲農，短小精悍，智計過人，群呼爲繡花針。明亡，遂散家財，收納亡命，以謀恢復，四方歸之。初屯花山，殆紹武被殺，乃據文村。文村爲肇慶交界，與新會、新寧、開平、恩平、陽春、陽江六縣毗連，處萬山之中，四鄰大洋，羊腸鳥道，一徑通人，而刺竹陂塘，交相關隔，實百粵之天險也。興築寨其中，奉聿鍵之弟朱聿鐭爲主，仍用永曆年號。時官軍方勘定瓊南，未暇及此一隅也。順治十五年，粵地大定。七月，平南王親率將佐往討之，分扼其運道，作長圍困之。相持半載，王遣人招之降，興不聽。是年冬，島中糧且盡，興遣其子五人賫明之印敕令箭至大營約降，夜具衣冠，舉家自焚死。聿鐭亦吞腦片而亡。此王將軍即王興也，永曆封爲虎賁將軍。唯《南海百詠續編》指爲順治十五年冬事則誤。考《平南王元功垂範》，十六年己亥秋八月，文村降。先生詩始從戊戌夏，兩及中秋期，是己亥秋無疑也。

作《七別》、《遊衡山記》。

十七年庚子，三十歲。

命內大臣愛星阿爲定西將軍，會同吴三桂追剿桂王于緬甸。據《聖武記》：十七年，信郡王鐸尼、將軍卓布泰先後班師，留滿、漢兵數萬及西洋大炮，以都統伊爾德、卓羅等分屯要鎮，時桂王已入緬甸，李定國、白文選分竄孟艮、木邦。我朝亦度外置之，議撤兵節餉，而三桂貪擅兵權，必欲俘永曆爲功，遂于十七年有《渠魁不翦三患二難》之疏。乃命內大臣愛星阿爲定西將軍，赴滇會剿。《三藩紀事》：李定國之兵敗于潞江，退師出騰越，知王已入緬，不敢深入。聞白文選屯兵木邦，乃就文選謀曰：『王入緬，敕漢兵無入緬關，我兵若入，恐變生不測，清兵萬一隨來，無險可恃，莫若擇地屯住招集，以圖恢復。』文選以王既入緬，無重兵護衛，請身入護王，與定國謀不合。定國遂自引兵從孟定府過耿馬，抵猛緬屯扎，前各營潰兵陸續來集，兵勢稍振。越數月，移營孟連，賀九義及文選部將張國用、趙得勝等皆來歸，乃約元江土司那嵩共恢復。孟艮酋長以定國在孟連，恐爲所并，糾合夷衆與定國爲梗。定國移兵征孟艮，滅之，據其城。而大兵已乘間破元江，那嵩自焚死，事不得集。賀九義妻子在雲南，吴三桂令作書招九義。九義有二心，定國殺之。國用、得勝與九義同來歸者，聞之心怏怏。總兵唐宗堯者，故奸弁，定國令守磨乃。凡兵將投孟艮者，宗堯悉收隸麾下，商客至則盡取其財，由是商賈不至，以故雲南及阿瓦消息，定國絶不聞。文選自與定國别，即由木邦至錫薄，所至縱兵大掠，聲達阿瓦。阿瓦有新舊二城，新城緬王所居，以舊城居王。文選急攻新城，城中無備，且破矣，緬王紿言俟三日出新城讓王。文選信之，退兵十里，而城中禦備復固。既三日，文選復引兵進攻，反爲所敗，遂引兵赴孟艮會定國。定國遂同文選赴阿瓦，其國用、得勝兵仍還文選。時十七年庚子九月也。

春，初自漢口溯衡、郴，下韓瀧，三月抵家，仍寓新塘。據《中游集》序：『夏，與何、梁、陶諸子掩關于新塘者二年。』〔二〕何絳、何衡、梁槤、陶璜也。

【校記】

〔一〕按此句出自《增江後集》。

是年詩有《庚子元旦毛子霞據王豫《江蘇詩徵》：毛會建，字子霞，武進人。按《翁山詩外》有《答毛子霞詩》云：『豈意秋蓬轉，重逢在晉陽。』又云：『假食歌聲苦，從軍塞路遥。』意其人蓋就戎幕遊四方者。又：華復蠡《兩廣紀略》：庚寅年入廣州，宿三夕于毛子霞寓。子霞蓋曾流寓廣州也。招同何不偕登黃鶴樓》一首，《歸舟》四首，《寄答方楚卿》一首，《早發新塘浦向廣州東山舟中作》一首，《送董無休歸會稽歌》二首。

十八年辛丑，三十一歲

七月，緬酋殺桂王從官沐天波等。十二月，獻桂王于大軍。明年四月，殺于雲南。《三藩紀事》：四月，李定國至阿瓦，使人入緬求王。緬人不許。定國見緬人備禦已固，乃退兵三十里下營。明日，緬人見定國退，即于城外立木城，日移而前，遂逼定國寨。五月，以象兵與定國戰于木城下，定國前隊稍失利，白文選引兵橫衝之，緬人大敗，退保新城。後張國用、趙得勝以賀九義之死銜定國，挾文選北走，降于吳三桂。七月二十三日，緬酋殺兄自立，隨遣兵士驅王隨從文武諸臣渡河吃咒水，至則盡殺之，于是松滋王某、沐天波、馬吉翔等以下數十人皆被其難。復以兵三千人圍王所，每三十人擒殺一人，入宮搜取財物，于是自縊及被殺者不可勝數。王與太妃等二十五人聚一小房，逾二時，乃移王出，居沐國公房內，大小內外共棲一樓，三日幾斷火食。兵退，修葺原所，復請王居之。《聖武記》：九月，滿、漢土司兵及降兵七萬五千，并炊汲餘丁共十萬，由大理、騰越出邊。以五萬出南甸、隴川、猛卯，三桂、愛星阿將之；分二萬餘出姚關，總兵馬寧、王輔臣、馬寶將之。十一月，會師木邦，聞白文選方扼錫箔江，遣前鋒疾馳三百餘里，及江濱，文選已毀橋走茶山。我師恐其窺木邦後路，乃令馬寧等軍分道追文選，而大軍筏渡趨緬，以降人爲鄉導。十二月，抵蘭鳩江，緬遂執桂王由榔及其母、妻、子并從官家口獻軍前。文選爲馬寧等追及，亦以兵萬餘、象馬數千降。班師；留提督張勇以萬人守普洱，備定國。未幾，定國死于景線，于是桂藩之局結。《行在陽秋》：冬十一月初八日，吳三桂兵至木邦。十二月朔，駐兵舊晚坡。坡在緬城之東，是日緬相錫真持貝葉緬文降于三桂，其文有『願送駕出城，但祈來兵去扎錫坡』。猶慮三桂之襲其後也。初三日，二三緬官來見，曰此地不便，請移別所。言未畢，數蠻子將上連杌子檯去。太后等悲聲震天，行約五里，渡河到岸，黑暗不識何兵。二更到營，始知爲吳三桂矣。壬寅正月十三日，駕還滇都，居滇故都督府。三桂日進膳、服等物。夏四月，太皇、太后、王氏不食崩。吳三桂部下有欲奉此以成不世之功者，事泄，三桂即令輦上及皇太子出，以弓弦絞于市。《三藩紀事》：康熙元年壬寅四月二十五日，王與妃及世子俱終于雲南。沅江總兵皮熊聞王就執，走避水西，絕粒七日不死。大兵聞，遣騎執熊至，背立不順命，積十三日不食始瘖，十四日乃斃。熊壻趙默亦被執，索紙書絕命詞受戮。鄧凱者從王于緬，王既死，入昆陽普照寺爲僧。李定國聞阿瓦消息，遣人入車里、暹羅諸國乞兵，圖興復，會一營人馬盡死。六月十一日，定國生辰，病作。二十七日，定國卒。臨終謂子嗣興及靳統武曰：『寧死荒徼，無降也。』定國死未幾，統武亦卒，子嗣興來降。

冬，始遊羅浮，臘月，偕同人觀日于飛雲絕頂。《增江後集》序，《羅浮紀遊詩》序，《羅浮絕頂觀日記》。

是年詩有《珠崖歌送魏和公》一首，按和公到粵，與先生最契，齒兄弟行。集中與北田諸子書疏暨唱和詩甚多，考《魏伯子詩集》有《庚子仲夏送季弟之廣》詩，《魏叔子詩集》亦有《送季弟入廣》詩云『棲棲六月下重灘』。而《和公詩集・南越送別董無休還會稽》詩云：『天末起秋風，乃到海之陲。』是和公以庚子秋至粵，其往珠崖當在辛丑之夏，因集中《將別元孝》詩題云『季春四日次之』者，即爲將之海南詩。《魏叔子集》有《辛丑仲冬懷季弟在瓊州》詩云『一去十九月，絕不念鄉里』，蓋是年冬仍在瓊州也。考《平南王元功垂範》：庚子年末云『剿龍門，鄧耀遁走』。疑和公此行，承故人之招，欲往龍門島。先生知其時大兵往剿，故序有『不能爲謀，安能止之』語，詩則有『願祝安而往，速而還』語，深慨之也。彭躬庵爲和公詩序云：和公有兄弟友朋文章之樂，恒鬱鬱不得志，則身之海南，更渡瓊。既至，值兵變，殺人狼籍，禍洶洶且不測，則闔戶更爲海南道中。詩三十首。今讀其詩，憤慨伊鬱，與先生心事正同，宜其情誼獨摯也。《登羅浮》一首，《宿寶積寺》一首，《游黃龍洞》一首，《沖虛觀》一首。

康熙元年壬寅，三十二歲。

是年至戊申凡七年，恒寓順德之羊額鄉。《增江後集》序：『自壬寅至戊申，則掩關羊額爲多，蓋二何子之家在焉，而梁陶則所居近也。』按時稱北田五子，即先生與何衡、何絳、梁槤、陶璜五人也。北田，羊額之地名。

是年詩有《送魏和公歸寧都》一首。按彭躬庵贈北田四子序云：壬寅，季子自粵歸。蓋和公留瓊年餘，至是始北歸也。又據《魏昭士文集》，有《贈北田諸先生序》：乙丑夏，侍家君入粵，因得見陳、陶兩先生。陳先生嘗爲予言：少當國變，日有流離死亡之憂，不敢自懈逸，以有今日。而甲乙以後，操心危，慮患深，當不測之禍，有以自脫云云，是康熙乙丑，和公復到粵也。

二年癸卯，三十三歲。

作《明明經如珩湛公墓志銘》。

三年甲辰，三十四歲。

是年詩有《送程周量起復入都》一首。考周量壬寅年正月丁父艱，至是年當起復。

作《壽崔千上先生序》，按：千上，南海人，與忠愍同登隆武乙酉鄉榜，先生所父事者也。國亡後，與王邦畿、吳獻隱于順德之龍江。《請恤疏》、《書後》。

四年乙巳，三十五歲。

冬，次子勵生。勵，字士皆，康熙己卯舉人，著有《東軒草》。

是年詩有《清明日擬杜七歌》七首。

五年丙午，三十六歲。

冬，廣州大雪。

是年詩有《丙午歲旦漫題》一首，《廣州客舍夜雪歌》一首。

六年丁未，三十七歲。

是年詩有《壽姚香山熙止》一首。按：熙止，名啟聖，會稽人。後以平臺灣功，官至尚書。舉康熙二年鄉試第一。三年，宰香山縣，以擒治澳門巨賊霍侶成，故詩中有『揮鞭一指招曰來，群盜如麻皆面縛』之語。後以事削官，此詩殆將去時作也。

書《上岐孝婦》事。

七年戊申，三十八歲。

夏，湛恭人卒。《增江後集》序：『戊申之夏，先室奄逝，繼以婚葬，而兒曹漸長，生事日繁，不復能閉戶矣。』按《行狀》：繼聚番禺郭氏，生子適。何年于歸，今不可考矣。

是年詩有《握山唁予新塘》一首，《歲暮有作》一首，《湛用喈折並蒂蘭一枝見貽予既拓落于時兼有悼亡之戚空齋嘿對觸興爲詩》一首。

作《祭室人湛氏文》。

八年己酉，三十九歲。

是年詩有《秋日西郊宴集同岑梵則張穆之家中洲王說作高望公龐祖如梁藥亭梁顒若屈泰士屈翁山時翁山歸自塞上》一首。考《翁山集》，己酉歸自代北，則此詩當繫于此年矣。同集諸人，除藥亭外，皆當時遺老。穆之張穆、中洲陳子升、說作王邦畿，望公高儼、祖如龐嘉耋、顒若梁觀、泰士屈士煌、翁山屈大均，只岑梵則未詳。集中有《西郊贈岑梵則》詩云『寂寞荒邱采薇蕨』，知亦遺老也。

九年庚戌，四十歲。

作《小齋賦》，《王華姜哀詞》，《華姜墓志銘》。

十年辛亥，四十一歲。

是年詩有《送家中洲之青原訪藥地禪師》一首，據《中洲草堂集》李模序：中洲于辛亥入黄山青原訪熊魚山、方密之爲方外之遊，二公宗門中所謂檗庵、藥地者也。按方以智號密之，藥地其法號也。《寄青原藥地禪師》一首，《漫興》三首。按詩云：『借屋增江口，悠悠十八年。』自甲午至辛亥恰十八年也。

作《命兒贑字端木說》。

十一年壬子，四十二歲。

秋，溺于扶胥口，幸得脱，手稿盡沒。據端木《跋》：先生作《梁飛仙靈洲藏稿序》云：『去秋，舟自新塘入廣州，中途風作，溺死者十餘人。而飛仙詩與余俱出波濤之中，巋然無恙。』

十二年癸丑，四十三歲。

是年先生友梁槤卒。據先生作《梁寒塘墓志銘》：槤，字器圃，順德人。早歲感慨世難，每思投袂而起。常斥千金產，資同人遠遊，既落落無所成，乃與同邑何左王衡、何不偕絳、番禺陶苦子璜暨尹閉關北田，世之言隱者，目爲北田五子。爲詩力追中唐，沖澹有自得之致。工書善畫，片紙之出，人爭寶之。子弟傳其學者數人，時稱寒塘一派。

是年詩有《讀梁高士寒塘辭世詩次韻哭之》二首，《程周量出守桂林寄之》一首。據《國朝詩人徵略》：程可則，康熙癸丑出知桂林府。

作《梁飛仙靈洲藏稿序》。

十三年甲寅，四十四歲。

吳三桂反于雲南，耿精忠以福建應之。

初編《詩集》。據自序。

十四年乙卯，四十五歲。

南昌彭士望躬庵來廣州，與先生定交。據本集彭序云：『吾易堂魏和公從南海歸，亟稱陳元孝之人與其友，推重其詩，予同堂咸信之。雖未一識元孝，間寓書輒齒兄弟。乙卯扶衰冒艱險數千里入粤，始得見元孝，與之語，落落穆穆，不能口給，久而意味出焉。』

十五年丙辰，四十六歲。

尚之信以廣東應吳三桂。尚可喜卒于粤。

春，自新塘挈家西還，寓羊額。《江村集》序：『甲寅之春，亂起滇閩，至丙辰而東西交逼，及于惠肇。予所居新塘，東江之衡也。二月，挈家西還，僦居羊額，甫定，而廣州變，與東西連和。』

有權勢某覈餉佛山，藩王取大炮于羊額，均賴先生言，立解。據龍山《陳氏族譜》。

是年詩有《送魏善伯之潮州》一首，考《魏伯子文集·潮州送屠夢破序》云：予去夏來潮。末云『時丁巳二月六日』。據此則善伯遊潮當在是年夏也。《移家西歸留別湛克正克茂外弟兼柬同人》一首，《寄祝馮再來中丞》三首。據《廣東通志·職官表》：馮甦以康熙十四年任廣東巡撫，詩云『金馬棠陰無恙否？石羊城下已三年』。自甲寅至今，恰三年也。《四庫提要》：甦官雲南，會吴三桂作亂，不屈被囚。詩所稱『金馬棠陰』，意指此也。

作《祭王文》。按王即尚可喜也。

十六年丁巳，四十七歲

歲饑。據先生《上張樞侯藩司賑饑安置條議》云：『康熙之丁巳、戊午，米比今尤貴，而民不病。』

夏，廣州反正。《江村集》序：『丁巳夏，廣州復通于北。』

自是年至甲子，鄉居龍江。據端木《跋》。

十七年戊午，四十八歲。

秋，因事下獄。按先生下獄之故，集中暨當時記載多不詳，據龍山《陳氏族譜》：戊午秋，僞周慕公名，移書平藩安達公，罣累入圜扉者數月，賴當事知公素志，力爲表白，題奏當道，始得免焉云云。疑當時尚之信曾通吴三桂，或薦先生于吴，或吴移書延攬，均不可知。丁巳，廣州既反正，必查取嫌疑諸人名籍，因而逮繫也。同時屈翁山亦出走楚、桂，曾監孫延齡軍，先生與屈至交，豈有不牽連之理。又據先生《上戴觀察書》：『同獄有林生梧，以同名之誤，横受投杼之疑。其兩兄並以教讀爲業，一則辭其生徒，彷徨旅邸，以急脊令之難；一則閉戶長齋，必待其弟之歸，共案而後舉葷。』考林梧爲東莞林洊之子，洊隨張文烈家玉死難。今其子被繫，與先生情事略同，其兩兄一名林楊，一名林杞，見先生所作《司理林公傳》。

是年詩有《獄中雜記》二十六首，《獄中柬黄畏齋楊巍材陳是庵》一首。

十八年己未，四十九歲。

春，獄事解。《江村集》序：『己未春，事始解。四年之間，虚名爲累，日周旋刀鋒箭鏃中，自有生以來，未有危于斯者，視丁亥之禍，覆巢毀卵，殆有甚焉。』

是年詩有《獄中送郭清霞按清霞，秦人，明官游擊，隨孫傳庭與闖賊博戰。傳庭殉難後，流寓粤之東莞，以女聚陳阿平兼寄李相如》一首，據《四會縣志》：李恕，字相如，順治初歲貢，仕至雲南鶴慶府知府，有《鶴歸堂詩草》。按《四會縣志·選舉表》：順治朝歲貢，恕列在首，無年月，而其下蔡奇遇等皆注云八年貢，是恕之貢，在八年前矣。疑恕爲桂王時所取之貢，其官鶴慶，亦在桂王時代，蓋明遺臣也。先生與恕最契，集中有《側首》一詩云：『側首西南望，平生李左車。依人丹鳳闕，近日碧雞書。世事那能極？爲心尚有初。虎頭今白盡，飛躍更何如？』蓋爲恕作也。又有《李相如自滇池録示近詩率爾賦寄》一首，《送李孝先之蘄州扶其先大夫相如先生旅櫬歸粤》二首。語多沉痛，決爲遺老無疑。《獄中值林叔吾生日贈之》一首，《登大士巖紀事》一首，《送屈翁山之金陵》一首。按翁山己未奉母挈妻子避地江南。

《上戴觀察書》。書中稱：『部文至矣，兩院允矣，所以未蒙即釋者，以藩啟未下。然投啟之始，即值出師。啟之覽否未可知，且自去年報供報病，啟皆不發，或以事涉嫌疑，不便可否，而歸其權于有司乎？』按『事涉嫌疑，不便可否』一語，足證事之果由尚藩來也。

作《外弟湛克正祭文》，文云：『吾去秋遭意外之禍，下棘寺者二十旬。君來相視，泫然出涕，予大笑以慰君。豈謂予甫脱獄門，而君病遂亟耶？吾既出獄，而病瘡者彌月，又以兩兒之病留連鄉中。』按此，湛克正之卒，知在是年，又知是時家眷在龍江鄉中也。《胡季美先生手跡跋》，文云：『己未七月五日，于友人胡君韶先廣州宅中，得睹其尊人季美先生遺書二紙。』按：胡季美，江西人，乙酉死于王事，子韶先流寓廣州。先生集中《贈胡韶先》云：『匡廬歸路不盈旬，嶺外山川久寄身。一嘆未忘投筆日，十年長作曳裾人。篇章每奪詞流氣，甲子惟書酒國春。生歲同君餘亦似，少來多難老來貧。』餘唱和甚多。

十九年庚申，五十歲。

居鄉讀書。《江村集》序：『庚申而後，乃稍得晏然，復理詩書，有同人酬唱之樂。』

是年詩有《仲冬十三日贛兒受室率成一律示之》一首，《贛兒受室承諸公贈詩賦答》一首。按端木生于順治戊戌，至是二十三歲，因詩中有『百年過半作翁時』之句，故斷爲是年詩也。《送張南士歸山陰》一首。據毛奇齡《張南士墓志》：張杉，字南士，隱居白漁潭。康熙二年，海上獄起，祁班孫在逮，杉經理之。班孫徙塞外，杉欲同往，解官力勸之返，乃嚎咷而別。蕭山毛甡避人出走，潛歸，怨家跡之，南士藏之白漁潭。康熙十四年，甡在汝南，彬獨身尋甡，相持而歸。後五年，南士以猶子官廣東鹽提舉，過其任。疾卒。按南士疾卒于粤，此詩送歸，當不果歸矣。今集中有《輓張桐君》五律四首，注：令兄南士，名杉，客卒嶺上云云。桐君名梯，詩云：『五嶺非深阻，雙棺乃後先。』殆亦卒于粤也。又集中有《送沈甸華歸杭州》一首，《送郭臯旭歸當湖》一首，《贈別查韜荒》一首，俱浙江人。《贈余鴻客》一首，《送凌天杓歸金陵》一首，俱江南人。均不著年月。然編次先後略同，當此數年内作也。兹附志各事略于下：

沈甸華，名昀，號朗思，仁和人。學宗蕺山。應撝謙《潛齋集·沈朗思處士傳》：晚年以二人乏養，薄遊南粤及維揚而歸。其遊維揚也，得病，歸卒。全祖望《鲒埼亭集》所作《墓志》云：甲申之變，年二十七，即棄諸生，卒年六十三。據此則甸華卒于康熙十九年庚申，先生此詩當作于前一年矣。郭臯旭，名襄圖，平湖人，貢生。工詩，性倜儻，好交遊。乙酉泛舟入海，期年歸。一日殺仇于市，下獄，賴友人李慶乙得脫。著有《更生集》。查韜荒，名容，海寧人，初白兄。性好遊，南至滇黔，北抵燕齊，才名大振。吴三桂未叛時，延爲上賓。容察其有異志，佯醉駡坐出，即促裝行。吴遣劍士將殺之，微服間道免。著有《彈箏集》、《江漢詩》。余鴻客，名賓碩，江寧人，懷子。著有《丁卯集》。凌天杓，不詳其名，上元人。《金陵詩徵》采其《遊孝陵》二詩。

作《聽劍圖自贊》。

二十年辛酉，五十一歲。

是年，吴興祚來督粤，先生與之唱和極多。吴興祚，號留邨，正紅旗人。在粤極有惠政，且工詩。集中有《獻大司馬制府吴公一百韻》排律一首,《獻祝大司馬制府吴公》七律三首,《送吴制軍至三水因紀昔游作百韻贈别》五古一首,《江邊行獻大司馬制府吴公》一首,《吴大司馬泊舟三水予挈白菊遺之適王將軍在坐即事聯句十一韻》一首。王將軍,名永譽,字孝揚,時爲鎮粤將軍,亦愛才下士,集中唱和甚多。創建百順堂祖祠于龍山,置田供祭祀。據龍山《陳氏族譜》。

是年詩有《送陳省齋學憲復命還都便道歸武昌省覲》一首。陳省齋,名肇昌,湖廣江夏人。康熙十七年任廣東提學道,是年去任。《次和嚴蕅漁宮允南歸述懷》四首,《再次嚴蕅漁中允韻送之歸無錫》四首。按:嚴蕅漁,名繩孫,康熙辛丑以檢討典試三晉。擢中允,假歸。

二十一年壬戌,五十二歲。

是年詩有《送耿象翁》一首。按是詩今集中漏載,余家藏有《鴻飛嗣響詩畫冊》一帙,先生手書此詩在焉。詩云:『干旄將發粤王臺,别思逢秋不易裁。當世幾人能下士? 惟公隨地肯憐才。珠官異政他年最,薇省新花幾度開? 處處甘棠歌勿翦,有人重望使車來。』帙中同作者有薛起蛟、洪穆霽、方殿元、潘梅元、梁憲諸老,而屈大均爲之跋。梁憲詩年款署『壬戌之秋』,故知作于是年也。考《廣東通志·職官表》: 耿文明,遼東人,康熙十六年任督糧道。二十一年蔣伊繼其任。屈《跋》稱參藩公,蓋國初督糧道之稱,舍是亦别無耿姓者。所謂象翁者,殆即耿文明歟?

二十二年癸亥,五十三歲。

作《金紫閣重修記》。

二十三年甲子,五十四歲。

卜築小禺山舍。《江村集》序。三男適生。適,字南敬,順德廩生。《翁山詩外·喜陳元孝舉第三子》詩云:四十漸華髮,懷中一子無。爲君瀕緩帶,有婦即生珠。(注:元孝新續婚。)清廟琳瑯器,沙場汗血駒。先公忠可憫,天意在諸孤。

是年詩有《甲子重陽後四日蔣莘田大參招同潘亞目屈翁山登城北諸峰望全粤形勝還飲酒粤王臺上

時有建復鎮海樓之議即事賦呈》一首。按：蔣伊，號莘田，時官廣東督糧道參議，尤加意文教，創立穗城書院，後葺爲蔣公祠祀之。集中有《蔣雨亭主政來粵拜其先祖父祠部參政公遺愛祠還日奉贈》二首。雨亭，蓋莘田孫也。潘楳元，字亞目，番禺人，工詩。《梁顒若池中蓮開一花紅白各半索賦》一首。據九龍真逸《勝朝粵東遺民錄·梁觀傳》：甲子，草堂中池蓮忽花開，紅白各半，自夏徂秋，所發皆然。恭尹爲賦詩，以紀其異。《題烏絲紅袖圖爲王黃湄都諫》三首。按：黃湄，名又旦，陝西郃陽人。是年以給事中放廣東正考官，故詩云：『北仕燕都西住秦，南來使節動星辰。』

作《壽屈母黃太夫人序》。

二十四年乙丑，五十五歲。

春，王士正奉使祭告南海，抵廣州，與先生唱和于光孝寺。四月北返，先生自龍江追送至佛山。王士正《精華錄》有《與陳元孝屈翁山諸公集光孝寺》一首云：『一鳥鳴灌木，招提春雨餘。偶來方外遊，蹤跡似閒居。清池浮水薙，碧藻躍文魚。輕颸散訶林，葵樹交扶疏。灼灼佛桑花，紅艷驚珊瑚。緬追昔賢跡，俯仰懷赤烏。孝廉自英雄，江左盛文儒。魯周闐外寄，張顧府中趨。如何虞仲翔，獨此悲向隅？青蠅爲吊客，千載同欷歔。』又《別胡耑孩陳元孝屈翁山黎方回》一首云：『耆舊海南偏，相思二十年。來攀貝多樹，別負荔枝天。江晚饒芳草，山春有杜鵑，別離無限思，都付蜑人船。』注云：次佛山，同門友胡武昌景曾耑孩，門人黎延祖方回自羊城來追送，陳恭尹元孝自龍江來追送。

是年詩有《扶胥歌送王阮亭宮詹祭告南海事竣還都兼呈徐建庵彭羨門據《文獻徵存錄》：羨門成進士數年，即爲萬里之遊。自甲辰至丙午，得詩三百餘首，爲《南淮集》。嶺南陳先生序之，所謂壓濟南、竟陵者也。按羨門以順治己亥成進士，其識先生當在甲辰至丙午二年，其《南淮集》序，意即先生爲之，但集中現不存耳。王黃湄朱竹垞諸公》一首，《贈別黃忍庵太史》四首，按：忍庵名與堅，江南太倉人，順治十六年進士。康熙十八年召試博學鴻詞，官贊善，有《忍庵集》。《送高謖園廷評》一首，《同王阮亭宮詹黃忍庵太史高謖苑廷評張超然據《國朝詩鈔小傳》：張遠，字超然，福建侯官人。少孤，從母氏受章句，遂貫群經。時海氛未靖，軍需旁午，戶有逋亡，則瓜蔓及親黨，先生以孤童罹此阨，亡命吳楚、百粵。道出西江，題詩滕王閣上，曹秋岳遇之，大加激賞，招入幕所，至爲延譽。漁洋、綿津尤深器重，皆引之爲入室弟子。屈翁山兩處士五羊訪古作》四首。作《菊賦》。自序：『乙丑季秋之望，予將發端州之棹，視園菊，得初開者二本，挈以登舟，感而爲賦。』

二十五年丙寅，五十六歲。

冬，定居小禺山舍。《江村集》序。按：先生故居，今不可考。杭世駿主講粵秀書院，有《過晚成堂贈陳上舍》詩云：『育賢坊路近，喜得半千孫。』陳上舍，名華封，先生孫，南敬子。晚成堂，先生堂名，集中屢見，則遺宅當在育賢坊也。先生友何衡卒。據先生所作墓志銘：衡，字左王，順德人，與弟絳并有文名。先生幼時與衡兄弟并師事何獻將先生。家難後，讀書其鄉數年，與絳遊江、淮、河、漢。歸，復爲北田之隱。干戈擾攘之際，移家相依者又二年。晦跡遠名，能詩文，而不以自見，有古逸民之風。

是年詩有《上巳後一日王孝揚將軍招同張桐君梁藥亭屈翁山張超然家獻孟集倚劍堂時牡丹盛開即事分賦》一首。據《翁山詩外》，有《丙寅春日承王大將軍招同諸公雅集分得簫字時牡丹盛開》七律一首，知先生此作即同時也。

二十六年丁卯，五十七歲。

是年詩有《人日喜晴招王礎塵洪藥倩按：藥倩，名穆霽，東莞人。舉明隆武乙酉鄉試，桂王時以薦官工部主事。國亡不仕，所與遊皆一時奇士，足跡半天下。丐其詞翰者，戶外屨恒滿。先生嘗贈詩云：「各有千秋志，俱行萬里回。論交爲後輩，相見慰從來。話向杯前滿，心當燭下灰。十年滄海變，老盡濟川才。」潘涵觀王紫巘集得一山房分得十三元》一首。按：詩云：『小築初開近郭門。』先生去冬卜居小禺山舍，故云。得一山房，意其齋名也。

二十七年戊辰，五十八歲。

冬，與連雙河同寓端州。據先生所作《程周量集》序：戊辰夏，周量之同年進士連君雙河始與予相識，即詢周量後人。及冬，同寓端州，遂成深交。按：雙河，名沛，山東曹州人。集中有《送連雙河之增城赴冉侯平川羅浮之約兼懷張菊水》一首，《泊新塘遇冉增城平川投贈以詩兼柬連雙河張菊水》一首，《九月晦日同連雙河湛天沐慧容上人二兒士皆自增城將登羅浮中路宿資福寺》一首，殆皆是年詩也。

是年詩有《戊辰正月十日舟泊端州王礎塵自開建至令子紫巘招同李蒼水過高雲客所寓華嚴精舍縱飲達夜即事成歌》一首，《寄懷梁藥亭》三首。詩云：『榜下無人不曰宜，丹山鳳老始飛時。』按：藥亭以是年成進士，詩故云。《輓湯惕庵先生》一首。據《江西通志》：湯來賀，字佐平，南豐人。崇禎進士，爲廣東海道，在粵晉總制加兵部尚書，不就。歸爲遺民四十餘年，當事聘入廬山主鹿洞書院。年八十二卒。學者稱惕庵先生。按裘君弘《西江詩話》：惕庵先生，理學大儒，講學鹿洞。余以丁卯初夏晉謁，臨別先生贈詩一章。時年八十一。考丁卯爲康熙二十六年。《江西通志》云『八十二卒』，則卒在是年也。

二十八年己巳，五十九歲。

十月，先生友陶璜卒。璜，一名竀，號苦子，又號握山，北田五子之一。先生作《陶握山行狀》云：『潔身獨行，遁世無悶，可謂高士也矣。』

是年詩有《己巳九日鎮海樓作》一首，《續王礎塵少萊子歌爲屈翁山壽》一首。翁山長先生一歲，詩云『子年六十母九十』，又云『平津六十初應詔』，知是年翁山六十也。《次和王惠州子千己巳歲除雜感韻》四首，《歲除雜感》十首。

二十九年庚午，六十歲。

作《登鎮海樓賦》，《祭陶握山文》。

是年詩有《寄王阮亭索南海集》一首。《精華錄》有《答陳元孝寄懷》一首云：『不見閉門陳正字，嶺雲江樹五年餘。秋風欲下華陽館，粵客才通尺素書。蒲澗紅泉應不改，羅浮翠羽夢全疏。天南耆舊今頭白，珍重新詩獨起予。』注云：『嶺南耆舊，今惟元孝、梁藥亭在。予乙丑別于佛山，今六年矣。』《次王礎塵春感》十二首，《庚午九日歌和礎兄》一首，《屈翁山六十一舉第五子阿需值其母八十七壽賦詩索和次韻》四首,《大司馬留邨吴公招同茹瓊山子蒼張惠來時公劉將軍季翼新安王我占山陰婁子恩同里屈翁山奉陪京卿紫閣張公集石公離六堂即席次張公韻送之入都》四首。據《翁山詩外》有《庚午仲夏,承大司馬吴公招同諸公奉陪京卿張公宴集城西禪院,次張公元韻四首,并以送行》,則先生此詩當是同時作矣。《庚午冬夜羊城宴集聯句十二韻》,《又次前韻即事呈吴留邨司馬錢葭湄太常》一首,《劉顯之六十贈之》一首。按:劉顯之,名祖啟,東莞人,貢生。集中有《劉顯之詩序》,稱其『經術淹貫,爲多士師表,受業者嘗數百人』。玩詩中『三千高第中分魯,《七略》群書總萃劉』之句,必其人也。惜未詳年月,因詩末聯有『生來年齒差相若』句,故繫此年之末。

三十年辛未,六十一歲。

是年詩有《林叔吾六十次己未韻壽之》一首。按:先生《己未獄中值林叔吾生日贈之》一首云:『我生長于君,爲日百五十。何期來獄門,初度亦相及。』此詩云:『祝君昔何所?計月百六十。不謂生初年,循環亦俱及。』以此推之,詩必作于是年春也。《次和王礎塵辛未歲除》八首。按:第八章云:『陰陽三食此何時?一月那聞古有斯?』是年十二月望月食,壬申元日日食,正月既望月食,是辛壬兩年之交,一月三食也。《李孝先就婚西村即事贈詩勉之》二首。按:李孝先,先生友李相如之子,王蒲衣女壻也。先生有《送李孝先之蘄州扶其先大夫相如先生旅櫬歸粤》三首,故此詩卒章有『燕爾今方始,無忘楚國行』之句。據《翁山詩外》,有《辛未上巳宴集王蒲衣濼廬分得春字》二首,自注云:時會送李孝先就婚于蒲衣。知此詩同時作也。《贈程立方國學》一首。立方,程周量之子也。按:周量卒于康熙戊午。詩云『十四年來宿草生』,當繫是年也。《題鮑子韶獨醉圖》一首。據《魏季子集·鮑子韶墓志》:鮑夔生,字子韶,江南歙縣人。父叔裔,知始興縣。遭亂去官,避地江西贛縣,因家焉。夔生從贛偏將軍李公、蔡都督及宣義將軍,先後運籌策軍門,所至有功。戊辰客佟將軍幕。辛未二月,再遊廣東,三月卒,年五十二。按:子韶初次遊粤,未著某年,此詩云:『走馬來自燕昭宫。』又集中有《鮑子韶來自都門以葉桐初送行詩見示》一首,殆均再遊粤時作也。

作《東皋武廟鼎銘》。按:集中不載此銘,據鐘款識:康熙三十年歲次辛未,鑲黄旗參領王之蛟鑄,屈翁山、梁藥亭二公俱有鐘銘。先生作鼎銘云：『太陽之英，烏金是礦。鑄爲斯爐，重于九鼎。在漢之季，火德已微。我公神武，更揚其煇。威震華夏，赤符重興。君臣大義，炳如日生。昔鼎三分，得其一足。今公之鼎，遍于九牧。五嶺之南，三城之東。瓣香常存，萬古精忠。』

三十一年壬申，六十二歲。

是年詩有《壬申清明即事次杜韻同王礎塵》二首，《鳳山驪歌送徐侯戢齋赴召入都》十首。據《順德縣志》：徐勍，號戢齋，以康熙二十九年至任，逾四年即奉行取入都，在任修青雲塔、伏波橋，故詩中及之。集中贈徐詩甚多，有《徐戢齋父母重修青雲橋路喜而有賦》二首，《雨中歸鳳城柬徐侯戢齋》二首，《徐戢齋君侯壽日未能躬祝追憶昨月扁舟奉晤于雙塔松橋之間作詩奉寄》一首。

三十二年癸酉，六十三歲。

正月，朱彝尊來廣州，與先生飲于光孝寺。考《曝書亭集》有《續書光孝寺鐵塔銘》後云：歲在壬申，重遊嶺表。改歲正月，南海陳元孝飲予光孝寺，南漢之興王寺也。元孝語予：南漢主劉龑葬番禺縣治東二十里北亭云云。又《光孝寺觀貫休畫羅漢同陳恭尹賦》一首云：『白頭重作嶺南客，故人期我虞翻宅。』蓋竹垞以順治丁酉遊粤，至是已三十六年矣。又竹垞叔父茂暇，字子蓉，擅詩文，古風豪俊，師太白，著有《鏡雲亭集》。亦與先生至交。集中有《贈别朱子蓉》五古一首，《送朱子蓉歸嘉興兼柬其兄子葆》七古一首，又有《朱子蓉詩序》。四月，偕梁佩蘭、吳文煒、季煌遊惠州，主太守王紫詮所，作《代泛亭詩序》。據《代泛亭詩序》：癸酉四月，予偕友人梁藥亭、吳山帶、季偉公客惠郡寶坻王使君代泛亭，取一時登詠之作，序而歸于使君，榜以傳之。五月，先生友王世楨卒。據先生所作《王礎塵行狀》：世楨，字礎塵，江南無錫人。年十九，值甲申之變，慟哭出門，謁督師史公可法于維揚，進以救時之策。史公大悦，延入幕府，親爲之冠，行三加之禮。南都既潰，寄跡僧寺者三年。博學强記，習先朝典故，吳興祚令無錫時，奇其才，周旋其患難。後督兩廣，約之入粤。又客惠州王紫詮使君署。病革時謂：吾四方之志不遂，不宜歸葬故鄉，從足下假白雲一穴爲葬所。後歸葬無錫，先生爲之志其墓。

是年詩有《癸酉人日偕王礎塵王新侯王立安過石公精舍惠州王使君紫詮挈其諸孫已先在同登懷古樓即事作》一首，《哭王礎塵》十首，《别朱竹垞三十六年矣癸酉二月復會于廣州三日别去送之以詩》一首，《五六七言絶句爲朱竹垞題小影》三首，《同朱竹垞梁藥亭屈翁山過訶林南公房觀唐僧貫休畫羅漢歌》一首。

作《祭王礎塵文》，《吳山帶詩序》。山帶，名文煒，康熙癸酉舉人。序中稱秋闈榜發，以壁經魁其曹。詩刻告成，而吳子方匆匆治裝赴都門，知是文作于秋後也。

三十三年甲戌，六十四歲。

是年詩有《寄陶昌化子師》一首。按：子師，名元淳，常熟人，以循吏稱。康熙三十三年，選瓊州昌化令，明年攝知崖州。此詩當在昌化任内時所寄也。

作《王蒲衣五十序》。按：序稱王子蒲衣，其生後于余十三年，又稱今兹之臘年五十加一矣，當繫是年，乃合。

三十四年乙亥，六十五歲。

是年詩有《乙亥元日送石公泛海之交趾説法》一首。據《南海百詠續編》注：石公即長壽寺僧大汕，號石濂，吳縣人。狡黠多智，以訟亡命，剪髮爲頭陀裝。附賈舶至安南，時方亢旱，國主募術士祈雨，石應募作法三日，而雨大霈。國主延居王宫，尊爲聖僧。居安南數載，積鏹巨萬，捆載以歸，營繕茲寺，廣栽花木，潛蓄妖伶，一時豪紳臣賈，樂與之遊，出入當道，關説通賄。臬使許嗣興惡之，杖遣回籍，旋斃于路。按：先生集中有詠《離六堂》、《懷古樓》、《繪空軒》、《雲半閣》、《半帆》、《木末》、《月步》、《招隱》、《響泉廊》、《老榕園》、《澱心亭》、《尺木橋》諸詩，皆詩中勝景，爲石公詠也。《元夕寓梁耋符山館雨中同吳又札梁巨川談亂離往事有作》一首，《乙亥生日歸錦巖先祠許伯玉喬梓載酒相餉同潘子登梁巨川盧俊斯集飲即事》一首、《乙亥除夕同袁密山史蕉飲按：史蕉飲，名申義，江都人，康熙二十七年進士，官給事中。有《蕪城》、《使滇》、《過江》諸集。藍公漪集王紫詮使君寓齋次東坡元旦立春韻時余以夜禁先歸》三首。

三十五年丙子，六十六歲。

孫世和生。世和，字聖取，勵子，以優行薦爲鹽大使。十月，先生友吳文煒卒。按：文煒父龍楨，字勿庵，永曆時翰林，後隱居金茅，山帶與先生爲兒女姻親，嘗居禺山草堂，故先生《秋園》詩云：『玩世金茅子，違時獨漉翁。篇章情各愜，棲息偶能同。座爲求書滿，尊慚近市空。時憑寫生手，繪盡小園風。』

是年詩有《丙子正月晦日袁密山通政史蕉飲梁藥亭兩吉士王令詒明府王紫詮使君招同藍公漪據鄭杰《全閩詩錄》：藍漣，字公漪，福建侯官人，鎦子。康熙間布衣，有《采飲集》。又陳壽祺所撰傳：藍漣，父鎦，善篆隸。漣工詩及畫，書有父風。遠遊江湖，在嶺南善陳恭尹、梁佩蘭，詩磊落有奇氣，百餘年來閩越稱詩以張遠、許珌爲冠，漣次之。年八十餘卒。史萬夫于南溟廖南暐岑金紀屈翁山吳山帶王蒲衣梁王顧林赤見家獻孟按：陳獻孟，名阿平，東莞人，諸生，有《缽山堂詩集》。曾秩長黃漢人集使君寓齋分賦》一首，《王川南使君紫詮招同李宮詹山公袁通政密山梁太史藥亭藍山人采飲游靈洲予以事不果往諸公分韻及之仍同游韻》八首。按：詩中『離懷黯黯傷今夕』句注云：時友人屈翁山物故。考翁山歿于丙子也。《月夜家園小臺酌別吳山帶》一首，《送樊簡討崑來還都》一首，《王川南招陪樊檢討崑來劉銓部省庵集長壽石公精舍分得二冬》一首，《佟聲遠招同王紫詮使君樊崑來翰檢趙秋谷宮贊按：秋谷以是年冬到粵，時樊崑來典試廣東，故看梅粟園，適與其會。旋赴潮州，在潮度歲，至丁丑春北歸。集中與陳元孝、王蒲衣兩處士夜坐論詩，詩中有『嶺南冬亦春』語，是冬至廣州也。將之潮州，酬別元孝詩有『南天輕雪歲匆匆』語，當時歲杪起程往潮州。其後有《除夜雜感》詩，則在潮州作，其後有《人日韓江歸興》詩，《上元日微陰夕泊惠州》詩，《再入廣州舍于南村新居》詩，《悼孝廉吳山帶》詩，《贈別廣州諸子》詩，《望西樵山卻寄元孝南村》詩，皆足爲冬至春歸之證。梁藥亭吉士雅集粟園看新梅分賦》二首，《送趙秋谷之潮州》一首，《贈樊崑來太史》一首，《答劉考功省庵》一首。省庵，名曾，陝西人，吏部郎中。是年與樊崑來同放廣東主考。詩云：『使節暇有餘，仙舟停未發。』蓋闈事初竣時也。

作《樊紫霞太翁壽序》。據《錦里新編》：樊曙，字旭東，宜賓人。明末以門蔭襲指揮僉事，博通典籍。寇亂後家業蕭然，躬耕養母，吴逆迫以僞命，力拒之。年七十二卒。著有《楚澤吟》。按：曙當即紫霞，序中稱太傅者。曙祖一蘅，《明史》有傳。曙子澤達，字崑來，是科典試廣東，故序云：諸孝廉欲爲先生進壽兕，謂屬詞于當代公卿，或非先生所喜，乃不鄙而見命，蓋闈後作也。又集中有《答别余生生》一首，據《錦里新編》：余𤋮，字生生，號純庵，四川青神人，明大司馬肅敏公裔，世授衛指揮千戶。值流寇亂，黄冠羽衣，避亂江東，賣古文詩自給。詩工漢魏及六朝，著有《增益軒草》。

三十六年丁丑，六十七歲。

是年詩有《趙秋谷自潮州至即歸其鄉詩以送之》一首。詩首聯『春來望爾海東頭，及到翻成送去舟』。蓋是春，秋谷即北歸也。《送李竹君廣文之官香山》一首。自注：令祖銓部公成進士于崇禎庚辰，予時十歲見之，今去庚辰三年耳。以此相期。《修先墓作》六首。詩云『負此一抔土，于今四十年』。自丁酉葬忠愍公于九龍山，至今恰四十年也。

作《吴山帶行狀》。

三十七年戊寅，六十八歲。

是年詩有《戊寅元旦家園漫成》一首，《外姑湛節母馮太君八十大壽時旌表初至》二首。詩第二首結聯『五十年前臯廡下，白頭無復孟光來』。蓋先生以丁亥之冬，避難新塘，至是五十年也。《小除後同廖南暐梁藥亭王蒲衣王也夔秦欽文暨各家子弟集東林嘯公方丈重修社事分得能字》一首。據端木《小禺後集》補序：先子自編目錄，自《初游》至《詩餘》諸集，始戊子《拜恩》迄戊寅《小除》，皆經手定。

三十八年己卯，六十九歲。

次子勵舉鄉試。是科主考：一湖北胡潤，一潁州劉凡。故集中有《重陽前五日高中含司馬招同劉卓崖主考雅集雲半閣》

一首。

是年詩有《夏杪楊寶生孝廉招同毛行九司馬楊止庵大令梁藥亭太史飲于風旛堂次行九韻》二首，《閏七月二日長壽石公招同毛匏邨司馬張損持吉士損持，名尚瑗，吳江人，康熙二十七年進士，改庶吉士。著有《三傳折諸》。吳晉濤少尹楊勉庵孝廉唐海門黄藺偶司紅暹諸文學雅集離六堂次毛韻》二首，《閏七夕後》一首，《遠公招同潘稼堂張損持梁藥亭毛行九余未及赴諸公分韻見及得心字》一首，《初秋日梁藥亭招同沈詹山大令家山農隱君潘稼堂檢討張損持吉士毛行九司馬吳晉濤少尹林桐叔少府楊勉齋孝廉徐紫凝羅浮山司紅暹家獻孟諸文學遠布心月二上人雅集六瑩堂分得阡字》一首，《重陽前五日高中含司馬招同劉卓崖主考屈四會鳳山張廣寧鶴洲楊陽春止庵錢茂名蔗山張翁源泰亭高東莞棻園田英德克五雅集雲半閣時闈事初竣》一首，《己卯八月十四日五羊城南聯句同毛端士司紅暹梁藥亭張損持同拈十三職韻》一首，《勵兒北上口占示之》二首，《勵兒行後連有南風漫成》一首。

三十九年庚辰，七十歲。

四月十二日先生卒。自辛未至庚辰七十歲，《行狀》作七十一，誤。據龍山《陳氏族譜》：先生墓在番禺鹿步司祥雲嶺。

是年詩有《正月三日過潘子登所寓江樓龔渭臣載酒與潘木公諸君雅集賦潮平兩岸闊分得涯字》一首，《正月六日將歸錦巖泊舟潘子登寓樓下新月甚佳因留宿三日兩登斯樓亦一快也》一首，《送左襄南督學試竣還都奉命視河》一首。據端木《小禹後集》補序：此首爲先生絕筆。《廣東通志》：左峴，浙江鄞縣人，康熙三十六年任廣東提督學院。

按《小禹後集》皆己卯、庚辰兩年所作，不下數十首，兹就其有標揭年月者分列之。